HEYNE
BÜCHER

Das Buch

Im Jahre 1519 erreicht eine spanische Flotte erstmals die Küste von Mexiko. Das Kommando führt der ehrgeizige und geltungsbedürftige Anführer Hernán Cortés, der sich nicht scheut, seine Leute in den schier aussichtslosen Kampf mit den Indiovölkern zu schicken.

Goldgier und Machtstreben beherrschen seine Entscheidungen. Unterstützung bekommt er von dem schönen und klugen Aztekenmädchen Mali, das sich schon nach kurzer Zeit als eine unentbehrliche Mittlerin zwischen den Spaniern und den Eingeborenen erweist. Sie glaubt anfangs, die Gottheit Gefiederte Schlange sei in der Person von Cortés zurückgekehrt, um ihr Volk von Motecuzoma, dem mächtigen Aztekenkönig, zu erlösen. Auch als Mali längst an Cortés' göttlicher Herkunft zweifelt, verbreitet sie dennoch diese Vermutung unter den Indiovölkern, was den Spaniern vielerorts den Weg ebnet. Doch Mali, die inzwischen Cortés' Geliebte ist, weiß um ihre Macht, und so lenkt sie den dramatischen Eroberungsfeldzug nach ihrem Sinn. Sie benutzt die Spanier, um ihre persönlichen Rachegelüste gegen Motecuzoma zu befriedigen.

Ein spannender, farbiger historischer Roman, in dem zwei verschiedene Welten eindrucksvoll aufeinandertreffen.

Der Autor

Colin Falconer wurde 1953 in London geboren und arbeitet als Journalist und freier Schriftsteller in Australien.

Er hat bereits mehrere Romane veröffentlicht.

Sein großer Erfolgsroman *Die Sultanin* (01/9925) ist ebenfalls als Taschenbuch im Wilhelm Heyne Verlag lieferbar.

COLIN FALCONER

Die Aztekin

Roman

Aus dem Englischen
von K. Schatzhauser

WILHELM HEYNE VERLAG
MÜNCHEN

HEYNE ALLGEMEINE REIHE
Nr. 01/12347

Titel der Originalausgabe
AZTEC

Umwelthinweis:
Dieses Buch wurde auf
chlor- und säurefreiem Papier gedruckt

Taschenbuchausgabe 11/2001

Printed in Germany 2001
http://www.heyne.de
Umschlagillustration: Wolf-Christian von der Mülbe, Dachau
Umschlaggestaltung: Eisele Grafik-Design, München
Druck und Bindung: Elsnerdruck GmbH, Berlin

ISBN: 3-453-19566-3

Vorbemerkung

Zur Zeit der Eroberung durch die Spanier nannten sich die Angehörigen des im Hochbecken von Mexiko herrschenden Stammes selbst ›Mexica‹. Der Begriff ›Azteken‹ fand erst im 19. Jahrhundert Eingang in den allgemeinen Sprachgebrauch.

TEIL I

Die Gefiederte Schlange

Wenn die Zeit reif ist, werde ich zusammen mit bärtigen weißen Männern über das Meer im Osten zu euch zurückkehren …

Aussage des Gottkönigs Gefiederte Schlange
um 1000 v. Chr. an das Volk der Tolteken.
Nach der aztekischen Legende

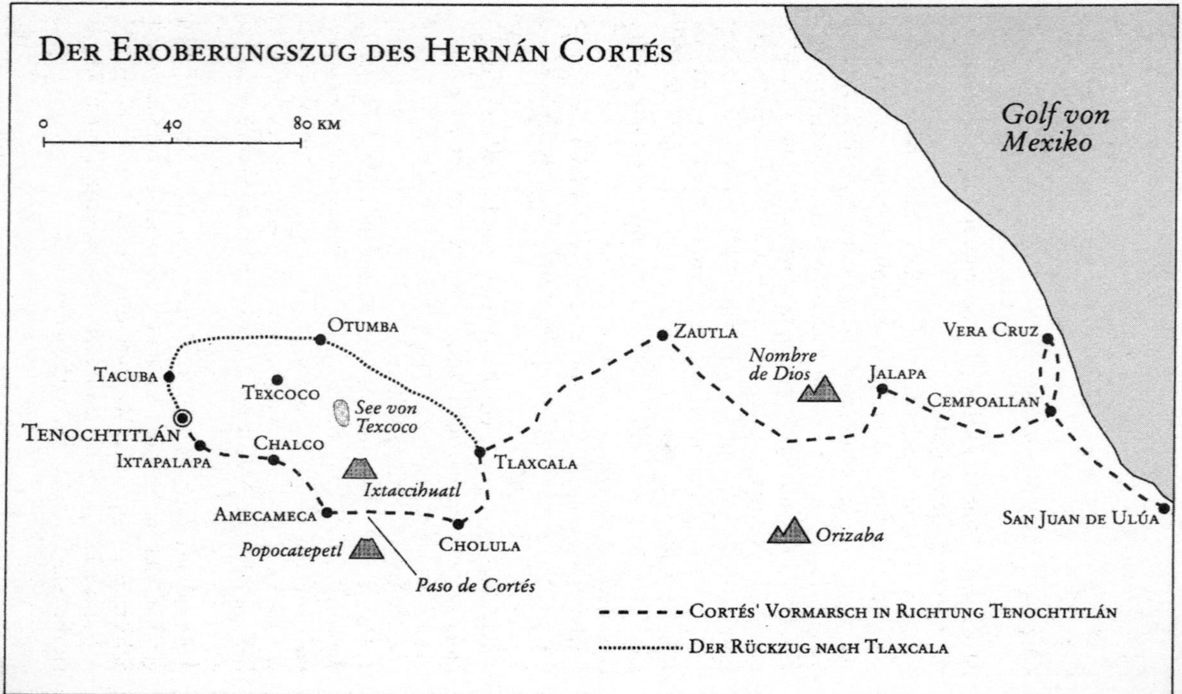

Der Eroberungszug des Hernán Cortés
0
40
80 km
Golf von Mexiko
Otumba
Tacuba
Texcoco
See von Texcoco
Tenochtitlán
Chalco
Ixtapalapa
Ixtaccihuatl
Amecameca
Popocatepetl
Paso de Cortés
Cholula
Tlaxcala
Zautla
Nombre de Dios
Jalapa
Vera Cruz
Cempoallan
Orizaba
San Juan de Ulúa
Cortés' Vormarsch in Richtung Tenochtitlán
Der Rückzug nach Tlaxcala

Vorspiel

Painala, nahe Coatzacoalcos

Mali starrte in die Dunkelheit und horchte auf die Geräusche ihrer eigenen Beisetzungsfeier.

Es war die achte Wache der Nacht, die Stunde, da Geister umgehen und kopflose Dämonen auf den Straßen einsame Reisende verfolgen. Sie lag gebunden auf dem Boden der Hütte. Der widerlich süße Duft von Vanilleschoten aus den Körben, die an den Wänden aus Lehmziegeln aufgestapelt waren, erfüllte die Luft.

Auf dem kunstvoll geschnitzten Deckenbalken wandte eine Eule den Kopf hin und her und sah zu Mali herab. Die gelben Augen des Vogels öffneten und schlossen sich langsam. Die Anwesenheit der Eule war ein Vorzeichen; sie war eine Sendbotin des Herrn der Unterwelt Mitlántecuhtli, die ihr mitteilen sollte, daß er auf sie wartete.

Meine Mutter will mich aus dieser Welt schicken, ohne mir mitzugeben, was ich auf dem Weg durch den Engen Durchlaß brauche.

Als sie sich abermals von den Fesseln um Hand- und Fußgelenke zu befreien versuchte, schnitten diese ihr nur um so tiefer in die Haut. Sie begann zu weinen.

Offenbar wollte ihre Mutter ihren Tod.

Mali schloß die Augen und lauschte auf die klagenden Klänge, den hallenden Baß der Muscheltrompeten, das hohle Pochen der *huehuetl*-Trommeln, die scharfen Töne von Flöten. Sie hörte, wie ihr Name gerufen wurde, dann knisterten Flammen. Man ließ auf dem Scheiterhaufen den Leichnam einer anderen an ihrer Stelle verbrennen.

Das Jaulen des Ostwindes tröstete sie. Im Augenblick der großen Gefahr, in der sie schwebte, wachte die Gefiederte Schlange, der Herr aller Weisheit, über sie.

Vor der Hütte hörte sie Flüstern und Schritte. Erneut öffnete sie die Augen und suchte die Schatten ab.

Unvermittelt flammte eine Pechkiefer-Fackel auf. Drei Männer kamen herein. Sie kannte sie: Es waren Sklavenhändler aus Xicallanco. Sie waren schon oft im Dorf gewesen. Stets hatte ihr Vater sie mit Verachtung behandelt. Einem von ihnen fehlte ein Auge, und die rötliche Wucherung um die Narbe sah aus, als wäre sie mit kaltem Fett bestrichen.

Der Fackelschein ließ die Gesichter der Männer im Schatten. »Da ist sie«, sagte der Einäugige.

Sie versuchte aufzuschreien, aber der Knebel hinderte sie daran. Einer von ihnen lachte, und Einauge zischte ihm zu, er solle den Mund halten. Dabei wäre das gar nicht nötig gewesen, wußte Mali. Sie hätten, von *peyotl*-Saft betrunken, auch aus vollem Halse grölen können – niemand hätte sie über dem Lärm der Beisetzungstrommeln gehört.

Mühelos hoben sie Mali auf und trugen sie aus der Hütte in die Dunkelheit. Wieder brauste der Wind auf – das wütende Knurren der Gefiederten Schlange.

Sie nahm sich vor, keine Angst zu haben. Das war nicht das Ende, das ihr Vater ihr vorausgesagt hatte. Sie war Ce Malinali, Grashalm der Buße. Ihr war eine Katastrophe vorherbestimmt, sie war die Trommel, die den Sonnenuntergang für Motecuzomas Herrschaft schlagen würde. Ihre Zukunft lag in den Händen der Götter, lag bei der Gefiederten Schlange.

1

Tenochtitlán

Das Jahr Ein-Ried nach dem alten aztekischen Kalender
Anno Domini 1519

Mit Schaum vor dem Mund taumelte der Eulenmann und lachte in die Schatten, die in die Ecken des finsteren Palastes sprangen. Sein Haar, das ihm fast bis auf die Taille fiel, war verfilzt von getrocknetem Blut, und mit dem schwarzen Umhang um die Schultern ähnelte er einer geduckten, heimtückischen Krähe.

Motecuzoma, der *Zürnende Herrscher* der Mexica, sah ihn von einem kunstvoll geschnitzten niedrigen Thron herab aufmerksam an. Die Türkispflöcke in seinen durchbohrten Ohrläppchen und in seiner Unterlippe glänzten stumpf im Licht der Pechkiefer-Fackeln. Er flüsterte seinem obersten Ratgeber, Weibliche Schlange, der neben ihm stand, die Fragen zu, die dieser an den Eulenmann richten sollte.

»Eulenbringer, kannst du durch den Schleier in die Zukunft des Volks der Mexica blicken?«

Hysterisch lachend lag dieser rücklings auf dem Boden, hilflos der Wirkung des *peyotl*-Saftes ausgeliefert. »Tenochtitlán steht in Flammen!« rief er mit einem Mal aus.

Unruhig rutschte der Großkönig auf seinem Thron hin und her.

Der Eulenmann setzte sich auf und wies mit irrem Blick auf die Wand. »Ein hölzerner Turm wandelt auf den Yopico-Tempel zu!«

»Türme können nicht gehen«, zischte Motecuzoma.

»Die Götter sind geflohen ... in die Wälder.«

Motecuzoma rang die Hände im Schoß. Er flüsterte Weiblicher Schlange eine weitere Frage zu.

»Was siehst du von unserem *uey tlatoani*, dem Ehrwürdigen Sprecher?«

»Ich sehe ihn brennen, und niemand trauert um ihn. Die Mexica bespeien seinen Leib!«

Bei dieser ungeheuerlichen und ketzerischen Äußerung erstarrte Weibliche Schlange. Auch wenn es im *peyotl*-Rausch gesagt war, hallte die Lästerung wie Donner durch den gewaltigen Saal.

Als Motecuzoma erneut sprach, war seine Stimme kaum mehr als ein Flüstern. »Welche Vorzeichen siehst du noch?«

»Große Tempel kommen über den See… Sie marschieren auf Tenochtitlán zu!«

»Tempel können nicht marschieren.«

»Die Gefiederte Schlange kehrt zurück!« Der Atem des Eulenmannes ging rasch; seine Brust hob und senkte sich. Keuchend stieß er die Worte zwischen Lachanfällen heraus. »Es wird kein Tenochtitlán mehr geben!«

Der Großkönig erhob sich, das Gesicht zu einer Grimasse verzerrt.

»Unsere Städte werden zerstört…, unsere Leiber zu Haufen aufgeschichtet…«

Weibliche Schlange sah, wie der *uey tlatoani* beide Hände vor das Gesicht legte.

»Bald werden wir die Vorzeichen am Himmel sehen!«

Auf Händen und Knien kroch der Eulenmann zum Thron hin. Dann brach er zusammen. Speichel lief ihm über das Kinn. Seine Augen waren wie Obsidian. »Wende dich um und sieh, was bald über die Mexica hereinbrechen wird!«

Lange schwieg Motecuzoma, das Gesicht nach wie vor in den Händen verborgen. Als er sie wegnahm, wagte Weibliche Schlange einen verstohlenen Blick auf den Herrscher und sah, daß dieser weinte.

»Warte, bis die Wirkung des *peyotl* verflogen ist«, knurrte Motecuzoma, »dann laß ihm die Haut vom Leibe ziehen.«

Der Großkönig verließ den Raum. Eulenbringer lag auf dem Boden. Seinen wilden und ausschweifenden Träumen hingegeben, lachte er in die Schatten. Von dem über ihn verhängten Urteilsspruch ahnte er nichts.

Am Fluss

Hernán Cortés suchte Halt an der Reling der dicht am Wind segelnden *Santa Maria de la Concepción*. Die Küste von Yucatán lag als undeutliche grüne Linie an Backbord voraus. Der Geruch tropischer Vegetation kam mit der salzhaltigen Luft herüber. In den Rahen über ihm knatterten die Segel wie Kartätschen. Vom Mast wehte seine persönliche Standarte: ein rotes Kreuz auf schwarzem Samt. Darunter stand königsblau auf Latein der Leitspruch, der einst Kaiser Konstantins Fahne geschmückt hatte: Brüder, wir wollen dem Kreuz folgen, und unser Glaube wird uns den Sieg geben!

Cortés lächelte zufrieden. Aus den trüben Ebenen der Estremadura bis hierher war es ein langer Weg gewesen. War es nicht genau das, wovon er immer geträumt hatte? Obwohl er durch unbekannte Gewässer einem fremden Land entgegensegelte, kam es ihm so vor, als kehrte er endlich nach Hause zurück. Das war sein Wind, der ihn seinem Schicksal entgegenführte. Dieses Wissen war ebenso sicher wie die Existenz eines Gottes im Himmel. Er schlug auf die Reling und wandte sich dem Steuermann Alaminos zu. »Wir segeln in die Geschichte!« rief er, aber seine Worte gingen im Wind unter.

Er ließ den Blick über das Deck schweifen und sah Benítez und Jaramillo miteinander reden. Beide waren *hidalgos* wie er, gebildete Angehörige des niederen Landadels, auf die kein väterliches Erbe wartete. Wie er waren sie nach Westindien gekommen, um ihr Glück zu suchen, der Langeweile und Armut in Kastilien und der Estremadura zu entfliehen und sich von der kleinlichen Tyrannei der Granden und dem ständigen Gerede der Priester zu befreien. All diese Glücksritter, gelangweilten Pflanzer und erfolglosen Goldsucher waren auf Beute und Gewinn aus und hatten sich ihm daher auf Kuba begierig angeschlossen. Er würde ihnen geben, was sie sich erhofften, und noch mehr. Es würde ein Abenteuer nach bekanntem Muster werden: Ruhm, Reichtum und der Dienst am Herrn.

Ja, das war seine Stunde. An einem solchen Tag war es schön, auf der Welt zu sein.

Gonzalo Norte wollte nur noch sterben.

Abermals würgte es ihn, und er spie grüne Galle in den Ozean. Man hätte nicht geglaubt, daß er elf seiner dreißig Lebensjahre auf See zugebracht hatte. Doch vor acht Jahren hatte er zum letzten Mal auf dem schwankenden Deck eines Schiffs gestanden und seither an Land gelebt, ohne dies Elend, die stinkenden Laderäume, die wogende See. Seine Vergangenheit als Seemann lag ein ganzes Leben zurück.

Nicht nur das Stampfen des Schiffes war der Grund dafür, daß er sterben wollte. Ihn quälte ein anderes Leiden, eine Krankheit der Seele. Er blickte um sich und sah, daß ihn die anderen aufmerksam und mißtrauisch beäugten. Sie alle wußten, daß er eine weit schlimmere Ansteckung in sich trug, als sie von irgendeinem Fieber an dieser Küste ausging. Manche spien sogar auf das Deck, wenn sie an ihm vorüberkamen.

Ich bin völlig allein, sagte er zu sich. Ebensogut könnte ich aussätzig sein. Ich werde den Rest meines Lebens allein verbringen müssen.

Er spürte, wie sich ein Arm um seine Schultern legte. Aguilar. Er hatte einen Freund auf dem Schiff, und das Traurige war, daß er nicht Kraft genug hatte, ihn zu erwürgen.

»Ist es nicht schön, wieder unter Christen zu sein, Gonzalo?« Aguilar bediente sich der Sprache der Maya, denn bis auf wenige Worte hatte Norte seine Muttersprache, das Kastilische, vergessen.

Der Teufel hole deine behaarten und stinkigen Eier! dachte Norte. Die würde sogar mein Hund ausspucken! »Schön? Für Euch vielleicht, Bruder Jeronimo.«

Aguilar trug die braune Kutte eines Diakons. Nur der kahlgeschorene Kopf und seine tabakfarbene dunkle Haut verrieten, daß er noch vor wenigen Tagen Sklave eines Maya-Häuptlings gewesen war. Immer noch drückte er sein fast zerfallenes Stundenbuch an sich. Die Gebete darin hatten ihn während seiner Gefangenschaft in Yucatán ständig begleitet. »Du mußt das andere Leben hinter dir lassen«, sagte Aguilar. »Bete um Vergebung, und sie wird dir gewährt. Auch wenn du dem Teufel erlegen bist, kannst du nach wie vor des Heils teilhaftig werden.«

Im Arsch des Satans, dachte Norte. Hätte ihn das beständige Würgen nicht so geschwächt, er würde ihn über Bord gestoßen haben, damit sich Gott im Himmel mitsamt den Heiligen an seiner Gesellschaft erfreuen konnte. War dem Kerl eigentlich nicht klar, daß er keine Seele mehr hatte, die zu retten war? Man hatte sie ihm entrissen, wie die Priester der Indios ihren Opfern das Herz herausreißen. Warum konnte ihn Aguilar nicht einfach zufriedenlassen?

»Es ist keine Sünde, daß mein Glaube stärker ist«, fuhr dieser fort. »Die Güte des Herrn kennt keine Grenzen. Bekenne deine Sünden, und du kannst ein neues Leben beginnen.«

»Laßt mich in Ruhe«, sagte Norte. »Laßt mich um der Barmherzigkeit des Himmels willen in Ruhe.«

Wieder mußte er würgen.

Julián Benítez spürte, wie sich sein Magen hob, als er die beiden Männer ansah. Während ihm Aguilar, wie die meisten Männer der Kirche, lediglich auf die Nerven ging, war ihm Norte zuwider.

Acht Jahre zuvor hatten beide auf dem Weg von Darién nach Hispaniola Schiffbruch erlitten – Norte als Mitglied der Besatzung und Aguilar, der kurz zuvor die niederen Weihen empfangen hatte, als Passagier. Zusammen mit siebzehn anderen war es ihnen gelungen, das Wrack auf einem Beiboot zu verlassen, doch die meisten von ihnen verdursteten, lange bevor sie die Küste von Yucatán erreichten. Möglicherweise waren sie glücklich zu preisen, denn die Maya hatten die Überlebenden gefangengenommen und den Kapitän Valdivia sowie weitere Männer ermordet. Lediglich Aguilar und Norte war die Flucht gelungen.

Zwar waren sie schon nach wenigen Tage wieder Gefangene eines Maya-Häuptlings, doch erwies sich dieser als ein wenig zugänglicher als der erste und hatte Aguilar sogar die eigene Tochter als Gattin angeboten. Sofern man Aguilars Bericht glauben durfte, hatte er eine volle Nacht hindurch nackt in einer Hütte des Dorfes an ihrer Seite verbracht und sich vor der Sünde des Fleisches dadurch bewahrt, daß er in seinem zerfledderten Stundenbuch Zuflucht gesucht hatte.

Norte hingegen war der Versuchung erlegen, etwas, das Benítez sogar verstehen konnte, da ihm diese Haltung näher war als

Aguilars Selbstkasteiung. Was Norte später getan hatte, verstand Benítez allerdings nicht. Wie konnte er eine Heidin heiraten, mit ihr drei Kinder zeugen und sich wie einer dieser Eingeborenen Ohrläppchen und Unterlippe durchbohren und Gesicht und Hände tätowieren lassen? Damit hatte er seinem Glauben und seinem Geburtsrecht abgeschworen und sich zur unzivilisierten Lebensart der Eingeborenen bekannt. Er war nicht besser als ein Hund.

Als Jaramillo dann mit einigen Männern auf der Insel Cozumel vor Yucatáns Küste Norte entdeckt hatte, wollte dieser vor ihnen davonlaufen. Hätte sich Aguilar nicht rechtzeitig dazwischengeworfen und sie überzeugt, daß Norte ein Spanier war wie sie, hätten sie ihn zusammen mit den übrigen Eingeborenen, die den Angriff gegen sie geführt hatten, umgebracht.

Spanier mag er sein, dachte Benítez, aber er ist nicht wie wir.

Jaramillo folgte der Richtung seines Blickes. »Cortés hätte ihn aufknüpfen lassen sollen«, sagte er.

»Ich würde mich nicht mal dann so weit erniedrigen wie er, wenn man mich auf kleiner Flamme schmoren sollte.«

»Als ich ihn fand, trug er Schmucksteine in der Nase. Und seht nur, wie zerfetzt seine Ohrläppchen sind. Aguilar sagt, das gehört zu dem Teufelskult, den sie in ihren Tempeln treiben.«

»Ist es Euch schon aufgefallen?« fragte Benítez. »Er stinkt sogar wie einer von den Wilden.«

»Warum habe ich nur auf Aguilar gehört? Ich hätte ihm gleich am Strand die Gurgel durchschneiden sollen.«

»Cortés sagt, wir brauchen die beiden, damit wir mit den anderen Eingeborenen reden können.«

»Von mir aus Aguilar, aber den nicht. Woher wollen wir wissen, was er denen sagt?« Jaramillo spuckte ins Meer. »Aguilar sagt, sie opfern in ihren Tempeln Kinder und essen anschließend das Fleisch.«

Benítez schüttelte den Kopf. »Ich hab' nichts für Priester übrig, aber ich bete zu Gott, daß wir diesen finsteren Ländern das Heil bringen können.«

Jaramillo grinste breit. »Betet auch darum, daß er uns für diesen Dienst an ihm gut belohnt.«

Der Steuermann Alaminos lotste die Flotte der Flußmündung zu. Im Vorjahr hatte er Grijalva auf dessen Reise und bei seiner Landung begleitet. Da sich die Eingeborenen, die sich Tabasca nannten, als freundlich erwiesen hatten, wollte auch Cortés dort anlegen. Die Männer sammelten sich an der Reling und sahen zu, wie aus der fernen Küstenlinie allmählich ein ebener Horizont mit Palmen und Sanddünen wurde. Alle empfanden die gleiche Spannung.

Wenn sie gewußt hätten, was ihnen bevorstand, es hätte ihnen gegraut, denn nicht Abenteuer und Gewinn lagen hinter jener ebenen grünen Küste, sondern zwei Jahre Leben in der Hölle.

2

Potonchán. Am Fluss

Ein hölzerner Palisadenzaun umgab eine Ansammlung mit Palmblättern gedeckter Hütten aus Adobe, den an der Sonne getrockneten Lehmziegeln. Ihre Bewohner, viele in gesteppten Baumwollrüstungen, hatten sich am Flußufer versammelt und schwangen Speere und Pfeile. Andere waren bereits in ihre Kriegskanus gesprungen und in die Mitte des Flusses gepaddelt, um den Ankömmlingen den Weg zu verlegen. Hinter dem Palisadenzaun erschollen Kriegstrommeln und durchdringende Muscheltrompeten.

Benítez sah Cortés aufmerksam an. Als welche Art von Kommandant würde er sich wohl erweisen? Auf den Lippen, die unter dem Schnurrbart messerscharf waren, las er Geringschätzung und Unerschrockenheit. »So freundlich wie unseren Freund Grijalva scheinen sie uns nicht behandeln zu wollen«, sagte Benítez.

Cortés knurrte. »Wir kommen in friedlicher Absicht. Auch sie sollen sich friedfertig verhalten – und wenn ich sie umbringen muß, um sie dazu zu veranlassen.« Mit einem Mal verwandelte er sich in den Mann der Tat, den alle in ihm sahen. An Steuerbord hatte er zwei Falkonette aufstellen lassen, kleine transportable

Geschütze, die auf die Siedlung zielten. »Macht die Ladung fertig!« rief er. »Ordaz, haltet euch zum Wegfieren der Boote bereit! Aguilar, Norte, ihr kommt mit!«

Laut hallte das Kriegsgeschrei den Fluß entlang. Ein Schauer überlief Benítez. Anders als einige der anderen war er kein Krieger. Er war gekommen, um eine Pflanzung anzulegen. Er hoffte, daß ihn sein Zittern nicht zu Boden werfen werde.

Während die Männer mit gezogenen Schwertern in den Booten standen, verlas der königliche Notar Diego Godoy, schwarzgekleidet und mit Silberschnallen an den Schuhen, wie es der Würde seines Amtes entsprach, den Eingeborenen das auf lateinisch abgefaßte *requerimiento*. Aguilar dolmetschte. Benítez, der in seiner Rüstung aus Kettenhemd, Brustpanzer und Halsberge schwitzte, empfand Unruhe. Immerhin wäre es sein erstes Gefecht. Er betete, daß er sich, sollte es dazu kommen, nicht feige verhalten möge. Bilder eines qualvollen Todes bedrängten ihn, auch hatte er Angst vor einer Verwundung und davor, daß er Angst zeigen könnte. Um diese Empfindungen zu verdrängen, versuchte er sich auf das zu konzentrieren, was der Notar des Königs von seiner Schriftrolle ablas. Allerdings gelang es Aguilar nicht, sich mit seiner Stimme gegen Trommeln und Kriegsgeschrei durchzusetzen.

Die schwarz und weiß bemalten Eingeborenen waren in ihren Kriegskanus auf Sichtweite herangekommen. Sie schwangen Speere und lederne Schilde.

Benítez sprach ein stummes Gebet zur Jungfrau Maria.

»Sie tragen Kriegsbemalung«, sagte Jaramillo.

Benítez sah Cortés' finsteres Gesicht. Bewunderung für ihren Befehlshaber stieg in ihm auf. Es war, als glaubte er die Eingeborenen mit der bloßen Kraft seiner Persönlichkeit zum Schweigen bringen zu können. Inmitten all des Tumults wirkte er wie ein ruhender Pol. Eine Hand hatte er in die Hüfte gestemmt, die andere ruhte auf dem Griff seines Degens. »Ihr habt gesagt, die Leute hier am Fluß hätten Euch freundlich begrüßt, als Ihr mit Grijalva hier wart«, zischte er Jaramillo zu.

»So war es auch, *Comandante*. Sie haben zu Flötenspiel vor uns am Strand getanzt. Irgend etwas muß sie seitdem aufgebracht haben.«

Godoy hatte aufgehört vorzulesen. Er mochte zu dem Ergebnis gekommen sein, daß es sinnlos war.

»Weiter!« blaffte ihn Cortés an.

Der Notar tat, wie ihm geheißen war.

Das *requerimiento* war ein von der Kirche formuliertes Dokument, das in allen neuen Ländern zu verlesen war, bevor man sie im Namen des Papstes und der spanischen Krone in Besitz nehmen konnte. Es begann mit einer kurzen Geschichte des Christentums bis zu dem Augenblick, da Gott die Menschheit der Fürsorge Sankt Petri empfahl, fuhr mit der Erklärung fort, daß der Papst dessen rechtmäßiger Nachfolger sei und dem spanischen König die Macht über die Kontinente und Inseln der Weltmeere übergeben habe. Daher sollten sich die Bewohner dieser Länder Cortés als dem rechtmäßigen Vertreter König Karls unterwerfen. So sie das täten, hieß es weiter, werde man sie gut behandeln und sie würden die Vorzüge des Christentums genießen. Andernfalls aber werde man sie als Aufständische betrachten, und sie müßten die Folgen tragen.

»Das ist doch Unsinn«, sagte Norte.

Cortés' Schläfenader schwoll an. »Sieh an, unser Abtrünniger hat die Sprache zivilisierter Menschen wiedergefunden. Ihr haltet also Gottes Auftrag für Unsinn, Norte?«

»Diese Leute verstehen kein Wort von dem, was Ihr ihnen sagt. Sie haben nie vom Papst gehört. Die ganze Sache ist absurd.«

»Zwar freut es mich, daß Ihr wieder gelernt habt, wie ein spanischer Edelmann zu sprechen, doch ist es zugleich betrüblich, daß Ihr unsere wunderbare Sprache lediglich dazu benutzt, Ketzereien von Euch zu geben.«

»Ist es Ketzerei, im Namen von Vernunft und Gerechtigkeit das Wort zu ergreifen? Vermutlich dient diese ausgeklügelte Farce ausschließlich dazu, Euer Gewissen zu beruhigen.«

»Es kann gut sein, daß ich Euch eines Tages an einem Baum hängen sehe, ohne dabei Gewissensbisse zu empfinden.«

Godoy beendete die Verlesung des Dokuments. Der Lärm der Trommeln und die durchdringenden Schreie der Eingeborenen waren jetzt ohrenbetäubend laut. Zwei vom Ufer aus gegen die Boote der Weißen abgeschossene Pfeile fielen kraftlos ins Wasser. Aguilar wandte sich Cortés zu, um dessen Anweisungen abzuwarten.

Dieser wirkte so gleichmütig, als wären die Angreifer lediglich ein Schwarm lästiger Mücken. Sein Brustharnisch blitzte in der Sonne. Die Feder auf seiner Sturmhaube wehte in der Brise.

Benítez bemühte sich, der Haltung seines Hauptmanns nachzueifern, und unterdrückte seine Angst. Ruhig Blut, forderte er sich auf. Laß niemanden sehen, daß du dich fürchtest.

»Sagt ihnen, daß wir als Freunde kommen«, forderte Cortés Bruder Aguilar auf, »und nichts anderes wollen als Lebensmittel, Wasser und freundschaftliche Beziehungen zu ihnen.«

Augenblicklich begann Aguilar das Gesagte zu dolmetschen und rief seine Botschaft in den Lärm hinaus, der ringsum auf dem Wasser herrschte.

»Sagt ihnen, daß wir nichts Böses im Schilde führen und als Kastilier keinen anderen Wunsch haben, als ihnen Gutes zu tun«, fügte Cortés hinzu.

Weitere Pfeile pfiffen vom Ufer herüber und landeten unmittelbar vor dem Boot im Fluß. »Ich gebe mein Wort, wenn sie so weitermachen, haben sie sich alles Weitere selbst zuzuschreiben! Sagt ihnen, Aguilar, daß sie Frieden halten oder ihre Seelen Gott befehlen sollen!«

»Wir können nicht gegen so viele kämpfen«, sagte Norte.

»Was versteht ein ehemaliger Seemann von militärischen Angelegenheiten?«

»Sie sind Tausende, und wir nur eine Handvoll.«

»Wenn es sich dabei aber um Spanier handelt, haben diese das Glück auf ihrer Seite.«

Erneut pfiff etwas durch die Luft. Diesmal waren es Steine, welche die Eingeborenen mit Schleudern vom Ufer aus gekonnt auf sie zielten. Einige fielen ins Wasser, ohne Schaden anzurichten, andere prallten auf erhobene Schilde und stählerne Brustpanzer, doch einzelne taten auch die gewünschte Wirkung. Benítez hörte einen Mann in einem der anderen Boote aufschreien.

»Genug!« rief Cortés. Mit einem metallischen Geräusch zog er den Degen und hob ihn zur Brigantine hin. Es war das verabredete Signal.

Die Falkonette feuerten gleichzeitig. Mit lautem Zischen flogen die schweren Kugeln über den Fluß und gingen laut krachend in den Mangroven nieder. Blätter und Äste regneten auf die zuckenden Leiber jener Eingeborenen herab, die sich auf dem Pfad der Zerstörung befunden hatten. Die Wirkung war eindrucksvoll. Tausend Stimmen schrien vor Schreck und Entsetzen auf, und die Eingeborenen flohen vom Ufer.

Cortés sprang ins schlammige Wasser, das ihm bis zu den Oberschenkeln reichte. »*Santiago y España!* Für den heiligen Jakobus und für Spanien!«

Allenthalben stürzten sich Krieger ins aufspritzende Wasser und folgten ihm ans Ufer. Benítez folgte ihnen, von der allgemeinen Bewegung mitgerissen.

Später hatte er nur verschwommene Erinnerungen an jenes erste Gefecht im Fluß. Die Angst machte ihn leichtsinnig. Benommen von den Kriegsrufen der Eingeborenen, dem Dröhnen ihrer Trommeln und dem Gellen ihrer Flöten strebte er einem Haufen brauner und bemalter Leiber zu. Der primitive Holzschild vor ihm zerbarst unter seinem Schwertstreich, und der Mann dahinter griff nach dem Stumpf, der von seinem Arm geblieben war.

Benítez stürmte weiter und griff den nächsten unbekleideten braunen Körper an. Inzwischen aber war eine ganze Anzahl der Männer, die sich von ihrer anfänglichen Furcht erholt hatten, in den Fluß zurückgekehrt. Es waren so viele, daß die bloße Vorstellung widersinnig schien, eine solche Horde besiegen zu können.

Hier werde ich sterben, in diesem schlammigen braunen Fluß.

Benítez merkte kaum, was er tat. Wieder schlug er wild um sich. Aufschreiend stürzte ihm ein weiterer Eingeborener vor die Füße. Im Wasser wirbelten Leichen durcheinander, und schon bald verfärbte es sich rostfarben.

Noch einmal führte Benítez einen Hieb aus. Sein Visier war offen. Voll Schrecken sah er einen Speer auf sich gerichtet, doch zerspellte dessen Obsidianklinge auf seinem stählernen Brustpanzer.

Er führte mit dem Schwert einen Streich nach seinem Angreifer, strauchelte über einen Toten unter seinen Füßen und stürzte ins Wasser. Verzweifelt versuchte er, im Schlamm auf die Füße zu kommen, um nicht im Fluß zu ertrinken. Als er den Blick hob, stand einer der Tabasca-Krieger über ihm und schwang eine steinerne Axt. Benítez' stählerner Helm lag irgendwo im Wasser. Er war dem Mann schutzlos preisgegeben.

Doch statt den Streich auszuführen, packte ihn dieser bei den Haaren und begann ihn in Richtung auf das Ufer zu zerren. Benítez versuchte sein Schwert in die linke Hand zu nehmen und nach oben zu stoßen. Bevor er aber dazu kam, sah er, daß sich Cortés den Weg durch das aufspritzende Wasser zu ihm bahnte und den Unterleib des Mannes durchbohrte, der ihn gepackt hielt. Aufschreiend ließ dieser los, taumelte zur Seite und fuhr mit den Händen dorthin, wo die Klinge ihn durchbohrt hatte.

Mit dem Ruf »Santiago!« zog Cortés Benítez hoch, so daß er wieder auf die Füße kam.

Tatsächlich, dachte dieser, heute scheint mir der Heilige beizustehen. Eigentlich wäre ich jetzt tot. Warum nur hat mich der Kerl nicht umgebracht, als er die Gelegenheit dazu hatte?

3

Auf sein Schwert gestützt, sog Benítez Luft in die brennende Lunge. Schweiß und mit Wasser vermischtes Blut aus einer Kopfwunde liefen ihm in die Augen. Er hatte sein erstes Gefecht überlebt und empfand Stolz und Ekel zugleich. Er war mit seiner Leistung zufrieden; zwar hatte er keine besondere Tapferkeit an den Tag gelegt, dennoch aber gezeigt, daß er ein Mann war. Befriedigung allerdings hatte ihm das Gemetzel nicht verschafft. Andere zu töten bereitete ihm kein besonderes Vergnügen, auch dann nicht, wenn es Heiden waren. Sofern Kriegertum das bedeutete, eignete er sich nicht dafür.

Immer noch den Schwertknauf umklammernd, sank er auf die Knie und sprach leise ein Dankgebet zur Jungfrau Maria. Als er die Augen schloß, sah er vor seinem inneren Auge den kräftigen Eingeborenen, der im Fluß über ihm stand, die Steinaxt hoch erhoben. Er schluckte, um zu verhindern, daß er sich erbrechen mußte.

Warum nur hatte der Mann ihn verschont?

Den Helm unter dem linken Arm, so daß ihm das lange, dunkle Haar lose auf die Schultern fiel, strebte Cortés dem Kapokbaum zu, der in der Mitte des Dorfes stand. Sein Gesicht war von der Schlacht gerötet, und seine Augen glänzten vor Erregung. Er merkte, daß die Männer um ihn herum das gleiche Hochgefühl empfanden wie er. Diesem Haufen ist nichts lieber, als sich zu schlagen, solange die Verluste gering sind, ging es ihm durch den Kopf.

Dreimal schnitt er mit seinem Degen tief in die Rinde des Baumes und rief dabei aus: »Ich nehme diese Siedlung im Namen Seiner Majestät König Karls von Spanien in Besitz.«

Diego Godoy zeichnete den Augenblick getreulich auf.

Eine Handvoll gefangener Eingeborener, die meisten krummbeinig, wurden mit auf dem Rücken gefesselten Händen von ihren Wächtern vorwärtsgestoßen. Im Verlauf der Schlacht hatte Benítez lediglich einen flüchtigen Blick auf Federkopfputz, halbnackte Leiber und bemalte Gesichter erhascht. Jetzt hatte er Gelegenheit, den Feind genauer zu betrachten. Alle Männer trugen saubere Schamtücher und hatten das Haar in einer Art Tonsur geschoren. Mehrere trugen reich bestickte Umhänge, die an einer Schulter verknotet waren. Viele Gesichter und Körper waren rot tätowiert, und die Ohrläppchen waren förmlich zerfetzt. Wie bei Norte.

»Sagt ihnen, daß sie nichts zu befürchten haben«, wies Cortés Aguilar an. Sie nahmen diese Botschaft teilnahmslos und, so schien es Benítez, nur mit geringer Begeisterung auf.

»Sagt ihnen, daß ein großer König von jenseits des Ozeans uns geschickt hat und wir ihren Häuptlingen viel Außergewöhnliches mitzuteilen haben. Versichert ihnen auch, daß wir ihnen kein Leid zufügen wollen und von ihnen lediglich frisches Wasser und Lebensmittel für unsere Reise wollen.«

Aguilar teilte das den Gefangenen mit, die daraufhin verwirrt Blicke austauschten, aber nichts sagten. Während Alvarado sie fortführte, wandte sich Cortés an Benítez.

»Stellt um den Ort herum Posten auf. Wir werden heute nacht unser Lager aufschlagen und auf die Rückkehr der Eingeborenen warten. Jetzt, nachdem sie unsere Waffen kennengelernt haben, sind sie vielleicht in der Stimmung, mit uns zu verhandeln.«

Ein unbehagliches Schweigen entstand, als den Männern die Bedeutung von Cortés' Worten aufging. Schließlich ergriff León das Wort, ein kräftiger Mann mit schwarzem Bart. »Mein Onkel hat uns strikte Anweisungen gegeben, nicht an Land zu übernachten.« Seine Stimme klang laut und polternd.

Da erkannte Benítez zum ersten Mal in Cortés' Augen, in der Art, wie er das Kinn reckte, einen Hinweis auf den Unterdrücker, den Eiferer, den Heiligen. In jenem Augenblick begriff er: Wir glaubten den Mann einschätzen zu können, der sich unser Befehlshaber nennt, meinten unseren *Comandante* zu kennen. Das aber ist keineswegs der Fall.

Abschätzig sah Cortés ihn an. »Wer hat hier das Kommando?«

León ließ sich nicht einschüchtern. »Wir haben Anweisungen vom Gouverneur.«

»Und Befehle von mir!« schrie Cortés. Er stieß den Degen in den Boden, wo er zitternd steckenblieb. »Sollte jemand meine Befehlsgewalt anzweifeln, sollten wir die Sache an Ort und Stelle klären!«

Beim Arsch des Satans, dachte Benítez. Er meint es ernst.

Niemand sagte ein Wort.

»Damit ist die Sache erledigt. Wir schlagen hier unser Lager auf.«

Cortés schob den Degen in die Scheide und schritt davon.

»Hier gibt es rein gar nichts«, sagte Jaramillo und spie auf den Boden. »Kein Gold, kein Silber – nicht mal Weiber.«

Das Dorf lag verlassen da. Auf den staubigen Straßen schnappte hier und da ein haarloser Hund nach ihren Fersen. Jaramillo und einige andere machten sich ein Vergnügen daraus, sie mit dem Schwert aufzuspießen.

Benítez trat in mehrere der türlosen einfachen Hütten ein, deren Wände aus Lehmziegeln bestanden, die an der Sonne getrocknet waren. Ein Strohdach bot Schutz vor der Witterung. Es gab keinerlei Möbel; vermutlich schliefen die Bewohner auf Bündeln aus trockenen Stecken und Gras, über die sie Baumwollmatten breiteten. Jede der Hütten enthielt in einer der dunklen Ecken einen kleinen Schrein mit einer primitiven Statuette, um die herum Speiseopfer lagen.

Jaramillo sah näher hin. Es waren Götzenbilder aus rotem Ton.

Es schüttelte ihn, doch waren diese Gestalten nichts im Vergleich mit dem, was sie auf der Plattform der Pyramide fanden.

Die Pyramide überragte die Adobe-Hütten des Dorfes bei weitem. Sie war aus massiven Steinquadern errichtet, in die sonderbare Zeichen gehauen waren. Steinerne Drachen und Schlangen hielten im Hof Wache. Der Bau wirkte etwa so gewaltig wie ein sechsstöckiger Palast in Spanien und ließ auf eine weit fortgeschrittenere Kultur schließen, als die Männer erwartet hatten. Beeindruckt sahen sie sich um.

»Sollten wir in Wirklichkeit China entdeckt haben?« murmelte Benítez.

Er folgte Cortés, Aguilar, Norte und Jaramillo auf die Plattform der Pyramide. Der Anstieg war steil, und oben angekommen, verschnauften sie einen Augenblick, bevor sie den Schrein betraten. Wie die Hütten des Dorfes war auch er aus getrockneten Lehmziegeln gebaut und mit Stroh gedeckt.

Im Inneren war es feucht und roch nach Dschungel und Tod. Einen Augenblick lang sahen sie nichts.

Als sich ihre Augen an die Dunkelheit gewöhnt hatten, entfuhr Jaramillo ein: »Heilige Maria, Mutter Gottes«.

Auf dem Altar wand sich eine Schlange um einen Jaguar aus Marmor. Dahinter starrte ein blau bemaltes steinernes Ungeheuer mit großen vorstehenden Augen und Krallen aus seinem Nest herüber.

»Das ist der Regenbringer Tlaloc«, flüsterte Norte. Es klang fast ehrfürchtig.

»Das ist der Teufel«, sagte Cortés. Und mit einem Streich seines Degens schlug er der Schlange den Kopf ab und schleuderte den zuckenden Leib in die muffig riechende Finsternis. Dann trat er näher, um die Jaguarplastik zu betrachten. Eine Schale auf ihrem Rücken enthielt eine zähe Flüssigkeit. Er steckte einen Finger hinein und roch daran. Angewidert warf er das Götzenbild wie Unrat zu Boden. Dann wandte er sich zu Norte um.

»Was ist das?« fragte er zitternd vor Wut.

Norte schwieg.

Jaramillo hatte inzwischen auf den Steinplatten unter Tlalocs grinsender Maske weitere Opfergaben entdeckt: ein Feigenbäumchen, ein bestícktes Tuch sowie vier Schädel und Menschenknochen.

Mit belegter Stimme sagte Aguilar: »Sie glauben, daß sie mit Menschenopfern den Regen herbeibeschwören und ihre Felder nähren können.«

Cortés nahm den Blick nicht von Norte. Er hielt die Hand erhoben, deren einer Finger nach wie vor naß vom Blut aus dem steinernen Gefäß war. »Teufelswerk«, sagte er und trocknete ihn an Nortes Hemd.

»Gott sei Dank sind wir hier, um sie zum wahren Glauben zu führen«, bemerkte Aguilar.

»Wie gehen sie bei diesen teuflischen Opferhandlungen vor?« fragte ihn Cortés.

Der Angesprochene zögerte. »Sie schneiden ihnen bei lebendigem Leibe das Herz heraus«, sagte er, »und bieten den Göttern das Blut dar. Dann verzehren sie die Gliedmaßen. Dieses Schicksal erwartet jeden, der im Kampf gefangen wird. Es wäre auch das unsere gewesen, wenn wir nicht gesiegt hätten.«

Eine kleine Gruppe von Ordaz' Kriegern war ihnen gefolgt und stand jetzt schweigend am Eingang, den Blick auf den Haufen zerfallender Knochen gerichtet. Das Hochgefühl des Sieges schwand dahin, als sie begriffen, wie sie selber beinahe geendet hätten und nach wie vor noch enden konnten.

In diese Stimmung stürmte Alvarado von draußen herein. Er keuchte vom steilen Anstieg auf die Tempelplattform. »In dieser ganzen Stadt gibt es nichts, nicht das mindeste! Sie haben alles mitgenommen!« Er blieb stehen und sah sich um. »Was in Gottes Namen ist das?«

»Wir sind in ein Kannibalennest geraten«, sagte Cortés.

»Großer Gott.« Alvarado wandte sich an Norte. »Und diese Wilden sind Eure früheren Gefährten?«

Der Angesprochene hielt dem Blick stand. Benítez fragte sich, was in seinem Kopf vorgehen mochte. Hatte er bei seinem Adoptivstamm an solchen Riten teilgenommen und Menschenfleisch verzehrt? Sie hätten ihn am Ufer niedermachen sollen, wie es Jaramillos Absicht gewesen war. Ihn ohne Gelegenheit zur Beichte sterben zu lassen, das wäre für einen solchen Mann genau das Richtige gewesen.

»Wir wollen beten, daß es uns gelingt, diese Menschen zum einzigen und wahren Glauben zu führen«, sagte Aguilar und fiel auf die Knie.

Da Cortés es ihm nachtat, konnten Benítez, Alvarado und Jaramillo nicht umhin, sich anzuschließen Die Krieger folgten ihrem Beispiel und beteten Aguilars Worte nach.

Doch kaum hatten sie geendet, als Benítez hinaus ins Sonnenlicht stürmte und die Stufen des höllischen Tempels hinabeilte. Es würgte ihn in der Kehle.

4

Acalán

Zerstückelt lag Mondschwester in der Dunkelheit ihres Grabes. Ungeheuer zogen durch die Nacht und hielten Ausschau nach einsamen Reisenden. Das Wehklagen der Weiber schwoll im gleichen Rhythmus an und ab wie der Klang der Trommel und der Flöten – ein grelles Lied für die Toten.

Mali saß mit gekreuzten Beinen bei ihrem toten Mann und sah ihn an. Man hatte ihn in der überlieferten Haltung zur Verbrennung hergerichtet: aufrecht sitzend, in ein breites, besticktes Tuch gewickelt. Seine Brüder hatten seine Innereien entfernt, so gut sie konnten, und sie selbst hatte ihm ein Stück Jade in den Mund gelegt, damit er dem Gelben Untier die Fahrt über den Engen Durchlaß bezahlen konnte.

Sie beugte sich über ihren toten Gemahl Puma-Lippenpflock, bis ihr Mund nur noch wenige Fingerbreit von seinem Gesicht entfernt war. »Wenn du demnächst im Himmel des Regenbringers ein Schmetterling bist, hoffe ich, daß du den Blumen mehr Genuß verschaffst als mir.«

Die anderen hatten ihr gesagt, sein Ende sei gut gewesen. Fast hätte er einen der Eindringlinge gefangengenommen und an den Haaren durch das seichte Wasser des Flusses ans Ufer gezerrt, doch dann habe unverständlicherweise ein anderer von ihnen in den Zweikampf eingegriffen und Puma-Lippenpflock erschlagen. Zwei seiner Brüder hatten ihn nach Acalán zurückgebracht, wo er zwei Tage und Nächte in wortlosem Schmerz darauf gewartet hatte, die Erde küssen zu dürfen. Es war wohl die Art Tod, die er sich gewünscht hätte, befand sie. Die Götter hatten ihn jeden Tropfen der göttlichen Flüssigkeit verlieren lassen, bevor sie ihn in die Reihen der anderen toten Krieger aufnahmen. Jetzt wohnte er in Tlalocs grünem Himmel, dem Paradies der Schmetterlinge, wo smaragdgrüne Vögel dicht über die Oberfläche ewig plätschernder Quellen dahinfliegen.

Er würde ihr nicht fehlen.

Den Eingang zur Straße verschloß ein mit winzigen goldenen Glöckchen übersäter Vorhang. Sie tönten leise, als Regenblüte eintrat und sich auf die Matten neben sie setzte.

»Was gibt es, Kleine Schwester?« flüsterte Mali.

»Die Kaziken können sich nicht entscheiden, ob diese Fremden Menschen oder Götter sind. Unsere Krieger sagen, es müßten Götter sein, denn ihre Haut glänzt wie die Sonne und ist so hart, daß das *maquáhuitl* ihnen beim Aufprall in den Händen zerbricht. Auch sagen sie, daß sie von ihren Kanus aus Donner aus wolkenlosem Himmel zaubern können.«

»Natürlich sind es Götter«, sagte Mali. »Sie sind von Osten gekommen und haben mit gewaltigen Umhängen den Wind für ihre Kanus eingefangen. Es sind die Vorboten der Gefiederten Schlange, die zu uns zurückkehren wird.«

»Du glaubst doch diese kindische Geschichte nicht! Diese Herren des Donners waren schon im vorigen Jahr hier. Die Leute von Champotón haben zwanzig von ihnen getötet. Dort sagt man, daß es Menschen sind, Männer wie unsere Krieger.«

»Dem Gott Gefiederte Schlange haben einst Maulwürfe und Zwerge gedient, die so sterblich sind wie du und ich. Natürlich können all diese Krieger sterben, aber Gefiederte Schlange ist unzerstörbar. Der Überlieferung nach ist das sein Jahr.«

Das Licht der Pechkiefer-Fackel an der Wand ließ Regenblütes Gesicht im Schatten. »Es sind nur ein paar hundert gewöhnliche Männer gegen Tausende der unsrigen, und morgen wird man sie töten.«

Mali schwieg. Mochte Regenblüte glauben, was sie wollte. Im Innersten ihres Herzens kannte sie die Wahrheit. Seit frühester Kindheit hatte sie von diesem Tag geträumt. Flüsternd hatte der Vater ihr berichtet, wie die Gefiederte Schlange, Quetzalcóatl, auf einem Floß von Osten zurückkehren und sie alle von den Mexica erretten würde. Er hatte ihr auch ein weiteres und noch wichtigeres Geheimnis anvertraut: Sie, Ce Malinali Tenepal, würde Verkünderin des neuen Zeitalters sein.

Regenblüte konnte nicht wissen, daß Malis Schicksal in jener Nacht am Fluß das Lager aufgeschlagen hatte.

Potonchán

Am Morgen nach dem Kampf im Fluß ließ Cortés die gefallenen Tabasca-Krieger verbrennen und das Standbild des Regenbringers aus dem Tempel entfernen. Ein Dutzend Männer mußte aufgeboten werden, um es an den Rand der Pyramide zu schleppen. Dort hebelten sie es mit Piken und Lanzen die Stufen hinab, bis es schließlich krachend im Hof landete. Wo das Götzenbild gestanden hatte, stellte Pater Olmedo zusammen mit seinem spanischen Glaubensbruder Pater Díaz ein hölzernes Kreuz auf und hängte an einer Wand Cortés' eigenes Andachtsbild auf, *Nuestra Señora de los Remedios*, Unsere Liebe Frau von der immerwährenden Hilfe.

Den Schrein ernannte Cortés zu seinem Hauptquartier. Dort wartete er darauf, daß die Eingeborenen auf seine Friedensangebote antworteten.

Gleißende Sonne, drückende Hitze, Fliegensummen. Im Inneren des steinernen Tempels war es jedoch angenehm kühl. Cortés zog den Kopf ein, als er eintrat. Man hatte von der *Santa Ma-*

ria de la Concepción einen Tisch herübergeschafft, hinter dem er auf einem schweren Mahagonisessel Platz nahm, der wie jener Tisch aus Kuba stammte.

Seine Hauptleute drängten sich um ihn, denn sie waren begierig zu erfahren, was als nächstes geschehen würde. Cortés spürte ihre Anspannung. Sie hatten Angst. Sie trauten ihm noch nicht genug, und sie waren sich ihrer Sache nicht so sicher wie er.

Prüfend sah er in ihre Gesichter. Da war der weizenblonde Puertocarrero mit seinen aristokratischen Zügen – kein Kämpfer. Dann kam der stürmische Rotschopf Alvarado mit seinem rötlichen Spitzbart. Auf seinem schwarzen, gesteppten Wams blitzte eine Goldkette. Außer ihm waren da noch der mürrische junge Sandoval, der alte Haudegen Ordaz, der feurige junge León, wie jener ein Unruhestifter und ein Anhänger des Gouverneurs Velázquez, Jaramillo mit dem tückischen Raubvogelgesicht und der pockennarbigen Haut und schließlich Benítez mit seinen häßlichen, ungleichmäßigen Zügen und dem spärlichen Bartwuchs, ein Mann, der noch nicht hinlänglich erprobt war.

Auf allen Gesichtern glänzte Schweiß.

Feierlich breitete Cortés die im vorigen Jahr von Grijalva angefertigte Karte der Küste vor sich aus und wies auf die mit Tusche gezeichneten Linien. »Meine Herren, da wir bisher von den Eingeborenen noch kein Wort über ihre Absichten erfahren haben, sollten wir darüber nachdenken, welche Möglichkeiten uns offenstehen. Wir können zu unseren Schiffen zurückkehren und die Küste weiter nördlich erkunden. Allerdings meine ich, daß wir die Eingeborenen nur in ihrer Dreistigkeit bestärken, wenn sie sehen, daß wir vor ihnen davonlaufen, wie es Grijalva im Vorjahr bei Champotón getan hat. In einem solchen Fall würde es doppelt schwer sein, ihnen bei der nächsten Landung unseren Willen aufzuzwingen. Zweitens können wir darauf warten, daß sie Verbindung mit uns aufnehmen. Als dritte Möglichkeit können wir gegen sie losschlagen, bevor sie Gelegenheit haben, ihre Kräfte wieder zu sammeln. Ich erwarte eure Vorschläge.«

Er lächelte den Versammelten leicht zu und lehnte sich in seinen Sessel zurück.

»Wir sollten sofort aufbrechen«, knurrte León. »Was wir getan haben, steht im Widerspruch zu den Befehlen meines Onkels, des Gouverneurs.«

»Dem stimme ich zu«, sagte Ordaz. »Wir haben weder genug Männer noch genug Vorräte, um zu Lande einen Feldzug zu führen. Die Eingeborenen sind uns zahlenmäßig stark überlegen. Bedenkt, was Grijalva im vorigen Jahr widerfahren ist.«

»Ich finde, wir sollten gegen diese Bastarde losschlagen«, schrie Alvarado. »Wir haben ihnen genug Zeit gelassen, sich zu überlegen, wie sie sich verhalten sollen! Wie viele sie sind, spielt keine Rolle; jeder Spanier wiegt hundert von ihnen auf!«

»Ich bin Alvarados Ansicht«, sagte Jaramillo.

»Aber wir haben keinen wirklichen Grund, gegen sie Krieg zu führen«, meldete sich Benítez zu Wort. »Sie haben lediglich ihre Ansiedlung verteidigt, weil sie sich angegriffen fühlten, ganz gleich, wie falsch sie die Lage damit eingeschätzt haben. Wir sollten an der Küste hinauffahren und sehen, ob man uns woanders freundlicher empfängt.«

»Und hier werden sie uns als weibisch verlachen«, sagte Sandoval.

Mit einem Mal redeten alle durcheinander. Cortés gebot mit erhobener Hand Ruhe. »Offensichtlich steht eine Meinung gegen die andere«, sagte er. Er war von Benítez enttäuscht. Nach der von ihm bei der Schlacht im Fluß an den Tag gelegten Begeisterung hatte er mehr von ihm erwartet. Er vermutete in ihm einen künftigen Unruhestifter wie León und Ordaz. »Alonso soll entscheiden.« Er sah Puertocarrero an. »Was sagt Ihr?«

»Ich finde, wir sollten auf den *Comandante* hören«, sagte dieser gelassen.

Cortés lächelte. Das war die Antwort, die er erhofft hatte. »Nun schön.« Er wandte sich wieder der Karte zu. »Meiner Ansicht nach sollten wir den eingeschlagenen Weg fortsetzen und darauf warten, daß wir mit den Eingeborenen in Berührung kommen. Sofern sie Handel treiben und uns mit Lebensmitteln versorgen wollen, werden wir ihnen gern freundschaftlich entgegentreten. Sollte ihnen aber der Sinn nach weiterer Bestrafung stehen, können wir ihnen auch damit dienen.«

»Ich frage mich nur, wer dabei den kürzeren ziehen würde«, knurrte Ordaz.

»Es gibt keinen Grund, sie zu fürchten«, sagte Cortés. »Wir haben von unserer gestrigen Begegnung mit ihnen Wichtiges gelernt. Sie waren uns möglicherweise zehn zu eins überlegen, doch obwohl viele von uns verwundet wurden, sind unsere Verluste gering. Die Eingeborenen verwenden für ihre Waffen eine Art brüchiges Glas, das auf einem stählernen Schild oder Brustpanzer leicht zerbricht. Für eine gute Klinge aus Toledo bedeuten ihre Schilde aus Leder oder Holz kein Hindernis. Im übrigen habe ich Bruder Aguilar und den Abtrünnigen Norte lange über ihre Sitten befragt. Es scheint, als sähen sie die größte Ehre darin, den Gegner im Kampf nicht zu töten, sondern gefangenzunehmen, um ihn dann während ihrer teuflischen Rituale zu opfern.« Er warf einen Seitenblick auf Benítez. »Ein solches Vorgehen ist doch von großem Vorteil für uns, oder nicht?«

Benítez war bleich geworden. »So ist es, *Comandante*.«

»Das könnte auch erklären, warum sich so viele von ihnen geradezu begierig unseren Schwertern entgegengeworfen haben.« Er ließ den Blick über den Tisch schweifen. »Ich denke, daß unser Sieg letztlich gewiß ist, wenn es uns nicht zu sehr ermüdet, sie zu töten.«

»Trotzdem muß zwangsläufig der Augenblick kommen«, sagte Ordaz, »wo unser Glück sich wendet und wir sie nicht so rasch töten können, wie es nötig ist. Sicherlich ziehen sie gerade in diesem Augenblick eine weit größere Streitmacht zusammen.«

»Möglich. Dann müssen eben auch wir den größeren Teil unserer Kräfte einsetzen. Wenn sie sich schon von zwei in einen Sumpf abgefeuerten Falkonetten in die Flucht schlagen lassen, fällt es nicht schwer sich auszumalen, was geschieht, wenn wir eine ganze Geschützbatterie gegen sie aufbieten. Außerdem«, fügte er nach einer Pause hinzu, wie ein Spieler, der seinen letzten Trumpf auf den Tisch wirft, »haben sie noch kein Schlachtroß in vollem Galopp heranstürmen gesehen.«

Nachdem seine Hauptleute gegangen waren, lehnte sich Cortés zurück und betrachtete auf dem in der Sonne glitzernden Wasser in der Bucht sein Flaggschiff, das der Tempeleingang wie ein

Rahmen umgab. Eines Tages wird man Balladen über mich schreiben, dachte er. Man wird mich in einem Atemzug mit Alexander dem Großen oder mit El Cid nennen, der im Kampf gegen die Mauren so Großes für Spanien geleistet hatte.

Auf Kuba war er lediglich einer von vielen armen Pflanzern gewesen, ein Befehlsempfänger des Gouverneurs. Hier aber würde er jener andere werden, der Mann, der zu sein er geträumt hatte. Hier war der Ort, wo er die Möglichkeit hatte, über das hinauszuwachsen, was er war, das werden konnte, als das er sich sah.

Im stillen legte er sich ein Gelöbnis ab: Das war sein Reich, und er war entschlossen, darüber zu herrschen.

Ceutla

Ordaz hatte die Fußtruppen durch die Kakaobüsche und Maisfelder geführt. Ein Netz von Be- und Entwässerungsgräben, zwischen denen Schlammlöcher lagen, hatte ihr Vorankommen behindert. Auf der gegenüberliegenden Seite des Tales standen Tausende von Eingeborenen. Die Federn ihres Kopfputzes schwankten wie Getreideähren im Winde. Benítez beobachtete sie aus seinem Versteck hoch in den Bäumen. Der Wind trug den Klang ihrer Flöten, Hörner und Trommeln herüber.

Lieber Gott, laß mich den Sonnenuntergang erleben.

Cortés wandte sich im Sattel zu seiner Reiterei um. Obwohl sie aus lediglich sechzehn Männern bestand, saß er im Sattel wie ein Herzog, der über mehrere tausend Ritter gebietet, in einer Hand den Zügel, die andere in die Hüfte gestützt. Benítez fragte sich, ob es etwas gab, das diesen Mann schrecken konnte.

»Der heutige Tag gehört uns, meine Herren. Wir wollen noch eine Weile abwarten, bis wir angreifen.« Cortés' braune Stute scharrte mit den Hufen und schüttelte den mit einem Federbusch geschmückten Kopf. Mit geblähten Nüstern nahm sie unruhig die in der Luft liegenden Gerüche wahr. »Denkt daran, mit den Lanzen hoch zu zielen, gegen die Augen, damit man euch nicht so leicht aus dem Sattel reißen kann. Und habt keine Angst, denn heute tun wir Gottes Werk!«

Die Eingeborenen hatten ihren Angriff mit einem Hagel von Steinen und Pfeilen begonnen. Minuten später warfen sich ihre ersten Abteilungen auf Ordaz' Fußtruppen. Benítez sah, wie sich in der Ebene Sonnenstrahlen blitzend auf stählernen Brustpanzern brachen, doch dann verhüllte eine heranrollende Wolke aus Flammen und Rauch das Bild. Als der Geschützdonner hörbar wurde, hatte schon eine unsichtbare Sense die vordersten Reihen der Angreifer niedergemäht. Benítez stieg vom Baum und schwang sich in den Sattel.

Nur einen Augenblick zögerten die überlebenden Eingeborenen, dann warfen sie, im Versuch, den Gegner über die Zahl ihrer Verluste zu täuschen, Unmengen von Gras und rotem Staub in die Luft. Eine zweite Abteilung griff an. Ihr folgte eine dritte.

Das Geschützfeuer machte sie nieder, und wer übrigblieb, fiel unter den Kugeln der Arkebusiere und den Bolzen der Armbrustschützen. Dennoch schickten die Eingeborenen weitere Männer in den Kampf. Es konnte gar nicht ausbleiben, daß viele von ihnen die Reihen der Spanier erreichten und sie durch ihre bloße Zahl zurückdrängten.

Unruhig im Sattel hin und her rutschend fragte sich Benítez, wann wohl Cortés das Zeichen zur Reiterattacke geben würde. Der scharfe Geruch des Lederzeugs, des Fettes auf der Rüstung und des Schweißes seines Tieres stiegen ihm in die Nase, so daß er sie unwillkürlich rümpfte. Genau, was er immer befürchtet hatte: Bei Licht besehen war er ein Feigling.

Bewegungslos saß Cortés auf seinem hölzernen Sattel und beobachtete. Ordaz kam mit seinen Männern durch die Gräben und Sumpflöcher zurückgestolpert.

Mit einem Mal erhob sich Cortés in den Steigbügeln. »*Santiago y España!* Für den heiligen Jakobus und für Spanien!«

Im Galopp ging es voran.

Über dem Geschützdonner und dem Lärm ihrer eigenen Trommeln und Blasinstrumente hatten die Eingeborenen den Hufschlag der Pferde nicht gehört. Da ihre Hauptstreitmacht ihnen den Rücken zukehrte, kam der Angriff völlig überraschend. Dann aber erkannte Benítez erschaudernd, daß Cortés ihren Weg wohl schlecht berechnet hatte: Er führte nämlich geradewegs in die Bewässerungsgräben. Schon strauchelte sein Pferd, und er sah, wie andere Tiere um ihn herum auskeilten und ihre Reiter fast abwarfen.

Benítez spornte seine gescheckte Stute an. Wenn der Angriff fehlschlug, war ihnen allen der Tod gewiß.

Er dachte an die Knochen im Tempel von Potonchán...

Hinter den Gräben erreichte er festen Boden und trieb sein Tier zum Galopp an. Plötzlich hörte man vereinzelt Schreie von den Indios, die, bald von anderen aufgenommen, durch das ganze Tal hallten. Die Indios vor ihm ließen alle Waffen fallen und wandten sich zur Flucht. Benítez trieb sein Pferd zwischen sie, den Speer auf ihre Gesichter gerichtet, wie Cortés es angeordnet hatte.

Er wandte sich nach hinten, wo er die übrige Reiterei vermutete. Niemand war da. Er war allein. Die anderen kämpften sich noch durch den Schlamm.

Benítez stieß einen Schrei des Entsetzens aus, spornte aber unwillkürlich zugleich sein Tier zu einem erneuten Angriff an. Erst lief ein Dutzend Männer vor ihm davon, dann waren es hundert und schließlich Tausende – wie Wellen in einem stillen Teich, in den man einen Stein geworfen hat. Er hörte, wie ein Jubelruf aus den Kehlen von Ordaz' bedrängten Kriegern aufstieg. Er wendete sein Pferd, griff abermals an und trieb, während ihm das Blut in den Ohren hämmerte, die große Streitmacht der Eingeborenen vor sich her wie ein Hund eine Schafherde.

Als schließlich die übrige Reiterei eintraf, wurde aus dem Rückzug der Eingeborenen eine kopflose Flucht. Benítez verhielt sein Pferd. Er schmeckte den Staub im Mund, den die Hufe aufgewirbelt hatten. Den Kopf zurückwerfend schrie er seinen Sieg, seine Freude, seine Erleichterung in den blauen Himmel. Er konnte nicht glauben, daß er so viel gewagt und dabei überlebt hatte.

Zutiefst angewidert zog Norte über das Schlachtfeld. Aus einem Haufen zuckender Gliedmaßen und Leiber drang schmerzvolles Stöhnen. Viele der Männer versuchten davonzukriechen. Lachend und laute Rufe ausstoßend standen die Spanier mit ihren metallenen Brust- und Rückenpanzern unter ihnen und schlugen einander vor Freude auf die Schultern. Dank Cortés hatten sie gegen eine gewaltige Übermacht gesiegt, das Unmögliche erreicht.

Insgeheim hatte Norte auf einen Sieg der Eingeborenen gehofft, auch wenn das seinen eigenen sicheren Tod bedeutet hätte. Gewiß würde er ein solches Ende ertragen können; unerträglich waren ihm vielmehr die Demütigung und die Verzweiflung, die mit dem Weiterleben verknüpft waren.

»Es schien schon alles verloren«, hörte er einen der Krieger sagen. Es war Guzmán. »Dann sah ich ihn. Er kam auf einem Schimmel aus der Staubwolke. Bei seinem bloßen Anblick sind die Eingeborenen geflohen!«

»Wen hast du gesehen?« fragte ihn Cristóbal Flores.

»Santiago! Ich habe den heiligen Jakobus einen ganz kurzen Augenblick auf dem Schlachtfeld gesehen. Dann ist er im Staub verschwunden und war einfach weg.«

Dummkopf, dachte Norte. Die Spanier waren ebenso einfältig und abergläubisch wie die Eingeborenen. Trotzdem hielten sie sich für überlegen. »Es war Benítez«, sagte er.

Guzmán und Flores sahen ihn verständnislos an.

»Ihr habt nicht Santiago gesehen, sondern Benítez.«

»Riechst du was?« fragte Guzmán seinen Kameraden.

Flores drehte den Kopf in den Wind. »Wilde. Ich dachte, wir hätten sie alle umgebracht.«

Guzmán beugte sich über einen der toten Eingeborenen, schnitt ihm ein Ohr ab und warf es Norte vor die Füße. »Da hast du was zum Frühstück«, sagte er.

Mit einem Mal verstand Norte den Ausdruck ihrer Gesichter. Es erinnerte ihn an das, was er acht Jahre zuvor auf den Gesichtern der Maya gesehen hatte, als sie ihn gefangennahmen. Möglicherweise war er ihnen in jenen ersten Monaten nicht einmal so sehr zuwider gewesen wie jetzt diesen beiden.

Er war wirklich ganz auf sich allein gestellt.

5

Vier mit Blütenkränzen geschmückte, tief im Wasser liegende Kriegskanus näherten sich. Als sie am Ufer anlegten, umdrängten die Spanier sie laut lachend und stießen sich wie Schuljungen gegenseitig in die Rippen. Insbesondere Ordaz' Männer taten sich dabei hervor. Was konnte man von solchen Leuten schon erwarten?

Von Aguilar in seiner braunen Franziskanerkutte begleitet, trat Cortés ans Ufer, um die Abordnung zu begrüßen. Gleich nach der Schlacht von Ceutla hatten die Eingeborenen um Frieden ersucht, und er hatte als eine seiner Bedingungen ein Zeichen ihres guten Willens verlangt. Seinen Siegespreis vermutete er an Bord der Kanus.

Der Häuptling begrüßte ihn auf die herkömmliche Weise, indem er auf die Knie sank, die Finger auf den Boden legte und sie an die Lippen führte.

»Der Kazike ersucht Euch, diese bescheidenen Zeichen ihrer Freundschaft anzunehmen«, sagte Aguilar, aus der Mayasprache dolmetschend. »Außerdem bittet er um Vergebung für ihre Torheit, Euch anzugreifen.«

Mit königlicher Geste neigte Cortés den Kopf. Seine Aufmerksamkeit galt dabei weniger dem Kaziken, als dem, was die Abordnung mitgebracht hatte. Seiner Aufforderung entsprechend war das eine gewisse Menge Gold, größtenteils jedoch enttäuschend kleine Figürchen: Vögel, Echsen und andere Tiere. Außerdem legten die Sklaven des Kaziken einige kostbare Steine, Ohrringe und ein Paar goldene Sandalen auf Matten, die sie auf dem Boden ausgebreitet hatten.

Cortés beugte sich vor, um einige der Gegenstände zu begutachten. Die Ausbeute war nicht annähernd so großartig, wie er es sich erhofft hatte, aber die Kunstfertigkeit der Goldschmiedearbeiten überraschte ihn doch. Nach dem zu urteilen, was er da sah, waren diese Leute nicht so primitiv, wie Grijalva vermutet hatte. Er wandte sich an Aguilar. »Fragt ihn, woher das Gold kommt.«

Dieser teilte ihm mit: »Er sagt, die Bergwerke liegen weit im Landesinneren und gehören einem Volk, das Mexica genannt wird.«

»Gibt es dort viel Gold?«

»Er nennt den Großkönig jenes Volks der Mexica den reichsten Herrscher auf der ganzen Welt«, gab ihm Aguilar zur Antwort.

Es dauerte einen Augenblick, bis Cortés diese Mitteilung verdaut hatte. Er bemühte sich, unbeteiligt zu erscheinen. »Hat dieser Großkönig einen Namen?«

Aguilar stellte diese Frage mehrfach und bemühte sich, den Namen, den man ihm nannte, richtig auszusprechen.

Schließlich sagte er: »Er heißt Motecuzoma.«

Ein lautes Lachen vom Fluß her unterbrach sie. Ärgerlich hob Cortés den Blick. Die Sklaven des Kaziken trugen die Frauen aus den Kanus an Land, und die Spanier waren näher herangetreten, um sich nichts entgehen zu lassen. Jaramillo stieß Alvarado in die Rippen und machte eine zotige Bemerkung, was aufs neue Gelächter auslöste.

Verächtlich verzog Cortés den Mund. Im tiefsten Inneren waren sie alle nichts als Hunde! Das galt sogar für den Aristokraten Alvarado mit seinem vornehmen Getue und seinem Wappen. Keiner von ihnen begriff, was es bedeutete, Ritter im Dienst eines bedeutenden Königs zu sein.

»Die Frauen sind die schönsten von ganz Acalán«, dolmetschte Aguilar die Worte des Kaziken, der Cortés' Interesse erkannt hatte. »Er stellt sie Euch zur Verfügung, damit sie für Euch Mais mahlen, Eure Kleidung in Ordnung halten und ...« Aguilar ließ eine Pause eintreten, wobei sich seine Wangen dunkel verfärbten. »... und um Euch auf andere Weise gefällig zu sein.«

Es waren insgesamt zwanzig nach dem Brauch der Maya gekleidete Frauen. Sie trugen schmucklose weiße Überkleider und fast knöchellange Baumwollröcke mit bestickten Gürteln. An ihren Ohren sowie den Hand- und Fußgelenken blitzte Gold, und ihre Haare waren mit leuchtendgrünen Quetzalfedern oder rosafarbenen Flamingofedern geschmückt. Doch weder das Gold noch die Federn konnten darüber hinwegtäuschen, daß die meisten von ihnen eher stämmig und unansehnlich waren. Manche schielten, das aber, flüsterte ihm Aguilar zu, galt bei den Maya als Zeichen besonderer Schönheit.

Nichts besonders Aufregendes.

Dann aber sah er sie. *Herr, steh mir bei.*

Für eine Eingeborene war sie ungewöhnlich groß. Sie war keine Sklavin, das erkannte er an ihrer Haltung. Ihr Übergewand war im Unterschied zu dem der anderen an Hals und Saum reich mit einem Schilfrohrmuster bestickt. Statt den Blick scheu zu Boden zu richten, sah sie ihn unverwandt mit ihren schwarzen Augen an, die zugleich herausfordernd und lockend blickten.

Cortés spürte, wie sich das Tier in ihm regte. Was für ein herrliches Geschöpf. Unter anderen Umständen hätte er sie für sich beansprucht. Aber hier stand mehr auf dem Spiel.

Der Kazike murmelte Aguilar etwas zu.

»Er sagt, sie heißt Ce Malinali Tenepal. Ihr Vorname bezeichnet den Tag ihrer Geburt. Es ist der erste des zwölften Monats und bedeutet Ein Grashalm der Buße. Tenepal heißt... Nun, man nennt Leute so, die gern viel reden.«

Schließlich senkte sie ergeben den Blick. Bestimmt war ihr klar, daß er sie nach wie vor ansah. Sie schien sich keineswegs unbehaglich zu fühlen und kicherte und plapperte nicht wie die anderen jungen Frauen.

»Der Häuptling sagt, daß sie sich mit Kräutern gut auskennt und eine bedeutende Heilkundige ist«, erklärte Aguilar.

Cortés sah sich zu dem Diakon um, dessen finsteres Gesicht ein einziger stiller Vorwurf war. Immer diese lästigen Gottesmänner. »Dankt ihm für seine Geschenke«, gebot er ihm.

Die Stimme des Kaziken wurde eindringlich. »Er bittet Euch, den Ort nicht niederzubrennen«, dolmetschte Aguilar. »Das tun Sieger in diesem heidnischen Land gewöhnlich«, fügte er hinzu.

Cortés lächelte. »Wie nahezu überall. Aber Ihr könnt ihn beruhigen: Wir werden weder ihm noch seinem Dorf etwas antun. Zum Dank für unsere Großzügigkeit muß er aber Menschenopfern und Götzendienst entsagen und sich zu unserem Herrn Jesus Christus bekennen.«

Eine lange und lebhafte Unterhaltung folgte. Schließlich erklärte Aguilar: »Ich glaube nicht, daß er alles richtig verstanden hat. Ich will ihm die Sache weiter erklären.«

»Gut. Ich überlasse die Verantwortung für das Seelenheil dieser Menschen Euch und den Patres Olmedo und Díaz.« *Das ist euch bestimmt recht.*

Erneut sah Cortés zu den Frauen hin.

»Herr!«

»Ja, Aguilar?«

Das Gesicht des Diakons war nach wie vor gerötet. Er stotterte, fand nicht die richtigen Worte.

»Was ist?« blaffte ihn Cortés an.

»Eure Männer dürfen ... keinerlei ... Kontakt mit den Frauen ... Die Kirche untersagt ... zwischen einem Christen und einer ...«

»Die Vorschriften der Kirche sind mir geläufig. Ihr werdet Pater Olmedo morgen früh zur Hand gehen und alle im rechten Glauben taufen.«

Aguilar schien beruhigt. »Danke.«

Cortés wandte sich ab und nahm wahr, daß ihn die junge Frau abermals musterte. Einen kurzen Augenblick sah er etwas in ihrem Gesicht. Was mochte das sein? Neugier? Furcht? Nein, es war etwas anderes. Er vermochte es nicht zu deuten. Langsam senkte sie den Blick.

Er spürte ein leichtes Kribbeln im Nacken. Etwas war geschehen, doch er wußte nicht, was.

Ein Gott! Er hatte maisfarbenes Haar und blaue Augen, und seine Haut war hell, fast rosa. Der Kazike hatte die Frauen angewiesen, zu Boden zu blicken, um die Herren des Donners nicht zu kränken, aber Mali hatte nicht widerstehen können.

Während sie und die anderen Frauen sich im Schatten eines Kapokbaumes versammelten, drängten sich die sonderbaren Geschöpfe um sie.

Da, noch ein Gott!

Er war größer als die anderen und trug einen wie eine Pfeilspitze zulaufenden Bart. Was sie aber am meisten verblüffte, war seine Haarfarbe. Sie war wie Feuer, die Farbe der Sonne, die auf dem goldenen Anhänger um seinen Hals und den goldenen Ringen an seinen Fingern blitzte.

Alles war verwirrend, furchteinflößend und zugleich fesselnd. Drüben ein Hund, aber anders als jeder, den sie bisher gesehen hatte. Ein großes, geifertriefendes, rotäugiges Untier mit entsetzlichen Zähnen. Gewiß kam es aus der Unterwelt, aus Mitlántlecuhtlis Reich, war eine Bestie wie die, von der bekannt war, daß sie die Tore der Unterwelt bewachten. Sie versuchte, ihre Angst nicht zu zeigen, hörte aber die anderen jungen Frauen aufkreischen und sah, daß sie sich zurückzogen. Der Gott mit dem feuerfarbenen Haar lachte rauh über ihre Angst.

Dann erzitterte der Erdboden. Sie blickte sich um und sah mit eigenen Augen eins der gewaltigen zweiköpfigen Ungeheuer, die ihre Krieger in Angst und Schrecken versetzt und besiegt hatten. Sie begriff sogleich, daß es keine zwei Häupter hatte. Die Wirklichkeit war weit verblüffender als die Legende, denn vor ihren Augen stieg einer der Götter von diesem Geschöpf herab, das einem großen Hirsch ähnelte, so hoch wie eine Hütte war, steinerne Füßen zu haben schien und Rauch ausatmete. Es war, als säßen die Götter selbst auf diesen Ungeheuern, denen sie ihren Willen aufzwangen. Wie war so etwas möglich?

Erneut wandte sie sich um und sah das große Kanu auf dem Fluß, über dem eine Standarte mit dem roten Kreuz der Gefiederten Schlange wehte. Jetzt konnte es keinen Zweifel mehr geben: Der Tag war gekommen.

»Sieh nur«, flüsterte sie Regenblüte zu.

»Ich sehe es, Kleine Mutter.«

»Ich habe es dir gesagt! Es ist geschehen!«

Aber *ihn* sah sie nicht. Er war nicht der Gott mit dem maisfarbenen Haar und den Türkisaugen und auch nicht der mit dem feurigen Haar ... keines dieser anderen bärtigen Geschöpfe mit rosa Gesichtern, von denen viele kleine Vertiefungen aufwiesen wie Lavagestein, andere ...

Da!

Einen Augenblick lang stockte ihr der Atem. Er war so, wie sie sich ihn vorgestellt hatte, wie sie ihn in der Pyramide von Cholula gesehen hatte, wie er tausendmal auf Standbildern, Schnitzereien und Reliefs auf Tempelmauern dargestellt worden war. Er hatte einen dunklen Bart, schwarzes Haar fiel ihm bis auf die Schultern, und ein Helm, den eine quetzalgrüne Feder schmückte, umrahmte sein Gesicht. Die grauen Augen sahen aufmerksam zu ihr herüber, als erlebe auch er den gleichen Augenblick des Erkennens.

Schließlich trat er auf sie zu.

Sie fiel auf die Knie, berührte den Boden mit den Fingern und führte sie dann an die Lippen. Er erwiderte ihren Gruß, indem er sich verneigte und ihr ein kaum wahrnehmbares Lächeln schenkte.

»Quetzalcóatl«, sagte sie in ihrer Sprache und dann noch einmal, in der Sprache der Maya: »Gefiederte Schlange.«

Cortés wandte sich an Aguilar. »Was hat sie gesagt?«

Aguilar sah sie verständnislos an und wandte sich dann an Cortés. Verwirrt schüttelte der Gottesmann den Kopf und sagte: »Ein altüberlieferter Willkommensgruß.« Aber noch lange, nachdem Cortés weitergegangen war, um die anderen zu begrüßen, ruhte Aguilars Blick auf der jungen Frau, und ein Gefühl sagte Mali, daß sie ihn sich zum Feind gemacht hatte.

6

Die Götter hatten im Schatten zweier Palmen ein hohes Holzkreuz errichtet und darunter an einem in einen Baum geschlagenen Nagel das Bild einer Mutter aufgehängt, die ein Kind stillte. Es war Mali sogleich klar, welche Zeremonie vorgesehen war. Bei den Maya war das Kreuz ein Fruchtbarkeitssymbol, und das Bild am Baum war ein noch deutlicherer Hinweis darauf, daß die Götter mit ihnen kopulieren wollten.

Eigentlich hätte sie Angst haben müssen. Die anderen jungen Frauen hatten in der vergangenen Nacht flüsternd darüber gesprochen, welches Geschick ihnen wohl bevorstehen mochte. Regenblüte war sicher, daß die Zeugungsglieder der Götter, die sie scherzhaft nach dem Holzschwert der Tabasca in der vornehmen Sprache *maquáhuitl* nannte, mit obsidianscharfen Krallen besetzt waren und ihnen allen ein Tod bevorstand, der zu entsetzlich war, als daß man ihn sich ausmalen konnte. Eine andere junge Frau war überzeugt, aus dem Samen der Götter würden nicht Menschen entstehen, sondern Jaguare, die sich bei der Geburt mit den Zähnen den Weg aus dem Mutterleib bahnten.

Es waren eben dumme Tabasca-Mädchen. Andererseits war es unmöglich, gänzlich furchtlos zu sein.

Am Vorabend hatte ihnen der sonderbare Mann, den die Götter Bruder Aguilar nannten, zu erklären versucht, was geschehen würde. Aber da seine Rede voller blumiger und verwickelter Rätsel war, hatten sie seinen Worten nur mit Mühe folgen können.

Während Mali die anderen jungen Frauen ans Ufer führte, stellten sich alle Herren des Donners zu beiden Seiten auf und sahen zu. Sie spürte ihre Blicke auf sich ruhen. Erregt hämmerte ihr der Puls in den Schläfen, und leichter Schwindel erfaßte sie.

Könnte doch ihr Vater dasein, um diesen erhabenen Augenblick mitzuerleben!

Pater Olmedo und Bruder Aguilar warteten zu beiden Seiten des Kreuzes unter den Palmen. Etwas beiseite stand Gefiederte Schlange, den die anderen Cortés nannten, und hinter ihm der Gott mit den erstaunlichen Türkisaugen, den er als Puertocarrero anredete. Der neben ihm stehende Feuergott Alvarado flüsterte mit breitem Lächeln einem weiteren bärtigen Gott etwas zu. Außer dem Rauschen der Palmwipfel und dem Knattern der Wimpel war nichts zu hören. Der Wind kam aus Osten, was zweifellos Er so befohlen hatte.

Viele der Herren des Donners trugen ihre Rüstung. Die Sonne spiegelte sich im Stahl, so daß die Augen schmerzten.

Als sie das Kreuz erreichte, gebot ihr Aguilar, im Sand niederzuknien. Pater Olmedo stand über ihr und hielt ein kleines Weihrauchgefäß in den Händen, das mit Wasser gefüllt war.

»Entsagst du dem Teufel und all seinen Werken?« fragte Aguilar sie auf lateinisch.

Von dieser sonderbaren Sprache verwirrt, sah sie ihn an.

»Sag ja«, gebot er in ihrer Sprache.

»Ja«, flüsterte Mali.

»Erkennst du Jesus als deinen Erretter und seinen Vater, unseren Herrn und Gott, als einzigen und wahren Gott an?«

Was sagt er?

»Sag ja«, forderte er sie auf.

»Ja.«

Aguilar nickte zu Olmedo hinüber, der ihr Haar mit Wasser benetzte und rasch auch etwas in der sonderbaren Sprache sagte.

Dann legte ihr Aguilar eine Hand auf die Schulter. »Du bist errettet, Gott sei dafür gedankt. Fortan wirst du Marina heißen. Gehe hin in Frieden.«

Es waren zwanzig junge Frauen; nicht genug für jeden seiner Hauptleute. Geduldig warteten sie unter dem Kapokbaum. Seine Männer sahen aufmerksam herüber und fragten sich, was er tun werde. Er hatte ihnen seinen Wert als Führer in der Schlacht bewiesen, jetzt galt es zu zeigen, daß man ihm auch bei der Verteilung der Beute trauen konnte.

Er nahm jede der Frauen einzeln bei der Hand und führte sie einem seiner Hauptleute zu. Er bedachte mögliche Unruhestifter wie Ordaz und León, vergaß aber auch treue Gefolgsleute wie Jaramillo und Sandoval nicht. Die rangniederen Hauptleute wie Morla, Lugo und de Grado bekamen die schielenden Frauen. Darüber wurde viel gescherzt. Jaramillo empfahl seinen Kameraden, den Frauen einen Zuckersack über den Kopf zu ziehen, wenn sie sie bestiegen.

Das Gelächter, das sich daraufhin erhob, ärgerte Cortés zwar, aber er schwieg.

Als nächstes überlegte er, wie er sich Benítez gegenüber verhalten sollte. Ein guter Reiter, der sich bei Ceutla als einer der tapfersten erwiesen hatte. Auf Kuba allerdings hatte er den Ruf eines Aufwieglers gehabt. Wenn man ihn richtig anpackte, war er ein möglicher Verbündeter, im anderen Fall jedoch unberechenbar.

Drei, die hübschesten, waren noch übrig. Für Benítez wählte er eine winzige junge Frau mit kaffeefarbener Haut und Hakennase aus, deren Augen leuchtend und dunkel waren wie die einer Katze. Sie sah gut aus, doch die hochmütige Art, wie sie den Kopf hielt, wies auf ein ungebändigtes Temperament hin. Die würde ihn beschäftigen.

Jetzt blieben noch Mali und eine junge Frau mit schweren Brüsten. Alvarado und Puertocarrero sahen ihn aufmerksam an, gleichermaßen bereit, sich erfreut oder gekränkt zu zeigen, je nachdem, wie er sich entschied. Würde er einen von ihnen leer ausgehen lassen, um sich selbst zu bedenken?

Er überlegte: Alvarado war ein Draufgänger, verläßlich und ein guter Kämpfer; Puertocarrero war ebenso verläßlich, doch ohne Kampfgeist, wie sich bei der Schlacht im Fluß und bei Ceutla gezeigt hatte, doch er stammte aus vornehmer Familie und hatte mächtige Freunde bei Hofe.

Er sah zu der hin, die man Mali nannte. Eine wilde Stute, die nur darauf wartete, daß man sie zuritt. Seine Rechte schloß sich zur Faust. Nun, das war das eine. Sein Ehrgeiz lag im Widerstreit mit seiner Begierde. Er spürte, wie ihn Zorn angesichts dieser schwierigen Situation übermannte, doch sagte er sich, daß aufgeschoben nicht aufgehoben sei.

Er gab Alvarado die mit den vollen Brüsten und wandte sich dann Mali zu. Ihre glänzenden schwarzen Augen blickten zu ihm auf. Sah er in ihnen seine eigene Erregung und Vorfreude gespiegelt? Er nahm sie bei der Hand und führte sie über den Sand zu Puertocarrero.

Sie schien verwirrt.

So, das wäre erledigt. Unter den Männern erhob sich billigendes Gemurmel. Cortés hatte sich als vollendeter Diplomat erwiesen.

Das mußte sein, sagte er zu sich und wandte sich auf dem Absatz um, damit die anderen seine schlechte Laune nicht erkannten. Ich hatte keine andere Möglichkeit. Aber bekommen werde ich sie letzten Endes, denn da ist etwas, das ich haben muß.

7

»Er sagt, er wird gut zu dir sein«, murmelte Aguilar.

Er sah unbehaglich drein. Mali überlegte, ob er die ganze Nacht bei ihnen bleiben wollte, um ihr die zärtlichen Ausdrücke zu erläutern, die ihr neuer Gemahl von sich gab, während er in sie eindrang.

»Sagt ihm, daß ich Jungfrau bin«, teilte sie ihm mit.

Aguilar sah zugleich überrascht und erfreut drein. »Stimmt das? Bist du noch im Besitz deiner Unschuld?«

»Nein, aber sag es ihm. Es wird ihn freuen.«

Die Kerze zischte in der Abendbrise. Kerzen waren ein weiteres Wunder. Der heiße Talg sammelte sich auf dem Tisch, Schatten tanzten über die Wände.

Aguilar umschloß sein Stundenbuch so fest, als wäre es ein Talisman. »Er möchte wissen, ob es etwas gibt, das du ihn fragen möchtest.«

»Ich wüßte gern seinen Namen«, sagte Mali.

»Er heißt Alonso. Alonso Puertocarrero«, gab Aguilar zur Antwort. »Er ist ein Spanier und ein christlicher Edelmann.«

Mali probierte, den Namen Alonso zu sagen, und wiederholte ihn mehrfach. Alles andere, was Aguilar in seinem Gemisch aus Kastilisch und Maya plapperte, bedeutete ihr nichts.

»Möchtest du noch etwas wissen?« erkundigte er sich.

»Fragt ihn, ob er ein Gott ist.«

Aguilars Wangen verfärbten sich. »Es gibt nur einen Gott«, zischte er. »Wir Sterblichen sind alle in Sünde geboren. Solchen Unsinn mußt du dir aus dem Kopf schlagen.«

Nur ein Gott. Natürlich meint er Cortés. Sie nickte.

Schwitzend erhob sich Aguilar. »Wenn er etwas... Widernatürliches von dir will..., brauchst du es nicht zu dulden.«

Mali war zugleich belustigt und verwundert. Ihn schien alles zu beunruhigen, was ihre *tipíli*, ihre Liebesgrotte, betraf. »Bereitwillig werde ich alles tun, was er von mir verlangt«, teilte sie ihm mit.

Er floh.

Aguilar stolperte durch die Dunkelheit davon. Diese Männer – jedenfalls die meisten – waren wie wilde Tiere. Doch war er auf sie angewiesen, um in diesem finsteren und unzivilisierten Land Gottes Werk zu tun.

Dieser Mali traute er nicht. Bei einigen der anderen Eingeborenenfrauen, zum Beispiel den dicken mit den reizlosen runden Gesichtern und den unnatürlich schielenden Augen, konnte er sich vorstellen, daß sie eine Seele besaßen, die der Rettung bedurfte, nicht aber bei ihr. Hinter ihren schwarzen und unergründlichen Augen sah er den Teufel.

Daraus würde nichts Gutes erwachsen, dessen war er sicher.

Puertocarrero setzte sich neben sie auf die Schlafmatte aus geflochtenem Stroh. Sie sah ihn im Kerzenschein aufmerksam an und berührte dann sein sonderbares maisfarbenes Haar. Im Unterschied zu seinem Bart, der sich hart wie Draht anfühlte, war es überraschend weich.

»*Cariño*«, flüsterte er. Sie dehnte ihre Untersuchung auf die feinen goldenen Härchen auf seinem Arm aus. Unwillkürlich empfand sie ein wenig Furcht. Er schien das zu spüren, legte sie sacht auf den Rücken, liebkoste ihr Haar und murmelte etwas in seiner Sprache. Zwar verstand sie den Sinn der Worte nicht, aber der sanfte Klang seiner Stimme beruhigte sie.

Sie machte sich an den sonderbaren Verschlüssen seiner Kleidung zu schaffen. Sein Körper ängstigte und fesselte sie zugleich. Er war nicht so weich, wie sie es erwartet hatte; goldene Löckchen, spärlicher als sein Bartwuchs, bedeckten Brust, Unterleib und Schenkel. Nach einer Weile hatte sie sich daran gewöhnt und befand, daß es keineswegs unangenehm war. Groß war ihre Erleichterung, als sie sah, daß Regenblütes schreckliche Voraussagen falsch waren; an seinem *maquáhuitl* hatte er keine Krallen. Wohl aber war es im erregten Zustand von furchterregender Größe. Vielleicht hatte das damit zu tun, daß diese Götter so groß waren…

Er ließ sich Zeit, was Puma-Lippenpflock nie getan hatte. Im Unterschied zu dem in ihrem Volk üblichen Brauch nahm er sie nicht von hinten, sondern von Angesicht zu Angesicht. Nach den ersten Augenblicken, in denen er ihre Liebesgrotte geweitet hatte, spürte sie körperlich nichts mehr, zu groß war ihre Furcht und Überwältigung.

Nach einer Weile merkte sie, wie er erschauderte und seinen Samen in sie ergoß. Von diesem Augenblick an wußte sie, daß sich ihr Leben unwiderruflich verändert hatte; ein Fluß war am Ende seines sacht gewundenen Anfangs angekommen und stürzte sich jetzt geradenwegs über Klippen dem Ozean entgegen. Der Ozean trug den Namen Cortés.

Tenochtitlán

Auf Händen und Knien krochen die drei Männer über den Boden. Sie waren barfuß und trugen einfache weiße Schamtücher.

»Zürnender Herrscher«, kreischte einer von ihnen immer wieder mit gebrochener Stimme.

Motecuzoma empfing sie mit allem Prunk. Auf seiner Unterlippe leuchtete ein goldenes Schmuckstück in Gestalt eines Adlers, und an den Ohren trug er blitzende Türkisringe. Sein Umhang, dessen Ränder mit einem geometrischen Kreismuster bestickt waren, bestand aus Quetzalfedern und dem Fell des Präriewolfes.

Angewidert betrachtete er die drei Kreaturen, dann wandte er sich um und flüsterte seinem obersten Ratgeber, Weibliche Schlange, etwas zu.

»Der Ehrwürdige Sprecher begehrt zu wissen, was ihr gesehen habt, das euch hier zu seinem Palast bringt.«

Während die drei Fischer warteten, weil jeder hoffte, daß einer von den anderen als erster das Wort ergriff, entstand ein kurzes Schweigen. Schließlich berichtete der älteste: »Wir kommen aus dem Dorf Coatzacoalcos in Tehuantepec. Vor vier Tagen sind riesige Kanus ohne Paddel in unserer Bucht erschienen. Sie führten den Wind in Stoffbündeln mit sich und hatten große Banner mit scharlachroten Kreuzen! Am nächsten Tag erkannten wir menschenähnliche Lebewesen mit dichten Bärten und Helmen von Gold, die in der Sonne glänzten. Sie kamen ans Ufer und verlangten Trinkwasser und Lebensmittel. Wir gaben ihnen alles, was wir hatten, einige Truthähne und etwas Mais. Sie blieben zwei Sonnenuntergänge, dann fuhren sie auf ihren Kanus wieder fort, den Ländern des Ostens entgegen.«

Motecuzomas Ausdruck hätte die drei Fischer zweifellos entsetzt, wenn sie ihn anzusehen gewagt hätten, was jedoch bei Todesstrafe untersagt war. So warteten sie auf den Knien, ohne zu ahnen, welchen Eindruck ihre Worte gemacht hatten. Schließlich faßte sich der Ehrwürdige Sprecher und flüsterte Weiblicher Schlange eine weitere Frage zu.

»Haben sie euch irgend etwas dafür gegeben?« fragte sie der Berater.

Der Mann schob sich ein Stück voran und legte ein Stück Schiffszwieback auf den Marmor vor Motecuzomas Thron. »Sie haben gesagt, daß sie das essen«, sagte er.

Auf ein Nicken des Gottkönigs nahm Weibliche Schlange den Schiffszwieback auf und reichte ihn ihm. Motecuzoma wog ihn in der Hand. Von Gewicht und Beschaffenheit her schien die Speise der Götter einem Stück Vulkangestein zu ähneln. Er versuchte vorsichtig am Rande hineinzubeißen, doch gelang es ihm nicht, etwas daraus zu lösen.

Erneut wandte er sich um und flüsterte seinem obersten Ratgeber etwas zu.

»Der Ehrwürdige Sprecher möchte wissen, ob euch diese Wesen sonst noch etwas gesagt haben?«

»Sie haben uns aufgefordert, den Göttern keine weiteren Menschenopfer zu bringen«, sagte der Mann leise, »anderenfalls würden sie zurückkehren und uns bestrafen.«

Motecuzoma keuchte. Im großen Gewölbe des Audienzsaales hallte das wie das Zischen einer Schlange. Ein Zweifel war nicht möglich: Gefiederte Schlange war zurückgekehrt, wie es vorhergesagt war.

Seine Faust schloß sich um das Stück Schiffszwieback. Er flüsterte Weiblicher Schlange seine Anweisungen ins Ohr.

»Wartet im Hof, bis der Ehrwürdige Sprecher euch ruft. Ihr dürft bei Todesstrafe zu niemandem darüber sprechen.«

Voll Erleichterung, daß die Audienz vorüber war, schoben sich die Männer rückwärts zur Tür, ohne dem Thron auch nur einen Augenblick lang den Rücken zuzukehren.

Nachdem sie fort waren, wandte sich Motecuzoma abermals an Weibliche Schlange. »Gib sie dem Priester zum Opfer«, sagte er. »Nichts davon darf bekannt werden.«

»So wird es geschehen«, sagte Weibliche Schlange.

Motecuzoma wandte seine Aufmerksamkeit wieder der göttlichen Nahrung zu, die er umklammerte. »Was hältst du von dieser Geschichte?«

»Es sind nur Fischer. Wie können wir uns auf den Bericht solcher einfachen Menschen verlassen? Vielleicht sind diese Fremdlinge keine Götter, sondern lediglich Botschafter eines fernen Landes.«

»Wie kann das sein? Tenochtitlán ist der Mittelpunkt der einen Welt. Jenseits des Meeres ist nichts als der Himmel.« Motecuzoma schüttelte den Kopf. »Es ist Quetzalcóatl, Gefiederte Schlange. Ein rotes Kreuz, *sein* Banner. Er ist von Osten gekommen, wohin er zuletzt in die Morgendämmerung aufgebrochen war. Er bringt den Wind, an sein Kanu gebunden, mit sich, seinen Wind. Außerdem hat er von Menschenopfern gesprochen! Wie kann es ein anderer sein als er?«

Weibliche Schlange gab keine Antwort.

Offenbar bin ich schon zum Untergang verurteilt, seit ich auf dem Thron sitze, dachte Motecuzoma. Jetzt, da es soweit ist, fühle ich mich erleichtert. Ich brauche nicht mehr in Angst vor der Zukunft zu leben.

Aufmerksam sah er das Stück Schiffszwieback an, das er nach wie vor umklammert hielt, und gab es dann seinem obersten Ratgeber.

»Laß das in einen goldenen Flaschenkürbis legen. Wir werden es zum Tempel der Gefiederten Schlange in Tollán bringen. Für den Fall, daß er sich sein Eigentum zurückholen will, müssen wir darauf achten, daß wir es mit gebührender Ehrfurcht behandeln.«

»Ja, Zürnender Herrscher.«

Nachdem Weibliche Schlange gegangen war, blieb Motecuzoma allein im großen Audienzsaal sitzen. Furcht regte sich in seinem Herzen.

Potonchán

Die Vorstellung, mit einer Wilden zu schlafen, entsetzte und erregte Benítez gleichermaßen. Was er Seeleute von Paarungen mit Tieren hatte berichten hören, erschien ihm nur unwesentlich schlimmer. Doch mußte er sich eingestehen, daß das Mädchen sauber war und zwar sonderbar, aber nicht unangenehm roch. Sie war jung, seiner Schätzung nach höchstens sechzehn Jahre alt. Die Tage, da er darauf hatte hoffen dürfen, mit einer unberührten Sechzehnjährigen ins Bett zu gehen, waren längst dahin. Ihm kam der Gedanke, daß ihn vermutlich viele Männer beneiden würden. Als er aber an das dachte, was er in jenem verwünschten Tempel gesehen hatte, fragte er sich, welcher Segen auf einer Beziehung mit einer dieser Wilden ruhen konnte.

Draußen zerriß das teuflische Geschrei der Brüllaffen die Nacht.

Trotz aller Bedenken nahm er die junge Frau. Sie warf den Kopf zurück und stieß einen leisen Schrei aus wie ein verwundetes gefangenes Tier.

Beim Arsch des Satans, dachte er, eine Jungfrau. Er drang weiter in sie und bemühte sich, ihr nicht mehr weh zu tun, als beim ersten Mal unvermeidbar war. Im tanzenden Kerzenlicht erkannte er, welch herrlichen Körper sie hatte. Es hatte ihn anfangs verblüfft zu sehen, daß sie zwischen den Beinen nicht behaart war, doch nicht einmal das mißfiel ihm übermäßig.

Sein Höhepunkt kam rasch, und er keuchte laut vor Befriedigung.

Als er in ihr Gesicht sah, erkannte er, daß ihre Wangen naß von Tränen waren. Da er ihre Sprache nicht kannte, ließ sich nicht feststellen, ob sie vor Schmerzen weinte oder aus einem anderen, ihm nicht erkennbaren Grund: vielleicht um den Verlust der Mutter, einer Schwester oder um einen keusch Geliebten, der für immer in Tabasco zurückgeblieben war.

Mit einer gewissen Überraschung gestand er sich ein, daß dieses Geschöpf in seinen Armen möglicherweise weder so primitiv noch so unzivilisiert war, wie er ursprünglich vermutet hatte. Er strich ihr über das Haar und murmelte tröstende Worte, die sie nicht verstehen konnte. Mit einem Mal kam er sich bei seinem ungestümen Tun schwerfällig vor: die Wilde und das Tier, ineinander verschlungen und einander fern.

Tollán

Schon bald nach Motecuzomas Thronbesteigung waren die Vorzeichen aufgetreten. Bald waren es so viele, daß man sie nicht mehr als belanglos abtun konnte. Anfangs war ein Jahr lang allnächtlich ein Blutstern am Himmel erschienen, der dann, Funken sprühend wie ein brennendes Scheit, im Westen verschwunden war. Sein langer feuriger Schweif hatte nach Osten gewiesen. Dann war der Blitz in den Tempel des Gottes Huitzilopochtli, auch Kolibri genannt, gefahren, und später hatte man auf den Straßen ein weibliches Gespenst weinen hören. Vor einigen Tagen schließlich war in der Stadt ein Kind mit zwei Köpfen zur Welt gekommen.

Popocatepetl, Rauchender Berg, war ausgebrochen und ließ Tag und Nacht Qualm zum Himmel steigen; wie eine zweite Sonne brannte er in den Bergen im Osten.

Die Zeit war offenkundig reif.

Warum muß ich diese Last tragen? fragte sich Motecuzoma. Warum muß von allen Großen Sprechern der Mexica gerade ich mich diesem Augenblick stellen?

Die Priester hatten seine Sänfte bis zur alten Stadt Tollán getragen, die vor vielen Jahrzehnten die Hauptstadt von Gefiederter Schlange war, als der Gott leibhaftig über die Erde geschritten war. Jetzt lag sie einsam und verlassen auf der von der Sonne erhellten Ebene, über die kalt der Wind wehte. Die Häuser waren längst zerfallen, und nur die Pyramidenstümpfe der Tempel standen noch. Was von den Säulengängen des Palastes übriggeblieben war, sah aus wie die gebleichten Rippen eines längst dahingeschiedenen Riesen. Die Straßen boten inzwischen Klapperschlangen und Federgras eine Heimstatt; ein stummer Hinweis darauf, daß auch die bedeutendsten Kulturen eines Tages untergehen müssen.

Motecuzoma stieg aus der Sänfte und ließ sich von den Priestern die Stufen zur Pyramide emportragen. Es war Spätnachmittag, der Wüstenwind heulte durch die Steine und wirbelte Wolken von Sand und Staub empor. Gefiederte Schlange, der Herr der Winde, war hier und sah ihnen zu.

Eine Phalanx steinerner Toltekenkrieger von dreifacher Mannesgröße bewachte das Tempeldach. Hinter ihnen hockte eine im Wüstenwind vor Kälte zitternde Krähe auf einem der geneigten *chacmools*, den steinernen Gestalten, die Boten zwischen Menschen und Göttern darstellten. Beim Anblick der Männer flog sie kreischend davon.

Wieder schlug eine Ladung vom Wind herbeigetragenen Sandes Motecuzoma ins Gesicht. Im Osten, jenseits der Berge, zuckten Blitze am bleigrauen Himmel und krachte der Donner.

Der eigentliche Schrein, das Heiligtum des Gottes, der sein alter Feind war, befand sich im Inneren der Pyramide, in einer Kammer unterhalb der obersten Plattform. Motecuzoma stieg allein die Stufen hinab. Den Schiffszwieback hielt er in einem mit kostbaren Tüchern bedeckten vergoldeten Flaschenkürbis.

Wieder heulte der Wind.

Am Fuße der Stufen lag der Sonnenstein, ein hüfthoher, kunstvoll bearbeiteter, runder, grauschwarzer Basalt, der so breit war, daß zwei Männer Kopf an Fuß und Fuß an Kopf liegend Platz darauf hatten. Die runde Fläche zeigte eine Karte mit der Geschichte der Menschheit... und ihrer Zukunft. Die über den Umfang des Steins verteilten quadratischen Flächen veranschaulichten die Zerstörung früherer Welten. Vor der gegenwärtigen Sonne hatte es vier weitere gegeben; Jaguare hatten die erste vernichtet, Stürme die zweite, das Feuer die dritte und eine Flut die vierte. Jetzt lebten sie, wie jeder der Mexica wußte, am Ende der Zeit der fünften Sonne. Es waren die letzten Zuckungen dieser Welt, bevor alles endete. In der Mitte des Steines war der Sonnengott Tonatíu abgebildet, aus dessen Mund eine Messerklinge hervorstand.

Ein Messer würde das Ende der letzten Welt besiegeln.

Aus der Dunkelheit hinter dem Altar beobachtete Gefiederte Schlange Motecuzoma. Er konnte undeutlich das Standbild im Dämmerlicht ausmachen: eine bärtige Schlange, die Menschen verschlang, die lebenden Leiber der Mexica.

Er spürte, wie sein Atem rascher ging. Eine Eule blinzelte ihm vom Altar her zu und schlug einen Augenblick lang mit den Flügeln. Vermutlich ängstigten sie die Wände, in denen sie sich gefangen sah. Dann flog sie durch den Eingang in den dunkler werdenden Himmel davon.

Ein weiteres Vorzeichen.

Voller Verehrung stellte Motecuzoma den Flaschenkürbis auf den Altar und nahm dann eine der Rückengräten von Stachelrochen, die auf dem Stein bereitlagen. Daneben stand ein kleines steinernes Gefäß in Gestalt einer Schlange. Er legte Umhang und Schamtuch ab, kniete sich unbekleidet vor das Bild der Gefiederten Schlange und durchstach sein Glied vorsichtig mit der

Gräte. Das aus der Wunde fließende Blut sammelte er in dem Steingefäß. Anschließend durchbohrte er sich beide Ohrläppchen, Oberschenkel und die Zunge und sammelte soviel von seinem Blut, wie er konnte.

Danach keuchte er vor Schmerzen. Sein Körper war schweißbedeckt. Ganz langsam erhob er sich und schleuderte der Gefiederten Schlange das Blut ins Gesicht.

Als Motecuzoma den Tempel verließ, war der kostbare goldene Umhang mit seinem Blut befleckt. Er gebot Weiblicher Schlange, den Schrein so zu versiegeln, daß niemand ihn je wieder entdecken würde, dann ließ er sich von den Priestern die Stufen hinabtragen und in seine Sänfte legen. Auf dem Rückweg nach Tenochtitlán starrte er trübselig vor sich hin, ohne auch nur ein Wort zu sagen. Sein ganzes Denken galt der Vorstellung einer künftigen Katastrophe. In Wahrheit konnte er nichts mehr tun, um die Götter günstig zu stimmen, denn er hatte bereits alles Erdenkliche getan. Wenn sich die Rückkehr der Gefiederten Schlange nicht vermeiden ließ, wollte er sich dem Unausweichlichen nicht entgegenstellen. Er war bereit zuzulassen, daß es geschah und möglichst rasch endete.

8

San Juan de Ulúa

Vom Dröhnen der mit Schlangenhaut bespannten Trommeln und dem Klang der Muscheltrompeten angekündigt, traf die Abordnung am Vormittag des Ostersonntags ein. Smaragdgrüne Quetzalfedern tanzten in der Morgenbrise. Blitzend brach sich das Sonnenlicht auf ihrem Brustschmuck und in ihren Lippenpflöcken aus Gold.

Die meisten der Männer waren kleiner als die Spanier, aber muskulös. Das Auffällige an ihren breiten, quadratischen Gesichtern war die Hakennase. Vorn fiel ihnen das Haar bis auf die Augenbrauen, während sie es hinten schulterlang trugen. Die zweiundfünfzig Abgesandten Motecuzomas allerdings hatten ihr Haar in einem Knoten auf dem Kopf zusammengefaßt, wo es von einem Baumwollband gehalten wurde.

Cortés empfing die unbewaffnete Abordnung unter den Palmen, wenige Schritte vom Lager entfernt. Ihr Anführer trat einen Schritt vor. Er trug einen kunstvoll geschnitzten Jadeschmuck in der Nasenscheidewand, und Cortés gab sich Mühe, den Abscheu zu unterdrücken, den er angesichts dieser Barbarei empfand.

Der Mann legte einen Finger auf den Boden und führte ihn an die Lippen. Cortés verneigte sich vor ihm und rief dann Aguilar als Dolmetscher.

Er mußte eine Weile warten. Aguilar schien verwirrt. Offensichtlich gelang es ihm nicht, sich mit dem Besucher zu verständigen. Auch dieser blickte unsicher drein.

»Was geht hier vor?« wollte Cortés wissen.

»Ich verstehe seine Sprache nicht«, sagte Aguilar. »Ich habe sie nie zuvor gehört.«

»Wenn Ihr nicht für mich sprechen könnt, was wollt Ihr dann hier?«

»Ich habe acht Jahre unter den Maya gelebt«, wandte Aguilar ein, »und was der Mann hier spricht, ist kein Maya-Dialekt, sondern eine völlig andere Sprache.«

Cortés hörte eine Frauenstimme hinter sich. Als er sich umwandte, erkannte er die Schwarzäugige, die er Puertocarrero gegeben hatte. Auf ihren Lippen lag ein sonderbares Lächeln. »Was hat sie gesagt?« fragte er Aguilar.

Dieser erklärte finster: »Ich glaube, sie versteht, was der Fremde sagt. Sie sagt, seine Sprache heißt Náhuatl.«

»Dann her mit ihr!« Cortés bedeutete ihr näher zu treten. »Selbst wenn sich dadurch möglicherweise schon die Begrüßung endlos in die Länge zieht, können wir zumindest miteinander reden. Ich werde zu Euch sprechen, Ihr werdet mit ihr sprechen, und sie wird es unserem Gast sagen! Nun, Aguilar, sehen wir doch einmal, was diese Herren von uns wollen.«

Das Gespräch auf Umwegen begann. Der Fremde stellte sich als der Edle Teutitl vor – Aguilar sprach es ›Tendile‹ aus – und erklärte, er gehöre dem Volk der Mexica an und sei Vorsitzender der Ratsversammlung der Provinz, in der sie an Land gegangen waren. Er hieß die Fremden im Namen des Ehrwürdigen Ersten Sprechers des Dreifachen Bundes, des großen Motecuzoma, willkommen. Er selbst, fuhr er fort, sei dessen Untergebener und Motecuzoma der bedeutendste Herrscher auf der ganzen Welt, der jenseits der Berge an einem Ort namens Tenochtitlán lebe.

Die Worte des Edlen Teutitl schienen Cortés zu gefallen.

Dieser gebot seinen Sklaven vorzutreten. Sie breiteten Matten auf dem Boden aus und legten die mitgebrachten Geschenke darauf: eine Handvoll goldener Figurinen, einige kleine Schmuckstücke, mit grünen Quetzalfedern geschmückte Umhänge sowie zehn Ballen feinen weißen Tuches. Auch hatten sie Lebensmittel mitgebracht: Truthähne, Mombin-Pflaumen und einige Maiskuchen.

Aguilar forderte Mali auf, Tendile für seine Gaben zu danken. Cortés sagte etwas zu Alvarado, der daraufhin ins Lager zurückeilte. Mali nahm an, er habe den Auftrag, passende Gegengeschenke zu holen.

Inzwischen wandte sich der Edle Teutitl unmittelbar an Mali: »Wer sind deine behaarten Gefährten? Sind das Menschen? Was wollen sie von uns?«

Sie gab seine Frage wortgetreu an Aguilar weiter, der sie Cortés übermittelte.

»Sagt ihnen, daß wir Abgesandte seiner Allerkatholischsten Majestät König Karls von Spanien sind, der schon viel von diesem Großkönig Motecuzoma gehört hat. Er hat mich hergeschickt, um ihm Handel und Freundschaft anzubieten und ihm den Weg zur wahren Religion zu zeigen.«

Wovon redet dieser Dummkopf Aguilar nur? überlegte Mali. Könnte ich doch nur mit Cortés selbst sprechen! Sie zögerte einen Augenblick, um für eine passendere Antwort Zeit zu gewinnen. »Die alten Weissagungen sind erfüllt!« sagte sie zum Edlen Teutitl. »Die Gefiederte Schlange ist zurückgekehrt!«

Langes Schweigen trat ein. Das Gesagte schien ihn nicht sonderlich zu überraschen. Die Nachricht von ihrer Reise entlang der Küste mußte ihnen vorausgeeilt sein. »Ist er wahrhaft ein Gott?« fragte der Edle Teutitl schließlich.

»Seht Euch sein weißes Gesicht und seinen schwarzen Bart an. Erkennt Ihr ihn nicht?«

Der Edle Teutitl betrachtete Cortés aufmerksam, auf dessen Gesicht sich der Ausdruck verschiedener Empfindungen abwechselte. »Unmöglich«, sagte er.

»Er ist auf einem großen Floß von Osten zurückgekehrt, wie er es versprochen hatte. Seht doch nur, wie er gekleidet ist – in den Farben der Gefiederten Schlange!«

Der Edle Teutitl wirkte verwirrt. Dann sah er Alvarado zurückkehren, dessen rote Locken unter seinem goldenen Helm hervorsahen. »Wer ist dieser Mann?«

»Das ist kein Mann«, sagte Mali, »sondern Tonatíu, der Sonnengott.«

»Was sagt er?« meldete sich Aguilar zu Wort, der seine Ungeduld nicht mehr zügeln konnte. »Er wirkt unruhig. Soll ich ihm die Mysterien des Kreuzes erläutern?«

Mali runzelte die Stirn. Die Mysterien des Kreuzes? Alle Maya wußten, daß es ein Fruchtbarkeitssymbol war. Wollten die Fremden etwa den Edlen Teutitl darüber aufklären, woher die kleinen Kinder kamen? Wohl kaum. »Er möchte mehr darüber wissen, woher mein Herr kommt und warum er zurückgekehrt ist«, gab sie zur Antwort.

»Zurückgekehrt? Aha, sie erinnern sich offenbar an Grijalvas Reise im vorigen Jahr!« Aguilar sprach rasch mit Cortés und wandte sich dann wieder an Mali. »Sag ihm, mein Herr Cortés ist Untertan des bedeutendsten Königs, der jenseits des Meeres in Richtung der Morgendämmerung lebt, und wüßte gern, wo und wann er Motecuzoma persönlich begegnen und ihm die frohe Botschaft der einen, wahren Religion übermitteln kann.«

Was soll dieser Unsinn? fragte sich Mali. Sie wandte sich wieder an den Edlen Teutitl. »Gefiederte Schlange möchte unverzüglich mit Motecuzoma zusammentreffen. Wie Ihr Euch denken könnt, haben sie viel miteinander zu besprechen. In erster Linie natürlich Dinge, welche die Götter betreffen.«

Unbehaglich blinzelnd bemühte sich der Edle Teutitl, angesichts dieser Vielzahl ungeheuerlicher Behauptungen und Forderungen das undurchdringliche Gesicht eines Botschafters zu bewahren. »Wie kann er verlangen, mit dem Ehrwürdigen Sprecher zusammenzutreffen?« wollte er wissen. »Er ist doch gerade erst in unserem Land eingetroffen.«

»Es ist sein Land«, sagte Mali. »Daher kann er tun, was er für richtig hält.«

»Mein Herr Cortés wünscht zu wissen, was hier vor sich geht«, unterbrach Aguilar erneut die Unterhaltung.

Mali überlegte, wie sie ihre Antwort formulieren konnte, ohne Cortés zu kränken. »Er will den Wunsch meines Herrn an Motecuzoma weiterleiten, weiß aber nicht, ob sich ein Zusammentreffen rasch herbeiführen läßt. Schließlich ist mein Herr erst kürzlich an unserem Gestade eingetroffen. Er wird sich von seiner Reise ausruhen müssen.«

Eine weitere kurze Besprechung folgte.

»Mein Herr Cortés sagt, daß er nicht leicht ermüdet und Aufträge, die er für seinen König ausführen kann, nicht hinausgezögert werden dürfen.«

Sie dachte über diese Antwort nach und fragte sich, wer dieser bedeutende Fürst sein mochte, den Cortés so fürchtete. Gewiß meinte er damit Olintecle, den Vater aller Götter.

Sie wandte sich wieder an den Edlen Teutitl. »Jetzt habt Ihr ihn erzürnt«, teilte sie ihm mit. »Er sagt, daß er unverzüglich mit Motecuzoma zusammentreffen und mit ihm sprechen muß. Olintecle selbst hat ihm den Auftrag dazu erteilt.«

Alvarado hatte durch die kubanischen Sklaven verschiedene Geschenke herbeibringen lassen: eine Schachtel mit blauen Glasperlen und einen Stuhl, an dem sich seit Kuba die Würmer zu schaffen gemacht hatten.

»Sag diesem Tendile«, wandte sich Aguilar an Mali, »daß mein Herr Cortés hofft, Motecuzoma werde an diesen Gaben Gefallen finden. Vielleicht kann er auf diesem Thron sitzen, wenn wir einander begegnen.«

Der Edle Teutitl wirkte erschüttert. »Ich werde es weitergeben«, sagte er zu Mali, als sie ihm die Worte dolmetschte.

Er und Mali betrachteten den wurmzerfressenen Stuhl, und sie beide hatten den gleichen Gedanken: Hier war jemand mit voller Absicht gröblich beleidigt worden.

Man teilte Tendile mit, daß Ostersonntag ein für die Spanier äußerst wichtiger und heiliger Tag sei, und daß man ihn mit seinem Gefolge einlade, zum ersten Mal an einer heiligen Messe teilzunehmen. Während die Patres Olmedo und Díaz sowie Bruder Aguilar im Sand ein hohes Kreuz aufrichteten, nahmen die Besucher im Schatten von Palmen auf Matten Platz. Als der Priester das Angelus betete, ließ Aguilar ein silbernes Glöckchen ertönen, das man vom Schiff herübergebracht hatte. Dann sang Pater Olmedo mit seiner wohltönenden Tenorstimme die Messe.

»Was trinken sie da?« fragte der Edle Teutitl Mali im Flüsterton. »Blut?«

Unsicher zögerte Mali mit ihrer Antwort. Alles, was sie von den Bräuchen der Neuankömmlinge wußte, war der Unsinn, den Aguilar von sich gegeben hatte. »Es ist Blut, aber nicht das von Menschen«, teilte sie ihm mit, »sondern das ihres Gottes.«

Er sah verblüfft drein.

»Unsere Götter verlangen Blut von uns«, fuhr Mali etwas sicherer fort. »Gefiederte Schlange und seine Gefolgsleute verlangen statt dessen Blut von ihren Göttern. Diese opfern sich selbst.«

Schweigend überlegte der Edle Teutitl, was der Ehrwürdige Sprecher wohl sagen würde, wenn er das hörte.

Cortés ließ die Mexica nicht aus den Augen. Von dem Augenblick an, da der Botschafter im Lager eingetroffen war, hatten sich zwei Männer seines Gefolges auf Riedgrasmatten auf den Boden gesetzt und alles gezeichnet, was sie sahen. Aha, dachte er, diese Abordnung soll uns nicht nur begrüßen, sondern auch ausspionieren. Vielleicht kann ich mir das zunutze machen.

Nach der Messe wandte er sich an Alvarado. »Sagt Benítez und den anderen, daß sie ihre Pferde satteln. Außerdem soll Mesa die Geschütze feuerbereit machen. Wir wollen dafür sorgen, daß dieser aufgeblasene Wilde seinem Herrn Motecuzoma etwas zu berichten hat.«

Mit einem Grinsen eilte Alvarado davon.

Cortés führte den Edlen Teutitl mitsamt seinem Gefolge ans Ufer. »Sagt Mali, daß ich meinen Gästen etwas zeigen muß«, forderte er Aguilar auf. Mali gab diese Mitteilung an die Mexica weiter.

Der Edle Teutitl nahm alles mit dem undurchdringlichen Gesichtsausdruck auf, den er seit seiner Ankunft nicht abgelegt hatte. Die anderen Mexica folgten ihm, die Nasen hoch erhoben.

Euch werde ich die Überheblichkeit schon austreiben, dachte Cortés.

Mit einem Mal hörte man Donnerhall aus heiterem Himmel. Alle Mexica stürzten auf die Knie, sogar der Edle Teutitl, dessen würdige Haltung von einem Augenblick auf den anderen dahin war. Wieder vernahm man Donnerhall, dann noch einmal.

Cortés unterdrückte ein Lächeln. Offenbar hatte die von ihm arrangierte kleine Vorführung das gewünschte Ergebnis erzielt. Der Edle Teutitl und sein Gefolge knieten am Boden.

Mesa feuerte eine weitere Salve ab. Auf der anderen Seite der Bucht zitterten die Bäume, und dann stürzten sie krachend zu Boden. Die Stämme der Kokospalmen brachen wie dürre Äste.

Als alles vorüber war, erhoben sich der Edle Teutitl und sein Gefolge benommen. Cortés nickte Alvarado zu, der den Degen zog und emporreckte, daß er in der Sonne blitzte. Auf dieses Signal hin kamen vom anderen Ende des Ufers die Berittenen in geschlossener Formation herangesprengt. Ihnen folgten die Kriegshunde auf den Fersen. Die Hufe der Pferde hämmerten laut auf dem nassen, harten Sand.

Die Mexica keuchten vor Bestürzung. Verblüfft trat der Edle Teutitl einen Schritt zurück. Seine Gefährten drängten sich um ihn.

Die Berittenen trieben ihre Tiere so dicht an die Gruppe heran, daß die Flanken der Pferde die Männer streiften.

Cortés sah den Strand entlang, dorthin, wo Motecuzomas Schreiber mit großem Eifer alles notierten, dessen sie Zeuge geworden waren. Schön. Das würde seinen Eindruck auf den ›Ehrwürdigen Sprecher‹ gewiß nicht verfehlen.

Aufmerksam sah Mali ihn an. Alles, worauf ich gewartet habe, dachte sie. Er fürchtet nichts, und sogar die Mexica zittern. Einstweilen werde ich bei diesem Alonso bleiben und den rechten Augenblick abwarten, denn dieser Gott gehört mir. Sein Geschick ist mit dem meinen verwoben.

Cortés sprach kurz mit Aguilar. »Sag diesem Tendile«, wandte sich dieser an Mali, »daß mein Herr bald das große Vergnügen zu haben hofft, Motecuzoma persönlich zu sehen.«

Sie gab das mit einem Lächeln weiter.

Sieh nur den großen Mexica-Herrn, der wie ein junges Mädchen schwitzt! Zum ersten Mal in ihrem Leben fühlte sie sich mächtig. *Ich bin nicht mehr die hilflose kleine Prinzessin, die gebunden in einer Vorratshütte liegt und die mit ansehen muß, wie ihr Vater zitternd um sich tritt, während ihn Motecuzomas Schergen erdrosseln. Ich bin nicht länger Staub am Boden. Ich bin der Obsidianwind, der Atem der Götter.*

Es dauerte eine Weile, bis der Edle Teutitl seine Fassung und frühere Würde wiedergewonnen und seinen Umhang um sich herum neu geordnet hatte. Er wies auf Alvarado.

»Er fragt, ob er Tonatíus Helm als Geschenk für seinen Herrn Motecuzoma haben kann«, sagte Aguilar zu Cortés.

Alvarado lachte, als er die Bitte hörte. Er nahm den Helm ab und warf ihn Mali zu. »Er mag ihn eine Weile behalten, wenn er ihn voll Gold zurückbringt!«

Cortés wollte ihn daran hindern, aber Aguilar und Mali hatten seine Worte bereits gedolmetscht. Manchmal wünschte Cortés, Alvarados Zunge Einhalt gebieten zu können. Eine solche Forderung zeigte ihre wahren Absichten zu unverhüllt.

Fragend sah der Edle Teutitl Mali an. Dann kam es zu einem erregten Gespräch.

»Was sagt er?« wollte Cortés wissen.

»Er will wohl wissen«, sagte Aguilar, nachdem er mit Mali gesprochen hatte, »was an Gold so Besonderes ist.«

Ein angespanntes Schweigen trat ein. Einige der Spanier tauschten Blicke miteinander und fragten sich, ob es das bedeutete, was sie vermuteten.

Cortés überlegte seine Antwort. »Sagt ihm«, begann er, »daß wir Spanier an einer schrecklichen Herzkrankheit leiden, die sich nur mit Gold heilen läßt.«

»Amen«, sagte Jaramillo mit breitem Grinsen.

Der Edle Teutitl verabschiedete sich mit dem Versprechen, bald mit einer Botschaft von Motecuzoma zurückzukehren. Cortés bemühte sich, seine Erregung vor den anderen zu verbergen. Das Gespräch über Gold und Motecuzomas Macht und Reichtum hatten ihn überzeugt, daß die Entdeckung, auf die er aus war, unmittelbar bevorstand.

Er sah auf Mali. »Dankt ihr in meinem Namen«, gebot er Aguilar. »Künftig soll sich Doña Marina in meiner Nähe aufhalten, damit sie mir helfen kann, mit den Mexica zu sprechen.«

Aguilar verzog das Gesicht, gab das Gesagte aber weiter.

Mali senkte den Kopf und errötete vor Freude. Cortés entdeckte den Anflug eines Lächelns. Nun, sein Gefühl in bezug auf sie hatte ihn nicht getrogen. Von den ihm an jenem Morgen dargebrachten Schätzen dürfte sie sich wohl als der wertvollste erweisen.

9

Man hatte Cortés' Zelt hinter den Dünen im Schatten von Palmen aufgeschlagen. Die königsblaue Seide flatterte in der Brise, die vom Ozean herüberwehte. Cortés saß hinter einem hölzernen Tisch, links und rechts neben ihm standen sein Diener und sein Kammerherr.

Doña Marina sah ihn aufmerksam an. Er besaß magische Kräfte, davon war sie überzeugt. Er hatte die Augen eines Eulenmannes, und wen er damit hielt, konnte den Blick nicht abwenden. Zum ersten Mal sah sie die kleine Narbe an Kinn und Unterlippe, die der Bart zum Teil verdeckte. Sie fragte sich, ob auch ihn das Erd-Ungeheuer angegriffen hatte, wie Tezcatlipoca, einen weiteren ihrer Götter.

Er sagte etwas zu Aguilar. »Er möchte wissen, wo du die Sprache der Mexica gelernt hast.«

»Ich bin nicht in Tabasco geboren«, gab sie zur Antwort. Sie überlegte, wieviel sie ihm sagen konnte. Sie schämte sich, alles offenzulegen. »Ich komme aus einem Ort namens Painali. Dort sprechen wir die vornehme Sprache Náhuatl. Als Kind hat man mich … gefangengenommen … und in die Sklaverei verschleppt.«

Cortés beugte sich vor, die Ellenbogen auf den Tisch gestützt.

»Er will wissen, ob du etwas über diesen Motecuzoma weißt«, sagte Aguilar.

»Ich war nur einmal in Tenochtitlán, als kleines Mädchen. Ich habe gesehen, wie man ihn in einer offenen Sänfte durch die Stadt getragen hat. Ich weiß nur, daß er der reichste Fürst auf der ganzen Welt und sehr grausam ist.«

»Wie ist diese Stadt Tenochtitlán?«

Mali richtete ihre Antworten an Cortés, obwohl Aguilar sie dolmetschte. Er sollte merken, daß sie eine eigenständige Persönlichkeit war und keine Angst hatte. »Es ist die schönste Stadt auf der Welt. Sie liegt mitten in einem von Bergen umgebenen See hoch im Gebirge. Wohl an die hunderttausend Menschen leben dort.«

Bei dieser Zahl lächelte Aguilar. Offensichtlich nahm er an, sie übertreibe, dachte Mali.

»Ist das Volk der Mexica reich?«

Sie mußte über die Frage lächeln. »Sie besitzen die halbe Welt, und diese zahlt ihnen Jahr für Jahr Tribut.«

Cortés schien mit dieser Antwort zufrieden.

»Er sagt, man wird dich für deine Dienste gut belohnen«, teilte ihr Aguilar mit. Dann fügte er, offenkundig aus eigenem Antrieb, hinzu: »Hast du im Gespräch mit diesem Tendile ... meine Worte genau wiedergegeben?«

Mali sah zu Boden. Hatte er einen Verdacht? Sie hatte dem Edlen Teutitl die Wahrheit gesagt, wenn auch nicht mit jenen Worten, die dieser Schwachkopf ihr gesagt hatte.

»Ja, Herr«, murmelte sie.

»Bestimmt?«

Cortés sah sie aufmerksam an. Etwas sagte ihr, daß hier möglicherweise mehr auf dem Spiel stand, als sie ahnte. Sie empfand einen leichten Anfall von Furcht. »Ich habe alles, was Ihr gesagt habt, genau wiedergegeben.«

»Und die Mexica haben es verstanden?«

»Ja«, sagte sie.

Sie spürte Aguilars Blick auf sich ruhen. Irgendwie mißtraute er ihr und vermutete, daß sie log. Aber was konnte er schon tun? Ohnehin hatte sie dem Edlen Teutitl lediglich mitgeteilt, was sie bereits sicher wußte. Sie hatte inzwischen den Eindruck, daß Aguilar entweder dumm oder ein Scharlatan war und die Autorität der Gefiederten Schlange untergraben wollte. Wüßte sie doch, was Cortés wirklich gesagt hatte!

»Danke, Doña Marina«, sagte Aguilar in Cortés' Auftrag. Einer der Wachposten führte sie aus dem Zelt. Beim Hinausgehen aber wandte sie sich um und sah Cortés noch einmal an. Sie erkannte, daß er ihr zulächelte.

Ich werde deine rechte Hand sein, dachte sie. Ein Stachelschwein soll es mit dir treiben, Bruder Aguilar. Nicht du wirst seine rechte Hand sein, sondern ich!

10

Tenochtitlán

Es war spät in der Nacht, fast am Ende der sechsten Wache, als der Edle Teutitl und seine Begleiter den Palast erreichten. Doch sie brauchten nicht auf eine Audienz zu warten, denn Motecuzoma hatte Befehl gegeben, ihn bei ihrer Ankunft sogleich zu wecken. Nachdem sie ihre Reisesandalen und verzierten Umhänge abgelegt und einfache Gewänder aus Fasern des Sisalkaktus angezogen hatten, führte man sie die große Treppe zu den privaten Gemächern des Ehrwürdigen Sprechers hinauf.

Dieser erwartete sie bereits. Beim Eintreten legte sich ihnen der beißende Rauch von Kopalharz auf die Lunge. Duftende Hölzer glommen in einem kupfernen Becken, und der Gott Rauchender Spiegel, Tezcatlipoca, der als Bringer der Finsternis galt, sah ihnen aus der verräucherten Düsternis entgegen. Weibliche Schlange hatte sich vor dem Altar zu Boden geworfen. Eine unbekleidete junge Frau lag über Motecuzomas eigenem Opferstein. Arme und Beine hingen schlaff über die Ränder, ihre Brust war geöffnet, ihr Herz brannte im Kohlebecken. Schwarzer Rauch stieg zur Decke empor.

Der Edle Teutitl und seine Gefährten näherten sich Motecuzoma, die Stirn hielten sie auf den Boden gedrückt. Er kam hinter dem Opferstein hervor, und seine Gewänder troffen vom Blut der jungen Frau. Mit der Basaltschale in Form eines Jaguars, die einen Teil des Opferblutes enthielt, trat er zu seinen Boten und besprengte sie damit, um sie auf diese Weise zu reinigen. Immerhin hatten sie mit fremden Göttern gesprochen.

Motecuzoma hatte gute Nachrichten erhofft, sah aber an der bedrückten Miene der Männer, daß es keine gab. »Sprecht«, forderte er sie auf.

»Die großen Flöße sind vor fünf Tagen vor unserer Küste erschienen«, sagte der Edle Teutitl. »Wir sind mit den Fremdlingen zusammengetroffen und anschließend Tag und Nacht zurückgeeilt, um Euch die Nachricht zu bringen.«

»Und?«

»Sie beherrschen die vornehme Sprache des Náhuatl nicht, und was sie sagen, klingt wie das Quaken von Enten. Sie haben eine Frau, die für sie spricht: ein wahrhafter Mensch wie wir. Sie nennen sie Marina.«

»Und was hat sie Euch gesagt?«

Der Edle Teutitl zitterte, und Speichel troff ihm aus dem Mundwinkel zu Boden.

»Was hat sie gesagt?« wollte Motecuzoma mit drohendem Unterton wissen.

»Daß die alten Weissagungen vor der Erfüllung stehen und Gefiederte Schlange wie versprochen zurückgekehrt ist!«

Motecuzoma preßte die Fingerknöchel an die Stirn, als versuchte er sich den Weg in den eigenen Schädel zu bahnen. »Wer ist diese Frau?«

»Ich gestehe, daß ich es nicht weiß, Herr. Sie hat in sehr kränkender Weise mit mir gesprochen.«

»Was hat sie noch gesagt?«

»Daß Gefiederte Schlange persönlich mit Euch zu sprechen wünscht und Ometecuhtli höchstselbst ihm die Anweisung dazu erteilt hat.«

Der Edle Teutitl hatte den Eindruck, als weine der Ehrwürdige Sprecher, doch wagte er nicht den Blick zu heben und ihm ins Gesicht zu sehen. Er lag ausgestreckt auf dem kalten Marmorboden und wartete darauf, daß diese wenigen schrecklichen Augenblicke vergingen. Sie kamen ihm vor wie ein ganzes Jahrhundert. Dafür wird man mich Huitzilopochtli opfern, dachte er. Man wird mir die Haut abziehen und mich in die große Grube des Yopico-Tempels werfen.

Motecuzoma hatte einen Sisalkaktus-Stachel aus dem Schrein genommen und stach sich damit immer wieder ins eigene Fleisch, bis ihm das Blut über die Arme rann. »Hast du diesen Fremden gesehen, der Quetzalcóatl zu sein behauptet?«

»Ja, Zürnender Herscher. Seine Haut ist weiß wie Kalk, er hat einen dunklen Bart und eine gerade Nase. Er war schwarz gekleidet und trug eine grüne Feder in seinem Kopfputz.«

»Eine Quetzalfeder«, murmelte Motecuzoma. Ein Gott ließ sich am ehesten an seinem Kopfputz erkennen. Eine jadegrüne Feder bedeutete Gefiederte Schlange, und Schwarz war eine von dessen Farben. »Und die anderen, die bei ihm waren?«

»Sie trugen wie er sonderbare Kleidung, von der ein entsetzlicher Gestank ausging. Viele von ihnen haben lange Bärte und Haar von sonderbarer und unnatürlicher Farbe. Alle ihre Waffen, ob *maquáhuitl*, Schilde und Bögen bestehen aus einem Metall, das wie die Sonne glänzt. Ihre Ausscheidungen aber, Zürnender Herrscher, sind nicht von Gold, wie das sein müßte, wenn sie Götter wären, sondern wie unsere. Wir haben nach unserem Zusammentreffen gewartet, um sie zu beobachten und ...«

»Was weißt du schon von den Göttern!« donnerte Motecuzoma.

Schweigend blieb der Edle Teutitl auf dem Bauch liegen. *Bringt mich bitte nicht um.*

»Hat dir die Frau gesagt, warum dieser Bärtige mit mir sprechen möchte?«

»Sie hat gesagt, daß es um Angelegenheiten der Götter geht.«

»Und haben sie von Religion gesprochen?«

»Nein, aber ich habe sie bei ihrem Ritual gesehen, Zürnender Herrscher. Sie haben Blut getrunken.«

Zum ersten Mal gestattete sich Motecuzoma ein wenig Hoffnung.

Dann aber sagte der Edle Teutitl: »Es war aber nicht das Blut von Menschen, so jedenfalls hat sie gesagt, sondern das eines Gottes.«

»Das Blut eines Gottes«, sagte Motecuzoma. Seine Stimme hallte von den Marmorwänden zurück.

»Meine Männer haben Zeichnungen für Euch angefertigt, Zürnender Herrscher«, murmelte der Edle Teutitl.

Einer der Schreiber kroch mit einigen Blättern Borkenpapier in der Hand voran, auf denen die von ihm und seinem Gefährten am Strand von San Juan de Ulúa gemachten Darstellungen zu sehen waren. Motecuzoma entriß sie ihm. Er betrachtete die schwimmenden Tempel mit ihren großen Tuchbündeln, die feuerspeienden Röhren, die zweiköpfigen Ungeheuer und die wütenden Untiere, die ihnen folgten.

»Was ist das?« fragte er.

»Zürnender Herrscher, die Fremden besitzen steinerne Schlangen, aus deren Rachen Feuer und Rauch hervorschießen. Wird eine davon auf einen Baum gerichtet, stürzt dieser nieder. Richtet man sie auf einen Berg, birst er und zerfällt. Der Lärm ist wie Donner, der Rauch riecht grauenerregend und hat uns allen Übelkeit verursacht. Einige von ihnen sind auf großen Hirschen geritten, höher als drei Männer, die einer auf den Schultern des anderen stehen, und diese Tiere tragen sie, wohin sie wollen. Sie atmen Rauch aus, und wenn sie rannten, schien der Boden unter unseren Füßen zu beben. Sie haben auch Hunde, wie wir sie noch nie gesehen haben, Ungeheuer aus dem Reich der Toten, mit großen Schnauzen und gelben Zähnen.«

Was diese Frau namens Marina gesagt hatte, ließ sich nicht leugnen. Man schrieb das Jahr Ein-Ried, und es war der Tag, an dem Gefiederte Schlange auf die Welt gekommen war, zugleich der Tag, an dem er davongesegelt war. Kein noch so begriffsstutziger Priester konnte diese Vorzeichen falsch deuten. Die Eulenmänner hatten prophezeit:

Sofern er an Ein-Krokodil kommt, wird er Greise und Greisinnen züchtigen, Kommt er an Ein-Jaguar, Ein-Hirsch, Eine-Blüte, züchtigt er Kinder. An Ein-Ried aber züchtigt er Herrscher …

Motecuzoma wußte nicht, wie lange er voller Verzweiflung dagestanden hatte, den Blick auf seinen eigenen Schatten gerichtet. Erst nach mehreren Minuten fielen ihm der Edle Teutitl und dessen Begleiter wieder ein, die auf seine Antwort warteten.

»Habt ihr mir noch etwas zu sagen?« fragte er.

Ein weiterer Gefährte des Edlen Teutitl kroch voran. Er hielt einen Helm in der Hand, der aus einem leuchtenden, silbern glänzenden Metall hergestellt war.

»Was ist das?«

»Einer der Fremden hat uns seinen Kopfputz gegeben«, sagte der Edle Teutitl.

Motecuzoma untersuchte den Helm genauer. Er verstand, warum er des Edlen Teutitl Aufmerksamkeit erregt hatte, denn er ähnelte dem Helm, den ihr eigener Kriegsgott trug, mit Kolibri zur Linken.

»Ist das ein Geschenk?« fragte Motecuzoma.

»Nein, Zürnender Herrscher. Wir sollen ihn mit Gold gefüllt zurückgeben.«

»Gold«, sagte Motecuzoma. »Wieso Gold?«

»Er sagte, damit heilten sie eine Krankheit, die bei ihnen verbreitet ist. Tatsächlich haben sie von all unseren Geschenken nichts wissen wollen, dem feinsten Tuch, den Federarbeiten und einigen herrlichen Stücken Jade. Ausschließlich das Gold schien ihre Aufmerksamkeit zu erregen.«

Vielleicht sind sie deshalb gekommen, überlegte Motecuzoma. Er begann in sich hineinzulachen. Möglicherweise gab es doch eine Lösung …

»Noch heute nacht kehrt ihr zur Küste zurück und gebt diesen Fremden, was sie verlangen. Wenn sie Gold wollen, sollen sie Gold bekommen. Außerdem werden wir feststellen, ob dieser sonderbare Gebieter Marinas tatsächlich Gefiederte Schlange ist oder einfach ein Mensch, wie du sagst. Es gibt Möglichkeiten, die Wahrheit zu erfahren.«

Nachdem sie gegangen waren, musterte Motecuzoma erneut sehr aufmerksam die sorgfältig auf das Borkenpapier gemalten Bilder. Dabei begannen seine Finger unbeherrschbar zu zittern.

Das Jahr Ein-Ried. Ein unheilverkündendes Jahr für Herrscher.

San Juan de Ulúa

Die Spanier hatten die Küste am Karfreitag 1519 erreicht. Als die Anker in die Tiefe rasselten, hatte sich ihnen ein niederdrückender Horizont aus Dünen gezeigt, auf denen hier und da Büschel strohfarbenen Grases wuchsen. Dahinter erhoben sich kleine Gruppen vom Wind gebeutelter Palmen. In der Ferne ragte eine Kette blauer Berge auf. Ein beständig von dichten Wolken verhangener Vulkankegel, den die Einheimischen Orizaba nannten, beherrschte das Bild.

Die von Motecuzomas Abgesandten Teutitl zurückgelassenen Sklaven halfen ihnen, aus grünen Ästen, Palmwedeln und Riedgras Schutzdächer zu bauen. Ihr eigenes Lager legten sie in einer über Nacht errichteten Hüttensiedlung etwas abgelegen an. Dort dienten sie den Bedürfnissen der Spanier: Sie bereiteten über offenem Feuer Fische und Truthähne zu, während die Weiber Früchte schälten und unter Schutzdächern aus gewebten Matten Maiskuchen buken.

Obwohl sich die Spanier um ihre Feuer drängten, ließ der kalte Nordwind ihre Zähne klappern. Eines Tages dann hörte er auf, und es wurde unerträglich heiß. Jetzt suchten sie den Schatten der wenigen knorrigen Bäume auf und schlugen nach den blutdürstigen winzigen schwarzen Insekten, die sich in ganzen Schwärmen auf sie stürzten und ihnen das Leben zur Hölle machten.

Der einzige, dem all diese Unbilden nichts auszumachen schienen, war Cortés. Tag für Tag zog er durch die Dünen, betrachtete aufmerksam die Ausläufer des Urwaldes hinter der Ebene, die sich zur westlich davon liegenden, abweisenden Bergkette erstreckte, wartete und überlegte, was die Zukunft bringen würde, und plante.

Regenblüte legte ihren *huipitl* ab, das lange Obergewand aus reiner Baumwolle, das sie über dem Rock trug, und gesellte sich zu Mali, die schon im kühlen, klaren Wasser badete. Dabei fielen dieser die dunklen pflaumenfarbenen Abschürfungen an Regenblütes Armen und Brüsten auf.

Diese folgte Malis Blick und zuckte die Schultern. »Mein behaarter Herr behandelt mich grob«, sagte sie, »aber wohl nicht mit Absicht. Er ist nun einmal roh und schwerfällig. In meinen *tipíli* vergißt er leicht, wie stark er ist und wie klein ich bin.«

Sie watete weiter ins Wasser hinein und hockte sich dann hin, so daß es ihr bis zu den Schultern reichte. Mali fühlte sich zu ihr hingezogen. In Potonchán hatte Regenblüte als häßlich gegolten. Als sie ein kleines Mädchen war, hatte ihre Mutter es unterlassen, ihr eine Perle an die Kopfbedeckung zu hängen, und so hatte sich bei ihr das Schielen nicht eingestellt, das die Tabasca bei einer Frau so anziehend fanden. Regenblütes Mutter war Puma-Lippenpflocks ältere Gattin gewesen. Daher sah die nur wenige Jahre ältere Mali in Regenblüte eher eine jüngere Schwester. Sie hatte eine flinke Zunge und war jähzornig. Daran hatte auch das Chilirauch-Feuer, über das ihr Vater sie zur Strafe zu halten pflegte, nur wenig zu ändern vermocht.

»Ich glaube nicht, daß es Götter sind, Kleine Mutter. Ihre Leiber riechen unangenehm, und sie ergießen ihren Samen wie jeder andere Mann.«

»Deine *tipíli* haben sich zum ersten Mal geöffnet, und jetzt weißt du alles, was man über Männer wissen kann. Bist du enttäuscht, daß sein *maquáhuitl* keine Krallen hat?«

»Ich habe nicht gewagt hinzusehen«, sagte Regenblüte und tauchte den Kopf unter, von Malis forschendem Blick peinlich berührt.

»Es gibt Männer, die keine geborenen Götter sind«, sagte Mali. »Bisweilen wird in ihnen der Geist eines Gottes erweckt, oder er wird ihnen geschenkt, wie bei Motecuzoma.«

»Und was ist mit deinem Gott mit dem goldenen Haar?«

»Er hat drei *maquáhuitl* und hält mich damit die ganze Nacht wach! Während die beiden anderen neue Kräfte sammeln, sucht das dritte immer wieder die Liebesgrotte auf. Um die Morgendämmerung verwandelt er sich dann in einen Ozelot und gesellt sich zu den anderen, die den Tag mit ihren Schreien begrüßen.«

»Du hast eine dreiste Zunge. Ich fürchte, eines Tages werden Motecuzomas Priester sie dir herausschneiden und in ihrem Feuer braten.«

Mali lächelte. Puma-Lippenpflock hatte diese Drohung Regenblüte gegenüber oft ausgesprochen. »Vielleicht kommt der Tag, da niemand von uns Motecuzoma mehr zu fürchten braucht.«

Regenblüte sah sie fassungslos an. »Glaubst du das?«

»Warum sonst wären sie hergekommen?«

Regenblüte schöpfte mit der hohlen Hand Wasser auf ihre Schulter und zuckte zusammen, als es auf eine kleine Abschürfung traf. »Es sind nur Männer. Sie werden nehmen, was sie haben wollen, und ins Wolkenland zurückkehren.«

»Auch wenn das stimmen sollte«, sagte Mali, die keinen Augenblick lang an diese Möglichkeit glaubte, »werden sie uns bei ihrer Rückkehr vielleicht mitnehmen. Auf jeden Fall wird es uns bessergehen als zuvor. Ich möchte nicht mein ganzes Leben mit dem Nähen von Umhängen und dem Backen von Maiskuchen zubringen.«

Regenblüte schien verwirrt zu sein. »Was sonst sollte eine Frau tun?«

Wie kann ich ihr das erklären? überlegte Mali. Schon als kleines Mädchen hatte sie vom Leben mehr erwartet, als Maismehl für Fladen zu stampfen und Kinder zu bekommen. In ihrem Herzen wußte sie, daß sie zu anderem bestimmt war: zu staatsmännischem Tun, kriegerischem Handeln, zur Königswürde, zur Königsmacherin, zur Dichterin. Zwar war sie eine Frau, aber das Schicksal hielt für sie mehr bereit, als Köchin und Konkubine zu sein. Das hatte sie stets gewußt, und ihr Vater hatte sie in dieser Überzeugung bestärkt.

»Du erwartest zuviel«, sagte Regenblüte in ihre Gedanken hinein. »Das Leben ist nur ein Traum. Es dauert nicht ewig. Was hier geschieht, sollte niemanden bekümmern.«

Der Herr über den Tag, die Sonne, sank am Himmel, um eine weitere Nacht hindurch gegen seine Geschwister zu kämpfen. Der rhythmische Gesang der Zikaden erscholl aus den Bäumen. Ein Schmetterling tanzte zwischen den Farnen, der Geist eines toten Kriegers, der sich auf alle Zeiten spielerisch zwischen den Blüten und Gräsern tummeln durfte. »Vielleicht hast du recht«, sagte Mali.

Aber sie war keineswegs davon überzeugt.

Das Wasser war schwarz und inzwischen sehr kalt. Der Herr über den Tag war unter das Blätterdach des Waldes gesunken. Zitternd wateten Mali und Regenblüte ans Ufer. Während sie sich anzogen, verließ Jaramillo sein Versteck zwischen den Bäumen und eilte ins Lager zurück.

11

Mali merkte gleich, daß dieses Treffen weit zeremonieller verlaufen würde als das erste.

Zwar kündigte die übliche Begleitmusik die Ankunft des Edlen Teutitl an: Muscheltrompeten, mit Schlangenhaut bespannte *teponaztli*-Trommeln, Flöten aus Ton und hölzerne Klappern, doch trugen seine Herolde diesmal auch Standarten aus smaragdgrünen Quetzalfedern: ein Hinweis darauf, daß die Abordnung mit Billigung des Großkönigs reiste.

»Der vom Ehrwürdigen Sprecher höchstselbst eingesetzte Edle Teutitl, Vorsitzender der Ratsversammlung und Stimme der Mexica, naht! Er überbringt dem Gebieter Marinas, der kürzlich aus dem Wolkenland des Ostens hergekommen ist, Grüße und Freundschaft!«

Die Mexica hatten sich also für die Anrede ›Gebieter Marinas‹ entschieden. Das war kennzeichnend für sie. Offenkundig wollten sie sich nicht darauf festlegen, ob Cortés ein Mensch oder ein Gott war.

Der Edle Teutitl war prunkvoll gekleidet. Sein orangefarbener Baumwollumhang war am Saum mit geometrischen Mustern bestickt, und sein mit Gold besetzter Kopfputz bestand aus Flamingofedern. Sein Gefolge, weit größer als beim vorigen Mal, bestand teils aus Adligen und teils aus Sklaven. Dem Zug vorauf schritten zwei Priester mit Metallbecken, in denen Kopalharz glomm, das einen betörenden Weihrauchduft von sich gab, und zwei Knaben mit Federfächern wedelten die Insekten von seinem Gesicht fort. Den Abschluß bildete ein Trupp von Eulenmännern in ihren Federgewändern mit geschnäbelten Helmen. An ihren Umhängen baumelten Totenschädel und Menschenknochen. Manche schrien wie Falkenwürger, andere bliesen Wolken farbigen Rauchs aus Tongefäßen, die voll mit glimmendem Weihrauchharz waren.

»Wer sind diese Männer?« fragte Aguilar flüsternd.

»Zauberer«, teilte ihm Mali mit. »Sie sind gekommen, um mit Hilfe ihrer Bannsprüche die Macht eures Herrn Cortés zu brechen.«

Aguilar sog scharf den Atem ein, murmelte »Satanswerk!« und schlug erbleichend das Kreuz.

Cortés empfing die Gesandtschaft auf dem Sand unter den Palmen. Wie ein Monarch thronte er auf einem schweren, mit Türkisintarsien verzierten Eichensessel. Auf Malis Anregung hin hatte er wieder den schwarzen Samtanzug angelegt und trug die schwarze Kopfbedeckung mit der grünen Feder.

Sie stand mit Aguilar zu seiner Rechten.

Der Edle Teutitl küßte den Boden und legte seine Finger an die Lippen. Dann traten seine Priester vor, umschritten Cortés und dessen Hauptleute und wedelten Weihrauch in ihre Richtung. Anschließend sagte der Edle Teutitl: »Ich bringe dem Gebieter Marinas Grüße und Worte der Freundschaft vom Ehrwürdigen Sprecher unseres Volkes.«

Mali übersetzte diesen Gruß.

Daraufhin nickte der Edle Teutitl den Adligen zu, die ihn begleiteten. »Er hat mich aufgefordert, Euch als Zeichen seiner Freundschaft diese Geschenke zu überreichen.«

Als Mali begriff, was sie zu tun im Begriff standen, hielt sie unwillkürlich den Atem an. Es war mehr, als sie erhofft hatte. Sie wandte sich an Aguilar. »Bittet meinen Herrn Cortés mit aller Ergebenheit, daß er sich erhebe. Diese Männer wollen ihm zeremonielle Gewänder anlegen.«

Aguilar runzelte die Brauen. »Wozu?«

»Sagt es ihm«, zischte sie. »Überlaßt meinem Herrn die Frage, wozu es dient!«

Aguilar sah sie an. Am liebsten ließe er mich wegen meiner Unverschämtheit auspeitschen, dachte sie. Der Arme! Er möchte gern herrschen, hat aber eine Sklavenseele.

Aguilar gab Malis Worte weiter, und Cortés stand auf.

Die Adligen der Mexica legten ihm einen wunderschönen Federumhang um die Schultern und einen aus Jade und Gold hergestellten Kragen in Gestalt einer Schlange um den Hals. Dann wurden ihm Fußringe aus Gold und Silber um die Knöchel gelegt. Außerdem gaben sie ihm einen Schild aus leuchtendgrünen Quetzalfedern in die Hand und setzten ihm eine Mitra aus Jaguarfell auf den Kopf. Schließlich holte der Edle Teutitl eine goldene Maske mit einem Türkismosaik, goldenen Eckzähnen und einem Stirnband aus Quetzalfedern hervor, die er Cortés anlegte.

Das Ganze war die festliche Kleidung eines Hohepriesters der Gefiederten Schlange und damit im übertragenen Sinne die Kleidung der Gottheit selbst. Motecuzoma hatte Cortés damit öffentlich als Verkörperung des Gottes anerkannt. *Er glaubt es.*

Die Spanier sahen verwirrt zu.

Gewiß war Gefiederte Schlange gerührt, vermutete Mali, seine eigenen Embleme wiederzuerkennen, doch zu ihrer Bestürzung legte Cortés alles sogleich wieder ab, warf es zu Boden, nahm aufs neue Platz auf seinem Behelfsthron und sprach zu Aguilar.

»Mein Herr Cortés möchte wissen, was sie noch mitgebracht haben«, sagte dieser.

Mali versuchte ihre Verwirrung zu verbergen. Mit einem solchen Verhalten hatte sie in keiner Weise gerechnet. War es möglich, daß Gefiederte Schlange ihre eigene Identität verheimlichen wollte? Doch zu welchem Zweck?

Sie wandte sich an den Edlen Teutitl. »Gefiederte Schlange möchte sehen, welche weiteren Geschenke ihr mitgebracht habt.«

Auch der Edle Teutitl sah unbehaglich drein. Cortés' Handlungsweise hatte sein Mißtrauen in keiner Weise vermindert. »Sag ihm, daß wir Lebensmittel für ihn und seine Gefährten mitgebracht haben.«

Er wandte sich um und gebot einer Reihe von Sklaven vorzutreten, die auf sein Geheiß gewartet hatten und jetzt schwere Körbe auf Matten abstellten. Sie enthielten Guaven, Avocados und Mombin-Pflaumen, Eier, gebratenes Truthahnfleisch und geröstete Maiskuchen.

Das alles war großzügig mit Menschenblut besprengt.

Mali stockte der Atem, als Alvarado vortrat, einen Truthahnschenkel abriß und ihn schnüffelnd an die Nase hielt. Dabei verzog sich sein Gesicht vor Widerwillen, und er schleuderte das Fleisch zu Boden.

Eine tödliche Stille trat ein. Aufmerksam sahen die Spanier zu Cortés hin und warteten auf seine Reaktion. Auch Mali wartete. Das war der Augenblick, in dem er seine Göttlichkeit beweisen konnte, indem er richtig handelte.

Er sagte leise etwas zu Aguilar, und dieser wandte sich an sie. »Danke Tendile für seine Geschenke, sag ihm aber zugleich, daß die Religion meines Herrn ihm den Verzehr von Menschenfleisch ausdrücklich verbietet, da alle Menschen Brüder sind. Das gilt in Gottes Augen als eine der größten Sünden.«

Mali hörte sich die lange und verwirrende Rede unsicher an, verstand aber ihren tieferen Sinn und sagte zum Edlen Teutitl: »Wie Ihr sehr wohl wißt, ist Gefiederte Schlange zurückgekehrt, um alle Menschenopfer abzuschaffen. Stellt seine Geduld also nicht länger auf die Probe.«

Der Edle Teutitl schien enttäuscht. Mali ahnte, was er dachte: Dieses sonderbare Wesen hatte nichts von der offenkundigen Symbolik der göttlichen Kleidung wissen wollen, weigerte sich aber dennoch, Menschenblut zu trinken, wie man es hätte erwarten dürfen. Was sollte er Motecuzoma nur berichten?

Alvarado sagte etwas.

»Mein Herr Alvarado möchte wissen, ob die Mexica seinen Helm zurückgebracht haben«, wandte sich Aguilar erneut an den Edlen Teutitl.

Dieser hob, nachdem Mali ihm die Worte gedolmetscht hatte, die Hand, und die übrigen Träger – Malis Schätzung nach waren es über hundert – eilten herbei. »Das hat unser Ehrwürdiger Sprecher Motecuzoma getan, und noch mehr«, sagte er.

Strohmatten wurden zu Cortés' Füßen auf dem Sand ausgebreitet, und dann wurde der bis zum Rand mit Goldstaub gefüllte Helm Alvarados herbeigebracht. Ihm folgten goldene Figurinen in der Gestalt von Enten, Hirschen, Jaguaren und Affen; goldene Halsketten und Armbänder; ein mit Perlen besetztes goldenes Szepter; goldene Schilde, in die Edelsteine eingearbeitet waren; Türkis- und Onyx-Mosaike; holzgeschnitzte Statuen und Masken; Jadeanhänger und -broschen; Fächer aus massivem Silber; ein mit Jade und Perlen besetzter Kopfputz aus Quetzalfedern; Umhänge aus feinsten Federn; Schmuck aus Muscheln, Gold, Türkis und Jade sowie fünf Smaragde von außergewöhnlicher Größe.

Als man aber die beiden letzten Geschenke herbeibrachte, verschlug es den Spaniern den Atem: Es waren zwei wagenradgroße, zwei Zoll dicke identische massive Scheiben, eine aus Silber, die andere aus Gold. In der Mitte der ersten prangte eine weibliche Figur, Mondschwester; die andere zeigte den Herrn über den Tag auf seinem Thron.

Die Gaben waren auf dem Sand ausgebreitet, das edle Metall und die Schmucksteine blitzten in der Sonne. Niemand sagte ein Wort. Der Wind fuhr leise murmelnd darüber hin. Cortés rutschte auf seinem Thron hin und her und stieß die goldene Scheibe mit dem Fuß an, als wolle er sich vergewissern, daß sie wirklich war.

Schließlich sprach er.

Aguilar wandte sich an Mali. »Er möchte wissen, ob das alles ist.«

Ungläubig riß Mali die Augen auf. Hatte sie das womöglich falsch verstanden? Sie wußte nicht, was sie denken sollte. So etwas konnte sie keinesfalls an den Edlen Teutitl weitergeben. Schließlich brachte sie heraus: »Mein Herr Gefiederte Schlange dankt Euch für Eure Geschenke.«

Der Edle Teutitl machte ein säuerliches Gesicht. *Vielleicht lassen sie uns jetzt zufrieden.*

Wieder sprach Cortés durch Aguilar. Diesmal verstand Mali genau, worum es ging. »Mein Herr dankt noch einmal für Eure Freigebigkeit. Ihm bleibt nur noch, dem Ehrwürdigen Sprecher persönlich Dank abzustatten.«

Als der Edle Teutitl das hörte, wirkte er bedrückt. »Das wird nicht möglich sein. Die Reise nach Tenochtitlán ist lang und beschwerlich. Motecuzoma bittet Euch, diese wenigen bescheidenen Gaben als Zeichen seiner Wertschätzung entgegenzunehmen und ins Wolkenland zurückzukehren.«

Mali gab diese Worte weiter und wartete auf die Antwort, obwohl ihr klar war, wie sie lauten würde.

»Mein Herr Cortés ist von weither gekommen, um das Vergnügen zu haben, das ihm der Anblick von Motecuzomas Angesicht gewähren wird«, teilte sie dem Edlen Teutitl mit, nachdem Aguilar zu Ende gesprochen hatte. »Er hat den Auftrag, die Grüße seines Herrschers persönlich zu überbringen, und kann nicht davon absehen, ohne ihm ungehorsam zu sein.«

Sie biß sich auf die Unterlippe, um nicht triumphierend zu lächeln. Mit einer Hand kleidet Motecuzoma Cortés als Gott, und mit der anderen versucht er, ihn zu kaufen, ging es ihr durch den Kopf. Wie er am Ort des Adlers und des Kaktus auf seinem Thron zittern mußte!

»Da Gefiederte Schlange ein Gott ist, ermüdet er nicht leicht«, fuhr sie fort. »Er sagt, er muß persönlich mit dem Ehrwürdigen Sprecher zusammentreffen. Darin leitet ihn Ometecuhtli, Vater aller Götter und Beweger des Alls.«

Der Edle Teutitl sah aus wie jemand, dem man eine große Last aufgebürdet hat. Das ist mehr als die Enttäuschung eines Botschafters, seinen Auftrag nicht erfüllt zu haben, dachte Mali. Vielleicht sieht er in diesem Versagen seinen eigenen Tod voraus.

Kaum hatten sich die Mexica entfernt, als sich die Spanier auf das Gold stürzten. Da sie nichts anderes im Sinn hatten, als es zu berühren und zu bewundern, zertrampelten sie unter ihren Stiefeln den kostbaren Muschelschmuck, die heiligen hölzernen Masken, die prächtigen bestickten Tücher sowie die von Meisterhand wunderbar verarbeiteten herrlichen und kostbaren Quetzalfedern.

Mali sah sich um. Cortés ließ sie nicht aus den Augen. Er wirkte unbehaglich, nackt, wie ein Mann, den man ohne Kleidung auf der Straße ertappt hat. Sie begriff, daß sich der Gott seiner Männer schämte.

Sie dachte daran, was er über das Herzleiden gesagt hatte, von dem sie alle befallen waren. Es mußte schrecklich sein, an einer solcher Krankheit zu leiden, überlegte sie. Sie machte Männer zu Affen.

12

An jenem Nachmittag sammelten sich kleine Gruppen von Kriegern unter den Bäumen und murrten über die Insekten, Skorpione und die Hitze. Als die Nacht anbrach, zitterten sie in der plötzlichen Kälte und kratzten ihre Sandflohstiche auf. Auch das Summen der Moskitoschwärme und die unirdischen Schreie der Eulenmänner im nahen Lager quälten sie.

Am nächsten Morgen sahen sie vom Ufer aus zu, wie die von Motecuzoma übersandten Schätze auf die Schiffe geschafft wurden. Manche wagten, laut zu fragen, ob sie noch einmal etwas davon zu sehen bekommen würden. Als das große goldene Rad an Seilen zwischen zwei Booten hängend hinübergebracht wurde, tuschelten sie miteinander und warfen mißtrauische Blicke zu Cortés und seinen Hauptleuten hinüber.

Auch die Haltung der Eingeborenen begann sich nach dem Aufbruch des Edlen Teutitl zu ändern. Täglich gab es weniger zu essen.

Benítez hörte, wie Männer miteinander flüsterten. »Warum sitzen wir noch hier an dem verfluchten Strand? Der Gouverneur hat uns befohlen, mit den Eingeborenen Handel zu treiben und die Küste zu erkunden. Hier tun wir keins von beiden. Das einzige Gold, das wir bisher gesehen haben, hat Cortés auf seinem Flaggschiff in Sicherheit gebracht. Jeden Augenblick können die Eingeborenen aus dem Urwald hervorbrechen und uns angreifen ...«

Nach der Schlacht am Fluß war ein Dutzend Krieger ihren Wunden erlegen. Das Fieber und die Brechruhr hatten zwei weitere Dutzend Opfer gefordert.

Manche Männer begannen, von einer Rückkehr nach Kuba zu sprechen. Was aber würde in dem Fall aus dem Schatz? Würde der Gouverneur Velázquez ihn mit ihnen teilen oder für sich behalten?

Die Antwort darauf glaubte Benítez zu wissen.

Nach wie vor kam keine Nachricht von Motecuzoma.

Als die Spanier eines Morgens erwachten, waren die Eingeborenen fort. Offenbar hatten sie ihr Lager in großer Eile verlassen, denn die Maiskuchen über den noch rauchenden Feuern waren verkohlt. Alle zweitausend hatten sich in der Nacht lautlos an den Posten vorbeigeschlichen und die Spanier allein am Strand zurückgelassen.

13

Die Anspannung, unter der sie jetzt standen, zeigte sich auf ihren schwitzenden, bärtigen Gesichtern. Seit die Eingeborenen auf und davon gegangen waren, hatte Cortés das Lager in Alarmbereitschaft versetzt, und die Spanier schliefen nachts sogar in voller Rüstung. Außerdem hatte er seine Hauptleute zu einer dringenden Besprechung befohlen. Alvarado schien als einziger unbekümmert zu sein und lungerte mit einem jungenhaften Lächeln am Zelteingang herum.

»Ich kann das nicht verstehen«, sagte Sandoval. »Warum sind die Wilden weggelaufen? Ich dachte, wir hätten ihnen klargemacht, daß wir jetzt ihre Freunde sind.«

»Sie haben sich unsere Freundschaft ja gefallen lassen«, murrte León, »bis unser *Comandante* auf einer Zusammenkunft mit diesem Motecuzoma bestand.«

Schweigend nahm Cortés den Vorwurf zur Kenntnis.

Als nächster meldete sich Ordaz zu Wort. »Die Männer sind der Ansicht, daß wir allmählich nach Kuba zurückkehren sollten.«

Cortés zeigte seinen Zorn nicht, sondern lächelte. Mit trügerisch freundlicher Stimme sagte er: »Es gibt noch so viel zu erringen. Ihr alle habt Motecuzomas Geschenke gesehen, zum Beispiel das große goldene Rad. Das ist erst der Anfang der bedeutenden Schätze, von deren Vorhandensein ich überzeugt bin.«

León stützte sich mit beiden Fäusten auf den Tisch. »Der Befehl des Gouverneurs lautete, daß wir die Küste erkunden sollen, Handel treiben, wo wir können. Obwohl er uns ausdrücklich verboten hat, an Land zu übernachten, sitzen wir seit Wochen an diesem verdammten Strand, wo wir einem Angriff der verräterischen Eingeborenen ein erstklassiges Ziel bieten, während unsere Kameraden am Fieber krepieren. Ewig können wir nicht hierbleiben. Wir haben schon weit mehr Gold und sonstige Kostbarkeiten bekommen, als wir je erhoffen konnten. Wir sollten unverzüglich mit den Schätzen nach Kuba zurückkehren und sie dem Gouverneur übergeben.«

Cortés' Zornesader schwoll an. Zurück nach Kuba? Das wäre sein Ruin. Velázquez würde das Gold behalten, und ihm bliebe nicht einmal genug zur Deckung seiner Ausgaben. Zur Finanzierung dieser Expedition hatte er seinen gesamten Besitz verpfändet und Geld aufgenommen, wo immer es ihm möglich war. Er war praktisch bankrott. Außerdem würde ihn der Gouverneur angesichts der Umstände seines Aufbruchs in Ketten legen lassen und nach Spanien zurückschicken. Nach fünfzehn Jahren der Plackerei kam für Cortés eine solche Heimkehr – als jemand, der in Ungnade gefallen war – auf keinen Fall in Frage.

Er seufzte. »Wie für jeden, der mir sein Vertrauen entgegenbringt, will ich auch für Euch nur das Beste. Als christlicher Krieger und getreuer Untertan meines Königs werde ich tun, was Euch richtig erscheint. Sofern Ihr und Eure Männer zurück nach Kuba wollen, soll Euch der Wunsch erfüllt werden.«

»*Comandante*!« stieß Alvarado hervor. Das jungenhafte Lächeln war von seinem Gesicht gewischt. »Wir haben dem nicht zugestimmt!«

Cortés breitete seine Hände mit einer Geste der Hilflosigkeit aus. »Es sieht so aus, als bliebe uns nichts anderes übrig. Wie diese Herren schon gesagt haben, waren die Anweisungen des Gouverneurs eindeutig.«

»Ihr werdet doch nicht auf diese beiden... Schwachköpfe hören?« sagte Alvarado mit einem Blick auf León und Ordaz. Daraufhin mußten die anderen die beiden daran hindern, sich mit der Waffe in der Hand auf Alvarado zu stürzen. Eisiges Schweigen trat ein.

Schließlich sagte Benítez: »In einem Punkt haben sie recht, *Comandante*. Wir können hier nicht weiter untätig herumhocken.«

»Falls wir nach Kuba zurückkehren«, gab Puertocarrero zu bedenken, »bekommen wir von dem Gold nichts zu sehen.«

Cortés hob eine Hand. »Wie gesagt, meine Herren, es scheint, daß uns keine Wahl bleibt.«

León und Ordaz tauschten einen Blick. Sie hatten nicht damit gerechnet, so leichtes Spiel zu haben. Ordaz richtete sich auf. »Ich werde das den Männern sagen«, sagte er.

Mit einem wütenden Blick in Alvarados Richtung folgte ihm León aus dem Zelt.

»Ihr habt diesen Velázquez-Anhängern zu leicht nachgegeben«, sagte Puertocarrero.

»Soll das heißen, daß die übrigen nicht zurück nach Kuba wollen?«

Jaramillo sah verdrossen drein. »Ihr habt selbst gesagt, daß uns keine Wahl bleibt.«

»Doch, eigentlich schon«, sagte Cortés. »Sofern es Euer Wunsch ist zu bleiben, gäbe es durchaus eine Möglichkeit, unsere Interessen wahrzunehmen.«

Ohne ›Tendiles‹ Sklaven, die ihnen Lebensmittel brachten, sahen sich die Spanier dem Verhungern nahe. Das mitgebrachte Cassava-Brot hatte sich nach Wochen in den Laderäumen der Schiffe in eine klebrige und unappetitliche Stärkemasse verwandelt, die von Maden wimmelte. Regenblüte probierte ein Stück und spie es in hohem Bogen aus. Es schmeckte ranzig.

Jetzt mußten sie von dem leben, was sie aus eigener Kraft heranzuschaffen vermochten. Jeden Morgen machten sich einige Armbrustschützen auf die Jagd nach Vögeln und Wild, während Regenblüte und die anderen jungen Tabasca-Frauen ausgeschickt wurden, wilde Früchte zu sammeln und den Strand nach Krebsen abzusuchen. Jeden Tag führte die Nahrungsbeschaffung sie weiter vom Lager fort.

Eines späten Nachmittags sammelte Regenblüte allein wilde Beeren, als sie Geräusche von dem Teich zwischen den Felsen hörte, wo sie und Mali jeden Abend badeten. Neugierig schlich sie näher.

Einer der Spanier, der, den sie Norte riefen, stand nackt bis zu den Hüften im kalten grünen Wasser. Sie war verblüfft, da sie angenommen hatte, die Fremden wüschen sich nie. Mali sagte, das liege daran, daß sie es nicht nötig hatten, doch Regenblütes Geruchssinn hatte ihr das Gegenteil bestätigt.

Ihr war schon aufgefallen, daß sich Norte auf gewisse Weise von den anderen Spaniern unterschied. Es sah so aus, als wollten diese nichts mit ihm, der mit düsterer Miene und zerfetzten Ohrläppchen durchs Leben ging, zu tun haben. Lediglich dieser Aguilar sprach mit ihm.

Sie beobachtete ihn aus dem Farnkraut, wobei ihre Augen auf seinem Körper verweilten, als er aus dem Wasser stieg. Er war muskulös, braun und glatt, nicht so behaart wie Benítez, Alvarado und die anderen. Sie spürte einen sonderbaren Kitzel in ihrem Unterleib.

Falls einer der Spanier ein Gott war, dann vielleicht dieser.

Er kehrte ihr den Rücken zu. Also hatte er sie wohl nicht gesehen. Doch mit einem Mal hörte sie ihn in ihrer eigenen Sprache sagen: »Und wie lange willst du mich noch mit den Augen auffressen?«

Er weiß, daß ich hier bin.

Sie senkte den Blick und trat aus ihrem Versteck, wobei sie überlegte, welche Strafe ihr dafür drohte, daß sie einen der fremden Herren auf diese Weise angestarrt hatte.

»Es tut mir leid«, hörte sie sich murmeln. »Ich war überrascht. Ich hatte nicht geglaubt, daß einer von euch baden muß.«

»Auch Götter schwitzen«, sagte er. Er wandte sich um. Er lächelte und zog sich die Hose und sein zerlumptes Leinenhemd an.

»Ich hatte nicht angenommen, daß Ihr mich gesehen habt.«

»Das denke ich mir.« Seine Augen waren schwarz und durchdringend. Er ist schön, dachte sie, wie einer der Jungen, den die Mexica der Gefiederten Schlange an deren Fest opfern.

»Wie heißt du?« fragte er.

»Regenblüte.«

»Regenblüte«, wiederholte er gedehnt. »Bist du die, die man Benítez gegeben hat?« Sie nickte. Mit schiefgehaltenem Kopf, als belustige ihn das, hielt er den Blick auf sie gerichtet. »Interessiere ich dich irgendwie?«

Befangen faßte er sich an die verstümmelten Ohrläppchen. »Dies Blut ist für Gefiederte Schlange geflossen.«

Regenblüte riß die Augen weit auf. »Seid Ihr kein Gott?«

»Sehe ich wie einer aus?« Als sie nicht antwortete, sagte er: »Ich fürchte, ich bin ein Mensch wie du. Ich hatte eine Frau mit der gleichen Haut wie du. Sie hat mir zwei Kinder geschenkt.«

»Warum habt Ihr sie verlassen?«

»Ich habe sie nicht verlassen.«

»Warum seid Ihr dann hier?«

Er schien mit den Worten zu kämpfen. »Das sind meine Leute.« Er zuckte die Schultern. »Niemand entrinnt dem, was er von Geburt an ist. Eines Tages ... Sie finden einen immer.«

Er stand nahe bei ihr, zu nahe. In ihrem Volk wurde Ehebruch mit dem Tod bestraft. Sie nahm an, daß sie nicht nur ihrer eigenen Ansicht nach, sondern auch nach der der Spanier Benítez' Gattin war. Er hob die Hand, um ihr Haar zu liebkosen. Sie wich ein wenig zurück.

Er ließ die Hand sinken. »Entschuldige.«

»Ihr seid also keine Götter?« flüsterte Regenblüte.

»Nein, wir sind Spanier.« Er lächelte wieder. »Das ist viel schlimmer.« Mit einem sonderbaren Lächeln kehrte er ins Lager zurück.

Verträumt sah sie ihm nach und merkte, wie ihr der Atem stockte. Das war ein Mann, dem sie sich gern hingegeben hätte. Warum hatte Cortés sie nicht ihm zur Frau gegeben? ging es ihr durch den Kopf.

Wie immer war das Leben zu grausam.

»Habt Ihr gehört, was die Männer sagen?« fragte der Diakon Benítez.

»Nein. Was sagen sie?«

»Cortés möchte zurück nach Kuba und Gouverneur Velázquez das ganze Gold aushändigen, um ihn milde zu stimmen.«

Das hatte Benítez in der Tat schon gehört. Er war sogar dabeigewesen, als Cortés Alvarado aufgefordert hatte, das Gerücht zu verbreiten. »Glaubt Ihr, daß es sich so verhält?«

»Ich kann es von Cortés nicht glauben«, sagte Aguilar. »Er weiß, daß wir hier einen Auftrag haben. Wir müssen diesen umnachteten Seelen das Heil bringen. Er ist ein viel zu guter Christ, als daß er in diesem Augenblick an sich selbst denken könnte.«

»Gewiß habt Ihr recht«, sagte Benítez und schritt davon.

Cortés ließ sich den großen Eichentisch aus seinem Zelt bringen und im Schatten der Palmen auf den Sand stellen. Alle Angehörigen des Expeditionstrupps waren versammelt und warteten begierig darauf zu erfahren, was über ihre Zukunft beschlossen war. Das Stimmengemurmel wich schlagartig einem tödlichen Schweigen, als Cortés erschien und auf den Tisch stieg, um zu ihnen zu sprechen. »Meine Herren!« begann er. »Soweit ich weiß, sind einige unter Euch nicht damit zufrieden, daß wir uns noch an diesem Strand aufhalten.«

Man hörte zustimmendes Gemurmel. Vorsichtig, Cortés, dachte Benítez. Die Stimmung ist gefährlich, die Männer sind feindselig und unzufrieden. Da kann es leicht zu einem Aufruhr kommen.

»Ich kann Euch das nachfühlen«, fuhr Cortés fort. »Während der letzten Wochen habe ich mit Euch gelitten. Bevor wir aber eine Entscheidung treffen, sollten wir uns noch einmal überlegen, was wir erreicht haben. Bei unserem Aufbruch von Kuba hat uns der Gouverneur angewiesen, dafür zu sorgen, daß alle von den Eingeborenen in Yucatán gefangengehaltenen Spanier freigelassen werden.« Er gestattete sich ein leichtes Lächeln. »Sicherlich werden Bruder Aguilar und unser Kamerad Norte bestätigen, daß wir dieses Ziel erreicht haben.

Außerdem sollten wir die Küste dieser neuen Gebiete erforschen, Gebräuche und Religion der dort lebenden Eingeborenen beobachten und Tauschhandel mit ihnen treiben, um Gold zu bekommen. Ich denke, wir waren bei all dem erfolgreicher, als wir es erwartet hatten.

Jetzt also müssen wir entscheiden, wie wir weiter vorgehen wollen. Ich wage zu sagen, wenn wir nach Kuba zurückkehren, wird man Euch möglicherweise alles an Ruhm und Gewinn nehmen, was Ihr bei den Kämpfen am Fluß der Tabasca und bei Ceutla errungen habt. Oder glaubt Ihr wirklich, der Gouverneur würde Euch den Anteil an den Schätzen lassen, der Euch zusteht? Manch einer unter Euch ist heute hier, weil ihm das Leben auf Kuba nicht behagte und er mit der Größe seines Landes nicht zufrieden war, das ihm der Gouverneur zugeteilt hatte. Wieso liegt Euch mit einem Mal so sehr daran, zu ihm und den Brosamen zurückzukehren, die er Euch gnadenhalber zukommen läßt?«

»Wir sind in seinem Auftrag hier!« rief ein Mann namens Escudero. »Über diesen Auftrag hinauszugehen ist wider das Gesetz!«

Cortés tadelte ihn nicht, doch das Lächeln auf seinen Lippen verflog. »Möglich. Aber bevor Ihr entscheidet, was Ihr tun wollt, laßt mich sagen, was ich entdeckt habe.«

Klug gewählte Worte, dachte Benítez. Er läßt die Männer denken, daß die Entscheidung bei ihnen liegt.

»Über diese Gebiete hier herrscht ein Großkönig. Seinen Sitz hat er in einer Stadt, die inmitten eines schönen Sees liegt. Sollten wir jetzt nach Kuba zurückkehren, würden wir auf die Möglichkeit verzichten, für uns mehr zu gewinnen als eine Handvoll wertlosen Plunder und dies eine große goldene Rad. Zweifellos gibt es in diesem Land so viel Reichtum, daß jeder von euch sein eigenes goldenes Rad bekommen kann!«

León vermochte nicht länger an sich zu halten. »Wir haben doch gar nicht die Möglichkeiten dazu! Wollen wir etwa mit fünfhundert Mann und einem Dutzend Geschützen gegen ein solches Reich zu Felde ziehen? Ich sage, wir kehren nach Kuba zurück!«

»Das müssen wir unbedingt!« rief Ordaz. »Wenn wir hierbleiben, müssen wir entweder verhungern oder werden von den Eingeborenen massakriert!«

Viele der Männer stimmten dem lautstark zu.

Cortés ließ die Schultern wie ein Besiegter sinken und gebot mit erhobener Hand Schweigen. »Nun schön. Ich will lediglich das Beste für alle. Wir werden sogleich unsere Rückkehr vorbereiten.«

Wilde Jubelrufe ertönten. Gerade als Cortés von seiner Behelfs-Rednertribüne hinabsteigen wollte, sprang Alvarado neben ihn auf den Tisch. »Wartet! Noch ist nichts entschieden! Ich halte es für Verrat, jetzt nach Kuba zurückzukehren!«

Tumult erhob sich. León und Ordaz versuchten ihn niederzubrüllen, aber Alvarados Stimme war ebenso laut wie ihre.

Schließlich sorgte Cortés für Ruhe. Als er sich erneut verständlich machen konnte, wandte er sich an Alvarado. »Würdet Ihr erklären, wie Ihr dazu kommt, uns alle des Verrats zu bezichtigen?«

»Wenn wir nach Kuba zurückkehren, ist es möglich, daß Seine Majestät König Karl der Besitzungen verlustig geht, die wir ihm hier bereits gewonnen haben. Wissen wir, ob nicht die Eingeborenen bis zum nächsten Jahr ein großes Heer aufgestellt haben, um uns ins Meer zurückzutreiben? In dem Fall würde unser König all das hier einbüßen! Nein, wir sollten hier ein Fort errichten und die Ansprüche der Krone sichern!«

»Ich stimme Pedro zu«, rief Puertocarrero. »Wir haben gesehen, daß dieses Land über große Reichtümer verfügt. Warum sollen wir es nicht zu unserer Kolonie machen?«

Das Wort *Kolonie* sprang auf die Männer über wie ein zündender Funke. León und Ordaz mußten brüllen, um ihren Einspruch über dem allgemeinen Lärm hörbar werden zu lassen.

Sogar Cortés erhob Einwände. »Dazu haben wir keine Vollmacht! Ich bewundere Eure Argumente, meine Herren, aber vielleicht haben unsere Kameraden León und Ordaz recht. Wir haben kaum noch Lebensmittel und sehen uns einem möglichen Angriff der Eingeborenen gegenüber. Ich muß gestehen, daß ich nicht für unsere Rückkehr bin, da ich persönlich jeden *maravedi* einbüßen werde, den ich besitze, habe ich doch all meine Habe in diese Reise investiert. Doch muß ich mich in dieser Angelegenheit von meinen Hauptleuten und den Männern leiten lassen, deren Sicherheit mir anvertraut ist.«

»Ihr seid nicht der einzige, der Geld in diese Expedition gesteckt hat«, erinnerte ihn Puertocarrero.

»Aber ich habe diesen Männern mein Wort gegeben«, erwiderte ihm Cortés. Es klang hilflos. »Ich habe ihnen bereits zugesagt, daß sie zurückkehren können, wie es ihr Wunsch ist.«

»Dann sollen das doch die tun, die das wollen!« regte Sandoval an, und andere schrien zustimmend.

»Wir übrigen gründen eine eigene Kolonie!« fügte Jaramillo hinzu.

»Das ist wider das Gesetz«, schleuderte ihm Escudero entgegen.

»Ich glaube nicht«, sagte Cortés. Schweigen trat ein. Alle sahen ihn mit offenem Mund an. Sie wußten, daß er der Gesetzeskundigste von ihnen allen war. Immerhin hatte er auf Kuba in der Stadt Santiago das Richteramt ausgeübt. »Nach den Gesetzen unseres Landes darf jede Gruppe von Spaniern ihre eigene Ansiedlung gründen, wenn sie dafür die Zustimmung des Königs erbitten und dieser sie ihnen gewährt. In diesem Fall unterstehen sie unmittelbar der Krone und sonst niemandem. Das Tun solcher Männer ist gesetzeskonform.«

»Wir besitzen aber die Zustimmung des Königs nicht!« rief Escudero.

»Die läßt sich rasch erlangen«, sagte Cortés.

León wandte sich den übrigen Männern zu. »Wir haben unsere Befehle von Velázquez! Wir kehren nach Kuba zurück!«

»Ich bin dieses Kommandos überdrüssig!« überschrie ihn Cortés. »Wer nach Kuba möchte, dem wünsche ich gute Reise!«

»Und was ist mit dem Gold?« rief ein anderer.

»Das bleibt hier, bei denen, die es errungen haben! Wer davonläuft, bekommt nichts.« Damit sprang er vom Tisch und schritt davon.

Aufs neue erhob sich Tumult.

Benítez lächelte. Gut gemacht. Niemand hätte vermutet, daß der Einfall, hier auf den Dünen von San Juan de Ulúa eine Kolonie zu gründen, von Cortés selbst stammte.

Norte konnte sich nicht erinnern, wann ihm die Alte Welt entglitten war und die Neue Welt sich in seine Seele eingeschlichen hatte. Er hätte nicht gewußt, in welchem bestimmten Augenblick ihm der gelbe Sand von Cozumel wichtiger geworden war als das geschäftige Treiben in der Calle Sierpes von Sevilla. Der christliche Landadlige, der acht Jahre zuvor in Palos seine Reise angetreten hatte, war ihm inzwischen völlig fremd geworden. Wie ein Schauspieler auf der Bühne versuchte er sich an seinen Text zu erinnern und bemühte sich, diesen Mann so gut wie möglich zu spielen.

Ihm kam es vor, als hätte er sein ganzes Leben in einem Traum zugebracht, denn nichts schien jetzt wirklich und greifbar. *Wenn ich morgen früh aufwache, finde ich mich unter den Maya wieder. Dann muß ich mich aufs neue in mein anderes Ich verwandeln, die Litanei eines Aberglaubens gegen die eines anderen eintauschen.*

Diese qualvolle Empfindung angesichts seiner Entwurzelung und Einsamkeit war ihm nicht neu. Die Art, wie er einst aufs

Meer geblickt und Ausschau nach Anzeichen von Landsleuten aus Kastilien und der Estremadura gehalten hatte, kam ihm jetzt widersinnig vor. Er hatte sich damals für einen – unter lauter Heiden ausgesetzten – christlichen Edelmann gehalten. Jetzt sah er sich als das, was er acht Jahre zuvor wirklich gewesen war: ein Pirat, ein Dieb und ein Heuchler, der nach dem unerträglichen Geruch seines eigenen Schweißes stank.

Während er sich auf dem dünnen Strohlager hin und her warf, richtete er den Blick zur schwarzen Decke des Raumes empor. Vor seinem inneren Auge sah er zwei tabakfarbene Kinder am Strand von Yucatán. Er hatte sie so sehr geliebt wie nur je im Leben etwas. Er fragte sich, was sie wohl gerade tun mochten, wieviel sie geweint haben mochten, ob sie bereits die Beisetzungsriten für ihn abgehalten hatten …

Aber daran wollte er auf keinen Fall denken.

Er stand auf. Er konnte nicht schlafen, und sein Körper empfand das Bedürfnis nach Bewegung, hatte den Drang, vor den Teufeln davonzulaufen, die ihn quälten. Aguilar schnarchte noch, ruhte im ungestörten Schlaf dessen, der sich seiner Erlösung gewiß ist. Norte verfluchte ihn innerlich. Dann verließ er die primitive Hütte.

Der Vollmond schimmerte durch eine dünne Wolkendecke, sein Licht brach sich in der trägen Dünung des Ozeans. Norte atmete tief ein, rümpfte die Nase über den Geruch, der von den naheliegenden Sümpfen herüberwehte, schlug nach einer Mücke, die dicht neben seinem Ohr summte. Voll innerer Unruhe ging er zum Strand, versuchte an etwas anderes als seine Einsamkeit zu denken.

Er hatte sich etwa hundert Schritte vom Lager entfernt, als sie ihn packten.

Benítez war als Wachoffizier eingeteilt. Im Unterschied zu manchen seiner Kameraden nahm er die Aufgabe ernst und vertrieb sich die späten Stunden nicht mit Kartenspiel oder Weintrinken. Er suchte jede der Schildwachen nacheinander auf, tadelte, wen er schlafend fand, und rügte andere wegen des Zustands ihrer Waffen oder ihrer mangelnden Einsatzbereitschaft. Bei der zweiten Runde hörte er gedämpfte Laute, die von rechts aus den

Dünen kamen. Es klang wie das erstickte Stöhnen eines Verwundeten – oder das eines Mannes beim Liebesakt.

Vorsichtshalber zog er seinen Degen und lief über die Sandhügel.

Er fand die beiden Männer hinter der zweiten Dünenreihe, deren schwarze Schatten sie verbargen. Während einer sich an ihrem Opfer verging, hielt der andere es fest. Als er Benítez' Umriß im Mondlicht sah, stieß er einen Warnruf aus. Beide sprangen auf und rannten durch den weichen Sand davon, so schnell sie konnten. Zuerst sah Benítez im Schein des Mondes ein nacktes Hinterteil, dann zog sich der Mann im Laufen die Hose hoch.

Das Opfer lag schluchzend auf dem Bauch. Benítez zog ihm den Knebel aus dem Mund, worauf er erstickt hustete.

»Norte?«

Benítez sah, daß er von der Hüfte abwärts nackt war. Mit einem Mal hob sich sein Magen. Ihm war klar, was die Männer getrieben hatten.

»Mir fehlt nichts«, sagte Norte.

»Wer war das?« fragte Benítez, der es in Wahrheit gar nicht wissen wollte. Er wußte, was Cortés mit den Übeltätern tun würde.

»Ich weiß nicht«, sagte Norte.

Du bist vernünftig, dachte Benítez. Sie würden dich umbringen, wenn du sie verrietest. Einer von ihnen war Guzmán. Benítez hatte ihn im Schein des Vollmondes deutlich erkannt. Dann dürfte der andere Cristóbal Flores gewesen sein. »Ihr habt ihre Gesichter nicht gesehen?« faßte Benítez nach. »Habt Ihr sie nicht reden gehört?«

»Nein«, sagte Norte. Er zog die Hose hoch, während er würgend auf der Seite im Sand lag. Benítez schob den Degen in die Scheide und hockte sich neben ihn. »Seid Ihr nicht verletzt?«

»Was glaubt Ihr?«

Benítez überlief es kalt. Eher würde er sterben, als für irgendeinen Kerl das Weib spielen. »Soll ich den Feldscher wecken?«

»Geht bitte«, flüsterte Norte.

Benítez wartete, vielleicht auf ein Zeichen des Dankes. Es kam nicht. Norte lag nur einfach keuchend da. Benítez trat ein Stück beiseite und blieb dann auf der Kuppe der Düne stehen. Nach einer Weile hörte er, wie Norte aufstand und sich durch die Dünen auf den Weg zum Lager machte.

Er folgte ihm, um sicher zu sein, daß er heil dort ankam.

In dem Bewußtsein, daß das Schlimmste der Nacht vorüber war, nahm er seine Runde wieder auf.

Der arme Norte, schoß es ihm zu seiner eigenen Überraschung durch den Sinn. Er mochte den Mann nicht, der von seinem Volk und seiner Religion abgefallen war, er mißtraute ihm, doch gab das niemandem das Recht, ihn so zu mißbrauchen. Die meisten Männer waren viehisch. Wenn man ihnen nur gründlich genug in die Seele schaut, dachte er, findet man keinen christlichen Edelmann, sondern sieht sich einem mitleidlosen Ungeheuer von Angesicht zu Angesicht gegenüber.

Diego Godoy, vorschriftsmäßig mit schwarzer Samtkappe und schwarzem Wams angetan, las Cortés' Proklamation vor, mit der er dreien der unter seinem Kommando stehenden Brigantinen gestattete, sogleich mit dem Ziel Kuba auszulaufen. Es war noch früher Morgen, und die schwarzen Rußflocken von den Lagerfeuern stiegen in den klaren blauen Himmel. Mürrisch standen die Männer in Gruppen beieinander und hatten die Blicke auf den Horizont gerichtet, während sie auf die Worte des Notars hörten.

Nachdem die Proklamation verlesen war, machten sich Ordaz, León, Escudero und die anderen durch die Dünen zu Cortés' Zelt auf. Ordaz teilte dessen Kammerherrn Cáceres mit, daß sie sogleich mit dem *Comandante* sprechen müßten.

Cortés ließ sie warten. Als er in weißer Hose und weißem Leinenhemd heraustrat, wirkte er müde und ungeduldig. »Meine Herren?« sagte er.

»Wir haben uns entschlossen zu bleiben«, sagte León.

Natürlich wollt ihr jetzt bleiben, dachte Cortés. Hier ist das Gold. Wenn ihr mit leeren Händen zurückkehrt, wird Velázquez euch eure Treue nicht danken. Ohne das Gold geltet ihr als Verräter und Feiglinge.

»Wir gehören hierher, zu Euch«, teilte ihm ein anderer der Hauptleute mit. Es war Montejo.

»Ich habe den Befehl erteilt. Es ist zu spät. Ihr wolltet aufbrechen und werdet das jetzt auch tun.« Cortés kehrte ihnen den Rücken zu.

»*Comandante*«, rief León aus. »Vergebt uns unsere frühere Ungeduld. Wir haben eingesehen, daß wir einen schweren Fehler begangen haben. Aber wir können weder Euch noch unsere Kameraden im Stich lassen. Ihr müßt den Befehl widerrufen und uns erlauben zu bleiben.«

Cortés seufzte. »Dieses Kommando wäre selbst für die Geduld eines Heiligen zuviel.« Er sah der Reihe nach in ihre Gesichter. »Alvarado und Puertocarrero haben mich überredet, daß Ihr bleiben dürft. Aber Ihr müßt verstehen, daß ich zwei Bedingungen gestellt habe.«

Die Männer, die sich um das Zelt drängten, warteten.

»Erstens bin ich nur dann bereit, dieses Unternehmen fortzusetzen, wenn ich das Oberkommando über die neue Kolonie bekomme und darin gleichzeitig das Amt des Oberrichters ausüben kann.«

León und Ordaz sahen erst einander und dann ihre Gefährten an. Nun, als Befehlshaber kam ohnehin kein anderer in Frage, das war Cortés gewiß klar. Puertocarrero mochte nicht kämpfen, und Alvarado war zu halsstarrig. »Einverstanden«, sagte León.

»Zweitens steht mir als dem Oberkommandierenden der Kolonie ein Fünftel aller Erträge unserer Unternehmungen zu.«

»Ein Fünftel!« entfuhr es Ordaz überrascht. Das entsprach dem Anteil des Königs.

»Die anderen haben zugestimmt. Wem das nicht recht ist, mag nach Kuba zurückkehren.«

Ich bin doch mal gespannt, ob ihr jetzt die Stirn habt, mir zu trotzen, dachte Cortés.

»Einverstanden«, sagte León. Ordaz nickte.

»Damit ist das erledigt. Kein Wort mehr von Kuba. Meine Herren, vertraut mir und Gott, und wir alle werden mehr Reichtum und Ruhm erwerben, als wir uns in unseren wildesten Fantasien erträumt haben!«

Den Rücken an den Stamm eines Kapokbaumes gelehnt, sah Benítez dem Geschehen des Vormittags zu. Trotz der Hitze schüttelte es ihn, und jeder Knochen schien ihm zu schmerzen. Ein Fieberanfall, nichts weiter. Andere Männer, die auch Schüttelfrost hatten, litten nicht besonders darunter. Es traf nur die wenigen Pechvögel. Gewiß würde es ihm bald wieder gutgehen.

Dieses elende, stinkende Land.

14

Benítez fror selbst in der erstickenden Hitze des Schutzdachs. Seine Augäpfel waren gelb verfärbt, und auf der Haut stand ihm der Schweiß in dicken Tropfen. Das Fieber ließ seinen Körper zucken und beben, und seine Zähne klapperten heftig. Gelegentlich stieß er einen Schrei aus, wütete gegen die Gespenster, die in den Schatten umherschlichen.

Regenblüte kniete neben ihm. »Siehst du?« sagte sie zu Mali. »Er hat das Sumpffieber. Im einen Augenblick ist er glühend heiß, im nächsten friert er. Der Eulenmann der Spanier war da und hat etwas von seinem Blut als Opfer für ihren Gott mitgenommen.« Sie nahm seine Hand und streichelte sie wie einen verletzten Vogel. »So geht es ihm nun schon seit zwei Tagen.«

Mali kniete sich neben sie. Die Zuneigung der Freundin überraschte sie. »Was soll ich tun, Kleine Schwester?«

»Ihm helfen. Du bist eine Zauberin.«

»Unsinn. Meine Mutter hat mich als Kind in der Kräuterkunde unterwiesen. Das hat mit Zauberei nichts zu tun.«

»Aber helfen kannst du ihm?«

Mali überlegte. »Ich dachte, dir liegt nichts an deinem behaarten Herrn?«

Regenblüte nahm das Tuch von seiner Stirn, tauchte es in eine Schüssel mit Wasser und wischte ihm den Schweiß von Gesicht und Brust, während sie mit ihrer Antwort kämpfte. »Soll ich einfach mit ansehen, wie er stirbt?«

»Vielleicht gibt dir Cortés dann Norte.«

Regenblüte zuckte zusammen. »Du weißt davon?«

»Ich habe mitbekommen, wie du ihn ansiehst. Du mußt vorsichtig sein, Kleine Schwester. In den Augen der Spanier ist Benítez dein Gatte. Du weißt doch, was sie mit dir tun würden, wenn du diesen Norte in deine Liebesgrotte ließest?«

Regenblüte biß sich auf die Lippe. Schweiß trat ihr auf die Stirn.

»Soll ich dir immer noch helfen?«

Sie nickte stumm.

»Gut, dann zeige ich dir, was du tun mußt. Es gibt eine Pflanze nahe dem Wasserloch, in dem wir baden. Die mußt du zerstampfen, in sauberem Wasser kochen und ihm den Sud zu trinken geben. So habe ich es mit allen Kriegern getan, die am Sumpffieber leiden.«

»Wird er davon gesund?«

»Das liegt nicht in unserer Hand. Bei einigen der anderen hat es gewirkt. Wenn er in der kommenden Nacht nicht durch den Engen Durchlaß geht, kann er überleben.«

Mali stand auf.

»Weißt du, Kleine Mutter, er ist kein Gott.«

»Als Gefiederte Schlange Tollán verließ, hat ein Heer von Maulwürfen und Zwergen ihm beigestanden, damit er das Gebirge überqueren konnte. Götter befinden sich selten in Gesellschaft anderer Götter. Diese Männer sind lediglich seine Helfer.«

»Und jetzt gehörst du zu seinen Helfern?«

Ein heißer Windstoß prallte auf die Leinwand des Schutzdachs. Ein Trupp Kapuzineräffchen lärmte in den Palmen über ihnen.

Mali gab keine Antwort.

»Ohne dich wäre dein Gott stumm«, flüsterte Regenblüte. »Findest du das nicht sonderbar?«

Mali dachte an das, was ihr Vater gesagt hatte, als sie klein war, an das Versprechen und seine Weissagung. »Nein, Kleine Schwester. Es scheint das Schicksal zu sein.«

Später an jenem Tag nahm Alvarado den Ort, an dem sie sich befanden, in aller Form im Namen König Karls von Spanien in Besitz und gab ihm den Namen Reiche Stadt des Wahren Kreuzes – Villa Rica de la Vera Cruz.

Sogar jene Männer stimmten Jubelrufe an, die sich ursprünglich für die Rückkehr nach Kuba ausgesprochen hatten. Schließlich war das goldene Rad, wie Cortés gesagt hatte, nur der Anfang. Sie rechneten sich aus, daß jeder von ihnen eines Tages Gemeindevorsteher sein würde, wenn sie fortfuhren, neue Siedlungen zu errichten.

Das Amt des Oberrichters und militärischen Befehlshabers in der neuen Ansiedlung wurde für vakant erklärt und einstimmig Hernán Cortés angeboten. Er nahm es demütig an.

15

Feiner Schweiß lief Cortés vom Nacken über den Rücken. Große Wolkenkissen waren aufgezogen, und noch immer nahm die Hitze zu. Die Wolken verdunkelten die Berge im Westen und den hohen Gipfel des Vulkans Orizaba, was den Reiz, der von jenem Gebirge auf ihn ausging, noch verstärkte. Er mußte unbedingt wissen, was dahinterlag.

Vor dem Holzkreuz, das Pater Olmedo und Pater Díaz in den Dünen errichtet hatten, kniete er nieder. Daneben stand ein Schrein – es war nicht mehr als ein Steinhaufen, der das Bild der Jungfrau schützte.

Er schloß die Fäuste im Gebet.

So nahe waren sie ihrem Ziel! Was aber sollte er jetzt tun? Viele der Männer litten am Sumpffieber, und die Eingeborenen, die ihnen anfangs geneigt zu sein schienen, waren wie mit einem Zauberschlag verschwunden. Er hatte sich für eine Weile vom Joch des Gouverneurs Velázquez befreit, doch die Stimmung seiner Männer befand sich nach wie vor auf dem Tiefpunkt. Bald würden sie ihn aufs neue lautstark zur Rückkehr nach Hause auffordern.

Ohne Wasser und Lebensmittel konnte er sich mit lediglich fünfhundert Kriegern und einer Handvoll Pferde nicht weiter ins Binnenland vorwagen. Er mußte einen Vorwand finden, einen Grund, dort zu bleiben.

Es trieb ihn zu erfahren, was hinter jenen Bergen lag.

Mutter Gottes, hilf mir.

Eine Stimme wurde vom Wind zu ihm herübergetragen. Er öffnete die Augen. Eine der Schildwachen kam über den Strand auf ihn zugelaufen.

Eingeborene waren gekommen.

Mali sah sogleich, daß es diesmal keine Mexica waren. Sie waren lediglich zu fünft, ohne Gefolge und gänzlich anders gekleidet als Edler Teutitl und seine Männer. Sie trugen einfache weiße Schamtücher und Baumwollumhänge, die deutlich von den Federumhängen und reich bestickten Gewändern der Mexica abstachen – aber ihr Körperschmuck war weit kunstvoller. Ihr Anführer trug eine kleine Jade-Schildkröte in der Nase, und goldene Ringe schmückten seine Ohren. Ein Türkis zog seine Unterlippe so weit hinab, daß er unablässig die Zähne zu fletschen schien. Auch seine Gefährten trugen große und kunstvolle Schmuckstücke an Ohren und Unterlippe.

Sie warteten unter den Bäumen vor Cortés' Zelt. Mali sah, daß Alvarado die Hand nach einem ausstreckte, dessen Unterlippenschmuck in Gestalt eines Jaguars ihn zu faszinieren schien. Auf einen Zuruf von Cortés ließ er den Mann, wenn auch zögernd, los und trat einen Schritt zurück. Dabei sah er ihn an wie ein ausgehungerter Hund ein Stück rohes Fleisch.

Mit gequältem Ausdruck zischelte ihr Aguilar zu: »Mein Herr Cortés schickt nach dir, weil diese Leute eine Sprache sprechen, die ich noch nie gehört habe.«

Er führte sie zu den Neuankömmlingen. Einer von ihnen wiederholte die Worte, mit denen er Aguilar begrüßt hatte. Enttäuscht verzog sie das Gesicht. »Ich verstehe ihn nicht«, sagte sie, was Aguilar mit triumphierendem Lächeln quittierte.

Cortés' enttäuschter Blick traf sie wie ein Messer ins Herz. Ich kann ihn jetzt nicht im Stich lassen, dachte sie. Das ist mein Augenblick.

Sie wandte sich noch einmal an die Fremden und fragte: »Sprecht ihr die vornehme Sprache?«

Nach kurzem Zögern trat der jüngste aus der Gruppe vor. »Ich«, sagte er.

Tief befriedigt gestattete sich Mali ein scheues Lächeln in Cortés' Richtung und einen vernichtenden Blick zu Aguilar hinüber, bevor sie den Fremden ihre Aufmerksamkeit zuwandte. »Wir heißen euch in unserer Mitte willkommen. Unglücklicherweise spreche ich hier als einzige Náhuatl. Dieser Hund hinter mir in den braunen Gewändern kennt lediglich die Sprache der Maya, und der bärtige Gott spricht *castilan*, die Sprache des Himmels. Könnt ihr uns sagen, wer ihr seid und womit wir euch dienen können?«

Der Jüngling dolmetschte Malis Worte seinen Gefährten. Erstaunt sahen sie erst einander und dann Cortés an. Unter ihnen schien eine gewisse Uneinigkeit zu herrschen, bis sie dem Jüngling Anweisungen gaben, wie er fortfahren sollte. Anschließend kam es zu einer längeren und komplizierten Unterhaltung über mehrere Zwischenstationen, bei der Mali das Gesagte Aguilar in die Sprache der Maya dolmetschte und dieser es wiederum für Cortés ins Kastilische übertrug.

»Wir sind Totonaca und kommen von einem Ort namens Cempoallan«, begann der Junge. »Er liegt etwa eine Tagesreise von hier entfernt. Wir hatten gehört, daß hier an der Küste *teules* gelandet sind.« Mali fiel auf, daß er das Náhuatl-Wort für ›Götter‹ verwendete. »Wir heißen euch willkommen und laden euch ein, unsere Stadt zu besuchen, wo man euch höchst freudig mit Festen und Gaben empfangen wird.«

Als Cortés das hörte, lächelte er. »Sagt ihnen, daß wir sie äußerst gern besuchen würden. Fragt sie, ob sie Untertanen des Großkönigs Motecuzoma sind.«

Als Mali diese Frage dolmetschte, stießen die Totonaca eine stattliche Reihe von Flüchen aus. Schließlich sagte der Jüngling: »Gewiß sind wir seine Untertanen, auch wenn uns das Gegenteil lieber wäre. Doch stimmt es, was wir gehört haben, daß Motecuzoma eurem Herrscher Tribut gezollt hat?«

»So ist es«, sagte Mali, die beschlossen hatte, diese Frage eigenmächtig zu beantworten. Es war zwar eher Bestechung als Tribut, doch konnte es nicht schaden, wenn die Neuankömmlinge das als Tribut ansahen. »Er hat uns einen Berg von Geschenken geschickt, Quetzalfedern, Jade und Gold.«

Wieder redeten die Totonaca erregt miteinander. Dann wies einer auf den Brustschmuck aus Federn, den Mali trug. Sie hatte ihn an jenem Tag, da Edler Teutitl das große goldene Rad gebracht hatte, vor dem Zertrampeln durch spanische Krieger gerettet.

»Mein Onkel wüßte gern, woher du diesen wunderschönen Federschmuck hast«, sagte der Jüngling.

»Er gehörte zu ihrem Tribut«, sagte Mali.

Mit einem Mal wirkte der Alte überwältigt.

»Mein Vetter hat etwas Ähnliches getragen, als ihn Motecuzomas Tributeintreiber im vorigen Jahr festnahmen«, erklärte der Jüngling.

Aguilar schüttelte sie unsanft am Arm. »Was geht da vor sich?«

»Sie erklären mir, wie ihnen die Mexica die Kinder rauben, um sie zu opfern.«

Aguilar schlug das Kreuz und leitete diese Mitteilung an Cortés weiter. Mali sah den *Comandante* aufmerksam an. Er hatte seinen üblichen Gesichtsausdruck, doch lag darin noch etwas anderes, vielleicht eine Spur Erregung. Sie spürte eine Art Übereinstimmung zwischen ihnen; es war, als existierte weder Aguilar noch einer der anderen. In diesem Augenblick hat er nur mich, dachte sie. Ohne meine Hilfe ist er verloren.

Seine Augen ruhten auf ihr wie die eines Liebenden.

Aguilar räusperte sich, die schmalen, bleichen Lippen abschätzig gekräuselt. Cortés sagte etwas. »Mein Herr Cortés möchte wissen«, ließ sich Aguilar vernehmen, »ob die Mexica in ihrem Reich viele Feinde haben.«

Erstaunt riß Mali die Augen auf. Gewiß wußte Gefiederte Schlange die Antwort auf diese Frage? Warum sonst wäre er hier? »Alle Welt haßt die Mexica«, sagte sie zu Aguilar. »Das ist allgemein bekannt.«

»Werden uns die *teules* in Cempoallan besuchen?« wiederholte der Jüngling die Einladung. »Es liegt nur eine Tagesreise nordwärts von hier.«

Mali gab die Frage an Aguilar weiter, der sie für Cortés dolmetschte. Dieser aber schien ihm nicht zuzuhören, seine Augen schauten in die Ferne.

Er sieht die Zukunft, dachte Mali erschauernd.

Schließlich sagte er leise etwas zu Aguilar, der zu zögern schien und dann Mali einen Blick zuwarf, den sie nicht zu deuten vermochte. »Er möchte wissen«, sagte Aguilar, »ob auch du die Mexica haßt.«

»Ich gehöre jetzt zu Cortés.«

»Danach hat er nicht gefragt«, blaffte Aguilar sie an.

»Sagt ihm einfach, was ich gesagt habe«, forderte ihn Mali auf.

Sie sahen einander unverwandt an. Wirklich, er verachtet mich, dachte sie. Wie leicht durchschaubar dieser Priester, dieser Frauenhasser, ist. Ich muß mich vor ihm in acht nehmen.

Aguilar sprach rasch mit Cortés. Sie sah, wie ihr dieser breit zulächelte – offensichtlich hatte ihm Aguilar gewissenhaft jedes ihrer Worte weitergegeben. Er war zu einfältig, um zu lügen.

Cortés murmelte etwas auf kastilisch und sah sie noch einmal abschätzend an, bevor er sich umwandte und fortging.

»Was hat er gesagt?« fragte Mali begierig.

»Er hat dich gelobt«, sagte Aguilar.

»Inwiefern?«

»Eitelkeit schadet der Seele. Du bist durch die Taufe in den Glauben aufgenommen worden und solltest etwas bescheidener sein. Sag diesen Leuten, daß mein Herr Cortés ihr Angebot gern annimmt. Wir werden morgen aufbrechen. Das ist alles.«

Langsam und qualvoll öffnete Benítez die Augen. Er kontrollierte die Funktion seiner Sinne, fast so, als zählte er sie auf einer Inventarliste nach. Aus seinem ausgedörrten Mund kam übelriechender Atem, die Augen waren verklebt und geschwollen, und hinter ihnen klopfte ein dumpfer Schmerz. Er sah zum dunklen Palmwedeldach empor, lauschte auf das laute Summen der Fliegen und sog den Geruch nach Schweiß, Menschen und Feuer ein.

Wie lange hatte er geschlafen? Wie lange lag er schon hier?

Regenblüte beugte sich über ihn, tauchte ein Stück Stoff in eine Kalebasse mit Wasser und betupfte ihm die Stirn. Sie sagte einige Worte, die er nicht verstand.

Nortes Gesicht wurde undeutlich sichtbar. »Sie fragt, ob Ihr Euch besser fühlt?«

Er versuchte sich aufzusetzen, war aber zu schwach dazu. Immer wieder verschwamm ihm der Raum vor den Augen. Er hatte den Eindruck, sich übergeben zu müssen.

»Bleibt liegen. Ihr braucht Ruhe.«

Benítez wollte sprechen, doch die Zunge gehorchte ihm nicht. Sie kam ihm doppelt so groß vor wie sonst. Regenblüte hielt ihm das nasse Tuch an die Lippen, und dankbar sog er das kühle Wasser auf. »War ich ... krank?« brachte er heraus.

»Ihr hattet das Sumpffieber«, sagte Norte. »Fast wäret Ihr ihm erlegen. Die ganze Welt stand schon im Begriff, über den Verlust eines Spaniers zu trauern.«

Benítez hob den Blick zu Regenblüte. Er fragte sich, wie lange sie bei ihm gewesen sein mochte. Warum hatte sie es auf sich genommen, ihn zu pflegen? »Sagt ihr ..., daß ich ihr danke.«

Norte zuckte die Schultern. »Sie weiß es.«

»Sagt ... es ihr.«

Eine rasche Unterhaltung in einer seltsamen Sprache folgte. »Sie sagt, daß Doña Marinas Kräuter Euch gesund gemacht haben«, teilte ihm Norte schließlich mit.

Benítez schloß die Augen. Eine merkwürdige Welt. Bisweilen war es unmöglich, die Beweggründe eines Menschen zu durchschauen. Er fragte sich, warum Regenblüte oder diese Doña Marina ihm halfen. Mit seinen dreißig Jahren hatte er im Leben nur wenig Barmherzigkeit erfahren und noch weniger Güte von Frauen. Er gab sich keinen Täuschungen hin; sein Aussehen und seine Zurückhaltung machten ihn bei Frauen nicht beliebt. Nicht, weil er reich wäre oder gut aussähe, hatte ihm diese Regenblüte geholfen, die man ihm als Dienerin und Konkubine beigegeben hatte, sondern offenbar einfach nur, weil sie ein guter Mensch war. Wie seltsam das alles war.

16

Sie brachen um die Morgendämmerung auf und zogen an der Küste entlang. Unter der Last ihrer Rüstung und ihrer Waffen stolperten die Krieger mühsam über den mit Kieseln vermischten Sand. Ihnen folgten ihre kubanischen Sklaven und die Tabasca-Frauen. Über eine Meile erstreckte sich der Zug durch die Dünen.

Auf diesem heißen und schwierigen Marsch waren Sonne und Sand nicht ihre einzigen Feinde. Als um die Mitte des Vormittags einer der Männer auf einen Skorpion trat, konnte man seine Schreie eine Viertelmeile weit hören.

Mali folgte zu Fuß Puertocarrero, der seine braune Stute ritt. Kurz vor Abend strauchelte sie; ihr Fuß hatte sich in einer unter dem Sand verborgenen Wurzel verfangen. Obwohl sie sich den Knöchel dabei verrenkte, schrie sie nicht; schließlich war sie von einer Mexica-Mutter aufgezogen worden und hatte von klein auf gelernt, keinen Schmerz zu zeigen. So merkte Puertocarrero nichts und ritt weiter. Auch die anderen Krieger zogen vorüber. Der eine oder andere sah neugierig zu ihr her, doch die meisten hatten mit der eigenen Last und dem eigenen Elend so reichlich zu tun, daß sie nicht auf den Gedanken gekommen wären, sich auch noch Sorgen um die Gefährtin eines ihrer Hauptleute zu machen. Mali stützte ihr Körpergewicht auf die Ellbogen und wartete, daß der Schmerz nachließ. Als sie nach einer Weile aufzustehen versuchte, fiel sie hin. Das Bein trug sie nicht.

»Fehlt Euch etwas?«

Eine volltönende, tiefe Stimme. *Er.* Die Sonne stand hinter ihm. Sie umgab sein Haupt mit goldenen Strahlen und schimmerte auf seiner Rüstung. Mali hielt die Hand vor die Augen, als sie zu ihm aufsah. Er stieg ab und führte das Pferd am Zügel zu ihr.

»Seid Ihr verletzt?« fragte er.

Auch wenn sie die Worte nicht kannte, so verstand sie doch die darin liegende Besorgnis. Sie wies auf ihren linken Knöchel. Er beugte sich darüber und untersuchte ihn. Seine Berührung war sanft, es waren nicht die Hände eines Arztes, sondern die eines Liebenden. Er sah ihr ins Gesicht. Der Blick seiner grauen Augen war so durchdringend, als könnte er ihr damit bis in die Seele schauen.

Obwohl der Schmerz nicht mehr so schlimm war, entlockte sie ihren Augen um seinetwillen eine kleine Träne, indem sie sich auf die Lippe biß. Auch sorgte sie mit einer geschickten Drehung ihres Beins dafür, daß ihr Gewand den Schenkel ein wenig höher hinaufglitt. Doch gerade da kam einer der Hauptleute herangeritten und verdarb ihr den Augenblick.

»Was gibt es?« Alvarado hielt neben Cortés.

»Doña Marina hat sich den Knöchel verstaucht.«

»Bei den heiligen Eiern aller Päpste …«

»Gebietet Halt. Sie kann nicht weitergehen. Die Träger sollen aus dünnen Stämmen eine Trage herstellen.«

Alvarado schüttelte ungläubig den Kopf. »So viel Aufwand für eine *puta*? Laßt sie hier, wir können die Träger morgen nach ihr schicken.«

»Sie ist keine *puta*«, gab Cortés beherrscht zur Antwort, obwohl er sich ärgerte, daß Alvarado Mali als Hure bezeichnet hatte, »sondern eine christliche Dame. Außerdem vertritt sie im Umgang mit den Eingeborenen unsere Augen und Ohren. Wollt Ihr mir erklären, wie wir ohne sie mit den Totonaca oder den Mexica Verbindung aufnehmen könnten? Soll etwa Bruder Aguilar für uns Bilder in den Sand zeichnen? Gegenwärtig ist sie für uns mehr wert als die Geschütze, und unter Umständen wertvoller als mein Stellvertreter. Soll ich Euch hierlassen und sie auf Eurem Pferd vorausschicken? Die Träger könnten Euch dann morgen abholen.«

Auf diese Strafpredigt hin nickte Alvarado verlegen. »Ich werde Halt gebieten.«

»Ich wäre Euch sehr verbunden.«

Erneut wandte sich Cortés ihr zu. Sie dankte ihm mit einem Lächeln. Rabenschwarzes Haar rahmte ihr Gesicht ein. *Eine Schönheit. Ein süßer Knöchel. Eine samtweiche Haut.* Das nach oben geglittene Gewand gestattete ihm einen ungehinderten Blick auf die seidenweichen Innenseiten ihrer Schenkel. Er vernahm das Knurren der Bestie in sich.

Eine eingeborene Prinzessin mit Sprachkenntnissen und, wie ich glaube, einem Gespür für Politik. Außerdem ist sie meiner Überzeugung nach für jemanden wie Puertocarrero zu feurig.

Da mußte er zu gegebener Zeit Abhilfe schaffen.

Am nächsten Vormittag durchfurteten sie einen seichten Wasserlauf und wandten sich landeinwärts. Mit einem Mal hörte der unfruchtbare Sandboden auf, und sie zogen durch leuchtendgrüne Maisfelder. Zur Linken erhoben sich dichte Wälder voller zäher Ranken und verschiedener Orchideenarten. Die Männer sahen zwischen den riesigen Sapotill-Bäumen, an deren Stämmen Harz glänzte, das Gefieder tropischer Vögel aufblitzen, unter ihnen rotbrüstige Aras und blaugefiederte Tangare. Von Zeit zu Zeit stießen sie auf primitive Dörfer, in denen es von Fliegen wimmelte.

Und dann, kurz nach Mittag, erreichten sie Cempoallan.

Erstaunt betrachtete Cortés das neue Wunder, das sich seinen Augen bot.

So etwas hatte er dort nicht erwartet: Im Herzen des Dschungels erhob sich eine Stadt! Tausende von Adobe-Häusern mit Strohdächern drängten sich um weitläufige Paläste und Tempel, die von poliertem weißem Kalkstein und Stuck glänzten. Eine wundersame Stadt, nicht das verkommene Gewirr schmutziger Hütten, mit dem er mehr oder weniger gerechnet hatte.

Er hatte geglaubt, und Gott hatte ihn belohnt.

»Bei den heiligen Eiern aller Päpste«, keuchte Alvarado neben ihm.

Der lang hallende Ton der Muscheltrompete eines der Führer kündigte ihre Ankunft an. Rasch antwortete ihm Trommelschlag aus dem Inneren der Stadt. Die Bewohner von Cempoallan hatten ihnen einen Willkommensgruß bereitet. Auf ihrem Zug durch die Straßen feierten die Totonaca Berittene und Fußtruppen wie heimkehrende Helden. Die Menge umdrängte sie, legte ihnen Girlanden um, warf ihnen Früchte und Blumen zu.

Cortés wendete sein Pferd und schob sich vorsichtig durch das Gedränge aus braunen Leibern und weißen Umhängen. Die Totonaca, die den ihnen unbekannten Pferden nicht trauten, wichen auseinander und hielten sich in sicherer Entfernung. Nach einer Weile erreichte er Mali auf ihrer improvisierten Sänfte, der Aguilar und Norte gemäß seiner Anordnung folgten.

»Fragt, womit wir ein solches Willkommen verdient haben«, rief er Aguilar zu.

Mali und Aguilar mußten förmlich brüllen, um sich über dem Lärm der Menge, der Drei-Ton-Trommeln und der tönernen Flöten verständlich zu machen. Schließlich wandte sich Aguilar wieder an Cortés. »Sie sagt, diese Leute sehen uns als Befreier, Herr.«

»Befreier?«

»Ich verstehe nicht alles. Sie sagt etwas über die Rückkehr eines Schlangengottes. Irgendwie wissen diese Leute, daß wir gekommen sind, um sie aus der Barbarei zu erlösen und zum Heil zu führen!«

Eine Totonaca-Frau, mutiger als die anderen, trat zu Cortés, warf ihm eine Blumengirlande zu und hatte sogar die Kühnheit, sein Pferd zu berühren, bevor sie lachend davonlief.

»Befreier«, murmelte er. Natürlich – Befreier!

Noch im Augenblick des Triumphes begann ihn etwas zu beschäftigen, das Aguilar wohl unwichtig erschienen war. »Die Rückkehr eines Schlangengottes« – diese Worte gingen ihm nicht aus dem Sinn.

Hier gab es mehr, als sich im Augenblick fassen ließ.

Der Kazike hieß Chicomacatl, doch Alvarado gab ihm wegen seiner unmäßigen Leibesfülle sogleich den Spottnamen *el gordo* – Fettwanst. Ihm vorauf zogen seine Standartenträger. Sie trugen lange, wippende Stangen, an deren oberem Ende aus Federn kunstvoll gearbeitete Fächer angebracht waren. Ihnen folgte, auf kräftige Stöcke gestützt, der Kazike. Knaben halfen ihm, seine Fleischmassen zu bändigen. Die Fürsten seines Gefolges verschwanden förmlich hinter dem Fleischberg Chicomacatl.

»Wenn die alle so dick sind«, sagte Alvarado, »muß man sich nicht wundern, daß sie Menschen fressen.«

Jaramillo grinste. »Ganz Salamanca könnte einen Monat lang von seinen Schinken leben.«

Cortés saß ab und sah sich um. Ganz wie Spaniens große Städte verfügte auch Cempoallan über einen Platz in der Mitte. Ihn umgaben auf drei Seiten die Hofmauern der Tempel, während die vierte an Chicomacatls Palast grenzte. Rauch erhob sich von einer der Pyramiden, zweifellos ein Hinweis auf eine barbarische Zeremonie. Cortés vermutete, daß die Totonaca, obwohl sie sich bisher als freundlich erwiesen hatten, in tiefsten Inneren nicht nur Heiden waren, sondern auch dem Kannibalismus huldigten.

Möge Gott sie beschützen.

Mali trat mit Aguilar zu ihm. Dank einer Kräuterpackung, die sie eigenhändig zubereitet hatte, war die Schwellung an ihrem Knöchel über Nacht zurückgegangen. Da sie sich nichts gebrochen hatte, konnte sie ohne fremde Hilfe gehen, wenn auch ein wenig humpelnd. Als ihr Cortés zulächelte, las er Wut in Aguilars Gesicht. *Sieh mal an, er ist neidisch. Wie unpassend für einen Gottesmann.*

Chicomacatl wartete, während seine Gefolgsleute Cortés und dessen Hauptleute mit ihren Kopalharz-Weihrauchgefäßen einnebelten. Dann trat er vor, um ihn zu umarmen. Wie die Edlen, denen Cortés am Vortag begegnet war, trug auch er auf der Unterlippe und in den Ohrläppchen Goldschmuck sowie einen Türkis in der durchbohrten Nasenscheidewand. Cortés gab sich große Mühe, seinen Widerwillen zu verbergen. Seine Hauptleute hatte er angewiesen, sich mit Äußerungen jeglicher Art zurückzuhalten.

Nun traten Sklaven vor und stellten ihm einen Weidenkorb mit Armbändern, Halsreifen und Ohrringen zu Füßen, alles aus Gold. Chicomacatl hielt eine kurze Ansprache auf Náhuatl, und Cortés wartete geduldig auf die Übersetzung.

Aguilar trat einen Schritt von Mali fort. »Die Frau sagt, er entschuldigt sich, daß es nur so wenige und unbedeutende Geschenke sind. Das sei alles, was sie haben, um ihre Freundschaft zu beweisen, da ihnen die Tributeintreiber der Mexica fast nichts gelassen hätten.«

Cortés überlegte. »Sagt ihm, daß wir diese Geschenke mit großem Dank entgegennehmen.«

Inzwischen war es totenstill auf dem Platz geworden, da sich die Totonaca ebenso wie die spanischen Krieger kein Wort entgehen lassen wollten.

Erneut wandte sich Aguilar an Cortés. »Die Frau sagt…«, Cortés fiel die Herablassung in seiner Stimme auf. Offenbar brachte er es nicht über sich, Doña Marina beim Namen zu nennen, »… daß der Häuptling schwere Anschuldigungen gegen

Motecuzoma erhebt, weil ihnen die Mexica als Tribut alles genommen haben, was sie an Gold und Jade besaßen. Auch haben sie ihnen alle Federarbeiten und die Hälfte ihrer Vanilleernte gestohlen und viele ihrer jungen Männer und Frauen in die Gefangenschaft verschleppt, um den Bedarf ihrer Priester an Opfern für die Tempel zu decken. Er bittet Euch um Hilfe.«

Nachdenklich betrachtete Cortés den unmäßig dicken Einfaltspinsel, der ihm auf dem staubigen Platz gegenüberstand. *Endlich.* »Bittet Mali, ihm zu sagen, daß wir Untertanen eines sehr mächtigen Königs sind, der uns hergeschickt hat, um sie von der Tyrannei zu befreien. Wenn sich Chicomacatl bereit erklärt, Lehnsmann König Karls zu werden, hat er den Mexica zum letzten Mal Tribut entrichtet.«

Der Kazike schwitzte unter der heißen Sonne, obwohl sich seine Sklaven alle Mühe gaben, ihm mit ihren Federfächern Kühlung zu verschaffen. Eine weitere lange Ansprache folgte. »Es sieht ganz so aus«, sagte Aguilar, »als würde er unsere Hilfe gern annehmen. Allerdings hat er Angst, weil nicht weit von hier eine Garnison der Mexica liegt. Er sagt, wenn er Motecuzoma seine Treuepflicht aufkündige, würden sie kommen, die Stadt niederbrennen und alle jungen Männer nach Tenochtitlán schaffen, um sie in den Tempeln der Mexica zu opfern.«

»Sagt ihm, daß er Motecuzoma nie wieder fürchten muß, wenn er mir gehorcht.«

Er hörte, wie hinter ihm jemand den Atem scharf einsog. »*Comandante* …«, begann Puertocarrero, der unbehaglich auf seinem Pferd hin und her rutschte und offenbar Einwände anmelden wollte, aber er brachte ihn mit einem Blick zum Schweigen.

Er betrachtete den fülligen Häuptling der Totonaca. War es möglich, daß jemand erleichtert und entzückt und dennoch zugleich von tiefstem Schrecken erfüllt war? Genau das schien bei diesem Mann nämlich der Fall zu sein.

Alvarado trieb sein Pferd vor und beugte sich aus dem Sattel. »Seid Ihr von Sinnen?« flüsterte er Cortés zu.

»Habt Ihr mich je leichtsinnig erlebt?«

»Öfter, als ich zählen kann. Beispielsweise damals in Salamanca, als Ihr an einer Mauer zum Fenster der bewußten Dame emporgeklettert seid.«

»Ich berechne grundsätzlich die Erfolgsaussichten im voraus. Die Sache wird gut für uns ausgehen. Ihr werdet es sehen.«

Alvarado setzte sich wieder aufrecht hin. Seine Lippen bildeten eine dünne, bleiche Linie. »Wie Ihr wollt.«

»Vertraut mir. Wir haben gerade den Schlüssel zu Motecuzomas Haus in die Hand bekommen.«

17

Man hatte für die Spanier ein üppiges Festmahl mit Truthahn, Fisch, Ananas, Pflaumen und Maiskuchen vorbereitet. Anschließend wurden Cortés und seine Hauptleute zu ihrem Quartier geleitet, einem großen Palast, der einer reichen, aber häßlichen Adligen gehörte. Aus Gründen, die Mali nicht verstand, nannte Cortés sie Catalina.

Die mit bunten Wandbehängen geschmückten großen Räume waren nur spärlich möbliert. Sie enthielten lediglich einige Schlafmatten und niedrige Tische, und Teppiche bedeckten den weißen Estrich der Böden. Wie auch die anderen Hauptleute hatte Puertocarrero mit Mali ein Zimmer für sich, die gewöhnlichen Krieger mußten im Audienzsaal kampieren.

Seit sie sich am Vortag den Knöchel verrenkt hatte, war Mali nicht mehr von Cortés angesprochen worden. Ihr war aufgefallen, daß ihn bei der Versammlung auf dem Platz etwas geärgert hatte. Mehrfach hatte sie gesehen, wie sein Blick immer wieder zu dem Rauch hinübergeglitten war, der von der Pyramide aufstieg. Sie ahnte, was ihn beunruhigte.

Sie merkte, daß sich die Schlange regte. Die Gottheit rührte sich.

Am nächsten Morgen wurde sie mit Aguilar und einigen der Hauptleute, unter ihnen Puertocarrero und Alvarado, in den Innenhof befohlen. Cortés trug einen schwarzen Samtanzug und um den Hals ein silbernes Medaillon mit einem Abbild der Jungfrau Maria. Seinen Degen hatte er umgeschnallt.

Mit strengem Ausdruck sagte er: »Meine Herren, wir sind aufgerufen, Gottes Werk zu tun.« Mit diesen Worten schritt er aus dem Tor und über den Platz. Die übrigen eilten ihm nach, bemüht, mit ihm Schritt zu halten.

Der Schrein, eine einfache strohgedeckte Hütte aus Rohrgeflecht, ähnelte dem, den sie in Potonchán vorgefunden hatten. Aus einem von Mauern umgebenen Hof führte eine steinerne Treppe zur Plattform eines Pyramidenstumpfes, auf welcher der eigentliche Tempel stand.

Je näher sie dem Schrein kamen, desto deutlicher wurde der Geruch nach verkohltem Fleisch.

Kadaver lagen am Fuß der Treppe, wohin sie gerollt waren, nachdem man sie vom Opferaltar hinabgerollt hatte. Arme und Beine fehlten, und um die offene Brusthöhle herum war das Blut zu einem schwarzen Brei geronnen. Schwarze Fliegenschwärme saßen darauf. Starr sahen die gebrochenen Augen zum blauen Himmel empor.

»Das hier ist noch ein Kind«, sagte Puertocarrero.

Pater Olmedo begann, ein Totengebet zu sprechen. Bruder Aguilar stimmte in die gemurmelte Litanei ein.

Cortés hob den Blick. Wie Aasvögel sahen die Priester in ihren schwarzen Gewändern von der Treppe auf sie herab. Sein Gesicht wurde vor Zorn dunkelrot. Man hörte das Klirren von Stahl, als er den Degen aus der Scheide riß, doch Puertocarrero legte ihm die Hand auf den Arm. »Nicht jetzt, *Comandante*«, flüsterte er. »Wir sind noch nicht bereit.«

Cortés zögerte. »Das tun sie ihren Kindern an?« fragte er leise.

Mali beobachtete ihn. Sie war stolz auf seinen Zorn. Stets hatte Gefiederte Schlange versichert, er werde die Menschenopfer abschaffen. Jetzt erkannte sie seine Empörung und Verzweiflung und wünschte, daß Regenblüte es auch sehen könnte. Gewiß würde sie dann ihre Überzeugung teilen, daß es sich bei ihm um einen Gott handelte.

Mit kalkweißen Gesichtern drängten sich die Spanier aneinander und sahen auf die zerfleischte Leiche.

»Sie haben das Opfer ihrem Gott Tlaloc, dem Regenbringer, gebracht«, flüsterte Mali Aguilar zu. »Ein Kind beginnt zu weinen, wenn es den Opferstein sieht. Die Tränen verkörpern den fallenden Regen. Je mehr Kindertränen es gibt, desto mehr wird es im Winter regnen, um die Ernte zu nähren.«

Aguilar schlug das Kreuz. »Teufelswerk«, sagte er auf kastilisch und teilte den anderen Malis Erklärung für das Kinderopfer mit.

»Hier muß etwas für Gott getan werden«, sagte Cortés und wandte sich ab.

Mali sah dem toten Jungen ins Gesicht. Sie versuchte ihn sich vorzustellen, wie er lebend gewesen war, aber es war aussichtslos. Nicht die kleinste Spur davon war in seinen Augen geblieben.

Nachdem die anderen gegangen waren, blieb Benítez noch lange stehen und sah ausdruckslos vor sich hin. Das Entsetzen ließ ihn nicht los. Cortés' Worte »Hier muß etwas für Gott getan werden« hallten in seinem Kopf nach.

Dann merkte er, daß ihn jemand ansah, und wandte sich um. Norte. Der Abtrünnige, der Wilde, der Eingeborene, sah ihn mit seinem unergründlichen angedeuteten Lächeln auf dem glatten und fügsam wirkenden Gesicht an. Benítez spürte, wie Wut gegen den Verräter ihn ihm aufstieg. »Noch ein Opfer für Eure Götter, Norte?«

»Was ist ein Gott, Benítez? Eine Erfindung unseres eigenen Geistes.«

Die ketzerische Äußerung verhallte im Schweigen. Sofern Cortés das gehört hätte, würde Norte sterben müssen. »Und welcher Geist hat sich das ausgedacht?« fragte Benítez.

»Einer, der nie sicher war, daß sein Körper dem Hungertod entrinnt.«

Benítez schüttelte den Kopf. Was für eine Antwort war das? Noch dazu von einem Spanier. »Habt Ihr solche Riten miterlebt?«

Ohne darauf einzugehen, sagte Norte: »Ihr habt eine anpassungsfähige Moral, Benítez. Euch erscheint es statthaft, daß Eure Inquisitoren einem lebenden Menschen auf der Folterbank Arme und Beine brechen, doch empört Ihr Euch, wenn man sie einem Toten abtrennt. Ihr seid bereit, einem Menschen auf dem Schlachtfeld mit der Pike die Eingeweide herauszureißen und ihn seinem qualvollen Sterben zu überlassen, aber sein Herz herauszuschneiden und ihn rasch zu töten, erscheint Euch als Gipfel der Barbarei. Eurer Logik kann ich nicht folgen.«

»Das ist ein Kind!«

»Leiden und sterben in unseren Kriegen etwa keine Frauen und Kinder?«

»Nicht in unseren Kirchen. Unsere Religion ist nicht Mord und Kannibalismus.«

»Nein, unsere Religion ist Gold.«

Warum rechtfertige ich eigentlich alles, was heilig ist, vor diesem Geschöpf? dachte Benítez. Warum soll ich mit diesem Wilden über etwas streiten, was offenkundig frevlerisch ist? Er ist schlimmer als ein Wilder, denn er kannte die Zivilisation und hat ihr mit voller Absicht den Rücken gekehrt, um dieser Barbarei zu folgen. »Für erbärmliche Gestalten wie Euch habe ich nichts als Verachtung«, zischte er schließlich.

»Man erwartet von Euch aber, daß Ihr Mitleid mit mir habt. Ich bin ein Sünder, ein Schaf, das sich von der Herde entfernt hat.«

»Cortés hätte Euch aufhängen lassen sollen.«

»Ihr Spanier haltet Menschenfleisch für heilig, aber das Leben für wertlos. Wir beide haben gesehen, wie man Männer und sogar Frauen auf dem Scheiterhaufen verbrannt hat. Warum? Im Namen Gottes. Wieso unterscheidet sich das so sehr von dem, was hier geschehen ist?«

Benítez fuhr herum. »Billigt Ihr das etwa?«

»Fragt Ihr mich, ob ich lieber vor Schmerzen schreiend auf dem Scheiterhaufen der Spanier oder rasch unter dem Messer eines dieser Priester sterben möchte? Ich denke, ich kenne die Antwort.«

»Dann bete ich, daß Euch dieser Wunsch eines Tages erfüllt wird.« Benítez spie auf den Boden und ging davon. Er wollte mit diesem höllischen Ort und diesem widernatürlichen Mann nichts zu tun haben.

18

Auf den Matten waren die erlesensten Köstlichkeiten ausgebreitet, die Cempoallan zu bieten hatte: Wildbret mit Chili, Truthahnbraten, Tomaten und Kürbiskerne; Heuschrecken mit Salbei; Wassermolche mit gelben Paprikaschoten. Die Spanier taten sich an Wild und Truthahn gütlich, schoben die anderen Speisen aber entrüstet beiseite. Hunde stritten sich um die Reste sowie um die Knorpel und Knochen, welche die Krieger hinter sich warfen, und die jungen Totonaca-Frauen, die sie bedienten, machten ihnen unverhohlen schöne Augen.

»Das hier ist gut für die Stimmung der Männer«, flüstert Alvarado Cortés zu, der auf einer der Matten neben dem Kaziken saß. Mali und Aguilar hatten neben ihnen Platz genommen. Noch während der Häuptling der Totonaca seine Beschwerden gegen Motecuzoma aufzählte, stellten Sklaven achtungsvoll ein Tablett mit dampfenden Fleischstücken zwischen ihn und Cortés. Chicomacatl gab zu verstehen, daß es sich um etwas ganz Besonderes handele und Cortés die große Ehre haben solle, sich als erster zu bedienen.

Dieser sog den von der Speise aufsteigenden Dampf ein und erkannte den Schwefelgeruch heißen Menschenblutes. Der inzwischen schon vertraute Anblick der Soße – höchstwahrscheinlich stammte das Blut dafür aus den Ohrläppchen der Tempelpriester – bestätigte seine schlimmsten Befürchtungen.

Entsetztes Schweigen trat ein, das lediglich von Pater Olmedos gemurmeltem Gebet für die Toten unterbrochen wurde.

»Sagt ihm, daß ich das nicht anrühren kann«, gebot Cortés Aguilar, »und daß der Verzehr von Menschenfleisch Gott ein Greuel ist.«

Dieser gab Cortés' empörte Äußerung an Mali weiter, welche sie für den Kaziken dolmetschte. Dieser wirkte erstaunt und ließ durch Mali und Aguilar fragen, was man mit Kriegsgefangenen sonst machen könne.

»Teilt ihm mit, Bruder Aguilar, daß die Götter, denen er dient, in Wahrheit Teufel sind und er auf alle Ewigkeit im Feuer der Hölle brennen wird, wenn er nicht unverzüglich von diesem heidnischen Tun abläßt. Sagt ihm, daß wir gekommen sind, ihm die wahre Religion zu bringen und er lernen muß, Christ zu sein, damit er Gefolgsmann unseres Königs werden kann.«

Aufmerksam sah Cortés zu, als sich Mali vorbeugte und dem Häuptling der Totonaca diese Botschaft weitergab. Dieser riß die Augen auf. Er schien zuerst verwirrt und dann sogar ein wenig belustigt zu sein. Er flüsterte Mali eine Antwort zu, und sie zögerte einen Augenblick, diese an Aguilar weiterzugeben. »Die Frau sagt, er will darüber nachdenken«, sagte Aguilar. »Aber er fürchtet, daß Dürre, Überschwemmungen und Heuschrecken über sie kommen und all ihre Ernten vernichten werden, wenn sie ihren Göttern nicht wie bisher opfern. Trotzdem möchte er gern Euer Lehnsmann werden.«

Allmählich war Cortés' Geduld am Ende. Das war nicht die Antwort, die er hatte hören wollen. »Sagt ihm noch einmal ...«

Pater Olmedo, der neben Alvarado saß, beugte sich vor. »Herr, vielleicht brauchen wir ihre barbarischen Sitten nicht sogleich zu unterdrücken. Unsere Position ist nicht besonders sicher. Wir sollten nach und nach mit ihnen darüber reden, so daß sie ...«

»Wir sind hier, um Gottes Werk zu tun!«

»Gottes Werk wird nie in einem Tag getan.«

Jetzt war Aguilar an der Reihe. »Pater Olmedo, mit Verlaub, ich bin der Ansicht unseres Befehlshabers, daß Gott nicht ...«

Der Klang von Muscheltrompeten unterbrach die Auseinandersetzung. Die Totonaca sprangen auf und begannen eilends den Platz zu verlassen. Im Laufschritt näherte sich dem Kaziken ein Bote und flüsterte ihm eindringlich etwas zu.

Cortés sah zu Mali hin. Lächelnd nickte sie, als hätte sie diesen Augenblick herbeigeführt. Was konnte geschehen sein, das ihr so gefiel und die Totonaca so entsetzlich ängstigte? Sie flüsterte Aguilar etwas zu.

»Die Totonaca scheinen noch mehr Besuch zu bekommen«, erklärte er. »Die Mexica sind da.«

Angesichts der Panik, deren Zeuge er geworden war, hatte Cortés angenommen, daß ein ganzes Heer aufmarschierte. Statt dessen waren es lediglich fünf Abgesandte mit einer Handvoll Gehilfen. Auf ihren an den Schultern verknoteten Umhängen prangte Motecuzomas königliches Siegel. Jeder von ihnen trug den Herrschaftsstab in der Rechten; mit der freien Hand hielten sie sich Blumengebinde vor die Nase, vermutlich um den Gestank nicht riechen zu müssen, der ihren Gastgebern entströmte. Einige Gehilfen vertrieben mit breiten Federfächern die Fliegen, die sie umschwirrten, während andere den Abgesandten des Ehrwürdigen Sprechers mit Sonnenschirmen Schatten spendeten.

Sie kamen über den Platz, vom Kaziken und den Edlen der Totonaca unterwürfig gefolgt. Cortés und die Spanier übersahen sie vollständig – als wäre die kleine Armee bärtiger Fremder, die da mitten in der Stadt herumsaß, nicht das Bemerkenswerteste, was sie je im Leben zu sehen bekommen hatten, ging es Cortés durch den Kopf.

Ganz offenkundig war es eine absichtliche Kränkung. Nun, darauf gab es eine Antwort.

Cortés wandte sich an Aguilar. »Bittet Doña Marina festzustellen, was sie für mich tun kann.«

»Herr, ich …«

»Tut es einfach, Bruder Aguilar«, blaffte er ihn an. Der Diakon wurde ihm lästig. Vielleicht wäre es doch das beste gewesen, ihn mitsamt diesem Norte auf Cozumel zu lassen. Er sah zu Alvarado hin. »Sie ziehen an uns vorüber, als wären wir Bauern auf dem Feld. Diese Überheblichkeit werden sie noch bereuen!«

»Beim gefleckten Arsch des Satans! Ich hätte große Lust, ihnen eine Lehre zu erteilen.«

»Das werden wir auch tun, dessen seid gewiß.«

Vielleicht hat Doña Marina einen Grund für ihr Lächeln, dachte Cortés. Die Mexica waren in einem sehr günstigen Augenblick gekommen. Schon entstand in seinem Kopf ein Plan. Er würde damit beginnen, von einer Ecke aus gegen das große Bauwerk vorzugehen, das die Mexica errichtet hatten. Vielleicht gelang es ihm, sozusagen mit den Fingern ein kleines Stückchen herauszubrechen. Wenn es sich leicht löste, würde der Rest im Laufe der Zeit folgen.

Alle Spanier hörten das Wehklagen aus dem Palast des beleibten Kaziken. Mali kehrte zurück und berichtete, dieser habe einen Großteil des Gesprächs mit den Ankömmlingen auf den Knien verbracht und dabei wie ein Kleinkind geweint. Bei den fünf Mexica, fuhr sie fort, handele es sich um Tributeintreiber des Reiches. Zwar habe sie nicht alles hören können, was gesagt wurde, doch sehe es ganz so aus, als verlangten sie von den Totonaca einen beträchtlichen Straftribut, weil diese die Spanier gegen Motecuzomas ausdrückliche Anweisung so verschwenderisch bewirtet hatten.

Von der Dachterrasse des ›Catalina‹-Palastes aus, welche einen Blick über den ganzen Platz bot, sahen Cortés und seine Hauptleute mit an, wie die Edlen der Mexica den Kazikenpalast verließen, die Nase nach wie vor in ihre Blumengebinde gesteckt. Die Totonaca hatten für sie auf der gegenüberliegenden Seite des Platzes Unterkünfte vorbereitet, in denen schon Diener und eine Mahlzeit auf sie warteten. Jeden Raum hatten sie geradezu verschwenderisch mit Blumen geschmückt,

»Seht nur«, knurrte Alvarado.« Wie fünf Bischöfe auf dem Weg zur Messe.« Von Aguilars, Pater Olmedos und Pater Díaz' strafenden Blicken nahm er keine Notiz.

Cortés sah zu Mali hin, die bescheiden rechts hinter ihm wartete. Ihre dunklen Augen blitzten, klug, aufmerksam und erwartungsvoll. Was für eine Verbündete! dachte er. Auf seine Lippen trat der Anflug eines Lächelns.

Aguilar entging der Blick des Einverständnisses zwischen den beiden nicht, und er machte ein finsteres Gesicht. Was er nur hat? überlegte Cortés. Fürchtet er sie, weil sie eine Frau ist oder weil sie eine Eingeborene ist? »Fragt Doña Marina«, forderte er ihn auf, »warum diese Leute so entsetzliche Angst vor fünf unbewaffneten Männern mit Blumen in den Händen haben?«

Nach einer Weile kam die Antwort: »Die Frau sagt, daß ihre Angst nicht den fünf Männern gilt, sondern den fünftausend, die kommen würden, wenn sie jenen nicht gehorchten.«

Cortés runzelte die Stirn. »Das heißt, sie fürchten die Mexica mehr als uns.«

»Diesen Eindruck sollten wir geraderücken«, sagte Alvarado.

Cortés lächelte. »Ihr sagt es.« Er wandte sich erneut an Aguilar. »Bittet Doña Marina, noch einmal in den Palast zu gehen und den ehrenwerten Kaziken aufzufordern, daß er herkommt – und zwar unverzüglich.«

Es war Cortés klar, daß sein Vorhaben nicht ungefährlich war. Dieses Risiko aber mußte er eingehen, denn der Einsatz war sehr hoch und der Gewinn äußerst verlockend.

19

Der Kazike der Totonaca zitterte. Sein Gesicht glänzte wie ein schwitzender Teigklumpen, seine feisten Hängebacken schlotterten, und er rang seine großen, fleischigen Hände wie ein Weib. Malis Überzeugung nach hätten seine weichen Knie unter ihm nachgegeben und er wäre als formloser Fettkloß auf den Boden gefallen, hätten ihn nicht die Sklaven aufrecht gehalten.

Sie sah Cortés aufmerksam an. Der Blick seiner grauen Augen wirkte gelassen, zugleich aber streng und gütig.

Leise sprach er auf Aguilar ein.

»Erinnert den Kaziken daran, daß er Untertan König Karls von Spanien ist und von den Mexica nichts zu befürchten hat. Wenn er Cortés' Willen tut, wird ihm kein Haar gekrümmt.«

Mali wandte sich an den Kaziken und sagte auf Náhuatl: »Gefiederte Schlange verspricht, euch alle zu beschützen. Aber Ihr müßt alles tun, was er sagt.«

Davon wollte Chicomacatl nichts wissen. »Die Mexica haben zwanzig unserer jungen Männer und Frauen als Opfer verlangt, weil wir Motecuzoma ungehorsam waren. Sie bestehen darauf, daß sich drei meiner eigenen Kinder unter denen befinden, die wir ihnen übergeben.«

»Gefiederte Schlange sagt, daß Ihr jetzt unter seinem Schutz steht«, wiederholte Mali geduldig.

Der dicke Häuptling sah sie angsterfüllt an. »Was sollen wir tun?«

Cortés sprach erneut. Aguilar schien seine Anweisungen in Frage zu stellen, so als könnte er nicht glauben, was er gehört hatte. Cortés' Stimme wurde ungeduldig.

»Sagt ihm im Auftrag meines Herrn Cortés ...«, Aguilar zögerte, »... daß seine Männer die fünf Mexica unverzüglich ergreifen, binden und unter Arrest stellen sollen.«

Malis Augen weiteten sich, als sie das hörte. Endlich sollte der Kampf beginnen. Diesmal gab sie dem Häuptling der Totonaca Cortés' Anweisungen im Wortlaut wieder.

Daraufhin schien dieser in Ohnmacht zu fallen. Seine Beine sackten unter ihm zusammen, und seine Pagen mußten sich die größte Mühe geben, um zu verhindern, daß er vollständig zu Boden sank. Auf sein schweißbedecktes Gesicht trat der Ausdruck eines in die Ecke getriebenen Tieres. »Ich kann nicht!« stieß er mit schriller Stimme hervor.

»Ihr müßt tun, was Gefiederte Schlange gebietet.«

»Wenn wir Hand an sie legen, wird Motecuzoma uns alle abschlachten!«

Mali schüttelte den Kopf. Ein Feigling ohne jedes Rückgrat. Erkannte er nicht die Macht eines Gottes, der ihm helfen wollte? Sie wandte sich an Aguilar. »Er weigert sich«, sagte sie.

Cortés erhob sich bleich von seinem hölzernen Stuhl. Der Zorn in seiner Stimme war unverkennbar.

»Mein Herr Cortés sagt, wenn der Kazike nicht tut, was er ihm befiehlt, wird er sogleich aufbrechen und nie zurückkehren«, sagte Aguilar. »Die Entscheidung liegt in seiner Hand. Wenn ihm das Leben seiner Kinder lieb ist und er von den Mexica befreit werden will, muß er den Befehlen meines Herrn gehorchen.«

Triumphierend wandte sich Mali an Chicomacatl: »Seht Ihr, jetzt habt Ihr Gefiederte Schlange erzürnt! Wenn Ihr nicht tut, was er sagt, kehrt er ins Wolkenland zurück, und Euren Söhnen und Töchtern wird auf Motecuzomas Altären das Herz herausgerissen!«

Der Häuptling der Totonaca keuchte, als stünde er kurz vor dem Ersticken. Ihm bleibt wirklich keine Wahl, dachte Mali. Warum fällt es manchen Menschen sogar dann noch schwer, einen Glaubenssprung zu tun, wenn es keine andere Möglichkeit gibt? Wenn er sich nicht in die Hände eines Gottes geben kann, ist seine ganze Religion nichts als törichter Aberglaube.

»Nun?« drängte sie. »Gefiederte Schlange kann jeden Augenblick aufbrechen und für immer davongehen. Wie entscheidet Ihr Euch?«

Man hatte die Mexica wie erlegte Jagdtiere mit Händen und Füßen an lange Stangen gebunden, nur daß diese Trophäen äußerst lebendig waren. Mit weit aufgerissenen Augen stießen sie durch die Knebel in ihrem Mund Laute des Aufbegehrens hervor. Über den ganzen Platz eilten Totonaca herbei, die sich dieses entsetzliche und außergewöhnliche Schauspiel nicht entgehen lassen wollten.

Cortés betrachtete es gemeinsam mit Alvarado, Puertocarrero und seinen übrigen Hauptleuten von der Dachbrüstung herab. Mit vor Angst schlotternden Hängebacken stand der Kazike neben ihm. Er sagte etwas zu Mali, die es an Aguilar weitergab.

»Er möchte sie unverzüglich opfern«, sagte Aguilar. »Er hält die Wahrscheinlichkeit, daß Motecuzoma davon erfährt, für geringer, wenn sie tot sind.«

Cortés schüttelte den Kopf. »Sie müssen am Leben bleiben. Ich möchte sie später vielleicht befragen. Sagt ihm, er soll sie voneinander trennen und unter scharfe Bewachung stellen. Ich werde ihm Männer schicken, die ihm dabei helfen können.« Cortés spürte in seinem Leib heiße Erregung aufwallen. Endlich hatte er die Dinge in der Hand. »Sagt ihm außerdem, daß er jetzt frei ist. Keines seiner Kinder soll künftig auf Motecuzomas Altären sterben, und kein Tributeintreiber wird ihn mehr um seinen Besitz bringen. Ab sofort betrachte ich ihn als meinen Bruder. Er muß mir sein Vertrauen schenken!«

Freude und sogar Stolz stiegen in Mali auf. Endlich war es geschehen. Gefiederte Schlange war so herrlich, wie sie es sich vorgestellt hatte! Er war zurückgekehrt, um die Herrschaft der Mexica zu brechen, und sie würde daran teilhaben.

»Genieße diesen Augenblick, Kleine Mutter«, flüsterte ihr eine Stimme zu. »Bevor Mondschwester ein zweites Mal aufsteigt, werden wir alle auf unserem Weg zum Opferstein im Tempel von Tenochtitlán sein!«

Sie wandte sich um. Es war Regenblüte.

»Er ist ein Gott«, sagte Mali.

»Ach was, er ist verrückt.« Regenblüte griff nach ihrer Hand. Sie hatte spürbar Angst. Mali hielt sie fest und versuchte, einen Teil ihrer eigenen Kraft, ihrer eigenen Zuversicht, an sie weiterzugeben. Könnte doch Regenblüte nur verstehen! Sie erlebten nicht nur das Ende der Fünften Sonne mit, sondern die Heraufkunft eines neuen und blutroten Tages.

Sie war neun Jahre alt und hielt die Hand ihres Vaters. Sie standen oben auf dem Tempel des Quetzalcóatl in Painala und sahen hinauf zum Himmel, wo der Blutstern herabstürzte, dessen feuriger Schweif zum Wolkenland wies.

»Das ist dein Stern«, hatte ihr Vater geflüstert. »Er ist hier, um der Welt zu verkünden, daß die Herrschaft der Mexica vorüber ist und Huitzilopochtlis Tage gezählt sind. Du bist wie dieser Komet. Ich habe es in meinen Träumen gesehen. Du bist die Vorankündigung von Gefiederter Schlange und das Schicksal der Mexica.«

Das hatte sie geglaubt, denn ihr Vater war nicht nur ein Fürst, sondern ebenso wie Motecuzoma Priester. Er hütete den Kult der Gefiederten Schlange und hatte vorhergesagt, daß dieser in jenem Jahr Ein-Ried wiederkehren werde. Jedes seiner Worte hatte sich bisher als wahr erwiesen.

20

Grob rüttelte Puertocarrero Doña Marina wach. Obwohl noch nicht einmal die fünfte Wache der Nacht vollständig herum war, hatte er sich schon vollständig angekleidet. Sein maisfarbenes Haar glänzte im Licht der Kerze. Er bedeutete ihr, daß sie ihn begleiten müsse. Sie erhob sich von der Schlafmatte, zog Rock und Obergewand an und folgte ihm durch die Gänge um den Hof des Palastes herum. Die Schatten tanzten im Schein der flackernden Pechkiefer-Fackeln an den Wänden.

Sie blieben vor Cortés' Privatgemächern stehen. Puertocarrero zog sie hinein.

Schlaftrunken sah sie sich um, erhaschte einen Blick auf die bärtigen Gesichter spanischer Hauptleute, von denen viele vollständig gerüstet waren. Das Licht der Fackeln brach sich stumpf im Stahl ihrer Piken und Degen. Cortés saß in der Mitte des

Raumes hinter einem schweren Tisch, von mehreren seiner Hauptleute flankiert. Aguilar stand hinter ihm.

Er hob den Blick und lächelte ihr freundlich und ermutigend zu. Das Lächeln verschwand so rasch, wie es gekommen war, und Cortés, der Gott, die heilige Schlange, der Bringer der Vergeltung, zeigte sich ihr.

Drei der Tributeintreiber der Mexica standen vor dem Tisch, den Hals in schwere hölzerne Joche geschlossen, die Hände auf dem Rücken gefesselt, den Blick zu Boden gerichtet. Sie wirkten deutlich weniger hochnäsig als am Vortag.

Aber was ging da vor sich?

Mit bleichem Gesicht teilte ihr Aguilar mit: »Mein Herr Cortés will, daß du diese Männer fragst, wer sie sind, woher sie kommen und warum die Totonaca sie ergriffen haben.«

»Aber er weiß doch die Antwort auf all diese Fragen«, sagte Mali.

»Tu, was man dir sagt!«

Verwirrt gehorchte sie. Sie wandte sich demjenigen unter den Mexica zu, den sie wegen seines Umhangs und des Schmucks, den er am Vortag getragen hatte, für den höchstrangigen hielt. »Mein Herr, die Gefiederte Schlange, verlangt zu erfahren, wer ihr seid und was ihr hier wollt. Er fragt außerdem, warum euch die Totonaca gefangengenommen haben.«

Der Mann hob den Kopf und betrachtete sie herablassend. Er ist aufgeblasener, als ihm guttut, dachte Mali.

»Wir sind *calpisqui* des großen Motecuzoma. Unsere Gefangennahme geschah auf Verlangen eures Gebieters. Ich sage schon jetzt, daß jeder von euch für diese uns zugefügte Schmach zehnfach wird büßen müssen!«

Mali fragte sich, was das Ganze sollte. Cortés wußte genau, daß es sich um Tributeintreiber handelte und er sie selbst hatte gefangensetzen lassen. Dennoch dolmetschte sie pflichtschuldig die Antwort.

Aguilar schien sich eine Weile mit Cortés zu beraten und gab dann zurück: »Mein Herr Cortés erwidert, daß er nichts von den Plänen der Totonaca wußte. Als er aber hörte, daß sie die gefangenen Mexica ihren Göttern opfern wollten, hat er beschlossen einzugreifen. Sag ihm gleichfalls, daß Cortés diesen Motecuzoma als seinen Freund betrachtet. Schließlich ist er ein ebenso bedeutender Herrscher wie er selbst und hat ihm viele Gaben geschickt.«

Mali vermochte nicht zu ergründen, welche Absichten Gefiederte Schlange mit diesen Kindereien verfolgte. Allerdings war es auch nicht ihre Aufgabe, den Geist eines Gottes auszuloten. Wohl aber sah sie voll Freude, wie die Mexica erbleichten, als sie davon sprach, daß die Totonaca sie hätten opfern wollen. Wie schön wäre es, euch auf einem Altarstein ausgestreckt zu sehen! dachte sie.

»Die Totonaca haben gesagt, daß unsere Gefangennahme auf Befehl eures Gebieters erfolgte«, antwortete der *calpisqui*, der seiner Sache nicht mehr besonders sicher zu sein schien.

Als Aguilar Cortés diese Worte übermittelte, gelang es diesem, seinem Gesicht den Ausdruck der Verwirrtheit zu verleihen. »Er sagt, die Totonaca müssen ein hinterhältiges und verschlagenes Volk sein«, sagte Aguilar, »denn davon hat er wirklich nichts gewußt.«

Verständnislos sah Mali auf Cortés' undurchdringliches Gesicht. Sie versuchte zu erkennen, ob in seinen Augen eine geheime Botschaft lag, aber er sah sie nicht an. Welche Gründe hat er, die Unwahrheit zu sagen? fragte sie sich. Doch sie gab seine Worte genauso weiter, wie Aguilar sie gesagt hatte.

Die Mexica schienen ebenso verwirrt zu sein wie sie. »Möglicherweise sagt er die Wahrheit«, sagte einer von ihnen zu den anderen. »Warum hätte er uns sonst aus der Hand der Totonaca befreit?«

Mali wandte sich an Aguilar. »Was geht hier vor?« fragte sie.

»Das brauchst du nicht zu wissen«, sagte er, ohne sie auch nur anzusehen. »Du sollst hier lediglich dolmetschen.«

Wenn es doch ein aussätziges Stachelschwein mit dir triebe! dachte sie. Wage nicht, so mit mir zu sprechen! Ich bin weit mehr als bloß die Dolmetscherin der Gefiederten Schlange, und das weißt du genauso gut wie ich!

Cortés flüsterte Aguilar etwas zu, der sich mit einem falschen Lächeln an sie wandte. *Ich weiß, was du zu tun versucht hast*, hieß dieses Lächeln, *aber ich bin nach wie vor sein Vertrauter. Du hingegen bist lediglich eine Eingeborene und Außenseiterin.*

»Sag ihnen, daß es meinen Herrn Cortés peinigt zu sehen, in welch schreckliche Lage man unsere erhabenen Gäste gebracht hat. Da sie dem großen Motecuzoma dienen und man sie grundlos festgenommen hat, sind sie sogleich freizulassen. Außerdem stellt sich mein Herr vollständig zu ihrer Verfügung.«

Während Mali das dolmetschte, traten die spanischen Wachen vor, lösten den Gefangenen die Fesseln und entfernten die schweren Hölzer um ihren Hals. Zum zweiten Mal an jenem Tag waren die Mexica überrascht.

Der Sprecher der *calpisqui* wandte sich an Mali. »Dankt Eurem Herrn für die uns erwiesene Hilfe!« sagte er, noch unsicher, aber außerstande, im gerade Geschehenen etwas anderes als den Ausdruck von Güte zu sehen. »Sagt ihm aber auch, daß wir dennoch nicht fortgehen können. Zwar hat er uns befreit, doch die Totonaca würden uns wieder ergreifen, sobald wir diesen Palast und euren Schutz verlassen haben.«

Aguilar gab diese Äußerung gar nicht erst an Cortés weiter. Es sah ganz so aus, als habe dieser damit gerechnet und Anweisung gegeben, wie zu verfahren sei. »Sie brauchen keine Angst zu haben«, teilte er Mali mit. »Unsere Krieger werden sie in die Umhänge von Spaniern kleiden und zur Küste bringen, von wo aus man sie auf einem unserer Schiffe aus dem Gebiet der Totonaca geleiten wird. Dann können sie in Frieden ihres Weges ziehen. Mein Herr Cortés hat nur den einen Wunsch, daß sie den Großkönig Motecuzoma, wenn sie wieder in dessen angenehmer Gegenwart weilen, daran erinnern, daß er sein Freund ist.«

Mali gab das weiter, stolperte aber über die letzte Aussage. Wie konnte man dem Großkönig der Mexica mitteilen, daß Gefiederte Schlange, von alters her der Feind von Motecuzomas eigenen Göttern, sein Verbündeter sei?

Sie gab die Worte wieder, so gut sie das vermochte, und überließ es dem *calpisqui*, daraus zu machen, was er konnte.

Kaum hatte man die drei Tributeintreiber der Mexica hinausgeleitet, als alle Spanier einander angrinsten. Verwirrt sah sich Mali um. Warum wollte Gefiederte Schlange verhindern, daß man diese Ungeheuer auf einen Opferaltar legte? Warum hatte er sie befreit und den Kaziken verraten, der ihm vertraut hatte? Warum freuten sich die Männer so über das Geschehene?

Cortés wandte sich zu ihr um, und wieder entdeckte sie ein feines, gleichsam verschwörerisches, Lächeln. Dann brachte Puertocarrero sie zurück in sein Gemach.

Sie konnte nicht umhin, sich zu fragen, was der Kazike sagen würde, wenn er entdeckte, daß drei der gefangenen Mexica auf und davon waren. Sofern Cortés sie verraten hatte, war er gewiß kein Gott, und das Geschick, das sie sich erträumt hatte, war nichts als ein wirrer Fieberwahn.

»Ich dachte gestern, der Dickwanst hier hätte Angst«, lästerte Sandoval, »aber bei Sankt Josefs heiligen Eiern – heute ist er so weiß wie die Titten der Jungfrau Maria.«

In das Lachen seiner Hauptleute stimmte Cortés nicht ein. »Hütet Eure Zunge«, sagte er mit finsterer Miene. Das Gelächter erstarb.

Der Kazike wirkte tatsächlich wie ein Schatten des Mannes, der sie noch vor wenigen Tagen auf dem Platz begrüßt hatte.

Wie er da steht, dachte Mali – er zittert wie ein frisch herausgeschnittenes Herz in einer Schale.

Sie dolmetschte die Worte des Häuptlings, und Aguilar flüsterte sie Cortés auf kastilisch zu. Als dieser hörte, was der Kazike zu sagen hatte, erhob er sich wutentbrannt vom Sitz, die Fäuste in die Hüften gestemmt. »Was! Ihr habt sie *entkommen* lassen? Haben denn all Eure Wächter *geschlafen*?«

Der Kazike versuchte Mali zu erklären, daß er selbst nicht verstehe, wie das habe geschehen können und daß die Verantwortlichen bereits die Folgen zu spüren bekommen hätten. Ihre Herzen würden just in diesem Augenblick in einem Kohlebecken gebraten. Diesmal wartete Cortés nicht auf die Übersetzung. Schließlich, dachte Mali, wußte er am besten, wie das Entkommen der Mexica vonstatten gegangen war. Während der ersten Wache der Nacht hatten sich Guzmán und Flores mit einem Krug kubanischen Weines an die Wächter der Totonaca herangemacht. Offenbar hatten diese dem Getränk eifrig zugesprochen, denn als die Spanier zwei Stunden später zurückkehrten, schnarchten sie so tief und fest, daß man neben ihnen eine Feldschlange hätte abfeuern können, ohne sie aufzuwecken. So konnten die Spanier die drei gefangenen Mexica fortbringen, ohne daß es jemandem auffiel.

Cortés schritt im Raum auf und ab wie ein gefangenes Tier im Käfig, murmelte vor sich hin und hieb mit einer Faust in die Fläche der anderen Hand. Es war Mali klar, daß seine Wut vorgetäuscht war, und sie fragte sich nach dem Grund für diese Heimtücke.

»Mein Herr Cortés sagt, daß es sich um eine entsetzliche Katastrophe handelt«, sagte Aguilar. »Sag diesem Hund, daß er uns sogleich die anderen Gefangenen übergeben muß, da man ihm offensichtlich nicht trauen kann. Wir werden sie in Ketten legen und auf eines unserer Schiffe bringen lassen.«

Chicomacatl stimmte zu. Er war bereit, alles zu tun, was der Große Fremde Gebieter verlangte.

»Außerdem besteht mein Herr Cortés darauf«, fügte Aguilar hinzu, während dieser auf der anderen Seite des Raumes weiter seinen Tobsuchtsanfall spielte, »daß El Gordo noch heute in Gegenwart des königlichen Notars ihm und Seiner Allerkatholischsten Majestät, König Karl von Spanien, die Treue schwört. Überdies hat er sich mit uns gegen die Mexica zu verbünden und Cortés alle seine Krieger zu unterstellen. Sollte er auch nur eines davon nicht tun, wird er ihn seinem Schicksal überlassen.«

Nur mit Mühe konnte Mali das Lachen unterdrücken. Sie sah zu Cortés hinüber. *Ach, wie gut du die Wut vorspiegelst. Du bist wahrlich ein Gott, denn du verstehst dich auf viele Verkleidungen. Obendrein hast du auf diesem El Gordo wie auf einer Flöte gespielt.*

Sie teilte Chicomacatl Cortés' Bedingungen mit und forderte ihn auf, sich dem Befehl der Gefiederten Schlange zu unterstellen. Ein langes und unheimliches Schweigen lag über dem Raum, während sich der Kazike ausmalte, was ihn erwartete, wenn man ihn hilflos dem Zorn Motecuzomas aussetzte. Er nickte so heftig, daß seine Hängebacken schlotterten.

»Nun?« fragte Aguilar.

»Er ist einverstanden«, sagte Mali.

21

Tenochtitlán

Bei Anlässen, die für das ganze Volk der Mexica von Bedeutung waren, versammelte sich ihr Oberster Rat im mit Schlangenreliefs und Darstellungen von Kriegern geschmückten Saal der Adlerritter. Er befand sich in einem Bau, der zum Gesamtkomplex des Haupttempels gehörte. Die Männer nahmen auf niedrigen steinernen Bänken an den Wänden des Saales Platz. Ein Kohlebecken aus gebranntem Ton in Gestalt des Regengottes Tlaloc gab etwas Wärme. Nicht nur wachte ein Standbild des Gottes der Toten, Mictlantecuhtli, dessen Knochen aus dem Ton herausragten, der das Fleisch bedeutete, über die Beratungen der hohen Herren, es mahnte sie zugleich an die Vergänglichkeit des Lebens und ihrer Macht.

Motecuzoma hatte wie stets den Vorsitz. An seiner Seite hatte sein Schatzmeister und oberster Ratgeber Weibliche Schlange Platz genommen. Ebenfalls anwesend waren seine Neffen, der König von Texcoco und Herabstürzender Adler, sowie sein Bruder und Erbe Cuitlahuac, König von Ixtapalapa. Die Oberpriester des Tempels und die höchstrangigen Ritter des Jaguar- und Adlerordens waren ebenfalls zur Beratung hinzugezogen worden. In Anwesenheit ihres Großkönigs, der einen leuchtend türkisfarbenen Umhang aus feinster Baumwolle mit einem Muster sich windender Schlangen trug, begnügten sich die anderen mit einfachen Gewändern aus Sisalfaser.

Pechkiefer-Fackeln knisterten an den Wänden.

»Mein Heer ist marschbereit, wie Ihr es angeordnet habt«, sagte Motecuzomas Neffe, König von Texcoco. »Ihr braucht nur zu befehlen.«

»Möglicherweise wird dies unselige Mittel nicht nötig sein«, gab Motecuzoma zur Antwort. »Es gibt eine neue Entwicklung. Drei der *calpisqui* sind zurückgekehrt. Die Krieger jenes Mannes, den man Gebieter Marinas nennt, haben sie höchstselbst durch das Land der Totonaca geleitet.«

Verwunderung trat auf die Gesichter der versammelten Häupter der Mexica.

»Sie haben eine persönliche Botschaft von diesem Cortés mitgebracht, wie er sich nennt. Darin versichert er mir seine unverbrüchliche Freundschaft und verpflichtet sich, dafür zu sorgen, daß die Totonaca für die Kränkungen bestraft werden, die sie unseren *calpisqui* zugefügt haben.«

Ein langes Schweigen trat ein. Was sollte man zu einem solch unbegreiflichen Verhalten sagen?

»Wenige Stunden später sind dann auch die übrigen heimgekehrt, auch sie von der Hand dieses Cortés vor dem Opferstein der Totonaca bewahrt. Er hat sie in seinen eigenen Kriegskanus in Sicherheit bringen lassen. Ihrer Aussage nach hat man sie äußerst zuvorkommend behandelt.«

»Was bedeutet das?« fragte einer der alten Krieger laut.

»Diese Marina, die er bei sich hat«, begann Weibliche Schlange, »nennt ihren Gebieter einen Gott und behauptet, er sei die wiedergekehrte Gefiederte Schlange.«

Eine tödliche Stille legte sich über den Raum.

»Wir können nicht sicher sein, ob sie die Wahrheit sagt«, murmelte Cuitlahuac. »Ihrem Gebieter steht die vornehme Sprache nicht zu Gebote; es sind nicht seine eigenen Worte.«

Der König von Texcoco nickte. »Er könnte Botschafter eines fernen Landes sein. In dem Fall müssen wir ihn gastfreundlich empfangen und uns anhören, was er zu sagen hat.«

Motecuzomas Neffe Herabstürzender Adler rutschte zornig auf seinem Sitz hin und her. »Man sollte niemanden ins Haus lassen, der einen hinauszuwerfen versucht.«

»Sofern der Gebieter Marinas Botschafter eines anderen Landes ist«, ließ sich ein hochrangiger Führer der Jaguar-Ritter vernehmen, »müssen wir ihm die gebührende Gastfreundschaft erweisen, wie es der König von Texcoco vorgeschlagen hat. Für den Fall, daß er sich uns gegenüber unehrenhaft verhalten sollte, verfügen wir über tapfere Krieger, die uns schützen können. Was haben wir zu fürchten? Wir sind Millionen gegen einige hundert.«

»Der Edle Teutitl hält sie nicht für Botschafter. Seiner Überzeugung nach sind es Eroberer, die sich als Götter ausgeben.«

»Wie könnten so wenige Männer unser Reich erobern?« unterbrach einer der Oberpriester.

Motecuzoma, der während dieses Wortwechsels mürrisch dreinblickend dagesessen hatte, hob mit einem Mal die Hand und gebot Schweigen. »Die *calpisqui* haben gehört, daß auch die Totonaca diese Fremdlinge als Götter bezeichnen.«

»Die Väter der Totonaca sind Affen«, sagte Herabstürzender Adler.

Motecuzoma verwies ihm seine Einmischung mit einem Blick. »Möglich. Auf jeden Fall verhalten sich der Gebieter Marinas und seine Gefährten, die sich Spanier nennen, so rätselhaft wie Götter. Die Vorzeichen haben ihr Kommen vorausgesagt. Gekommen sind sie im Jahr Ein-Ried, für das die Rückkehr der Gefiederten Schlange geweissagt ist, und sie sind am Tag seines Namens, Neun-Winde, an unseren Ufern gelandet. Das ganze Aussehen von Marinas Gebieter entspricht genau dem, was wir erwartet haben.

Was sollen wir tun? Was würde uns widerfahren, wenn wir unsere Heere gegen ihn aussendeten und sie den Sieg errängen?« Der Herrscher sah sich im Raum um und ließ den Blick über die verstörten Gesichter gleiten. »Sofern wir Gefiederte Schlange vernichten, würden wir den Wind vernichten, ohne den es weder Wolken noch Regen und damit auch keine Ernte auf den Feldern gibt. Eine Niederlage der Gefiederten Schlange wäre gleichbedeutend mit einer Niederlage unserer selbst.«

Lange vernahm man keinen Laut außer dem Zischen des brennenden grünen Holzes im Kohlebecken.

»Da er sich als mein Freund bezeichnet und den Beweis dafür geliefert hat, wäre es eine unnötige Torheit, gegen ihn zu den Waffen zu greifen.«

»Und wenn er nicht Gefiederte Schlange ist?« fragte der König von Texcoco.

»Wenn er es aber doch ist?« hielt ihm Motecuzoma entgegen. »Für den Augenblick unternehmen wir nichts, sondern warten ab.«

Er erhob sich zum Zeichen, daß die Sitzung geschlossen war. Die versammelten Edlen fielen auf die Knie, als er den Raum verließ, jeder von ihnen besorgter als zu Beginn der Versammlung. Unentschlossenheit schien ihren Ehrwürdigen Sprecher gerade jetzt zu lähmen, da irgendwo an ihren Grenzen jemand Verderben über sie zu bringen trachtete. Ob Gott oder Mensch, auf jeden Fall war er gefährlich. Nur die Priester schienen, was die Deutung der Ereignisse betraf, der gleichen Meinung wie Motecuzoma zu sein. Die anderen, Heerführer wie Staatsmänner, hatten sich angewöhnt, keiner Situation zu trauen, die sie nicht durchschauten.

Sie mußten sich der Führung des Ehrwürdigen Sprechers anvertrauen und gleich ihm glauben, daß der geweissagte Untergang ihnen erspart bleiben könnte.

Cempoallan

Der Bund zwischen Spaniern und Totonaca wurde mit großem Pomp öffentlich auf dem Platz in der Mitte der Stadt besiegelt. Der königliche Notar Diego Godoy unterzeichnete in aller Form das militärische Schutz- und Trutzbündnis mit der Krone sowie die Unterwerfung des Kaziken Chicomacatl unter Spaniens Oberhoheit. Anschließend verkündete jener, die Bewohner der Stadt Cempoallan würden den Bund auf die herkömmliche Weise bekräftigen.

Der Kazike wandte sich an Mali. »Die Totonaca werden einen Bund auf alle Zeiten mit den Spaniern schließen. Wir stellen nunmehr euren erhabenen Herren unsere edelsten Töchter als Gattinnen zur Verfügung!«

Mali wandte sich an Aguilar und sagte mit feinem Lächeln: »Es gibt noch mehr Frauen zu besteigen.«

Der Gesichtsausdruck des Diakons veränderte sich. »Was meinst du damit?«

»Er bietet meinem Herrn weitere Frauen zu seinem Vergnügen an. Vielleicht sollte er diesmal auch Euch eine zuweisen.«

Verwirrt wandte sich Aguilar ab, um Cortés das Gesagte mitzuteilen, nicht ohne Mali mit dem Mayawort für ›Hure‹ zu bedenken, was allerdings seine kränkende Wirkung verfehlte.

»Mein Herr wünscht El Gordo für seine Großzügigkeit zu danken«, gab er schließlich Cortés' Antwort weiter. »Erinnere ihn daran, daß die jungen Frauen zuerst durch die heilige Taufe in den Schoß der Kirche aufgenommen werden müssen, bevor sie einen christlichen Edelmann … begleiten können.«

»Sie sollen also innerlich und äußerlich bespritzt werden, nicht wahr?«

Aguilars Gesicht nahm die Farbe einer reifen Chilischote an.

Mali wußte, daß es nicht klug war, ihn zu reizen, aber sie konnte der Versuchung nicht widerstehen. Sie wollte ihn in seiner Frömmigkeit treffen, doch auch ihre eigene Sorge stachelte sie an, und Aguilar bot ein leichtes Ziel. Und wenn nun Cortés ihr eins dieser Weiber vorzog?

Acht in Umhänge aus reiner Baumwolle gekleidete und mit mehreren goldenen Hals- und Ohrringen geschmückte junge Frauen wurden auf den Platz geführt. So also sieht die Armut aus, dachte Mali, zu der die Mexica die Totonaca angeblich verurteilt haben. Doch sie war sicher, daß ihrem Herrn deren Durchtriebenheit klar war, auch wenn sie die seine nicht durchschaut zu haben schienen. So gehörte es sich ihrer Ansicht nach auch.

Sieben der Frauen wurden Cortés' Hauptleuten übergeben; Puertocarrero und Alvarado bekamen zum Lohn für ihre Treue jeweils eine zweite Frau. Die Puertocarrero zugewiesene Tochter von Chicomacatls oberstem Ratgeber, dem Edlen Cuesco, war von besonderer Schönheit. Sie wurde sogleich von Pater Olmedo getauft und bekam den Namen Francisca. Auch die anderen Frauen nahmen die Patres Olmedo und Díaz in ihre Herde auf.

Dann führte Chicomacatl stolz Cortés seine eigene Nichte zu. Es kostete die spanischen Krieger große Mühe, nicht laut zu lachen. Mali spürte Erleichterung. Die Prinzessin war nicht ganz so dick wie Chicomacatl, aber das konnte nur noch einige Monate dauern. Da sie von Kopf bis Fuß mit Blumen bedeckt war, wirkte sie wie ein wandelndes Gartenbeet, das mit schwingenden Bewegungen, ähnlich denen einer überfütterten Truthenne, ging. Mit ihrem bräutlichen Aufputz wirkte sie ausgesprochen lachhaft.

Mali sah zu Cortés hin. Als untadeliger Edelmann unterdrückte er die Heiterkeit seiner Männer mit einem scharfen

Blick, trat dann vor und küßte Chicomacatls Nichte galant die Hand. Mali bewunderte sein Verhalten und seine Herzensgüte. Wie sehr sie ihn in jenem Augenblick liebte!

Er sah zu ihr herüber. In seinen Augen blitzte Heiterkeit, doch seine Gesichtszüge verrieten ihn nicht. Statt dessen flüsterte er Aguilar etwas zu.

»Mein Herr Cortés fordert mich auf, dem Onkel jener Dame zu sagen, daß seine Großzügigkeit kolossal ist«, sagte Aguilar. Mali lächelte. Lediglich Aguilar verstand die Anspielung nicht.

In ihrer Übersetzung ersetzte Mali das Wort ›kolossal‹ durch einen Begriff, der mehr oder weniger ›ungeheuer‹ bedeutete.

Als letzte der jungen Totonaca-Edelfräulein wurde Chicomacatls Nichte getauft. Cortés schlug vor, sie Catalina zu nennen, was Alvarado, Jaramillo und verschiedene der anderen Hauptleute aus einem Mali unerfindlichen Grund höchst belustigte.

»Teilt El Gordo mit«, forderte Cortés Aguilar auf, »daß er seine verdammenswerten Blutopfer einstellen muß, nachdem er Seiner Allerkatholischsten Majestät, dem König von Spanien, Treue geschworen hat...«

Pater Olmedo trat vor. »Herr, vielleicht ist jetzt nicht der richtige Zeitpunkt...«

»Ich danke Euch für Eure geistliche Führung, aber den Befehl hier habe ich«, fertigte ihn Cortés ab.

»Wir können nichts gewinnen, wenn wir...«

»Ich sagte es bereits, Pater, danke.«

Zögernd trat Olmedo zurück.

Cortés wandte sich an Aguilar. »Weiter. Sagt ihm, daß sie ihre barbarische Gewohnheit, Menschen zu opfern, aufgeben und ihre heidnischen Götzenbilder niederreißen müssen.«

Verwirrt wartete Mali, da sie nicht wußte, worum es bei dieser kurzen Unterhaltung ging. Als sie schließlich Aguilars Übersetzung hörte, kannte ihr Hochgefühl keine Grenzen. Eifrig wandte sie sich an Chicomacatl. »Gefiederte Schlange sagt, daß Ihr sogleich die Menschenopfer aufgeben müßt, wie er es verkündet hat, als er vor vielen, vielen Jahren zuletzt hier war.«

Der Kazike sah sie erstaunt an. »Aber gewiß wird man doch diesen und jenen Sklaven oder einzelne Kriegsgefangene opfern dürfen, um für eine gute Ernte zu sorgen, oder wenn der Regen ausbleibt…«

»Gefiederte Schlange sagt, daß es ein Verbrechen ist und sogleich aufhören muß. Auch die Bilder seines großen Feindes Tezcatlipoca, des Bringers der Dunkelheit, müßt Ihr niederreißen.«

»Aber wenn wir unsere Götterbilder zerstören, gibt es keinen Regen und keine Ernte mehr auf den Feldern…«

Zorniges Gemurmel erhob sich in der Menge. Wie Wellen, die über einen Teich laufen, verbreitete sich die geflüsterte Nachricht unter den Menschen. Das Gemurmel steigerte sich zu empörtem Murren.

»Was hat El Gordo gesagt?« rief Aguilar laut.

»Er versucht wie ein Weib auf dem Markt zu feilschen«, sagte Mali. »Laßt mich noch einen Augenblick lang mit ihm reden.« Sie wandte sich wieder an den Kaziken. »All diese Jahre habt Ihr wie Eure Vorfahren auf die Rückkehr der Gefiederten Schlange gewartet, und jetzt weist Ihr seine Lehre zurück! Zuerst heißt Ihr ihn mit einer großen Prozession in Eurem Reich willkommen, und dann verratet Ihr ihn! Was, wenn er beschließt, sich nicht länger mit Euch abzugeben? Was glaubt Ihr, wird Motecuzoma tun, wenn Gefiederte Schlange angewidert ins Wolkenland zurückgekehrt ist und Euch nicht mehr schützt?«

Der Kazike zögerte.

Mali wandte sich Cortés zu und nickte.

Alvarado und seine Männer hatten im Inneren des Tempelbezirks auf das Zeichen gewartet. Einer der Arkebusiere schoß in die Luft, und Alvarados Abteilung stürmte, mit Schwertern und schweren Eisenstangen bewaffnet, die Stufen empor. Sie schoben die Priester beiseite und wuchteten die steinernen Götzenbilder an den Rand der Treppe, von wo aus sie polternd und krachend in den Hof stürzten. Unter ihnen, sah Mali, befand sich nicht nur der Bringer der Finsternis, sondern auch Regenbringer, Schlangenrock, Maismutter und der Herr über das Feuer. Die hierhin und dorthin fliegenden Funken von dessen herabgefallener Krone setzten das Strohdach in Flammen.

Binnen weniger Minuten stieg eine schwarze Rauchwolke vom Tempel auf. Vor Wut kreischend drängten sich Totonaca herbei. Jeden Augenblick werden sie sich gegen uns wenden, dachte Mali. Sie warten nur auf ein Zeichen ihres Häuptlings.

Die Spanier hatten bereits einen Verteidigungsgürtel um Cortés und den dicken Kaziken gebildet und hielten ihre Schwerter, Piken und Hakenbüchsen auf die Menge gerichtet. Ihr militärischer Drill zeigte sich der aufgeflammten Volkswut überlegen. Wie rasch die Stimmung in wenigen Augenblicken umgeschlagen ist, dachte Mali. Irgendwo hörte man Doña Francisca kreischen, und Chicomacatls üppige Nichte rannte aus vollem Halse jammernd im Kreise umher, was äußerst belustigend aussah. Pater Olmedo kniete am Boden und murmelte ein Gebet.

Aguilar drückte sein Stundenbuch an die Brust und betrachtete die Menge um sie herum voll gütiger Nachsicht.

Mali frohlockte. Ihr Vater hatte sie stets aufgefordert, das Chaos nicht zu fürchten. *In der Störung der Ordnung wirst du deine Bestimmung finden.*

Cortés zog den Degen. »Wie viele unschuldige Frauen und Kinder haben diese Heiden dahingeschlachtet!« rief er über den Lärm der Menge. »Wie können wir uns als Christen und ehrenwerte Spanier bezeichnen, wenn wir zulassen, daß das weitergeht? Sollen wir etwa untätig zusehen? Wenn wir uns Gottes in dieser Sache als unwürdig erweisen, ist unser Leben nichts wert!«

Die Krieger blieben auf ihrem Posten, während die Menge erneut gegen sie andrängte. Dann stieß Benítez einen Warnruf aus und wies auf den königlichen Palast. Bogenschützen der Totonaca sammelten sich auf dessen flachem Dach.

Cortés packte Chicomacatl am Arm und setzte ihm die Degenspitze an die Kehle.

»Doña Marina!« überschrie Aguilar den Lärm. »Cortés sagt, Ihr sollt dem Kaziken klarmachen, daß er sterben muß, wenn er die Ordnung nicht wiederherstellt!«

Chicomacatl lag auf den Knien. Der Degen hatte seine wabblige Haut bereits ein wenig geritzt, so daß Blut hervortröpfelte. Sie sah ihm ins Gesicht. »Wenn Ihr Euer Volk nicht beruhigt, wird Gefiederte Schlange erst Euch und dann jeden in Eurer Stadt töten. Eure einzige Rettung besteht darin, daß Ihr tut, was er verlangt.«

Unter aufgeregtem Nicken stammelte er sein Einverständnis.

Zwei seiner Sklaven halfen ihm wieder auf die Füße. Er rief etwas in seiner Sprache, wobei sich seine Stimme fast überschlug. Die wütenden Rufe der Menge begannen zu verstummen.

Nach einer Weile lag Stille über dem Platz.

22

Am nächsten Tag schleppten die Totonaca die steinernen Götzenbilder mit Seilen vom Tempel fort, und Regenbringer verschwand mit Maismutter und den übrigen im dichten Urwald. Es war Mali klar, daß man sie nicht, wie von Cortés angeordnet, zerschlagen und vergraben würde. Von Zeit zu Zeit würden die Leute verstohlen deren geheime Verstecke aufsuchen. Aber es genügte, daß die Macht der Götter in Frage gestellt und die Gewalt gebrochen war, die sie über die Menschen gehabt hatten.

Oben auf der Plattform der Pyramide hatte man die blutbefleckten Tempelmauern weiß getüncht, und ein neues Strohdach war im Bau. Ein mit frischen Blumen und den Kerzen, welche die Spanier aus Bienenwachs herstellten, geschmückter Schrein sollte eingerichtet werden. Die Priester der Totonaca hatte man veranlaßt, ihre übelriechenden und blutverkrusteten Kleidungsstücke gegen frische weiße Gewänder einzutauschen. Die scharfen Klingen spanischer Schwerter kürzten ihr langes und von getrocknetem Blut starrendes Haar.

Anstelle der alten steinernen Götzenbilder wurden im Tempel ein Kreuz und ein Bild Unserer Lieben Frau von der immerwährenden Hilfe angebracht. Cortés ließ es sich nicht nehmen, das Gnadenbild selbst die Treppe hinaufzutragen.

Mali fragte sich, ob sie seine Absichten wirklich verstand.

Er war anders als jeder Gott, den sie sich je vorgestellt hatte. Zwar war er göttlich, aber dennoch beugte er seine Knie jeden Tag vor dem freundlichen Bild einer Mutter mit ihrem Kind; er wütete gegen Menschenopfer und trank trotzdem das Blut seines eigenen Gottes Ometecuthtli.

Er war Gefiederte Schlange und zugleich auch nicht.

Er war nicht fehlerlos, doch das ist kein Gott, sagte sie sich. Götter sind oft sterblich. Bisweilen findet ein Gott sogar seinen Weg ins Innere eines Mannes, wie das bei Motecuzoma der Fall war.

Dann kam ihr der Gedanke: Sofern die Göttlichkeit ihren Weg in einen Mann finden kann, könnte sie dann nicht auch einen warmen Platz im Herzen einer lebenden Frau finden?

23

Cortés beschloß, San Juan de Ulúa zu verlassen und die neue Siedlung in der Ebene sieben Meilen nördlich von Cempoallan anzulegen. Dort sollten um einen Marktplatz herum eine Kirche, Vorratshäuser, ein Krankenhaus, ein Rathaus, eine Waffenkammer sowie ein festes Blockhaus entstehen. Beschützt würde das Ganze von einer hohen Steinmauer mit Wachtürmen, Brustwehren und Schießscharten. Brennöfen zur Herstellung von Lehmziegeln mußten errichtet werden, und von den Schiffen wurden Feldschmieden an Land geschafft, damit man Eisen bearbeiten konnte. Als Teil des Abkommens, das Cortés mit Chicomacatl geschlossen hatte, wurden Tausende von Bewohnern Cempoallans als Arbeitskräfte eingesetzt. Doch auch alle Spanier packten mit an, gruben Fundamente oder trugen Lehm zu den Brennöfen. Selbst Cortés legte Hand an, als es darum ging, Bäume für die neuen Gebäude zu fällen.

Mali und Regenblüte machten sich im Krankenhaus nützlich, wo sie Méndez, dem einzigen Arzt der Spanier, halfen. Zwar gab es jetzt, fern der Sümpfe, weniger Fälle von Sumpffieber, doch Mali konnte aus Kräutern Arzneien gegen vielerlei Krankheiten zubereiten.

Während die neue Siedlung Gestalt annahm, warteten die Mexica ab und sahen zu.

Cortés kniete vor der langen, auf Böcken ruhenden Platte, die in der halbfertigen Kirche als Altar diente. Hoch oben an der Wand war über einem Bild der Jungfrau mit dem Kinde ein hölzernes Kreuz angebracht. Er ließ in stiller Andacht die Perlen seines Rosenkranzes durch die Finger gleiten. Sein Gesicht war gelöst, er achtete nicht auf das Hämmern und die Rufe der Arbeiter um ihn herum.

Mali sah ihm zu. Es rührte sie, daß ein so großer und mächtiger Mann vor dem Bild einer Mutter mit Kind auf die Knie fallen konnte. Es war ein Hinweis auf seine Sanftheit und Stärke. Das Bild schien ihm zugleich zur Andacht wie als Quelle der Eingebung zu dienen. Es störte sie nicht, daß sich ein Gott vor einem anderen Gott zu Boden warf. Bei seiner vorigen Fleischwerdung war Gefiederte Schlange Priester gewesen. Warum sollte er jetzt nicht zurückkehren, um die anderen Götter zu vernichten und dem Volk der Mexica eine neue Gottheit zu bringen, einen gütigen Gott statt eines solchen, der Krieg, Zerstörung und Täuschung ins Land gebracht hatte?

Es erneuerte ihren Glauben an Gefiederte Schlange. Wie konnte eine Mutter, die ein Kind in den Armen hielt, Vorbotin des Entsetzens sein? Würde eine solche Göttin nach Blut und flammenden Scheiterhaufen verlangen?

Sie hob den Blick und sah, daß Norte mit bloßem Oberkörper durch die Kirche ging, einen grob zubehauenen Balken auf der Schulter.

Sie sprach ihn in der Sprache der Maya an. »Wollt Ihr mir helfen?«

Norte legte seine Last zu Boden und sah überrascht auf. »Wenn ich kann.«

»Kommt bitte her.«

Er trat näher. »Womit könnte ich Euch helfen?« erkundigte er sich.

»Ich möchte, daß Ihr meinem Herrn Cortés etwas sagt.«

Norte wirkte unsicher. »Warum ich? Was ist mit Aguilar?«

»Ich möchte, daß *Ihr* für mich sprecht und nicht er.«

Er zögerte. »Von mir aus.«

Er folgte ihr durch die halbfertige Kirche. Mali wartete, bis Cortés seine Andacht beendet hatte und aufstand. Er wirkte überrascht und erfreut, sie zu sehen, runzelte aber bei Nortes Anblick die Brauen.

»Bittet ihn in meinem Namen um Verzeihung«, sagte Mali zu Norte, »und sagt ihm, daß ich nicht stören wollte, während er bei seinen Göttern war. Aber es gibt etwas, das ich ihn fragen muß.«

Rasch sprachen die beiden Männer miteinander. »Er sagt, es gibt nichts zu verzeihen«, sagte Norte. »Er ist sehr glücklich, Euch zu sehen.«

Mali lächelte bei dieser galanten Äußerung. Sie zögerte. Wie konnte sie es in Worte fassen? »Sagt ihm ... sagt ihm, ich weiß ..., daß er Gefiederte Schlange ist.«

Norte hielt mitten in seiner Übersetzung ins Kastilische unvermittelt inne. »Was?«

»Habt Ihr es nicht erraten?«

Er wirkte erstaunt. »Dieser Mann ist kein Gott, glaubt mir.«

»Sagt ihm einfach, was ich gesagt habe.«

Erstaunt wartete Cortés auf das Ende dieser Unterhaltung. Norte wandte sich ihm wieder zu und beendete die Übersetzung, wie es Mali gewünscht hatte. Anschließend sah Cortés sie lange wortlos an. Schließlich murmelte er etwas zu Norte.

»Na bitte, ich habe es ja gesagt«, sagte Norte zu ihr.

»Was hat er gesagt?«

»Er sagt, er weiß nicht, wovon Ihr redet. Er fragt mich, wer Gefiederte Schlange ist.«

»Das glaube ich nicht.«

»Er ist einfach ein Spanier wie ich. Vielleicht eine Spur habgieriger und rücksichtsloser als die meisten.«

Cortés ergriff erneut das Wort. Norte wandte sich abermals an Mali. »Er möchte, daß Ihr ihn zufriedenlaßt. Ich soll hierbleiben. Wahrscheinlich wird er mich wegen dieser Sache auspeitschen lassen.«

Mali schüttelte den Kopf. War es möglich, daß ein Mann ein Gott wurde, ohne es selbst zu wissen? Oder versuchte er aus irgendeinem Grund geheimzuhalten, wer er wirklich war? Vor wem? Vor Norte?

»Geht!« forderte Norte sie auf. »Verärgert ihn nicht noch mehr. Ihr kennt diesen Mann nicht so gut wie ich.«

Mali sah zu Cortés hin. Kein verständnisinniges Lächeln, keine Andeutung von Belustigtsein, wie sie es oft in den letzten Wochen gesehen hatte, wenn sie ihm bei irgendeiner Sache behilflich gewesen war. Sie mußte ihn unwissentlich gekränkt haben. Sie schluckte ihre Enttäuschung herunter, wandte sich um und lief verwirrt davon.

Cortés sah Norte aufmerksam an. In seinen Augen war dieser ein Verräter und höchstwahrscheinlich auch ein Ketzer. Aber diesmal konnte er ihm vermutlich nützen. »Versteht Ihr, worum es da ging?«

»Sie hält Euch für Quetzalcóatl – Gefiederte Schlange. Er ist einer unserer ... einer *ihrer* Götter.«

Cortés lächelte über den Versprecher. Wie leicht durchschaubar Norte war. »Und warum glaubt sie das?«

»Vielleicht liegt es an Eurem Aussehen. Gefiederte Schlange wird stets als hochgewachsen beschrieben, ganz wie Ihr, mit heller Haut und einem Bart, wie er diesen Leuten nicht wächst. Hinzu kommt die Art Eurer Ankunft. Die Menschen hier ... glauben, daß Gefiederte Schlange eines Tages auf einem Floß aus dem Osten zurückkehren und sie von der Tyrannei der Mexica erlösen wird. Unter den Menschen an der Küste ist dieser Glaube ziemlich fest verwurzelt. Es ist sozusagen ein Kult.«

»Deswegen also haben mich die Leute als Befreier empfangen«, sagte Cortés.

Norte senkte den Blick.

»Habt Ihr das gewußt?« fragte ihn Cortés.

»Reiner Aberglaube der Eingeborenen.«

»Trotzdem hätte ich es als einen Akt der Loyalität angesehen, wenn Ihr mir das berichtet hättet.«

»Ich hatte nicht angenommen, daß es Euch etwas bedeuten könnte.«

Ein leichtes Lächeln trat auf Cortés' Gesicht. Er muß mich für ziemlich dumm halten, dachte er. Vielleicht aber ist es auch die beste Ausflucht, die ihm einfällt. »Und Ihr, Norte, haltet Ihr mich für Gefiederte Schlange?«

»Ich bin Spanier, *Comandante*.«

»Das wart Ihr einmal. Wer weiß, vielleicht werdet Ihr eines Tages wieder einer sein. Aber Ihr habt meine Frage nicht beantwortet.«

»Ich halte Euch für einen Spanier, wie ich einer bin, *Comandante*.«

»Spanier ja, aber nicht einer wie Ihr. Möge Gott mich strafen, wenn ich je so werde. Danke für den Dienst, den Ihr mir erwiesen habt. Jetzt könnt Ihr an Eure Arbeit zurückkehren.«

Das Sonnenlicht tanzte auf der Wasserfläche, der Lärm der Klammeraffen hallte über die Lichtung. Aguilar stürmte durch das Gebüsch. Mali badete allein im Bach. Dem Diakon blieb der Mund offenstehen, und sie sah, wie er sich nach einem Blick auf ihren Körper schuldbewußt abwandte.

»Ich muß mit dir sprechen«, murmelte er.

»Ich höre.«

»Du mußt dich anziehen.«

»Ich bin noch nicht mit Baden fertig. Was Ihr mir zu sagen habt, kann ich mir naß ebensogut anhören wie trocken.«

Sie konnte sich denken, warum er so dringend mit ihr sprechen wollte. Bestimmt hatte ihm Norte von ihrer Unterhaltung mit Cortés in der Kirche berichtet. Nun, wenn sie schon gezwungen war, sich seine Litanei anzuhören, sollte er dabei wenigstens im Nachteil sein. Menschen, die andere einschüchtern wollen, tun sich weit schwerer, wenn man ihnen den Rücken zukehrt.

»Wer ist diese Gefiederte Schlange?« wollte er wissen.

Mali schöpfte mit der hohlen Hand ein wenig Wasser und fuhr sich damit gemächlich über Schultern und Brüste. »Er war einst, vor der Zeit der Mexica, ein Sterblicher, ein Priesterkönig der Stadt Tollán, ein bedeutender Herrscher und ein gerechter, gütiger Führer seines Volkes. Er schaffte alle Menschenopfer ab und machte Tollán zur herrlichsten Stadt auf der Welt. Aber sein großer Feind Tezcatlipoca, Bringer der Finsternis, neidete ihm seine Macht und verlockte ihn durch Heimtücke, zuviel *pulque* zu trinken. So betrunken machte er Gefiederte Schlange, daß dieser die eigene Schwester verführte. Am folgenden Tag segelte er voller Reue auf einem aus Schlangen bestehenden Floß gen Osten. Er hatte stets gelobt, daß er eines Tages zurückkehren und seinen Thron im Jahr Ein-Ried zurückfordern würde. Dies ist das Jahr Ein-Ried.«

»Das ist Hexenwerk! Hexenwerk und Ketzerei! Es gibt nur einen Gott!«

Mali tauchte unter und wrang sich die langen Haare aus. Aguilar war ein Schwachkopf. Wie konnte es nur einen Gott geben? Erstaunlich, daß Cortés auf ihn hörte.

»Hast du den Mexica diesen Unsinn über Cortés erzählt?« brüllte Aguilar.

Ein Mann, der die Bäume anschreit. Offenbar wußte er nicht, wie lächerlich er wirkte. »Ich habe den Mexica nur weitergegeben, was Ihr mir gesagt habt«, gab sie vorsichtig zur Antwort, weil sie eine Falle witterte.

»Und den Totonaca?«

»Ich habe ausschließlich Cortés' Worte gedolmetscht. Ich habe ihnen nicht gesagt, was sie glauben sollen.«

»Sie glauben es also! Halten sie ihn für einen Gott? Ist dir klar, daß du ihn zugrunde richten kannst? Kein Mensch – niemand – darf Göttlichkeit für sich beanspruchen!«

»Sofern ihn die Menschen für Gefiederte Schlange halten, kann ich nichts dazu.«

Diese Antwort erregte Aguilar so sehr, daß er sich genau in dem Augenblick zu ihr umwandte, als sie aus dem Wasser stieg. Beim Anblick ihres nackten Leibes stöhnte er auf und wandte sich erneut ab. Dabei stammelte er: »Du-du-du verstehst nicht! Wenn diese Leu-Leu-Leute Cortés für einen Go-Go-Gott halten, glauben sie nicht an Christus. Das bedeutet, daß sie keine wahren Christen sind und in ewiger Verdammnis in der Hölle schmoren müssen! Das ist deine Schuld! Diese Sünde hast du auf dein Haupt geladen!«

Sie trocknete sich mit einem Baumwolltuch ab und beeilte sich nicht, sich anzuziehen. Mochte Aguilar seine Ansprache an die Farne und die Rabengeier in den Bäumen richten. »Ihr beschuldigt mich zu Unrecht. Ich habe lediglich Eure Worte wiedergegeben.«

»Ich bete zu Gott, daß es sich so verhält!«

»Ihr müßt wissen, daß ich nie etwas tun würde, was Cortés schaden könnte.« Sie trat einen Schritt näher an Aguilar und legte ihm eine Hand auf die Schulter. Sie spürte, wie er dabei erstarrte. *Der arme Mann hat mehr Angst vor einer nackten Frau als vor Motecuzomas Heerscharen.* »Versteht Ihr die Dinge, die zwischen Mann und Frau vorgehen?«

»Ich weiß, daß man dich Alonso Puertocarrero gegeben hat.«

»Wir werden dem einen gegeben und gehören einem anderen. Mir war dabei keine Entscheidung gestattet.«

»Was willst du damit sagen?«

»Sofern Ihr diese Dinge wirklich versteht«, flüsterte sie, »werdet Ihr wissen, daß sich Mann und Weib nicht nur körperlich unterscheiden. Es geht weit darüber hinaus. Sie sind wie Sonne und Mond, Festland und Ozean, Lachen und Weinen. Das eine existiert als Gegenstück zum anderen. Auf diese Weise kann ich nicht ohne Cortés existieren. Deswegen würde ich nie etwas tun, was ihm schaden könnte.«

Als Aguilar wieder sprach, war seine Stimme rauh vor Bewegung. »Ich will für dich beten«, sagte er und ging fort, ohne sich umzuwenden.

Sie zog sich langsam an. Ein sonderbarer Mann. Was war daran so schrecklich, daß ein Mann Gott war? Sie verstand die Gründe für Aguilars Besorgnis nicht, wohl aber den warnenden Hinweis. Ab sofort mußte sie doppelt auf der Hut sein.

Offenbar wußten Cortés' Anhänger nicht, daß er Gefiederte Schlange war. Er wollte seine Identität vor ihnen verbergen; das wäre auch eine Erklärung für seine Zurückhaltung in der Kirche, als sie ihn gefragt hatte. Was auch immer seine Gründe sein mochten, sie mußte vorsichtig sein, bis sie die Dinge besser verstand.

24

Cortés befand sich in seinem neuen Haus. Der Boden bestand aus gestampfter Erde, das Dach aus Stroh, die Wände waren aus Lehmziegeln. Es war nicht der Palast, von dem er geträumt hatte, aber immerhin hatte er in diesem neuen Land einen Ort, an den er gehörte. Es gab kein Zurück mehr.

Er unterbrach die Arbeit an seinem Brief an den König von Spanien, legte den Gänsekiel beiseite und sah seine beiden Besucher an.

Die junge Frau war höchstens neunzehn oder zwanzig Jahre alt. Noch ein Kind. Aber in ihren dunklen Augen lagen Aufgewecktheit und Klugheit, auch wenn sie häufig, wie jetzt gerade, züchtig den Blick zu Boden senkte. Sie war in der Tat ein wertvoller Gewinn.

Und dann war da noch Aguilar, der bei aller Hagerkeit schwerfällig wirkte. Der Schweiß glänzte wie Tautropfen auf dem schütteren Haar. Sein langes Gesicht mit der Adlernase und dem scharfen Mund bot ein Bild der Frömmigkeit. Cortés schlug nach einem Insekt an seinem Hals. Wie sehr ihm Kleriker zuwider waren!

»Bittet Doña Marina«, sagte er zu Aguilar gewandt, »daß sie mir mehr über die Hauptstadt der Mexica berichtet, den Ort, den sie Tenochtitlán nennen. Sie hat mir gesagt, daß sie als Kind einmal dort war.«

Mali gab leise eine Antwort.

»Die Frau fragt, was Ihr wissen wollt«, gab Aguilar zur Antwort. »Sie will sich nach Kräften bemühen, es ihrem Gedächtnis zu entlocken.«

Lächelnd nickte Cortés. »Sie hat mir erzählt, daß die Stadt in einem großen See erbaut wurde. Läßt sie sich nur mit Booten erreichen?«

»Sie sagt, daß drei Dämme Tenochtitlán mit dem umliegenden Land verbinden«, antwortete Aguilar. »In diesen Dämmen befinden sich Durchbrüche, die mit Hilfe hölzerner Brücken geschlossen werden. Sie lassen sich im Fall eines Angriffs rasch beseitigen, und damit ist die Stadt uneinnehmbar.«

Uneinnehmbar, dachte Cortés mit einem Lächeln. Wie oft hatte er das Wort aus dem Mund von Männern bezüglich einer Frau oder einer Stadt gehört. »Und wie sieht diese Stadt aus? So ähnlich wie Cempoallan?«

Jetzt kam Leben in Mali. Cortés dachte, sie würde nie wieder aufhören, so endlos entströmten ihr die Worte. Um mit ihrer Erzählung Schritt zu halten, begann Aguilar zu dolmetschen, bevor sie geendet hatte. Er sprach rasch. »Sie sagt, die Stadt sei weit größer und unvergleichlich schöner als Cempoallan. In ihren Außenbezirken gebe es künstliche Schlamminseln, welche die Mexica *chinampas* nennen. Auf ihnen bauen sie ihre Feldfrüchte an. In den Vororten sollen Adobe-Häuser mit Strohdächern stehen, ähnlich denen der Leute aus Cempoallan, doch in der Mitte der Stadt gebe es so viele große Tempel und Paläste, daß man sie nicht zählen könne. Sie sagt, die Bevölkerung der Stadt belaufe sich auf mehrere hunderttausend.«

Cortés war enttäuscht. Alle Eingeborenen neigten zur Übertreibung, und auch Mali schien an dieser Schwäche zu kranken. Hätte sie recht, wäre Tenochtitlán größer als die größte Stadt der bekannten Welt. Unmöglich konnten Wilde etwas bauen, das beispielsweise Venedig, Rom oder Sevilla gleichkam oder sie gar übertraf. »Ich möchte gern mehr über diese Brücken wissen. Fragt sie: Wenn eine Truppe imstande wäre, eine davon zu überqueren, ließe sich die Stadt dann leicht einnehmen?«

»Sie sagt, es sei unmöglich, Tenochtitlán mit Hilfe eines offenen Angriffs einzunehmen. Alle Häuser haben flache Dächer mit Brustwehren wie El Gordos Palast. Sie könnten den Verteidigern als Festungen dienen.«

Aha. Sie würden also einen anderen Weg in die Stadt finden müssen.

»Dankt ihr für ihre Erläuterungen«, sagte Cortés. »Schon als kleines Mädchen muß sie sehr aufgeweckt und aufmerksam gewesen sein.« Er sah, daß sie vor Freude über seine Schmeichelei lächelte.

Aguilar beugte sich vor. »Sollen wir den Worten einer Eingeborenen wirklich so viel Gewicht beimessen?«

Mit einem gequälten Lächeln verbarg Cortés seinen Ärger. Dieser Diakon mußte unbedingt in seine Schranken verwiesen werden. »Darüber werde ich befinden.«

»Aber Herr...«

»Schweigt, oder es wird Euch leid tun!«

Mit einem haßerfüllten Blick auf die junge Frau neben ihm gab Aguilar klein bei. *Aufsässiger Priester.*

»Ich möchte ihr noch einige Fragen stellen«, sagte Cortés. »Es wäre mir lieb, etwas mehr über die Beziehungen der Mexica zu ihren Nachbarn zu erfahren. Sind die Totonaca das einzige Volk, das unter ihrem Joch stöhnt?«

Auch zu diesem Thema wußte Mali eine ganze Menge beizusteuern.

»Sie sagt, daß die Mexica innerhalb des Bündnisses viele Feinde haben«, dolmetschte Aguilar. »Ich glaube, sie sagt ... Ich verstehe nicht alles, aber es sieht so aus, als betrachte man die Mexica dort, wo sie leben, als Emporkömmlinge, die ihre Vorherrschaft ausschließlich auf ihr brutales Vorgehen gründen. Sie sagt, sie verlangten von allen Völkern in ihrem Reich hohe Abgaben, und der Groll gegen sie sei weit verbreitet. Eines der Völker soll in beständiger Fehde mit ihnen liegen.«

»Tatsächlich?«

»Sie sagt, es handele sich um die Bewohner des Reiches Tlaxcala, was soviel wie Land der Adlerklippen bedeutet. Es liegt in den Bergen zwischen hier und Tenochtitlán.«

»Aha.« Cortés lächelte. *Ein in sich gespaltenes Reich hat keinen Bestand.* »Gut. Dankt Doña Marina gütigst in meinem Namen, Bruder Aguilar. Sie war überaus hilfreich. Sagt ihr, ich möchte gern später noch einmal mit ihr sprechen, für den Augenblick aber ist das alles.«

Als Mali aufstand, kreuzten sich ihre Blicke. Die Einladung in ihren Augen war unverkennbar. Mich hat sie auserwählt, dachte Cortés, und ich kann das Angebot annehmen, sobald ich will. Doch ich muß vorsichtig sein. Er sah erneut zu Aguilar, dem dieser kurze Augenblick des Einvernehmens nicht entgangen war. Auf seinem Gesicht lag Mißbilligung. Er wartete, offensichtlich in der Annahme, Cortés werde jetzt unter vier Augen mit ihm sprechen wollen.

»Ihr könnt gehen«, beschied ihn dieser.

Als Cortés allein war, lehnte er sich im Sessel zurück und überdachte seine Lage. Den Plan auszuführen, der sich in seinem Kopf eingenistet hatte, bedeutete ein Wagnis, das größte seines Lebens. Aber was sprach dagegen? Er war dreißig Jahre alt. Was konnte ein Mann seines Alters anderes erwarten, als zu sterben oder Ruhm und Glück zu erringen? Zu viele Männer dachten ausschließlich an die Gefahr, als hätten sie das ewige Leben zu erwarten. Wenn dann der Augenblick zu sterben kam, hatten sie nicht eingefordert, was das Schicksal für sie bereithielt. In einem Punkt war er sich sicher: Wer um die Lebensmitte nicht im richtigen Augenblick das Wagnis einging, dessen Leben würde im Fluge vorübergehen und enden. Er hatte sich beim Aufbruch aus der Estremadura geschworen, entweder bei Trompetenschall zu speisen oder am Galgen zu enden.

»Das Glück hilft dem Tüchtigen«, murmelte er vor sich hin.

Ein Wagnis mochte es sein, doch er besaß das einzige As im ganzen Spiel. Es hieß Doña Marina.

Schweißbedeckt von der Arbeit an den Bauten drängten sich die Männer in Cortés' Hauptquartier. Die Erschöpfung hatte ihre Gesichter gezeichnet. Mißtrauisch, erregt und ein wenig ängstlich warteten alle darauf, daß Cortés zu ihnen sprach.

Er hat einen neuen Plan ausgeheckt, dachte Benítez. Ich sehe es ihm an den Augen an.

»Der Bau unserer neuen Siedlung geht gut voran«, begann Cortés. »In wenigen Tagen werden die wichtigsten Arbeiten beendet sein.« Er ließ eine Pause eintreten und sah sich im Raum um. Sein Kriegsrat war vollständig versammelt: alle Hauptleute sowie die Patres Olmedo und Díaz und Bruder Aguilar. »Doch damit, daß wir hier verweilen, erringen wir weder in den Augen des Herrn noch in denen des Königs von Spanien Verdienste. Ruhm und Reichtümer, nach denen wir streben, befinden sich in Tenochtitlán, dieser in einem See gelegenen Stadt der Mexica.«

»Dann wollen wir sie schnellstens belagern«, sagte León mit deutlichem Spott in der Stimme.

Cortés lächelte ein wenig, als belustigte ihn Leóns Humor. »Ein Huhn läßt sich auf mancherlei Weise fangen«, sagte er, »man kann es jagen, aber auch mit einigen Körnern in der Hand zu sich locken. Auf keinen Fall aber kommen wir an unsere Abendmahlzeit, indem wir tatenlos hier herumsitzen. Ich schlage vor, daß wir nach Tenochtitlán aufbrechen, sobald das Fort fertig ist.«

Benítez fragte sich, ob er richtig gehört hatte. Ein solches Vorhaben war von atemberaubender Kühnheit – und es war selbstmörderisch.

»Wir sind fünfhundert gegen Millionen«, erinnerte ihn Ordaz.

»Fünfhundert Generäle«, gab ihm Cortés zu bedenken. »Und von den Leuten aus Motecuzomas Reich, die er unterdrückt, können wir, so meine ich, für jeden von uns Spaniern noch eine ganze Armee dazu aufbringen. Soweit ich von Doña Marina weiß, hat der Großkönig der Mexica mehr Feinde als ein Hund Flöhe.«

»Flöhe sind für einen Hund lediglich ärgerlich«, sagte León.

Der Ausdruck in Cortés' Gesicht schlug um. Er lächelte und wirkte entspannt. »Ihr alle seid Opfer Eurer eigenen Besorgnisse.«

»Immer noch besser, als Opfer der Eingeborenen zu sein«, sagte Ordaz.

»Wir haben bereits bei Ceutla gezeigt, daß wir im Kampf jeder noch so großen Zahl von ihnen überlegen sind. Ich will keinen Krieg. Wir brauchen nicht gegen diesen Motecuzoma zu kämpfen. Wenn wir den Weg in seine Stadt finden, können wir unsere guten Werke möglicherweise auf andere Weise tun.« Er wartete darauf, daß ihn die anderen unterstützten, doch selbst Alvarado und Puertocarrero waren sonderbar stumm.

Unvermittelt schlug Cortés' Stimmung wieder um, und seine Faust fuhr auf den Tisch. »Habt Ihr das goldene Rad vergessen, das jetzt im Rumpf der *Santa Maria* liegt? Wenn Ihr mich bei dieser Sache unterstützt, gibt es für jeden von Euch so eins!«

»Wenn wir mehr wären...«, begann Puertocarrero.

»Wir sind mehr! Die Totonaca stehen auf unserer Seite. Auf dem Weg nach Tenochtitlán werden wir noch weit mehr Verbündete finden! Versteht Ihr denn nicht? Wir kommen als Erlöser! Diese Menschen erwarten von uns, daß wir sie vor den Mexica erretten! Sie werden uns zu Tausenden und Abertausenden unterstützen.« Erneut ließ er eine Pause eintreten und sah sich im Kreise seiner Männer um. »Nicht nur tun wir Gottes Werk, meine Herren, hier kann jeder so viel Ruhm und Reichtum gewinnen, daß er für den Rest seines Lebens genug hat!«

»Wir sollten mit Cortés ziehen«, sagte eine Stimme. Alle sahen sich um. Es war ausgerechnet Aguilar.

Mit einem Mal grinste Alvarado. »Ich kann nicht zulassen, daß Ihr all das Gold allein zurückschleppt.«

»Alonso?« fragte Cortés.

Mit aschfahlem Gesicht nickte Puertocarrero.

»Ich komme mit«, sagte Sandoval.

»Ich auch«, schloß sich Jaramillo an.

Cortés sah zu Benítez hin.

Was für ein Dummkopf ich bin! dachte dieser. Doch welche Wahl bleibt mir? Welchen Sinn würde es haben, mit leeren Händen nach Kuba zurückzukehren? Soll ich lieber hier im Fort bleiben und am Sumpffieber verrecken?

»In Ordnung. Warum nicht?« hörte er sich sagen.

Ich bin ebenso verrückt wie er! Sein Wahnsinn hat uns alle angesteckt. Wir haben diese Krankheit an dem Tag bekommen, an dem die Mexica uns das große goldene Rad an den Strand brachten.

Und diese Krankheit wird uns alle das Leben kosten...

25

Im Brausen des Wassers gingen alle anderen Geräusche unter. Schmetterlinge tanzten im Schatten silbrig glänzender Baumwollsträucher, Libellen schwebten im dunkelgrünen Zwielicht des Wasserfalls. Ein blauer Kolibri schwirrte um die Blüten eines Jakaranda-Baums.

Norte legte Hemd und Hose ab und sprang ins Wasser. Regenblüte beobachtete ihn, im Farnkraut verborgen. Diesmal war sie umsichtiger vorgegangen und war sicher, daß er sie nicht bemerkt hatte. *Warum bin ich ihm hierher gefolgt? Was hoffe ich zu finden?* Hatte Kleine Mutter sie nicht vor den Gefahren gewarnt?

Aber sie konnte nicht anders. Sie war von diesem gutaussehenden Spanier geradezu besessen, der sich wie ein wahrhafter Mensch verhielt und die traurigsten Augen besaß, die sie je gesehen hatte.

Sie sah ihm beim Baden zu. Dann stieg er aus dem Wasser und nahm seine Kleider auf. Statt sich anzuziehen, ging er jedoch nackt zum Eingang einer Höhle, die der Wasserfall zum Teil verdeckte. Er bückte sich und verschwand in ihrem Inneren.

Regenblüte konnte sich denken, was sich darin befand, und ihr Puls beschleunigte sich.

Sie kroch aus ihrem Versteck und bahnte sich vorsichtig ihren Weg über die Felsen. Vor dem Eingang der Höhle blieb sie im Schatten stehen. Sie spähte hinein.

In den Fels an der Innenwand war als Schrein für eine Tonstatuette der Gefiederten Schlange eine kleine Nische geschlagen. Norte kniete davor. Er nahm einen kleinen Flaschenkürbis und die Rückengräte eines Stachelrochens heraus, die er wohl in seinen Kleidern verborgen gehalten hatte, und stieß sie in den fleischigen Teil seines Gliedes. Den Flaschenkürbis hielt er darunter, um das Blut aufzufangen, das ihm von den Schenkeln troff. Der Schweiß, der auf seiner Haut glänzte, war der einzige Hinweis auf die Schmerzen, die er dabei empfinden mußte.

Als kein Blut mehr kam, richtete er sich auf und schleuderte den Inhalt des Gefäßes der Gefiederten Schlange ins Gesicht. Das Opfer war vollzogen.

Regenblüte wandte sich zum Gehen. Dabei kam ein Stein unter ihrem Fuß ins Rutschen. Norte fuhr bei dem Geräusch herum.

Sich vor ihm verstecken zu wollen wäre sogar dann sinnlos gewesen, wenn sie das gewollt hätte. Also blieb sie stehen.

Er sah sie verblüfft an.

Sie griff an den Saum ihres *huipitl*, zog es über den Kopf, legte Rock und Untergewand ab und trat in die Höhle.

Er war schön. Der Schweiß, der auf seiner braunen Haut glänzte, ließ jeden Muskel auf seiner Brust, seinen Schultern und seinen Beinen deutlich hervortreten. Er rührte sich nicht. Auf seinem hageren Gesicht lag Begierde.

Sie kniete sich vor ihn und leckte das Blut von seinem Glied, wobei sie behutsam an der Wunde sog. Sie hörte ihn stöhnen. Mali hatte ihr zugeflüstert, man nenne das ›einen Mann mit Blumen liebkosen‹. Sie mußte daran denken, daß sie es so noch nie getan hatte, noch nie etwas geschmeckt hatte, was für die Götter bestimmt war. Sein Glied schwoll unter ihren Händen an, füllte sich mit dem Blut, das er der Gefiederten Schlange vorenthalten hatte.

Er fiel vor ihr auf die Knie und leckte ihr das Blut von den Lippen. Quetzalcóatl, der Gott mit dem schuppigen Leib und dem Schnabel-Gesicht, sah ihnen zu, während sich ihre Körper auf dem Boden umeinanderwanden wie Schlangen.

Ein kalter, violetter Sonnenuntergang zeigte sich am Himmel. Sie saßen am Höhleneingang, sahen zu, wie die Dunkelheit im Dschungel hereinbrach, lauschten auf die Symphonie der Nacht, das Summen der Insekten, das Knurren eines Jaguars irgendwo in den Bergen. Regenblüte erschauerte, und er zog sie näher an sich. Sie konnten die Lagerfeuer der Ansiedlung Vera Cruz sehen.

»Wir müssen zurück«, flüsterte er.

Sie küßte ihn noch einmal, zog sich rasch an und lief allein voraus. Es war ein Spiel mit dem Feuer. Dieses Geheimnis mußte sie sogar vor der Kleinen Mutter verborgen halten.

Zuckende Schatten, der Rauch von Holzfeuer, Wolken, die den Mond verdunkelten. Cortés kontrollierte die Wachen. Er lachte über die Scherze derer, die am Lagerfeuer würfelten, und ermahnte, wen er schlafend fand. Puertocarrero stand allein an der Brustwehr und spähte auf den vor dem Nachthimmel liegenden dunklen Umriß des Dschungels, während sich der Mond hinter dem Orizaba erhob.

»Träumt Ihr von Kuba?« fragte Cortés.

»Von Spanien.«

»Spanien«, sagte Cortés. Für ihn bedeutete Spanien die flachen Horizonte der hie und da mit Hainen von Korkeichen und Ölbäumen gesprenkelten Estremadura, die brennende Hitze des Sommers und das grelle Licht, das in den Augen schmerzte, den schneidenden Wind, der im Winter über das Land hinwegfegte und den Reiter fast am Sattel seines Pferdes anfrieren ließ. Spanien bedeutete die vornehme Armut auf der *hacienda* seines Vaters, dicke Eichentüren mit eisernen Riegeln, unmöblierte große, dunkle Säle, eine riesige Küche, in der es kaum Dienstboten und nur wenig zu essen gab.

»Habt Ihr mit den Männern gesprochen?« erkundigte sich Puertocarrero.

»Ich habe den munteren Befehlshaber gespielt, weil ich hoffte, so ihre Stimmung besser erkunden zu können.«

»Manche haben Angst.«

Du hast Angst, dachte Cortés, aber er sagte nichts. Er erkannte eine vertraute Gestalt, die unten über den Hof eilte. Das Gesicht wurde einen Augenblick im Schein einer Pechkiefer-Fackel sichtbar. *Doña Marina.* Dann war sie fort, in einem der Häuser verschwunden. Es war das Puertocarreros.

»Seid Ihr mit Doña Marinas Diensten zufrieden?«

»Selbstverständlich, *Comandante.*«

»Wie ist sie?« fragte Cortés weiter.

Puertocarrero schien von der Frage unangenehm berührt zu sein. »Sie ist sehr schön, aber sie hat kein Feuer.«

Kein Feuer? dachte Cortés. Den Eindruck habe ich nicht. Vielleicht nicht bei dir, mein Freund.

»Sie war uns als Dolmetscherin sehr nützlich.«

»Ja«, bestätigte Cortés. »Das stimmt.« Einen Augenblick lang herrschte Stille. Mehr als nützlich, dachte er. Ohne sie wären wir nicht einmal bis hierher gelangt. Ich hätte weder von Motecuzomas Edlen soviel Gold bekommen, noch die Totonaca auf meine Seite ziehen können. Sie ist der Schlüssel zum Schloß. Aufs neue dachte er an die Stadt im See, von der sie gesprochen hatte. Gern hätte er mehr gewußt.

»Glaubt Ihr, daß uns die Männer ohne weiteres nach Tenochtitlán folgen werden?«

Puertocarrero nickte. »Sie haben sich bereit erklärt, hier die Ansiedlung zu errichten, und wir alle haben bei ihrem Bau geschuftet. Nach Kuba will von denen jetzt sicher keiner zurück.«

»Und ich sage, wir kehren nach Kuba zurück!« brüllte Escudero.

Cortés hatte von einer Bank vor dem Rathaus ihrer Ansiedlung zu den Männern gesprochen, die auf dem Platz vor ihm standen. Einige waren während seiner Ansprache unruhig geworden, und als er sagte, sie würden nach Tenochtitlán marschieren, hatte sich diese Unruhe Luft gemacht.

Dahinter stecken bestimmt León und Ordaz, überlegte Benítez.

»Die Männer sind erschöpft«, schrie Ordaz. »Nach allem, was sie durchgemacht haben, könnt Ihr jetzt nicht erwarten, daß sie gegen die Stadt eines Feindes marschieren, der uns an Zahl hundertfach überlegen ist!«

»Wir gewinnen nichts, wenn wir hierbleiben«, setzte Cortés dem entgegen.

»Dann wollen wir nach Kuba zurück!« wiederholte Escudero.

León, der wenige Schritte von Cortés entfernt stand, drehte sich um und wandte sich an die Krieger. »Ich glaube nicht mehr, daß wir im Angesicht so vieler Feinde mit so wenigen Männern hier eine Kolonie gründen können! Viele von uns möchten auf ihre Pflanzung zurückkehren!« Hier und da erhoben sich laute Rufe der Zustimmung. León wandte sich erneut an Cortés. »Damals an der Küste habt Ihr gesagt, wer nach Kuba will, kann gehen! Diese Zusage solltet Ihr jetzt einhalten! Laßt uns mit unserem gerechten Anteil am Gold zurückkehren, und tut, was Ihr wollt!«

Viele der Männer – für Benítez' Geschmack zu viele – jubelten ihm zu.

Alvarado sprang auf die Bank neben Cortés. Er wies mit dem Finger auf León. »Bei San Juan de Ulúa habt Ihr Cortés angefleht, bleiben zu dürfen! Immer, wenn sich der Wind dreht, ändert Ihr Eure Meinung! Ihr habt Euer Wort gegeben, mit uns zu ziehen. Für mich seid Ihr ein Deserteur, wenn Ihr uns jetzt verlaßt!«

León drohte ihm mit der Faust und rief ihm Schmähungen zu, die Benítez über dem Lärm, der nunmehr einsetzte, nicht verstehen konnte. Es sah aus, als wolle Cortés angesichts so starken Widerstandes nachgeben, doch dann sprang auch Jaramillo auf die Bank. Das Ganze wirkte äußerst theatralisch. Benítez überlegte, ob nicht Cortés selbst das ganze Schauspiel sorgfältig inszeniert hatte, wie damals bei San Juan de Ulúa.

»Wollt ihr euren Kameraden mitten in der Schlacht den Rücken kehren und davonlaufen?« rief Jaramillo in die Menge hinein. »Genau das würdet ihr tun, wenn ihr uns jetzt verließet!«

Diese Worte trugen ihm von Escudero und dessen Anhang spöttische Äußerungen ein.

Mit erhobener Hand wartete Cortés, bis vollständiges Schweigen eingetreten war. Dann sagte er mit beherrscht und vernünftig klingender Stimme: »Ich wünsche keinem von Euch Böses. Aber Ihr seht, daß man mich von zwei Seiten bedrängt.« Er sah zu Alvarado und dann zu León hin. »Daher entscheide ich wie folgt: Ich werde wie vereinbart eine Abordnung nach Spanien schicken, die den König um das Recht bitten soll, hier unsere eigene Kolonie zu errichten. Um der Krone unseren guten Willen zu zeigen, erkläre ich mich gern bereit, ihm meinen Anteil an den bisher empfangenen Reichtümern zu übergeben, und werde jeden, der bei mir bleibt, auffordern, es ebenso zu halten. Wer seinen Anteil Seiner Majestät abtritt, darf unsere Bittschrift unterschreiben, damit der König die Ergebenheit dieses Untertans erkennt. Jeder, der zu diesem Opfer bereit ist, soll es im Bewußtsein bringen, daß es ihm sein König später hundertfältig lohnen wird. Die übrigen können ihren Anteil am Schatz nehmen und tun, was sie wollen. Niemand soll mehr von mir verlangen oder behaupten, ich hätte seinem Glück im Wege gestanden.«

Ohne auf weitere Einwände zu warten, wandte er sich ab und sprang von der Bank. Verblüfftes Schweigen folgte. Die minder Klugen waren froh, auf diese Weise von ihrer Verpflichtung entbunden zu sein, doch dämmerte allmählich einem nach dem anderen, daß Cortés sie hereingelegt hatte. Nach und nach erkannten sie, daß sich in entsetzliche Gefahr brachte, wer nicht auf seinen Anteil am Gold verzichtete und es unterließ, das Dokument zu unterzeichnen. Puertocarrero sollte damit nach Spanien reisen. Der Schatzkanzler des Königs würde alles daran setzen festzustellen, wer seinen Anteil nicht abgeliefert hatte, und die Strafe würde auf dem Fuße folgen.

Wer nach Kuba zurückkehren wollte, würde das mit leeren Händen tun müssen.

Ein Meisterstreich, dachte Benítez mit neidischem Lächeln. Dieser Cortés ist ein Genie.

Der Ausdruck auf Leóns Gesicht änderte sich schlagartig, als ihm Ordaz erklärte, auf welche Weise ihn Cortés benutzt hatte. Es sah aus, als stünde er kurz vor einem Schlaganfall. Alvarado äußerte sich spöttisch über ihn.

»Noch ist nicht aller Tage Abend«, rief León ihm zu und ging schweren Schrittes davon.

26

Gern hätte Aguilar seine religiöse Unterweisung in der Kirche durchgeführt, doch das Gehämmer der Männer, die das Dach deckten, war ohrenbetäubend. So setzte er sich mit seinen Schutzbefohlenen in den Schatten eines Jakaranda-Baumes. Regenblüte sah, wie er in seinem schweren, braunen Gewand schwitzte. Das heilige Buch hielt er nach wie vor an die Brust gepreßt. Seine Zuhörerschaft, lauter schieläugige Schönheiten aus Potonchán, saß auf dem Boden um ihn herum und sah ihn verwundert an. Die Totonaca-Frauen blieben ausgeschlossen, da keine von ihnen die Sprache der Maya beherrschte.

Gelegentlich hob er den Blick zu Regenblüte, und einmal forderte er sie auf, sich zu den anderen zu setzen, doch sie schüttelte den Kopf und blieb lieber für sich.

Dem, was er vortrug, konnte sie nicht folgen. Allem Anschein nach besaßen die Spanier lediglich einen Gott, doch bestand dieser aus drei Gottheiten. Diese Drei-in-einem hatten einen Sohn, der gleichfalls ein Gott war. Dann gab es noch einen sogenannten Papst, der auch ein Gott, aber zugleich kein Gott war. Aguilars Worten entnahm sie, daß jedoch keiner dieser Götter so mächtig war wie der König der Spanier.

Am Ende seiner Bibelstunden, wie er den Unterricht nannte, ließ er die Frauen ein Gebet sagen.

Nach ihrem Fortgang wandte er sich um und schien überrascht, Doña Isabel, wie Regenblüte seit ihrer Taufe hieß, immer noch vorzufinden.

»Es freut mich zu sehen, daß du begierig bist, etwas über Gott zu erfahren«, sprach er sie an.

»Ich habe auf Eure Worte geachtet. Als Ihr von Euren Göttern spracht, habt Ihr meinen Herrn Cortés nicht erwähnt.«

»Wieso Cortés?«

»Gehört der nicht zu Euren Göttern?«

Er machte ein Gesicht, als hätte sie ihn von hinten mit einer Keule angegriffen. Er schien sogar ein wenig unsicher auf den Füßen zu stehen. »Natürlich nicht.«

»Dann hatte ich also recht. Er ist nur ein Mensch wie wir alle.«

»Ich weiß nicht, woher ihr Eingeborenen solche Gotteslästerungen habt. Er ist unser Anführer, und seine Sendung steht unter dem Segen des Papstes und des Allmächtigen Gottes. Er selbst aber ist nur ein Mensch.«

»Kommt Ihr nicht aus dem Wolkenland?«

»Wir sind alle in einem großen und mächtigen Land namens Spanien geboren. Hergekommen aber sind wir von Kuba, einer Insel jenseits des Meeres.«

Nun, dachte Regenblüte, das ergibt ebensowenig Sinn wie alles andere, was du zu sagen hast. »Warum seid Ihr hergekommen?«

Aguilar bedachte sie mit einem Lächeln, das ihr nicht besonders zusagte. »Wir wollen euch Gott näherbringen, euch erretten.«

»Wovor?«

»Vor dem Teufel.«

Vor dem Teufel. Vielleicht meinte er damit Huitzilopochtli, Kolibri, den Gott der Mexica.

Arme Mali. Aber welchen Sinn hatte es, daß sie sich bemühte, ihre Kleine Mutter zu überzeugen? Bestimmt hatte sie all das schon von Bruder Aguilar erfahren. Zweifellos wollte sie nicht glauben, daß Cortés ein Mensch war wie alle anderen. Offensichtlich klammerte sie sich beharrlich an ihre Vorstellungen und war nicht bereit, sie aufzugeben.

Aber mochte sie doch träumen. Man hatte sie mit all den anderen Tabasca-Frauen diesen Spaniern gegeben, und ihre Zukunft ruhte in deren Händen. Im Unterschied zu den Totonaca waren sie weit von ihrer Heimat entfernt und konnten sich nicht nachts heimlich davonmachen.

War es von Bedeutung, ob Motecuzomas Altäre auf sie warteten? Das ganze Leben war nichts als ein Traum, ein kurzes Hinausschieben des Todes.

Sie wandte sich um und ging davon.

»Warte«, rief ihr Aguilar atemlos nach. »Ich kann dir aus meinem heiligen Buch vorlesen.«

Aber Regenblüte hörte nicht auf ihn. Sie überlegte, wann sie sich das nächste Mal mit Gonzalo Norte zum Wasserfall davonstehlen konnte.

»Ich möchte, daß Ihr als mein treuester Freund und Verbündeter nach Spanien reist, um dem König unsere Sache vorzutragen.«

Bei dieser Mitteilung wirkte Puertocarrero weder überrascht noch unglücklich. Er würde in diesen von unberechenbaren Wilden bewohnten Fiebersumpfgebieten nicht lange überleben, dachte Cortés, und das Kriegshandwerk schmeckt ihm auch nicht. Seinem ganzen Wesen und seiner Erziehung nach gehörte er eher an den Hof – daher hatte er ihn auch für diese Aufgabe ausersehen.

Er dachte auch an Doña Marina, die junge Eingeborene. Vielleicht war sie ein weiterer Grund für seine Entscheidung ... Aber den Hauptleuten würde seine Argumentation einleuchten. Um die Kolonie zu gründen, waren sie auf die offizielle Anerkennung durch den König angewiesen, und um diese zu erlangen, mußten sie jemanden nach Toledo schicken, der sich am spanischen Hof auskannte. Für diesen Auftrag eignete sich Puertocarrero von allen bei weitem am besten, schließlich war er der Neffe eines bekannten Richters aus Sevilla und, was noch wichtiger war, mit dem Grafen von Medellín verwandt, einem der mächtigsten und einflußreichsten Granden König Karls.

Cortés schob ihm die mit einem Wachssiegel verschlossene *carta de relación* über den Tisch. »In diesem Schreiben habe ich Seiner Majestät dem König alles mitgeteilt, was hier seit unserer Ankunft vor drei Monaten vorgefallen ist. Ich habe ihn davon in Kenntnis gesetzt, daß uns die Überheblichkeit und Habgier des Gouverneurs Velázquez auf Kuba zu unserer drastischen Handlungsweise der jüngsten Zeit gezwungen haben. Außerdem setzt ihn der Brief von der Begeisterung aller Angehörigen unserer neuen Ansiedlung in Kenntnis, ihm zu dienen.«

»Ich werde mit der Genehmigung des Königs zurückkehren, sobald ich kann.«

Cortés lächelte. Puertocarrero war ein treuer und zuverlässiger Kamerad. Er würde ihm fehlen. Aber für den Fall, daß es in den kommenden Monaten zu einem Kampf käme, hatte er lieber Alvarado an seiner Seite. »Um dem König die Entscheidung zu erleichtern, gebe ich Euch alle Schätze mit, die wir bisher gewonnen haben.« Nun, fast alle, dachte Cortés. Nicht das Gold, das Doña Catalina an dem Tag trug, da El Gordo sie mir geschenkt hat, und auch nicht gewisse Schmuckstücke, die mir Tendile umgehängt hat. Die gehören von Rechts wegen mir. »Allein den Wert des Goldes und der Juwelen schätze ich auf zweitausend *castellanos.*«

»Ich bin sicher, daß Seine Majestät nicht umhin kann, beeindruckt zu sein.«

»Morgen vormittag brechen wir zur Küste auf. Von San Juan de Ulúa aus nehmt Ihr mein Flaggschiff. Alaminos wird Euch als Steuermann dienen.«

Puertocarrero erhob sich und zögerte. »Das Mädchen«, sagte er.

Cortés gab sich Mühe, erstaunt zu wirken.

»Doña Marina«, erläuterte Puertocarrero.

»Was ist mit ihr?«

Er lächelte. »Seid gut zu ihr.«

San Juan de Ulúa

Die *Santa Maria de la Concepcíon* sollte mit der Flut auslaufen. Gerade war die Sonne über der Kimm aufgegangen. Rufe hallten über die Bucht, als die Seeleute die Segel setzten. Ein Boot wartete am Ufer, bereit, Puertocarrero aufs Schiff zu bringen.

Das Gold war schon an Bord. Am Ufer standen einige Krieger und sahen zu. Mali hörte sie Cortés' Namen aussprechen und sah, wie sie dabei in den Sand spien.

Puertocarrero schritt in hohen Lederstiefeln zum Strand. In der Morgensonne leuchtete sein Haupt- und Barthaar golden. Jetzt, da er im Begriff stand, sie zu verlassen, stieg in Mali eine plötzliche und ungeahnte Zuneigung zu ihm auf.

Er sagte etwas zu Aguilar, der ein wenig gelangweilt dreinsah.

Der Diakon wandte sich an Mali. »Er sagt, er weiß nicht, wann er zurück sein wird.«

»Sagt dem Herrn Goldhaar, daß ich ihm viel Gutes wünsche und ihm für seine Güte danke.« Sie war fast zu erregt, um diese Rolle zu Ende zu spielen. Ihr war klar, daß Cortés das Ganze inszeniert hatte. Es kam durchaus vor, daß jemand seinen eigenen

Bruder bat, seine Braut in der *tipíli*-Kunde zu unterweisen, bevor er sie zu sich aufs Lager holte. Eben das hatte Cortés ihrer Überzeugung nach getan. Jetzt, da Puertocarreros Aufgabe erledigt war, kehrte er ins Wolkenland zurück.

Puertocarrero nahm ihre Hand zum Abschied. Er wirkte traurig.

»Er wünscht dir alles Gute«, sagte Aguilar.

»Ich ihm auch«, sagte sie. »Sagt ihm, daß meine Liebesgrotte ohne ihn sehr einsam sein wird.«

Aguilar atmete tief und sah beiseite. »Das kann ich nicht wiederholen.«

Sie lächelte boshaft. »Dann sagt ihm, der Windgott möge das große Kanu antreiben, das ihn zum Himmel trägt.«

»Kastilien ist nicht der Himmel«, murmelte Aguilar. Er sagte einige knappe Sätze zu Puertocarrero, auf die dieser lächelnd antwortete.

»Ihr habt ihm nicht gesagt, was ich Euch aufgetragen habe«, sagte Mali zu Aguilar.

Dieser runzelte die Stirn. »Woher willst du das wissen?«

Mali sah ihn unbeirrt an. Aguilar wandte den Blick als erster ab. »Ich habe gesagt, daß du ihn vermissen würdest und ihm alles Gute wünschst.«

»Und er wünscht auch mir alles Gute.«

»Das kannst du dir denken«, knurrte Aguilar.

»Was noch?«

»Das war alles.«

»Er hat noch mehr gesagt.«

Aguilar schien mit sich zu ringen, ob er es zugeben sollte, doch dann sagte er achselzuckend: »Er hat auch gesagt, du sollst für seinen Freund Cortés tun, was du kannst.«

»Das täte ich ohnehin«, sagte sie, »aber das braucht Ihr Puertocarrero nicht zu sagen. Ich glaube, er weiß es.«

Verächtlich schnaubend kehrte Aguilar an den Strand zurück, damit sich die beiden ohne Zeugen voneinander verabschieden konnten.

Puertocarrero küßte Mali die Hand und ging über den Sand zum Boot. Die Seeleute schoben es ins tiefere Wasser. Er winkte ihr noch einmal zu und setzte sich dann ins Heck. Sie sah ihn nie wieder.

27

Vera Cruz

Guzmán stand im Eingang. Cortés hob den Blick von den Würfeln. Die um den Tisch versammelten Hauptleute verstummten einer nach dem anderen.

»Was gibt es?«

»Die Frau, Doña Marina. Sie ist draußen, *Comandante*.«

Alvarado grinste. »Vielleicht juckt es sie ohne Puertocarrero«, sagte er, und die anderen lachten.

Cortés brachte sie mit einem Blick zum Schweigen. »Bringt sie herein«, sagte er.

Guzmán verließ den Raum und kam wenige Augenblicke später mit Mali zurück.

»Holt Aguilar«, sagte Cortés zu Guzmán.

»Nein«, sagte Mali auf kastilisch. »Nicht Aguilar.«

Erstaunt sahen die Spanier sie an.

»Laßt uns allein«, sagte Cortés zu Guzmán. Er wandte sich der jungen Frau zu. »Ihr sprecht kastilisch?«

»Bitte … langsam. Dann … verstehe … ich.«

Cortés lachte. Ein Wunder. Andererseits auch wieder nicht. Seit drei Monaten lebte die junge Frau unter Spaniern, war Tag und Nacht mit Puertocarrero zusammen, pflegte Kranke und Verwundete. Ein aufgewecktes Geschöpf wie Doña Marina war sicher nicht müßig geblieben. Wie lange mochte sie schon verstanden haben, was um sie herum gesprochen wurde? Warum gab sie ihr Geheimnis erst jetzt preis?

»Tüchtig«, sagte er anerkennend.

Sie überging das Lob. »Man will … Euer Kanu … stehlen. Morgen.«

Cortés blieb das Lachen im Halse stecken. »Mein Kanu stehlen?« Mit einem Mal ging ihm auf, daß sie mit ›Kanu‹ wohl eine der vor Anker liegenden Brigantinen meinte. »Wer?«

»León … Ordaz … Díaz … Escudero … Umbral.«

Die Augen aller Anwesenden weiteten sich, als sie die Namen der Verschwörer nannte. Alvarado stieß einen unterdrückten Fluch aus.

»Woher wißt Ihr das?« fragte Cortés.

»Sie reden ... achten nicht auf mich ... Sie glauben ... ich verstehe nicht.«

»Verräter!« zischte Sandoval.

Cortés lächelte. »So ist es. Aber es sieht so aus, als würde ihr Plan zuschanden. Gott hat uns einen Schutzengel gesandt.«

»Was sollen wir tun?« fragte ihn Alvarado.

»Wir waren lange genug geduldig. Es wird Zeit, daß wir die Samthandschuhe ablegen und das Eisen darunter zeigen.« Er wandte sich an Jaramillo. »Nehmt Escalante und ein Dutzend Männer. Verhaftet sofort alle Verschwörer. Nein, wartet. Nicht Pater Díaz. Nur die anderen. Bringt sie zu Alvarado ins Blockhaus. Wir werden feststellen, wie es sich mit dieser Sache verhält.«

Alvarado nickte bereitwillig. »Mit Vergnügen, *Comandante.*«

Seine Hauptleute stürmten aus dem Raum, darauf bedacht, sich endlich an den Velázquez-Anhängern zu rächen. Cortés blieb mit Doña Marina allein. Schon wieder hast du mich gerettet! dachte er. Und wieder einmal habe ich dich unterschätzt. Du bist alles Gold in Motecuzomas Schatzhaus wert!

»Danke«, sagte er.

Diesmal senkte sie den Blick nicht. Statt dessen sagte sie einige Worte auf Náhuatl, die er nicht verstand: »Ihr seid Gefiederte Schlange. Mein Schicksal ist mit dem Euren verknüpft.«

28

Alvarados Hemd war schweißnaß, seine Unterarme waren blutbefleckt. Die nächtliche Arbeit schien ihn ermüdet zu haben. Auch Cortés hatte nicht geschlafen. Er saß hinter dem großen Tisch, das Gesicht dunkel vor Zorn. Seine Entscheidungen waren bereits getroffen.

Draußen erhob sich allmählich das erste graue Licht des Tages über dem Horizont.

»Was habt Ihr in Erfahrung gebracht?« fragte Cortés.

»Escudero war ziemlich starrhalsig.«

»Wie starrhalsig?«

»Nun, er hat schon geredet«, sagte Alvarado. »Am Schluß.« Auf dem Tisch stand ein Krug mit kubanischem Wein. Er goß ein wenig in einen Zinnbecher und leerte ihn. Rote Tropfen rannen ihm von den Mundwinkeln in den Bart. »Irgendwann redet jeder. Mit einem Tauende und ein paar Eimern Wasser bringt man alle zum Reden.«

»Wer war an der Verschwörung beteiligt?«

Alvarado schien zu zögern. Offenbar keine guten Nachrichten, dachte Cortés. Alvarado schob ein Blatt mit Namen über den Tisch. Cortés überflog es rasch und sog den Atem ein. Er war entsetzt. Er hatte nicht geahnt, daß so viele seiner Männer auf der Seite der Velázquez-Anhänger standen. Sofern er nicht die Ergebenheit aller anderen aufs Spiel setzen wollte, mußte er dieses Wissen für sich behalten. Denn für die Verwirklichung seiner Zukunftspläne brauchte er jeden Mann.

Nun, fast jeden. Einen oder zwei würde er opfern müssen, um künftig Disziplin halten zu können. »So viele?«

Alvarado spielte mit dem auf dem Tisch festgetrockneten Kerzenwachs. »Sie wollten eine der Brigantinen in ihre Gewalt bringen, nach Kuba segeln und Velázquez von Eurem Auftrag an Puertocarrero in Kenntnis setzen. Dieser sollte dann dafür sorgen, daß er abgefangen wird.«

Die Zornesader an Cortés' Schläfe schwoll an. »Wer war als Steuermann für das Schiff vorgesehen?«

»Juan Cermeño.«

»Cermeño also«, murmelte er. Auf Steuerleute konnte er verzichten. Er wollte nirgendwohin segeln. Wieder sah er zu Alvarado. »Das Ausmaß der Meuterei darf nicht bekannt werden. Wir werden an den Rädelsführern ein Exempel statuieren und so tun, als hätte Escudero über die anderen nichts gesagt. Alle, die der Bestrafung entgehen, werden ihrem guten Stern danken und sich künftig bestimmt gut überlegen, wem sie Treue schwören.« Er überlegte einen Augenblick, während er die Liste erneut überflog. »Den Steuermann Cermeño hängen. Bei einem Feldzug zu Lande kann ich den einen oder anderen Seemann entbehren. Und natürlich den Hund Escudero.«

»Was ist mit den anderen?«

»Jedem der Seeleute, die auf dieser Liste stehen, laßt zweihundert Peitschenhiebe aufzählen. Sie sind für uns nicht von so großem Nutzen wie die Krieger.«

»Und Pater Díaz? Außerdem sind da noch Ordaz und der Ziegenficker León.«

»Von einem Kleriker müssen wir die Hände lassen. Díaz soll ruhig denken, daß wir von seiner Beteiligung nichts wissen. Die beiden anderen ... León ist ein guter Kämpfer, und Ordaz hat an vielen Feldzügen in Italien teilgenommen. Wir brauchen beide. Es ziemt sich, daß ich mich großherzig erweise. Laßt sie im Blockhaus schwitzen, bis sie vor dem Notar eine förmliche Ergebenheitserklärung unterzeichnet haben.«

»Also nur Cermeño und Escudero?«

Cortés ging die Liste noch einmal durch. »Es sind viele gute Männer darunter.«

Alvarado machte ein finsteres Gesicht. »Trotzdem wäre es besser, wir würden einen oder zwei mehr am Ast baumeln lassen, damit sich die anderen merken, was ihnen hätte blühen können. Wie wäre es mit Norte?«

»Ich sehe seinen Namen nicht auf der Liste.«

»Ist das wichtig? Er ist ein Unruhestifter, und wir brauchen ihn nicht.«

Cortés nickte. »In Ordnung. Er wird zusammen mit den anderen aufgeknüpft. Hier wird ihm keiner eine Träne nachweinen. Tut Eure Pflicht.«

Das Seil um den Hals gelegt, warteten die beiden Verurteilten unter dem Galgen. Einer von ihnen schluchzte; Krieger mußten ihn stützen, damit er stehen blieb. Der andere sah trotzig über die Köpfe seiner Kameraden hinweg, die sich versammelt hatten, um seiner Hinrichtung zuzusehen. An seinem Hemd klebte Blut. Er sah krank aus.

Eine Stunde zuvor hatte man ein Standgericht einberufen. Grado und Avila hatten den Urteilsspruch gefällt.

Vor dem Galgen stand ein Tisch. Auf ihm lag der Hinrichtungsbefehl, der noch von Cortés als Oberrichter der Stadt unterschrieben werden mußte. Von Alvarado und Diego Godoy begleitet, kam er im schwarzen Samtanzug. Langsam schritt er mit gesenktem Kopf über den Platz. Vor dem Tisch blieb er stehen, sah zu den Männern am Galgen hin und schien zu zögern.

Die Sonne war gerade über dem Ozean aufgegangen und warf lange Schatten über das Fort. Mali zitterte in der Kühle des heraufdämmernden Morgens.

»Ihr müßt diese Hinrichtungsbefehle unterzeichnen«, sagte Alvarado.

»Das ist wahrhaft eine schwere Pflicht«, flüsterte Cortés.

Entschlossen und zornig sagte Alvarado: »*Comandante*, diese Männer haben gegen Euch rebelliert und bei Licht betrachtet jeden von uns verraten. Ihr könnt nicht anders.«

Cortés beugte sich über den Tisch und nahm den Gänsekiel auf. »Lieber hätte ich nicht schreiben gelernt, als meinen Namen unter diese Todesurteile setzen zu müssen.« Er unterschrieb und ging davon.

Sein Anblick schmerzte Mali. Wie scharf seine Züge waren. Nicht einmal das Sterben jener konnte er mit ansehen, die ihn verraten hatten. Darin sah sie einen weiteren Beweis seiner wahren Identität, sofern ein solcher überhaupt noch nötig war.

Die Trommeln wurden gerührt.

Hinter beiden Verurteilten standen jeweils drei Männer. Auf ein Zeichen Alvarados zogen sie am freien Ende der Seile, und Cermeño und Escudero stiegen in die Luft, während ihre Beine ins Leere traten.

Auch ich kann das nicht mit ansehen, dachte Mali und wandte sich ab, ohne jedoch die Ohren vor den Lauten verschließen zu können, welche die sterbenden Männer von sich gaben.

Hinter ihr stand Regenblüte, den Blick auf die beiden Spanier in ihrer Todesqual geheftet. In ihren Augen lag unverhüllter Schmerz. Norte sollte der nächste sein.

Benítez war aus dem grellen Licht des Platzes hereingekommen, und so dauerte es eine Weile, bis sich seine Augen an die Dunkelheit des kleinen Blockhauses gewöhnt hatten, das als Gefängnis diente. Norte kauerte in einer Ecke seiner Zelle, den Kopf zwischen den Knien. Sein Hemd war von Schweiß getränkt. Hier drinnen war es unsäglich heiß, und nur eine winzige Öffnung hoch oben in der Wand sorgte für etwas Lüftung.

Seine Hand- und Fußgelenke waren gefesselt.

»Haben sie Cermeño und Escudero gehenkt?« flüsterte Norte.

»Vor zwei Stunden.«

Er nickte. »Pater Olmedo war schon bei mir. Er wollte, daß ich beichte. Es schien ihm wichtig zu sein, daß ich meinen Platz im Himmel unter den Heiligen finde. Weil ich nicht wollte, hat er sogar Aguilar geschickt, damit er mir ins Gewissen redet.«

»Deshalb bin ich nicht hier. Eure Beichte geht nur Euch und Gott etwas an.«

»Das hab' ich denen auch gesagt.« Er hob den Blick. »Ist es Zeit? Man hat mich lange genug warten lassen. Wissen die eigentlich, wieviel Angst ich habe? Macht sich jemand ein Vergnügen daraus, mich zu peinigen?«

»Die Hinrichtung ist aufgeschoben«, sagte Benítez.

Norte gab einen Laut von sich, der Lachen, aber auch Weinen sein konnte. »Warum?«

»Ich habe für Euch gesprochen. Ich habe gesagt, daß uns Eure Kenntnis der Landessprache noch zustatten kommen könnte. Ich habe darauf hingewiesen, daß Ihr nicht gefährlich seid, auch wenn Euch die bei den Eingeborenen verbrachte Zeit verdummt hat. Ich habe einen Handel für Euch abgeschlossen.«

Norte lachte trocken. Darin schwang Verzweiflung, Erleichterung und Staunen mit. »Warum?«

»Ich bin kein Barbar.«

»Warum helft Ihr mir? Ihr verachtet mich doch.«

Ja, warum? überlegte Benítez. Er war an jenem Vormittag Zeuge des standrechtlichen Verfahrens gewesen. Für Escudero oder Cermeño hatte man nichts tun können. Wenn Escudero auch nur eine Spur Verstand besessen hätte, wäre er auf Kuba geblieben. Er hatte vor Jahren in Santiago als Gerichtsbeamter auf den Befehl des Gouverneurs hin Cortés als Aufständischen festgenommen. Die Anklage hatte sich damals als haltlos erwiesen. Daß er sich mit dieser Unternehmung in Cortés' Gewalt gegeben hatte, ließ sich nur so erklären, daß Escudero ein überheblicher Dummkopf war.

Bei Norte lagen die Dinge anders. Jaramillo war bei Escuderos Verhör zugegen gewesen und hatte später Benítez mitgeteilt,

Norte sei unschuldig, denn sein Name habe nicht auf der Liste der Verschwörer gestanden.

Das gab für Benítez den Ausschlag. Ganz gleich, was ich sonst von ihm halte, beschloß er, die Gerechtigkeit darf nicht pervertiert werden. Man darf niemanden für ein Verbrechen hängen, das er nicht begangen hat.

Dennoch verachtete er sich wegen seiner Handlungsweise. Warum hatte er nicht den Mund gehalten und zugelassen, daß man den Mistkerl henkte? Doch um seiner eigenen Ehre willen hatte er es nicht damit bewenden lassen können.

»Ihr gehört nicht zu den Verschwörern«, sagte er.

»Das ist keine Antwort auf meine Frage.«

»Ich helfe Euch, weil das, was man Euch antun will, ungerecht ist. Das ist alles.«

Norte dachte einen Augenblick lang darüber nach. »Ihr habt etwas über einen Handel gesagt.«

»Ihr sollt Cortés einen Treueeid leisten und werdet mir unterstellt. Außerdem müßt Ihr Euch bereit erklären, unter unserer Fahne zu kämpfen.«

»Ich verstehe.«

»Akzeptiert Ihr diese Bedingungen?«

»Ihr seid ein sonderbarer Mann, Benítez.«

»Weil ich an die Gerechtigkeit glaube?«

»Weil Ihr sie nicht einfach Euren Zwecken unterordnet.«

»Ihr habt noch nicht geantwortet. Lange warte ich nicht mehr.«

Norte lehnte den Kopf an die Wand. »Den Eingeborenen habe ich viele Jahre zur Belustigung gedient. Ich war etwas Neues, ein Fremdling, ein Ausgestoßener. Ich habe mir damals oft gewünscht, ich wäre tot. Aber der Körper hängt am Leben.« Er schwieg einige Augenblicke. »Ich stimme allem zu, was Ihr sagt. Wenn Ihr glaubt, daß es der Mühe wert ist, mich zu retten, tut das. Ich weiß nicht, warum das so ist, aber das Sterben fällt mir zu schwer.«

29

Am folgenden Tag wurden die Männer, die auf Escuderos Liste gestanden hatten, nordwärts nach Cempoallan geschickt. Cortés teilte ihnen mit, es handele sich um ein normales Kundschafterunternehmen. Alvarado bekam das Kommando.

»Sie möchte, daß Ihr sie zum Fluß begleitet«, flüsterte Norte. Fragend sah Benítez auf ihn und dann auf Regenblüte.

»Warum?«

»Zum Baden.«

»Baden ist ungesund. Dabei bekommt man das Fieber.«

»Die Eingeborenen baden regelmäßig und werden nicht krank.«

Sie hatten gerade das Kirchendach fertiggedeckt. Benítez sah in Hemdsärmeln zu, wie Pater Olmedo die Kirche weihte. Diese Priester mit ihrem Humbug. Hunderte von Arbeitskräften der Totonaca, die man ins Innere des Gebäudes getrieben hatte, sahen verständnislos zu, wie die Patres Olmedo und Díaz und Bruder Aguilar mit Weihrauchgefäßen durch die Gänge zogen. Die lateinischen Anrufungen Gottes waren wohl auch den meisten Spaniern unverständlich, wenn man einmal von der Handvoll gebildeter adliger Hauptleute absah.

Benítez faßte Norte am Arm und wies auf die Tür. »Und warum will sie, daß ich bade?«

Norte zuckte die Schultern. »Ihr wißt nicht, wie sehr Ihr stinkt. Sogar ein Geier wäre gekränkt.«

Benítez packte Norte an der Kehle. »Ich pisse auf das Grab Eurer Mutter«, zischte er ihm zu.

»Ich wollte Euch nicht beleidigen«, keuchte Norte. »Wir Spanier merken nicht, wie abscheulich wir riechen. Diese Leute baden jeden Tag, um den Schweiß von ihren Leibern abzuwaschen. Regenblüte möchte lediglich, daß Ihr es ihnen gleichtut.«

Benítez ließ ihn los, zögerte aber. Ob sie sich über ihn lustig machten? Oder steckte irgendeine Hinterlist dahinter?

Norte massierte sich den Nacken. »Mich geht es nichts an, ob Ihr sie begleitet oder nicht«, sagte er, als hätte er die Gedanken des anderen erraten. »Es ist ihr Wunsch.«

Ohne ein Wort zu verstehen, hörte Regenblüte ihre Unterhaltung mit an und wartete auf das Ergebnis. Benítez sah sie an, und sie lächelte ihm ermutigend zu. *Wie albern, beim Arsch des Satans*! Andererseits war es auch nicht besonders verlockend, dort zu bleiben und sich den ganzen Nachmittag Olmedos Litanei anzuhören. Er nickte zustimmend und folgte ihr über den verlassenen und mit Balken übersäten Platz aus der Stadt Vera Cruz.

Sie zog sich aus und watete ins Wasser, das wie Tau auf ihrem Leib glitzerte. Es war kühl in den grünen Schatten, und hart traten ihre Brustwarzen hervor.

Mit einem Mal fühlte sich Benítez unsicher.

Sie wandte sich um und rief ihm etwas in ihrer Sprache zu, das er nicht verstand. Sie kam auf ihn zu und half ihm beim Ausziehen. Wasser lief ihr von Armen und Beinen. Es war ihm ein wenig peinlich, im hellen Tageslicht nackt mit einer Frau dazustehen. Er stellte sich vor, wie seine Kameraden aus den Büschen zusahen und lachten oder höhnisch feixten. War das der erste Schritt auf dem Weg hinab zu einem Wilden, wie bei Norte?

Er folgte ihr ins Wasser. Regenblüte rieb ein Stück Wurzel des Seifenbaumes zwischen den Händen und verteilte die fettige Masse auf seinem Körper. Dabei murmelte sie Maya-Worte, von denen er wünschte, daß er sie verstünde. Sie schöpfte mit hohler Hand Wasser, goß es ihm über Rücken und Schultern, und zog ihn dann zu einer tieferen Stelle, um die seifigen Reste abzuwaschen.

Anschließend wandte sie sich um und schwamm von ihm fort zu einem breiten, flachen Felsen, den die Sonne gewärmt hatte. Sie legte sich auf den Rücken und bedeutete ihm, zu ihr zu kommen.

»Du bist groß und häßlich«, sagte sie in ihrer Sprache, da sie wußte, daß er sie nicht verstehen konnte. »Du bist aber auch gütig und gerecht. Was du für Norte getan hast, war sehr anständig.«

Er bahnte sich spritzend den Weg durch das Wasser und zog sich neben ihr auf den Felsen hoch. Das Wasser lief ihm von Brust und Bauch. Ihr fiel auf, daß die nassen Haare auf seinem

Körper dem Pelz eines Tieres ähnlich sahen. Trotz des Sonnenscheins zitterte er. Seine Haut fühlte sich kühl an.

»Was soll ich tun?« fragte sie ihn. »Mein Geliebter ist schön, er ist ein wahrhafter Mensch, und er kennt das Wesen der Götter. Du bist schwerfällig, aber auch freundlich. Die Spanier haben dich zu meinem Ehemann bestimmt. Was soll ich nur tun?«

Sie küßte ihn, und er schlang die kräftigen Arme um sie. Während sie so auf dem Stein lagen, reckte sich Regenblüte und stellte sich vor, Opfer auf Motecuzomas steinernem Altar zu sein. Wird es soweit kommen? fragte sie sich, während sie zum blauen Himmel emporsah.

Sein Bart war wie Draht und kratzte sie auf der Haut. Sie zog seinen Mund an ihre Brust. »Sieh dich nur an«, flüsterte sie. »Du bist behaart. Dein *maquáhuitl* ist wie eine lila Faust, die sich ihren Weg durch einen Urwald bahnt.«

Sie umschlang ihn mit Armen und Beinen und fuhr ihm mit den Fingern durchs Haar. »Jetzt riechst du nicht nach Schweiß, sondern nach Wasser und Wald. Jetzt magst du in die Grotte eindringen, und ich werde deine Nähe genießen.«

»*Cariño*«, flüsterte er, »*mi cariño*.«

Was das wohl bedeuten mochte? Sie würde Mali fragen. Zwischen ihr und Norte standen keine Worte.

Aber nicht Norte hatte man sie gegeben, sondern Benítez. Zumindest würde sie ihm helfen, zärtlich zu sein, gut zu riechen und ihm einige Wörter ihrer Sprache beibringen. Vielleicht würde sie ihn im Laufe der Zeit sogar ein wenig mögen.

Als Alvarado mit den Velázquez-Anhängern von Cempoallan zurückkehrte, fanden diese zu ihrer Überraschung und ihrem Entsetzen die Bucht leer. Bald erfuhren sie von ihren Kameraden, daß während ihrer Abwesenheit alle Schiffe der Flotte an den Strand gezogen, angebohrt und versenkt worden waren.

Jetzt würde es keine Rückkehr nach Kuba mehr geben.

30

Cortés stand am Ufer, das Meer im Rücken. Pater Olmedo neben ihm hielt ein großes hölzernes Kreuz. Hübsch, dachte Benítez. Das leere Meer, das Kreuz, Verkörperung ihres Glaubens und ihrer gegenwärtigen verzweifelten Lage. Der *Comandante* hat eine Ader für solche Inszenierungen. Er versteht es, seinen Standpunkt klarzumachen, ohne ein Wort zu sagen.

Die Stimmung der Männer war schwer abzuschätzen und konnte jederzeit umschlagen. Zu vieles war geschehen, das sie erschüttert hatte. Während Benítez den Blick über die Gesichter der anderen laufen ließ, sah er viele Regungen: Angst, Resignation, Wut und Groll. Die Expedition hatte schon viel länger gedauert und war sehr viel weiter gegangen, als es die Männer bei ihrem Aufbruch von Kuba angenommen hatten.

»Meine Herren«, sagte Cortés, »ich weiß, wie sehr es Euch geschmerzt hat zu hören, was unseren Schiffen widerfahren ist. Doch ich versichere Euch, es hat niemandem größeren Kummer bereitet als mir. Hier ist der Bericht der Kapitäne, den ich bekam, während sich einige von Euch in Cempoallan befanden. Sie besagen, daß in diesem verwünschten Klima alles Holz der Schiffsrümpfe verfault ist und die durch Wasserwürmer und Ratten angerichteten Schäden sie so stark geschwächt hatten, daß sie nicht mehr seetüchtig waren. Diesen Befund haben unsere Steuerleute bestätigt, und so blieb mir nichts anderes übrig, als die Schiffe ans Ufer holen zu lassen, um möglichst viel von ihnen zu bergen.«

Benítez hatte das Dokument gesehen. Tatsächlich hatten die Steuerleute den Zustand der Schiffe so geschildert, wie Cortés es sagte, denn er hatte sie gut dafür bezahlt. Für Benítez allerdings bedeutete diese List nur wenig. Er war ohnehin entschlossen gewesen, bei Cortés zu bleiben und in seinem Dienst entweder den Tod oder seine Bestimmung zu finden. Als die Schiffe versenkt wurden, war sein Wunsch nach einer Rückkehr längst erloschen gewesen.

»Während der vergangenen Woche haben wir die gesamte Ladung geborgen und alles an laufendem und stehendem Gut von den Schiffen an Land bringen lassen«, sagte Cortés. »Die verfaulten mastlosen Rümpfe haben wir dann hier in der Bucht versenkt. Es war eine schwere Entscheidung, doch Ihr werdet verstehen, daß mir nach dem Bericht meiner Berater keine Wahl blieb. Es gab keine andere Lösung.«

Er ließ das Schweigen wirken, während eine leichte Brise in dem Büschel Papiere raschelte, das er in der Rechten hielt.

»Bei nüchterner Betrachtung werdet Ihr alle erkennen, daß uns diese unglückliche Lage nicht übermäßig zu beunruhigen braucht. Ein Mißgeschick hat auch viele gute Seiten. Der Verlust der Schiffe bedeutet, daß wir hundert gute Männer für unsere Expedition hinzugewonnen haben, da wir die Seeleute nicht mehr für die Flotte brauchen. Sie haben uns am heutigen Tag ihrer Ergebenheit versichert und werden uns mit Gottes Hilfe bei unserer Unternehmung unterstützen.

Niemand möge daran zweifeln, daß uns der Ruhm gehört. Wir brauchen nur die Hand danach auszustrecken. Die Eingeborenen dieses Landes verehren uns als höhere Wesen, und ich sehe keinen Grund, sie eines anderen zu belehren.«

Aus den Augenwinkeln sah Benítez zu Aguilar hin. Der Diakon schleuderte Doña Marina einen feindseligen Blick zu.

»Ich schwöre heute, Euch reicher zu machen, als ihr Euch das in Euren kühnsten Träumen vorgestellt habt«, fuhr Cortés fort. »Alles, was wir brauchen, ist Mut – und Festigkeit im Glauben. Vergeßt nicht, obwohl wir auf der Suche nach Reichtum sind, haben wir einen weiteren Auftrag, den unseres Herrn Jesus Christus. Wir alle haben gesehen, wie diese Heiden die widernatürlichsten Dinge in ihren höllischen Tempeln treiben. Wir werden sie niederreißen, wo wir sie finden und diesen unzivilisierten Ländern Erlösung und wahres Christentum bringen. Bei unserem Abenteuer befinden wir uns in der glücklichen Lage, nicht nur unser eigenes Ziel zu verfolgen, sondern auch den Zwecken des Allmächtigen Gottes zu dienen.

So wollen wir uns aufmachen, im Bewußtsein, daß uns nichts fehlschlagen kann, solange wir Gottes Willen tun! Mit dem Verlust unserer Schiffe ist der Würfel gefallen. Wir brechen nach Tenochtitlán auf!«

Ein kurzes Zögern wurde spürbar, eine bedrohliche Stille trat ein. Jetzt könnte alles verlorengehen, dachte Benítez. Doch dann zog León den Degen und reckte ihn hoch in den Himmel. Der über ihm hängende Schatten der Schlinge und die ihm von Cortés gewährte Gnade hatten einen gründlichen Wandel seines Verhaltens bewirkt.

»Auf nach Tenochtitlán!« rief er.

Die übrigen, die nun weder einen Führer noch jemanden hatten, der sich zum Fürsprecher ihrer Befürchtungen und Klagen machte, schlossen sich der allgemeinen Aufbruchstimmung an. Aus Hunderten von Kehlen scholl der Ruf: »Auf nach Tenochtitlán!«

Ja, auf nach Tenochtitlán, dachte Benítez. Und möge Gott uns allen gnädig sein.

31

Es war August, der Monat der Fallenden Reifen Früchte.

Cortés übergab das Kommando über das Fort von Vera Cruz einem seiner rangniederen Hauptleute, Juan Escalante, und ließ als Besatzung die Männer zurück, die zu krank oder zu alt waren, die Strapazen der Unternehmung auf sich zu nehmen. Die übrigen brachen mit ihm auf.

Sie marschierten in geschlossener Formation. Der Standartenträger Cristóbal ritt auf einem Apfelschimmel an der Spitze, gefolgt von Cortés, dessen Brustpanzer und Helm in der Sonne blitzten. Mali folgte zu Fuß neben Pater Olmedo, der ein großes Kreuz emporgereckt trug. Es war mit den Türkisen besetzt, die er aus Nasen und Ohren der von ihm bekehrten Totonaca gewonnen hatte. Hinter ihnen zog die Hauptmacht der Fußtruppen, sechs Kompanien zu je fünfzig Mann.

Kubanische Träger und Totonaca schleppten die stählernen Rüstungen der Spanier und zogen die Wagen mit den Kanonen. Dahinter kamen die Pikeniere, Arkebusiere und Armbrustschützen. Ein Heer von fünftausend Totonaca-Kriegern, die ihren prachtvollen Federschmuck angelegt hatten, bildete die Nachhut. Heiß brannte die Sonne auf Helme, Hakenbüchsen und die Messingbeschläge am Lederzeug der Pferde.

Was für ein Irrsinn, dachte Benítez. Zusammen mit einigen tausend Eingeborenen, die über keine weitere Bewaffnung verfügten als mit Bändern verzierte Keulen und aus Schildkrötenpanzern hergestellte Schilde, machte sich ein Heer von fünfhundert Mann daran, ein ganzes Volk zu erobern. Es war der Gipfel des Irrsinns!

Der Weg führte sie von Cempoallan durch reifende Maisfelder, über gewundene feuchte Urwaldpfade mit sich kreuz und quer windenden Schlingpflanzen, vorüber an Passionsfruchtbüschen mit leuchtenden Blüten. Die schwerbepackten Krieger fluchten und stöhnten. Die Tabasca-Frauen, die man nicht wie die Totonaca-Frauen in Cempoallan zurückgelassen hatte, flohen bei erster Gelegenheit in den Urwald. Nur Mali und Regenblüte blieben.

Das Heer schlug sein Lager in einem breiten, fruchtbaren Tal voller Orchideen und Koschenille-Kakteen auf. Am folgenden Tag sollte der steile Anstieg nach Jalapa bewältigt werden, der Stadt am Sandfluß.

Auf der Anhöhe wandten sich die Spanier um und sahen, daß der dampfende Urwald und die ferne Fieberküste hinter ihnen lagen; vor ihnen erhoben sich schroffe Felsen und schneebedeckte Pässe.

Für den Einzug in Jalapa legte Cortés seine vollständige Rüstung mitsamt der federgeschmückten Sturmhaube an. Der Ort erwies sich als Ansammlung von Häusern, die sich an die Felswände eines grünen, dichtbewaldeten Tales drängten. Seine Bewohner hatten schon von ihrer Ankunft erfahren und die steinernen Götzenbilder aus dem Tempel in ein Versteck im Urwald geschafft, bevor Gefiederte Schlange den diesbezüglichen Wunsch äußern konnte. Die Priester hatten sich das von Blut verfilzte Haar schneiden lassen und trugen saubere Baumwollgewänder. Die Edlen Jalapas stellten den Spaniern ihre schönen Häuser als Quartier zu Verfügung. Ein Fest war schon vorbereitet.

Bisher war das Ganze ein Triumphzug gewesen. Doch am nächsten Tag würde man das Land der Totonaca verlassen und die ersten Schritte auf dem Boden der Mexica tun.

Dunst hing im Tal. Der Wald war finster, voller Baumfarne und Schlingpflanzen. Dampf stieg von den Flanken des Braunen auf. Eine Eule sah von ihrem Versteck im Schatten herüber, den Kopf zur Seite geneigt, um die Laute aufzunehmen, die von den Menschen zu ihr herüberdrangen.

Mali legte Obergewand und Rock ab und bot sich, die Arme über den Kopf erhoben, auf dem harten Boden der Höhle als Opfer für eine Gottheit dar. Cortés kniete zwischen ihren Schenkeln, Schweiß bedeckte sein Gesicht, und seine Augen glänzten im Dunkeln. Eine dritte Gestalt mit Krallen und gewundener Zunge stand im Schatten, eine Figur aus gebranntem Ton, dem bunte Farben Leben eingehaucht hatten. Sie trug die Züge der Gefiederten Schlange.

Inmitten der überall verteilten Opfergaben – Früchte und kleine Vögel – wirkte Cortés wie ein Adler über seiner Beute, Mali hingegen mit ihrem geschmeidigen braunen Leib und den weichen Muskeln unschuldig und ungezähmt. Das Untier regte sich. Ein Medaillon blitzte auf. Es trug eine Darstellung der heiligen Jungfrau und Johannes des Täufers. Es war der Augenblick der Eroberung, der Besitznahme, der Umarmung des Eindringlings, des ihm entgegengebrachten Willkommens.

Cortés blickte der Schlange in den Rachen, sah sich im Augenblick der Glückseligkeit dem Teufel von Angesicht zu Angesicht gegenüber. Mit seinem Ruhm würde er all seine Todsünden tilgen.

Mali verschmolz mit ihrem Gott. Sie hatte ihre Bestimmung bereits gefunden.

32

Hinter Jalapa stieg der Weg erneut an. Wieder blieb der Urwald unter ihnen zurück, während sie weiterstapften und den kühlen Wäldern entgegengingen, die von wasserreichen Bächen durchflossen wurden. Nachdem sie am Fuße eines hohen Vulkans entlanggezogen waren, lag nur noch die abweisende schneebedeckte Festung des Gebirges vor ihnen. Die für solche Wetterverhältnisse unzureichend gekleideten Träger begannen, vor Kälte zu zittern.

Sie erreichten eine Grenzstadt der Totonaca namens Xicotlan. Der dortige Kazike, Olitetl, den weder ihre Schlachtrosse noch ihre Kriegshunde sonderlich zu beeindrucken schienen, teilte ihnen mit, ein hunderttausend Mann starkes Heer des mächtigen Motecuzoma erwarte sie auf der großen Ebene von Mexiko.

Als sie am nächsten Tag aufbrachen, grollte Donner über einem der hohen Berge, was die Totonaca, deren Blicke sich angstvoll auf den Horizont richteten, veranlaßte, in der Stadt noch rasch alle Baumwolldecken zusammenzukaufen oder zu stehlen, deren sie habhaft werden konnten.

Unter einem bleiernen Himmel zog das Heer weiter. Das Santiago-Banner und die Wimpel der Reiterei flatterten im Wind, und der Klang der Trommeln hallte über die einsamen Gebirgspässe.

Jeden Nachmittag regnete es, so daß die Geschütze schließlich im Schlamm steckenblieben und die Pferde, die auf den glatten Geröllhängen ins Straucheln gerieten, nur noch mühevoll Halt auf den hohen Felskanten fanden. Über einen hohen Paß, dem sie den Namen ›Nombre de Dios‹ gaben, zogen sie in die Wolken hinein. Der Regen ging in Schneeregen und Hagel über. Bis sie über tiefe Schluchten hinweg den Paß überwunden hatten, waren mehrere ihrer kubanischen Träger erfroren.

Gelegentlich kamen sie an elenden und verlassenen Dörfern vorüber, deren Bewohner beim ersten Anzeichen ihrer Ankunft flohen. Sie ließen lediglich einige räudige Hunde zurück, die sie kläffend umsprangen, bis die Krieger sie mit ihren Spießen zum Schweigen brachten und als willkommene Abendmahlzeit schlachteten. In den verlassenen Tempeln stießen sie auf Überreste menschlicher Gebeine.

An jedem der Schreine verlas Diego Godoy pflichtgemäß das *requerimiento*. Pater Olmedo, Pater Díaz und Bruder Aguilar errichteten auf allen Gipfeln ein Kreuz. Bussarde kreischten am Himmel.

Inzwischen lag die Baumgrenze weit unter ihnen. Der Weg wurde eben, und sie gelangten auf eine unfruchtbare Hochfläche. Lediglich der Anblick der stachligen Arme riesiger Sisalkakteen und einiger Büsche unterbrach die endlose Abfolge von Salzseen. Weder Nahrung noch Trinkwasser ließen sich finden. Weitere Träger starben: an Lungenentzündung, an Hunger, an Durst.

Cortés trieb seine Leute weiter. »Wir sind fast da!« rief er ihnen zu. »Das Ende des Weges liegt hinter der nächsten Erhebung.«

Da der Boden zu steinig war, als daß man Zeltpflöcke hätte hineintreiben können, legten sie ihre Decken auf den harten Basalt, drängten sich wärmesuchend aneinander und versuchten zu schlafen, so gut es ging. Der Nachtwind jaulte über ihren Köpfen, und eiskalt fiel der Regen aus der Schwärze.

Benítez zog Regenblüte näher an sich. Er hatte ihr seinen Umhang um die schmalen Schultern gelegt und versuchte sie mit seinem Körper zu wärmen.

Hier werden wir sterben, dachte er. Wir alle werden hier in dieser Wildnis erfrieren, und Raubvögel werden das Fleisch von unseren Knochen reißen, bis nichts mehr übrig ist. Er verfluchte seine Torheit. Warum hatte er je Kuba verlassen, warum nur war er Cortés gefolgt? León und Ordaz hatten von Anfang an recht gehabt.

Er hörte das Donnern einer abgehenden Mure fern in den Bergen.

Während Wind und Regen sie umtobten, drängte sich Regenblüte dichter an ihn und sagte etwas in ihrer Sprache.

Norte war in der Nähe. Benítez konnte seine Zähne klappern hören. »Was hat sie gesagt?« fragte er ihn.

»Sie würde gern wissen«, sagte ihm Norte, dessen Stimme über dem Geheul des Windes kaum vernehmbar war, »warum wir so viel Leiden auf uns nehmen, nur um dann schließlich auf Motecuzomas Altären zu enden.«

Teil II

Huitzilopochtli, Kolibri zur Linken

Jeder Spanier sollte einen Freibrief in der Tasche tragen,
der aus einem einzigen knappen, deutlichen
und eindrucksvollen Satz besteht.
Er würde lauten: »Dieser Spanier hat das Recht,
sich so zu verhalten, wie es ihm beliebt.«

– Carnivet –

33

Unter ihnen lag ein sich weithin ausbreitendes Tal mit Obstanpflanzungen, grünen Maisfeldern und Flächen voller blaßblauer Blüten. Der Wind kam jetzt von Westen, fegte den Himmel blank und wärmte die zitternden Menschen, die vom Gebirge herabkamen. Cortés schritt die Reihe seiner Leute ab, bellte Befehle und gebot ihnen, sich zu formieren. Nicht als ein Heer, das auf den hohen Pässen fast erfroren wäre, marschierten sie in Zautla ein, sondern in geordneten Reihen – wie Sieger.

Man hatte Cortés das beste Haus in der Stadt als Quartier angewiesen. Sein großer Eichentisch und sein geschnitzter Lieblingssessel mit Messingbeschlägen und Türkisintarsien nahmen die Mitte des Raumes ein, dessen Boden aus gestampfter Erde bestand. Träger hatten die schweren Möbelstücke den ganzen Weg von der Küste hergeschleppt.

Zwar war die Besprechung, die an jenem Vormittag stattfand, die übliche Zusammenkunft der Hauptleute, doch fiel Benítez eine Änderung auf: Aguilar war nicht da, um Cortés' Worte für Mali zu dolmetschen.

Im Raum herrschte gehobene Stimmung. Bei der Ankunft in Zautla hatten sich die Spanier gebratenen Truthahn und Maiskuchen schmecken lassen und zum ersten Mal seit Cempoallan die Nacht unter einem festen Dach verbracht. Schon begann die Erinnerung an die Schrecken des Weges zu verblassen.

Cortés sah sich unter den Anwesenden um. »Meine Herren, wir müssen eine Entscheidung treffen. Es scheint Uneinigkeit darüber zu bestehen, wie wir weiter vorgehen sollen.«

»Welche Möglichkeiten haben wir?« fragte Alvarado.

»Es gibt zwei Wege. Ich habe gestern abend mit dem Kaziken dieser Stadt gesprochen, und er hat mir dringend nahegelegt, über einen Ort namens Cholula zu ziehen, da wir uns dort eines begeisterten Empfangs sicher sein dürfen. Die Totonaca hingegen würden es vorziehen, durch das Land der Tlaxcalteken zu ziehen, da der andere Weg länger und schwieriger sei.«

»Beim Arsch der Jungfrau«, sagte eine Stimme. »Auf keinen Fall sollte man einem Mexica mehr trauen als einem vom Volk der Totonaca.«

Sie sahen sich um. Es war Mali.

Benítez grinste verstohlen. Sie hatte sich zu lange in der Gesellschaft von Männern vom Schlage Jaramillos, Sandovals und Alvarados aufgehalten. Cortés sah betroffen drein. »Wir werden Euch andere Lehrer geben müssen«, sagte er vorwurfsvoll.

»Was wißt Ihr von diesen Leuten aus Tlaxcala, Doña Marina?« fragte Alvarado.

»Sie sind Motecuzomas Todfeinde und liegen seit Menschengedenken mit den Mexica im Krieg«, sagte Mali. »Die weitaus meisten Herzen, die Jahr für Jahr auf ihren Altären zucken, gehörten gefangenen Tlaxcalteken.«

Als sie geendet hatte, herrschte Schweigen. Cortés sah sich um. »Ziehen wir also nach Tlaxcala?«

Jeder nickte Zustimmung.

»Dann werde ich die Totonaca auffordern, vier Gesandte dorthin zu schicken, die den Tlaxcalteken unsere Mission darlegen und ihnen ein Bündnis gegen die Mexica anbieten sollen. Warum sollten sie sich weigern? Wenn sie sich mit uns zusammenschließen, werden wir zwei große Völker auf unserer Seite haben. Bis wir dann in Tenochtitlán einziehen, wird Motecuzoma bereits von allen abgeschnitten und belagert sein, ohne daß jemand sein Schwert hat ziehen müssen.«

Unter dem Eindruck dieser Worte nickten alle einander lächelnd zu. So wie Cortés die Dinge darstellte, wirkte alles leicht. Benítez stellte sich vor, wie er in Samt gekleidet, Gold an den Fingern und Edelsteine im Beutel, in die Estremadura zurückkehren würde. Was ihnen an der Küste unmöglich vorgekommen war, schien hier in den Bergen mit einem Mal erreichbar. Vielleicht war alles tatsächlich so einfach, wie Cortés es gesagt hatte.

Die vier Totonaca brachen am folgenden Tag auf. Sie trugen die Zeichen ihres Ranges: Umhänge mit doppelten Knoten, spezielle Baumwolldecken und einen Rundschild. Außerdem hatten sie eine von Cortés unterzeichnete und mit rotem Wachs versiegelte Grußbotschaft sowie einige besondere Geschenke bei sich: einen Toledaner Degen, eine Armbrust und einen roten Tafthut, wie er zu jener Zeit in Kubas feiner Gesellschaft Mode war.

Der Führer der Abordnung nahm ein weiteres unerläßliches Ausrüstungsstück mit: ein winziges herzförmig geschnitztes Stück Jade. Er verbarg es in seiner Frisur. Damit würde er dem Gelben Untier der Unterwelt die Überfahrt bezahlen, sofern sich die Tlaxcalteken weniger zugänglich zeigten, als die Fremden annahmen.

Schließlich war allgemein bekannt, daß das Leibgericht der Tlaxcalteken Botschafter-Eintopf war.

34

Mit ausgesuchter Höflichkeit wurden die Gesandten zum Rat der Vier in Tlaxcala geleitet. Sie übergaben Geschenke und Beglaubigungsschreiben und fügten hinzu, daß Gefiederte Schlange zurückgekehrt sei, um sie alle in ihrem Kampf gegen die Mexica zu unterstützen. Die Tlaxcalteken dankten ihnen für die Mühe, die sie auf sich genommen hatten, und führten sie zu den für sie vorbereiteten Unterkünften.

Doch mitten in der Nacht ergriff man sie und steckte sie in hölzerne Käfige. Am folgenden Tag sollten sie dem Gott Rauchender Spiegel geopfert werden. Zwei von ihnen, denen die Flucht gelang, erreichten einige Tage später verdreckt und erschöpft das Lager der Spanier.

Cortés hatte seine Antwort. Es würde kein Bündnis geben. Die Tlaxcalteken ließen sich nicht so leicht einschüchtern wie der dicke Kazike der Totonaca.

Norte lag auf dem Rücken und sah zum Himmel empor, auf dem Tausende von Sternen verstreut waren wie Diamantsplitter auf Samt. Seine Gedanken lösten sich von Zautla, und er sah sich wieder in einem kleinen Dorf von Yucatán. Als er jetzt an die beiden kleinen vaterlosen Jungen dachte, mußte er sich eingestehen, daß sie nicht wie die Söhne waren, die er sich einst vorgestellt hatte: Ihre gekrümmten Nasen und die dunkle Kupferfarbe ihrer Haut waren ein unübersehbarer Hinweis auf ihre eingeborene Abkunft. Aber sie waren sein Blut, und er hatte sie geliebt.

Der kalte Schmerz in seiner Brust meldete sich erneut.

Wieder kam ihm die Erinnerung, wie ihre Mutter sie wegen irgendeines Vergehens verbrüht und ihnen gedroht hatte, sie in den Rauch brennender Chilischoten zu halten. Sie war untersetzt und hatte ein reizloses, eckiges Gesicht, lächelte scheu und sprach kaum. Eine Blüte, die beiseite zu werfen ihr Vater sich hatte leisten können. Nach einer Weile war es Norte aufgegangen, daß sie nicht nur scheu, sondern auch recht beschränkt war. Aber sie hatten Kinder miteinander, und er war dankbar, daß er nicht wie seine Gefährten sein Leben hatte auf dem Opferstein beenden müssen.

Durch die Geburt seiner Söhne war er mit den Maya verbunden; sein Fleisch und Blut dort in Yucatán meldete sich jetzt in seiner Erinnerung.

Er schloß die Augen, fand aber keine Ruhe. Um ihn herum schnarchten die Kameraden und ließen ihre Darmwinde entweichen. Als schliefe man in einem Schweinestall, dachte er. Er verabscheute sie zutiefst.

Er dachte an Flucht, wie jede Nacht, seit sie ihn am Strand ergriffen hatten. Cortés würde ohne zu zögern Jagd auf ihn machen lassen, um ihn aufs neue einzufangen. Der Stolz dieser Spanier würde nicht zulassen, daß einer von ihnen lieber bei den Eingeborenen lebte als unter Christen. Er würde den passenden Zeitpunkt abwarten müssen, einen Augenblick, da es für Cortés zu gefährlich oder aufwendig war, Männer für die Suche nach einem Abtrünnigen aufzubieten.

Nur einer von ihnen taugte etwas, Benítez. Und gerade ihm hätte er jetzt am liebsten die Kehle durchgeschnitten.

Von Zautla aus bahnten sie sich westwärts den Weg durch die dichten Wälder. Überall fanden sie auf Hügeln oder an den Wegesrändern in kleinen Nischen, die in dicke Baumstämme geschnitten waren, Holz- oder Tonfigürchen, kleinere Ausführungen der Dämonen, die sie in den Tempeln gesehen hatten. Auch sahen sie buntgefärbte Fäden zwischen den Kiefern ausgespannt. Die Krieger blieben stehen und nahmen sie neugierig in die Hand. Mit angstvoll aufgerissenen Augen starrten die Totonaca sie an.

»Das ist Unglückszauber«, sagten sie. »Motecuzomas Eulenmänner haben hier ihre Zauberfallen gelegt.«

Sie lachten über den einfältigen Aberglauben der Eingeborenen und marschierten weiter.

An einem Bach machten sie halt. Norte keuchte unter seiner Rüstung. Die Muskeln schmerzten von der Last, die er schleppen mußte. Die Pike trug er in der Hand, Schwert und Schild hatte er sich auf den Rücken gebunden. Er schöpfte mit dem stählernen Helm kaltes Wasser und goß es sich über den Kopf.

Als er den Blick hob, sah er sie. Sie ging neben Benítez' Pferd, den Kopf züchtig gesenkt, und sah ihn nicht an.

Flores und Guzmán waren Zeuge der Szene und grinsten breit zu ihm hinüber. Ob sie ahnten, was er dachte? Auf keinen Fall konnten diese Ziegenficker wissen, was er bereits mit ihr getan hatte, sonst hätten sie ihn längst denunziert und Cortés hätte Befehl gegeben, ihn zu hängen.

Hätten sie ihn doch in Vera Cruz aufgehängt! Was bedeutete das Leben schon? Eine Handvoll Goldmünzen im Beutel eines Reisenden, an denen man sich erfreut, solange es geht. Am folgenden Tag schon würden sie in der Tasche von Räubern sein.

Sie folgten einem rasch dahinströmenden Wasserlauf ans Ende des Tales. Graue Felswände rückten zu beiden Seiten näher. Vor ihnen ragte eine Mauer von unvorstellbarer Größe auf.

Cortés zügelte sein Pferd und nahm dieses neue Wunder beeindruckt in Augenschein. Die Mauer war aus dem gleichen Granit errichtet, aus dem die Felswände zu beiden Seiten bestanden, und sie erstreckte sich von einer Seite des Tales zur anderen.

»Beim Arsch des Satans«, rief Benítez aus, »die ist bestimmt drei Meilen lang.«

Cristóbal wurde als Späher vorausgeschickt. Seiner Auskunft nach war die Mauer gut und gern über neun Fuß hoch. Nicht einmal vom Sattel aus konnte er über die Brustwehr blicken.

Er wendete sein Pferd und ritt zurück. »Sie ist unverteidigt, *Comandante*«, berichtete er Cortés. »Es gibt nur einen Eingang, und der ist so angelegt, wie ich noch nie einen gesehen habe: so schmal, daß ihn Reiter nur hintereinander passieren können, und so gewunden, daß ihre Tiere gezwungen sind, im Schritt zu gehen.«

»Eine Falle«, brummte Sandoval. »Bei den heiligen Eiern des Papstes, das ist bestimmt eine Falle.«

Norte kam zu Benítez gelaufen, der auf seinem Pferd saß, und flüsterte ihm etwas zu.

»Was will er?« fragte Cortés.

Benítez schickte Norte ins Glied zurück. »Er rät zur Vorsicht. Er sagt, das Hauptziel bei allen Kriegen in diesem Land sei es, den Feind auf eine umschlossene Fläche zu locken, von der er nicht entkommen kann. Auf diese Weise habe man, sofern man siegt, mehr Gefangene als Opfer für die Götter.«

Unverwandt sah Cortés die Mauer an und gab keine Antwort.

Alvarado ließ sein Pferd einige Schritt vorausgehen und wandte sich an Cortés. »Haben Euch die Totonaca nicht von dieser Mauer berichtet?« fragte er ihn mit gedämpfter Stimme.

»Ich habe angenommen, sie hätten ihre Ausmaße übertrieben geschildert«, murmelte Cortés. »Wer hätte diesen Wilden eine solche Leistung zugetraut?«

Die Pferde schüttelten die Mähne und scharrten mit den Hufen. Die Metallbeschläge an ihrem Lederzeug klirrten.

Benítez gesellte sich zu ihnen. »Wir haben die Tabasca nur mit Mühe besiegt«, murmelte er. »Sollen wir uns mit einer Mauer im Rücken einem weit mächtigeren Gegner stellen?«

»Wir wollen nicht gegen die Tlaxcalteken kämpfen, sondern uns mit ihnen gegen die Mexica zusammenschließen.«

»Trotzdem sollten wir vielleicht den anderen Weg nehmen«, sagte Benítez. »Den über Cholula.«

»Habt Ihr etwa Angst?«

»Nicht vor dem Tod. Aber ich bin des Goldes wegen gekommen und nicht, um mein Leben sinnlos von mir zu werfen.«

»Hier ist Gold!« sagte Cortés. »Ich versichere euch, wenn wir keine Furcht zeigen, werden wir mehr bekommen, als ihr alle es euch je erträumt habt!«

»Ich stimme Benítez zu«, sagte Jaramillo. »Wir sollten umkehren.«

»Und wohin? Ich sage Euch, wenn wir dem Teufel ins Gesicht spucken und in seinen Rachen reiten, läuft er davon.« Er wies auf die Reihen der mit Federn geschmückten Totonaca der Nachhut. »Aber bei meinem Gewissen, wenn wir nur den Anflug von Furcht zeigen, haben wir auch diese Hunde an der Kehle.«

Benítez dachte: Er hat recht. Sogar unseren Verbündeten sind wir eins zu zehn unterlegen.

Cortés wandte sich im Sattel um. »Denkt an El Cid und seine Schlachten gegen die Mauren, meine Herren. Wäre er beim Anblick der ersten Mauer umgekehrt?« Cortés nahm Cristóbal das Santiago-Banner aus der Hand. Er hielt es hoch und wendete die braune Stute, so daß er sich von Angesicht zu Angesicht mit seinem Heer befand. »Brüder, wir wollen dem Kreuz folgen, und unser Glaube wird uns den Sieg geben!«

Er galoppierte auf die Mauer zu und verschwand in ihrem Eingang. Benítez sah zu Alvarado und Sandoval hin. Alvarado zuckte die Schultern und trieb sein Tier an, um Cortés zu folgen. Keiner von ihnen wußte, was sie auf der anderen Seite erwartete.

Doch ihnen blieb keine Wahl, sie mußten ihm folgen.

35

Sie befanden sich auf einer ausgedehnten leeren Ebene. Ein Adler kreiste über ihnen, eine schwarze Silhouette vor einem bedeckten Himmel.

Cortés wies in die Ferne. Dort sah man einen kleinen Trupp, vielleicht rund zwei Dutzend Männer. Soweit man sehen konnte, trugen sie rot-weiße Umhänge. Beim Anblick der Spanier strebten sie der Schlucht am anderen Ende des Tales entgegen.

»Wir werden ihnen den Weg abschneiden«, sagte Cortés. Er wandte sich an Benítez. »Nehmt Martín Lares und vier weitere Reiter, und versperrt ihnen den Rückweg. Ich hole Mali, damit wir mit ihnen sprechen können.«

Ohne Schwierigkeiten umritten sie die fliehenden Eingeborenen, schnitten ihnen den Rückweg ab und kreisten sie ein wie eine Viehherde. Benítez, der erwartet hatte, daß die Männer beim Anblick der Pferde angstvoll erstarrten wie die Tabasca, sah voll Verblüffung, daß einer von ihnen schreiend auf sie zugestürmt kam, wobei er einen gewaltigen, mit Splittern aus vulkanischem Glas besetzten Streitkolben schwang. Benítez war so überrascht, daß ihm keine Zeit blieb, nach der Lanze zu greifen, und so fuhr die Keule in die Schulter seiner Stute. Vor Schmerz stöhnend bäumte sich das Tier auf, und er mußte alle Reitkunst aufbieten, um das Gleichgewicht zu halten.

Lares rettete ihn, indem er sein Pferd vorantrieb und dem Angreifer die Lanze in die Brust stieß.

Jetzt kamen zwei weitere Tlaxcalteken mit erhobenen Speeren auf sie zugestürmt. Benítez versuchte, die Herrschaft über sein Tier zurückzugewinnen, das wegen seiner schmerzenden Wunde bockte. Da er so die Lanze nicht einsetzen konnte, ließ er sie fallen und zog seinen Degen. Er schlug auf den ersten Eingeborenen ein, und den zweiten vertrieben die Vorderhufe der sich aufbäumenden Stute.

Er sah, wie einer der anderen Reiter sein Pferd wendete und davongaloppierte.

Jaramillo.

Die übrigen eilten ihm und Lares zu Hilfe. Zwei weitere Pferde wurden verwundet, als die Tlaxcalteken-Krieger Widerstand leisteten. Noch während sie niedergeritten wurden, schwangen sie ihre Streitkolben und stachen mit ihren Speeren auf sie ein.

Bei allem, was heilig ist!

Benítez sah, wie ein weiteres Pferd nach einem Hieb mit einem Streitkolben in die Knie ging. Sein Reiter kroch davon, sich das Bein haltend.

Lares stieß einen Warnruf aus, und Benítez wandte sich im Sattel um, weil er annahm, einer der Eingeborenen habe sich von hinten herangeschlichen.

Um der Liebe Gottes willen!

Der Horizont hatte sich in eine durchgehende rot-weiße Linie verwandelt, die sich deutlich von den Kiefern abhob, und diese schien auf sie zuzukommen. Tausende strömten aus der Schlucht; undeutlich trug der Wind ihr Kriegsgeschrei herüber.

Cortés und die übrige Reiterei stürmten gegen die verbliebenen Tlaxcalteken-Krieger an und ließen sie wie blutige Fetzen unter den Hufen liegen. Zwei der Schlachtrosse blieben tot auf dem Kampfplatz. Nun erhob sich Cortés in den Steigbügeln und suchte nach Benítez. »Ich hatte Euch befohlen, nicht anzugreifen!«

»Der Angriff ging von ihnen aus. Wir mußten uns unserer Haut wehren!«

Cortés wandte sich ab. Jetzt war nicht der richtige Zeitpunkt für eine Strafpredigt – immerhin war die Hauptmasse der Eingeborenen kaum mehr als hundert Schritt von ihnen entfernt.

»Bei der gebenedeiten Jungfrau«, keuchte Benítez, »das ist unser Ende.«

»Noch haben wir die Geschütze«, sagte Cortés.

Lares und Benítez sammelten ihre Männer und folgten Cortés mit der übrigen Reiterei zu den eigenen Linien.

Nun konnte Benítez die mit lautstarkem Kriegsgeschrei heranstürmenden Tlaxcalteken deutlich erkennen. Sie hatten ihre Leiber rot und weiß und ihre Gesichter wie Totenköpfe bemalt. Er umfaßte den Griff seines Degens. Nur nicht die Nerven verlieren.

Seiner Stute hing ein riesiger Fleischlappen von der Schulter, so daß sie kaum noch gehen, geschweige denn einen Reiter tragen konnte. Das Blut lief ihr am ganzen rechten Vorderlauf herab. Links von ihm sah er, wie die abgeladenen Falkonette bereitgemacht wurden. Mesa stand neben einem der Geschütze und wartete auf den Feuerbefehl. Dahinter hatte Ordaz mit seinen Fußtruppen Aufstellung genommen, bereit, voranzustürmen und die Geschütze zu verteidigen, sollten die Eingeborenen durchbrechen.

Benítez schwang sich aus dem Sattel und gesellte sich zu Ordaz.

»Alles in Ordnung?« fragte ihn dieser.

Benítez, der kein Wort herausbrachte, nickte nur.

»Raufbolde und Kanonenfutter machen den meisten Lärm«, knurrte Ordaz, als wollte er ihn beruhigen. »Ein richtiger Krieger tut seine Arbeit unauffällig.«

Raufbolde? dachte Benítez. Sie kämpfen nicht wie Raufbolde. Nicht viele Männer stellen sich angesichts eines heranstürmenden Schlachtrosses dem Kampf.

Cortés senkte den Degen.

Die Feuerschlünde der Falkonette brüllten auf, und die vordersten Reihen der heranstürmenden Krieger schienen sich förmlich aufzulösen. Als sich der Pulverrauch verzog, sah man die wenigen überlebenden Tlaxcalteken benommen umherirren. Statt sich aber zurückzuziehen, versuchten sie ihre Gefallenen und Verwundeten zu bergen.

Cortés gab ein weiteres Zeichen, und die Reiter trieben ihre Tiere dazwischen, machten die Tlaxcalteken mit Lanzen und Schwertern nieder und wandten sich rechtzeitig ab, bevor es zum Handgemenge kam. Dann stürmten sie erneut im vollen Galopp gegen sie an.

Auch das konnte die Eingeborenen nicht dazu bringen, ihre Toten im Stich zu lassen.

»Warum laufen sie nicht einfach davon?« fragte Benítez angewidert.

Die Falkonette waren wieder geladen. Noch einmal gab Cortés den Feuerbefehl.

Beißender Rauch trieb über die Ebene. Die Tlaxcalteken-Krieger hatten sich in die Enge der Schlucht zurückgezogen. Verächtlich spie Ordaz auf den Boden. »Ich hab' es Euch ja gesagt, Benítez. Kanonenfutter.« Er fuhr mit dem Daumen über die Schneide seines Schwertes, so daß dieser blutete. »Ein guter Krieger schickt sein Schwert nie ohne einen guten Tropfen zu Bett«, sagte er und steckte es in die Scheide. Dann stapfte er davon.

Cortés führte sein Pferd zwischen den Falkonetten nach hinten. In seiner Rechten hielt er den blutigen Degen.

Er sah Benítez. »Vielleicht sind sie ja jetzt bereit zu verhandeln«, knurrte er.

Hoffentlich, dachte Benítez. Sonst sind wir nämlich alle so gut wie tot. Angeblich ist ein Pferd dreihundert Männer wert. Wenn das stimmt, hat uns dieses Scharmützel sechshundert Gefallene und neunhundert Verwundete gekostet.

Jaramillo wartete, bis Cortés außer Hörweite war, und kam dann herübergeritten. Benítez hob den Blick zu ihm.

»Ich habe gleich erkannt, wie das Treffen ausgehen würde«, sagte Jaramillo. »Nur gut, daß ich Cortés rechtzeitig erreicht habe.«

Benítez mußte an den Ausdruck des Entsetzens denken, der auf dem Gesicht des anderen gelegen hatte, als er davongeritten war. »Ja«, sagte er, »wirklich gut.«

Jaramillo beugte sich aus dem Sattel herab. »Was für Eingeborene sind das nur, die keine Angst vor Pferden haben?« flüsterte er.

Benítez gab keine Antwort. Er wußte keine.

36

Sie stießen auf eine weite Ebene, ein grünes Panorama von Maispflanzungen. Die Dorfbewohner hatten ihre Wohnstätten verlassen und alle Habe mitgenommen. Nur einige kleine haarlose Hunde waren zurückgekehrt und sogleich in die Kochtöpfe der Spanier gewandert.

Sie schlugen ihr Lager nahe einem schmalen Wasserlauf auf. Rasch brach die Nacht herein, schwarz und kalt. Es begann zu regnen.

Da vier der Berittenen beim Zusammenstoß mit dem Spähtrupp der Tlaxcalteken verwundet worden waren, rief man nach dem Arzt Méndez, damit er die Wunden ausbrannte. Die durchdringenden Schmerzensschreie der Männer ließen die anderen erschauern, die zitternd aneinandergedrängt im Dunkeln lagen. Wieder einmal mußten Mali und Regenblüte Kranke pflegen. Sie zeigten Méndez, wie man die Wunden der Männer mit dem Körperfett eines toten Eingeborenen versorgen konnte.

Wachposten wurden rund um das Lager aufgestellt. Zwar bemühten sich die Männer zu schlafen, doch ließ jeder Schrei einer Nachteule oder Wildkatze, der aus den Bergen herüberkam, sie hochfahren.

Bis weit in die Nacht hinein brannte in Cortés' Zelt eine Kerze. Er hielt Kriegsrat. Die Stimmung war gedrückt. Außer ihm haben alle Angst, dachte Mali.

»Wir sollten umkehren«, sagte León.

»Das könnten wir nicht einmal dann, wenn wir wollten«, gab Cortés zur Antwort. »Steckt die Nase in den Wind, meine Herren. Riecht Ihr es nicht? Das ist der süße Duft von siedendem Kiefernharz aus dem Osten. Das Tor, durch das wir gekommen sind, ist nicht mehr verlassen. Die Tlaxcalteken erwarten uns dort. Falls wir uns zurückzuziehen versuchten, würden sie uns von den Mauern herab mit heißem Pech begießen. Außerdem unterstützen uns die Totonaca, wie ich heute schon einmal gesagt habe, lediglich deshalb, weil sie uns für unüberwindlich halten. Sollte sich etwas anderes herausstellen, müßten wir zweifellos dazu herhalten, El Gordos Leibesfülle um einige Pfunde zu vermehren.«

Langes und tiefes Schweigen folgte.

»Ich habe die Ereignisse des heutigen Tages mit Doña Marina besprochen. Wir haben keinerlei Anlaß, Trübsal zu blasen.«

»Sie muß ja auch nicht gegen diese Teufel kämpfen«, murmelte Alvarado.

Mali traute ihren Ohren nicht. »Gebt mir Euer Schwert, und ich werde diese Hurensöhne ebenso zur Hölle schicken wie Ihr«, sagte sie ruhig. »Dafür könnt *Ihr* dann meinem Herrn Hundefleisch zum Abendessen zubereiten.« Um das Maß vollzumachen, fügte sie hinzu: »Alter Ziegenficker.«

Alvarados Augen funkelten rachsüchtig. Mehrere Männer konnten nicht umhin zu grinsen und mußten sich Mühe geben, nicht laut herauszulachen.

»Bevor Ihr Euch von Eurem Temperament hinreißen laßt«, versuchte Cortés, seinen Stellvertreter zu besänftigen, »hört Euch an, was sie zu sagen hat.«

Alle Augen wandten sich Mali zu. Zumindest erweist mir mein Herr Cortés die gebührende Achtung, dachte sie. Daß ich ihm diene, macht mich nicht zur Untergebenen von euch Maulwürfen und Zwergen!

Sie konzentrierte sich auf die schwierige Sprache der Spanier. »Manche von euch fragen sich, warum die Tlaxcalteken-Krieger heute noch einmal gekommen sind, um ihre Toten und Verwundeten zu holen«, begann sie. »Das hat mit ihrem Glauben zu tun. Der Herr der Finsternis verflucht jeden bis an den Tag seines Todes, der den Leib eines Waffengefährten auf dem Blumenfeld liegenläßt. Außerdem glauben sie, daß der Feind die Gefallenen verzehrt und damit deren Mut und Kraft in sich aufnimmt, so daß er am nächsten Tag mit doppelter Wildheit kämpft. Daher haben sie versucht, ihre Toten um jeden Preis fortzuschaffen.«

»Ihr Hexenglaube hat sie heute doppelt so viele Tote gekostet, wie nötig gewesen wäre«, stimmte Benítez zu.

»Auf dem Blumenfeld muß ein Krieger strenge Vorschriften befolgen, ganz gleich, ob er dem Volk der Mexica, Tlaxcalteken oder Totonaca angehört. Auf große Entfernung zu töten wie ihr, mit euren großen Eisenstangen, Feuerhölzern oder Pfeilen ..., ist für einen wahrhaften Menschen unnatürlich ... und unehrenhaft. So kämpfen Feiglinge.«

Alvarado sah verblüfft drein. »Will sie uns beleidigen?« fragte er, um sich blickend.

Cortés lächelte. »Sie will damit sagen, daß ein einziger von uns ohne weiteres Dutzende, ja vielleicht Hunderte, von ihnen töten kann, solange wir Stehvermögen beweisen. Von militärischer Disziplin wissen diese Wilden nichts, und ihre Speere zerbersten wie Glas auf stählernen Rüstungen. Wenn es sich bei ihnen um ein Heer von der bei uns üblichen Art handelte, könnten sie uns angesichts ihrer Überzahl besiegen. Da sie aber nicht auf unsere Art kämpfen ...« Er schlug mit beiden Händen auf den Tisch. »Mögen sie morgen nur angreifen. Wir werden ihnen zeigen, was spanische Waffen vermögen, und ihnen eine ebensolche Lektion wie den Tabasca erteilen. Danach werden sie kommen und uns um ein Bündnis anflehen.«

Mali sah in die Gesichter der Männer und verstand deren Angst nicht. Sie waren Staub, den der Wind der Götter herbeigetragen hatte, der Ostwind Quetzalcóatls, der Gefiederten Schlange. Sie hatten das Vorrecht, über das Dasein gewöhnlicher Männer emporzusteigen, das aus Pflügen und Pflanzen, Geburt und Tod bestand. Welches Ziel hatte ein Leben, wenn der Leib nicht im Dienst eines Gottes geopfert werden konnte?

Der Wind pfiff über die schwarze Ebene. Als Benítez das Zelt des *Comandante* verließ, sah er ein Dutzend Krieger um ein kleines Feuer kauern. In der Dunkelheit stolperte er über jemanden.

»Ich pisse aufs Grab deiner Mutter«, zischte eine Stimme.

»Norte?«

»Ich bitte um Vergebung, Herr«, knurrte dieser. Er hatte lediglich eine dünne Decke um die Schultern gelegt und zitterte vor Kälte. »Hätte ich gewußt, daß mir ein Hauptmann auf den Kopf tritt, hätte ich den Mund gehalten.«

Benítez beugte sich nieder. Auch wenn er das Gesicht des anderen in der Dunkelheit nicht sah, konnte er sich dessen spöttisches Lächeln sehr wohl vorstellen. »Warum seid Ihr nicht bei den anderen?«

»Warum wohl?«

Benítez steckte ihm einen Maiskolben zu, den er von Cortés' Tafel mitgenommen hatte. »Hier. Eßt. Er ist nicht vergiftet.«

Norte murmelte einen Dank. Er klang, als nehme er das Angebotene nur widerwillig. Benítez blies sich in die Hände. Er fragte sich, wieviel Leid wohl noch vor ihnen liegen mochte. Vielleicht war es ja morgen schon vorüber, wenn sie alle starben.

»Wie geht es Eurem Pferd?« fragte Norte, den Mund voll Mais.

»Es lahmt.«

»Ihr habt Glück, daß Ihr noch lebt. Diese Tlaxcalteken sind für ihren Kampfgeist bekannt. In offener Feldschlacht kann Cortés sie nicht bezwingen. Er muß unbedingt versuchen, durch Verhandlungen aus der Sache herauszukommen.«

»Er ist überzeugt, daß wir siegen können.«

»Wenn sie sich erst einmal an den Lärm unserer Geschütze gewöhnt haben, lassen sie sich nicht mehr so leicht zurückschlagen wie heute.«

Der Wind orgelte eine Totenklage über die Ebene. »Sie hätten mich mit Leichtigkeit töten können«, sagte Benítez, vom Kampfgeist der Gegner beeindruckt. Sie mochten Wilde sein, aber an Mut fehlte es ihnen nicht.

»Das war nicht ihre Absicht«, teilte ihm Norte mit. »Ein wahrer Krieger kennt kein anderes Ziel als die Gefangennahme des

Feindes. Ihm geht es um den Ruhm, den Göttern ein Opfer darbieten zu können. Welchen Sinn sollten Kriege sonst haben?«

»Den Sieg.«

Er hörte Norte lachen. Es klang so hohl wie das Bellen eines verängstigten Hundes. »So denken Spanier. Diese Menschen sehen in der Schlacht eine Abfolge von ... Zweikämpfen. Ihr versteht? Mann gegen Mann, tausendmal.«

»Stehen sie deswegen tatenlos beiseite, statt einander zu helfen? Sie hätten mich leicht überwältigen können, wenn sie gemeinsam angegriffen hätten.«

»Wer in einen Zweikampf eingreift, beraubt einen Gefährten der Gelegenheit, ein Opfer gefangenzunehmen und damit Ehre und Ruhm zu gewinnen. Für viele junge Männer ist das Schlachtfeld die einzige Möglichkeit, im Leben etwas zu erreichen. Wer genug Gefangene macht, erwirbt das Recht, reich geschmückte Umhänge zu tragen, seinen eigenen Harem zu haben, in einem schönen Haus zu leben. Daher helfen sie einander nicht – man nimmt einem Waffengefährten nicht die einzige Aussicht auf ein besseres Leben.«

Gebannt und zugleich angewidert hörte Benítez zu. »Habt Ihr auf diese Weise für die Maya gekämpft?«

»Sie haben mich nicht dazu aufgefordert. Ich war ihnen in anderer Weise nützlich; ich habe ihr Blut aufgefrischt.«

»Und wird unser großer Liebhaber morgen für uns kämpfen?«

»Ich muß. Sonst würde mich der Feind ja wohl umbringen, oder?«

»Obwohl es Eure eigenen Leute sind?«

»Meine Leute waren die Maya. Das da sind Tlaxcalteken.«

»Es sind Eingeborene.«

»Müßt Ihr mich unaufhörlich reizen, Benítez? Wollt Ihr unbedingt, daß ich es sage? Na schön. Es stimmt. Ich verachte euch alle. Jeden einzelnen von euch. Wenn ich könnte, würde ich zu den Maya zurückkehren und weiter bei ihnen leben, denn ich verachte sogar meine Herkunft als Spanier. Aber es geht nicht. Genügt das? Laßt Ihr mich jetzt aufhängen?«

Einen Augenblick lang erstarb der Wind, und Benítez hörte die jammernde Klage eines Präriewolfes irgendwo hinter dem

Feuerschein. Warum will dieser Norte nicht verstehen, daß es in Gottes Augen ein Greuel ist, wenn ein zivilisierter Mensch mit Heiden zusammenlebt? Wie kann ein Spanier sagen, daß er lieber wie ein Wilder leben würde? Wie kann jemand sein Glück im Gestank ihrer Tempel und darin finden, daß er sich vor tönernen Götzenbildern auf den Boden wirft?

Ohne ein weiteres Wort ging er davon. Er hatte nichts für Priester übrig, doch bevor diese Expedition zu Ende war, wollte er eine Bekehrung durchführen. Norte würde schon noch einsehen, daß er recht hatte.

Danach würde er ihn vielleicht aufhängen lassen.

Mali sah zu, wie Cortés vor dem Bild der Jungfrau kniete, während sich seine Lippen im stummen Gebet bewegten und ihm die Perlen des Rosenkranzes durch die Finger glitten. Seine Andacht nahm ihn völlig in Anspruch, und so merkte er nicht, daß sie wach war. Er beendete sein Gebet und schlug das Kreuz.

Er griff nach seinen Handschuhen und seinem Degen. Im Verlauf der Nacht hatte er sich ausgezogen, um die Wonnen von Malis *tipíli*-Grotte zu erkunden. Danach hatte er sich aber wieder vollständig angekleidet und sogar den stählernen Brustharnisch angelegt. Auf ihre Versicherung, die Tlaxcalteken würden unter keinen Umständen bei Nacht kämpfen, hatte er erwidert, ein guter Feldherr halte nie etwas für selbstverständlich. Anschließend hatte er angeordnet, die ganze Nacht hindurch auf dem Lagergelände zu patrouillieren und seinen Leuten befohlen, auch im Schlaf ihre Rüstung nicht abzulegen.

»Ist es schon Tag?« flüsterte sie.

Er sah auf sie hinab. Seine Augen leuchteten im grauen Dämmerlicht. »Ich wollte dich nicht wecken.«

»Nicht Ihr habt mich geweckt.« Sie setzte sich auf und zog sich die grobe Decke um die Schultern. »Ich hörte die Ozelote einander im Tal rufen.«

Er schnallte den Degen um und nahm die Sturmhaube mit der langen grünen Feder vom Tisch. Der Morgenwind zerrte an der Zeltseide. Er zögerte, bevor er hinaustrat. »Werden sich die Tlaxcalteken-Krieger ergeben?« flüsterte er. »Werden sie um Frieden bitten, wenn wir sie heute überwinden?«

»Das kann ich nicht sagen. Ich weiß nur eins – den Mexica haben sie sich nie ergeben.«

Mit einem Mal wirkte er niedergeschlagen. »Ich habe den Kampf nicht gewollt. Sie haben mich dazu gezwungen. Was hätte ich sonst tun sollen?«

Was für ein Gott ist das, dachte sie, der nur dann gegen seine Feinde kämpft, wenn sie ihn dazu nötigen, und der über jeden Tropfen vergossenen Blutes weint? Warum konnten die Tlaxcalteken nicht erkennen, daß er ihr Befreier und nicht ihr Feind war?

Draußen hörte sie leise Stimmen. Die Patres Olmedo und Díaz nahmen, wie schon die ganze Nacht hindurch, Kriegern die Beichte ab. Irgendwo in der Dämmerung des frühen Morgens ertönten die Trommeln der Tlaxcalteken. Auch Cortés hörte sie und runzelte die Stirn. »Mir wäre es lieber, sie würden ihr Blut im Kampf gegen die Mexica statt gegen uns vergießen.«

Mali hielt ihn am Handgelenk fest. »Denkt immer daran, daß sie nicht so kämpfen wie ihr Spanier. Sobald sie ihre Feldherren verlieren, verläßt sie der Mut.«

»Ich werde es mir merken.« Er küßte sie sanft und verließ das Zelt.

Während er zu seinem Pferd schritt, sah Mali, wie die Schatten langsam grau wurden, und sie hörte erneut die Ozelote in der Schlucht heulen. Sie hießen Gefiederte Schlange, den Herrn der Dämmerung, willkommen, denn ihm waren sie heilig, und sie hatten ihn speziell an diesem Tag erwartet, um seine Ankunft zu begrüßen.

Zum ersten Mal empfand sie ein wenig Furcht. Sollte Cortés heute eine Niederlage erleiden, würde er einfach ins Wolkenland zurückkehren, um einen günstigeren Zeitpunkt abzuwarten. Für sie aber würde es keine weiteren Tage mehr geben, und sie würde das auch nicht wollen. Warum sollte sie weiterleben, um zu weben, bis sie alt und welk war? Lieber ein ruhmreicher Tod als ein mühseliges Leben.

Aber die Angst wollte sie nicht verlassen.

37

Die ganze Ebene schien von Kriegern bedeckt zu sein. Ihr Federschmuck schwankte im Windhauch wie die Fruchtstände in einem Maisfeld. Da waren neben den Tlaxcalteken mit ihrer rotweißen Kriegsbemalung die Otomí mit dem gelb-weißen Muster des Stammes der Weißen Reiher. Die Anführer der Tlaxcalteken trugen das große Feldzeichen ihres Feldherrn Jüngerer Wespenring. Das Licht der Sonne brach sich in Tausenden von Obsidianklingen.

Der Lärm der Vorbereitungen wurde lauter; man hörte schrille Flöten und Muscheltrompeten, das durchdringende Kriegsgeschrei, das Dröhnen der mit Schlangenhaut bespannten *teponaztli*-Trommeln: *ta-tam, ta-tam, ta-tam* …

Cortés ließ sein winziges Heer im Quadrat Aufstellung nehmen, wobei die Reiterei die vorderste Reihe bildete. Zu beiden Seiten waren die Falkonette postiert. Dann ritt er auf seiner Stute zehn Schritt voraus und verlas mit lauter Stimme das *requerimiento*. Seine Stimme ging fast im Kriegsgeschrei der über die Ebene vorrückenden Eingeborenen unter.

Wie das Gesetz es verlangte, las er den lateinischen Text bis zum Ende. Dann wandte er sein Pferd um und hielt eine kurze Ansprache an seine Streitmacht. »Meine Herren. Die Reiterei greift an, wenn ich bis drei gezählt habe. Haltet die Lanzen hoch …«

Die Tlaxcalteken rückten weiter vor. Der Lärm ihrer Trommeln und Flöten war markerschütternd. Cortés erhob die Stimme, um sich verständlich zu machen.

»… denkt daran, sie wollen Gefangene machen, nicht töten, und ihre Lanzen zerbrechen auf Eurem Brustharnisch. Habt keine Sorge, daß sie euch überwältigen könnten. Da immer nur ihre vorderste Reihe kämpft, muß niemand gegen mehr als jeweils einen Gegner gleichzeitig kämpfen. Euer einziger Feind ist heute die Müdigkeit … »

Die Angreifer waren fast auf Bogenschußweite herangekommen.

»Arkebusiere und Armbrustschützen sollen ihr Feuer staffeln, damit man sie nicht überrennen kann.« Er wandte seine Stute dem Feind zu und zog den Degen. »Für Gott und Santiago!«

Mali, die neben einem der Geschütze stand, erkannte, daß die verbündeten Totonaca von Cortés' Ansprache kein Wort verstanden hatten. So wandte sie sich ihnen zu und rief auf Náhuatl: »Gefiederte Schlange verspricht euch im heutigen Kampf den Sieg. Ihr könnt nicht sterben. Er wird euch unbezwingbar machen!«

Wild jubelnd schwangen sie ihre Streitkolben. »Was sagst du ihnen da?« fragte Aguilar über den Lärm.

Sie achtete nicht auf ihn.

»Was hast du ihnen gesagt«, schrie Aguilar erneut, aber seine Worte gingen im allgemeinen Getöse unter. Ein Hagel von Pfeilen und Wurfgeschossen ging hernieder, als sich die Tlaxcalteken in den Kampf stürzten.

Da die Eingeborenen jeweils mit einem Trupp angriffen, während der Rest ihres Heeres geschlossen am Rand des Getümmels wartete, boten sie für Mesas Feldschlangen ein ideales Ziel. Die dreißigpfündigen Kugeln rissen Lücken in ihre Reihen, und wer Tote und Verwundete vom Schlachtfeld zu bergen versuchte, den machte die spanische Reiterei nieder.

Stunde um Stunde verging. Da den Eingeborenen der ruhmvolle Tod auf dem Schlachtfeld ihrem Glauben nach einen Platz im Himmel sicherte, wurde ihre Zahl immer größer und machte der kleinen spanischen Streitmacht immer mehr zu schaffen. Ein Trupp Tlaxcalteken-Krieger, deren Körper und Gesichter weiß und rot bemalt waren, brach durch die Reihen. Mali sah, wie Guzmán an den Falkonetten ausglitt und hinfiel. Während er hilflos am Boden lag, schwang ein Krieger, der über ihm stand, das obsidianbesetzte Holzschwert mit beiden Händen hoch über den Kopf.

»Nein«, kreischte Guzmán.

Der Eingeborene ließ die Waffe auf das Geschützrohr niederfahren, wohl in der Hoffnung, es damit unschädlich zu machen. Sie zerbarst.

Ein Pikenier kam vom Schlachtfeld herübergekrochen, die Hände an sein blutendes Bein gepreßt. Mali entriß ihm die Pike, lief auf den Tlaxcalteken-Krieger zu und richtete sie gegen seine Brust. Sie fuhr hinein wie in Holz und blieb stecken. Während

Mali sie herauszuziehen versuchte, sah sie dem Mann ins Gesicht und erkannte, daß er nicht einmal so alt war wie sie. Eine Locke an seinem Hinterkopf, das *piochtli*, zeigte, daß er noch nie einen Gefangenen gemacht hatte. Er taumelte rücklings gegen das Geschützrohr und schnappte nach Luft wie ein Fisch an Land.

Guzmán kam wieder auf die Füße, half Mali, die Pike aus der Brust des Kriegers zu reißen, und schob sie dann beiseite.

Sie taumelte zurück. Weitere Spanier stürmten an ihr vorbei, um die wertvollen Geschütze zu verteidigen. Sie wandte sich um und sah, wie Aguilar sie anstarrte. Warum sieht er so entsetzt aus? fragte sie sich. All die Männer hier kämpfen um ihr Leben – warum nicht auch ich?

Die Eingeborenen begannen sich zur Schlucht hin zurückzuziehen.

»*Santiago y España!*« rief Cortés und schickte die Reiterei zur Verfolgung Versprengter aus.

Benítez spornte seine Stute an. Sie lahmte noch wegen ihrer Wunde und konnte nicht mit den anderen Schritt halten. Aus der hinteren Reihe bekam er mit, was geschah, war aber außerstande, etwas dagegen zu unternehmen.

Die Tlaxcalteken hatten sie in eine Falle gelockt. Tausende von Otomí hatten sich zu beiden Seiten der Schlucht verborgen in Bereitschaft gehalten. Jetzt kamen sie als eine gelb-weiße Lawine über sie. Cortés' gebrüllter Rückzugsbefehl ging im Geschrei und im Lärm von Trommeln und Flöten unter.

Benítez sah sich umzingelt. Hände griffen nach seinen Beinen und trachteten danach, ihn vom Pferd zu ziehen. Wild mit dem Degen um sich schlagend trieb er die Eingeborenen zurück. Dann sprang einer von ihnen hoch in die Luft und führte mit seinem großen, mit rasiermesserscharfen Obsidiansplittern besetzten Schwert einen solchen Streich gegen die Stute, daß er ihr fast den Kopf vom Rumpf getrennt hätte. Sie stürzte zu Boden und war sofort tot.

Laß mich jetzt sterben, dachte Benítez, als er auf den Boden prallte. Mögen sie mich töten, aber nicht gefangennehmen!

Die Waffe wurde ihm im Sturz entrissen. Nach Atem ringend versuchte er auf die Beine zu kommen, aber sie waren zu rasch über ihm. Er spürte Hände, die nach ihm griffen und ihn fortzerrten.

Er trat und biß um sich wie ein wildes Tier. Seine eigenen Schreie gellten ihm in den Ohren.

38

Benítez rang den Mann nieder, der ihn gepackt hatte, doch als er hochzukommen versuchte, erkannte er, daß er weder Hände noch Arme bewegen konnte. Während er sein Entsetzen und seine Wut herausschrie, wurde ihm klar, daß sie ein Netz über ihn geworfen hatten. Er war hilflos.

Mit einem Mal hörte er Rufe und das Geräusch von Stahl, der durch einen dünnen Holzschild schnitt. Ein spanischer Pikenier war gegen die ihn umringenden Indios vorgegangen und hatte sie zurückgetrieben. Er warf Benítez' Angreifer mit dem stumpfen Ende seiner Waffe zu Boden, wandte sich dann um und führte die Klinge erneut gegen die Kämpfer, die ihn umzingelt hatten.

Norte.

Zwar ging er mit der Waffe schwerfällig und ungeschickt um, doch die Wildheit seines Angriffs hatte die Eingeborenen überrascht. Das verschaffte Benítez genug Zeit, sich aus dem Netz zu befreien, wieder auf die Beine zu kommen und seinen Degen zu ergreifen. Inzwischen waren sie wieder von einem gelb-weißen Meer umgeben. Benítez tat einige Schritte rückwärts, bis er Rücken an Rücken mit Norte stand.

Zwei der Otomí traten vor.

Fünf Eingeborene lagen zu ihren Füßen, tot oder so schwer verwundet, daß sie den Kampf nicht fortsetzen konnten. Benítez fragte sich, wie lange er und Norte noch durchhalten konnten. Er sah keinen der Gefährten. Vielleicht waren die Reste der Reiterei schon abgeschlachtet oder in Gefangenschaft. Sollte Cortés gefallen sein, wären sie ohnehin verloren.

Dann hörte er Norte aufschreien und sah ihn zu Boden stürzen.

Nachdem Benítez seinen Gegner bezwungen hatte, wandte er sich um. Einer der Otomí wollte Norte gerade wegschleppen. Er war auf einen Angriff nicht gefaßt, weil er diesen Teil des Kampfes für erledigt hielt. Benítez aber stieß ihm den Degen tief in die Brust und trat einen Schritt zurück, seine Füße zu beiden Seiten von Nortes Körper, um ihn zu schützen.

Wütend schrien die Otomí auf, und ein weiterer von ihnen trat aus der Gruppe, um sich ihm zu stellen.

Sandoval erreichte ihn als erster und trieb seine Stute gegen die Eingeborenen. Eine Stoßkeil aus Pikenieren folgte ihm im Laufschritt. Er hielt Benítez vom Sattel aus die Hand hin.

Doch er schob sie beiseite und blieb über Nortes Körper stehen. Der Abtrünnige hatte ihm das Leben gerettet. Jetzt würde er eher sterben, als das Schlachtfeld ohne ihn zu verlassen, sei es lebend oder tot.

Wie jeder gute Eingeborene, mußte er plötzlich denken und lachte dabei laut auf.

Die Sonne versank hinter den Bergen, und das Licht im Tal wurde grau. Männer humpelten vom Schlachtfeld, auf ihre Waffengefährten gestützt, andere saßen kraftlos am Boden, den Kopf auf die Knie gelegt. Eine zuckende und stöhnende Masse von Leibern bedeckte den Boden vor Mesas Feldschlangen, an einigen Stellen zu zweit oder dritt übereinander. Schwer hing der beißende Geruch von Schwarzpulver in der Luft.

Mali sah auf den Mann, den sie aufgespießt hatte. Er lag auf dem Rücken neben dem Geschütz. Er lebte noch, sie konnte ihn atmen hören. Am liebsten wäre es ihr gewesen, einer der Krieger hätte ihm den Gnadenstoß gegeben, aber sie hatten mit ihren eigenen Verletzungen und denen ihrer Kameraden so viel zu tun, daß das Leiden eines Eingeborenen sie nicht weiter kümmerte.

»Du mußt beichten«, sagte eine Stimme hinter ihr. Es war Aguilar, der nach wie vor sein zerfetztes Gebetbuch an die Brust gedrückt hielt. Sein fettiges Haar klebte ihm schweißnaß am Schädel.

Verständnislos sah sie ihn an.

»Du hast die Todsünde des Mordes auf dich geladen.«

Dieser Unsinn wollte ihr nicht in den Kopf. Was konnte unrecht daran sein, den Feind auf dem Schlachtfeld zu töten?

Er packte sie am Arm. »Wir müssen für deine Seele beten. Es ist eine schwere Sünde zu töten.«

»Seht Euch doch um, Aguilar.«

»Cortés' Krieger haben eine besondere Erlaubnis des Papstes. Was sie tun, geschieht in Christi Namen.«

Sie riß sich los. Der Mann mußte verrückt sein. Er sprach in Rätseln.

»Du mußt Gott um Vergebung bitten!« rief ihr Aguilar nach.

Guzmán, dem die Lebensäußerungen des sterbenden Eingeborenen neben dem Geschütz auf die Nerven gehen mochten, zog das Schwert. Stille trat ein. Der Diakon schlug das Kreuz und zog weiter.

39

Der Raum stank nach Blut. Männer lagen in ihren eigenen Ausscheidungen auf dem Boden und schrien weinend nach ihrer Mutter. Die Priester Olmedo und Díaz nahmen ihnen die Beichte ab und gaben ihnen im Schein der Kerze leise murmelnd die Sterbesakramente. Méndez und Mali beschäftigten sich mit praktischeren Dingen und versorgten die Verwundeten, so gut es ging.

Norte schluchzte vor Schmerzen. Sein Gesicht war hager, seine dunklen Bartstoppeln bildeten einen scharfen Kontrast zu seiner bleichen Haut. Weinend kniete Regenblüte neben ihm und hielt seine Hand. Sie hatte auf die Wunde in seiner Seite einen Umschlag mit in Essig getränkten Kräutern gelegt.

Benítez war als Waffenbruder gekommen, hatte ihm seinen Dank abgestattet und ein Gebet für seine Genesung gesprochen. Nun stand er wie benommen am Fuß des Krankenlagers. Es kam ihm vor, als wäre er gegen einen Pfosten gerannt.

Er fühlte sich verraten und töricht. Norte hatte den Vermittler zwischen ihnen gespielt. Wie dumm von ihm, nicht zu merken, daß eine solche Rolle ihm ermöglichte, für sich selbst auch etwas dabei herauszuschlagen.

Benítez' Schatten fiel über Nortes Gesicht, und erschreckt hob Regenblüte den Kopf. Mit dem Ärmel wischte sie sich die Tränen von den Wangen. Zu spät.

Er kniete neben dem Lager des Verwundeten. »Norte«, flüsterte er.

Dieser schlug die Augen auf und versuchte seinen Blick auf ihn zu konzentrieren.

Er beugte sich näher über ihn. »Ich muß Euch etwas sagen. Erstens habe ich Euch zu danken, weil Ihr mir das Leben gerettet habt.«

Nortes Versuch zu sprechen mißlang wegen seiner zu großen Schmerzen.

»Das zweite ist – ich hoffe, daß Ihr sterbt.«

Er stand auf und ging hinaus. Es regnete. In regelmäßigem Rhythmus fielen die Tropfen auf das geflochtene Schutzdach. Das Wasser rann in kleinen Strömen am Türpfosten hinab in den aufgewühlten und mit Blut vermischten Schlamm um den Eingang. Er sog die Luft ein, froh, dem Schweiß, dem Gestank und den Schreien entronnen zu sein. Gut, Norte hatte ihm das Leben gerettet; aber das war er ihm auch schuldig gewesen. Immerhin hatte ihn Benítez in Vera Cruz vor der Schlinge bewahrt. Die Sache mit dem Mädchen aber war etwas gänzlich anderes.

Vergiß es, sagte er zu sich. Sie ist nichts als eine Eingeborene und eine Hure.

Trotzdem war er froh, daß Norte litt. Der Teufel soll ihn holen.

Und sie dazu.

40

Sie hatten ihr Lager an einer Stelle aufgeschlagen, deren Namen man mit Turmhügel übersetzen konnte. Ihre Mahlzeit aus vorgefundenen Maisvorräten hatten sie mit dem Fleisch der Dorfköter angereichert. Cortés, der vermutete, daß die Totonaca ihre Kost mit gefangenen Tlaxcalteken aufbesserten, wollte sie deshalb zur Rede stellen, aber Pater Olmedo hatte ihn dazu gebracht, sie nicht auf diesen heiklen Punkt anzusprechen. In ihrer schwierigen Lage konnten sie es sich nicht leisten, ihre einzigen Verbündeten gegen sich aufzubringen.

Zweimal hatten sich ihnen in den letzten drei Tagen Tlaxcalteken-Krieger zum Zweikampf gestellt. Beide Seiten hatten alles gegeben, und Cortés' Männer standen kurz vor der vollständigen Erschöpfung. Ihr Kampfgeist war so gut wie gebrochen.

Cortés hatte seine Streitkräfte aus der Ebene abgezogen und in dieses verlassene Bergnest verlegt. Er wollte abwarten, was weiter geschah.

Die besseren Hütten hatten seine Hauptleute für sich requiriert. Er selbst bewohnte eins der wenigen Adobe-Häuser. Der Eichentisch und sein reich verzierter Lieblingssessel standen in einer Ecke des Raumes bereit. Dort saß er jetzt und schrieb seinem fernen König einen Brief. Im Schein der Kerze wirkte sein hageres Gesicht sorgenvoll.

Von seinen gut vierhundert Männern hatte er fünfundvierzig verloren. Ein weiteres Dutzend war krank, und die übrigen hatten fast alle mindestens zwei Verwundungen. Noch eine solche Schlacht würden sie kaum überstehen.

Es kostete ihn alle Kraft, den Gänsekiel aufs Pergament zu setzen, aber er war entschlossen, das Schreiben zu beenden, bevor er seiner Ermattung nachgab. Er wollte von seinem König das Recht erbitten, sich Statthalter des Neuen Landes zu nennen, wenn er Tenochtitlán einnahm.

Mali betrachtete ihn aufmerksam. Trotz des bitterkalten Windes, der durch die Risse in den Wänden drang, durchnäßte Schweiß sein Leinenhemd. Die Hand zitterte ihm so heftig, daß er die Feder kaum halten konnte.

Der Nachtwind trug die Klage der Trommeln aus dem Lager der Tlaxcalteken herüber. Sie opferten ihren Göttern die im Verlauf der Schlacht gefangengenommenen Totonaca.

Geduldig wartete Mali, während sich Cortés mit seinem Brief abmühte. Als er ihn schließlich sorgfältig mit Wachs versiegelt hatte, schienen seine Schultern unter dem Gewicht einer großen Last zu sinken. »Was soll ich tun, *chiquita?*« flüsterte er. Er wirkte so erschöpft, daß es sie ängstigte.

Sie stellte sich hinter ihn, legte ihm die Hände auf die Schultern und wünschte, daß Kraft in seinen ermatteten Leib zurückkehrte. »Laßt die Gefangenen frei, die Eure Krieger heute gemacht haben«, sagte sie. »Schickt sie zurück zu ihrem Feldherrn Jüngerer Wespenring. Sagt ihm, daß Ihr alles vergebt, wenn er Euch umarmt und sich mit Euch zum Kampf gegen Motecuzoma verbündet.«

Lange sah er auf die Kerze, ohne etwas zu sagen. Sie fragte sich, ob er ihre Worte gehört hatte. Doch dann nickte er und ließ seinen Kammerherrn Cáceres kommen. Ihm befahl er, zwei der Eingeborenen zu ihm zu schicken, die seine Krieger an jenem Tag gefangengenommen hatten.

Sandoval brachte sie herbei. Außer dem Schamtuch hatte man ihnen alle Kleidung abgenommen und ihnen die Hände auf dem Rücken gefesselt. Das Seil war um ihren Hals geführt und dort verknotet. Das schwarze Haar fiel ihnen fast in die Augen, und als man sie hereinbrachte, sahen sie sich angespannt um. Offensichtlich erwarteten sie den Tod.

Cortés betrachtete sie aufmerksam und sammelte seine Gedanken.

»Sagt ihnen«, begann er leise, »daß ich keinen Krieg gegen sie zu führen wünsche.«

»Mögen eure Weiber Krallen in den *tipíli* bekommen«, sagte Mali auf Náhuatl. »Ihr habt meinen Herrn in hohem Maße erzürnt. Er ist in friedlicher Absicht zu euch gekommen, ihr aber habt ihn angegriffen und seine Geduld auf eine harte Probe gestellt.«

Die beiden hoben die Blicke nicht vom Boden.

»Sie sollen ihrem Häuptling sagen«, fuhr Cortés fort, »daß ich auf dem Weg nach Tenochtitlán bin, um mit Motecuzoma abzurechnen. Wenn mich die Tlaxcalteken weiterhin bekriegen, werde ich all ihre Häuser niederbrennen und ihr ganzes Volk töten.«

Mali lächelte. Cortés' Krieger konnten vor Erschöpfung kaum stehen. Doch was sonst würde ein erzürnter Gott sagen? »Sag dem blinden weißen Vogel, der Weisheit in der Finsternis sieht, daß Gefiederte Schlange zurückgekommen ist, um das Land des Brotes für sich zu fordern. Wenn ihr nicht das Schicksal der Mexica teilen wollt, solltet ihr ihn rasch durchlassen, damit sich Motecuzomas Bestimmung möglichst bald erfüllt.«

Die Krieger rissen die Augen weit auf. Ihr Blick fiel auf die zitternde bärtige Gestalt am Tisch. Vermutlich fragten sie sich, ob das tatsächlich Gefiederte Schlange sein konnte.

Cortés nickte zu Sandoval hin. Dieser trat vor und schnitt ihnen die Fesseln durch. Dann gab er beiden eine Kette mit venezianischen Glasperlen. Verwirrt starrten sie diesen Schatz an.

»Das ist ein persönliches Geschenk der Gefiederten Schlange«, sagte Mali. »Im Wolkenland sind diese Ketten weit wertvoller als die kostbarste Jade. Jetzt geht und berichtet eurem Häuptling die Worte der Gefiederten Schlange.«

Sandoval schob die beiden aus dem Raum. Cortés bedeutete Cáceres mit einem Nicken, daß auch er gehen könne.

Als er wieder mit Mali allein war, legte er den Kopf zwischen die geballten Fäuste auf den Tisch. Da begriff sie, daß er hohes Fieber hatte.

Sie half ihm auf sein Lager und entkleidete ihn. Sein Körper erbebte unter dem Angriff der Fieberschauer, seine Augen glänzten, ohne etwas zu erfassen. Sie zog sich ebenfalls aus und wärmte seinen Leib mit dem ihren, legte seinen Kopf an ihre weiche Brust. Er drängte sich an sie und sog an ihrer Brust wie ein Kleinkind.

Die ganze Nacht hielt sie ihn so und sah zum ersten Mal nicht den Gott, sondern den Mann, der die Hülle dieses Gottes war, mit all seinen Unvollkommenheiten. Es verwirrte sie, da sie nicht mehr genau wußte, wen sie mehr liebte, den Mann oder den Gott, der in ihm lebte.

41

Im Beratungsraum herrschte eine gedrückte Stimmung. Von ihren niedrigen Thronsitzen aus sahen die Angehörigen des Rates der Vier ihren Feldherrn Jüngerer Wespenring wie versteinert an. Die bärtigen Eindringlinge hatten das Leben vieler ihrer jungen Männer gefordert und dachten offensichtlich trotz größter

Bemühungen des Feldherrn und seiner Unterführer nicht daran, den Rückzug anzutreten.

»Die junge Frau behauptet, ihre Gebieter sei Gefiederte Schlange«, sagte Baumwollring.

»Wenn das stimmt, bin ich der Regengott«, gab Jüngerer Wespenring zur Antwort. »Die Fremden sind gewöhnliche Sterbliche. Auch die Hirsche, die sie reiten, sind sterblich, denn meine Krieger haben einen von ihnen gefangen und verzehrt.«

»Manche sagen, sie erwachen mit der Morgenröte zu neuem Leben«, gab Baumwollring zu bedenken. »Stimmt es nicht, daß eure Pfeile und Lanzen von ihrer Haut abprallen?«

»Ihre Rüstung ist der unseren überlegen, das ist alles.«

»Die junge Frau sagt auch«, meldete sich Lacht Über Frauen, ein anderer der Edlen, zu Wort, »daß uns diese ... *teules* ... bei unserem Krieg gegen die Mexica unterstützen wollen.«

Es brachte Jüngeren Wespenring innerlich auf, daß Lacht Über Frauen sie mit dem Náhuatl-Wort ›*teules*‹ bezeichnete, das ›Götter‹ bedeutete. »Das ist eine List, mit deren Hilfe sie erreichen wollen, daß wir mit ihnen Frieden schließen. Die Mexica haben sie ins Land geholt, damit sie tun, was ihnen selbst nie gelungen ist: uns endgültig zu unterwerfen. Sie sind nichts als Eroberer, und wir müssen sie töten, wenn wir nicht jeglichen Stolz verlieren wollen.«

»Ich bin nicht mit dem einverstanden, was unser junger Feldherr sagt«, meldete sich Lacht Über Frauen zu Wort. »Ich denke, wir sollten mit ihnen über Friedensbedingungen verhandeln. Sofern sie tatsächlich Feinde der Mexica sind, bekommen wir unter Umständen endlich einen Verbündeten, der uns hilft, das Joch von Tenochtitlán abzuschütteln.«

»Und wenn es eine List ist?«

»Dann hat sich dieser fremde Feldherr viel Mühe gegeben. Statt unsere Gefangenen zu opfern, schickt er sie mit freundlichen Worten und Geschenken nach Hause.«

Älterer Wespenring hörte zu, während die Argumente hin und her flogen. Der blinde Greis ließ jeden im Rat seine Vorstellungen äußern, bevor er seine eigene Auffassung vertrat. Er war überzeugt, daß sich sein Sohn irrte; unmöglich konnten jene fremden Männer genauso sein wie andere. Auf jeden Fall war ihr

Anführer irgendein Gott – ob Gefiederte Schlange oder nicht, blieb abzuwarten.

»Genug«, sagte er leise und beendete damit die Debatte. Schweigen legte sich über den von Pechkiefer-Fackeln erhellten Raum. Älterer Wespenring war der bei weitem Älteste im Rat, und in Fällen wie diesem lag die endgültige Entscheidung bei ihm. »Ob die Fremdlinge *teules* oder gewöhnliche Menschen sind, können wir nicht wissen. Gleich meinem Sohn glaube ich nicht alles, was sie sagen. Sollten sie Motecuzomas Feinde sein, wie sie behaupten, dann frage ich mich, warum die Mexica ihre Heere noch nicht gegen sie geschickt haben?

Sollte es sich aber bei ihnen um *teules* handeln, lassen sie sich auf die herkömmliche Weise nicht besiegen. Ich habe mich mit den Eulenmännern und Priestern beraten. Sie haben mit den Göttern gesprochen und erfahren, wie man diese bärtigen Fremden vernichten kann. Da sie aus dem Osten kommen, empfangen sie all ihre Macht vom Herrn über den Tag. Diese verlieren sie bei Nacht, wenn die Sonne aus dem Himmel dahinsinkt. Wer sie besiegen will, muß sie daher bei Nacht angreifen.«

Zum ersten Mal seit Beginn der Beratung schien Jüngerer Wespenring unsicher. »Doch es gibt Dämonen …«

Mit erhobener Hand gebot ihm sein Vater Schweigen. »Die Eulenmänner werden deinen Kriegern einen besonderen Zauber geben, der euch vor den Nachtgeschöpfen schützt.«

»Meine Männer haben noch nie im Dunkeln gekämpft …«

»Du wirst tun, was ich sage. Wir können unsere Heere nicht noch mehr schwächen. Die eisernen Schlangen fahren durch die Reihen unserer jungen Männer wie der Sturmwind durch ein Maisfeld und werfen sie zu Dutzenden nieder. Ich habe meine Entscheidung getroffen. Ihr werdet die *teules* morgen nacht in ihrem Lager angreifen.«

Die im Luftzug flackernde Kerzenflamme warf tiefe Schatten in die Nischen der rissigen Adobe-Wände, von denen aus einst die kunstlosen Tonfiguren der Hausgötter ihre Macht über die früheren Bewohner ausgeübt hatten. Abgesehen von einem Tisch und einigen Wandbehängen mit groben geometrischen Mustern war der Raum leer.

Der Kriegsrat war von einem Augenblick auf den anderen einberufen worden; alle brannten darauf, eine Lösung für ihre äußerst schwierige Lage zu finden. Alvarado und León hatten in der Schlacht des Vortages Wunden davongetragen; Blut aus einer tiefen Schnittwunde in seiner Wange hatte Leóns gelockten und schon leicht ergrauten Bart verklebt, und um Alvarados Unterarm war fest ein Lappen gewickelt, der von Blut durchtränkt war. Benítez hatte einen tiefen Lanzenstich in die Schulter abbekommen.

»Wo ist Doña Isabel?« fragte Alvarado beim Eintreten Benítez und nickte zu den Flechtwerkwänden hinüber, die den Wohn- vom Schlafbereich trennten.

Benítez zögerte. Er fragte sich, ob Alvarado mehr wußte, als ihm lieb sein konnte. »Sie hilft Méndez im Lazarett.«

»Im Lazarett«, wiederholte León. »Dahin gehört Cortés.«

Sandoval nickte bestätigend. »Ich habe ihn heute nacht gesehen«, sagte er. »Er hat hohes Fieber.«

»Ja, Liebesfieber«, knurrte Alvarado. »Er ist zu oft mit unserer Doña Marina allein. Ich finde, sie hat zuviel Einfluß auf ihn.«

»Sie soll seit Jalapa seine Geliebte sein«, sagte Sandoval. »Kaum war Puertocarrero auf dem Schiff nach Spanien«, fügte León hinzu, »lag er schon auf ihr. Beim großen gefleckten Arsch des Satans, er tut ganz so, als wäre sie ein spanisches Edelfräulein! Er hat ihr einen eigenen Pagen beigegeben, und in schwierigem Gelände steht ihr sogar eine Sänfte zur Verfügung.«

»Aguilar behauptet, daß sie den Eingeborenen sagt, Cortés sei ein Gott«, sagte Alvarado.

Verlegenes Schweigen trat ein. »Das können wir natürlich nicht nachprüfen«, sagte Benítez. »Aber aus seinem eigenen Mund habe ich das noch nie gehört. Wirklich nie.«

»Was wollen wir jetzt tun?« wollte Sandoval wissen.

»Was können wir tun?« fragte Benítez. »In einem Punkt hat Cortés recht: Es gibt kein Zurück. Wir müssen hier entweder siegen oder sterben.«

»Daran ist sie schuld«, sagte Alvarado. »Sie hat ihn behext und uns in diese Situation gebracht.«

»So oder so, wir wollen beten, daß es dem *Comandante* morgen bessergeht«, sagte León. »Ohne ihn sind wir verloren.«

»Ich kann euch ebenso gut in die Schlacht führen wie er«, sagte Alvarado.

Abermals trat Schweigen ein. Die Männer sahen auf den Tisch.

»Ihr werdet es schon sehen«, zischte Alvarado ihnen zu. Er wandte sich auf dem Absatz um und ging hinaus.

»Es ist, wie Ihr gesagt habt«, murmelte Sandoval. »Ohne den *Comandante* sind wir verloren.«

Die Dame sah aus einer Ecke des Raumes zu Cortés herüber. Sie war von hellem Licht übergossen, und ihr Gesicht war genau so, wie er es sich vorgestellt hatte: gelassen und äußerst blaß. Sie trug lange violette Gewänder und hielt ein Kind auf den Armen. Die Erscheinung streckte ihm eine Hand entgegen, die er mit ausgestreckten Fingern zu erreichen versuchte. Er murmelte die Worte eines Gebetes, das er als Junge von seiner Großmutter gelernt hatte, während sie in der Kathedrale von Sevilla vor dem Gnadenbild Unserer Lieben Frau von der Immerwährenden Hilfe knieten.

»Gott hat dich gesegnet«, sagte die Erscheinung. »Du wirst mich an deiner Seite haben, wo immer du auch bist und was immer du auch tust.«

»Sie werden nicht zurückweichen«, murmelte er.

»Alle werden vor dir zerbrechen. Du brauchst nichts zu fürchten, denn dieses Reich ist bereits dein. Du wirst es für mich erringen. Das ist deine Bestimmung.«

»Meine Bestimmung«, sagte Cortés.

»Du bist nicht wie andere Männer, Hernán. Ich habe dich auserwählt. Du wirst für mich kämpfen. Du wirst mir dieses Volk zuführen, und ich werde dich tausendfältig belohnen.«

Er hätte fast ihr Gewand berührt, doch eine Hand zog ihn aufs Lager zurück. »Ihr fiebert«, flüsterte Mali. »Eure Haut brennt.«

»Maria«, flüsterte Cortés.

»Mit wem sprecht Ihr?«

Cortés sah erneut nach der Frau in den violetten Gewändern. Sie war fort. Um ihn war nichts als die Finsternis und die betäubende Kälte des Raumes. Der Schweiß auf seiner Haut war plötzlich eiskalt, und er begann zu zittern. Mali legte sich auf ihn, um ihn zu wärmen, während er nicht aufhörte zu zittern und Verwünschungen auszustoßen.

Schließlich schlief er ein. Als der Morgen kam, war ihm jede Erinnerung an die Dame in den lila Gewändern entfallen. Aber sie hatte sich tief in seine Seele eingebrannt, als ein Bild, das er kurz erhascht und sogleich vergessen hatte; ein Funke, der im Traum Licht in einen verdunkelten Raum gebracht hatte; ein flüchtiger Blick auf einen Schatz, der ihm sogleich wieder entschwunden war.

Mali erhob sich unbekleidet vom Nachtlager. Die Ebene lag noch in der Dunkelheit. Der Morgenstern, das Emblem der Gefiederten Schlange, war im Osten aufgegangen, und die Ozelote hießen ihn mit ihren Schreien willkommen. Cortés atmete tief und friedlich. Das Fieber war zurückgegangen.

Sie legte eine Hand auf ihren Unterleib und fragte sich, ob der Same der Gefiederten Schlange bereits in ihr aufgegangen war. Es wäre ihr größter Triumph, Mutter eines Gottes zu sein, Begründerin einer neuen Dynastie der Tolteken...

Sie trat in die Türöffnung erschauerte in der beißenden Kälte der Morgendämmerung.

Schon zogen in Lumpen gehüllte Männer wie Gespenster durchs Lager, beugten sich über glühende Schlacken und versuchten sich zu wärmen. Nieselregen kam von den Bergen herab.

Sie spürte Blicke auf sich ruhen. Jemand beobachtete sie aus dem Schatten. Der Mann hielt einen Krug kubanischen Weines im Schoß. Sie konnte seine Züge nicht deutlich erkennen, aber irgendwie war ihr klar, daß es Jaramillo sein mußte.

Sie spürte, wie ihre Haut heiß wurde, als zögen Feuerameisen darüber hinweg. Rasch eilte sie wieder ins Haus.

42

»Meine Männer haben mich zu Euch geschickt«, sagte de Grado. »Sie wollen, daß wir umkehren. Damit soll nicht gesagt sein, daß Eure Handlungsweise nicht heldenhaft war, aber vielleicht haben wir uns übernommen. Wie Cäsar haben wir unsere Schiffe verbrannt, besitzen aber im Unterschied zu jenem ehrenwerten

Römer kein großes Landheer für unsere Invasion. Am Strand von San Juan de Ulúa waren wir knapp fünfhundert, und nun nimmt unsere Zahl täglich ab.«

Cortés schwieg.

»Wie viele der anderen habe auch ich auf Kuba Grundbesitz und eingeborene Sklaven«, fuhr de Grado fort. »Sofern mir Gott eine sichere Heimkehr dorthin gewährt, will ich nie wieder klagen, daß ich kein Gold habe, sondern mich im Gegenteil glücklich schätzen, daß ich noch lebe. Wir müssen uns an die Küste zurückziehen und ein Schiff bauen, das uns alle sicher wieder nach Kuba bringt.«

Benítez knurrte verächtlich. Das hatten sie doch alles längst mehrfach durchgekaut. Außerdem war dieser de Grado kein Krieger, sondern Rechnungsführer. Welchen Sinn hatte es, ihm zuzuhören? Dennoch teilte er dessen Verzweiflung durchaus. Schon seit zwei Wochen wurden sie in diesem auf einem Hügel liegenden Tempel belagert und ernährten sich kümmerlich genug von Bohnen. Nicht einmal für die Kranken und Verwundeten hatten sie genug Trinkwasser. Der beständige Regen durchnäßte ihre Kleider, und der Wind, der über die gottverlassene Hochebene stürmte, ließ sie alle bis ins Mark frieren. Jeder Tag war ein entsetzlicher Kampf gegen Kälte und Hunger gewesen, nur unterbrochen von gelegentlichen verzweifelten Scharmützeln mit den Eingeborenen.

Was ihn betraf, hatte er jeden Gedanken an Tenochtitlán, das Gold und den Ruhm aus seinem Kopf getilgt. Seine Schulterwunde aus der zweiten der großen Schlachten hatte sich entzündet und schmerzte entsetzlich. Im Augenblick reichte sein Ehrgeiz nicht über den Wunsch hinaus, den nächsten Tag zu erleben.

Andere Männer sprachen inzwischen von Kuba wie vom Paradies, und manche sahen sich durch ihre gegenwärtigen Qualen sogar dazu veranlaßt, voll Sehnsucht von dem Spanien zu sprechen, das sie verlassen hatten. Was täte ich jetzt, dachte Benítez, wenn ich noch in Kastilien wäre? Wahrscheinlich würde ich in Toledo unaufhörlich um die Hofschranzen des Königs herumscharwenzeln, als einer der zahllosen verarmten *hidalgos*, die einen wohlhabenden Fürsprecher zu finden oder eine vorteilhafte Ehe zu schließen hoffen. Um einer solchen Existenz zu entfliehen, war er nach Kuba gekommen und hatte sich mit der kläglichen *encomienda* begnügt, die ihm Velázquez zur Verfügung gestellt hatte: eine Tabakpflanzung auf unfruchtbarem Boden und mit zuwenig einheimischen Arbeitskräften, die sie in endloser Hitze bearbeiteten. Vielleicht war es besser, hier zugrunde zu gehen, nachdem er Gefahr und Tod gekostet hatte und in seiner Seele auf Dinge gestoßen war, von denen er nichts geahnt hatte.

Aber wie ihm Norte in Vera Cruz schon gesagt hatte – es war schwer zu sterben.

»Wir können nicht zurück«, sagte Cortés erneut zu de Grado. »Unser einziger Weg führt nach vorn. Wie ich einigen von euch Herren schon erklärt habe, befindet sich in unserem Rücken nicht nur eine Mauer, auch unsere edlen Totonaca-Verbündeten würden uns das Messer an die Kehle setzen, wenn wir sie enttäuschten.« Er sah zu León hin. »Was ist mit Euch, León? Stimmt Ihr unserem Kameraden de Grado zu?«

»Ihr seid hier der *Comandante*«, sagte dieser. »Ich empfehle meinen Offizierskameraden, ihre Pflicht zu tun.«

León ist wie ausgewechselt, dachte Benítez mit schiefem Lächeln. Cortés hat einen Löwen in ein Lamm verwandelt. Was für einen langen Schatten eine Schlinge doch wirft!

Cortés sah sich um. »Und Ihr, Benítez?«

»Mir ist klar, daß wir nicht umkehren können, dennoch bin ich zutiefst besorgt. Die Wilden werden auf keinen Fall aufgeben. Sie setzen uns Tag und Nacht zu. Viele unserer Männer sind krank, und wir alle frieren und hungern. Selbst einmal angenommen, wir würden sie jetzt bezwingen, müßten wir uns noch immer den Mexica stellen.«

Cortés sah zu den anderen hin. Ordaz und Jaramillo wichen seinem Blick aus. Nur Alvarado und Sandoval sahen unbekümmert drein. Sandoval, weil er Eis in den Adern hat, dachte Benítez; Alvarado, weil er zu eingebildet und zu dumm ist, sich seinen eigenen Tod vorzustellen.

»Wart ihr denn alle miteinander der Ansicht, daß sich Ruhm und Ehre so leicht gewinnen lassen?« fragte Cortés, ohne auf eine Antwort zu warten. »De Grado, erinnert Eure Männer daran, daß sie unter dem Banner des Heiligen Kreuzes kämpfen.

Wir sind hergekommen, den wahren Glauben zu verkünden, und Gott steht uns im Kampfe bei.«

Nicht einmal Gottes Anteilnahme scheint de Grado besonders zu beeindrucken, dachte Benítez. Wie ungehobelt!

»Ich werde meinen Männern Eure Entscheidung mitteilen«, sagte jener. »Sie werden mir gehorchen.« Mit einer Verbeugung ging er.

»Könnte ich doch auch solche Ergebenheit erwecken«, sagte Cortés. Ihm antwortete unterdrücktes Gelächter, denn allen war klar, daß sich de Grado die Ansprache aus den Fingern gesogen hatte. Seine Männer hätten ihn niemals mit einer solchen Mission betraut. Er war aus keinem anderen Grund gekommen, als seine eigene Haut zu retten.

Benítez hob den Blick. Mit verklärtem Lächeln sah Cortés angespannt in die Ecke des Raumes. Benítez folgte der Richtung seiner Augen. Dort war nichts.

»Die Jungfrau ist mit uns, meine Herren«, sagte Cortés. »Der Sieg wird unser sein.«

Mit blutverschmierten Verbänden lagen die Männer auf Strohmatten, die auf dem bloßen Erdboden ausgebreitet waren, und zitterten unter dünnen Decken. Einige starrten mit hohlem Blick nach oben, andere warfen sich stöhnend herum und riefen nach ihrer Mutter.

Der Geruch erinnerte Benítez, der Norte aufsuchen wollte, an ein Schlachthaus. Nach wie vor hockte Regenblüte neben ihm, nun schon fast eine ganze Woche lang. Sein Gesicht war eingefallen und von dichtem Bartwuchs bedeckt. Benítez mußte daran denken, daß er sich zuvor täglich mit einem Stück Obsidian im Gesicht herumgekratzt hatte; vermutlich hatte er sich diese Art des Rasierens angewöhnt, während er unter den bartlosen Maya lebte. Endlich sah er wie ein Spanier aus.

Regenblüte sah Benítez kommen und wandte rasch den Blick ab.

Er kniete nieder. Der Gestank nach getrocknetem Blut und Exkrementen war überwältigend. Befriedigt dachte er: Du riechst auch nicht mehr besonders frisch und appetitlich. »Norte«, flüsterte er dann.

Die Augen des Verwundeten öffneten sich. Er versuchte zu

sprechen, doch kein Laut kam heraus. Regenblüte hob seinen Kopf an und hielt ihm einen kleinen Flaschenkürbis mit Wasser an die Lippen.

»Nun, jetzt habt Ihr einen Bart«, sagte Benítez. »Ihr seid einer von uns.«

Norte brachte ein gequältes Lächeln zustande. »Seid Ihr … gekommen …, um mich … zu beleidigen?«

»Möglich.« Es geht ihm besser als gestern, dachte Benítez. Seine Wangen waren nicht mehr so gelb, und sein Atem kam kräftiger. »Ich hoffe, daß Ihr leidet.«

»Doch, vielen Dank. Die Wunde … ist nicht tief …, aber ich habe … ein paar … gebrochene Rippen. Das Atmen … fällt mir … schwer …, und die Schmerzen … sind sehr schlimm.«

»Gut.«

Benítez sah zu Regenblüte. Sie wich seinem Blick aus. Sie sieht schmal und krank aus, dachte er. Wie wir alle.

Irgendwo in der Dunkelheit redete ein Krieger auf die Wahnbilder ein, die gekommen waren, ihn zu quälen.

Nortes Augen richteten sich auf Regenblüte. »… wißt Ihr schon?«

Benítez nickte.

»Was wollt Ihr tun?«

»Mal sehen. Wie die Dinge stehen, brauche ich vielleicht gar nichts zu unternehmen.«

Norte streckte seine Hand nach ihr aus. »Seid freundlich … zu ihr. Sie verdient nicht … zu leiden.«

»Nein?«

Hinter Nortes Augen schien sich etwas zu bewegen. »Ich verstehe.«

»Was versteht Ihr?«

»Sofern Ihr Pläne … mit ihr hattet … Ihr könntet sie … auf keinen Fall … nach Kastilien … mitnehmen. Höchstens als … Kuriosität.«

»Das war nicht meine Absicht.«

Ein flüchtiges Lächeln trat auf Nortes Gesicht. Vielleicht hatte Benítez es sich auch eingebildet. Und was *war* meine Absicht? überlegte er. Sollte ich mich wirklich zu einer Eingeborenen hingezogen fühlen?

Auf einem Holztisch in einer Ecke der Hütte hatte Méndez mit einer Operation begonnen. Vier seiner Kameraden mußten den Mann festhalten, dem man reichlich kubanischen Wein zu trinken gegeben hatte.

»Warum habt Ihr mir das Leben gerettet?« fragte Benítez.

»Warum solltet Ihr ... nicht auch leiden ..., wenn ich schon ... in dieser Hölle ... weiterleben muß?«

Der Mann auf dem Tisch stieß einen gellenden Schrei aus. Benítez versuchte, seine Ohren davor zu verschließen.

»War das Grund genug, Eure Eingeborenenbrüder zu töten?«

»Ich habe Euch gesagt ..., es sind nicht ... meine Brüder. Ich kann ... nicht aus meiner Haut heraus. Ich bin ... Spanier wie Ihr. Ich habe einen Bart ... und blaue Augen. Warum bestreitet Ihr das?«

Regenblüte flüsterte Norte etwas zu. Er wandte sich an Benítez.

»Sie möchte ... Eure Schulter ... sehen.«

»Es ist nichts.«

Erneut folgte eine geflüsterte Unterhaltung. »Sie sagt ..., hier entzünden sich ... Wunden rasch. ... Sie möchte ... danach sehen.«

»Wozu? Wie Ihr sagt, werden wir alle hier sterben.«

Nortes Atem kam jetzt schwer. Das Sprechen hatte ihn angestrengt. »Ihr solltet versuchen ..., ein wenig ... von ihrer Sprache ... zu lernen ... Wenn Ihr ... gut zu ihr seid ..., wird sie ... gut zu Euch sein.«

»Was würde mir das nützen?«

Der Mann auf dem Tisch hatte aufgehört zu schreien, weil er in Ohnmacht gefallen war. *Gott sei Dank.*

»Unter den Maya ... ist mir aufgegangen«, sagte Norte, »daß jeder Mensch ... aus zwei Wesen ... besteht ... Das, als das er ... geboren wurde ..., und das ..., was er ist ... Die meisten ... folgen dem Weg ..., für den sie ... geboren wurden.«

»Was wollt Ihr damit sagen?« fragte Benítez.

»Vielleicht seid Ihr ... im Herzen ... gar kein Spanier.«

Benítez war nicht bereit, sich das länger anzuhören. Er stand auf und eilte hinaus.

Der Teufel soll ihn holen.

Doch all sein Haß war vorgetäuscht. Er verachtete Norte nicht, wie das jeder wahre Spanier als seine Pflicht empfunden hätte. Es wäre sein gutes Recht gewesen, ihn und Regenblüte für ihren Treubruch bestrafen zu lassen, doch er hatte nichts unternommen. Seine mangelnde Bereitschaft zur Rache hatte ihn seines Mannestums beraubt. *Sie* hatten ihn seines Mannestums beraubt.

Draußen jagten Wolken über den Mond. Es roch nach Lagerfeuer und Regen. Die Verwirrung seiner Gefühle hinderte ihn trotz seiner Erschöpfung am Schlafen.

43

Regenblüte nahm ihm den von Schmutz starrenden Verband ab. Sie untersuchte im Licht der Kerze die Wunde und verzog das Gesicht. Eine Lanze der Tlaxcalteken war glatt durch die Haut und tief in den Muskel gedrungen. Die Ränder der Wunde waren angeschwollen und entzündet, und eine wäßrige Flüssigkeit entquoll ihr. Benítez stöhnte vor Schmerz leise auf.

Sie legte einen übelriechenden Umschlag aus Kräutern, den sie selbst zubereitet hatte, auf die Wunde und umwickelte ihn fest mit Tuchstreifen. Anschließend sah sie Benítez an und tat etwas Unerwartetes: Sie lächelte. Dann sagte sie leise einige Worte in ihrer sonderbaren Sprache.

Er strich ihr mit der Hand über das Haar. Eigentlich ist sie ganz hübsch, dachte er, wenn man sich erst einmal an diese kupferfarbene Haut gewöhnt hat. Auf jeden Fall war sie schöner als jede Kastilierin, der er je den Hof gemacht hatte. Allerdings war er in solchen Dingen nicht besonders erfahren und wußte beispielsweise nicht, von welcher Art Mann sich Frauen angezogen fühlen. Er war groß und schwerfällig, hatte eine zu lange Nase und zu grobe Gesichtszüge. Er gehörte nicht zu den Männern wie Alvarado oder Cortés, von dem es auf Kuba geheißen hatte, er sei allen Frauen nachgestiegen. Er selber war nie einer von denen gewesen, auf die Frauen fliegen, hatte nie genug Besitz oder Ansehen gehabt, um damit die Mängel seiner Erscheinung auszugleichen.

Mit einem Mal überwältigte ihn das Ausmaß seiner Einsamkeit. Hier war er endlich mit einer schönen Frau allein und konnte nicht einmal die einfachste Unterhaltung mit ihr führen. Gern hätte er gewußt, was in ihrem Kopf vor sich ging. Sicher denkt sie an Norte, den Abtrünnigen, überlegte er verärgert, ihren Geliebten mit den zerfetzten Ohrläppchen und dem tätowierten Gesicht. Immerhin kannte dieser ihre Sprache und konnte sie an ihre eigenen Bräuche und Götter erinnern.

Es hatte keinen Sinn. Er gelang ihm nicht, wieder so wütend zu werden, wie er es ursprünglich gewesen war, als er den Verrat entdeckt hatte. Jetzt fühlte er nur noch den Schmerz über seine eigene Schwerfälligkeit. Nie war er imstande gewesen, etwas Schönes festzuhalten. Daran trug er selbst die Schuld, nicht sie. Und Norte? Es ist schwer, einen Mann zu hassen, mit dem man im Gefecht Rücken an Rücken gestanden hat.

Regenblütes Finger berührten seine Wange.

»*Cariño*«, flüsterte er. Aber natürlich konnte sie das nicht verstehen.

Sie küßte ihn. Sanft. Keine Frau hatte ihn je so geküßt. Es war weder ein Pflichtkuß, noch ein Belohnungskuß für irgend etwas. Sachte, mahnte ihn eine Stimme. Rede dir nicht ein, daß du dich in eine Eingeborene verlieben könntest. Nimm einfach, was man dir anbietet, so wie es Kriegerbrauch ist.

Zärtlich zog er sie neben sich auf die Matte.

Mondschwester trieb hoch am Himmel. Ihr fruchtbarer Leib war angeschwollen. Vielleicht steckte darin eine Vorbedeutung. Geheimnisvolle Schatten stürmten durch das Tal. Die *teules* hatten das Dorf auf dem Hügel besetzt und sich in einem der Tempel der Gefiederten Schlange verschanzt.

Im stillen verfluchte Lacht Über Frauen die Eulenmänner. Nachts zu kämpfen war nicht nur widernatürlich und unehrenhaft, sondern auch unpraktisch. Wie konnten seine Krieger die Feldzeichen ihrer Anführer sehen, wie sollten sie Freund und Feind auseinanderhalten?

Er stand neben Jüngerem Wespenring und sah zu, wie sich seine lediglich schattenhaft sichtbaren Krieger den Hang zum Turmhügel emporschoben.

Der Wind jaulte und stöhnte. Gefiederte Schlange, der Herr der Winde, beobachtete sie. In der Ferne ertönte der Ruf einer Eule, Abgesandte von Mictlantecuhtli.

Noch ein schlechtes Vorzeichen.

Mit einem Mal schien der ganze Hügel von Glühwürmchen zu wimmeln. Lacht Über Frauen hörte die Feuerhölzer der *teules* krachen und seine Krieger vor Schmerz und Panik aufschreien. Woher hatten die *teules* gewußt, daß sie kamen? Konnten sie etwa durch die Nacht sehen?

Er rief seinen Hauptleuten zu, das Signal zum Rückzug zu geben. Trommeln und Flöten hallten über das Tal.

Nunmehr war Lacht Über Frauen überzeugt, daß die junge Frau seinen Kriegern die Wahrheit gesagt hatte. Dieser fremde Feldherr mußte Gefiederte Schlange sein.

Der Mann trug lediglich ein Schamtuch. Jeder Muskel und jede Sehne zeichnete sich unter seiner Haut ab. Er lag auf den Knien, die Füße waren zusammengebunden, und Jaramillo hatte einen Fuß auf das Seil gestellt. Mit der Rechten hielt er die Fesseln, die um Hals und Handgelenke des Mannes liefen. Indem er das Seil straffte, zerrte er die Arme seines Gefangenen zwischen den Schulterblättern in die Höhe, so daß dieser dabei fast erstickt wäre.

Alvarado hatte ein weiteres Seil um den Oberarm des Mannes gelegt, in das ein Eisendorn verknotet war, der als Hebel diente. Er drehte es so fest, daß es tief in den Arm schnitt und die Blutzufuhr unterbrach. Der Arm war bereits lila verfärbt und angeschwollen.

Der junge Krieger keuchte und wand sich.

Man hatte ihn beim nächtlichen Angriff gefaßt. Im Mondlicht hatte eine Schildwache die Bewegungen der Tlaxcalteken gesehen und Alarm geschlagen. Dieser Gefangene sollte nicht so leicht davonkommen wie seine Kameraden beim vorigen Mal. Statt der Geschenke und Friedensangebote hatte sich Cortés für eine gänzlich andere Vorgehensweise entschieden.

Mali sah zu ihm hin. Konnte er dem nicht Einhalt gebieten? Der Fieberanfall schien ihn verändert zu haben. Er verhielt sich nicht mehr wie ein Gott, sondern wie ein Mann.

»Fragt ihn, ob er weiß, wer ich bin«, forderte Cortés sie auf. Sein Gesicht hatte einen sonderbaren Ausdruck.

»Gefiederte Schlange will wissen, ob du ihn erkennst«, sagte sie zu dem jungen Mann. »Du mußt ihm das sagen, um dein Leiden zu beenden. Er ist sehr zornig.«

Jaramillo lockerte das Seil ein wenig, damit der Gefangene antworten konnte. Keuchend und hustend bemühte sich dieser zu Atem zu kommen. Schaum und Speichel liefen ihm über das Kinn. Er ließ Luft in seine Lunge strömen. Nach einigen Augenblicken ruckte Jaramillo erneut am Seil, um ihn an seine Antwort zu erinnern.

Der Krieger sah zu Mali auf und flehte wortlos, sie möge der Folter ein Ende bereiten. Den Tod im Kampf oder auf dem Opferstein fürchtete er nicht. Aber das hier …

»Manche sagen …, er ist tatsächlich … ein Gott … Andere behaupten …, daß er ein Mensch ist. Unser Feldherr Wespenring … ist sich nicht schlüssig.«

Mali sah zu Cortés auf. »Er weiß, wer Ihr seid.«

»Fragt ihn, warum seine Leute dann gegen uns kämpfen.«

Der junge Krieger rief aus: »Weil ihr in unser Gebiet eingedrungen seid. Ihr seid Diebe und … Mörder! Bald werden wir alle eure Herzen … braten … und sie den Göttern … zu verzehren geben!«

Das gab Mali nicht weiter, doch Jaramillo ruckte fest am Seil, als er hörte, wie der Mann die Stimme hob. Damit riß er dessen Kopf zurück und brachte ihn zum Schweigen. Erneut sah Mali zu Cortés hin. Warum ließ er das zu? Töten in der Schlacht ließ sich nicht vermeiden, aber solche Grausamkeit zu befehlen …

»Was hat er gesagt?« fragte Cortés. Sie sah feine Schweißperlen auf seiner Stirn, obwohl es im Raum eiskalt war.

»Er sagt …, daß sie euch für Eindringlinge halten.«

Cortés hatte sich in seinen Sessel sinken lassen. Schon die geringe Anstrengung zu stehen kostete ihn alle Kraft, die ihm zu Gebote stand. Nach einigen Augenblicken sah er zu Jaramillo hin. »Schneidet ihm Nase und Hände ab, bindet sie ihm um den Hals und schickt ihn dahin zurück, woher er gekommen ist.«

Mali glaubte nicht richtig zu hören. Verständnislos sah sie zu Cortés hin und flehte ihn stumm mit Blicken an, den Befehl zurückzunehmen. Er aber sah einfach durch sie hindurch, keiner menschlichen Regung zugänglich. Konnte das ihre Gefiederte Schlange sein, der Gott, der weinte, wenn er andere leiden sah? War das der Befehlshaber, der so betroffen gewirkt hatte, als er in Vera Cruz das Todesurteil für die Verräter unterzeichnen mußte und der auf Knien vor einer Mutter mit ihrem Kinde betete?

»Bevor wir die Gefangenen zurückschicken«, sagte Cortés zu ihr, »müßt Ihr ihnen eine Botschaft für ihren Feldherrn Wespenring mitgeben. Sie sollen ihm sagen, daß meine Geduld mit den Tlaxcalteken zu Ende ist. Ich gebe ihnen zwei Tage, in Frieden herzukommen. Tun sie das nicht, werde ich gegen ihre Hauptstadt marschieren und sie niederbrennen.«

Draußen führte Jaramillo den ihm erteilten Auftrag aus. Er hatte die Hände des Mannes auf einen Hackklotz gelegt und grinste ihm ins Gesicht, während Guzmán seine Pike schwang. Als die Klinge ins Holz drang, kreischte der Mann auf, Blut spritzte ihm in rhythmischen Stößen aus den Handgelenken. Jaramillo steckte die Armstümpfe in einen Eimer mit heißem Teer, um die Wunden zu verschließen.

Der Mann schrie noch, als er ihm mit einem Dolch die Nase abschnitt.

Es war weit schlimmer als alles, was Mali in den Tempeln gesehen hatte. Nicht einmal den Tod als Krieger und die Gewißheit des Nachlebens gönnte man diesen Menschen. Sie würden als Greise und Krüppel in die Unterwelt eingehen.

Warum nur hatte ihr Herr der Sanften Weisheit das zugelassen? Warum?

»Herr …«

Nachlässig wedelte Cortés mit der Hand als Hinweis darauf, daß sie gehen sollte. »Ich bin müde. Ich muß mich ausruhen. Tut, was ich sage.« Er gab seinem Kammerherrn ein Zeichen, und dieser geleitete sie hinaus.

»Ich glaube immer noch nicht, daß es Götter sind«, sagte Jüngerer Wespenring.

Die Mitglieder des Rates der Vier sahen den jungen Mann erstaunt an. Sie waren nicht mehr überzeugt, daß er recht hatte. Die Pechkiefer-Fackeln knisterten an den Wänden.

»Und wie erklärt Ihr Euch dann unsere Niederlage?« fragte Lacht Über Frauen. »Nehmen wir einmal an, es sind Menschen, wie Ihr sagt. In dem Fall führt ein Gott sie an, denn diese *teules* können in der Nacht sehen und unsere Gedanken lesen.«

»Wir können sie bezwingen«, beharrte Jüngerer Wespenring.

»Nein«, sagte sein Vater. Der alte Kazike war des Ganzen überdrüssig. Die endlosen Debatten waren ihm ebenso zuwider wie der unausgesetzte Klang der Begräbnistrommeln für seine jungen Krieger. »Ich glaube nicht mehr daran, daß wir sie besiegen können. Wir haben sie den ganzen Monat des Brausens hindurch bekämpft, und dennoch sind sie nicht bereit, sich zurückzuziehen. Wohl aber schicken sie uns immer wieder Friedensbotschaften. Sie erklären, ihr einziger Wunsch sei es, gegen die Mexica, unsere schlimmsten Feinde, zu kämpfen. Jetzt schicken sie einen unserer Krieger ohne Hände und Gesicht zurück.« Alle schwiegen, auch sein Sohn, Jüngerer Wespenring. »Ihr Anführer ist unberechenbar wie ein Gott, und wenn er tatsächlich Gefiederte Schlange ist, haben wir seine Geduld schon zu sehr auf die Probe gestellt. Diese *teules* bieten uns ein Bündnis gegen die Mexica an. Angenommen, es ist ihnen ernst damit. Seit fünfzig Jahre vergießen die Mexica das Blut unserer Jugend auf ihren Altären. Sofern wir uns mit diesen *teules* verbünden, gibt uns das eine Gelegenheit, Motecuzoma vernichtend zu schlagen und uns endlich von seiner Überheblichkeit und Grausamkeit zu befreien. Wenn sie dann ins Wolkenland zurückgekehrt sind, werden wir die Herren im Tale sein.«

Jüngerer Wespenring wollte Einwände erheben, aber sein Vater gebot ihm mit erhobener Hand Schweigen. »Du hattest Gelegenheit, die Richtigkeit deines Standpunktes zu beweisen. Wir haben Krieg geführt und nichts damit bewirkt. Jetzt bemühen wir uns um Frieden.«

44

Im Vergleich zu den Mexica ist die Kleidung dieser Krieger schäbig, dachte Doña Marina.

Manchen von ihnen hatte man wohl ihre Gewänder entwendet; bei anderen konnte man auf den Kleidungsstücken, die sie trugen, noch Blutflecken sehen. Die übrigen waren in kümmerliche Umhänge aus Sisalfasern gehüllt.

Sie stand hinter Cortés' Sessel, als er die Gesandtschaft des Reiches Tlaxcala empfing, bereit, für ihn zu dolmetschen. Rund fünfzig Männer waren gekommen, und nach ihren Federn und ihrem Schmuck zu urteilen, waren sie alle miteinander Senatoren und hohe Adlige. Ihr Anführer war so hochgewachsen wie ein Spanier, und die Flecken auf seiner Haut zeugten von einer überstandenen Krankheit. Er stellte sich als Jüngerer Wespenring und Sohn des Kaziken vor.

»Wir sind gekommen, Euren Gebieter um Vergebung zu bitten«, begann der Häuptlingssohn, wobei sein Gesicht eine undurchdringliche Maske blieb. »Wir waren überzeugt, daß ihn unser großer Feind Motecuzoma gegen uns gesandt hatte. Das dachten wir, weil ihr in Begleitung der Totonaca gekommen seid, die seine Vasallen sind. Jetzt erkennen wir, daß es ein ... Irrtum war.« Es sah fast so aus, als müsse er an dem Wort ersticken.

Mali gab seine Worte an Cortés weiter. Sofern dieser erleichtert war, zeigte er es nicht. »Sagt ihnen, daß sie selbst die Schuld an diesem Krieg tragen. Ich bin in freundschaftlicher Absicht hergekommen, und sie haben mich angegriffen und uns viel Ungemach verursacht. Meine Offiziere dürsten nach Rache und haben den Wunsch, ihre Hauptstadt niederzubrennen. Ich weiß nicht, ob ich sie daran hindern kann.«

Mali war erstaunt. Seine Hauptleute – und die Hauptstadt der Tlaxcalteken niederbrennen? Sie hatten kaum noch die Kraft, in der Dunkelheit ein Feuer zu entzünden.

Doch Jüngerem Wespenring schien diese Antwort großes Unbehagen zu bereiten. Er hatte von seinem Vater den Befehl, über Friedensbedingungen zu verhandeln. »Sag deinem Gebieter«, teilte er Mali mit, »daß er ohne unsere Einwilligung in unser Reich eingedrungen ist. Uns blieb nichts anderes übrig, als gegen ihn zu kämpfen. Doch wir bedauern das Mißverständnis, und unser Rat der Vier bietet ihm Freundschaft an, wenn er bereit ist, mit uns ein Bündnis zu schließen.«

»Ich sehe keinen Grund, frühere Kränkungen zu vergessen«, gab Cortés zurück. Ungeduldig trommelten seine Finger auf der Sessellehne.

Mali sah ihn verblüfft an. »Was soll ich ihm aber sagen, Herr?«

»Sagt ihm, daß meine Friedensbedingungen wie folgt lauten: Er muß sich mir sogleich unterwerfen und Seiner Majestät König Karl von Spanien Gehorsam geloben. Sofern er sich weigert, werde ich in Tlaxcala einmarschieren, alles niederbrennen und die Bewohner versklaven.«

Mali wandte sich erneut dem jungen Feldherrn zu. »Gefiederte Schlange sagt, daß ihr ihm in allem gehorchen müßt, was er sagt, sonst wird er nach Tlaxcala kommen und euch alle bstrafen.«

Dieser sah erst auf Cortés und dann wieder auf sie. »Sind das wirklich Götter?«

»Was sagt er?« fragte Cortés.

»Er will wissen, ob Ihr ein Gott seid, Herr«, flüsterte Mali. Sie sah, wie Aguilar den Hals reckte, um zu lauschen.

»Sagt ihm, daß ich ein Mensch bin wie er, aber dem einzigen und wahren Gott *diene*.«

Mali zögerte. *Wenn ich ihm das sage, wird er abermals gegen uns kämpfen wollen – und siegen. Warum wollt Ihr die Wahrheit verborgen halten? Solltet Ihr wirklich selbst nicht wissen, daß Ihr Gefiederte Schlange seid?*

»Er ist ein Mensch«, sagte Mali, »aber er trägt einen Gott in seinem Inneren. Daher kann ihn niemand in der Schlacht besiegen.«

Sie merkte, daß ihre Worte dem Häuptlingssohn Eindruck gemacht hatten. Ja, das ist möglich, mochte er denken. Manchmal kehren Götter in Menschengestalt zurück. Auch Gefiederte Schlange war ein Mensch, als er über die Tolteken herrschte.

Es war eine Antwort, mit der die Tlaxcalteken zufrieden sein mochten, nicht aber Mali. Konnte ein Mensch wirklich ein Gott sein, fragte sie sich, ohne es zu wissen? Oder gab es hier ein größeres Geheimnis, als sie vermutet hatte?

Silbern schlängelte sich ein Fluß durch die Ebene unter ihnen, und die fernen Berge erhoben sich vor einem frischen blauen Himmel. Der Anblick ließ die Männer an Andalusien denken. Die Stadt ähnelte Granada, sagten einige der Spanier. An den Hängen erhoben sich weiße Häuser aus Stein, und gepflegte Gärten lagen um die hohen Mauern. Sie hatten schmutzige und elende Behausungen von Heiden erwartet, und nun war diese Stadt noch schöner als Cempoallan.

Die gesamte Bevölkerung kam zu ihrer Begrüßung heraus. Noch am Tag zuvor waren diese Menschen ihre erbitterten Feinde gewesen; jetzt drängten sie sich in den Straßen und auf den flachen Dächern, um sie willkommen zu heißen: Sie warfen ihnen Blumen zu, schlugen ihre Trommeln und bliesen ihre Muscheltrompeten zum freundlichen Empfang und nicht zum Krieg.

Am ersten Tag des Monats, der den Namen ›Wiederkehr der Götter‹ trug, zogen die Spanier in Tlaxcala ein.

Älterer Wespenring erwartete sie auf dem Platz. Er thronte auf einem Tragsessel und war von einem großen Gefolge von Edlen und Dienern umgeben. Er war sehr alt, sein Gesicht braun und faltig wie eine Walnuß. Er sieht aus wie ein kleiner Affe, dachte Cortés. Einige goldene Schmuckstücke und einige Ballen Stoff – das Ganze höchstens zwanzig Kronen wert, überschlug Cortés – waren auf Matten vor dem Tragsessel ausgebreitet.

Als Cortés vom Pferd stieg, halfen Diener Älterem Wespenring auf die Füße. Er hielt eine kurze Ansprache. Cortés wandte sich an Mali, damit sie dolmetschte.

»Er heißt Euch in Tlaxcala willkommen und bietet Euch diese kläglichen Geschenke als Tribut an«, sagte sie, auf das Gold und die Stoffe weisend. »Er sagt, er würde Euch gern weit mehr schenken, doch Motecuzoma belagert sie hier in den Bergen, und so sind sie sehr arm.«

»Sagt dem Häuptling Wespenring, daß ich seine Freundschaft mehr schätze als alles Gold auf der Welt. Sagt ihm auch, daß sein Volk nicht länger unter dem Joch der Mexica leiden wird, denn mich hat ein großer Herrscher gesandt, der die Menschen von der Tyrannei der Könige befreien soll.«

Sie gab das weiter und wandte sich dann wieder an Cortés. »Er dankt Euch für Eure gütigen Worte«, sagte sie »und möchte sehr bald Euer Bündnis damit bekräftigen, daß er Euch und Euren Offizieren einige Frauen zur Ehe anbietet. Jetzt aber möchte er Euer Gesicht berühren.«

»Mein Gesicht berühren?«

»Er ist blind, Herr. Es ist seine Art, Euch zu sehen.«

Cortés zwang sich, den Abscheu zu unterdrücken, den er vor der Berührung durch jenes Geschöpf empfand. Er nickte zustimmend und stand stocksteif da, während der alte Kazike ihm mit seinen gichtigen Fingern über Lippen, Augen und Bart fuhr. Danach trat ein verklärtes Lächeln auf sein Gesicht. Er murmelte etwas zu Mali.

»Was sagt er?« fragte Cortés.

»Er hat den Namen eines unserer Götter ausgesprochen, Herr.«

»Welchen?«

»Gefiederte Schlange.«

Cortés sah sich um. Im allgemeinen Lärm des Willkommens hatte keiner der Offiziere diese Worte gehört. Es war nicht zu fassen: Mali hatte recht! Diese Leute glaubten tatsächlich, daß Menschen Götter werden konnten! Es war eine gotteslästerliche Vorstellung. Aber diese Rolle, überlegte er, wird mir zunächst gute Dienste leisten. Ich muß nur auf der Hut sein.

Mali sah ihn aufmerksam an. »Herr?«

»Was ist, Doña Marina?«

»Was soll ich ihm sagen?«

Er forschte in ihren Zügen. Unmöglich zu erkennen, was sie dachte. »Nichts«, beschied er sie. »Einstweilen weiß er genug.«

In jener Nacht paßte Aguilar Mali im Dunkeln ab.

»Ich muß mit dir reden«, sagte er. Sie nahm den durchdringenden Geruch wahr, der von ihm ausging. Inbrunst lag darin. Alle Priester sind gleich, dachte sie, ob sie dem Volk der Spanier oder der Mexica angehören.

Sie beschleunigte den Schritt, doch er wich ihr nicht von der Seite.

»Cortés läßt mich nicht mehr an seinen Beratungen teilnehmen«, klagte er.

»Daran kann ich nichts ändern.«

»Ich fürchte um ihn. Pater Olmedo ist ein guter Mann, aber manches versteht er nicht.«

»Inwiefern?«

»Er ist zu vertrauensselig. So glaubt er, daß du wortgetreu gedolmetscht hast, was mein Herr Cortés diesen Edelleuten und Häuptlingen gesagt hat.«

»Und was glaubt Ihr, daß ich tue? Verse über Schmetterlinge hersagen?«

»Sieh dich vor. Du spielst ein gefährliches Spiel.«

Sie wandte sich um. *Seht ihn euch an* – das zerlesene Buch, das er an die Brust drückte, das alberne Fruchtbarkeitssymbol, das an seinem Hals hing und bei einem solchen Mann ausgesprochen widersinnig wirkte. Wieviel verstand er vom Reich der Mexica und wieviel von Cortés? »Ich werde nichts tun, was ihm schaden kann. Nie.«

»Dann gib acht auf deine Worte. Du wirst ihn zugrunde richten.«

»Das kann niemand, weder Ihr noch ich.«

»Er ist nur ein Mann. Jeder Mann kann zugrunde gerichtet werden.« Er trat näher. »Vor allem von einer Frau«, stieß er hervor.

Dann ließ er sie in der Dunkelheit stehen, und sie fragte sich, was er damit wohl gemeint haben mochte.

45

Tenochtitlán

In einem dunkelgrünen Pelzumhang kauerte Motecuzoma auf einem der niedrigen Thronsitze und starrte mit leerem Blick in die Ferne.

Weibliche Schlange hatte sich vor ihm zu Boden geworfen.

Der König versuchte, die neueste Nachricht zu verdauen: Der Gebieter Marinas hatte die Tlaxcalteken auf dem Blumenfeld besiegt und zur Übergabe gezwungen – eine Leistung, die seine eigenen Heere in zwei Jahrzehnten nicht zustande gebracht hatten. Wie konnten ein paar hundert Krieger ein Heer überwinden, das aus Zehntausenden grimmiger Krieger bestand? Wie war so etwas möglich?

Natürlich war es unmöglich: Es sei denn, an der Spitze dieser sogenannten Spanier stand ein Gott und dieser Gebieter Marinas war Quetzalcóatl, Gefiederte Schlange.

Sofern sich das so verhielt, mußte man ihn günstig stimmen. Allerdings war Gefiederte Schlange keiner ihrer eigenen Götter, und die Macht der Mexica stützte sich nicht auf ihn. Als Motecuzomas Vorfahren vor vielen, vielen Jahren in dies Tal gekommen waren, hatten sie ihre Gottheiten in ihren Lederbeuteln mitgebracht: so zum Beispiel den Kriegsgott Huitzilopochtli oder Kolibri zur Linken, und den Bringer der Dunkelheit Tezcatlipoca oder Rauchender Spiegel. Diese beiden Götter waren erbitterte Feinde der Gefiederten Schlange. Anders als jener verlangten sie, daß man ihnen Menschenblut opferte, und Rauchender Spiegel hatte persönlich die Verschwörung angezettelt, die zur Vertreibung von Gefiederter Schlange aus seiner alten Stadt Tollán geführt hatte.

Motecuzoma erwog, welche schrecklichen Folgen die jüngsten Ereignisse haben konnten. Wenn nun sein Volk in einen unmittelbaren Kampf zwischen den Göttern geriet? Ganz gleich, wer den Sieg bei dieser gewaltigen Auseinandersetzung davontrug, die entweder die Sonne zerstören oder das Ende von Wind und Regen bedeuten würde – sie mußte zwangsläufig zur Vernichtung der Mexica führen. Die Verantwortung dafür, diese Katastrophe zu verhindern, lag ausschließlich bei ihm, Motecuzoma.

Er hatte stets gewußt, daß es dazu kommen würde. In der Hoffnung, die Situation zu entschärfen, hatte er angeordnet, im Hof des Haupttempels einen Schrein für Gefiederte Schlange zu errichten. Doch noch während des Baus hatte er in tiefster Seele gespürt, daß sich das Verhängnis damit nicht aufhalten lassen würde.

Das Gewicht der auf ihm lastenden Verantwortung war zu groß, und er begann, vor Furcht leise zu lachen.

46

Tlaxcala

Ein gewaltiges Vermögen lag in Gestalt von Gold, Silber und Edelsteinen auf dem Boden zu Cortés' Füßen. Er zeigte sich nicht beeindruckt.

»Sie wollen Euch zu Eurem Sieg über die Tlaxcalteken beglückwünschen«, sagte Doña Marina.

»Dankt ihnen für ihre freundlichen Worte, und sagt ihnen, daß alles auf einem Mißverständnis beruhte. Macht klar, daß ich nicht gekommen bin, um mit irgend jemandem Krieg zu führen, sondern daß ich nach wie vor den Frieden will.«

Sie teilte das dem Anführer der Mexica mit, dessen auffällig große Hakennase an einen Papageienschnabel erinnerte. Sein Umhang war reich verziert, an den Fingern trug er große Jadesteine und Opale und weitere Jadesteine in Ohrläppchen und Unterlippe. In einer Hand hielt er einen großen Fächer aus Quetzalfedern. Herablassend sah er Cortés an.

Dir würde ich den Hochmut gern austreiben! dachte dieser.

»Sie raten Euch, den Tlaxcalteken nicht zu trauen«, sagte Doña Marina. »Bei ihnen handelt es sich angeblich um ein heimtückisches und ehrloses Volk, und die Mexica machen sich große Sorgen, daß man uns alle im Schlaf ermorden könnte.«

Cortés lächelte. Wie liebenswürdig sie miteinander umgingen! »Dankt ihnen erneut für die Sorge, die sie sich um mich machen. Sagt ihnen aber, ich wisse im voraus, wenn jemand die Absicht habe, mich zu hintergehen, da ich die Gedanken der Menschen lesen kann.«

Wieder folgten rasche Worte. Mali schien von dem, was die Mexica zu sagen hatten, überrascht und bemühte sich festzustellen, ob sie richtig verstanden hatte.

»Was sagt er?« fragte Cortés.

»Daß ihr Ehrwürdiger Sprecher, der große Motecuzoma, Euch zum Zeichen seiner Freundschaft einen Tribut anbietet, der jährlich aufs neue gezahlt werden soll. Ihr selbst dürft seine Höhe in Gold, Silber, Jade und Tuch festsetzen. Zugleich beharrt Motecuzoma darauf, daß es zu gefährlich für Euch sei, weiter in Richtung auf seine Hauptstadt zu ziehen, da es zwischen hier und Tenochtitlán viele hinterhältige Völkerschaften wie die Tlaxcalteken gebe. Daher bittet er Euch, ins Wolkenland im Osten zurückzukehren, sobald Ihr Euren Tribut bekommen habt.«

Er hat Angst vor mir! dachte Cortés. Das aber kann nur bedeuten, daß auch er mich für diese geheimnisvolle Gefiederte Schlange hält! Er schickt seine Botschafter, die mit mir verhandeln und mich üppig bestechen sollen, damit ich sein Land verlasse – ganz so, als geböte ich über große Heere, er hingegen nur über ein paar hundert Leute! Es sieht ganz so aus, als hätte ich außer den Totonaca und Tlaxcalteken einen Verbündeten, den ich bisher übersehen habe. Der allerdings ist weit mächtiger als sie alle: Motecuzomas Gedanken.

Er hoffte, daß man ihm die Erregung nicht vom Gesicht ablesen konnte. »Doña Marina, sagt ihnen, sie sollen ihrem Großkönig Motecuzoma den Ausdruck meiner allerherzlichsten Freundschaft übermitteln. Sagt ihnen weiterhin, daß ich seinen Wünschen gern nachkommen würde, aber unbedingt persönlich mit ihm sprechen müsse. Ich kann nicht umkehren, ohne damit meinem König ungehorsam zu werden.«

Diese Antwort schien die Mexica zu bestürzen. Eine lange Unterhaltung zwischen ihnen und Mali folgte. Was sie ihnen wohl sagen mag? fragte sich Cortés. Wie sehr sie wohl diesen Mythos meiner angeblichen Unsterblichkeit ausschmückt? Ein gefährliches Spiel. Ich muß darauf achten, daß mir kein ketzerisches oder aufrührerisches Wort über die Lippen kommt, ganz gleich, was die Mexica glauben. Ich muß über jeden Vorwurf erhaben sein.

»Was antworten sie?« fragte er.

»Wenn Ihr unbedingt weiterwollt, werden sie Euch über Cholula geleiten und ihn dort so empfangen, wie es einem großen Herrscher geziemt.«

»Dankt ihnen in meinem Namen. Ich werde darüber nachdenken und sie meine Antwort zu gegebener Zeit wissen lassen.«

Die Mexica verbeugten sich und gingen. Gedankenverloren sah Cortés ihnen nach. Mit einem Mal fiel ihm ein, daß seine Leute nach wie vor auf seine Anweisungen warteten.

Er wandte sich seinem Kammerherrn Cáceres zu. »Holt mir Norte«, gebot er ihm.

Um Nortes Rippen lag ein schmutziger Verband, den linken Arm trug er in einer verdreckten Schlinge. Seine Wangen waren hohl vom Fieber. Cortés' Nasenflügel zuckten. Mit Norte kam der stechende Lazarettgeruch der Verwundeten in den Raum. Er wies Cáceres an, einen Stuhl herbeizuholen. Norte sah nicht aus wie jemand, der während des ganzen Gesprächs würde stehen können.

»Ihr könnt gehen«, sagte er zu seinem Kammerherrn. »Ich wünsche mit Señor Norte unter vier Augen zu sprechen.«

Cáceres nickte und ging.

Lächelnd sagte Cortés: »Norte, ich brauche Euer fachmännisches Urteil.«

»Wie bitte?«

»Ihr habt viele Jahre unter den Eingeborenen gelebt und einiges über sie erfahren.«

»Dies und jenes«, sagte er.

Ja, dachte Cortés, dies und jenes. Genug, um mit ihnen Blutopfer zu feiern, genug, um sich das Gesicht wie ein Wilder tätowieren zu lassen. Er empfand nichts als Verachtung für einen Mann, der zugelassen hatte, daß Wilde seinen christlichen Hintergrund auslöschten. Darin zeigte sich, daß Norte weder Rückgrat noch Charakter oder moralische Standhaftigkeit besaß. »Ich möchte mehr über diesen Gott wissen ... die Gefiederte Schlange.«

Norte sah ihn versteinert an. »Warum fragt Ihr nicht Doña Marina, *Comandante*? Sie eignet sich weit besser – «

»Weil ich Euch frage.«

Cortes' eiskalter Blick bezwang ihn. Er zuckte die Schultern. »Eine Legende. Ihr wißt ja, wie abergläubisch diese Leute sind.«

»Trotzdem wüßte ich gern mehr darüber.«

»Quetzalcóatl – Gefiederte Schlange –, ein Gott, der in keiner Weise grausam ist und als fast menschlich gilt, ist weder die bedeutendste noch die mächtigste Gottheit jener Menschen. Sie stellen ihn sich hochgewachsen, hellhäutig und bärtig vor.« Er ließ eine Pause eintreten. Cortés sagte nichts. »Der Legende zufolge war er in seiner letzten Inkarnation Priesterkönig einer Stadt namens Tollán, Hauptstadt eines uralten Volkes, der Tolteken. Dessen Angehörige waren kultiviert und gebildet, und Gefiederte Schlange war ihr oberster Gebieter. Er war überaus weise und so sanften Gemütes, daß er kein Lebewesen tötete und nicht einmal eine Blume pflückte. Er lehrte sein Volk die Kunst des Heilens und die Beobachtung der Gestirne am Himmel. Auf ihren Feldern wuchs die Baumwolle in allen Farben, und ihre Maiskolben waren so dick, daß ein Mann seinen Arm nicht darum legen konnte. In jener Epoche verbrachten die Menschen ihre Zeit mit Musizieren und damit, daß sie dem Gesang der Vögel lauschten.«

»Sprecht weiter.«

»Ein Gott namens Tezcatlipoca oder Rauchender Spiegel neidete Gefiederter Schlange seine Beliebtheit bei den Menschen und wollte ihm den Rang streitig machen. So brachte er ihn eines Abends durch Heimtücke dazu, sich zu betrinken und mit seiner eigenen Schwester zu schlafen. Am folgenden Morgen zog Gefiederte Schlange, von Reue gequält, ans Ufer des westlichen Meeres und warf sich auf einen Scheiterhaufen. Die Asche stieg wie ein Flug weißer Vögel empor und trug sein Herz zu Schlangenrock, der Mutter aller Götter. Dann stieg er unversehrt vom Scheiterhaufen, flocht sich aus tausend Schlangen ein Floß und segelte in die Morgendämmerung. Er hat versprochen, eines Tages zurückzukehren und die guten Zeiten mit sich zu bringen.« Norte zuckte die Schultern. »Wie gesagt, alles Märchen, Aberglaube.«

»Sofern es sich nur um Aberglauben handelt, warum hat dann Motecuzoma Angst?«

»Weil er allen Grund dazu hat«, entfuhr es Norte.

Cortés faßte ihn scharf ins Auge. »Warum sagt Ihr das?«

Zögernd erwiderte Norte: »Er sitzt auf dem Thron der Tolteken. Die Mexica haben ihnen ihre Kultur und ihr Land mit Gewalt genommen. Viele der einfachen Leute im Lande stammen von den Tolteken und nicht von den Mexica ab. Vermutlich fürchtet er, daß Eure Ankunft einen offenen Aufruhr hervorrufen könnte. Zumindest weiß er im geheimsten Winkel seines Herzens, daß er ein Betrüger ist.«

Cortés lächelte. »Und wo befindet sich dieses Tollán, die Hauptstadt der Gefiederten Schlange?«

»Wie es heißt, nördlich von Tenochtitlán. Aber sie liegt in Trümmern. Inzwischen ist Cholula die heilige Stadt der Gefiederten Schlange.«

»Cholula?«

»Sogar in Yucatán habe ich davon gehört. Zehntausende pilgern alljährlich dorthin.«

»Ich verstehe«, murmelte Cortés.

»Es ist einfach ein Aberglaube der Eingeborenen. Wie gesagt, ich habe ihn nie ernst genommen.«

Mit seinen grauen Augen betrachtete Cortés aufmerksam Nortes zerfetzte Ohrläppchen und die teuflische Tätowierung auf seinem Gesicht.

»Natürlich nicht. Danke, Norte. Ihr könnt gehen.« Während Norte aufstand, fragte ihn Cortés unvermittelt: »Wie geht es Eurer Wunde?«

»Sie heilt.«

»Benítez sagt, daß Ihr tapfer gekämpft und ihm das Leben gerettet habt.«

Norte zuckte die Schultern. Er hatte Benítez' Leben gerettet, das zumindest stimmte.

»Es hat sich als günstig für ihn erwiesen, daß ich mich entschlossen habe, Euch nicht hängen zu lassen.«

»Für mich auch«, sagte Norte.

Er ging. Cortés lächelte. Norte mochte lange unter den Heiden gelebt haben, aber seinen Mutterwitz hatte er dort nicht eingebüßt.

47

Man hörte das Dröhnen von Trommeln, den Klang von Flöten, und man roch den verlockenden Duft warmer, gewürzter Speisen. Große Platten voller Maiskuchen, Kaninchenbraten und Bohnen mit Chili standen auf den Matten vor ihnen. Cortés und seine Hauptleute setzten sich mit dem Edlen Baumwollring und den anderen Großen der Tlaxcalteken zum Festmahl nieder. Während sie aßen, durchquerten Akrobaten radschlagend den großen Saal und tanzten Zwerge vor ihnen.

Älterer Wespenring wandte sich zu Mali um, die hinter ihm und Cortés saß.

»Was sagt er?« fragte Cortés.

»Er sagt, Ihr solltet lieber nicht nach Cholula gehen.«

»Die Mexica haben uns ein freundliches Willkommen versprochen.«

Mali sprach rasch mit dem Häuptling der Tlaxcalteken und wandte sich dann wieder an Cortés. »Er sagt, man könnte eher daran glauben, daß eine Klapperschlange nicht beißt, als der Gastfreundschaft der Mexica zu trauen. Wenn Ihr nach Tenochtitlán wollt, sollt Ihr lieber den Weg über Huexotzinco nehmen.«

Merkwürdig, wie mit einem Mal jedem unser Wohlergehen am Herzen liegt, dachte Cortés. Wie sich die Dinge doch in den letzten Tagen geändert haben. »Ich will darüber nachdenken«, sagte er.

»Natürlich ist das wichtig«, sagte Mali, »aber Ihr müßt auf jeden Fall nach Cholula gehen.«

Alvarado und Benítez hörten das Gespräch mit und sahen sie verblüfft an. »Zum Teufel«, murmelte Alvarado. »So könnt Ihr nicht mit dem *Comandante* sprechen.«

Cortés lächelte. Die Reaktion seiner Hauptleute belustigte ihn. Seine kleine Wildkatze brachte sogar den sonst unerschütterlichen Alvarado aus der Fassung. »Aber sie hat recht«, sagte Cortés. »Ich muß nach Cholula.«

»Warum?« fragte ihn Benítez. Er bekam keine Antwort darauf.

Älterer Wespenring hatte sich erneut an Mali gewandt.

»Er möchte das Bündnis festigen, das wir miteinander geschlossen haben«, sagte sie leise. »Er bietet all Euren Hauptleuten Frauen an.« Zögernd fügte sie hinzu: »Für Euch hat er seine eigene Tochter vorgesehen.«

Baumwollring wies auf fünf junge Frauen, die züchtig am anderen Ende des Saales saßen. Sie trugen weiße Röcke aus Sisalfaser, wunderschön geschmückte *huipitli* und im Haar herrlichen Jadeschmuck. »Eine von ihnen ist Baumwollrings Tochter«, sagte Mali, »aber auch alle anderen stammen aus vornehmen Tlaxcalteken-Familien. Die, von der Wespenring behauptet, es sei seine Tochter, sitzt rechts. Er sagt das aber nur aus Eitelkeit. In Wirklichkeit ist sie seine Enkelin.«

Kritisch beäugte Cortés die Frauen. »Was meint Ihr, Doña Marina?«

»Herr?«

»Soll ich sein freundliches Angebot annehmen und mit seiner Enkelin die Schlafmatte teilen?«

Ein kaum wahrnehmbarer Ausdruck von Ungewißheit und Schmerz trat auf ihr sonst so undurchdringliches Gesicht, und sie schien mit einem Mal die Sprache verloren zu haben. Na bitte, dachte er. Wie alle Frauen war auch seine bemerkenswerte kleine Prinzessin eifersüchtig und wollte ihn für sich allein haben.

Er lächelte. »Sagt ihm, daß ich ihm für sein großzügiges Anerbieten danke, es aber leider für meine Person nicht annehmen kann, obwohl die junge Dame wirklich liebreizend ist. Doch ich bin bereits verheiratet, und meine Religion gestattet mir nur eine Frau.«

Er wandte sich wieder seinem Mahl zu, doch entging ihm Malis Verwirrtheit nicht. Es dauerte einige Augenblicke, bis sie Älterem Wespenring seine Worte weitergab, und ihre Stimme klang dabei verändert.

Cortés wandte sich ihr abermals zu, als hätte er nicht gemerkt, welche Wirkung seine letzte Äußerung auf sie gehabt hatte. »Sagt ihm bitte, daß es meinen Hauptleuten eine Ehre sei, diese schönen Damen in ihren Haushalt aufzunehmen. Allerdings müssen sie sich zuvor zum christlichen Glauben bekennen und getauft werden. Erinnert ihn auch daran, daß er schon alt ist und bald an den Tod denken muß. Da er mein Freund ist, sähe ich es gern, wenn er und die anderen Häuptlinge gleichfalls das Sakrament annehmen und ihren alten Göttern entsagen würden, damit ihre Seelen Frieden im Himmel finden.«

Mali schien von dieser Äußerung erschüttert. Cortés hörte, wie sie das Gesagte stammelnd und mit vielen Pausen weitergab. Als sie geendet hatte, war das zahnlose Lächeln von Älterem Wespenring verschwunden.

»Er antwortet Euch«, sagte Mali, »er sei gern bereit zuzulassen, daß man die jungen Frauen mit Wasser besprengt, wenn Euch das glücklich macht. Er selbst aber, sagt er, könnte seinen Göttern nicht einmal um den Preis seines Lebens entsagen, denn täte er das, käme es zu einem Aufstand in seinem Volk.«

Warum nur sind diese Leute so halsstarrig? fragte sich Cortés. Hatten ihnen nicht die Patres Olmedo und Díaz die Sache gründlich erklärt und ihre Irrtümer aufgezeigt? »Wenn er das Christentum annimmt, wird er ewige Glückseligkeit im Himmel finden. Stirbt er hingegen ohne das Sakrament, wird er in die Tiefen der Hölle geworfen und dort auf alle Zeiten qualvoll brennen. Er muß die Blutopfer aufgeben ...«

Pater Olmedo beugte sich vor und legte Cortés eine Hand auf die Schulter. »Herr, vielleicht ist jetzt noch nicht der richtige Zeitpunkt. Wir sollten zurückhaltender vorgehen.«

Cortés sah dem Priester ins gerötete fleischige Gesicht. »Soll mich ein Priester daran hindern, die Botschaft Christi zu verbreiten? Wer von uns ist der Gottesmann?«

»Ich möchte nur, daß Ihr Eure Äußerungen mäßigt.«

»Ihr scheint mich immer zurückhalten zu wollen!«

»Ich denke, daß es besser ist, Gott diesen Menschen allmählich nahezubringen, als übereilt vorzugehen und damit alles einzubüßen, was wir schon gewonnen haben.«

Alvarado beugte sich vor. »Er hat recht, *Comandante*. Es könnte sich als selbstmörderisch erweisen, wenn wir zu rücksichtslos vorgehen, nachdem wir gerade erst Frieden mit diesen Menschen geschlossen haben.«

Cortés schüttelte den Kopf. Alle waren feige, einer wie der andere. Welche Rolle spielte es in einer so wichtigen Frage wie der Erlösung der Seele, ob ein Mensch die Wahrheit aus freien Stücken erkannte oder ob man ihn mit dem Schwert in der Hand dazu drängte? Doch wenn ihn niemand dabei unterstützte, konnte er auch nichts tun. Er forderte Mali auf: »Sagt diesem Wespenring, daß wir die jungen Frauen gern annehmen. Über Fragen der Religion reden wir später noch einmal.«

Benítez merkte, daß er bei diesem Wortwechsel unwillkürlich den Atem angehalten hatte. Jetzt entließ er die Luft mit einem tiefen Seufzer aus seiner Lunge. Er sah, daß Pater Olmedo zitterte. Sie hatten so viel errungen, und Cortés schien im Begriff zu stehen, alles zu zerstören. Es wäre eine Katastrophe.

48

Sie lag auf der Schlafmatte neben ihm. Noch war sein Honig klebrig in ihrer *tipíli*-Grotte. Durch das Fenster konnte sie Mondschwester sehen, die dem unteren Ende des Nachthimmels entgegenstrebte, vom eigenen Bruder Huitzilopochtli besiegt und enthauptet. Cortés lag schweigend da und sah zu den Gestirnen empor, zu seinen Geschwistern, dachte Mali, und er schien ihr im Augenblick weit entfernt und verloren.

»Noch nie habt Ihr von Eurer Frau gesprochen«, begann sie.

Er rührte sich, gab aber keine Antwort.

»Ist sie sehr schön?«

»Sie ist anders als du«, flüsterte er. »Ich liebe sie nicht.«

»Wenn ihr Mann und Frau seid, warum begleitet sie Euch dann nicht?«

Er lächelte im Dunkeln. »Hierher? Sie braucht sogar eine Zofe, die ihr die Hand hält, wenn sie nachts aufstehen muß.«

Mali legte ein Bein über seins und ihre Wange an die sonderbaren rauhen Locken auf seiner Brust. »Wie heißt sie?«

»Ich möchte nicht über sie sprechen.«

Sie spürte, wie Tränen in ihr aufstiegen. Zum Glück konnte er das in der Dunkelheit nicht sehen.

»Ihr hättet mir das sagen müssen«, beklagte sie sich nach einer Weile, als sie ihrer Stimme wieder trauen konnte.

»Ich fürchtete, dich zu enttäuschen. Und ich hatte recht.«

»Habt Ihr Kinder?«

»Nein.«

Mali überlegte. Bisher gab es also keine Söhne für den Thron der Mexica. »Wird sie zu Euch kommen, wenn wir in Tenochtitlán sind?«

»Wozu all diese Fragen? Ich habe es dir gesagt. Sie ist zwar meine Frau, aber ich liebe sie nicht.«

»Möglich. Aber es wäre besser gewesen, wenn Ihr es mir gesagt hättet.«

»Wozu? Vielleicht habe ich eines Tages eine bessere Frau.«

»Mich?«

»Wen sonst, *chiquita*?« flüsterte er. »Wen sonst könnte ich so lieben wie dich?«

Nach einer Weile schlief er ein. Sie aber lag noch lange wach und überlegte. Er mochte ein Gott sein, doch waren Götter ihrem Wesen nach unberechenbar. Möglicherweise verlangte sogar ihr sanfter Gott Opfer. Sie würde sich entscheiden müssen, ob sie bereit war, der Gefiederten Schlange ihr eigenes Herz zum Opfer darzubieten.

Als Zugeständnis an seine neuen Freunde ließ Älterer Wespenring zu, daß Cortés einen Tempel der Stadt in einen christlichen Schrein umwandelte. Dort empfingen die fünf jungen Prinzessinnen der Tlaxcalteken in einer besonderen Feierstunde die Taufe, woraufhin man sie Cortés' Hauptleuten als Gefährtinnen zuführte.

Wespenrings Enkelin bekam bei der Taufe den Namen Luisa und wurde Alvarado zugewiesen. Um den alten Kaziken nicht mit seiner Zurückweisung zu kränken, hatte Cortés ihm gesagt, jener rothaarige Riese sei sein Bruder. Die anderen Frauen gab er Sandoval, Cristóbal Olid und Alonso de Avila; León bekam Baumwollrings Tochter, die schönste von allen. Sie hatte in der Taufe den Namen Elvira empfangen.

Ein kluger Schachzug, dachte Benítez. Indem er sie León gibt, belohnt er einen einstigen Feind und macht aus ihm einen zuverlässigen Verbündeten. Alles, was er tat, schien Cortés politischen Erwägungen unterzuordnen.

49

Cholula

Vielen der Männer stockte der Atem, als sie die Stadt zwischen den grünen Feldern des Anahuac-Tales unter ihnen liegen sahen. Hunderte hoher weißer Türme, die Pyramiden der Götter, stiegen über die sich weithin ausdehnenden steinernen Häuser mit ihren Flachdächern empor.

Wenn das lediglich eine Pilgerstadt ist, dachte Benítez, wie mag dann erst die Hauptstadt Tenochtitlán aussehen? Jedesmal, wenn er glaubte, das Großartigste gesehen zu haben, was das neue Land zu bieten hatte, wie in Cempoallan, Tlaxcala und jetzt hier, hatte ihm später ein weiteres Wunder gezeigt, daß noch eine Steigerung möglich war.

In jener Nacht schlugen sie das Lager unmittelbar vor der Stadt im Trockenbett des Flusses Atoyác im dunklen Schatten des Vulkan Ixtaccihuatl, Weiße Frau, auf. Schneereste glänzten im Mondschein um seinen Gipfel wie eine makellose weiße Kette am Hals einer Prinzessin.

Am nächsten Morgen kam ihnen eine Abordnung von Senatoren und Priestern aus Cholula entgegen, deren Eintreffen wie üblich der Schall von Muscheltrompeten und Knochenflöten ankündigte. Den Zug der hohen Würdenträger begleiteten Sklaven mit Fächern und Weihrauchgefäßen.

Cortés erwartete sie in voller Rüstung, Doña Marina zur Rechten, die Hauptleute hinter sich.

Der Anführer der Abordnung trat vor, legte in der herkömmlichen Weise die Finger auf den Boden und führte sie dann grüßend an die Lippen.

»Er heißt Zorniger Präriewolf und ist einer der bedeutendsten Senatoren von Cholula«, sagte Mali.

Alvarado, der unmittelbar hinter Cortés stand, flüsterte: »Mir sieht er eher aus wie eine etwas bekümmerte Ente.« Jaramillo und Sandoval lachten.

Cortés strafte ihre Heiterkeit mit einem zornigen Blick. »Dankt ihm für seinen Gruß«, wies er Doña Marina an, »und sagt ihm, daß wir im Namen Seiner Allerkatholischsten Majestät König Karls von Spanien gekommen sind, um diesem Land die wahre Religion zu bringen und dem Teufelswerk darin ein Ende zu bereiten.«

Sie dolmetschte: »Gefiederte Schlange ist zurückgekehrt, um in seiner Stadt auszuruhen. Ometecuhtli, der Vater aller Götter, hat ihn geschickt, damit er seinen Thron wieder einnimmt und den Menschenopfern ein Ende bereitet.«

Kein Muskel zuckte im Gesicht des Sprechers der Abordnung. Seine Antwort wirkte wie sorgfältig einstudiert.

Mali blickte finster drein, als sie die aalglatten Worte hörte, obwohl sie nichts anderes erwartet hatte. Was für Heuchler diese

Menschen doch waren! Sie taten so, als seien sie ihrem Gott ergeben, und wenn er schließlich wie versprochen zurückkehrte, waren sie nicht bereit, ihm zu huldigen, ja, sie erkannten ihn nicht einmal! Was für eine Religionsauffassung war das nur?

Zu Cortés sagte sie: »Er heißt Euch herzlich in der Stadt willkommen. Man hat Unterkünfte vorbereitet und wird Lebensmittel herbeischaffen.« Sie ließ eine Pause eintreten. »Obwohl er erklärt, sie seien begierig zu hören, was Ihr zu sagen habt, betont er, daß sie auch darauf achten müssen, ihre Götter nicht zu verärgern, die ihnen bereits alles geben, was sie brauchen.«

Lacht Über Frauen war an einen der Senatoren von Cholula herangetreten und befingerte neidisch dessen in Fransen auslaufendes ärmelloses Gewand aus herrlicher gefärbter Baumwolle. Sie war von einer Qualität, die sein Volk wegen des von Tenochtitlán verhängten Handelsverbots nicht zu sehen bekam, so daß er sich, wie die anderen Führer der Tlaxcalteken, mit einem Umhang aus grober Sisalfaser begnügen mußte. Unbehaglich trat der Edle, dem diese Aufmerksamkeit galt, von einem Bein aufs andere und versuchte sich zu entfernen, doch Lacht Über Frauen ließ sein Gewand nicht los.

Zorniger Präriewolf wandte sich an Mali. »Wenn ihr als Freunde gekommen seid, warum begleitet euch dann eine so große Streitmacht unserer Feinde?«

»Sie haben Angst vor den Tlaxcalteken«, sagte Mali zu Cortés, »die ihre Erbfeinde sind.«

»Sagt ihm, daß sie mich nach Tenochtitlán begleiten. Sie haben keine feindseligen Absichten.«

Mali gab diese Mitteilung weiter, doch Zorniger Präriewolf war nicht besänftigt. Er wollte ausschließlich die Spanier in die Stadt Cholula hineinlassen; die Tlaxcalteken hingegen sollten vor ihren Toren bleiben.

»Kommt überhaupt nicht in Frage«, sagte Alvarado, als er diese Bedingung erfuhr.

»Damit wollen die uns in ihre Gewalt bringen«, sagte Sandoval.

Mali wartete, wie sich Cortés entschied.

Doch dieser lächelte nur und sagte, zu Alvarado gewandt: »Wenn ich Zorniger Präriewolf wäre und Fremde kämen mit meinen Feinden, beispielsweise den Franzosen, ich würde sie ebenfalls nicht in meine Stadt lassen.«

»*Comandante*«, zischelte Alvarado, »das können wir nicht zulassen!«

»Mir ist das Risiko wohl bewußt«, beschied ihn Cortés und forderte Mali auf, dem Zornigen Präriewolf mitzuteilen, daß er die Forderung der Gegenseite erfüllen werde.

Das ist Selbstmord, dachte sie. Wieder führt er sich anmaßend wie ein Gott auf.

»Gefiederte Schlange erfüllt Eure Forderung«, sagte sie. »Aber er warnt Euch vor jedem Versuch, ihn zu hintergehen. Er kann die Gedanken der Menschen lesen und wird es sogleich merken, wenn Ihr ihn hinters Licht führen wollt.«

Der Senator lächelte verächtlich. »Ich sehe Gefiederte Schlange hier nicht.«

»Der Ehrwürdige Sprecher weiß, wer er ist«, gab Mali zur Antwort. »Er hat ihm eine große Menge Gold und Juwelen als Tribut geschickt.«

Cortés wollte wissen, worüber sie sprachen.

»Nichts. Nur eine Frechheit.«

Alvarado und Sandoval tauschten einen Blick. Offenkundig gefiel ihnen die Vorstellung nicht, daß Mali Gespräche mit den Eingeborenen führte, von denen sie nichts verstanden. Doch Cortés schien das nicht weiter zu beunruhigen. »Sagt ihm, daß wir uns darauf freuen, in seiner Stadt empfangen zu werden.«

Als der Senator und sein Gefolge fort waren, nahm Cortés Mali beiseite. »Soll ich ihnen trauen, *chiquita*?« flüsterte er.

»Nur, wenn es Euer Wunsch ist, daß man Euer Heer vernichtet, Herr.«

Er nickte. »Das dachte ich mir.«

Er ging zurück zu seinen Offizieren. Sie sah ein Wildkaninchen aus dem Gebüsch über den Pfad rennen. Es war ein schlechtes Vorzeichen. Etwas Übles würde geschehen.

Eine gewaltige Menschenmenge begrüßte den Einzug der Spanier. Junge Mädchen warfen Blumensträuße, Akrobaten schlugen das Rad vor dem Zug, den die Priester mit Muscheltrompeten, Knochenflöten und Trommeln begleiteten.

Von den Totonaca hatten ausschließlich jene mit in die Stadt gedurft, welche die Geschützwagen zogen; die Tlaxcalteken lagerten am Fluß außerhalb ihrer Mauern.

Benítez sah sich im Sattel um und merkte, daß Norte, der noch immer seinen Arm in der Schlinge trug, nur mit Mühe Schritt halten konnte. Regenblüte ging neben ihm. Sie hob den Blick und rief Benítez etwas zu.

»Was hat sie gesagt?« schrie er zu Norte hinüber.

»Daß Ihr Euren Ruhm genießen sollt, solange Ihr noch Gelegenheit dazu habt«, gab dieser zur Antwort. »Morgen werden sie uns alle massakrieren!«

50

Das einzige Geräusch, das sie beim Durchqueren des Tempelhofs hörten, war das Knirschen ihrer Stiefel und das Klirren ihrer Schwerter. Stumm wich die Menge vor ihnen auseinander.

Allen voran erstieg Cortés die steilen Stufen der hohen Pyramide. Oben auf der Plattform keuchten sie in ihrer schweren Rüstung, und Schweiß lief ihnen über das Gesicht. Dicht aneinandergedrängt sahen die in Umhänge mit rot-weißen Mustern gekleideten Priester zu ihnen herüber. Ohne auf sie zu achten, trat Cortés in den Schrein. Benítez folgte ihm.

Es dauerte eine Weile, bis sich ihre Augen an das Dunkel gewöhnt hatten. Dann merkte Benítez, daß sie vor dem riesigen steinernen Bildnis einer gewundenen Schlange standen. Sie trug einen mit roten Kreuzen bedeckten Umhang, ähnlich den Gewändern der Priester draußen. Ihr Leib war mit Jade besetzt, und ihr Kopf war der eines bärtigen Mannes mit langem Haar.

»Das also ist Gefiederte Schlange«, sagte Cortés.

Benítez merkte, wie ihn eine Gänsehaut überlief. Frisches dunkles Blut schimmerte metallisch auf dem Opferstein. Todesgeruch lag über allem.

Er blickte zu Cortés und sah, daß er lächelte. Seine Augen schienen im Dämmerlicht sonderbar zu glänzen, so, als hätte er zuviel Wein getrunken.

Cortés wandte sich an Alvarado. »Manche dieser Leute halten *mich* für Gefiederte Schlange.« Er sah zu dem Schrein neben dem bärtigen Götzenbild hin. »Meint Ihr, daß mir das ähnlich sieht?«

Alvarado warf einen Blick auf Pater Olmedo, der äußerst unbehaglich dreinsah. »Ihr solltet nicht so reden, *Comandante*.«

»Es ist der Teufel«, sagte Pater Olmedo.

»Ich finde, es sieht Aguilar ähnlich«, sagte Sandoval lachend. »Oder vielleicht Pedro«, fügte er mit einem Blick auf Alvarado hinzu.

»Sagt doch so etwas nicht«, murmelte dieser.

Benítez legte die Hand auf den Griff seines Degens. Ihm gefielen weder die Blicke der Priester noch die Art, wie sie sich um den Eingang drängten. »Laßt uns von hier fortgehen«, sagte er. In Gedanken fügte er hinzu: Wir wollen beten, daß wir jetzt nicht kämpfen müssen – zu sechst und von Tausenden umdrängt.

Er sah über die Schulter zu Cortés. Man konnte nie wissen, was der *Comandante* als nächstes tun würde. Das war nicht mehr der Mann, der vor sieben Monaten von Kuba aufgebrochen war. Er hatte sich in letzter Zeit verändert, war gefährlich und unberechenbar geworden.

Auch Cortés behielt die Priester im Auge und war mit einem Mal wie verwandelt. »Die scheinen hier in ihren ›Kathedralen‹ die Wasserspeier im Inneren aufzubewahren, vorzugsweise in Gestalt von Ungeheuern mit Menschenköpfen«, sagte er. Dann wandte er sich an Pater Olmedo. »Ihr sollt mein Zeuge sein, Pater. Hiermit gelobe ich, jedes Götzenbild in diesem Reich niederzureißen und jeden Tropfen Blut von diesen Wänden zu kratzen, denn es gibt nur den einen Gott, und ich bin sein Diener. Amen.«

»Amen«, sprach ihm Pater Olmedo nach.

Cortés sprang von dem Standbild herab, auf das er wie zur Bekräftigung gestiegen war, und trat durch die Gruppe der Priester ins Freie. Die anderen eilten ihm nach, darauf bedacht, diesen beklemmenden Ort so rasch wie möglich zu verlassen.

Während Mali über den Markt streifte, folgten ihr Flores und fünf weitere Krieger als Eskorte. Hier gab es alles zu kaufen, was das Herz begehrte: Baumaterial, ob Stein, Kalk oder Balken, Kochtöpfe, Obsidianspiegel, Wimpernfarbe, Kräuter gegen Kinderkrankheiten, Federn, Salz, Gummi und Erdpech. Käufer feilschten um den Preis von Kakao und Mais, Träger mit breiten Gurten vor der Stirn schleppten riesige Weidenkörbe voller Umhänge, bestickter Röcke oder aus Fasern geflochtener Sandalen. Eine Dirne hob vor den Augen möglicher Kunden die Röcke und zeigte ihre tätowierten Schenkel. Alte Weiber hockten neben den Maiskolben und Paprikaschoten auf dem Boden, die sie zum Verkauf auf Strohmatten ausgebreitet hatten. Mali sog all die Düfte ein, die sie umgaben – da lockten appetitliche Maispasteten und geröstete Kürbiskerne, die man sich mit Salz oder Honig würzen lassen konnte.

Mit einem Mal teilte sich die laute Menge vor ihr, um eine Frau in einem herrlich bestickten Gewand und mit Onyxschmuck an Handgelenken, Hals und Fingern durchzulassen. Ein ganzer Trupp Sklaven umgab sie. Mali hatte sie bei der Feier zu Ehren ihrer Ankunft gesehen und erkannte sie sogleich wieder. Es war Vogel im Röhricht, die Mutter des Senators Zorniger Präriewolf.

Während eine ihrer Sklavinnen so lange um den Preis für hundert Bogen Borkenpapier feilschte, bis der Händler auf hundertzwanzig Kakaobohnen heruntergegangen war, wartete Vogel im Röhricht.

Mali gebot ihren Begleitern zurückzubleiben, trat zu Vogel im Röhricht hinüber und sprach sie an.

Hoheitsvoll und ohne zu antworten sah sie Mali an.

Diese, die bereits zum Zeichen der geforderten Achtung den Blick gesenkt hatte, sagte: »Ich muß mit Euch sprechen, Mutter.«

»Worüber hätten wir zu reden?«

»Ich brauche Eure Hilfe.«

Das schien die Frau milde zu stimmen. Sie sah über Malis Schulter zu den spanischen Kriegern hinüber.

»Wir sind sicher, Mutter«, sagte Mali. »Keiner dieser Hunde kennt die vornehme Sprache. Sie können kein Wort von dem verstehen, was wir sagen.«

»Was gibt es, Kind?« fragte die alte Frau mit leiser Stimme.

»Ich muß von diesen Teufeln fort«, vertraute ihr Mali an.

Vogel im Röhricht schien beunruhigt, aber nicht überrascht. Es sah fast so aus, als hätte sie von Anfang an damit gerechnet. »Bist du eine Sklavin?«

»Ich bin die Tochter eines bedeutenden und edlen Herrn, und in meinen Adern fließt das Blut der Mexica-Herrscher. Diese Halunken haben mich aus dem Haus meiner Eltern in Painali entführt. Wollt Ihr mir helfen?«

Die Alte zögerte. Dann sagte sie: »Nicht hier. Heute abend. In meinem Hause.«

Mit einem letzten scheuen Blick zu den Kriegern wandte sie sich um und zog mit ihrem Gefolge weiter.

»Schon den zweiten Tag hat man uns nichts zu essen gebracht«, murrte Alvarado. »Die Männer haben Hunger. Was sollen sie essen? Die schönen Worte der Leute aus Cholula?«

Benítez lehnte sich gegen den Tisch. »Norte hat mit einigen Leuten der Totonaca gesprochen. Sie sagen, daß sie in den Straßen, die aus der Stadt führen, Fallgruben mit zugespitzten Pfählen entdeckt haben, auf denen jeder aufgespießt wird, der dort hineinstürzt. Sie wollen außerdem gesehen haben, daß auf den flachen Dächern der Häuser Steine aufgeschichtet sind, die auf jeden geschleudert werden können, der versucht, über die Straße zu entkommen. Ich glaube, wir haben uns in eine Falle locken lassen.«

Drei Tage lag ihr feierlicher Einzug zurück. Man hatte sie in einem herrlichen Palast untergebracht, der auf den Hauptplatz führte, und sie hatten es sich bei Truthahn und Maiskuchen wohl sein lassen. Jetzt aber ließ man sie mit einem Mal hungern, und wenn die Krieger durch die Straßen zogen, warf man ihnen statt Blumen, wie am Tag des Willkommens, verächtliche und mörderische Blicke zu.

»Sechsmal habe ich heute gehört, wie sie die Muscheltrompete zum Zeichen dessen geblasen haben, daß sie ihrem Kriegsgott Kolibri opfern«, sagte León. »Es ist, als wollten sie uns herausfordern.«

»Mir ist zu Ohren gekommen«, fügte Sandoval hinzu, »daß Motecuzoma den Leuten von Cholula einen Haufen Gold versprochen hat, wenn sie ihm zwanzig von uns in die Hauptstadt schicken. Er will uns auf seinen Altären opfern.«

Erneut ertönte eine Muscheltrompete, diesmal ganz in der Nähe. Noch ein Opfer, wieder ein Herz für Huitzilopochtli, für Kolibri.

Dieser Klang jagte allen einen Schauer über den Rücken, und das Gespräch erstarb.

Nach einer Weile nahm Jaramillo den Faden wieder auf: »Sie haben alle Frauen und Kinder aus der Stadt geschafft. Ich habe heute nachmittag gesehen, wie sie zu Hunderten in die Berge gezogen sind.«

»Wir sollten nach Vera Cruz zurückkehren«, sagte de Grado.

Mit verschränkten Armen schnaubte Ordaz verächtlich, um zu zeigen, was er von dieser Äußerung hielt.

»Vor ein paar Monaten habt Ihr zu denen gehört, die am lautesten unsere Rückkehr verlangt haben«, erinnerte ihn de Grado.

»Seither habe ich gesehen, wie sich das Gold auf unseren Wagen häuft und unser *Comandante* uns Siege und Ruhm gebracht hat, wie ich es nicht für möglich gehalten hatte. Außerdem haben wir die Sache schon oft besprochen. Wir können nicht umkehren.«

»Dann hätten wir die Tlaxcalteken mit in die Stadt bringen sollen«, sagte Alvarado.

Cortés schaute gedankenverloren vor sich hin. »Vielleicht kämpfen wir gegen Gespenster. Schon möglich, daß sie uns ebenso wenig lieben wie die Tlaxcalteken. Aber man muß mich erst noch davon überzeugen, daß sie uns in den Rücken fallen wollen.« Er wandte sich an Mali, die sich während der ganzen Unterhaltung schweigend im Hintergrund gehalten hatte.

»Nun, Doña Marina«, fragte er, »was haltet Ihr von der Sache?«

Der Mond war hinter den Bergen versunken. Eine Gestalt huschte durch die tiefen Schatten, die über die Straße fielen, und eilte in einen der großen Paläste nahe dem Platz. Eine Dienerin, die schon gewartet hatte, geleitete die Besucherin über einen großen Hof in einen kleinen Empfangsraum, den eine Fackel erhellte.

Im Haus war es still. Alles schlief.

»Sind dir die spanischen Teufel bis hierher gefolgt?« fragte Vogel im Röhricht.

Mali schüttelte den Kopf. »Ich war sehr vorsichtig. Ich habe mich an den Wachen vorbeigeschlichen, als die anderen schliefen.«

Die Ältere bedeutete ihr, sich neben sie auf die Matte am Boden zu setzen. Eine zweite Dienerin brachte irdene Becher mit dampfend heißem *xocoatl.* Mit zitternden Händen nahm Mali das gewürzte Getränk entgegen.

Man sieht, daß die Kleine Angst hat, dachte Vogel im Röhricht. Was für Barbaren! Sie haben die Stirn, in Begleitung der mörderischen Tlaxcalteken herzukommen, und ihr Anführer gibt sich als Gefiederte Schlange aus. Der Tod ist noch zu gut für sie.

Aufmerksam betrachtete sie ihre Besucherin. Sie wirkte schmal – nach dem, was sie in jüngster Zeit durchgemacht haben mußte, nicht weiter verwunderlich. Dennoch waren ihre Züge dem Auge nicht unangenehm, und sie war noch sehr jung. Allerdings bestand die nicht von der Hand zu weisende Gefahr, daß sie den Samen eines dieser Barbaren in sich trug. Das könnte zu Schwierigkeiten führen.

»Erzähle mir von dir«, forderte Vogel im Röhricht Mali auf.

Diese begann mit gesenktem Blick: »Ich bin in Painala zur Welt gekommen, einen Tagesmarsch von Coatzacoalcos entfernt. Meine Mutter war Tochter eines hohen Mexica-Adligen, direkter Nachkomme von Motecuzomas Großvater, Antlitz im Wasser. Mein Vater war Häuptling des Bezirks.«

Das Herz der Älteren tat einen Sprung. Sie hatte recht daran getan, ihrem ersten Eindruck zu trauen. Sofern diese junge Frau wirklich aus der Familie des Herrschers stammt, dachte sie – und das läßt sich ohne weiteres nachprüfen –, ist sie als Ehefrau unschätzbar. Jedermann wußte, daß die einzige Aussicht, am Hof Motecuzomas voranzukommen, in einer Blutsverwandtschaft mit ihm bestand, und sei diese noch so entfernt.

»Eines Tages haben mich Fremde, die sich Spanier nennen, entführt, als sie in der Nähe unseres Dorfes lagerten«, fuhr Mali fort. »Sie haben mich gezwungen, bei ihnen zu bleiben. Seit sie gemerkt haben, daß ich die vornehme Sprache Náhuatl spreche und außerdem die tierischen Laute der Maya kenne, muß ich ihnen als Dolmetscherin dienen. Sie haben mich überdies gezwungen, ihre eigene Sprache zu lernen, damit ich ohne weiteren Vermittler mit ihnen reden konnte.«

»Und was ist mit diesem Anführer, der Gefiederte Schlange zu sein behauptet?«

»Ich muß gestehen, als ich ihm zum ersten Mal begegnete, habe ich geglaubt, daß aus der Legende Wirklichkeit geworden sein könnte. Rein äußerlich ähnelt er ihm, und seine Männer haben viele Zauberkräfte – beispielsweise die Feuerhölzer und die eisernen Schlangen, die Feuer und Rauch atmen. Aber inzwischen weiß ich, daß sie ebenso sterblich sind wie wir. Mittlerweile ist mir klar, daß sie kein anderes Ziel haben, als uns Gold, Jade und Kakao zu stehlen.«

»Ich wußte gleich, daß er kein Gott ist«, sagte Vogel im Röhricht. »Ich wußte es.« Sie nahm Malis Hand. »Armes Kind. Du mußt entsetzlich gelitten haben.«

»Ich habe Angst, daß sie mich töten wollen. Deshalb versuche ich, ihnen zu entkommen. Ich weiß nicht, was ich tun soll.«

»Gräme dich nicht. Vielleicht kann ich dir helfen. Du siehst gut aus und kommst aus guter Familie. Mit deinem Mexica-Blut könntest du eine gute Partie machen. Du verdienst ein besseres Los.«

»Zuerst muß ich von den Spaniern fort.«

»Ich könnte dich hier verstecken.«

»Sie würden keine Ruhe geben, bis sie mich gefunden haben. Ich würde Euch nur Schwierigkeiten machen.«

Vogel im Röhricht zögerte, unsicher, ob sie reden sollte oder nicht. Aber sie brachte es nicht über sich zu schweigen und sagte schließlich: »Dazu werden sie keine Gelegenheit haben, denn sie werden alle tot sein.«

»Tot?«

Sie schüttelte den Kopf. »Ich dürfte es dir gar nicht sagen ...«

Mit bleichem Gesicht starrte Mali sie an. »Was dürft Ihr mir nicht sagen?«

Immer noch zögerte Vogel im Röhricht. Dann vertraute sie ihr mit gesenkter Stimme an, so als säßen Lauscher in jeder Ecke des leeren Raumes: »Mein Mann und andere Senatoren haben sich insgeheim mit unserem Ehrwürdigen Sprecher Motecuzoma in Verbindung gesetzt. Er wünscht den Tod der Fremden. Hunger soll sie aus ihrer Unterkunft treiben. Sobald sie aber die Stadt zu verlassen versuchen, werden sie getötet.«

Erstaunt sah Mali die Alte an. Diese fuhr fort: »Warum solltest du mit ihnen sterben? Ich habe einen Sohn, der im richtigen Alter zum Heiraten ist. Sofern du kein Ungeheuer von diesen Fremden in dir trägst, kannst du deinen Umhang mit dem seinen verknoten und wieder lernen, wie ein wahrhafter Mensch zu leben.«

»Das würde ich gerne tun«, flüsterte Mali. »Aber es ist aussichtslos. Ihr könnt sie nicht besiegen. Sie haben sogar die Tlaxcalteken überwunden, die ihnen zahlenmäßig tausendfach überlegen waren. Es sind Teufel.«

»Das mag auf dem Blumenfeld so sein. Wenn sie aber hintereinander durch die Straßen unserer Stadt ziehen und wir sie dort in eine Falle locken, werden sie nicht solch schreckliche Gegner sein.«

Begierig beugte sich Mali vor und umklammerte mit ihren Händen die der Alten. »Von diesem Augenblick werde ich träumen, Mutter. Aber wie kann ich ihnen entfliehen? Was soll ich tun?«

»Erst einmal gar nichts. Wir warten bis zum letzten Augenblick, um nicht ihr Mißtrauen zu erregen. Sobald sie Vorbereitungen zum Aufbruch treffen, eilst du zu mir hierher, und ich werde dich verstecken, bis alles vorüber ist.«

Mali schwieg lange. Vogel im Röhricht legte ihr eine Hand auf den Arm. »Haben sie dir weh getan, mein Kind? Mußtest du viel Schreckliches für sie tun?«

»Ich habe anfangs wirklich gedacht, es sind Götter«, sagte Mali. »Wie dumm ich war.« Sie begann zu weinen.

Die alte Frau nahm sie tröstend in die Arme.

Man hatte sie mit einem Eid auf Geheimhaltung verpflichtet. Aber was konnte sie tun? Sollte eine stolze Tochter der Mexica mit diesen Teufeln sterben? Es war ihre Pflicht, die bedauernswerte junge Frau zu retten. Sofern sie bezüglich ihrer Abstammung die Wahrheit gesagt hatte, könnte einer ihrer Söhne schon bald zu den Vornehmsten in Tenochtitlán gehören.

Am folgenden Tag schickte Cortés eine Botschaft an die beiden Häuptlinge von Cholula, den Herrn über das Hier und Jetzt und den Herrn über das Unterirdische. Darin teilte er ihnen mit, daß die Spanier die Stadt am nächsten Morgen verlassen würden. Neben Proviant für die Reise und Trägern verlangte er tausend Krieger als Geleitschutz. Außerdem forderte er die beiden Kaziken und alle Edlen der Stadt auf, sich im Hof des Tempels der Gefiederten Schlange zu einer Abschiedszeremonie zu versammeln.

51

Nur gelegentliches Füßescharren unterbrach die beklemmende Stille. Nahezu zweitausend Krieger und Träger drängten sich mit ihren Häuptlingen, Senatoren und ranghöchsten Adligen im großen Hof des Tempels von Cholula. Als die Spanier sicher waren, daß alle darin versammelt waren, schlossen und verriegelten sie die Tore hinter ihnen.

Die Eingeborenen sahen sich um und erkannten, daß die schwarzen Mäuler der eisernen Schlangen auf sie gerichtet waren und Männer mit Feuerhölzern auf den Stufen der Pyramide und hinter den Brustwehren auf den Dächern Aufstellung genommen hatten. Die Stille wurde unheimlich.

Cortés ritt auf seiner braunen Stute in die Mitte des Hofes; Mali folgte ihm zu Fuß.

Er blieb einige Schritte vor dem Herrn über das Hier und Jetzt und dem Herrn über das Unterirdische stehen und sah sie mit blitzenden Augen an. Dann wandte er sich an Mali, die jetzt neben ihm stand.

»Grüßt diese edlen Herren«, forderte er sie auf. Er sprach so laut, daß seine Stimme von den Mauern widerhallte, die den Hof umgaben. »Teilt ihnen mit, daß es äußerst entgegenkommend von ihnen ist, mich an diesem schönen Morgen zu verabschieden. Sagt ihnen aber auch, daß ich außerordentlich erzürnt bin. Ich bin als Freund und mit friedlichen Absichten gekommen und hätte nicht gedacht, daß man mich mit so kläglicher Gastfreundschaft abspeist.«

Mali gab diese Mitteilung an den Herrn über das Hier und Jetzt weiter, der darüber betrübt zu sein schien. »Ihr seid also mit der Unterkunft, die wir Euch und Euren Männern bereitet haben, nicht zufrieden?« fragte er.

Nachdem Mali das gedolmetscht hatte, suchte Cortés' Blick den ihren, als wollte er wissen, ob das, was sie ihm in der vergangenen Nacht auf der Schlafmatte berichtet hatte, auch stimmte. Was hätte ich Euch verschweigen können? dachte sie. Alles, was ich weiß, habe ich doch gesagt.

»Fragt ihn, warum er uns durch Hunger aus der Stadt vertreiben will«, forderte Cortés sie auf.

Als der Herr über das Hier und Jetzt diese Frage hörte, trat Furcht in seine Augen. »Vergebt uns, aber der Befehl kam von unserem Ehrwürdigen Sprecher«, stammelte er. »Was hätten wir tun sollen?«

Mali sah ihn an. Ein virtuoser Lügner. »Angeblich haben sie auf Befehl Motecuzomas gehandelt«, teilte sie Cortés mit.

Schnaubend scharrte die braune Stute mit den Hufen, so daß die Metallbeschläge in der Stille klirrten. Cortés sah den Herrn über das Hier und Jetzt aus dem Sattel herab an. Sein Gesicht war wie eine Maske aus Stein. »Sagt ihm, daß wir über all seine Lügen im Bilde sind.«

Mali wandte sich den versammelten Edlen der Stadt Cholula zu. Sie sah, wie Zorniger Präriewolf sie hinter der Schulter des Herrn über das Unterirdische aufmerksam musterte. »Ich hatte Euch bei unserer Ankunft gesagt, daß mein Herr Eure Gedanken ebenso lesen kann, wie er Eure Worte hört. Ihm ist bekannt, daß Motecuzoma Euch Gold gegeben hat, damit Ihr uns in eine Falle lockt, wenn wir die Stadt verlassen. Ihm ist gleichfalls bekannt, daß auf den Dächern Steinhaufen aufgetürmt sind und in den Straßen Fallgruben lauern ...«

Zorniger Präriewolf trat vor. »Müßiges Altweibergewäsch! Kein Wort davon ist wahr!« schrie er. »Sie muß es auf dem Markt von meiner Mutter gehört haben!«

Verwirrt wandten sich der Herr über das Hier und Jetzt und der Herr über das Unterirdische um und sahen dann wieder Mali an. Auf ihren Gesichtern lag Entsetzen und Verblüffung. »Nichts von all dem entspricht der Wahrheit«, murmelte der

Herr über das Unterirdische. »Wir hatten Angst. Zweitausend Krieger der Tlaxcalteken, die seit vielen Menschenaltern mit uns verfeindet sind, lagern vor unseren Toren, und Ihr habt Totonaca mit in unsere Stadt gebracht. Könnt Ihr es uns da verdenken, daß wir Vorkehrungen zu unserer Verteidigung getroffen haben?«

Mali fragte sich, ob das wohl auch der Grund dafür war, daß sie so viele Frauen und Kinder in Sicherheit gebracht hatten. Vielleicht stand tatsächlich nicht Verrat dahinter, sondern Angst.

Was, wenn sie sich irrte?

»Motecuzoma hat uns aufgefordert, Euch anzugreifen«, sagte der Herr über das Unterirdische, »aber diesem Ansinnen haben wir uns widersetzt. Wie könnten wir der Gefiederten Schlange in seiner eigenen Stadt ein Leid zufügen?«

»Was sagen sie?« fragte Cortés.

»Sie streiten alles ab«, sagte sie.

Sie hob den Blick zu seinem Gesicht und sah ihre eigenen Zweifel darin gespiegelt. Sein Atem ging rasch, er kämpfte mit einer Entscheidung.

»Die Schuld trägt der Ehrwürdige Sprecher«, schrie der Herr über das Hier und Jetzt, »nicht wir!«

Wäre er doch stehengeblieben, dachte Mali später. Wäre er doch nur stehengeblieben. Doch als er den Zorn auf Cortés' Gesicht sah und begriff, daß jetzt statt der Spanier sie selbst in der Falle saßen, drehte er sich um und lief davon.

Sogleich zog Cortés den Degen und ließ ihn niederfahren. Es war das vereinbarte Zeichen für das, was folgen sollte.

Einigen gelang es, dem blutigen Gemetzel zu entkommen, das die Geschütze, Arkebusiere und Armbrustschützen der Spanier anrichteten. Doch wer den Hauptplatz der Stadt erreichte, stieß dort auf die Lanzenreiter, und so kamen sie ums Leben, während die Bürger gerade erwachten. Anschließend zogen die Spanier durch die Stadt, um ihr blutiges Werk zu vollenden. Zu ihrer Überraschung lag niemand auf den Dächern im Hinterhalt, auch war keine Armee zu ihrer Vernichtung zusammengezogen worden.

Wer von den Bewohnern Cholulas dem Massaker entkam, entfloh der Stadt, vor deren Toren die Tlaxcalteken nur darauf warteten, die alte Rechnung mit dem Erbfeind zu begleichen.

Unterdessen sah Mali zu, wie die Spanier vor dem Tempel der Gefiederten Schlange das begonnene Werk beendeten. Krieger gingen von Mann zu Mann, und wen auch immer sie fanden, der noch stöhnte oder zuckte, den stachen sie ab, als wären sie Metzger.

Sie sah sich nach Cortés um. Er war verschwunden.

52

Rauch erhob sich von den geschwärzten Dachbalken. Auf dem Bein eines Toten saß schwarz ein Schwarm Fliegen. Ein Präriewolf hob flüchtig den Blick und fraß dann weiter. An einer Adobe-Mauer war der blutige Abdruck einer Hand zu erkennen.

Benítez sah, wie Norte auf ihn zutaumelte. Dunkel glänzten Blutspuren auf seinem Schwert. Er grinste breit.

»Zum höheren Ruhme Gottes!« rief er ihm zu.

Benítez sagte nichts. Er war erst seit wenigen Monaten Krieger und hatte geglaubt, mit dem Gemetzel auf der Ebene von Tlaxcala bereits das Schlimmste erlebt zu haben. Etwas wie das hier übertraf die schrecklichsten Visionen. Er glitt mit dem Absatz in einer Blutlache aus und wäre fast gefallen.

Und wenn wir uns das alles nur eingebildet haben? fragte er sich. Wir hatten nichts als unsere Befürchtungen, die auf das Geplapper einer alten Frau und die Verleumdungen der Totonaca zurückgingen. Wir haben uns dem Drängen der Tlaxcalteken gebeugt, die vielleicht lediglich einen Vorwand zur Rache an den verhaßten Mexica suchten und auf die Weiber und die Beute scharf waren.

»Es gibt nichts Besseres, als zum höheren Ruhme Gottes unschuldige Frauen und Kinder abzuschlachten, nicht wahr?«

Benítez packte Norte am Waffenrock und drückte ihn gegen eine Mauer. »Genau solch ein Gemetzel wollten sie mit uns veranstalten!«

»Ich bitte um Verzeihung. Ich habe acht Jahre unter Barbaren gelebt und die heiligen Pflichten eines christlichen Edelmannes vergessen.«

»Auch an Eurem Schwert klebt Blut.«

»Es ist das Blut eines unserer Verbündeten. Einer der Tlaxcalteken wollte ein kleines Mädchen vergewaltigen, ein Kind noch. Ihr habt ja immer gesagt, daß man mir nicht trauen kann. Werdet Ihr mich dafür hängen lassen?«

Benítez ließ ihn los.

»Die Leute von Cholula hatten recht«, sagte Norte mit betont leiser Stimme. »Sie haben gesagt, daß sie vor den Tlaxcalteken Angst haben – mit gutem Grund. Unsere neuen Freunde sind wie die wilden Tiere.«

Benítez wandte sich ab und taumelte durch die Straßen. Was er dort sah, verursachte ihm Ekel. Präriewölfe jaulten und Geier kreisten am Himmel.

»Das ist Doña Marinas Werk!« schrie Norte. »Sie hat ihn dazu gebracht.«

Noch spät in der fünften Wache der Nacht flackerten die Beisetzungsfeuer vor dem schwarzen Himmel.

Als Mali Cortés fand, kniete er vor einem Bild der Mutter mit dem Kind. Er hob den Blick und öffnete seine betenden Hände so sorgfältig, als legte er ein Paar Seidenhandschuhe beiseite. »Bisweilen sind Götter gnädig«, murmelte er, »bei anderen Gelegenheiten wiederum bleibt ihnen keine Wahl als zu strafen. Ist es nicht so?«

»Sogar die Kinder bringen sie um«, sagte Mali. In ihr tobte ein unbeschreiblicher Aufruhr. Es kam ihr vor, als wäre sie aus einem wilden Traum erwacht und befände sich in einer Welt der Schatten. Alles war grau, nichts war so, wie es schien.

Cortés schlug das Kreuz und stand auf. Ein sonderbares Licht glänzte in seinen Augen. Er trat auf sie zu und faßte sie am Arm. »Das habe ich nicht gewollt. Sie haben es sich selbst zuzuschreiben.«

»Ich weiß nicht«, sagte sie und schüttelte den Kopf. Sie versuchte ihren Arm aus seinem Griff zu lösen. »Vielleicht habt Ihr recht. Man konnte das nicht im voraus wissen. Es ließ sich unmöglich vorhersehen.«

»Du hast mir von einer Verschwörung berichtet«, warf ihr Cortés vor. »Ich habe dir vertraut! Du warst dir deiner Sache sicher.«

»Ich glaubte Grund dazu zu haben.«

Seine Finger drangen tief in das Fleisch ihres Armes. »Es mußte sein. Jetzt wird es keinen weiteren Aufstand gegen uns geben. Schon jetzt schicken uns andere Häuptlinge Friedensbotschaften.«

»So viel Tod«, flüsterte sie.

»Es mußte sein«, wiederholte er. Er strich ihr über das Haar, und mit einem Mal umschlang er sie. Sie leistete ihm keinen Widerstand, als er sie vom Boden hob und sacht auf sein Lager legte. »Es ist schon gut«, flüsterte er. »Alles wird gut sein.«

Er war nicht sanft zu ihr. Er besaß sie auf die Weise, die alles nahm. Sie klammerte sich fest an ihn, in der Hoffnung, den Schmerz in ihrem Inneren heilen zu können, indem sie ihn liebte. Sie hoffte, seine Küsse und Umarmungen würden das Jammern auf den Straßen lindern.

Als sie später auf dem Rücken lag, seinen Leib auf sich, lauschte sie in die Stille. Es hatte nichts genützt. Sie konnte es immer noch hören.

53

Tenochtitlán

Flamingos stelzten durch das seichte Wasser, in dem sich ihr herrliches rosa Gefieder spiegelte; karmesinrote und königsblaue Papageien huschten durch das Laub und plapperten im Rankenwerk über dem Wasser. Ein winziger blauer Kolibri schwebte über der Blüte eines Trompetenbaumes, und ein Adler hackte auf ein Stück frisches rohes Fleisch ein, das er vom Tempel herübergeholt hatte.

Weibliche Schlange eilte durch die königliche Voliere die Stufen zur Galerie empor, von wo aus man einen Rundblick über das ganze Tiergehege Motecuzomas hatte. Überrascht stellte er fest, daß der Ehrwürdige Sprecher in gelöster Stimmung war. Nach den Mitteilungen, die aus Cholula gekommen waren, hatte er einen weiteren seiner tränenreichen Wutanfälle erwartet. Statt dessen wirkte der Herrscher entspannt, sogar zuversichtlich.

»Zürnender Herrscher«, murmelte Weibliche Schlange, sich ihm auf Händen und Knien nähernd. »Ihr habt nach mir gerufen.«

»Schicke eine Botschaft nach Cholula.«

»Wie Ihr befehlt.«

»Unsere Gesandten sollen sich mit Geschenken zum Gebieter Marinas aufmachen und ihn zur Züchtigung der Bewohner der Stadt beglückwünschen. Wir müssen unbedingt dafür sorgen, daß er mich nicht verdächtigt, an einer Verschwörung gegen ihn beteiligt gewesen zu sein. Fordere ihn auch auf, so rasch wie möglich nach Tenochtitlán zu kommen, denn ich möchte ihn unbedingt kennenlernen.«

Dieser plötzliche Sinneswandel erfüllte Weibliche Schlange mit Staunen. »Aber Zürnender Herrscher, bisher haben wir getan, was wir konnten, um ihn fernzuhalten.«

»Wir haben von diesem Gebieter Marinas nichts mehr zu befürchten. Was er an Groll gegen uns gehegt haben mag, hat er an Cholula ausgelassen. Wir sind bereit, ihn jederzeit zu empfangen, wenn das sein Wunsch ist.«

»Wie Ihr befehlt.« Weibliche Schlange zog sich auf Händen und Knien zurück.

Ein jadegrüner Sittich flog über sie hinweg. Motecuzoma lächelte. Die Nachricht von dem Gemetzel hatte seine Ängste zerstreut. Auch wenn Gefiederte Schlange ihnen seine Religion bringen mochte, so hatte er doch wie alle Götter seine dunklen Seiten. Das Massaker von Cholula wog alle Menschenopfer auf, die hier in seinem Namen gebracht worden waren. Es war der Beweis seiner Göttlichkeit.

Jetzt, da Motecuzoma sicher war, daß er es mit einem Gott und nicht mit einem Menschen zu tun hatte, empfand er eine sonderbare innere Ruhe. Er verbrachte den Rest des Tages allein, lauschte auf die Vögel und kehrte erst lange nach Einbruch der Nacht in den Palast zurück.

Mali lag lange wach. Warm strich ihr Cortés' Atem über die Brust. Sie bewegte sich nur vorsichtig, denn er hatte sie an ihren geheimen Stellen so verletzt, daß sie schmerzten. Du darfst nicht erwarten, daß er sanft zu dir ist, sagte sie sich. Männer sind selten so behutsam, wie wir Frauen es gern hätten. Und bei ihm nimmst du nicht den Honigseim eines Mannes, sondern den eines Gottes auf.

Sie wußte, daß er wach war. Bald würde er aufstehen, seine Rüstung anlegen und die Posten kontrollieren, wie er es nach dem Gemetzel Nacht für Nacht getan hatte. Seit jenem entsetzlichen Tag war er händelsüchtig und unruhig. Sie fragte sich, ob ihn die gleichen gräßlichen Träume heimsuchten wie sie.

Sie mußte an das denken, was er ihr zugeflüstert hatte: »Es ist schon gut. Alles wird gut sein.«

Ist es wirklich gut? fragte sich Mali. Sie bereute, Vogel im Röhricht hintergangen zu haben. War es wirklich nur das Gewäsch eines alten Weibes gewesen? Hatte die Mutter des Zornigen Präriewolfs mit ihrem Geplapper all die Tausende ihrer Landsleute zum Tode verurteilt?

Und was war mit Cortés? Er hatte gesagt, er sei kein Gott, verhielt sich aber dennoch auf verwirrende und unvorhersagbare Weise wie einer. In einem Augenblick war er ein Friedensfürst, kniete vor dieser Mutter mit dem Kind und nahm große Gefahren auf sich, um die Opfersteine zu stürzen. Dann wieder befahl er, Männern Gesicht und Gliedmaßen zu zerstören, ordnete an, eine ganze Stadt niederzubrennen und ihre Bewohner zu ermorden.

Allerdings hatte er mit seiner Art, die Menschen Cholulas zu behandeln, das gewünschte Ergebnis erreicht. Wo aber blieb dabei ihr Gebieter der Sanftmütigen Weisheit? Zum ersten Mal kam ihr der Gedanke, daß er zwar ein Gott sein mochte oder einen solchen in sich trug, dieser aber möglicherweise nicht Gefiederte Schlange war.

Bei dieser verblüffenden Erkenntnis spürte sie eine große Leere in sich. Sie hatte den Eindruck, nachts im Wald erwacht zu sein, ohne zu wissen, ob ihre Schritte sie an einen sicheren Ort bringen würden, und ohne zu ahnen, aus welcher Richtung die neuen Ungeheuer kommen würden.

54

Cholula

Cortés sah auf die neuen Schätze, die Motecuzoma geschickt hatte. Das Gold und die Juwelen zu seinen Füßen dürften einen Wert von zweitausend Kronen haben, und dabei war der mannshohe Haufen reich bestickter Gewänder nicht eingerechnet, der daneben lag.

Dieser Herr Motecuzoma scheint um so großzügiger zu werden, je mehr seiner Untergebenen ich abschlachte.

Er tauschte einen Blick mit Mali und fragte sich, was sie wohl dachte. In den letzten Wochen war es schwierig, hinter ihre Gedanken zu kommen. Seit der Schlacht in Cholula wirkte sie finster und verschlossen. Dabei war sein Befehl für das dort Geschehene auf ihre Angaben zurückgegangen. Was sollte er davon halten?

»Sagt den Gesandten meine üblichen Grüße«, forderte er sie auf, »und fragt sie, welche Botschaft sie von ihrem Großkönig haben.«

Mali sprach mit den Männern und kehrte dann zu Cortés zurück.

»Der *uey tlatoani* Motecuzoma, Ehrwürdiger Sprecher der Mexica, entbietet Euch seine Grüße und bedauert, daß Cholulas Bewohner Euch erzürnt haben. Ihm waren sie stets lästig, und er ist überzeugt, daß Ihr mit ihnen eher noch zu sanftmütig verfahren seid. Jetzt fragt er sich, warum Ihr nach wie vor die Gesellschaft der elenden Tlaxcalteken ertragt, und bittet Euch, schnell in seine Hauptstadt zu kommen, wo er sein Bestes tun will, Euch seine Gastfreundschaft zu beweisen. Seine Abgesandten wollen

Euch als Führer dienen und dafür sorgen, daß für die ganze Dauer der Reise Proviant zur Verfügung steht.«

»Nun«, murmelte Cortés. »Das läßt sich in der Tat hören.«

»Dahinter könnte Heimtücke stecken.«

»Daran zweifle ich nicht«, sagte er. »Man hat in diesem Land bisweilen den Eindruck, daß alles Täuschung ist. Sogar mein eigenes Dasein. Und Eures.«

Sie gab ihm keine Antwort.

Er massierte sich die Schläfen. Hinter den Augen spürte er einen peinigenden Schmerz. Seit dem Gemetzel hatte er nicht eine einzige Nacht gut geschlafen. Pater Olmedo hatte ihm versichert, daß er im wohlverstandenen Interesse von Kirche und Staat auf die einzige ihm mögliche Art und Weise vorgegangen und daraus viel Gutes entstanden sei, denn wer von den Bewohnern Cholulas noch lebte, hatte sich sogleich zum Christentum bekehrt. Obwohl ihm Olmedo mehrfach erklärt hatte, daß es unnötig sei, hatte Cortés gebeichtet und die Absolution empfangen.

Dennoch floh ihn seit mehreren Wochen der Schlaf.

»Dankt ihnen für die Geschenke und sagt ihnen, daß ich mich auf das große Vergnügen freue, bald ihrem Großkönig von Angesicht zu Angesicht gegenüberzustehen«, sagte er.

Nach dem Weggang der Gesandten war er mit ihr allein. Der Blick ihrer schwarzen Augen war undurchdringlich. Was mochte sie denken?

Sie war weit mehr als seine Geliebte. Viele Male hatte er das Verlangen befriedigt, das er nach ihr empfand, und dabei in ihr eine Leidenschaft entdeckt, wie er sie nie zuvor bei einer der christlichen Edelfrauen in Spanien und auf Kuba erlebt hatte. Ihr dunkler Leib war zum schwitzenden und zugleich lieblich duftenden Zufluchtsort für seine niedrigsten Begierden geworden.

Dennoch lebte er in Angst vor ihr. Ohne sie wäre er weder bis hierher gelangt, noch hätte er die Totonaca oder Tlaxcalteken auf seine Seite bringen können. Später hatte sie ihn vor der Tücke der Bewohner Cholulas bewahrt. Jetzt aber war er auf sie angewiesen wie nie zuvor im Leben auf eine Frau. Wenn sie ihn im Stich ließe, würde er der Finsternis anheimfallen, und keine Macht der Erde könnte ihn retten.

Er wußte, daß sie sein Schicksal in Händen hielt. Er war nicht sicher, welche Empfindung dieses Bewußtsein in ihm wachrief, denn er hatte noch nie zuvor bei einer Frau so empfunden wie bei ihr. Was es auch sein mochte, es konnte nur eines sein – Liebe oder Haß.

Er trat auf sie zu und strich ihr mit den Fingern über das Haar. »Auf denn, *chiquita*, nach Tenochtitlán.«

»Ja, Herr«, gab sie zur Antwort. »Nach Tenochtitlán.« Sie erwiderte seine Umarmung, doch kam es ihm vor, als läge darin weder Wärme noch Zuneigung.

Benítez saß neben Regenblüte auf einer Strohmatte und aß gebratenes Kaninchen und Maiskuchen. Der Glanz der Wachskerzen in ihren Haltern aus Rubin spiegelte sich in seinem Brustpanzer, der an der Wand hing. Norte, der seinen Arm wieder bewegen konnte, auch wenn er nach wie vor einen Verband darum trug, saß mit mürrischem Gesicht ein Stück entfernt nahe dem durch einen Vorhang verschlossenen Eingang.

Regen trommelte auf das Dach. Das Gewitter brachte den fauligen Hauch des Dschungels mit sich. Auch das Holz, das im Kohlebecken brannte, konnte mit seinem Duft den Geruch nach Fäulnis und Verfall nicht überdecken.

Norte sah, daß sich Regenblüte die Füße mit Blumen bemalt und Lippen und Lider mit Zinnober verschönert hatte. Ihre Augen blitzten im Schein der Kerzen, räuberisch, urzeitlich. Sollte das ausschließlich ihrem Herrn, Benítez, gelten?

»Ich möchte mit dir schlafen«, sagte Norte in der Sprache der Maya zu ihr.

Sie gab keine Antwort.

Benítez hob den Kopf. »Habt Ihr etwas zu sagen?«

»Ich habe sie nur gefragt, woran sie gerade denkt.«

Es hatte Norte unvorsichtig gemacht, daß Benítez nichts gegen ihn unternahm. Einfacher wäre es gewesen, wenn ihn dieser gehaßt hätte; aber auch für ihn war es schwer, einen Mann zu hassen, der ihn vom Galgen gerettet und mit dem er gemeinsam auf dem Schlachtfeld dem Tod ins Auge geblickt hat.

Eine über ihren Köpfen ins Vulkangestein der Palastmauern gemeißelte Darstellung zeigte eine große Schlange, die Menschen verzehrte. Alle Spanier hatten ihren Abscheu vor dieser Kunst der Wilden ausgedrückt. Im stillen hatte sich Norte gefragt, was ein Angehöriger der Mexica wohl sagen würde, wenn er in ein christliches Heim träte und sähe, daß den Ehrenplatz ein Nackter einnimmt, der mit Nägeln an einem Balken gefoltert wird.

»Fragst du meinen Herrn, wann wir von hier fortgehen?« bat Regenblüte leise.

Norte tat ihr den Gefallen. »Sie möchte wissen, wann wir Cholula verlassen.«

Benítez beendete seine Mahlzeit, leckte sich die Finger und schob die Schüsseln beiseite. »Wenn Cortés soweit ist. Ich habe keine Ahnung, wann das der Fall sein wird.«

»Sag ihm, ich hasse diesen Ort«, sagte Regenblüte. »Er ist voll vom Geruch des Todes.«

Als Benítez das hörte, nickte er verständnisvoll. »Sagt ihr, daß es mir ebenso geht. Aber nicht ich habe zu entscheiden.«

Die beiden Männer sahen einander an. Was denkt er wohl? fragte sich Norte. Warum unternimmt er nichts? Er spielt ein eigenartiges Spiel. Vielleicht will er beweisen, daß er besser ist als ich. Es wäre wohl zu einfach, wenn er mich so mir nichts, dir nichts umbringen ließe. Er will sie nicht einfach haben, sondern sie für sich gewinnen. Vielleicht erweise ich ihm auch einen schlechten Dienst. Möglicherweise entspricht es einfach nicht seinem Wesen, einen Menschen nur deshalb zum Tode zu verurteilen, weil es ihm gut in seine Pläne paßt. Vermutlich verstieße das gegen seinen Gerechtigkeitssinn.

»Der Wunsch, sich in deiner Grotte zu bergen, schmerzt meinen Leib«, flüsterte er Regenblüte zu.

Sie tat so, als hörte sie ihn nicht. »Willst du meinen Herrn fragen, ob wir zur Küste zurückkehren?«

Norte sah erneut zu Benítez hin. »Sie möchte wissen, wohin wir von hier aus ziehen. Ich bin überzeugt, daß der *Comandante* nach wie vor die Absicht hat, mit uns zu Motecuzomas Hauptstadt zu marschieren.«

Benítez schüttelte den Kopf. »Dann muß er verrückt sein.«

»Könnt Ihr ihn nicht davon überzeugen, daß er umkehren soll?«

»Man sagt dem Wind nicht, aus welcher Richtung er zu wehen hat.«

»Wißt Ihr überhaupt etwas über die Mexica, Benítez?«

»Ihr?«

»Nur, was mir Regenblüte gesagt hat.«

»Dann sagt es auch mir. Ich wüßte es gern.«

»Noch vor einem Jahrhundert lebten sie in der Wüste und ernährten sich von Ungeziefer. Sie sind von Natur aus Wilde. Jeder weiß das, sie selbst auch.«

»Und wie haben sie so rasch eine solche Macht errungen?«

»Sie waren schon immer große Krieger. Allem Anschein nach ist es das einzige, dessen sie sich rühmen können.«

»Wie groß ist ihr Heer? Zwanzigtausend? Fünfzigtausend?«

Norte besprach sich mit Regenblüte. Sogar ihn schien ihre Antwort zu verblüffen. »Sie glaubt, daß es mindestens hunderttausend sind. Wollt Ihr immer noch Cortés nach Tenochtitlán folgen?«

Benítez sah betroffen drein. Er stellt sich wohl schon vor, wie seine Innereien in einem Kohlebecken vor Kolibris Altar schmurgeln, dachte Norte.

»Ganz offensichtlich hat sie kein Verhältnis zu Zahlen«, sagte Benítez nach einer Weile.

»Im Gegenteil. Sie sagt, daß sie nur die Mexica berücksichtigt hat, nicht aber die anderen Heere des Dreifachen Bundes, die der Texcoca und der Tacuba.«

Norte zweifelte sehr, ob sich Cortés von einer solchen Aufzählung der Feinde abschrecken lassen würde. Außerdem wußte er all das wohl schon aus Doña Marinas Mund.

Er wandte seine Aufmerksamkeit der Matte zu, auf der Benítez in der Nacht mit Regenblüte schlafen würde. Wäre ich es doch nur, dachte er sehnsuchtsvoll. Bisweilen stellte er sich vor, er wäre wieder in Cozumel, diesmal aber mit Regenblüte statt seiner untersetzten und reizlosen Frau ...

Seit Tlaxcala hatte es nur wenige Gelegenheiten gegeben, mit ihr zusammenzusein. Jetzt aber hatte er außerhalb der Stadt eine Stelle entdeckt, wohin sie sich ungesehen schleichen konnten, wenn sie nur dazu bereit war. Doch seit einigen Tagen mied sie seinen Blick und wich ihm aus, sobald er mit ihr zu sprechen versuchte.

Vermutlich hatte sie Angst vor dem, was Benítez tun würde, wenn er dahinterkäme.

»Ich bin müde«, sagte Norte. »Kann ich schlafen gehen?«

Benítez nickte. Er stand auf.

»Einen Gefallen könntet Ihr mir noch tun«, sagte Benítez, fast als käme ihm der Gedanke erst jetzt. »Sagt ihr ..., falls wir diese Expedition überleben und nach Kuba zurückkehren können ..., sagt ihr, daß ich es dann gern sähe, wenn sie mit mir käme. Ich werde sie vor einem Priester heiraten und stolz darauf sein.«

Norte sah ihn verblüfft an. Beim Arsch des Satans! Du wärest also stolz! Wie großherzig von dir. Und was ist mit ihr? Wäre sie stolz darauf, am Arm eines Spaniers gesehen zu werden? Oder würde sie sich schämen?

Was verstehst du schon von diesen Eingeborenen, wie du sie nennst? Du willst sie dir doch nur möglichst ähnlich machen. Alter Heuchler!

Er wandte sich an Regenblüte. »Er sagt, daß er dich sehr gern hat und nachts mit dir glücklich ist. Aber du mußt verstehen, daß er bereits eine Frau auf Kuba hat. Für die Zeit nach Tenochtitlán wünscht er dir alles Gute und hofft, daß du zu deinem Volk zurückkehrst und ihn nicht länger belästigst.«

Er schob den Vorhang beiseite und trat hinaus in die Nacht.

»Ich habe soeben Abgesandte Motecuzomas empfangen«, sagte Cortés. »Sie haben uns nach Tenochtitlán eingeladen.«

Mürrisches Schweigen antwortete ihm. Er sah zu seinem Stellvertreter hin.

»Alvarado?«

Dieser schob das Kinn vor. »Wir haben miteinander gesprochen«, sagte er weiter und sah auf Benítez. »Diese Mexica scheinen weit stärker zu sein, als wir angenommen haben. Es heißt, daß sie hunderttausend Männer aufbieten können ...«

»Wir ziehen nicht nach Tenochtitlán, um zu kämpfen, sondern um Motecuzoma einen Besuch abzustatten.«

»Nach dem Gemetzel, das wir hier angerichtet haben, wird man uns dort bestimmt nicht mit offenen Armen empfangen.«

Cortés ließ den Blick über den Tisch schweifen. »Genau das werden sie tun, denn jetzt haben sie Angst vor uns.«

»Selbst die Tlaxcalteken raten ab«, sagte Benítez.

»Sie sind nicht unser Kriegsrat.«

»Wir sind der Ansicht, daß wir nach Vera Cruz zurückkehren sollten«, sagte de Grado.

Cortés sah ihn an, als würde er seinen Ohren nicht trauen. Immer noch sprachen sie von einer Rückkehr. »Nun schön«, sagte er und setzte sich.

»*Comandante*?« meldete sich Sandoval in fragendem Ton.

»Ich habe gesagt, nun schön. Kehrt zurück nach Vera Cruz. Hockt dort im Sumpf, atmet die schlechte Luft der Küste, holt Euch das Fieber an den Hals, und krepiert, wenn Euch der Sinn danach steht. Bestimmt fängt dann der eine oder andere von Euch an zu jammern, daß ihr nach Kuba zurückkehren solltet – wo man Euch dann zweifellos zwingen wird, alle Schätze, die wir so mühevoll errungen haben, dem Gouverneur auszuhändigen.«

Schweigen. Niemand brachte es fertig, Cortés ins Gesicht zu sehen.

»So weit sind wir gekommen, und an jeder Wegbiegung wollt Ihr umkehren. Habt Ihr vergessen, daß wir Gottes Werk zu tun haben?«

»Der *Comandante* hat recht«, sagte Benítez. »Wir sind so weit gekommen, daß wir jetzt nicht mehr umkehren können.«

»Und was ist mit unseren Verbündeten?« fragte Alvarado.

»Die Totonaca haben den Wunsch geäußert, nach Cempoallan heimzukehren. Sie haben im Kampf viele Männer verloren und schleppen jetzt schwer an der Beute, die sie in Cholula gemacht haben. Da ich sie nicht überreden kann zu bleiben, habe ich ihnen erlaubt zu tun, was sie für richtig halten.«

»Und was ist mit den Tlaxcalteken-Kriegern?« fragte Sandoval. »Wollen die uns auch verlassen?«

»Im Gegenteil. Lacht Über Frauen hat von Älterem Wespenring erfahren, daß wir zehntausend seiner besten Krieger als Begleitung bekommen können, wenn wir Motecuzoma besuchen.«

Alvarado lächelte. »Das hört sich schon besser an.«

»Ich habe das Angebot zurückgewiesen«, sagte Cortés.

Alvarado sah ihn mit aufgerissenen Augen an. »Habt Ihr den Verstand verloren?«

»*Comandante*!« keuchte Jaramillo.

»Zehntausend Männer würden nicht genügen, um einen Krieg gegen ein ganzes Volk zu führen, wohl aber sind es genug, den Großkönig zu verärgern. Er kann nicht zulassen, daß so viele seiner Feinde durch sein Land ziehen. Wenn wir das Tal der Mexica betreten, muß man uns als Freunde ansehen, nicht als Feinde.«

»Heißt das, wir sollen allein gehen?« fragte Sandoval.

»Ich habe zugestimmt, zweitausend Tlaxcalteken-Krieger mitzunehmen, vorausgesetzt, sie halten ihre Waffen verborgen und geben sich als unsere Träger aus.«

De Grado erhob Einwände.

Cortés sprang auf. »Hoffentlich kommt der Tag, an dem ihr Eure starre Haltung bedauert! Was wollt Ihr eigentlich alle von mir? Ich sollte eine Siedlung gründen, und das habe ich getan. Ich sollte Gold suchen, und ich habe für Euch aus Motecuzomas eigener Hand alle Schätze erlangt. Ich sollte erreichen, daß die Tlaxcalteken mit dem Krieg gegen uns aufhören – habe ich nicht für Euch ihre Übergabe erwirkt?«

Benítez biß sich auf die Zunge. Das klang so, als hätte niemand außer Cortés das Verdienst an all dem. Da er aber de Grados Meinung nicht teilte, schwieg er.

Er wandte sich zu Doña Marina um. Auf ihren Zügen erkannte er die gleiche Art von Ungewißheit, die auch er empfand. *Ohne Cortés gibt es für uns keine Hoffnung. Mit ihm gehen wir in den sicheren Tod.*

Vor welch einer sonderbaren Wahl standen sie da?

Cortés erhob sich. »Eure Aufgabe ist es, mich zu beraten, meine Herren. Schließlich seid Ihr kluge christliche Hauptleute. Sofern Ihr mittellos nach Kuba zurückkehren wollt, werde ich Euch dorthin zurückführen – immer vorausgesetzt, die Totonaca und Tlaxcalteken schlachten uns nicht vorher ab. Wünscht Ihr aber Gottes Werk zu tun und das Glück Eures Lebens in Tenochtitlán zu finden, werden wir hinter Christi Banner dorthin ziehen. Laßt mich Eure Entscheidung wissen.« Dann ging er hinaus.

55

Sie verließen Cholula am ersten Tag des Flamingo-Monats. Die ihnen als Führer beigegebenen Mexica zogen ihnen voraus, den hohen Pässen zwischen Popocatepetl und Ixtaccihuatl entgegen, den Vulkanen, die das Tor zum Hochbecken Mexikos bewachten.

Wimpel flatterten im eisigen Wind. Es war die letzte Etappe der Reise.

Sie alle hatten Angst. Vielleicht sogar Cortés.

Auf dem kalten, steilen Anstieg umhüllte sie der graue Dunst, lange bevor sie die Paßhöhe erreichten. Keiner sah den anderen, und so wurde aus dem Marsch eine Reihe einsamer Kämpfe. Es war eine Welt aus finsterem Fels und knorrigen Bäumen, welche die Winterwinde zu bizarren Gestalten geformt hatten.

Sie machten Rast an einem Gebirgsbach. Dankbar für die Unterbrechung des Marsches beugte sich Regenblüte nieder, um zu trinken. Sie besprengte sich das Gesicht mit dem kalten und klaren Wasser und schöpfte eine Handvoll, um ihren Durst zu löschen. Ein Gesicht spiegelte sich neben ihrem eigenen im Wasser.

»Kleine Schwester«, flüsterte Mali.

Regenblüte griff nach der Hand der anderen und spürte, wie ihr Druck erwidert wurde. »Kleine Mutter. Ich hatte gehofft, du würdest den großen Gebieter von diesem Plan abbringen«, flüsterte sie.

»Das wäre so, als wollte man einen Adler an die Erde ketten. Wäre er nicht auf dem Weg nach Tenochtitlán, würde er verschwinden.«

»Du hältst ihn also nach wie vor für Gefiederte Schlange?«

»Möglicherweise nicht für die, von der wir als Kinder geträumt haben.«

»Daran, daß er die Gefiederte Schlange nicht ist, kann es keinen Zweifel geben. Mir gellen noch die Schreie der Frauen in Cholula in den Ohren.«

Einer der Tlaxcalteken sah zu ihnen herüber. Es war Lacht Über Frauen. Da er sein Gesicht, wie es bei seinem Stamm üblich war, rot und weiß bemalt hatte, ließ sich dessen Ausdruck unmöglich ergründen. Verachtete er sie? Stand er insgeheim auf ihrer Seite?

»Nicht die Spanier haben sie und die Kinder dort abgeschlachtet«, sagte Mali.

»Aber sie haben es zugelassen. Jene Menschen waren nicht meine Freunde, Kleine Mutter. Aber ich frage mich, ob diese Spanier besser sind. Ihre Schwerter sind ebenso scharf wie die Messer von Motecuzomas Priestern.«

Mali wollte darüber nicht sprechen. Lieber verdrängte sie die Erinnerungen daran, als daß sie diese dunkle Seite von Cortés' Wesen ergründete. Sie stand auf, doch Regenblüte umklammerte ihr Handgelenk. »Es steht in deiner Macht, seinen Zauber zu brechen!« flüsterte sie eindringlich. »Ohne dich kann er nicht mit Motecuzoma sprechen!«

»Meinst du, bei den Mexica würde es uns besser ergehen?«

»Ich denke, daß du dich in ihm irrst. Er ist nicht gütig.«

»Erwartest du Güte von den Göttern? Sieh dich um. Wenn sie gütig wären, würden dann deine Kinder an Krankheiten sterben oder wir alle verhungern, sobald eine Ernte ausfällt?«

Mehrere spanische Krieger sahen zu ihnen her. Vermutlich hatte ihre leidenschaftliche Unterhaltung sie aufmerksam und neugierig gemacht, auch wenn sie im Flüsterton geführt wurde.

»In ihm lebt ein Gott, Kleine Schwester. Es ist gut möglich, daß es sich dabei nicht um Gefiederte Schlange handelt, aber ein Gott lebt in ihm. Das aber ist nicht der Grund, warum ich ihn nicht verlasse.«

»Sondern welcher?«

»Ich liebe ihn«, sagte sie. Sacht strich sie Regenblüte über das Haar. »Wie du mir einmal gesagt hast, ist das Leben nur ein Traum und dauert nur einen Augenblick. All unsere Befürchtungen sind nichts als Schatten, die eine Kinderhand im Spiel auf eine Mauer wirft. Wir müssen unserem Herzen folgen. Warum auch nicht? Letzten Endes ist ohnehin nichts wirklich wichtig.«

Der Trupp setzte sich aufs neue in Bewegung. Mali eilte voraus, um wieder an Cortés' Seite zu gelangen.

Regenblüte sah ihr nach, bis der Dunst sie in sich aufsog. *Ich glaube, ich verstehe dich, Kleine Mutter. Das Drängen des Her-*

zens ergibt keinen Sinn, es veranlaßt uns zu Torheiten. Wenn ich mein eigenes armes Leben betrachte, könnte ich mich fragen, warum ich so viel aufs Spiel gesetzt habe, einen Mann zu lieben, nur um dem zu verfallen, den ich betrogen habe – trotz seiner Widersprüchlichkeiten. Ich liebe seine schwerfällige Kraft, seine unerwartete Sanftheit, sein strenges Mitleid.

Sie merkte, daß Benítez aus dem Sattel zu ihr hersah.

»*Cariño*«, flüsterte sie in der fremden Sprache. »*Mi cariño.*« Es überraschte sie, wie leicht ihr das fiel.

Cortés zügelte seine Stute auf einer Anhöhe und nahm den Kompaß aus einer Tasche seines Wamses. Die Mexica unterhielten sich leise, während sie ihm zusahen.

Mali griff nach seinen Steigbügeln. »Unsere Führer wüßten gern, was sich in der Schachtel befindet, in die Ihr hineinschaut.«

»Es ist ein Kompaß«, sagte Cortés und zeigte ihn ihr. »Die Nadel zeigt stets nach Norden. Auf diese Weise weiß ich, in welche Richtung wir ziehen.«

Es war eine lachhafte Antwort, aber offenkundig erwartete er, daß sie es glaubte. Unmöglich, ihn zu ergründen. Sie wandte sich den Führern zu. »Es ist ein Spiegel, mit dessen Hilfe er in die Zukunft sehen kann«, sagte sie. »Außerdem kann er damit die Gedanken der Menschen lesen.«

Mit weit aufgerissenen Augen hoben die Mexica den Blick zu Cortés.

An jenem Abend machten sie bei einem Dorf halt, das im Schatten des Vulkans Popocatepetl lag. Dieser schleuderte eine Säule aus Asche hoch in die Luft, und trotz der heulenden Winde stieg sie in mächtigen Wolken senkrecht zum Himmel empor. *Noch ein Vorzeichen.*

Die Spanier drängten sich in den wenigen Häusern aneinander, während sich die Krieger der Tlaxcalteken in ihren Umhängen um die Lagerfeuer am Hang legten und dennoch froren.

Bei Einbruch der Nacht rief Cortés seine Hauptleute zur Besprechung in dem Adobe-Haus zusammen, das er für sich requiriert hatte. Mali war nirgends zu finden und auch am Ende der Besprechung noch nicht zurück. Schon wollte Cortés Anweisung geben, das Lager zu durchsuchen, als sie erregt und besorgt im Eingang des Hauses auftauchte.

»Wo wart Ihr?« wollte er wissen.

»Der Kazike des Dorfes hat mich zu einer Unterredung unter vier Augen gebeten.«

Finster verzog Cortés das Gesicht. »Ach?« Bedeutete das etwa weitere schlechte Nachrichten? »Was wollte er?«

»Er behauptet, Krieger Motecuzomas hätten uns auf der Straße nach Chalco einen Hinterhalt gelegt.«

»Aha.« Er setzte sich. »Ist das der einzige Weg in die Hauptstadt?«

»Es gibt noch einen anderen. Er führt über das Gebirge, aber die Mexica haben ihn angeblich versperrt.«

Mit was für einem hinterhältigen Hund habe ich es hier zu tun? dachte Cortés. Bei meinem Gewissen, dieser Motecuzoma soll es bedauern, mir solche Schwierigkeiten gemacht zu haben! »Warum warnt der Kazike uns?«

»Wie alle haßt auch er die Mexica. Sie haben ihm einen großen Teil seines guten Landes genommen, alle ansehnlichen Frauen als Konkubinen und die kräftigsten Männer als Sklaven verschleppt. Mindestens einmal im Jahr holt Motecuzoma sich zum Fest des Regenbringers junge Männer und Frauen, um sie auf seinen Altären zu opfern. Selbstverständlich möchte der Kazike auf keinen Fall, daß unsere Führer erfahren, wer uns gewarnt hat, doch hofft er zweifellos, daß wir ihm Gerechtigkeit verschaffen, wenn er uns hilft.«

»Dieser Motecuzoma scheint ja wirklich außergewöhnlich geschätzt zu sein.«

»Nur wenige Menschen in seinem Reich haben keinen Grund, ihn zu hassen«, sagte Mali verblüffend heftig.

Cortés überlegte einen Augenblick. »Geht noch einmal zu dem Kaziken«, sagte er. »Dankt ihm für den Dienst, den er uns erwiesen hat, und sagt ihm, daß die Zeit kommen wird, da seine Leute die Schlächter aus Tenochtitlán nicht mehr zu fürchten brauchen. Anschließend kommt hierher zurück. Ich möchte gern mit Euch sprechen.«

56

Sie lagen aneinandergedrängt unter den Decken und lauschten, wie der eiskalte Wind durch die Dorfstraßen jaulte. »Was hast du mir bisher verschwiegen?« flüsterte er.

Sie legte den Kopf auf seine Brust.

Er spürte ihr Zögern. »Ich liebe dich, *chiquita*. Bei mir bist du sicher.«

Sie atmete tief ein und schien zu einem Entschluß zu kommen. »Meine Mutter war eine Mexica von hoher Abkunft«, sagte sie. »Von ihr habe ich Náhuatl gelernt.«

Er nickte, als hätte er das schon immer vermutet. Er nahm ihre Hand, preßte sie an die Lippen und küßte ihre Finger.

»Nach dem Tode meines Vaters hat sie erneut geheiratet und bekam einen Sohn. Mein Stiefvater wollte nicht nur verhindern, daß ich einen Teil seiner Ländereien erbte, sondern auch dafür sorgen, daß ich den Ansprüchen meines Halbbruders auf den Besitz meines Vaters nicht im Wege stand. Meine Mutter war wohl der Ansicht, sie müsse sich für einen von uns beiden entscheiden, und so hat sie sich auf die Seite ihres neuen Mannes gestellt.« Malis Stimme zitterte. »Eines Tages wütete eine schwere Krankheit im Dorf. Eine unserer jungen Sklavinnen und ich bekamen sie auch. Als ich eines Nachts im Fieber lag, hörte ich, wie meine Mutter neben meiner Schlafmatte niederkniete und zu Rauchendem Spiegel betete, er möge mich sterben lassen. Zweifellos glaubte sie, daß dann alle ihre Schwierigkeiten gelöst wären. Doch nicht ich starb, sondern unsere kleine Sklavin.

Meine Mutter aber war gerissen – schließlich war sie als Mexica aufgewachsen – und verfiel auf eine raffinierte Lösung.« Malis Stimme drohte zu versagen, und er zog sie näher an sich. Mit kaum hörbarem Flüstern fuhr sie fort: »Ich nehme an, sie hat allen gesagt, daß ich gestorben sei. Jedenfalls konnte das ganze Dorf sehen, daß Ce Malinali Tenepal ein Stück Jade zwischen den Lippen hatte, ihr Körper auf die herkömmliche Weise von Kopf bis Fuß in einen Umhang gewickelt war und auf einen Scheiterhaufen gelegt wurde. Nur war das nicht mein Leichnam, sondern der unserer kleinen Sklavin.«

»Wie war eine solche Täuschung möglich?«

»Am Abend vor der Beisetzung kamen einige Maya-Sklavenhändler in unsere Stadt. Mittlerweile bin ich sicher, daß die Sache vorher verabredet war. Sie hüllten mich in ein Stück ungegerbtes Leder und trugen mich fort. Ich wurde an einen wohlhabenden Mann aus Tabasco verkauft, der in Potonchán lebte. Was meine Mutter an diesem Handel verdient hat, weiß ich nicht, doch ich nehme an, daß er einen guten Preis für mich bezahlt hat. Ich hoffe nur, daß die Händler nicht versucht haben, sie zu betrügen.«

»*Chiquita* ...«, murmelte er. Seine Hand glitt über die glatte kupferfarbene Haut ihrer Schulter.

»Mein neuer Herr hat ein gutes Geschäft mit mir gemacht. Ich war bereits gründlich im Singen und Tanzen ausgebildet, und in meinen Adern floß das königliche Blut der Mexica. Von meinen eigenen Empfindungen einmal abgesehen, müßten bei diesem Handel eigentlich alle in hohem Maße zufrieden gewesen sein.«

Er spürte ihre Tränen auf seiner Schulter. »Willst du damit sagen, daß du von königlichem Geblüt bist?«

»Meine Mutter stammt von einem der Vorfahren Motecuzomas ab.«

»Und dein Vater? War auch er ein Herrscher?«

»Er stammte aus dem königlichen Hause der vor langer Zeit von den Mexica bezwungenen Culhuaca, die seither Motecuzoma alljährlich reichen Tribut zahlen müssen. Dennoch war er wohlhabend, denn ihm gehörten große Ländereien und zahlreiche Häuser.«

Cortés dachte nach. Schweigend liebkoste er Malis seidenweiches langes Haar. Ihr Körper neben dem seinen war so heiß, als hätte der Zorn ein Feuer in ihr entzündet. »Wie ist er gestorben?«

Es dauerte lange, bis sie antworten konnte. »Er hing dem Kult der Gefiederten Schlange an«, flüsterte sie schließlich. »Auch kannte er die Gestirne und konnte aus den Vorzeichen am Himmel die Zukunft vorhersagen. Er hat öffentlich geweissagt, daß die Herrschaft der Mexica ...« Sie beendete den Satz nicht.

»Und dafür hat ihn Motecuzoma bestraft?« fragte er.

»Einige Krieger kamen und haben ihn vor aller Augen auf dem Dorfplatz ermordet.«

Aha, dachte Cortés. Ich verstehe. Jetzt bist du für mich kein solches Rätsel mehr. Er hielt sie fester. »Du würdest dich also zu Motecuzomas Feinden zählen?«

»Wüßte er es nur«, flüsterte sie. »Er hat keinen größeren Feind als mich.«

Daran zweifle ich nicht im geringsten, dachte Cortés.

An einer Weggabelung ging es auf der einen Seite hinab ins Tal zu einem Ort namens Chalco, auf der anderen nach Amecameca und dem hohen Paß, der zwischen den Vulkanen hindurchführte. Man hatte hohe Kiefern gefällt, um diesen Weg zu versperren.

Cortés gebot dem Zug halt. Begleitet von Mali und den Mexica führte er sein Pferd am Zügel zur Vorhut. »Der alte Kazike hatte recht«, sagte er.

Mali nickte schweigend.

»Fragt die Führer, warum der Weg versperrt ist.«

Sie berichtete: »Sie sagen, daß Ihr Euch darüber keine Gedanken machen sollt. Die Straße nach Chalco sei ohnehin weniger anstrengend, und Ihr dürft dort mit einem herzlichen Willkommen rechnen.«

»Einem äußerst ›herzlichen‹, falls man dem Häuptling glauben darf.« Aufmerksam sahen die Mexica zu ihm hin, die Umhänge gegen den grauen kalten Dunst eng um sich gezogen. »Sagt ihnen, wir nehmen den Weg nach Amecameca.«

Die Mexica nahmen diese Mitteilung mit großer Bestürzung auf.

»Was sagen sie?« wollte Cortés wissen.

Mali hob lächelnd den Blick zu ihm. »Sie sagen, daß sie nicht verstehen können, warum Ihr Euch für den schwierigeren Weg entscheidet. Ich habe ihnen erklärt, daß Ihr in Euren Zauberspiegel gesehen und dieser ihn Euch empfohlen hat. Angeblich fürchten sie, daß ihnen Motecuzoma zürnen könnte, wenn sie Euch einen so beschwerlichen Weg führen.«

»Sagt ihnen, daß ich ihm gegenüber die Verantwortung für mein Tun übernehme, wenn ich ihn erst zu Gesicht bekomme.« Er führte sein Pferd an ihnen vorüber. »Laßt Männer mit Äxten kommen«, rief er Alvarado zu. »Das hier wird uns höchstens eine oder zwei Stunden aufhalten.«

Während sie über die Baumgrenze hinaus aufstiegen, wurde aus dem peitschenden Regen Hagel. Der Wind trieb ihnen Eis und winzige Stückchen Vulkangestein ins Gesicht, die so scharf waren wie Glassplitter.

Dann hörte es auf zu hageln, und es schneite.

Das letzte Stück bis zur Paßhöhe taumelten die Spanier schneeblind über eisglatten Boden. Dutzende ihrer nur unzulänglich bekleideten kubanischen Träger blieben erfroren oder sterbend in den Schluchten zurück. Sogar zwei ihrer eigenen Krieger, denen die Wunden aus den Schlachten gegen die Tlaxcalteken noch zu schaffen machten, erlagen der Kälte. Möglicherweise hätten noch weitere Männer aufgegeben, doch Cortés war überall zugleich, trieb sein Pferd den Zug entlang und drängte sie weiter.

Schließlich hatten sie den Paß überwunden. Nun führte der Weg durch dichte Wälder abwärts. Im Tal sahen sie Sisalkakteen und Maisfelder, und in der Ferne schimmerte ein großer See wie polierter Stahl.

57

Sie lagerten am ›Treffpunkt der Kaufleute‹, einer Ansammlung einfacher Schutzhütten für die Karawanen der *pochteta*, Tenochtitláns wohlhabende Händler. Der Atem gefror den Männern in der kalten Luft, sie zitterten trotz der Feuer, die sie mit Kiefernholz in den offenen strohgedeckten Hütten entzündet hatten. Kaum hatte Cortés Wachposten aufgestellt und seine Patrouillen organisiert, als Alvarado mit einer verblüffenden Nachricht herbeigaloppiert kam.

Motecuzoma war unterwegs zu ihnen.

Unter den Klängen von Trommeln, Muscheltrompeten und klagenden Flöten, die im Jaulen des Windes fast untergingen, wand sich der Zug aus dem Tal empor. Als erstes sahen die Spanier einen reich mit leuchtendgrünen Quetzalfedern und glänzendem Blattgold verzierten Tragsessel, den acht Adlige der Mexica auf den Schultern trugen. Ein großes Gefolge aus Edelleuten und Trabanten zog hinterdrein.

Cortés hatte keine Zeit gehabt, sich vorzubereiten. Noch während er aus der Hütte trat, knöpfte er sich das schwarze Samtwams zu. Alvarado, Sandoval und Benítez gingen neben ihm. Mit der Möglichkeit, daß ihnen der Ehrwürdige Sprecher der Mexica so weit von seiner eigenen Hauptstadt entfernt entgegenkam, hatte keiner von ihnen gerechnet. War das überhaupt möglich?

Cortés sah zu Mali hin, und sie erkannte die Besorgnis in seinen Augen. Es war das erste Mal, daß sie ihn wahrhaft beunruhigt sah. »Ist er es?« flüsterte er ihr zu. »Ich muß das wissen. Ist er es, oder handelt es sich wieder um eins ihrer Täuschungsmanöver? Sag mir die Wahrheit. Unser Leben hängt davon ab.«

Wie soll ich das wissen? fragte sie sich. Ein einziges Mal, als kleines Mädchen, hatte sie mit ihrem Vater einen Besuch im Mittelpunkt der Welt gemacht. An jenem Tag war Motecuzoma auf seinem Weg zum Haupttempel an ihnen vorübergekommen. Der Vater hatte ihr gesagt, daß sie zu Boden blicken müsse. Später hatte ihr die Mutter erklärt, jeder, der sich erdreistete, dem göttlichen Großkönig ins Gesicht zu sehen, werde mit dem Tode bestraft.

»Ist er es?« drang Cortés in sie.

Kühn hob sie den Blick, während Diener dem Potentaten von seinem Tragsessel herabhalfen. Obwohl sie unter Cortés' Schutz stand, kostete es sie alle Willenskraft, so übermächtig war die Erinnerung an die Angst ihrer Kindheit. Der bartlose Mann war jünger, als sie erwartet hatte. Er trug einen prächtigen Kopfputz aus Quetzalfedern, Ohrpflöcke aus Jade und goldenen Lippenschmuck in Gestalt einer Schlange. Auf dem Saum seines Umhangs aus karmesinrot gefärbter feingewebter Baumwolle erkannte man mit Silber- und Goldfäden gestickte geometrische Muster. Während er auf die Gruppe der Spanier zuschritt, wurde der Boden vor ihm mit Federbesen gekehrt.

War das wirklich der Ehrwürdige Sprecher der Mexica, ihr Zürnender Herrscher? Sofern es sich um einen Hochstapler handelte, mußte Gefiederte Schlange das augenblicklich wissen.

»Ist er es?« fragte Cortés eindringlich. Die Welt schien zum Stillstand gekommen sein.

Ihr war klar, daß ihr nur wenige Augenblicke zur Entscheidung blieben.

Sie sah zu den Höflingen und Dienern hinüber. Einige sahen Cortés an, andere aber – sogar die Diener mit den zusammengerollten Matten und den Fliegenwedeln – den Potentaten. Eine Welle der Erleichterung überlief sie. Sie hatte ihre Antwort.

Sie wandte sich zu Cortés um und schüttelte den Kopf.

Cortés lächelte ihr zu. »Danke«, hauchte er. »Sag ihnen, daß sie dahin gehen sollen, woher sie gekommen sind.«

Mali wandte sich der Ansammlung von Mexica-Edlen zu. »Wer seid ihr, und was tut ihr hier?« hörte sie sich selbst sagen. Ihre Stimme hallte durch das tiefe Tal. Sie begriff in diesem Augenblick, daß sie nicht einfach eine Frau war, sondern Stimme und Ohr eines Gottes.

»Wißt Ihr das nicht?« fragte einer der Edlen. »Das ist Ehrwürdiger Sprecher, der göttliche Beherrscher der Mexica. Er ist gekommen, den Gebieter Marinas zu grüßen und ihn in der Mitte der Welt willkommen zu heißen.«

»Das ist nicht der *uey tlatoani*«, sagte Mali, während ihr das Herz in der Brust hämmerte. Sie betete, daß sie recht hatte. Sie mußte einfach recht haben. »Das ist irgendein Affe, den ihr mit goldenen Sandalen herausgeputzt habt. Haltet ihr meinen Herrn für einen Schwachkopf?«

Schweigen antwortete ihr. Der heulende Wind zerrte an den Umhängen der Besucher und den Federn ihres Kopfputzes. Ihren betroffenen Gesichtern sah sie an, daß sie recht hatte.

Nur ein Gott konnte das wissen, mußten sie denken.

»Sagt ihnen, daß ich mich auf das große Vergnügen freue, sehr bald den wahren Motecuzoma zu sehen«, sagte Cortés vernehmlich. »Bis dahin sage ich euch Lebewohl.« Er wandte sich um und trat in die Kaufmannshütte zurück.

Mali dolmetschte seine Worte und lächelte über die Verwirrung der Mexica. Sie war sicher, daß diese Geschichte, wenn sie Motecuzoma zu Ohren kam, ihm den Appetit und den Schlaf rauben und ihm vielleicht sogar die Lust an seinen Frauen vergällen würde.

58

Im Saal der Jaguarritter in Tenochtitlán

Der große Kopf des Juan de Argüello starrte ihnen vom niedrigen Tisch in der Mitte des Raumes entgegen. Verkrustetes Blut bedeckte seinen schwarzgelockten Bart wie auch das Gesicht, das im Schein der Fackeln wie Rubine schimmerte. Da das Fleisch bereits in Verwesung übergegangen war, hing ein ekelerregender Geruch in der Luft.

»Jetzt sind wir verloren«, sagte Motecuzoma leise.

Weibliche Schlange spürte, wie die kalten Klauen panischer Angst an ihm zerrten. In all den Jahren als Erster Sprecher war Motecuzoma abwechselnd starrsinnig und grausam gewesen, bisweilen sogar widerwärtig, aber stets hatte er sich als starker Fürst erwiesen, und das brauchten die Götter und das Reich. In der gegenwärtigen Situation war Stärke nötiger denn je, doch das Wesen des Zürnenden Herrschers hatte sich verändert, seit jene Fremdlinge am östlichen Gestade aufgetaucht waren. Einmal war er selbstsicher, entscheidungsfreudig wie eh und je, dann wieder überfiel ihn eine sonderbare Schwäche wie heute, und er schwankte zwischen Niedergeschlagenheit und Selbstmitleid. Er schlief kaum und hatte jeglichen Appetit verloren. Weder seine Konkubinen noch seine Akrobaten und Musiker vermochten ihn abzulenken.

Motecuzoma wies auf das Haupt Juan de Argüellos. »Schaff ihn mir aus den Augen!« schrie er mit sich überschlagender Stimme.

»Sollen wir ihn nach Tollán bringen, in den Schrein, in den wir die sonderbare Nahrung gelegt haben?« fragte Weibliche Schlange.

»Es ist mir gleich, was mit ihm geschieht! Er muß fort!«

Man rief Diener, die das Haupt entfernten. Lange herrschte Schweigen, während die versammelten Adligen und Priester darauf warteten, daß Motecuzoma seine Fassung wiederfand.

»Zürnender Herrscher«, wagte der Erste Hohepriester des Tempels schließlich das Wort an ihn zu richten. »Gefiederte Schlange ist schon häufig erschienen. Das erste Mal kam er mit dem Geheimnis des Feuers, dann kehrte er zurück, um den Menschen die Herstellung des Borkenpapiers zu zeigen und sie im Schreiben von Gedichten zu unterweisen. Sofern er tatsächlich beschlossen hat, uns erneut zu besuchen, kann das lediglich bedeuten, daß er uns eine weitere bedeutende Gabe bringt. Er ist früher schon gekommen und wieder davongegangen – warum sollte es diesmal anders sein? Wir wollen nehmen, was er uns anzubieten hat, und feststellen, was er als Gegenleistung wünscht. Dann mag er ins Wolkenland zurückkehren. Wichtig ist, daß wir weder Huitzilopochtli noch Tezcatlipoca kränken, denn sie sind stärker als er, und wenn er sie herausfordert, werden sie ihn überlisten, wie damals in Tollán.«

»Überdies ist es immer noch möglich«, sagte Weibliche Schlange, »daß es gar keine Götter sind. Vielleicht handelt es sich lediglich um Botschafter eines Landes, von dem wir nichts wissen, und diese junge Frau, die sie begleitet, ist lediglich sehr abergläubisch und schreibt ihrem Gebieter Kräfte zu, die er nicht besitzt. Sofern er und sein Gefolge tatsächlich Abgesandte sind, sollten wir sie mit aller gebotenen Gastfreundschaft empfangen. Aber wir haben keinerlei Grund, uns vor ihrem Kommen zu ängstigen.«

Nichts von all dem schien Motecuzoma aus seiner schwermütigen Stimmung reißen zu können. »Wenn der Gebieter Marinas ein gewöhnlicher Botschafter wäre«, sagte er leise, »wieso hat er dann von dem Hinterhalt gewußt, den ihm die Feldhauptleute auf der Straße nach Chalco gelegt hatten? Woher wußte er sogleich, daß wir ihm an meiner Statt den Edlen Tziuacpopocatzin verkleidet entgegengeschickt haben?« Er sah sich unter seinen Beratern um. Keiner von ihnen konnte ihm eine Antwort geben. »Unsere Kundschafter, die ihm als Führer dienen, sagen, daß er einen Spiegel mit sich führt, mit dessen Hilfe er den Menschen in die Seele schauen kann. Habt Ihr je einen solchen Botschafter gesehen?«

»Diese Dinge sind in der Tat geheimnisvoll, aber ich bin nach wie vor überzeugt, daß er weder ein Gott noch ein Botschafter ist«, meldete sich Cuitlahuac. »Gewiß sind diese Leute als Eroberer gekommen. Wir sollten sie jetzt angreifen, solange sie sich noch in offenem Gelände befinden.«

»Dem schließe ich mich an«, mischte sich nun auch der König von Texcoco in das Gespräch.

»Was?« spottete einer der Feldhauptleute. »Mit seinen paar hundert Kriegern soll der uns erobern wollen?«

Ein angsteinflößender hoher Ton erfüllte den Raum und unterbrach das Gespräch. Aller Augen wandten sich Motecuzoma zu. Dieser lachte unbeherrscht, das Gesicht zu einer Grimasse verzerrt, während ihm dicke Tränen über die Wangen rollten.

»Er ist Gefiederte Schlange«, sagte er, »und er ist gekommen, wie es die Weissagung verkündet hat. Wenn wir ihn vernichten, vernichten wir einen unserer Götter. Wenn wir ihn herankommen lassen, wer weiß, welches Unheil er über uns bringt? Wir können nichts unternehmen.« Ein tiefes Keuchen kam aus seiner Brust, während er sich bemühte, zu Atem zu kommen. »In der Weissagung heißt es, daß wir alle von seiner Hand sterben und die Überlebenden seine Sklaven sein werden. Ich werde der letzte aus dem Hause der Mexica sein, der über dieses Land herrscht.« Er stand auf und verließ schweren Schrittes den Raum.

Wie alle anderen ließ Weibliche Schlange den Kopf hängen. Man konnte nichts tun. Solange es ihnen nicht gelang, Motecuzoma zum Handeln zu bewegen, waren sie alle hilflos. Wie war es nur dahin gekommen? Ein früherer Priester hatte ein Volk von Kriegern schlagartig seiner Macht beraubt.

59

Wieder schwankte ein mit Jade, Gold und Silber verzierter Tragsessel heran; wieder sah man einen in reiche Gewänder gehüllten Potentaten mit einem hohen Kopfputz aus smaragdfarbenen Quetzalfedern. Wieder kehrten Diener mit Federbesen den Weg vor ihm. Während der hohe Besucher grüßte, hielt Cortés den Blick unverwandt auf Malis Gesicht gerichtet. Wollte man ihn erneut täuschen?

Diesmal aber schien sie wahrhaft beeindruckt. »Herr, es ist Motecuzomas Neffe, der König von Texcoco. Der Ehrwürdige

Sprecher hat ihn hergeschickt, damit er Euch persönlich begrüßt.«

Cortés verneigte sich. »Das ist sehr gütig.«

Als sich die Unterhaltung zwischen dem Edlen und Mali in die Länge zog, wurde Cortés ungeduldig und fragte: »Was sagt er?«

»Herr, er sagt, der Ehrwürdige Sprecher sei erzürnt darüber, daß Ihr Euch seiner Stadt so weit genähert habt, und er fordert Euch auf, unverzüglich nach Osten zurückzukehren.«

Cortés traute seinen Ohren nicht. Was war das jetzt wieder? Welches Spiel wollten die Mexica mit ihm spielen? »Erinnert ihn daran, daß ich auf ausdrückliche Einladung des Großkönigs hier bin.«

»Das habe ich getan, Herr. Aber er behauptet, Tenochtitlán könne uns nicht alle ernähren, und daher müßten wir zur Küste zurückkehren.«

»Bei meinem Gewissen, Doña Marina! Was steckt dahinter?«

»Ich weiß es nicht, Herr.«

Cortés sah zu Alvarado hin, der in der Nähe stand und dem Gespräch folgte. »Warum durchbohren wir ihn nicht einfach mit einer Pike?« fragte dieser breit grinsend.

Cortés wandte sich erneut an Mali. »Sagt dem edlen Herrn, da meine Männer recht bedürfnislos sind, brauche er sich keine Gedanken über unsere Ernährung zu machen. Wiederholt aber, daß ich dem Großkönig persönlich gegenübertreten muß und mich davon nicht abbringen lassen werde.«

Abermals flogen die Worte hin und her, diesmal hitziger. Sogar Doña Marina schien aufgebracht.

»Was sagt er jetzt?« fragte Cortés erwartungsvoll.

»Er behauptet, daß Löwen und Alligatoren aus Motecuzomas großem Tiergehege entwichen seien. Er fürchtet, sie könnten Euch anfallen und in Stücke reißen, wenn Ihr der Stadt zu nahe kommt.« Sie holte tief Luft. »Dieser Ziegenficker lügt wie ein Maure!«

Alvarado und Jaramillo grinsten. Verärgert fragte Cortés: »Haben Euch meine Männer etwa wieder Sprachunterricht gegeben, *chiquita*?«

»Wieso?«

»Mir scheint, ich muß Euch künftig lehren, was einer christlichen Dame von Stand ziemt. Jetzt aber sagt dem edlen Herrn noch einmal, daß ich den Großkönig persönlich sehen muß. Erinnert ihn daran, daß ich bereits viele Gefahren auf mich genommen habe und mich daher die Bedrohung durch Alligatoren oder Löwen nicht schreckt.«

Als der König von Texcoco das hörte, gab er seinen Bediensteten ein Zeichen. Einer nach dem anderen traten Sklaven vor und legten ihre Last auf den Boden. Alvarado und Sandoval schnappten hörbar nach Luft, als sie sahen, was sie enthielten.

»Bei Sankt Petris heiligen Eiern«, murmelte Alvarado.

»Gold«, stieß Sandoval hervor.

Ja, es war Gold. Korb auf Korb mit Halsschmuck, Armbändern und herrlich ziselierten Statuetten. Das Ganze mochte an die zwei- oder dreihundert Pfund wiegen, schätzte Cortés.

Als die Fülle schließlich auf Matten vor ihnen ausgebreitet lag, ergriff Motecuzomas Neffe erneut das Wort. »Er sagt, es ist für Euch allein«, sagte Mali. »Jeder Eurer Hauptleute bekommt ebenfalls eine gewisse Menge, wenn ihr nicht weiterzieht, sondern zur Küste umkehrt.«

Unverwandt sah Cortés auf den Schatz. Mit jedem Schritt, den ich mich Tenochtitlán nähere, nehmen die Bestechungsgeschenke zu, dachte er. Die Straßen jener Stadt müssen geradezu mit Gold gepflastert sein. Dieser Motecuzoma weiß offensichtlich nicht, was er will. In Cholula hieß es, ich sollte mich möglichst rasch in die Hauptstadt aufmachen, jetzt bietet er mir unvorstellbare Reichtümer an, wenn ich mich zurückziehe.

»Was werdet Ihr tun, *Comandante*?« fragte ihn Alvarado.

Statt ihm zu antworten, wandte sich Cortés abermals an Mali. »Dankt dem König von Texcoco für diese herrlichen Geschenke und die Mühe, die er sich gemacht hat, sie mir zu bringen. Doch ich darf meine Pflicht nicht vernachlässigen. Mein König hat mich beauftragt, seine Botschaften Motecuzoma persönlich zu überbringen. Versichert ihm, daß wir als Freunde kommen und er nichts zu befürchten hat.«

Nach einer Weile berichtete ihm Mali: »Er sagt, daß er Euch unter diesen Umständen auf dem verbleibenden Weg nach

Tenochtitlán das Geleit geben wird. Er hat mich außerdem gefragt..., er wollte wissen, ob Ihr der Gott Gefiederte Schlange seid.«

Cortés hörte, wie Aguilar irgendwo hinter ihm ein Gebet anstimmte. »Und was habt Ihr ihm gesagt, Doña Marina?« fragte er so laut, daß jeder es hören konnte.

»Ich habe gesagt, daß Ihr Spanier seid, Herr, und damit eine Stufe höher steht als Gefiederte Schlange.«

Selbst Alvarado lachte, als er das hörte.

Dunst verhüllte die tiefer gelegenen grünen Hänge der Berge und machte aus ihnen eine zugleich geheimnisvolle und von Wundern erfüllte Welt. Als er sich dann auflöste, sahen sie einen großen See, über dessen stahlblauem Wasser Häuser auf Pfählen errichtet waren und üppige Gärten, die auf seiner Oberfläche zu schwimmen und von Trauerzypressen festgehalten zu werden schienen, die sich in langen Reihen am Ufer hinzogen.

Inzwischen ähnelte der Zug eher einer Pilgerreise. In allen Dörfern und Städten des Hochbeckens, durch die sie kamen, wurden sie von Menschentrauben umdrängt, standen Männer, Frauen und Kinder an ihrem Weg. Die einen jubelten, wenn sich der Zug näherte, andere blickten mürrisch und feindselig oder rissen staunend die Augen auf. Manche schlossen sich ihnen sogar an, weil sie glaubten, Zeuge der Rückkehr von Göttern zu sein. So schwoll der Zug allmählich auf zwanzig- bis dreißigtausend Köpfe an.

Der Weg, dem sie folgten, führte zu einem breiten Damm, über den sie zu einer Halbinsel gelangten, auf welcher eine Stadt namens Stätte der Kostbaren Schwarzen Steine lag. Motecuzomas im See gelegene Hauptstadt, von der sie soviel gehört hatten, blieb nach wie vor unsichtbar, im Dunst verborgen, doch konnten sie in der Ferne Rauch von den Altären des Haupttempels aufsteigen sehen. Bis Tenochtitlán waren es nur noch wenige Wegstunden.

In stummem Staunen ließ Benítez den Blick von der Dachterrasse über die Stadt gleiten. Sie war ein Wunder. Nie hatte er sich einen Ort so herrlich wie diesen vorgestellt. Wälder, wohin das

Auge fiel, und überall wurden Mais und Sisalkaktus angebaut. Neben strohgedeckten weißen Adobe-Häusern, von denen manche auf Pfählen über dem spiegelnden Wasser des Sees errichtet waren, erhoben sich Paläste aus ockerfarbenem Vulkangestein wie der, auf dessen flachem Dach er gerade stand. Gartenterrassen mit Obstbäumen, Lauben und Teichen voller Seerosen führten zum See hinab. Die Abendbrise trug den Geruch von gut gewürztem Bratfisch zusammen mit dem warmen Duft von Frangipani und Hibiskus zu ihm herüber.

Keine der großen Städte Spaniens, die er je gesehen hatte, ließ sich mit dieser hier vergleichen, weder Salamanca noch Toledo.

Die architektonische Leistung der Eingeborenen war verblüffend. Der den Fremden zugewiesene Palast war aus Stein und edlem Holz erbaut und so solide wie der eines Granden in Kastilien oder Andalusien. Alle Räume durchzog der Duft nach Sandelholz. Fresken in leuchtenden Farben und bunte Behänge schmückten die Wände.

Jeder der Paläste verfügte über mehrere geräumige Innenhöfe und einen eigenen Park. Dort turnten in hängenden Käfigen aus Rohrgeflecht Aras und andere Papageienarten.

Der Herr verhüte, daß es zu einem Kampf kommt, der eine solch zerbrechliche Schönheit gefährden könnte, betete er im stillen. Er tröstete sich mit den Worten, die er schon so oft aus Cortés' Mund gehört hatte: Sie waren nicht gekommen, um Krieg zu führen, sondern um den Menschen im Lande Frieden, Heil und den wahren Glauben zu bringen.

Norte trat zu ihm. Eine Weile herrschte unbehagliches Schweigen zwischen ihnen.

»Woher stammt Ihr?« fragte ihn Benítez schließlich.

Die Frage schien jenen zu überraschen. »Aus Barajas, einem Dorf in Kastilien.«

»Habt Ihr Euch dort je einen Ort wie diesen vorgestellt?«

»Nein, Herr. Die elenden Hütten dort waren in keiner Weise mit dem hier vergleichbar. Selbst die Armen in dieser Stadt leben besser als ich damals. Dennoch scheinen die Mexica all das geleistet zu haben, ohne die Geheimnisse Christi oder der Jungfrau zu kennen.«

Benítez fühlte Zorn in sich aufsteigen. Warum zog er Norte überhaupt ins Gespräch? »Wann auch immer Ihr den Mund auftut, kommt eine Gotteslästerung heraus.«

»Meint Ihr wirklich? Ich sehe darin lediglich die Wahrheit. Wer acht Jahre außerhalb der Gesellschaft von Christen gelebt hat, dessen Sehweise ändert sich zwangsläufig.«

»Schon möglich, daß die Menschen hier nicht so zurückgeblieben sind, wie wir ursprünglich angenommen hatten. Aber wir bringen ihnen den wahren Glauben und sind hergekommen, weil uns eine heilige Sendung aufgetragen ist.«

»Daß wir Sieger sind, macht uns nicht automatisch zu Erlösern. Schon vor uns haben die Barbaren Rom erobert.«

Erst wollte sich Benítez mit ihm darüber streiten, doch dann überlegte er es sich anders. Der herrliche Rundblick, den er genoß, besänftigte ihn. So kehrte wieder Schweigen zwischen ihnen ein, bis schließlich die Sonne hinter den fernen Bergen unterging und in der Dunkelheit nichts mehr zu sehen war.

Mali war erst sechs Jahre alt gewesen, und ihr Vater hatte ihr zu erklären versucht, warum er den Tag, an dem sie ihren endgültigen Namen bekommen sollte, nicht auf ein glückverheißenderes Datum gelegt hatte.

»Du wirst Ce Malinali heißen, Ein Halm der Buße«, hatte er ihr zugeflüstert. »Dein Schicksal will es, daß du deine Bestimmung in Unordnung und Vernichtung findest. Ohne Unordnung kann unser Volk keine neue Ordnung schaffen. Wir müssen die Mexica vernichten, um ein neues Volk zu gründen.«

Damals hatten ihr seine Worte wenig bedeutet. Später erkannte sie, daß ihr Name vielleicht der Grund für die Bereitschaft ihrer Mutter gewesen war, sich ihrer zu entledigen: Eine Tochter, die so hieß, konnte nur Unglück bringen.

An das Aussehen ihres Vaters hatte Mali keine genaue Erinnerung, wohl aber hörte sie seine Stimme noch vor ihrem inneren Ohr. Sie war leise und einschmeichelnd, wie eine Hand, die ihr über den Kopf strich. An jenem Morgen hatte er ihr erklärt, daß es zweierlei Menschen gebe, der eigentliche Unterschied aber nicht darin liege, ob sie Mann oder Weib seien, sondern vielmehr darin, daß die einen leben und sterben, ohne das Geringste damit zu bewirken, andere hingegen ihre Bestimmung darin fänden, das Geschick der Welt zu ändern.

»Du gehörst zu diesen wenigen«, hatte er ihr zugeflüstert. »Ich habe es vom Augenblick deiner Geburt an gewußt. Du wirst hier sein, wenn Gefiederte Schlange kommt, und du wirst ihm helfen, unser Volk von der Herrschaft der Mexica zu befreien. Ich habe es in den Vorzeichen am Himmel gesehen.

Du bist mit deiner Bestimmung zugleich gesegnet und verflucht, mein Töchterchen.«

Feuer brannte in einem außenliegenden gemauerten Herd. Die Wand des Badehauses glühte rot. Regenblüte führte Benítez hinein, entkleidete sich, bedeutete ihm, es ihr nachzutun und sich dann auf eine steinerne Bank zu setzen.

In einer Ecke des Raumes befand sich ein Wassertrog. Eine Öffnung in der Wand ließ Wasser aus einer Quelle ins Innere fließen. Sie nahm ein tönernes Schöpfgefäß und goß ein wenig Wasser auf die heiße Wand. Sogleich füllte sich der Raum mit Dampf.

Sie setzte sich neben ihn und betrachtete seinen nackten Leib. Die Schulterwunde war gut verheilt. Schon bald öffnete die Hitze die Poren seiner Haut, und sie nahm eine Handvoll Gras und begann, ihm den Schweiß von Brust und Rücken zu wischen.

Sie sah, daß ihre Nacktheit ihn erregt hatte. Sie gab ihm zu verstehen, daß sie lediglich zum Baden dort seien, doch seine Hände liebkosten sacht ihren ganzen Körper. Jetzt gefielen ihr die Küsse, mit denen er ihr Gesicht bedeckte, obwohl sein Bart sie kitzelte. Auch die Art, wie er sie liebkoste, mochte sie. Sie hatte ihm gezeigt, was ihr Freude bereitete, und er hatte sich als gelehrig erwiesen. Jetzt lachte er, und sie stimmte ein.

Sie entwand sich ihm und besprengte die Wand noch einmal mit Wasser. Der Dampf füllte den Raum mit lautem Zischen.

Mit einem Mal war er hinter ihr. Ihre Leiber waren glatt von Schweiß, und sie spürte, wie sich sein *maquáhuitl* sacht an sie drängte. Sie hörte ihn stöhnen und warf den Kopf zurück, um seine Küsse zu empfangen. Er hob sie unter den Armen, und sie spreizte die Schenkel, stellte überrascht fest, daß ihre Liebesgrotte bereit war. Zum ersten Mal fand sie am Zusammensein mit ihm so großen Gefallen, wie sie vermutete, daß eine Frau an ihrem Mann Gefallen finden sollte. Nach wie vor lachend küßte er ihren Hals. Sie griff nach hinten und klammerte sich an ihn. Mühelos glitt er in sie.

»*Cariño*«, sagte sie. Aus ihrem Mund klang das Wort sonderbar und schwerfällig. »*Mi cariño.*«

Als er seinen Höhepunkt erreichte, mußte sie unwillkürlich denken, ob das Kind, das sie vielleicht bekäme, wie Norte aussehen würde oder wie ihr behaarter Herr. Dann aber fiel ihr ein, daß sie sich darüber keine Gedanken zu machen brauchte. Längst bevor es soweit war, wäre er entweder zu seiner Gattin im Wolkenland zurückgekehrt oder sie alle hätten auf Motecuzomas Altären ihr Leben beendet.

Prüfend betrachtete der Großkönig die Gerichte, die man vor ihn gestellt hatte. Alle waren in Gefäßen aus feinster schwarz-roter Keramik aus Cholula angerichtet und über winzigen Holzkohlebecken aus gebranntem Ton erwärmt worden. Der gebratene Fisch war noch am Vortag im östlichen Ozean geschwommen; eine Stafette speziell dafür geschulter Boten hatte ihn über die Ebenen und das hohe Gebirge gebracht. Es gab Delikatessen wie Krähe, Wachtel, Wildbret und Heuschrecken, Klapperschlange und Agavenwürmer aus der Wüste, Larvennester und Salamander von den Ufern der Seen, außerdem Gürteltiere aus den Wäldern. Des weiteren stand dort ein Becher mit schäumendem *xocoatl*, ein Getränk aus zerstampften Kakaobohnen, die man mit Maismehl aufkochte und mit Honig würzte.

Aber nichts von all diesen Köstlichkeiten konnte ihn erfreuen.

Nachdem man alles in die Küchen zurückgebracht hatte, wurden die vergoldeten Stellwände beiseite geschafft, die dafür sorgten, daß er unbeobachtet essen konnte, und die Privatvorführung der in seinen Diensten stehenden mißgebildeten Unterhaltungskünstler begann: Bucklige tanzten, Zwerge jonglierten, ein Einbeiniger lag auf dem Rücken und ließ Bälle in die Luft steigen. Seine Musiker spielten auf Knochenflöten und auf Trommeln, die mit Schlangenhaut bespannt waren. Doch all das beachtete er kaum.

Ein Bedienter entzündete ihm die Tabakpfeife. Er stieß den Rauch aus und folgte seinen Gedanken auf ihren verschlungenen Pfaden…

Ebensosehr, wie er stets das Kommen von Gefiederter Schlange gefürchtet hatte, bedrängte ihn jetzt eine neue, noch finsterere Deutung der Vorfälle aus jüngster Zeit. Sie ging auf eine zufällige Äußerung eines seiner Zuträger zurück. Dieser hatte berichtet, daß der Gebieter Marinas einen kleinen Spiegel mit sich führe, der es ihm ermöglichte, in der Seele der Menschen zu lesen. Ihm als einstigem Priester war bekannt, daß Gefiederte Schlange keinen solchen Spiegel besaß, wohl aber dessen Gegenspieler Tezcatlipoca.

Letzterer war der Gott von Heimsuchung, Qual und Krankheit, dem es besonderes Vergnügen bereitete, in allerlei Gestalt verkleidet daherzukommen, um den Menschen auf der Erde Elend und Leiden zu bringen. Ganz wie der Gebieter Marinas war er sehr auf persönlichen Reichtum erpicht und hatte bei jedem seiner Auftritte auf der Erde für Verwirrung, Qual und Schmerzen gesorgt.

Die Vorstellung, es könnte sich in Wahrheit um Tezcatlipoca, Rauchenden Spiegel handeln, stürzte Motecuzoma in noch tiefere Unruhe. Solange er es lediglich mit Gefiederter Schlange zu tun hatte, war ihm zumindest klar, in welcher Zwangslage er sich befand; was aber, wenn Rauchender Spiegel aus irgendwelchen Gründen nicht mehr mit den Mexica zufrieden war oder Motecuzomas Standhaftigkeit auf die Probe stellen wollte? Was sollte er unternehmen, um sich und sein Volk zu retten?

Er wußte es nicht. Nur eines wußte er: daß er am folgenden Tag seinen Palast verlassen und sich einem Gott stellen mußte. Auf eine solche Begegnung aber hatte ihn in seiner Ausbildung zum Priester und zum Fürsten nichts vorbereitet.

60

Da in der Morgendämmerung über der stahlblauen Fläche des Sees ein feiner Dunst hing, blieb Tenochtitlán den Blicken verborgen. Man hörte den Widerhall hölzerner Rasseln und die Rufe von Männern, die ihre Boote durch die mit Algen überwucherten Kanäle zwischen den schwimmenden Gärten, den *chinampas*, ruderten. Der ihnen entsteigende üble Geruch strafte ihre ätherische Schönheit Lügen; offensichtlich wurden sie regelmäßig mit menschlichen Exkrementen gedüngt.

Die Spanier zogen über einen aus Erde aufgeschütteten Damm, den steinerne Platten bedeckten. Ihren Führern folgte die Reiterei in voller Rüstung. Schlaff hingen die Wimpel von den Lanzenschäften. Der hinter ihnen reitende Fahnenträger Cristóbal de Corral schwenkte sein Banner hin und her, so daß es sich in der stillen Morgenluft knatternd entfaltete. Dann kamen die von Ordaz angeführten Fußtruppen mit gezückten Schwertern, die Schilde über die Schultern geworfen. Cortés ritt am Schluß, links von ihm ging Mali und rechts neben ihm waren Bruder Aguilar sowie Pater Olmedo und Pater Díaz, die große Holzkreuze hoch erhoben trugen. Den Abschluß bildeten unter einem Feldzeichen mit ihrem Wappen, dem Weißen Reiher, die Tlaxcalteken-Krieger in ihren rot-weißen Umhängen. Einige von ihnen zogen die hölzernen Gefährte, auf denen die Geschütze ruhten. Sie waren von der Aussicht begeistert, in die Hauptstadt jener einzuziehen, von denen sie schon so lange unterdrückt wurden.

Die Sonne stieg über den blauen Rand des Berges Tlaloc. Während sich der Nebel hob, erkannte man auf dem See Menschen in ihren Booten, die sich den bemerkenswerten Anblick der heranziehenden Fremdlinge nicht entgehen lassen wollten. Manche dieser Boote waren so groß, daß Dutzende der Neugierigen darin Platz hatten. Deren Zahl wurde immer größer, und um sich nichts entgehen zu lassen, kamen sie dem Damm so nahe, daß man ihre verschlossenen und zugleich überwältigten Gesichter erkennen konnte.

Die Sonnenstrahlen brachen sich auf den frisch polierten Rüstungen sowie dem Metallzeug der Pferde und den stählernen

Lanzenspitzen. Die Querpfeifen der Spanier begannen zu schrillen, ihnen antworteten die Pfiffe und Rufe der Tlaxcalteken-Krieger. In der Luft hing eine große Wolke; es war der Staub, den die Pferde mit ihren Hufen aufwirbelten. Als die Tageshitze zunahm, stürmten die Kriegshunde mit von Geifer triefenden Lefzen voraus, was den vom See aus zusehenden Mexica ängstliche Rufe entlockte.

In der Ferne gewahrten die Heranrückenden zum ersten Mal den Anblick der Türme von Tenochtitlán.

Anfangs meinte Benítez einer vom Licht und Wasser hervorgerufenen Sinnestäuschung zu erliegen. Dutzende gewaltiger steinerner Pyramiden erhoben sich aus dem See, schienen auf den Rauchschleiern der vormittäglichen Kochfeuer dahinzutreiben. Dann erkannten die Spanier erschüttert, daß in dieser schwimmenden Welt aus Dämmen und *chinampas* Städte und Dörfer in großer Zahl sie umgaben. Es handelte sich offensichtlich um ein ungeheures und lebenspralles Wirtschaftssystem, das sich aus dem großen See von Texcoco nährte.

Mit einem Mal hatte Benítez den Drang umzukehren. Keiner von ihnen, wohl nicht einmal Cortés, hatte sich vorgestellt, daß sie eine derart weit ausgreifende und verflochtene Zivilisation vorfinden würden. Schon stieg Rauch von den Schreinen der Tempel auf, ein Hinweis auf weitere Opfer, die der Unzahl der Götter der Mexica dargebracht wurden.

Cortés sagt, daß wir Erlöser sind, dachte Benítez. Warum komme ich mir dann vor wie ein Schaf, das zur Schlachtbank geführt wird?

61

Sie erreichten die doppeltürmige Festung Chaloc, die eine Weggabelung bewachte, an der es auf einem anderen Damm westwärts nach Coyoacán ging. Mit laut klappernden Hufen überquerten die Pferde die erste der Holzbrücken auf der Straße nach Tenochtitlán.

Weibliche Schlange empfing sie an der Festung in einem überaus kunstvoll gearbeiteten Umhang aus Flamingofedern. Mit ihm mochten ungefähr tausend der herausragendsten Edlen der Stadt gekommen sein, um die Ankömmlinge auf die herkömmliche Weise zu begrüßen. Cortés' Blick schweifte über ein wogendes Meer aus kupferfarbener Haut, kostbaren Umhängen und wehenden Federn von allerlei Kopfputz.

Ich werde ihnen auf keinen Fall zeigen, daß ich beeindruckt bin, sagte er sich. Sie dürfen nicht merken, daß mir irgend etwas von dem hier ungewöhnlich erscheint.

Diese erste Willkommenszeremonie dauerte fast eine ganze Stunde. Schließlich setzte der Zug seinen Weg nordwärts durch die Tore der Festung fort, der Hauptstadt entgegen.

Eine Stunde später hielten sie vor dem Adlertor. Die Stelle war als Malcuitlapilco bekannt, das Hintere Ende der Gefangenenreihe.

Mali hatte ihm in der vergangenen Nacht von diesem Tor berichtet, während sie an der Stätte der Kostbaren Schwarzen Steine beieinanderlagen. Bis zum Haupttor von Tenochtitlán waren es von dort noch eineinhalb Meilen. An dieser Stelle war die Reihe jener Gefangenen zu Ende gewesen, die bei der Einweihung des Haupttempels geopfert werden sollten. Im Verlauf jener Festwoche hatte man, wenn Malis Angaben stimmten, auf den Altären der Stadt zwanzigtausend Gefangenen das Herz herausgerissen.

Der Klang von Muscheltrompeten und *teponaztli*-Trommeln hallte über den See, während sich von den Toren her ein langer Zug näherte. Wieder sah man eine bunte Mischung aus Federn und Jaguarfellen und gefiederte Kopfbedeckungen mit Adlerschnäbeln. Dem Zug vorauseilende Zwerge bestreuten den Boden mit Kakaoblüten.

Zum ersten Mal erblickte Cortés den Ehrwürdigen Sprecher Motecuzoma.

Vier der höchsten Fürsten seines Reiches, unter ihnen Cuitlahuac und der König von Texcoco, trugen seine offene Sänfte. Weitere vier Adlige hielten einen mit Gold und Silber verzierten Baldachin aus leuchtenden Quetzalfedern darüber, von dessen

Fransen Perlen und grüne Schmucksteine hingen. Weitere Würdenträger zogen der Prozession vorauf; teils kehrten sie den Boden, teils bedeckten sie ihn mit golden schimmernden Matten.

Der Zug kam zum Stehen, der Tragsessel wurde abgesetzt, und Motecuzoma setzte, von seinem Bruder und seinem Neffen gestützt, die Füße auf den Boden.

Cortés' Schätzung nach war der für einen Eingeborenen überraschend große und schlanke Beherrscher der Mexica zwischen vierzig und fünfzig Jahre alt – jünger, als er angenommen hatte. Seine Haut war zimtfarben, und das schwarze Haar fiel ihm bis in den Nacken. Er hatte keinen wirklichen Bartwuchs, doch hingen ihm einige lange Haare vom Kinn.

Er trug einen mit Perlen, Türkisen und Opalen reich verzierten blau-weißen Umhang, die Enden seines Gewandes waren auf der rechten Schulter verknotet. Seine Unterlippe zierte ein Türkisschmuck in Gestalt eines Kolibris; auch Ohren und Nase waren mit Edelsteinen geschmückt. Er trug einen mit runden Goldplättchen besetzten etwa vier Fuß hohen Kopfputz aus grünen Quetzal- und blauen Cotinga-Federn.

Wie es die zeremoniellen Vorschriften verlangten, waren die Blicke aller, außer denen der höchsten Fürsten, zu Boden gerichtet.

Ein sanfter Windhauch bewegte die Wimpel an den Lanzen und die Federn auf den Helmen der spanischen Hauptleute. Cortés und Motecuzoma betrachteten einander inmitten völliger Stille, in der lediglich das leise Klirren der metallenen Beschläge am Lederzeug der Pferde vernehmbar war.

Cortés saß ab und schritt, Mali zu seiner Rechten, auf Motecuzoma zu. Er wollte den Großkönig umarmen, doch traten die beiden Fürsten, die seine Arme hielten, erschreckt vor ihn. Daraufhin tat Cortés einen Schritt zurück.

Er bot Motecuzoma eine mit Moschus parfümierte Kette aus billigen, auf Golddraht aufgezogenen Glasperlen an. Motecuzomas Neffe nahm sie an seiner Statt entgegen und hängte Cortés eine Kette aus massiv goldenen Seeschnecken um.

»Herr«, flüstert ihm Mali zu, »es ist das Wappentier der Gefiederten Schlange.«

Cortés nickte dankbar.

Ihm fiel auf, daß die Hände des Großkönigs zitterten. *Hier stehe ich vor den Toren seiner Hauptstadt inmitten von Zehntausenden seiner Untergebenen und Krieger, und er zittert! In diesem Augenblick halte ich ihn und sein ganzes Volk in der Hand. Die Jungfrau ist mit mir. Gott hat mich in der Tat unbesiegbar gemacht.*

Motecuzoma sprach seine Grußworte. »Er sagt, er küßt Euch die Füße, Herr«, sagte Mali.

»Was?«

»Dieser Gruß ist bei den Mexica üblich.«

Erneut ergriff Motecuzoma das Wort, diesmal sprach er recht lange. Angespannt wartete Cortés. Als der Großkönig geendet hatte, sah er Mali an. »Und nun?«

»Das ist schwierig, Herr.«

»Wieso?«

»Ich weiß nicht, ob er im Wortsinne meint, was er sagt, oder ... im übertragenen Sinne.«

»Gebt es einfach wieder.«

»Er sagt, Ihr habt eine sehr anstrengende Reise hinter Euch, und er lädt Euch ein, eine Weile hier zu rasten. Das ist eine formelle Begrüßung. Das Protokoll verlangt es sozusagen. Dann aber fährt er fort ... Er hat schon lange Sorgen, und immer, wenn er nach Osten sah, wußte er, daß Ihr eines Tages kommen würdet, um Euren Dienern genauere Anweisungen zu erteilen. Jetzt hat sich die Weissagung erfüllt, und er ist froh darüber. Er sagt auch, daß er Euch Euren erhabenen Platz bewahrt hat und er Euch jetzt den Thron anbietet.«

Cortés hörte Alvarado leise fluchen. »Beim schwarzen und gefleckten Arsch des Satans, soll das heißen, daß er Euch zum *König* machen will?«

»Das sind möglicherweise nur liebenswürdige Worte«, sagte Cortés. Aber seine Gedanken überschlugen sich. Konnte es wirklich so einfach sein?

»Sagt ihm, daß auch ich schon lange den Wunsch hatte, ihn persönlich kennenzulernen. Sagt ihm außerdem, daß er von uns nichts zu befürchten hat, denn wir schätzen ihn sehr und sehen in ihm ausschließlich einen Freund.«

Mali gab die Botschaft weiter. Schlagartig veränderte sich Motecuzomas Gesichtsausdruck. Was Cortés jetzt auf den Zügen des Großkönigs sah, war unverkennbar Erleichterung.

Auf einer mit weißen Palästen und Adobe-Häusern gesäumten breiten Prachtstraße zogen sie in die Stadt, über der eine unheimliche Stille lag. Cortés spürte, daß man ihn hinter den Fenstern und von den Dächern herab musterte, aber außer der offiziellen Willkommensabordnung war niemand auf den Straßen zu sehen.

Er hatte den Eindruck, daß man sie als Eroberer und nicht als Gäste empfing. Ihm war bewußt, daß er dicht davorstand, diese einzigartige Stadt einzunehmen, ohne einen Schuß abzufeuern oder einen Schwertstreich zu führen – wie er es seinen Hauptleuten vorausgesagt hatte. Jetzt brauchte er sozusagen nur noch die Hand nach dem Reich auszustrecken, das zu erringen er sich so lange erträumt hatte.

62

Sie traten auf den großen Platz von Tenochtitlán. Auf einer Seite erhoben sich die hohen rosafarbenen Mauern von Motecuzomas Palast, auf der anderen ragte der Haupttempel empor. Unmittelbar vor ihnen, hinter Motecuzomas privatem Tiergehege, lag der Palast seines Großvaters, des Edlen Herrn Antlitz über dem Wasser. Dort sollten sie untergebracht werden.

Cuitlahuac geleitete sie persönlich dorthin.

Durch einen großen Hof, den der Geruch von Blumen aus dem Park erfüllte, gelangten sie vorbei an mit Fischen besetzten Teichen, neben denen sich hohe bemalte Standbilder erhoben, in einen weiteren Hof. Der Palast war hell und geräumig, seine mit Kalkputz bedeckten steinernen Mauern hatte man poliert, so daß sie silbrig glänzten. Balken aus edlen Hölzern trugen die Decken der Räume, Wände und Fußböden waren mit herrlichen Federbehängen und Baumwollteppichen bedeckt.

Alles war zu ihrem Empfang bereit. Duftendes Sandelholz brannte in den Kupferbecken, und auf den Böden lagen geflochtene Matten, die ihnen als Nachtlager dienen sollten. Der für Cortés vorgesehene Raum enthielt außerdem einen mit kostbaren Steinen geschmückten und mit Blattgold verzierten Thron.

Cortés war verblüfft. Der Palast übertraf all seine Vorstellungen und war so ausgedehnt, daß man sich in den Gängen leicht verirren konnte. Von den Privatgemächern führten Türen zu riesigen Audienzsälen, und von ihnen aus erreichte man Innenhöfe, um die herum Dampfbäder, Springbrunnen und Gärten lagen. Verglichen damit verblaßten sogar die Paläste von Toledo und dem kubanischen Santiago.

Doch es war Cortés klar, daß ihn weder der Triumph des Augenblicks noch der Glanz ihrer Umgebung veranlassen durfte, ihre Lage falsch einzuschätzen. Trotz aller schönen Worte Motecuzomas war noch nichts entschieden.

Aus alter kriegerischer Gewohnheit stellte er sogleich Posten um den Palast herum auf und gab allen anderen Kriegern den Befehl, sich im Inneren des Gebäudes aufzuhalten. Als zusätzliche Sicherheitsmaßnahme ließ er die Falkonette auf das Dach transportieren und wies seine Kanoniere an, eine Salve in die Luft zu feuern. Die Schüsse waren in der ganzen Stadt zu hören, sie hallten über den See und das lange Tal, als Bekräftigung ihrer Ankunft und zugleich eine Warnung an ihre Gastgeber.

Kaum hatte er sich in seinen Gemächern eingerichtet, als sein Kammerherr Cáceres Bruder Aguilar und Pater Olmedo ankündigte, die dringend mit ihm zu sprechen wünschten.

Müde fuhr er sich mit der Hand über das Gesicht. »Nun schön, laßt sie hereinkommen.«

Olmedo sah, wie so oft, verlegen drein, während Aguilar seinen üblichen Ausdruck gequälter Nachsicht zur Schau trug. Cortés spürte Zorn in sich aufsteigen. Kirchenmänner waren ihm lästig. Zweifellos wollten sie ihn auf die eine oder andere Weise an seine Pflicht gemahnen.

»Nun?« fragte er.

Die beiden Geistlichen sahen einander an. Pater Olmedo sprach als erster. »Bruder Aguilar hat eine Frage von großer Wichtigkeit angesprochen«, sagte er.

Cortés sah sie wortlos und durchdringend an.

Olmedo ließ sich davon einschüchtern, nicht aber Aguilar. »Ich fürchte, Doña Marina hat die Eingeborenen zu der irrigen Ansicht verleitet, daß Ihr ein Gott seid«, sagte er.

Cortés spürte, wie seine Schläfenader zu pochen begann. *Du mit deinem ständigen Sack-und-Asche-Getue! Ich hätte dich am Strand von Yucatán zurücklassen sollen! Du hast mir mehr Ärger gemacht als der Abtrünnige Norte.* Er wartete, bis er sich zu einer gelassenen Antwort imstande fühlte, und sagte dann: »Ihr habt beide gehört, was ich ihr zu sagen aufgetragen habe. Was veranlaßt Euch zu der Annahme, daß sie meine Worte verfälscht haben könnte?«

»Woher sonst sollte dieser Glaube stammen, daß Ihr ein Gott seid, Herr?«

»Es ist mir unerfindlich, Bruder Aguilar. Wir haben es mit einem Volk zu tun, in dem es mancherlei Aberglauben gibt. Gerade deshalb sind wir ja hier, weil wir diese Menschen von ihren Teufeln befreien und ihnen die frohe Botschaft des einzigen wahren Glaubens bringen wollen.«

»Doña Marina fällt uns bei jeder Gelegenheit in den Rücken! Sie hat den Menschen gesagt, daß Ihr diese Gefiederte Schlange seid!«

»Dafür habt Ihr keine Beweise.«

Aguilar drückte sein Stundenbuch fest an die Brust. »Ihr müßt mir gestatten, wieder für Euch zu dolmetschen«, sagte er. »Auf diese Weise dürft Ihr sicher sein, daß Eure Aussagen nicht verfälscht werden.«

»Ihr sprecht die Sprache dieser Menschen nicht, Aguilar. Gerade deshalb hat sich Doña Marina für uns als so wertvoll er wiesen.«

»Aber einige dieser Leute beherrschen die Sprache der Maya. Wir könnten ...«

»Was könnten wir? Den ganzen Tag zuhören, wie Ihr unaufhörlich plappert? Mit den Mexica zu reden dauert ohnehin schon lange genug. Ihr habt Angst, daß unsere Aussagen verfälscht werden? Um wieviel mehr wird das der Fall sein, wenn sie durch den Geist und die Zunge von noch mehr Menschen gehen!«

»Wir fürchten nur, daß Ihr Euch in Gefahr bringt, Herr«, versuchte Pater Olmedo, Cortés zu besänftigen.

Dieser ließ jedoch die Faust auf den Tisch krachen. »Bei meinem Gewissen! Womit bringe ich mich in Gefahr? Wessen beschuldigt Ihr mich? Des Hochverrats? Der Ketzerei? Oder der Gotteslästerung?«

Pater Olmedo wäre bei diesem Zornesausbruch am liebsten im Boden versunken. »Wer Euch Böses wollte, könnte vielleicht sagen, daß Ihr ... »

»Was könnte man sagen? Was würde ein vernünftiger Mensch von mir erwarten? Wo immer sich mir in diesem Lande eine Möglichkeit geboten hat, habe ich die teuflischen Götzenbilder zerstört und aus ihren Schreinen Gotteshäuser gemacht. Ich hätte noch weit mehr getan, wäret nicht Ihr – Ihr! – mir immer wieder in den Arm gefallen. Jetzt aber beschuldigt Ihr mich der Gotteslästerung ...«

»Daran dachte ich nicht, Herr ...«

Cortés wandte sich an Aguilar. »Und Ihr! Ihr stellt meine Geduld auf eine zu harte Probe, Bruder Jeronimo.«

Aguilar erbleichte. »Herr, ich fürchte nicht, was ist, sondern wie es scheinen könnte.«

»Wie es scheint, so *ist* es auch! Ich habe diesem Lande unter dem Banner Christi Gott gebracht und den Interessen meines Königs getreulich bis an die Stufen des Throns gedient, auf dem der Herrscher über dieses große Reich sitzt! Möglicherweise werde ich schon bald in der Lage sein, es vollständig nicht nur dem König von Spanien zu übergeben, sondern Gott selbst! Wo andere umkehren wollten, habe ich allein die Sache unseres Kreuzzugs weiter betrieben. Oder bestreitet Ihr das?«

»Nein, Herr«, sagte Pater Olmedo rasch.

»Ihr habt keinen Grund, mir oder Doña Marina zu mißtrauen! Was muß ich noch tun, um Euch zu beweisen, daß ich unserer Sache diene?«

Während Pater Olmedo schwieg, versuchte Aguilar mit seiner üblichen Dickköpfigkeit, das letzte Wort zu behalten. »Ihr müßt sie überzeugen, daß Ihr kein Gott seid«, sagte er.

»Ich werde mich um meine Aufgaben kümmern, Bruder Aguilar, kümmert Ihr Euch um Eure.« Er wandte ihm den Rükken zu. »Ihr könnt jetzt gehen.« Doch bevor sie zur Tür hinausgingen, sagte er: »Pater Olmedo. Fürchtet nicht um mich. Ich werde Euch beweisen, daß ich Christi Vorkämpfer bin, und ich werde es auf eine Art tun, daß Ihr es nie wieder zu bezweifeln braucht.«

Sogar in Olmedos Ohren klang das eher wie eine Drohung als wie eine feierliche Beteuerung.

63

Als Benítez aufstand, war es noch dunkel. Er zog sich rasch an und ging zur Dachterrasse hinauf, von wo aus das violette Licht der Morgendämmerung über Tenochtitlán zu sehen war.

Boote zogen bereits durch den leichten Dunst, der über dem See lag, und das Geräusch hölzerner Klappern hallte durch die stille Luft. Unter ihm gingen Menschen über die Straße, dem Tempel entgegen; kleine Jungen mit glühender Holzkohle für die Kohlebecken, Mädchen mit Maiskuchen für das Frühstück der Priester.

Die ersten Sonnenstrahlen tauchten hinter dem Gebirge auf, vom hohlen Klang der Schlangenhaut-Trommel im Haupttempel begrüßt. Bald darauf vernahm man über den Dächern den Schall von Muscheltrompeten. Er zeigte an, daß die ersten Opfer gebracht wurden.

Die völlige Fremdheit dieser Stadt beeindruckte Benítez; hier gab es nichts von den Bildern und Gerüchen, die er von anderen Orten her kannte. Verglichen damit war auch Santiago de Cuba nichts als eine gewöhnliche spanische Stadt, die man in ein fernes heißes Sumpfgebiet verlegt hatte. Hier hörte man weder knarrende Wagenräder auf Kopfsteinpflaster noch das Schnauben oder Stampfen von Pferden, denn alles, was die Menschen benötigten, wurde zu Fuß oder auf dem Wasser befördert. Auch vernahm man weder das übliche Geschrei von Händlern noch die Rufe von Bettlern; das Leben auf den Straßen war vollständig geordnet und still. Nicht der Geruch von Exkrementen und verfaulendem Abfall lag hier in der Luft, sondern der angenehme Duft von Gewürzen und Kräutern, von Blumen aller Art sowie der durchdringende Weihrauchgeruch aus den Tempeln.

Von seinem Aussichtspunkt aus konnte er erkennen, daß die Stadt schachbrettartig angelegt war und in der Mitte vieler Straßen ein Kanal lief. Die wichtigsten waren so breit, daß ein Dutzend Reiter nebeneinander Platz gehabt hätten.

Ordaz, der von mehreren Feldzügen her Italien kannte, hatte Tenochtitlán am Vortag mit Venedig verglichen, wo es statt der Straßen Kanäle gab, wie er sagte. »Allerdings«, hatte er hinzugefügt, »stinkt es dort bestialisch.«

Benítez sah, wie ein Mann in einem weiten Umhang langsam vorüberging und dabei mit einem anderen plauderte, der in einem Boot im gleichen Tempo neben ihm herfuhr. Auf der Straße wurde loser Schmutz zusammengekehrt, anschließend wurde sie mit Wasser besprengt, um den Staub zu binden.

Als er am Fluß der Tabasca zum ersten Mal seinen Fuß auf den Boden dieses Landes gesetzt hatte, waren ihm dessen Bewohner als Wilde erschienen. Womöglich waren sie doch nicht so wild, wie er angenommen hatte.

Ein furchterregendes Knurren riß ihn aus seinem Sinnieren. Motecuzomas privates Tiergehege lag ganz in der Nähe, und die Laute der morgendlichen Fütterung zerrissen die Stille über der Stadt. Jaguare, Ozelote und Präriewölfe stritten sich um die Fleischbrocken, die man ihnen vorwarf. Regenblüte hatte gesagt, sie stammten von den Menschenopfern aus den Tempeln.

Jetzt fiel Benítez der erste Makel an diesem irdischen Paradies auf. Es war der scharfe Schwefelgeruch, der vom Haupttempel herüberdrang. Selbst von seinem Standpunkt aus konnte er sehen, daß etwas die Stufen der Pyramide hinabrann. Blut.

Cortés hatte den schwarzen Samtanzug angelegt. Das Medaillon an seinem samtenen Barett zeigte Sankt Georgs Kampf mit dem Drachen. Um den Hals hing ihm eine dünne Goldkette mit einem weiteren Medaillon, auf dem die Jungfrau mit dem Kinde abgebildet war. An seiner Rechten prangte ein großer Diamant.

Zufrieden mit dem Bild im Spiegel, den ihm sein Kammerdiener vorhielt, wandte er sich an Mali. »Heute morgen habe ich eine Audienz bei Motecuzoma«, sagte er. »Ich empfehle Euch, Doña Marina, Eurer Aufgabe gewissenhaft nachzukommen.«

»Das tue ich stets, Herr.«

»Bitte denkt daran…«, begann er, sprach aber nicht weiter. Dies eine Mal schien er nicht die rechten Worte zu finden.

»Herr?«

»Bitte denkt daran, daß Ihr alles, was ich sage, wortgetreu wiedergeben müßt. Wortgetreu.«

Mali schwieg. Bestimmt hatte ihm der Dummkopf Aguilar einen Floh ins Ohr gesetzt!

»Ich habe den Eindruck, daß Ihr mich bisher als übermäßig bedeutend dargestellt habt.«

»Ich habe lediglich Eure Worte so formuliert, daß die Menschen hier sie verstehen können«, sagte sie.

»Ihr habt mich ihnen als Gott geschildert.«

Mali senkte den Blick, zerknirscht, wie es aussah, doch in Wahrheit, um ihren Zorn zu verbergen. Ihr *seid* ein Gott, dachte sie. Ihr laßt Euch etwas anderes einreden, aber Ihr seid ein Gott.

»Wißt Ihr, was geschähe, wenn meinem König zu Ohren käme, ich erhöbe den Anspruch, eine Art Zauberer zu sein?«

»Die Schuld liegt bei mir, Herr, nicht bei Euch.«

»Sofern Ihr eine Lüge verbreitet und ich das zulasse, könnte sie ebensogut von meinen eigenen Lippen gekommen sein.« In sanfterem Ton fuhr er fort: »Ich weiß, daß Ihr es gut meint, *chiquita*, aber das muß ein Ende haben. Heute dürft Ihr keinerlei Ausschmückungen hinzufügen.« Er kam durch den Raum auf sie zu und strich ihr sacht über das Haar. »Versprecht Ihr mir das?«

Das könnte sich für uns alle verhängnisvoll auswirken, dachte Mali. Rauchender Spiegel nimmt mancherlei Gestalt an, um sich der Gefiederten Schlange zu entledigen. Ich fürchte, diesmal ist er als Bruder Aguilar zurückgekehrt.

»Ich werde tun, was Ihr befehlt«, sagte sie.

Er lächelte zufrieden. »Gut. Dann wollen wir aufbrechen. Wir dürfen Motecuzoma nicht warten lassen.«

64

Der zweistöckige Palast des Ehrwürdigen Sprechers war aus rosafarbenem Vulkangestein erbaut. Über dem Haupteingang war als Symbol für den Tag der Fertigstellung ein marmornes Kaninchen eingelassen, denn es war der Tag ›Ein-Kaninchen‹ gewesen. Zu beiden Seiten der großen Freitreppe standen in vielen Farben verzierte steinerne Schlangen Wache. Allenthalben tummelten sich auf bunten Fresken Götter, Adler und Jaguarritter.

»Heilige Mutter Gottes«, stieß Benítez atemlos hervor.

Cortés ging mit Mali voraus. Benítez folgte mit Alvarado, Ordaz, León, Sandoval, Pater Olmedo und Bruder Aguilar. Lediglich fünf Krieger eskortierten sie.

Jetzt geht es in die Höhle des Löwen, dachte Benítez.

Die Wände im Inneren waren mit Marmor und jadegrünem Porphyr verkleidet. Farbenfrohe Baumwollbehänge oder Fresken, auf denen die Farben Ocker und Weiß dominierten, schmückten sie. Geschnitzte Friese mit Blumen-, Vogel- und Fischmustern zierten die Deckenbalken aus edlem Holz.

Das gesamte Erdgeschoß war der Verwaltung des Reiches vorbehalten. Es enthielt neben Gerichtssälen, einem riesigen Arsenal und Lagerräumen für Tributlieferungen, Empfangssäle, Küchen und Unterkünfte für die Unzahl von Dienstboten und Angehörigen des Hofstaates, der seinen Aufgaben nachging, während die Besucher weiterzogen.

Sie durchschritten einen Saal, der in der Länge volle zweihundert Schritt maß und auf einen sich weithin erstreckenden Hof ging. Wasser stieg aus großen, von üppigen Gärten voll duftender Blumen umgebenen Springbrunnen auf. Eine weitere breite Steintreppe führte ins Obergeschoß mit den Privatgemächern des Großkönigs.

Die Abbilder von Göttern bedeckten die Deckenbalken, Jaguare schienen aus Wandnischen zu knurren. Der Ehrwürdige Sprecher, der einen fellgefütterten türkisfarbenen Umhang trug, entließ seine Zwerge und Musiker, die daraufhin den Raum eilends verließen. Er lehnte sich auf seinem aus einem einzigen Steinblock herausgemeißelten Thron zurück. Daneben stand ein

Thronsitz aus Rohrgeflecht, den er Cortés anwies. Für sein Gefolge standen niedrige hölzerne Thronsitze bereit.

Nur noch vier Mitglieder von Motecuzomas Hofstaat waren anwesend: sein Schatzmeister und oberster Ratgeber Weibliche Schlange, sein Bruder Cuitlahuac und seine Neffen Cuauhtemoc – Herabstürzender Adler, und der König von Texcoco.

Als der Ehrwürdige Sprecher in die Hände klatschte, trat Herabstürzender Adler vor und brachte die Gastgeschenke herbei: für Cortés ein Kästchen mit Goldschmiedearbeiten und für jeden seiner Hauptleute goldene Halsketten und zwei Baumwollgewänder.

Durch Doña Marina dankte Cortés für die Gaben und erklärte, wie zufrieden er mit den ihm zugedachten Gemächern sei.

Dann fragte Motecuzoma, womit er dem Gebieter Marinas weiterhin zu Diensten sein könne.

»Ihr müßt ihm sagen«, forderte Cortés sie auf, »daß ich kein Gott bin, sondern ein Mensch wie er. Sagt ihm auch, daß mich ein bedeutender Herrscher geschickt hat, der über viele Länder gebietet. Er möchte, daß Motecuzoma sein Lehnsmann wird und seinen falschen Göttern entsagt, die nichts als Götzen sind, auf daß er sich der Freundschaft meines Königs erfreuen und den wahren Glauben annehmen kann.« Er ließ eine Pause eintreten und sah zu Pater Olmedo und Bruder Aguilar hinüber, um sich zu vergewissern, daß er die gewünschte Wirkung erzielt hatte. »Bitte gebt wortwörtlich wieder, was ich gesagt habe.«

Mali nickte. »Das werde ich tun, Herr.« *Ich denke nicht im Traum daran. Wollt Ihr zulassen, daß Aguilar alles verdirbt? Sollen wir alle umkommen?*

Sie wandte sich an Motecuzoma. »Mein Herr bittet mich, Euch zu sagen, daß er im Auftrag von Ometecuhtli, dem Vater aller Götter, aus dem Wolkenland gekommen ist, um den Thron zu beanspruchen, der ihm von Rechts wegen zusteht. Er wünscht, daß Ihr ihm in allem gehorcht.«

Motecuzoma schien sich mit dieser Forderung abzufinden. »Wie du weißt, hat man das Kommen deines Gebieters viele Generationen lang geweissagt. Ich habe ihm seinen Thron bereitgehalten. Aber ich hoffe, er wird mir gestatten, daß ich weiterhin mein Volk führe. In allen anderen Dingen stehe ich ihm gern zu Diensten.«

Sie wandte sich aufs neue an Cortés. »Er sagt, er hofft, daß Ihr ihm gestatten werdet, weiterhin zu herrschen, allerdings ausschließlich als Euer Werkzeug«, sagte sie.

Ehrfürchtiges Schweigen trat ein. Die Spanier sahen einander an. »Das hat er gesagt?« fragte Cortés.

»Ich gebe seine Worte getreulich wieder«, sagte Mali, der ihr erteilten Anweisung eingedenk. »Ich schmücke nichts aus.«

Cortés schien verblüfft. Das ging alles viel zu leicht. »Ist es ihm ernst damit?«

»Das weiß ich nicht«, sagte sie mit gesenktem Blick. »Ich kann lediglich Wort für Wort wiedergeben, was er sagt. Ohne Ausschmückungen.«

»Doña Marina!«

»Herr, ich kann die Gedanken des Ehrwürdigen Sprechers nicht lesen!«

Cortés sah das ein. »Nun schön. Sagt ihm also, daß ich ihn gern als Lehnsmann König Karls verpflichte. Wenn er ihn als seinen Souverän anerkennt, muß er ihm auch als seinem geistlichen Führer folgen. Dazu ist unerläßlich, daß er die widerwärtigen Menschenopfer aufgibt und sich durch den Akt der Taufe in den Schoß der heiligen Kirche aufnehmen läßt. Auch muß er seine Untertanen auffordern, ihren falschen Göttern abzuschwören und sich in der einen und wahren Religion unterweisen zu lassen.«

Doña Marina sagte, was Cortés sie geheißen hatte. Sogleich veränderte sich Motecuzomas Gesichtsausdruck. Er schien zugleich zornig und verängstigt zu sein. »Sag deinem Gebieter, daß ich viele Berichte von dieser neuen Religion und ihren Symbolen gehört habe, die er in unseren Tempeln errichtet hat. Ich bin sicher, daß ihn seine Götter sehr gut behandeln. Mich aber behandeln auch meine Götter gut, und so darf ich nicht einmal ihm zuliebe wagen, sie zu kränken. Ich hoffe, wir können Freunde sein, ohne uns weiterhin über diese heikle Frage unterhalten zu müssen.«

Ihr verlangt von einem Gott, daß er nicht von Religion spricht? dachte Mali. Dennoch war es die Antwort, die sie insgeheim erhofft hatte. Sie wollte keine Freundschaft zwischen Motecuzoma und Cortés.

So erklärte sie: »Er sagt, er kann es nicht wagen, seine Götter weiter zu kränken. Er erkennt an, daß Ihr ein großer Herrscher seid, hofft aber, daß Ihr nicht noch einmal auf diesen Punkt zu sprechen kommt.«

Verwirrt sahen die Spanier einander an.

»Zuerst tritt er Euch seinen Thron ab«, murrte Alvarado, »und dann wagt er Euch zu drohen. Was wird hier eigentlich gespielt?«

»Doña Marina«, flüsterte Cortés und versuchte ihr seinen Wunsch zu vermitteln, weiter von ihr aufgeklärt zu werden.

Wie kann ich Euch das in Anwesenheit aller erklären, dachte Mali. Weil er Euch nach wie vor für Gefiederte Schlange hält, bietet er Euch seinen Thron an. In Wirklichkeit aber möchte er Euch mit Tand und schönen Worten beschwichtigen und abspeisen, denn er ist aus Überzeugung und Notwendigkeit weiterhin Rauchendem Spiegel und Kolibri ergeben.

»Er will damit sagen, daß Ihr hier herrschen dürft, solange Ihr tut, was er will«, flüsterte sie.

In Cortés' Augen blitzte Zorn auf. »Sagt ihm, daß er im Irrtum lebt. Es gibt nur einen Gott, und die Götzenbilder, die er verehrt, sind Teufelswerk. Alle Menschen stammen von Adam und Eva ab, und so sind wir alle Brüder. Daher ist seine Art zu opfern sowie der in seinem Reich verbreitete Kannibalismus vor dem Angesicht Gottes und der Menschen ein Greuel! Sagt ihm, daß wir gekommen sind, ihn und sein Volk zu erretten. Sofern er nicht Christus als seinen Erlöser annimmt und sich von seinen Götzenbildern abwendet, wird er auf ewig im Feuer der Hölle brennen.«

Zwar hatte sie all das schon früher von Pater Olmedo und Bruder Aguilar gehört, doch wäre sie nie auf den Gedanken gekommen, daß sie es vor den Ohren des Ehrwürdigen Sprechers der Mexica wiederholen müßte. Wenn aber sie es schon nicht verstand – was würde er dann damit anfangen können? Sie sah auf Cortés und wußte nicht recht, was sie von dieser neuen Torheit halten sollte. »Das soll ich ihm wortgetreu sagen?« flüsterte sie.

»Das sind meine Worte.«

Mali befolgte seinen Auftrag. Wie sie vermutet hatte, nahm Motecuzoma das Gesagte mit einer Mischung aus Verwirrung, Schrecken und Empörung auf. Der Gebieter Marinas hatte ihm gelobt, daß er als Freund und in Frieden kam; jetzt hielt man ihm in seinem eigenen Palast eine Strafpredigt und drohte ihm – zwar war es ein Gott, der das tat, aber doch ein minder bedeutender.

»Sag dem Gebieter Marinas, daß ich mit meinen Göttern sehr gut auskomme. Ich will ihm gern in allem anderen gehorchen, doch was er verlangt, ist unmöglich.«

So hatte sie es erhofft. Ihr laßt meinem Herrn keine Wahl, dachte sie, als Euch zu vernichten. Als sie Motecuzomas Worte weitergab, schienen Alvarado und die anderen Spanier entsetzt. Mali lächelte; die Affen, die nichts liebten als das Gold, hatten sich in der Falle ihrer eigenen Religion gefangen. Sie sah, wie Cortés mit sich kämpfte. Die Gefahren waren ihm bewußt, aber ihr war klar, daß er nicht nachgeben würde.

In jenem Augenblick beugte sich Pater Olmedo vor. »Herr«, flüsterte er, »ich denke, wir sollten ihm nicht weiter zusetzen. Für den Augenblick mag es genügen, daß Ihr die Frage angesprochen habt. Wir wollen schrittweise vorgehen und das jeweils Erreichte sichern.«

»Ihr habt mich gedrängt, mehr Frömmigkeit zu beweisen«, sagte Cortés, nach außen hin gelassen und mit ruhiger Stimme.

»Wir ziehen Eure Frömmigkeit nicht in Zweifel, Herr, doch denke ich, daß wir hier nicht übereifrig sein sollten.«

»Noch gestern habt Ihr gewagt, mich zu schulmeistern, weil ich Euch nicht eifrig genug war!«

»Ich denke, Pater Olmedo hat recht, *Comandante*«, ließ sich Alvarado vernehmen. »Wir sollten uns einstweilen mit dem Erreichten zufriedengeben.«

Cortés seufzte. »Nun schön«, sagte er ungnädig. Er wandte sich wieder an Mali. »Dankt dem Ehrwürdigen Sprecher für die Geschenke und die Gastfreundschaft und sagt ihm, daß wir uns jetzt von ihm verabschieden wollen.«

Sie war enttäuscht. Schon lange hatte sie sich auf diesen Zusammenstoß zwischen Gott und göttlichem Großkönig vorbereitet und konnte nicht glauben, daß sich Cortés durch seine eigenen Priester zum Nachgeben hatte bewegen lassen. Damit zwangen sie ihn, seine eigene Göttlichkeit zu leugnen.

Kaum konnte sie ihre Verachtung verbergen, als sie im Namen der Spanier die Abschiedsworte sprach. Eine andere Gelegenheit wird kommen, ermahnte sie sich. Cortés wird nicht ewig zaudern. Ich werde an seiner Seite sein, wenn er Euch Eure Grausamkeit vor Augen hält und Euren Thron für sich fordert.

Herabstürzender Adler beobachtete, wie sich die Spanier verabschiedeten. Während ihrer Unterhaltung mit seinem Onkel war ihm aufgefallen, daß die junge Frau sorgfältig vermieden hatte, den Fremdling Gefiederte Schlange zu nennen, ganz anders als an der Küste und bei Cholula. Statt dessen hatte sie den ehrerbietigen Begriff ›Herr‹ verwendet, mit dem man sowohl einen Herrscher als auch einen Gott ansprechen konnte. Mithin war nach wie vor ungeklärt, mit wem sie es zu tun hatten.

Er war überzeugt, daß dieser Gebieter Marinas ein Sterblicher war, ein Mensch wie er, wenn auch möglicherweise weit gerissener als jeder Gott.

65

Im Saal der Jaguarritter

»Er will den Tempel sehen«, sagte Weibliche Schlange.

Über ihnen ließen die Priester in der Pyramide des Haupttempels ihre Muscheltrompeten ertönen. Es war die letzte Wache der Nacht, und bevor der Morgen anbrechen konnte, mußten sie Hunderten von Wachteln die Köpfe abreißen, um die aufgehende Sonne mit deren Blut zu begrüßen. Wachteln nahm man, weil ihr Gefieder mit seinen weißen Flecken auf schwarzem Grund aussah wie die Sterne am Himmel, die der Sonnengott Kolibri besiegen mußte, bevor er im Osten aufgehen konnte.

»Was will er dort?« fragte Cuitlahuac.

Die Frage blieb unbeantwortet.

Herabstürzender Adler fühlte hilflose Wut in sich aufsteigen. Bisher hatten diese Eindringlinge ihren Göttern keine besondere Achtung erwiesen – wahrscheinlich wollten sie den Tempel nur sehen, um sie noch mehr zu erniedrigen.

Wie der Ehrwürdige Sprecher machte auch er sich Sorgen wegen der Vorzeichen. Diese Fremdlinge waren am Tag Ein-Wind in die Stadt eingezogen, der Gefiederte Schlange in seiner Gestalt als Wirbelwind symbolisierte. Zugleich aber war Ein-Wind das Symbol für Zauberer und Diebe, die diesen Tag dazu ausersahen, ihre Opfer zu lähmen, bevor sie sich in den Besitz von deren Häusern brachten, all ihre Vorräte aufzehrten, ihren Weibern Gewalt antaten und alle ihre Schätze stahlen.

Seit sich die Fremdlinge in der Stadt aufhielten, lag bedrückende Stille über ihr. Die Bevölkerung war vor Entsetzen gelähmt und wartete auf die unausbleibliche Katastrophe. Da saßen sie nun, die vornehmsten unter den Fürsten und Kriegern des Landes, und mußten alles hilflos mit ansehen.

»Ich glaube nicht, daß dieser Gebieter Marinas wirklich Gefiederte Schlange ist«, sagte Herabstürzender Adler.

»Der Ehrwürdige Sprecher hält ihn aber dafür«, gab der König von Texcoco zur Antwort.

Herabstürzender Adler wandte sich an den obersten Ratgeber: »Was glaubt Ihr, Weibliche Schlange? Ist er vielleicht nur ein Botschafter aus einem Land, von dem wir nichts wissen?«

Der Angesprochene schüttelte den Kopf. »In dem Fall hätte er uns sein Beglaubigungsschreiben überreicht. Statt dessen erhebt er den Anspruch, rechtmäßiger Herrscher in Tenochtitlán zu sein. Der Ehrwürdige Sprecher nimmt das hin. Was können wir dagegen tun?«

Im Audienzsaal trat Schweigen ein. Bei aller Enttäuschung über den Stand der Dinge schraken sie vor dem nächsten Schritt zurück, hätte dieser doch Ungehorsam und Aufruhr bedeutet. Motecuzoma war ihr *uey tlatoani*, auf Lebenszeit erwählter Herrscher und Ehrwürdiger Sprecher der Mexica. Die Rangordnung, an deren Spitze er stand, war ebenso unangreifbar wie die ihrer Götter, sie zu durchbrechen war unvorstellbar. Einer nach dem anderen erhoben sich die Edlen und verließen den Raum, bis Herabstürzender Adler allein zurückblieb.

Unser Reich wurde auf die Sonne gegründet, dachte er. Jetzt aber nimmt ihre Kraft ab. Ich mache mir Sorge um das Land der Mexica.

66

IM HAUPTTEMPEL

Am Fuß der Treppe waren die Überreste eines Frauenkörpers in einem etwa vier Schritt messenden Kreis verstreut. Dabei, erläuterte Mali, handelte es sich um ein Opfer an Mondgöttin, die Tochter von Schlangenrock, Mutter des Mondes und der Sterne. Als Schlangenrock schwanger war mit Kolibri, dem Sonnengott, hatte die Mondgöttin sie zu töten versucht. Da aber war Kolibri, um seine Mutter zu retten, vollständig herangebildet und bewaffnet aus ihrem Leib hervorgekommen und hatte die Mondgöttin mit dem Schwert niedergemacht. Seither mußte er das jede Nacht erneut tun, um wiedergeboren zu werden. Nun lag ihr nach Blut dürstendes Ebenbild aus Stein am Fuß des Schreins, genau an der richtigen Stelle, um die Leiber der Opfer aufzufangen, wenn sie vom Opferstein am oberen Ende der Treppe herabgerollt kamen.

Beeindruckt hob Benítez den Blick zu den Pyramiden, die um den mit Steinplatten bedeckten Hof aufragten. Weniger als fünfzig Schritt von ihnen entfernt erhob sich der Tempel der Gefiederten Schlange, dessen Pyramide sich deutlich von den anderen unterschied. Die Spitze war abgerundet, erläuterte Mali, damit sie dem Gebieter des Windes kein Hindernis bot und er wehen konnte, wohin er wollte.

Ganz in der Nähe wiesen Tausende von Schädeln, die dort aufbewahrt wurden, auf den unersättlichen Appetit der Götter der Mexica hin. Von manchen troff noch das Blut, an anderen hingen Fleischfetzen, und wieder andere waren von der Sonne vollständig gebleicht.

Der Haupttempel beherrschte den Platz. Benítez' Schätzung nach war er höher als der Turm des Doms von Sevilla. So steil waren die Stufen, die nach oben führten, daß es auf ihnen fast senkrecht in die Wolken zu gehen schien. Auch hier hielten zwei bemalte steinerne Schlangen zu beiden Seiten der Treppe Wache.

Die Mexica, die man ihnen als Begleitung mitgegeben hatte, teilten Mali mit, daß man Cortés hinauftragen werde, doch dieser winkte ab und schritt die steile Treppe ohne Hilfe empor. Benítez folgte ihm. Seine Lunge brannte, während er mit ihm Schritt zu halten versuchte.

Großer Gott im Himmel, dachte er.

Motecuzoma erwartete sie oben.

»Er will wissen, ob Euch der Anstieg ermüdet hat«, sagte Mali zu Cortés.

»Sagt ihm, daß wir ... nie ermüden«, knurrte dieser.

Du vielleicht nicht, dachte Benítez. Meine Lunge jedenfalls geht wie ein Blasebalg, und vermutlich kann man mein Herz bis Kuba schlagen hören. Er bemühte sich, sein Keuchen zu verbergen und wie Cortés unbeteiligt dreinzublicken.

Das Panorama der Stadt mit dem Netz aus Straßen und Kanälen und den strohgedeckten weißen Häusern um die rosafarbenen Paläste lag ausgebreitet vor ihnen. Um sie herum erhoben sich weitere Tempel, weiße Türme leuchteten vor dem Hintergrund der Berge und den beiden hohen, schneebedeckten Vulkanen. Von einem stieg nach wie vor ein Ascheband geradewegs zum Himmel. Das glitzernde Wasser des Sees war voller Boote, die zwischen der Stadt und dem Ufer hin und her fuhren. In der Ferne erkannte Benítez Kiefernwälder und die Paßhöhe, über die sie eine Woche zuvor in dies Tal der Wunder gezogen waren.

»Habt Ihr je etwas Vergleichbares gesehen?« ließ sich Ordaz neben ihm vernehmen.

»Nicht einmal im Traum«, gab Benítez zur Antwort. »Ich war noch nie in einer Stadt, die größer war als Sevilla.«

»Ich habe in der ganzen uns bekannten Welt gekämpft und ihre großen Städte gesehen, Rom, Venedig, Neapel und sogar Konstantinopel, aber ich sage Euch, so etwas habe ich noch nie gesehen.«

Nortes Worte gingen Benítez durch den Kopf: Barbaren vor den Toren Roms. Ihm kam ein beunruhigender Gedanke. Sofern Gott tatsächlich die Christen vor allen anderen Menschen auserwählt hatte – wie kam es dann, daß sie nie ein irdisches Paradies wie dieses hier geschaffen hatten? Er tröstete sich mit dem Gedanken, daß sie mit ihrer Religion auch ihre Dome mit ins Land bringen und es damit dem Paradies noch ähnlicher machen würden. Dafür, dachte er, hat uns der Herr hierher geführt.

Mit Malis Hilfe wies Motecuzoma die Besucher auf die großen Bogengänge der eine Wegstunde entfernten Handelsstadt Tlatelolco hin sowie auf den Aquädukt, der die Stadt vom Berg der Heuschrecken aus mit Frischwasser versorgte.

Das ist wie im Traum, dachte Benítez, ein Wunder nach dem anderen. Mit Mühe löste er den Blick von dem malerischen Bild, das ihn umgab, und sah zögernd zum Opferstein hinüber, der sich vor dem Schrein Kolibris befand. Was er dort sah, stand in einem krassen Gegensatz zur Schönheit ihrer Umgebung. Der Stein und die Stufen davor waren schwarz und glatt von getrocknetem Blut.

Holzkohle glomm in einem großen Metallbecken, und dahinter drängte sich eine Gruppe von Krähen in Menschengestalt: die Priester des Tempels. Ihre schwarzen Gewänder waren mit Mustern in Gestalt von Menschenschädeln bestickt, ihre hüftlangen Haare von Menschenblut verklebt, ihre Ohrläppchen von häufiger Selbstverstümmelung zerfetzt. Der von ihnen ausgehende Geruch nach Schwefel und Verwesung ließ Benítez trotz der relativ großen Entfernung würgen.

Zwei Schreine standen dort: Der blau und weiß bemalte zur Linken war dem Regenbringer Tlaloc geweiht. Ihn bewachten zwei steinerne Frösche und die liegende bunte Gestalt eines als *chacmool* bezeichneten Götterboten. Daneben erhob sich blutrot der dem Gott Kolibri geweihte Schrein. Oberhalb seines Eingangs befand sich ein Fries aus weißen steinernen Schädeln.

Mit den Worten »Der Ehrwürdige Sprecher der Mexica möchte wissen, ob Ihr den Schrein ihres großen Gottes Kolibri zur Linken betreten wollt«, wandte sich Mali an Cortés.

Die Besucher folgten dem Großkönig ins Innere. Nichts hatte sie auf den Anblick vorbereitet, der sie dort erwartete.

67

Sie standen im Haus des Ungeheuers.

Bis sich seine Augen an die Finsternis gewöhnt hatten, nahm Benítez nichts wahr als den widerwärtigen und beklemmenden Schlachthausgeruch.

Allmählich erkannte er ein Augenpaar, das ihn beobachtete. Es waren zwei in eine goldene Maske eingelegte große Edelsteine, die im Dunkeln leuchteten. Unterhalb der Maske stand ein Bogenschütze mit goldenen Waffen. Sein Leib war mit Jade, Opalen und Perlen besetzt.

»Das ist Huitzilopochtli, Kolibri zur Linken, Sonnengott und Entscheider von Kriegen«, dolmetschte Doña Marina die Erläuterung Motecuzomas. »Die Mexica sind sein auserwähltes Volk, er schützt sie und bringt ihnen große Siege. In sein Halsgeschmeide sind die Schädel und Herzen von Königen eingearbeitet, welche die Mexica im Kampf besiegt haben; ihre besten Handwerker haben sie aus Silber nachgebildet.«

Benítez bemühte sich, die bittere Galle zurückzudrängen, die ihm in die Kehle stieg. Um sie herum bedeckte Blut Wände und Boden in dicken schwarzen Schichten. Schlimmer als alles aber war der gräßliche Geruch…

Motecuzoma führte sie durch einen Eingang, vor dem ein geteilter Vorhang hing, auf den zahlreiche winzige Glöckchen aus Silber und Kupfer genäht waren. Er bestand aus Menschenhaut, wie Doña Marina erklärte. In dem Raum, den sie nunmehr betraten, bebten drei frische Herzen in einem Kessel mit Kopalharz. Ein weiteres Untier mit dem Gesicht eines Bären lauerte in der Finsternis. Seine Augen aus Obsidianspiegeln glänzten, seinen Leib umschlangen langschwänzige Teufel. Das war Tezcatlipoca, Rauchender Spiegel, Beherrscher der Unterwelt, Gebieter über die Finsternis, Fürst der Zauberer und Hexenmeister sowie Herr der Adler.

»Ich glaube, ich muß kotzen«, sagte Alvarado.

Mit vor Wut und Abscheu verzerrtem Gesicht verließ Cortés, von den übrigen Spaniern gefolgt, eilends diesen Ort teuflischen Treibens, um an die frische Luft zu gelangen, fort von den grinsenden Fratzen der steinernen Dämonen.

Das unerhörte Verhalten seiner Gäste und die damit verbundene Kränkung seiner Person ließen Motecuzoma vor Zorn erbleichen. Trotz allem ist er zu einer Verständigung bereit, dachte Mali, die ihn genau beobachtete. Er will die Auseinandersetzung vermeiden und weiß doch zugleich, daß er es nicht kann.

Cortés, der seinen Zorn nicht bändigen konnte, wandte sich ihr zu. Sie erkannte die Gottheit in seinen Augen. Er ging als Cortés gekleidet, aber der Mann war aus ihm gewichen. »Doña Marina, teilt diesem unsäglichen Geschöpf mit, daß es mir unfaßlich erscheint, wie er sich vor solchen Dämonen erniedrigen kann, die nichts anderes sind als Erscheinungsformen des Teufels. Mit seiner Erlaubnis werde ich die Götzenbilder hier entfernen und an ihrer Stelle das Zeichen des wahren Kreuzes und ein Bild unseres Erlösers in den Armen der Jungfrau anbringen.«

Sie wandte sich an den Ehrwürdigen Sprecher. Sie brannte auf den Kampf, der ihm und ihr vorherbestimmt war. »Mein Herr ist überaus erzürnt und erstaunt«, sagte sie, »daß ein bedeutender Herrscher wie Ihr mit diesen widerwärtigen Menschenopfern fortfahrt. Gewiß ist Euch klar, daß die Götzen, denen Ihr dient, Ungeheuer sind. Er möchte diesen Tempel unverzüglich seiner eigenen Religion weihen.«

Während sie sprach, begann Motecuzoma zu zittern. »Wäre mir bekannt gewesen, daß der Gebieter Marinas diese Gelegenheit wahrnimmt, unsere Götter zu erniedrigen, hätte ich ihn nicht hierher eingeladen«, sagte er mit haßerfüllter Stimme.

Sie sah sich zu Cortés um, dessen Hand auf dem Degengriff lag. Ein Schauer der Erregung überlief sie. Ja, dachte sie, laß es uns tun. Schlag ihm den Kopf an Ort und Stelle ab, stürze seine Götzenbilder, töte die Priester und plündere den Tempel. *Jetzt gleich*!

Aber Benítez legte Cortés eine Hand auf den Arm. »Nicht hier, *Comandante*. Das ist nicht der richtige Zeitpunkt. Wir sollten etwas besonnener zu Werke gehen.«

»Seht euch den Schwarm von Geiern an«, sagte Cortés und wies auf die schwarzgewandeten Priester. »Was für eine Religion!«

»Ich stimme Euch zu, Herr, fürchte aber, daß Hauptmann Benítez recht hat«, legte sich Pater Olmedo ins Mittel, das sonst gerötete Gesicht blaß vor Angst. »Wir sollten keinen Kampf heraufbeschwören, wenn wir ihn nicht zu unserem Vorteil wenden können. Wir sind gerade erst in dieser Stadt angekommen. Gott erwartet nicht, daß wir den bösen Feind und all seine Werke an einem einzigen Tag zu Fall bringen.«

Langsam nahm Cortés die Hand vom Degen. Diesmal schien er der Einschätzung des Priesters zuzustimmen. »Nun schön.« Er wandte sich an die anderen. »Was meint Ihr, meine Herren? Die Schönheit unserer Umgebung dient nur dazu, uns zu täuschen. In Wahrheit ist das die Hauptstadt des Satans. Haben wir sie erst einmal gewonnen, fällt uns alles andere von selbst zu.«

Er wandte sich um und schritt die Treppe hinab. Mali eilte ihm nach. Welche Krankheit auch immer ihn in Cholula befallen haben mochte, sie war wie fortgeblasen. Der Gott wohnte wieder in ihm, und er war herrlich in seinem Zorn. Jetzt durfte sie der Abrechnung mit dem Erzfeind gewiß sein.

Der Ehrwürdige Sprecher der Mexica sah ihnen nach. Er spürte den stummen Vorwurf seiner Priester, wußte, daß er die Götter, statt sie zu beschwichtigen, nur um so mehr gereizt hatte. Er wandte sich um und trat in den Schrein, um ihnen ein Blutopfer als Buße darzubringen.

Mit Stacheln des Sisalkaktus durchstach er sich Zunge und Ohren und fing das Blut in einer aus Gras geflochtenen Kugel auf. Wie sollte er sich nur verhalten?

Bald würde sich die Nachricht von der Verunglimpfung der Götter durch die Fremdlinge in der ganzen Stadt verbreitet haben. Die ursprünglich vom Gebieter Marinas zur Schau getragene Freundschaft hatte sich verflüchtigt, ihm schien ausschließlich an seiner Religion und der Abschaffung von Menschenopfern gelegen zu sein. In dieser Beziehung trat er tatsächlich auf, als wäre er ein Gott, und er verhielt sich ganz wie Gefiederte Schlange. Doch die von Motecuzoma zum Palast des Edlen Herrn Antlitz über dem Wasser abgeordneten Diener, die für die Fremden kochen und sich auch sonst um sie kümmern sollten, behaupteten, daß sich diese in keiner Weise wie Götter aufführten. Auch seien ihre Ausscheidungen nicht aus Gold, wie man das erwarten müßte, und sie röchen wie Hunde. Was sollte er glauben?

Er lag ausgestreckt vor dem Bildnis des Rauchenden Spiegels und betete um Erlösung aus seiner Zwangslage: »Oh Gebieter, oh unser Herr, Beherrscher der Nacht, Beherrscher der Nähe, öffne mir Augen und Herz und rate mir, führe mich auf den Weg zur Weisheit, beseele mich, leite mich, neige mir dein Herz zu, zeige mir, was ich tun soll ...«

68

Zuckende Herzen schmorten in einem Kohlenbecken. Rot glühten die Augen des Untiers und kamen in der Dunkelheit auf ihn zu. Er floh die endlosen Gänge des Palastes entlang. Seine Hand hinterließ einen blutigen Abdruck auf der Wand. Enthauptete Leichen verfolgten ihn, schrien seinen Namen, beschuldigten *ihn*. Übelkeit erregender Gestank stieg ihm in die Nase. Seine Beine staken im Schlamm des Sees von Texcoco fest. Er konnte nicht entkommen ...

Er fuhr hoch und spähte angestrengt in die Dunkelheit.

Die Muscheltrompeten erschollen vom Haupttempel herab. Die Priester zapften sich das eigene Blut ab, damit sicher war, daß die Sonne am Morgen erneut zu einem weiteren Tag aufging.

Er atmete tief ein. Sein Hemd war schweißnaß. Regenblüte schob sich näher an ihn heran und flüsterte in ihrer Sprache etwas, das er nicht verstand. Offenbar versuchte sie ihn zu beruhigen. Er legte sich wieder hin, hielt sie fest in den Armen und fragte sich, ob er je noch einmal ohne Angst vor dem nächsten Morgen würde schlafen können. »*Cariño*«, flüsterte er und küßte sie auf die Stirn.

Wann war sie ihm so ans Herz gewachsen? Sie hatte in ihm den Wunsch geweckt, noch ein wenig länger zu leben. Doch er zweifelte, daß ihnen Zeit dafür bleiben würde. Für die Welt, die er kannte und der er traute, waren sie verloren, und der Boden unter ihren Füßen war von Blut getränkt.

Einer der Zimmerleute, Alonso Yáñez, entdeckte das Versteck. Er hatte von Cortés den Auftrag, im ihnen angewiesenen Palast eine Kapelle einzurichten, und war, auf der Suche nach einem passenden Raum dafür, auf ein frisch verputztes Stück Wand gestoßen. Er beschloß nachzusehen, was hinter der Wand lag.

Cortés hielt die abgeschirmte Laterne über den Kopf. Ihr Licht ließ Stück für Stück den fabelhaften Schatz erkennen: Jade, Opale, Perlen, mit Edelsteinen besetzte goldene Halsgeschmeide, Statuetten aus reinem Silber, an die zwei Dutzend große goldene Schalen wie jene, die man ihnen bei San Juan de Ulúa geschenkt hatte. Er sah auf die Fülle, die sich ihm darbot, kaum imstande, seinen Augen zu trauen.

Verglichen mit diesen Schätzen verblaßte alles, was man ihm bis dahin geschenkt hatte. Hier hatten seine Träume Gestalt gewonnen, hier war das, was er seinen Männern und sich selbst versprochen hatte: Reichtümer, die alle Vorstellungskraft überstiegen. Mit dem, was sie hier gefunden hatten, waren sie reicher als viele gekrönte Häupter Europas.

»Beim Arsch des Satans«, brummte Alvarado neben ihm.

»Wie wollen wir das Geheimnis vor den Männern bewahren?« fragte Jaramillo.

»Überhaupt nicht«, ließ ihn Cortés wissen. »Alle sollen es sehen. Auch die einfachen Krieger.«

»Aber *Comandante*«, versuchte Alvarado Einwände zu machen. »Das stachelt doch nur ihre Habgier an und ruft Unfrieden hervor...«

»Was glaubt Ihr, was die Männer hierher gebracht hat? Nichts als ihre Habgier. Wenn sie wissen, was wir hier haben, werden sie wie Dämonen kämpfen, um es zu schützen. Tut, was ich gesagt habe. Bringt sie her, immer drei auf einmal. Jeder soll sehen, was Motecuzoma vor uns zu verbergen versucht hat, obwohl es seinen eigenen Worten nach von Rechts wegen uns gehört. Dann wird der Raum wieder versiegelt. Wir müssen in Ruhe über die Angelegenheit nachdenken. Einen Schatz zu finden ist eine Sache, ihn zu behalten eine gänzlich andere.«

Mali eilte an einem mit Weiden bestandenen schimmernden Teich entlang. Der Geruch von Lilien und scharlachroten Tanager-Blumen hing in der warmen Luft. Vor ihr lag die große Treppe, die zum Obergeschoß und zu Cortés' Gemächern führte. Als sie Aguilar erkannte, der im Schatten eines Säulenganges in seinem Gebetbuch las, beschleunigte sie den Schritt.

»Doña Marina«, rief er und wollte ihr nacheilen, woran ihn allerdings seine braune Kutte hinderte.

Ohne sich umzuwenden fragte sie: »Was gibt es schon wieder?«

»Ich muß mit dir sprechen.«

»Ich habe zu tun. Ich muß für meinen Herrn einen Auftrag ausführen.«

»Du kannst mich nicht immer unbeachtet lassen! Auch wenn du es nicht willst, ich bin da, und ich habe Ohren und eine Zunge. Ich werde mich ihrer weiterhin bedienen!«

Er hatte recht. Weiche Konflikten nicht aus, hatte ihr Vater sie gelehrt. Sie sind dein Schicksal. Stell dich ihnen. Also wartete sie oben auf der Treppe im Schatten einer der riesigen bemalten Tolteken-Statuen, die wie Schildwachen vor den Gemächern standen, auf ihn.

»Was habt Ihr mir zu sagen?« fragte sie.

»Du hast meine Warnungen in den Wind geschlagen!«

»Inwiefern?«

»Gott möge dir verzeihen. Du hast unsere Botschaft an dieses Volk auf eigene Faust entstellt. Ist nicht Motecuzoma nach wie vor überzeugt, daß Cortés einer seiner Götter sein könnte, der zurückgekehrt ist?«

»Ihr seid ein Dummkopf, Aguilar.«

»Kein solcher Dummkopf, daß ich mich erkühnen würde, im Namen des Herrn solche Ketzereien zu begehen.«

Wie eine verliebte Frau trat sie nahe an ihn heran, damit er sich unbehaglich fühlte. An der Röte, die ihm ins Gesicht stieg, erkannte sie, daß ihr das gelungen war. Ihr Ton aber war alles andere als liebevoll. »Angenommen, Motecuzoma würde auch nur einen Augenblick lang glauben, daß Cortés kein Gott ist, dann wäre keiner von uns seines Lebens sicher. Nur weil ihn die Mexica für Gefiederte Schlange halten, haben sie uns gestattet, so weit zu kommen.«

»Sofern das stimmt, ist der *Comandante* der Sünde der Gotteslästerung schuldig. Wir brauchen deine Hexenkünste nicht. Gott wird uns in unserem Bemühen schützen.«

Falls ihnen jemand zuhörte, konnte diese Art von Unterhaltung gefährlich werden, und so ging Mali vom Kastilischen auf die Sprache der Maya über. »Nicht Gott schützt Euch, Aguilar, sondern Gefiederte Schlange und Rauchender Spiegel, denn die Mexica sind überzeugt, daß Cortés einer von beiden ist.«

»Unsere Aufgabe besteht darin, Motecuzoma den wahren Glauben zu bringen. Sofern uns das unser Leben kostet, ist es nicht zu ändern.« Aguilar sprach weiterhin kastilisch, weil es ihm in dieser Sprache leichterfiel, theologisch zu argumentieren.

»Nein, Aguilar. Wenn es uns alle das Leben kostet, hat Motecuzoma den Sieg errungen, und wir sind unterlegen.«

»Das ist verdammenswürdig! Du wirst in deiner Unwissenheit unseren Herrn noch zugrunde richten! Wenn nun diese Hexerei dem Heiligen Offizium bekannt würde? Erführe man dort, daß er sich als einer dieser widerwärtigen Dämonen ausgegeben hat, würde man ihn hinrichten lassen!«

Erneut sprach er nach ihrer Vorstellung wirres Zeug, doch sie begriff, daß sie Cortés auf irgendeine Weise unnötig in Gefahr gebracht hatte. Auf der anderen Seite würde er stets in Gefahr sein, denn das entsprach seinem Wesen und war nicht zu ändern. »Dennoch ist er ein Gott, Aguilar.«

»Wie kannst du dich erdreisten, so etwas zu sagen! Er ist ein Mensch!«

Sie schüttelte den Kopf und fragte: »Glaubt Ihr wirklich, ein gewöhnlicher Mensch hätte uns so weit bringen können?« Wie zur Bekräftigung hielt sie ihn an dem hölzernen Kruzifix fest, das er stets um den Hals trug, obwohl ihr der strenge Geruch, der Aguilar entströmte, fast den Atem nahm. Er wusch sich wohl nie. Wieso mußten Priester, ganz gleich, ob Spanier oder Mexica, stets so widerwärtig riechen?

Während er ihre Behauptung bestritt, bemühte er sich, sich von ihr zu befreien, doch sie ließ das Kruzifix nicht los. »Er ist ein gewöhnlicher Mensch, wenn auch von Adel, allerdings ohne jeden Reichtum. Von Adel aber sind auch viele andere. Puertocarrero beispielsweise ist von edlerer Herkunft als er. Erinnerst du dich noch, wie unser Herr ihm stets schöngetan und sich seiner Unterstützung versichert hat? Mit Alvarado verhält es sich ebenso. Die beiden verleihen der Unternehmung eine gewisse Achtbarkeit. Was seine persönlichen Tugenden angeht – nun, einige seiner Hauptleute, mit denen ich gesprochen habe, sagen, daß er auf Kuba als guter Reiter und Degenfechter galt, aber nie als besonders fromm aufgefallen ist. Er ist aus Erde geschaffen, wie wir alle.«

»Dann ist der Gott vielleicht später im Leben in ihn gefahren, wie das bei Motecuzoma der Fall ist.«

»Ein Mensch mag Gott finden, aber Gott… nimmt keine Menschengestalt an. Das ist nur ein einziges Mal geschehen! Und Cortés kannst du auf keinen Fall mit unserem Erlöser Jesus Christus vergleichen!«

Sie wandte sich ab. All dieser Unsinn, den der Mann da von sich gab, verursachte ihr Kopfschmerzen. Aguilar aber ließ nicht locker und folgte ihr. »Ich versuche nicht, es zu verstehen«, sagte sie im Fortgehen über die Schulter, »aber er hat einen Gott in sich, auch wenn er es selbst nicht weiß. Er trägt die Mutter und das Kind in sich und außerdem diesen anderen zornigen Gott. Irgendwie erinnert er mich an Euch. Vielleicht ist er nicht Gefiederte Schlange, von der wir annahmen, daß sie kommen würde, unser sanfter Gott der Weisheit. Aber er ist kein gewöhnlicher Mensch. Eins weiß ich sicher: Wenn ich tausend Leben hätte, würde ich nie wieder einen Mann wie ihn kennenlernen. Er ist mein Schicksal. Ohne Cortés gäbe es keine Mali.«

»Du bist ein Hexe!« rief er aus.

Das lautstarke Streitgespräch erregte die Aufmerksamkeit der Schildwachen vor Cortés' Privatgemächern. Sein Kammerherr Cáceres lauschte, von dieser in zwei Sprachen geführten Auseinandersetzung gefesselt, von der er nur eine verstand.

»Wäre es nicht um Cortés' willen«, zischte ihr Aguilar zu, »du würdest brennen!«

Sie blieb stehen und sah ihn unverwandt an. »Mir geht es viel schlimmer«, sagte sie. »Ich liebe ihn, und daher brenne ich jeden Tag.«

Er sah ihr nach, wie sie in Cortés' Privatgemächern verschwand, einem Refugium, zu dem er ohne dessen ausdrückliche Aufforderung keinen Zutritt hatte.

»Ich liebe ihn auch«, sagte er vor sich hin, »auf eine Weise, die du nie verstehen würdest.«

69

Abermals standen kleine Gruppen von Männern flüsternd beieinander. Das Übel, das sie alle in San Juan de Ulúa heimgesucht hatte, war erneut ausgebrochen, eine Krankheit des Herzens, die der Anblick von Gold hervorruft.

Mittlerweile schritt Cortés in seinen Gemächern auf und ab, nahm seine Mahlzeiten allein dort ein, plante, zermarterte sich das Hirn und spähte, vom Ehrgeiz getrieben, in die dunkleren Winkel seiner Seele.

Ein Becken mit glühenden Holzkohlen stand in der Ecke des Raumes, denn die Novembernächte waren kühl. Draußen hörte man die Klänge von Flöten und Trommeln. Die Menschen tanzten und sangen auf den Straßen – ein beunruhigendes Vorzeichen. Benítez kam es so vor, als hätten sie in den letzten Tagen die Angst vor den Fremdlingen abgelegt. Abermals liefen unter den Tlaxcalteken Gerüchte über einen bevorstehenden Angriff der Mexica um. Alles war wieder ganz wie in Cholula.

Mit dem Rücken zum offenen Fenster stand Cortés vor den Mitgliedern seines Rates.

»Meine Herren«, begann er, »wir befinden uns in einer außergewöhnlichen Zwangslage. Jeder von uns ist reicher, als wir es uns je erträumt haben, und dennoch sind wir möglicherweise so arm wie die Kirchenmäuse, sitzen wir doch hier mitsamt unserem Schatz in der Falle. Solange wir nicht imstande sind, mitsamt unserem Gold abzuziehen, könnten wir ebensogut mit unseren Träumen in Kuba sitzen.

Als wir hier ankamen, hat sich der Ehrwürdige Sprecher der Mexica bereit erklärt, die Oberhoheit Seiner Majestät unseres

Königs anzuerkennen und uns entsprechend dem *requerimiento* seinen Thron abgetreten. Meiner Überzeugung nach aber treibt er ein falsches Spiel mit uns, denn obwohl wir uns seit fünf Tagen in seiner Hauptstadt Tenochtitlán befinden, hält er nach wie vor an seiner Macht fest und behandelt uns günstigstenfalls als Ehrengäste. Hat einer von euch Herren Vorschläge zu unserem weiteren Vorgehen?«

»Sollten wir nicht abwarten und sehen, wie sich die Dinge entwickeln?« fragte Jaramillo.

»Sofern wir uns auf dieses Spiel einlassen, kann es gut sein, daß wir den kürzeren dabei ziehen. Auch wenn man uns gegenwärtig zu schätzen scheint, ist das Herz des Menschen doch wankelmütig. Man kann schon jetzt den Eindruck gewinnen, als hielten die Mexica ihre Gastfreundschaft für zu großzügig. Ihr alle wißt, daß unsere Lebensmittelvorräte täglich abnehmen. Die Leute können die Brücken in den Lücken der Dämme, die aufs Festland führen, jederzeit entfernen. In einem solchen Fall wären wir über Nacht nicht mehr Gäste, sondern Gefangene. Sie brauchen uns nicht einmal anzugreifen, sondern können uns in aller Ruhe aushungern und dann unsere Herzen ihren teuflischen Götzenbildern zum Opfer bringen. Vielleicht gefällt es Motecuzoma auch, die Lebensmittel, die er uns schickt, vergiften zu lassen. Was auch immer geschieht, wir sind diesen Menschen ausgeliefert.«

Diese kühle und hellsichtige Zusammenfassung ihrer Lage ließ die Männer unwillkürlich erschauern.

»Wir sollten das Gold nehmen und bei Nacht und Nebel nach Vera Cruz aufbrechen«, sagte Ordaz.

Cortés bedachte den Befehlshaber seiner Fußtruppen mit einem kalten Lächeln. »Ein schöner Plan. Aber Ihr vergeßt den Landstrich Tlaxcala zwischen hier und der Küste. Sollte Älterer Wespenring merken, daß wir seine Krieger hier in Tenochtitlán ihrem Schicksal überlassen haben, könnte er zu dem Ergebnis kommen, daß wir nicht die Verbündeten sind, die er sich vorgestellt hat. Möchte irgendeiner der Anwesenden unbedingt noch einmal gegen die Tlaxcalteken-Krieger kämpfen?«

Es schien Cortés ein nahezu sadistisches Vergnügen zu bereiten, ihnen ihre Zwangslage in den schwärzesten Farben auszumalen.

»Wir brauchen nicht über Tlaxcala zurückzukehren«, ließ sich Sandoval vernehmen.

»Das stimmt. Wir haben die Möglichkeit, ausschließlich durch Gebiete zu ziehen, die den Mexica gehören«, sagte Cortés. »Aber glaubt Ihr, sie würden uns abziehen lassen, wenn sie wissen, daß unsere Taschen mit ihren Schätzen vollgestopft sind? Für den unwahrscheinlichen Fall, daß wir Motecuzomas Heere zu umgehen vermögen, würde es Wochen dauern, Schiffe zu bauen, die uns nach Kuba zurückbringen könnten. Dort angekommen, würde mein Vorgesetzter, der Gouverneur, unseren ganzen Reichtum konfiszieren.«

Verzagtheit erfaßte alle.

»Es gibt eine weitere Komplikation«, sagte Cortés, nachdem er den Männern Zeit gelassen hatte, sich vollständig über ihre verzweifelte Lage klarzuwerden. »Vor unserem Aufbruch aus Cholula habe ich eine geheime Botschaft von Juan Escalante bekommen, der, wie Ihr wißt, den Befehl über unser Fort Vera Cruz an der Küste hat.« Begierig warteten die Männer, daß er fortfuhr. Das ist bestimmt keine gute Nachricht, dachte Benítez.

Er hatte recht.

»Es sieht ganz so aus, als hätte der dortige Statthalter der Mexica einen Trupp unserer Waffengefährten angegriffen und versucht, Escalantes Leute mitsamt dessen Totonaca-Verbündeten gefangenzunehmen. Neun unserer spanischen Brüder haben bei diesem Kampf ihr Leben gelassen. Viele weitere sind verwundet, konnten sich aber durch die Gnade Gottes bis nach Vera Cruz durchschlagen.«

Entsetztes Schweigen breitete sich aus. Bisher waren alle überzeugt gewesen, der Mythos ihrer Unbesiegbarkeit auf dem Schlachtfeld schütze sie vor den Eingeborenen. Nun hatten die Mexica ihn zerstört. Wenn Motecuzomas Truppen sie an der Küste angegriffen hatten – was konnte sie daran hindern, sie in seiner eigenen Hauptstadt vernichtend zu schlagen?

»Warum habt Ihr uns das nicht vorher gesagt?« wollte Benítez wissen.

»Wozu?« fragte Cortés zurück. »Hätte ich es euch in Cholula mitgeteilt, hättet Ihr umkehren wollen, und die Tlaxcalteken hätten uns niedergemacht. Wir hatten nie eine andere Möglichkeit, als hierher zu kommen.«

Wieder trat Schweigen ein. Betreten sah einer den anderen an. Dieser Mann erschreckt mich immer wieder, dachte Benítez.

»Es gibt für uns nur noch einen einzigen Ausweg«, meldete sich Alvarado zu Wort.

Mißtrauisch hob Benítez den Blick. Das klang zu einfach und wirkte verdächtig, wie einstudiert. Womöglich hatte ihn Cortés beauftragt, das zu sagen; es wäre nicht das erste Mal.

»Wir müssen es ebenso machen wie bei Cempoallan«, fuhr Alvarado fort. »Einfach ihrem Oberhaupt das Messer an die Kehle setzen.«

Es dauerte eine Weile, bis jeder erfaßt hatte, wie verwegen der Vorschlag war. »Ihr meint Motecuzoma?« fragte León.

»Ja. Wir müssen ihn als Geisel nehmen. Wenn wir ihn in unserer Gewalt haben, sind wir wahrhaft die Herren unseres Geschicks – und der Stadt Tenochtitlán.«

»Ein gefährliches Unterfangen«, sagte Cortés. Damit sprach er aus, was alle dachten, so, als wäre er selbst nie auf den Gedanken gekommen. »Ein solcher Schritt will gründlich erwogen sein.«

Benítez traute seinen Ohren nicht. Das war doch völliger Wahnsinn. »Glaubt Ihr wirklich, daß wir mit nur dreihundert Spaniern und ein paar tausend unberechenbaren Eingeborenen Millionen Mexica in Schach halten können, indem wir einen Mann als Geisel nehmen?«

»Was habt Ihr denn gedacht, was wir tun könnten, als wir herkamen?« fragte ihn Cortés.

Aha, er hatte also von vornherein nichts anderes geplant, ging es Benítez voll Entsetzen durch den Kopf. Vielleicht hatte er es sich sogar schon in Vera Cruz vorgenommen. »Ihr habt gesagt, daß wir gekommen sind, um mit den Leuten Handel zu treiben und mit ihnen zu reden«, sagte Benítez, »nicht aber, um zu kämpfen.«

»Wie naiv Ihr seid«, sagte Cortés mit einem Lächeln.

Die Männer sahen erst Cortés und dann einander an. Jeder mußte sich seine eigene Habgier eingestehen. Benítez begriff, daß Cortés recht hatte. Waren sie wirklich so gutgläubig gewesen? Sie waren ihm bis hierher gefolgt, weil sie hofften, daß es ihnen mit Hilfe von List und Geschenken gelingen würde, das Tal der Mexica mit vollen Taschen zu verlassen. Sie hatten sich vom Glanz des Goldes blenden und in eine Lage locken lassen, aus der sie keinesfalls als Sieger hervorgehen konnten.

Dieser schreckliche *hidalgo* an unserer Spitze ist völlig verrückt, dachte Benítez, aber ohne ihn sind wir verloren.

»Hat jemand einen anderen Vorschlag zu unserem weiteren Vorgehen?« fragte Cortés.

Niemand sagte etwas. Allen war klar, daß die einzige Lösung darin bestand, den Ehrwürdigen Sprecher der Mexica als Geisel zu nehmen. Benítez begriff, daß der Weg von dem Augenblick an vorgezeichnet gewesen war, da sie in San Juan de Ulúa Cortés' Vorschlag zur Gründung einer Kolonie zugestimmt hatten.

»Ihr scheint also Euren Entschluß gefaßt zu haben«, sagte Cortés. »Jeder von uns macht heute abend seinen Frieden mit Gott. Morgen gehen wir zu Motecuzoma.«

Benítez, Regenblüte und Norte saßen um den niedrigen Tisch und aßen von den Speisen, die ihnen die Mexica-Sklavinnen gebracht hatten: ein wenig Fleisch, das Norte als Leguan identifizierte, sowie Süßkartoffeln, Maiskuchen und Bohnen in einer Chilisauce. Während sie gemeinsam aßen, war Regenblüte lebhaft und stellte Benítez durch Norte zahllose Fragen. Endlich schien sie sich aus der Niedergeschlagenheit befreit zu haben, die seit Cholula über ihr lag.

»Wo bist du geboren? Wer sind deine Eltern? Wie alt bist du?«

Benítez antwortete, war aber mit seinen Gedanken weit fort. Er konnte sich weder auf ihre Fragen noch auf die Mahlzeit konzentrieren. Keine der Speisen schmeckte ihm so recht, und so schob er schließlich die Schüssel von sich.

»Regenblüte möchte wissen, was Euch fehlt«, sagte Norte.

»Mir fehlt nichts.«

»Sie fürchtet, Euch eventuell gekränkt zu haben.«

»Sagt ihr, daß es nichts mit ihr zu tun hat.« Trübsinnig starrte er auf den Fries mit Kriegern und Ungeheuern, die in Ocker- und Zinnobertönen in ewiger Schlacht auf den Wänden des Palastes gefangen waren. »Ich glaube, Norte, daß Ihr schon die ganze Zeit hindurch recht hattet«, sagte er unvermittelt.

Überrascht hob dieser den Blick.

»Inzwischen habe ich meine Zweifel, ob unser Tun in dieser Stadt wirklich gottgefällig ist.«

Norte kaute langsam und ohne Genuß, so, als hätte er Sägespäne im Mund. »Eure Zweifel werden die Mexica nicht retten ... und uns auch nicht.«

Benítez verfiel in bedrücktes Schweigen. Regenblüte beugte sich vor, flüsterte mit Norte und sah dann Benítez unverwandt an.

»Was will sie?« fragte dieser.

»Es läßt sich schwer übersetzen. Ich kenne das Wort nicht.«

»Ihr könntet es probieren.«

Achselzuckend sagte Norte: »Sie ist betrübt, weil Ihr traurig dreinblickt. Sie möchte Euch sagen, daß sie Euch gut leiden kann.«

»Sie liebt mich?« Überrascht stellte Benítez fest, wie sehr ihm diese Vorstellung gefiel.

Norte wich seinem Blick aus. »In ihrer Sprache ist es nicht ganz dasselbe Wort.«

Benítez sah zu der jungen Frau hin. Was für eine Rolle konnte es jetzt spielen, was sie von ihm hielt? Einst hatte er sich vorgestellt, mit ihr und dem Gold nach Kuba zurückzukehren und dort behaglich bis ans Ende seiner Tage zu leben. Das war jetzt nur noch ein törichter Traum.

Morgen würden sie alle an jenem höllischen Ort umkommen.

»Sagt Ihr, daß sie heute tun kann, was sie will«, forderte Benítez ihn übergangslos auf.

Erstaunt sah Norte auf. »Hauptmann?«

»Wir werden morgen sterben. Es spielt also keine Rolle mehr. Ihr könnt ihr sagen, daß sie heute nacht schlafen kann, wo sie will. Sie hat ihre Pflicht mir gegenüber erfüllt. Seht mich nicht so an, Mann. Tut einfach, was ich Euch sage.«

Wahrscheinlich hält er mich jetzt entweder für einen Heiligen oder für einen Trottel, dachte Benítez. Vielleicht bin ich beides. Aber wenn jede irdische Hoffnung dahin ist, fällt es nicht schwer, gerecht und großzügig zu sein.

Lächelnd flüsterte Norte Regenblüte etwas zu. Sie riß die Augen weit auf.

Ich werde mir irgendwo einen Krug kubanischen Wein besorgen, um diese letzte kalte Nacht hinter mich zu bringen, dachte Benítez.

Als Regenblüte Norte etwas zuflüsterte, sog dieser die Luft so scharf ein, als hätte ihn etwas gestochen. Dann stand er auf und verließ den Raum so ungestüm, daß die Silberglöckchen am Vorhang vor dem Eingang eine ganze Weile nicht zur Ruhe kamen.

Benítez sah zu Regenblüte hin. Sie lächelte, schob sich näher an ihn und nahm seine Hand.

»Gott im Himmel«, sagte Benítez zu sich selbst. Wer hätte das gedacht?

Mali lag auf dem Rücken, die Hände über dem Kopf. Die Decke war ihr im Schlaf bis unter die Hüften geglitten. Im Kerzenschein betrachtete Cortés sie, ihr auf der Schlafmatte ausgebreitetes schwarzes Haar, die aufreizenden großen Höfe um ihre braunen Brustwarzen, die leicht geöffneten herzförmigen Lippen. Das Grollen des Untiers wurde vernehmbar, doch die leise Mahnung der Scham meldete sich.

Er entkleidete sich, schlug die Decke zurück und legte ihr eine Hand zwischen die Schenkel. Anders als Catalina mit ihrem Fell wie ein Bär war sie dort kaum behaart. Ihr weicher Mund erregte ihn auf eine Weise, die er nicht ganz verstand. Sie erinnerte ihn an die Marmorstandbilder im Dom von Sevilla, die glatten Münder der goldenen Engel auf den Fresken …

Ja, sie war sein Engel, sein kupferhäutiger Schutzengel. Gott stand ihm zur Seite und hatte sie ihm als Gehilfin und Führerin gesandt. Morgen würde er noch einmal die Schwäche seines Fleisches beichten, seinen Ehebruch, und dann wieder ausziehen, um im Namen des Herrn zu kämpfen und zu erobern, würde seine Seele erneut läutern.

Hier aber, im Dunkeln, beherrschte ihn das wilde Tier.

Als Cortés von seinen letzten Beratungen in den frühen Morgenstunden mit Alvarado und Sandoval zurückkehrte, schlief Mali noch. Diesmal weckte er sie grob und gebot ihr herrisch, sich ihm zu öffnen. Er packte sie an den Schultern und stieß tief in sie, nicht liebevoll, sondern mit wildem Ungestüm.

So war es immer, wenn Gefahr drohte, das wußte sie inzwischen: vor den großen Gefechten bei Tlaxcala, vor Cholula. Die Aussicht auf den bevorstehenden Tod erregte ihn. Es war der ruhelose Gott in ihm, vermutete sie.

Doch diesmal war etwas anders. Vielleicht bildete sie es sich auch nur ein. In der Dunkelheit hinter ihren Augen sah sie geradezu, wie sein Honig in sie schoß und sich heiß und klebrig in ihrem Leib festsetzte. Als er anschließend vor dem Fenster kniend seine letzten Gebete zur Jungfrau sprach, meinte sie den Augenblick zu spüren, in dem der Same eines Gottes Teil ihres Leibes wurde.

70

Cortés traf zusammen mit seinen Hauptleuten Alvarado, Sandoval, León und Benítez ein. Außerdem begleitete ihn eine Anzahl von Kriegern, die Bernal Díaz del Castillo unterstanden. Ihre stählernen Rüstungen erfüllten keinen praktischen Zweck, sie wollten damit lediglich Eindruck machen. Käme es zu einem Kampf, würde auch ihr Harnisch sie nicht vor den Horden von Leibwächtern im Allerheiligsten des göttlichen Großkönigs schützen.

Diesmal führte man sie in einen anderen – privateren – Teil seiner Gemächer. Motecuzoma erwartete sie in Gesellschaft seiner Vögel, schwarz glänzender Bootsschwänze in silbernen Käfigen.

Er nahm Platz auf einem der geschnitzten hölzernen niedrigen Thronsitze und gab Cortés zu verstehen, daß er es sich neben ihm bequem machen möge.

Dieser teilte ihm durch Mali mit, daß er lieber stehe. Als der Ehrwürdige Sprecher das hörte, zeigte sich Besorgnis auf seinem Gesicht.

Er wies, vielleicht um Cortés' Zorn zu besänftigen, auf zwei in reiche Gewänder gehüllte junge Frauen, die mit gesenktem Blick sittsam ein Stück weiter saßen.

»Er sagt, es sind seine Töchter«, erläuterte Mali, »und er möchte sie Euch gern als Gattinnen verehren.«

Ihr war klar, was er damit bezweckte: Kinder aus einer solchen Verbindung wären Abkömmlinge seiner selbst und zugleich der Götter. Er hoffte wohl, durch ein solches Bündnis einen drohenden Konflikt auf die landesübliche Art abzuwenden.

Cortés wandte den Kopf zu den beiden jungen Frauen und hob, während er sie musterte, anerkennend die Augenbrauen. Mali durchfuhr es wie ein Dolch.

»Das ist äußerst gütig von ihm«, sagte er, doch lag in seiner Stimme keinerlei Gefühl, und der Blick seiner grauen Augen war wie kalter Stahl. »Sagt ihm aber bitte, daß ich keine weitere Frau zur Gemahlin nehmen kann, weil ich bereits eine habe.«

Sie biß sich auf die Lippe. Wer war diese Frau, die so großen Einfluß auf das Leben ihres Herrn hatte? Möglicherweise diente ihm das auch nur als Ausflucht. Vielleicht bin ich die Frau in seinem Leben, die ihm unersetzlich ist, dachte sie.

»Sagt ihm, daß ich nicht hergekommen bin, um mit ihm über seine Töchter zu reden.«

Jetzt wirkte Motecuzoma wahrhaft beunruhigt. »Mein Herr dankt Euch für Euer gütiges Angebot«, hörte sich Doña Marina sagen, »aber er möchte mit Euch über andere Dinge reden.«

»Fragt ihn, ob er noch immer den Kopf des Juan de Argüello hat«, forderte Cortés sie mit rauher Stimme auf.

Bei dieser Frage erblaßte Motecuzoma. »Sag deinem Gebieter, daß ich nicht weiß, wovon er spricht.«

Bevor sie das weitergeben konnte, hob Cortés die Hand. »Ihr braucht das nicht zu dolmetschen«, sagte er. »Ich sehe, daß er weiß, von wem ich spreche.«

Malis Blick traf auf den seinen und hielt ihn gefangen. Sie genoß diesen Augenblick des Einverständnisses zwischen ihnen. Vor ihrem Aufbruch zum Palast hatten sie ausführlich über die ihnen bevorstehende Begegnung gesprochen, und er hatte ihr Anweisungen erteilt. Nie hatte sie sich so mächtig oder so stolz gefühlt. Könnte doch ihr Vater sie jetzt sehen, dessen Seele unglücklich durch das Land der Abgeschiedenen irrte!

»Er soll den grundlosen Angriff auf meine Männer bei Vera Cruz erklären«, sagte Cortés.

Sie hatte angenommen, Motecuzoma werde in Ohnmacht fallen, wenn sie ihn darauf anspräche, doch er sagte: »Ich weiß nichts darüber.« Dann brach er in schrilles Gelächter aus.

»Hält er das für einen Spaß?« knurrte Alvarado und trat einen Schritt vor.

Cortés legte ihm eine Hand auf den Arm. Dann fuhr er fort, den Großkönig zur Rechenschaft zu ziehen. »Deine Krieger haben neun meiner Männer getötet«, fuhr er fort, ohne auf weitere Beteuerungen Motecuzomas einzugehen. »Sagt ihm, daß meine Hauptleute auf sofortige Rache drängen. Das einzige, was noch zwischen ihnen und dem Niederbrennen seiner Hauptstadt mitsamt ihren Tempeln steht, bin ich.«

Sie gab diese lachhafte Behauptung weiter und sah zu ihrer Verblüffung, daß Motecuzoma sie ernst nahm.

»Du mußt ihnen sagen«, stammelte er, »daß nicht ich die Schuld an jenem Kampf trage, sondern Rauchender Adler, der Statthalter jenes Bezirks. Ich werde sogleich nach ihm schicken, damit er auf die Fragen antworten kann, die dein Gebieter stellt.«

»Er schiebt es dem Statthalter des Bezirks in die Schuhe«, sagte Mali zu Cortés. »Wie Ihr es vorausgesagt habt.«

Cortés nickte. »Sagt ihm, was wir von ihm wollen.«

Sie nickte. »Mein Herr ist zutiefst enttäuscht«, sagte sie. »Bisher hat er Euch nichts als Freundschaft erwiesen, ist aber inzwischen zu der Überzeugung gelangt, daß Ihr ein doppeltes Spiel mit ihm getrieben habt. Dennoch ist er bereit, Euch zu verzeihen, sofern Ihr ihn ohne Aufsehen zu seinem Palast begleitet und dort bei ihm bleibt, bis dieser Vorfall bereinigt ist.«

Zuerst sah es so aus, als hätte der Herrscher der Mexica ihre Worte nicht gehört. Als sie Cortés' Aufforderung wiederholte, sah Motecuzoma sie an wie eine Irre. »Ich habe erklärt, daß ich nichts mit der Sache zu tun habe. Niemand kann mir einen solchen Befehl erteilen. Wer hätte je dergleichen gehört?«

»Er weigert sich, Herr«, sagte Mali.

»Erklärt ihm, daß ich gewiß nie darauf bestehen würde, wenn es ausschließlich auf mich ankäme. Aber meine Hauptleute lassen nicht locker. Es gibt keine andere Möglichkeit, die Sache aus der Welt zu schaffen.«

Sie gab seine Worte an Motecuzoma weiter, der unfähig schien zu verstehen, was um ihn herum vorging. Unsicher stammelnd erklärte er: »Das ist eine beispiellose Kränkung der Würde der Mexica. Meine Feldhauptleute und Priester würden dem nie zustimmen.«

»Erklärt ihm«, sagte Cortés geduldig, als ihm Mali diese Einwände mitgeteilt hatte, »daß von einer Kränkung keine Rede sein kann. Immerhin hat der als Aufenthalt für ihn vorgesehene Palast schon seinem Großvater gehört. Man wird ihm jegliche Achtung erweisen, die einem bedeutenden Monarchen gebührt.«

»Mein Volk würde das nicht zulassen«, sagte Motecuzoma, noch während Cortés sprach. »Es gäbe einen Aufruhr.«

»Sagt Eurem Volk, daß Ihr es auf den Wunsch Eurer Götter hin tut«, teilte ihm Mali mit, »und Ihr aus freien Stücken mitkommt.«

»Das kann ich nicht tun! Es ist unmöglich!«

So ging es fast eine Stunde lang hin und her. Als Cortés' Hauptleute begriffen, daß sich die Sache ergebnislos im Kreise drehte, wurden sie unruhig. Voll Unbehagen musterten sie die zahlreichen Leibwächter des Großkönigs, die sie umstanden.

León war der erste, dessen Nerven versagten. Seine Hand fuhr zum Degen. »Wir sollten ihm einfach das Messer an die Kehle setzen und ihn mitnehmen«, zischte er Cortés zu.

»Wir können nicht noch mehr Zeit mit diesem leeren Gerede vergeuden!«

Cortés' Kopf fuhr herum. »Ruhe!«

»Wir haben uns schon viel zu lange mit diesem Hund herumgestritten«, rief Jaramillo; sogar ihn hatte die Angst kühn gemacht.

Erschreckt und bestürzt nahm Motecuzoma diese zornige Auseinandersetzung wahr. Mali schob sich näher an seinen Thron. »Sie wollen Euch töten«, flüsterte sie ihm zu.

»Mich töten?« Seine Stimme überschlug sich.

»Nur mein Gebieter hält sie davon zurück. Sie wollen Euch töten und den Haupttempel niederbrennen.«

»Das würden sie nie wagen!«

»Seht sie Euch an, Zürnender Herrscher. Diese Männer schrecken vor nichts zurück. Ich weiß das, denn ich bin von Anfang an bei ihnen.«

»Sag deinem Gebieter, daß er meine Töchter haben kann, und, wenn ihn danach gelüstet, auch meinen Sohn. Kann das seine Krieger nicht zufriedenstellen?«

Mali gab das Angebot an Cortés weiter, der es mit Verachtung quittierte.

»Das dauert zu lange!« wiederholte Jaramillo. In seiner Stimme schwang Angst.

»Wir packen ihn uns jetzt einfach!«

»Niemand erhebt die Hand gegen den Großkönig, solange ich nicht den Befehl dazu gebe!« rief Cortés.

Motecuzoma flehte Mali förmlich an, die Situation zu entschärfen. Ach, Vater, könntest du ihn nur sehen, wie er schwitzend vor mir im Staube kriecht! dachte sie. »Es gibt für Euch nur eine einzige Möglichkeit, die Katastrophe zu vermeiden, die wir alle fürchten«, sagte sie zu ihm. »Mein Gebieter ist in höchstem Grade über Euch und alle Mexica erzürnt. Ihr müßt tun, was er sagt, und ihn begleiten. Nichts anderes wird seinen Zorn besänftigen.«

Und wenn sich Motecuzoma ihnen widersetzte? In dem Fall würde er gewißlich unter Leóns Degen sterben, woraufhin die Palastwache sie alle niedermachen würde. Doch solange Motecuzoma glaubte, daß Cortés Gefiederte Schlange war, konnte er das nicht zulassen.

Dieser Gedanke mußte auch ihm gekommen sein. Offenbar hatte der Großkönig begriffen, daß es nur einen Weg aus dieser verzweifelten Lage gab: Er mußte sich opfern. Der Druck war zuviel für ihn. Er legte den Kopf auf die Brust und begann zu schluchzen.

Man trug ihn in der einfachen Sänfte aus dem Palast, in der sein Kämmerer gewöhnlich die Handelsstadt Tlatelolco aufsuchte. Gekleidet war er in das schmucklose weiße Baumwollgewand, das er beim Besuch im Tempel getragen hatte. Auf dem Weg durch die riesigen Säle rief er seinen verblüfften Dienstboten und Höflingen zu, daß er freiwillig mit den Fremdlingen gehe, weil er sie besser kennenlernen und verstehen wolle. Er erklärte, er habe sich mit dem Gott Kolibri darüber beraten, und dieser habe seine Entscheidung gebilligt. Auch gab er Anweisung, daß ihm sein Hofstaat mitsamt den Unterhaltungskünstlern und seinen Konkubinen sogleich in den Palast seiner Vorfahren folgen sollte.

Dann hörte man nur noch die Stiefel der spanischen Krieger. Unverwandt geradeaus blickend schritten sie mit gezückten Schwertern durch die Säle. Alles Leben im Palast stand still, jeder sah dem Spektakel verblüfft zu. Als einer seiner Leibwächter den Ehrwürdigen Sprecher fragte, ob man gegen die Spanier vorgehen solle, gab er zur Antwort: »Nein. Sie sind meine Freunde. Mir droht keine Gefahr.«

Aber er weinte unaufhörlich.

Der Palast des Edlen Herrn Antlitz über dem Wasser lag nur hundert Schritt von Motecuzomas eigenem Palast entfernt am anderen Ende des Platzes. Der Großkönig sah, daß sich, vom sonderbaren Zug angelockt, eine kleine Menschenansammlung gebildet hatte. Auf den Gesichtern lag stummes Entsetzen.

Was könnte ich sonst tun? fragte sich Motecuzoma, dem die Demütigung die Sinne raubte. Ein Zerwürfnis zwischen den Göttern muß ich um jeden Preis vermeiden, denn das würde mein Volk auf alle Zeiten zugrunde richten. Vielleicht läßt man mich frei, wenn Rauchender Adler die Strafe für seinen Übergriff bekommen hat. Dann wird der Gebieter Marinas meine Töchter heiraten, und wir können diesen entsetzlichen Augenblick vergessen.

Vielleicht gelingt es mir doch noch, diesen Mann zu überlisten, der Gefiederte Schlange ist.

71

»Er weigert sich, die Fragen zu beantworten«, sagte Mali.

Sie stand rechts von Cortés, der auf seinem mit Blattgold verzierten Thron saß. Motecuzoma hatte links von ihm Platz genommen, und die Hauptleute und Priester standen im Halbkreis hinter ihnen. Vor ihnen knieten die fünfzehn militärischen Führer der Mexica, die den Statthalter Rauchender Adler von der Küste her begleitet hatten – nicht um Cortés zu huldigen, sondern aus Ehrerbietung vor ihrem Zürnenden Herrscher Motecuzoma.

Cortés ließ seinen Blick lange auf ihnen ruhen. »Wenn Rauchender Adler nicht bereit ist, mir zu antworten«, sagte er schließlich, »könnte ihn vielleicht der Edle Motecuzoma fragen, warum er meine Männer angegriffen hat.«

Dieser kam der Bitte mit gesenktem Kopf nach. Seine Stimme klang so leise, daß man sie kaum hörte.

»Aber Zürnender Herrscher«, sagte Rauchender Adler, »wir haben nur Eure Befehle befolgt.«

Mali flüsterte Cortés diese Antwort zu. Er wandte den Kopf, um Motecuzoma anzusehen, doch dieser hob den Blick nicht.

Erneut sprach Rauchender Adler, und wieder richtete er seine lange Ansprache an den Großkönig aller Mexica.

»Was sagt er, *chiquita*?« wollte Cortés wissen.

»Motecuzoma hat den Rauchenden Adler ausgeschickt, von den Totonaca Tribut einzutreiben«, teilte sie ihm mit. »Er sagt, er hatte Befehl, sie zu bestrafen, weil sie Euch geholfen hatten. Nicht nur einen Teil ihrer diesjährigen Ernte sollte er holen, sondern *alles*, außerdem junge Männer und Frauen aus der Stadt, um sie opfern zu lassen. El Gordo hat sich ihm widersetzt und erklärt, der Gebieter Marinas habe ihm zugesagt, daß den Mexica keine weiteren Abgaben zu entrichten seien. Dann hat er Juan Escalante um Hilfe gebeten. Rauchender Adler behauptet, den Kampf zu vermeiden sei undenkbar gewesen. Damit wäre er nicht nur seinem Herrscher ungehorsam geworden, sondern hätte auch die Ehre der Mexica und seine eigene befleckt.«

»Ob er die Wahrheit sagt?«

»Motecuzoma bestreitet das, aber wohl nur aus Sorge um seine Person. Ja, ich glaube, Rauchender Adler sagt die Wahrheit.«

Cortés dachte eine Weile darüber nach und wandte sich dann an Mali. »Dem Gesetz nach hat jeder Mörder sein Leben verwirkt. Mir bleibt daher keine Wahl, als Rauchenden Adler und seine Feldhauptleute zum Tode zu verurteilen. Man soll sie auf dem Vorplatz des Palastes vor den Augen der Bevölkerung bei lebendigem Leibe verbrennen. Die Hinrichtung findet unverzüglich statt.«

Mali glaubte nicht richtig zu hören. Hatte er so viel aufs Spiel gesetzt, um dann einige unschuldige Mexica-Krieger zu ermorden? Wenn jemand für den Tod von Juan Escalantes Männern in Vera Cruz verantwortlich war, dann Motecuzoma.

Sie fing einen Blick von Benítez auf und erkannte, daß er dasselbe dachte wie sie.

»Aber Herr«, flüsterte sie. »Das ist nicht gerecht. Motecuzoma...«

Cortés blitzte sie an. Seine Augen waren wie Eis. »Ich habe Euch nicht um Eure Meinung gebeten. Treibt es nicht zu weit, Doña Marina. Ihr seid meine Dolmetscherin – also tut Eure Pflicht. Teilt ihnen mit, was ich gesagt habe, nichts weiter.«

Benítez trat vor. »Das ist keine Gerechtigkeit, *Comandante*, sondern Meuchelmord.«

Cortés erbleichte. Die blaue Ader an seiner Schläfe trat deutlich sichtbar unter der weißen Haut hervor. »Wagt es nicht, meine Befehle in Frage zu ziehen! Schweigt, oder Ihr werdet es bereuen! Ich habe meine Entscheidung in Übereinstimmung mit dem Gesetz getroffen! Diese Männer müssen sterben.«

Man errichtete den Scheiterhaufen aus Pfeilen und Schleudervorrichtungen für Wurfspeere, die man aus der Waffenkammer des Palastes geholt hatte. Auf ihm band man Rauchenden Adler und seine Feldhauptleute mit Ketten an kräftige Pfähle.

Von der Palastmauer herab sah Cortés den Vorbereitungen zu, dann ließ er sich von Alvarado zwei weitere stählerne Fesseln bringen. Er hielt sie dem Großkönig hin und forderte Mali auf, diesen zu bitten, daß er die Arme ausstreckte.

Daraufhin legte er ihm die Eisen um die Handgelenke und ließ sie zuschnappen, kniete sich nieder und legte Motecuzoma auch die Fußfessel an.

Damit ist der Ehrwürdige Sprecher der Mexica in den Augen der Zuschauer wie auch in seinen eigenen erledigt, begriff Benítez. Ihn an Ort und Stelle zu töten wäre menschlicher gewesen.

Der *uey tlatoani* schluchzte wie ein Weib.

Jaramillo schleuderte einen Feuerbrand in den Scheiterhaufen.

Im Sterben tat der Mexica-Edle etwas, was er im Leben nie gewagt hätte. Er hob den Kopf und sah durch den aufsteigenden Rauch Motecuzoma ins Gesicht. Noch von der Dachterrasse aus konnte Benítez die Bestürzung und den Haß in den Augen des Mannes sehen.

Er wandte sich an Cortés. »*Comandante*, warum ermordet Ihr einen tapferen Krieger?«

»Habt Ihr vergessen, daß er in Vera Cruz neun unserer tapferen Krieger getötet hat?«

»Er hat lediglich seinen Befehl ausgeführt.« Benítez sah zu Motecuzoma hin. »Dort ist der Halunke, der unsere Männer auf dem Gewissen hat.«

»Wenn wir ihn töten, ist unser eigenes Leben verwirkt. Mit dieser einfachen Maßnahme aber zeigen wir den übrigen, was den erwartet, der seine schmutzigen Hände an einen Spanier legt.«

Motecuzomas Brust hob sich. Sein faltiges Gesicht war naß von Tränen. Mit welchem Zauber hat Cortés dich umgarnt? überlegte Benítez. Oder bist du Gefangener deines eigenen Wahnsinns? Ein Wort von dir, und deine Leute wären über uns hergefallen, hätten uns zerquetscht wie Insekten. Es war wirklich eine Ironie des Schicksals, daß sich der Großkönig dieses Kriegervolks – wie alle Unterdrücker – als Feigling erwiesen hatte.

Stumm sah die Menge auf dem Platz der Hinrichtung zu. Nur die Spanier schienen das Schauspiel zu genießen. Benítez hörte, wie Jaramillo zu Alvarado emporrief: »Jetzt raucht der Adler wirklich!«

Alvarado quittierte das mit Gelächter.

Als alles vorüber war, hing der Geruch nach verkohltem Fleisch über dem Platz.

Cortés beugte sich vor, um Motecuzoma die Fesseln abzunehmen.

»Doña Marina, sagt ihm, daß mir leid tut, was heute hier vorgefallen ist. Sagt ihm auch, daß ich ihm um keinen Preis in der

Welt etwas antun würde, obwohl ich weiß, daß er der Schuldige ist, und er es verdient hätte, zusammen mit dem Rauchenden Adler zu sterben. Aber er ist mein Freund, und ich werde dazu beitragen, seinen Ruf zu verbreiten, und ihm sogar noch mehr Länder geben, damit er sein Reich erweitern kann. Ab heute kann er Erlösung nur noch bei mir finden.«

Teil III

Der Bringer der Finsternis

»Der Papst muß betrunken gewesen sein.«

Äußerung der Cenu-Indianer, als man ihnen mitteilte,
Papst Alexander VI. habe die Welt
zwischen Spanien und Portugal aufgeteilt.

72

Im Jahre des Herrn 1520, nach dem alten aztekischen Kalender im Jahr Zwei-Feuerstein

Das Zentrum der Welt hatte sich in den Palast des Edlen Herrn Antlitz über dem Wasser verlagert. Von einem Augenblick auf den anderen war alles, woran Motecuzoma besonders hing, seine bevorzugten Konkubinen, Zwerge, Wandbehänge und Stellwände, an den neuen Hof gebracht worden. Jetzt eilten Schreiber mit Gesetzestexten und Tributverzeichnissen über den Hof zwischen den Palästen, und die hohen Fürsten des Reiches versammelten sich in den Audienzsälen und warteten darauf, bei ihrem Ehrwürdigen Sprecher vorgelassen zu werden, den seine eigenen Gäste in seinen Gemächern bewachten.

Viele der Fürsten waren einfach fortgeblieben. Weder Cuitlahuac noch der König von Texcoco oder Herabstürzender Adler hatten der Aufforderung Folge geleistet, vor dem Ehrwürdigen Sprecher zu erscheinen. Sie hatten die Hauptstadt verlassen, um über ihre Lage nachzugrübeln: Sein Bruder hatte sich nach Ixtapalapa und sein Neffe nach Texcoco zurückgezogen.

Während der politische Machtkampf zwischen Cortés und dem Großkönig der Mexica seinen Fortgang nahm, legte sich eine unbehagliche Ruhe über die Stadt. Als weiteres Zugeständnis an Cortés' Forderungen ließen sich Motecuzomas Töchter von Pater Olmedo in die Glaubensgemeinschaft der Christen aufnehmen und bekamen bei der Taufe die Namen Ana und Elvira.

Inzwischen erlag in Vera Cruz Juan Escalante den Wunden, die er im Gefecht gegen das Heer des unglückseligen Rauchenden Adler davongetragen hatte, und Gonzalo de Sandoval übernahm dort das Kommando.

Die spanischen Krieger ließen es sich in Tenochtitlán wohl sein. Sie spielten Karten und würfelten, sahen dem Leben in der

Stadt aus der Isolierung der Palastmauern zu und spähten zu den Bergen hinüber, ob man nicht schon die Verstärkungen sehen konnte, die Puertocarrero zweifellos bald heranführen würde.

Benítez war eine Veränderung im Verhalten seiner eigenen Leute aufgefallen, vor allem bei Gonzalo Norte. Zwar hatte sich dieser bei ihrer Ankunft in Tenochtitlán nach wie vor von den anderen ferngehalten, durch sein Anderssein von ihnen entfremdet, doch hatten sie seit Tlaxcala aufgehört, über ihn zu spotten. Während die Monate in der Hauptstadt der Mexica zäh dahinschlichen, durfte er sich an ihrem Zeitvertreib und ihren schlüpfrigen Reden beteiligen. Er hörte auf, sich zu rasieren, badete nicht mehr täglich und verbrachte einen großen Teil seiner Zeit im Glücksspiel mit seinen einstigen Quälgeistern Flores und Guzmán.

Es sah ganz so aus, als stehe er im Begriff, wieder Spanier zu werden.

»Sagt dem Ehrwürdigen Sprecher der Mexica, daß ich unbedingt über eine Frage der Religion mit ihm reden muß.«

Das Lachen wich aus Motecuzomas Gesicht. Er ist in den letzten Monaten sichtlich gealtert, dachte Mali. Heute kommt er mir vor wie ein gebrechlicher Greis. Wie es schien, hatte er jegliche Selbstachtung verloren, und die Männer, deren Gefangener er war, behandelten ihn mit herablassender Nachsicht, fast wie einen alten Onkel, der nicht recht bei Trost ist.

Jetzt spielte er mit Alvarado und Jaramillo *patolli*, ein unter den Mexica weit verbreitetes Spiel, bei dem gekennzeichnete weiße Bohnen als eine Art Würfel dienten. Je nachdem, wie diese fielen, zog man die sechs Spielsteine über das Brett. Seit Beginn seiner Geiselhaft war das Wetten auf den Ausgang dieser Spiele seine einzige Leidenschaft, und wenn er gewann, machte er sich ein Vergnügen daraus, alles seinen Bewachern zu schenken.

Mit der Frage: »Was will er von mir?« wandte er sich vom Spielbrett ab. Er sah aus wie ein Kind, dem klar ist, daß es gerügt werden soll.

Mali dolmetschte ihm Cortés' Mitteilung und wartete steif. Gefiederte Schlange hatte sich ihr in den letzten Wochen entfremdet, zog, von einem Schwarm Diener umgeben, die ihm nicht von der Seite wichen, durch die Gänge des Palastes und spielte sich als Großkönig auf. Den Gott in ihm haben das Wohlleben und die Macht korrumpiert, dachte sie. Ich habe die Blicke gesehen, mit denen er Motecuzomas Töchter betrachtet, und kann die Begierde in seinen Augen lesen. Jetzt, wo er das Gebirge überwunden hat und bis ins Herz des Reiches vorgedrungen ist, braucht er mich wohl nicht mehr.

»Sagt ihm, daß es um die Zukunft des Haupttempels geht«, forderte Cortés sie auf. »Seit Monaten unterweisen ihn die Patres und Bruder Aguilar im Christentum und haben ihm ausführlich dargelegt, daß er falsche Götter anbetet. Jetzt ist die Zeit gekommen, die Götzenbilder im Tempel niederzureißen und an ihrer Stelle ein Bild der Heiligen Jungfrau anzubringen. Sofern er sich damit nicht einverstanden erklärt, werden wir Gewalt anwenden und jeden Priester töten, der die Stirn hat, sich uns in den Weg zu stellen.«

Als sie diese Mitteilung an den Ehrwürdigen Sprecher weitergab, trat ein ihr bereits vertrauter Ausdruck von Beklemmung auf dessen Gesicht. Was hofft er noch zu erreichen? überlegte Mali. Er kann sich Cortés nicht auf alle Zeiten widersetzen. Ist er denn so feige?

»Sag ihm, daß ich das nicht darf«, sagte Motecuzoma mit leiser Stimme. »Eine solche Freveltat werden unsere Götter gewißlich strafen. Auf jeden Fall aber würde sich mein Volk mit Sicherheit gegen ihn erheben. Die Angelegenheit ist äußerst heikel. Ich brauche mehr Zeit, um sie auf meine Weise zu erledigen.«

Bei diesen Worten wurde Cortés' Gesichtsausdruck etwas milder. »Sagt ihm, daß ich die Dinge ganz und gar ihm überließe, wenn mir das möglich wäre. Aber meine Hauptleute bedrängen mich jeden Tag. Wenn ich ihnen allerdings etwas anbieten könnte, was sie beschäftigte …«

Was für ein Spiel spielst du jetzt? fragte sich Mali.

»Wenn er uns sagen kann, woher seine Kunsthandwerker all das Gold für ihre kunstvollen Arbeiten beziehen, könnte das vielleicht die Krankheit in den Herzen meiner Hauptleute lindern und sie günstiger stimmen.«

Mali traf es wie ein Schlag in den Leib. Nur Gold, Herr? Ist das alles, wonach Euch der Sinn steht?

Sie wandte sich erneut an Motecuzoma. »Mein Herr sagt, daß nicht er auf die Zerstörung Eurer Tempel drängt, sondern seine Hauptleute. Er vermutet, daß Ihr sie mit dem Ertrag Eurer Goldminen dazu bringen könntet, Abstand davon zu nehmen. Daher wüßte er gern, wo sich diese befinden.«

Motecuzoma antwortete ihr mit dem Anflug eines schwermütigen Lächelns. Sie fragte sich, was er dachte. Glaubt er nach wie vor, daß er es mit Gefiederter Schlange zu tun hat? überlegte sie. Ist ihm klar, daß nichts je wieder so sein wird, wie es war, daß er nie wieder Großkönig der Mexica sein kann? Sicherlich hat er verstanden, daß mein Gebieter nicht beabsichtigt, diesen Ort je wieder zu verlassen. Die einzige Möglichkeit für die Mexica, sich selbst zu befreien, besteht darin, daß ihnen Motecuzoma den Befehl zum Kampf gibt. Sofern er das aber tut, wird Cortés ihn töten. Vielleicht hofft er nach wie vor, herrschen zu können, wenn er sich bei Cortés beliebt macht. Oder hat er möglicherweise bei diesem Wartespiel einen letzten Zug ausgetüftelt, mit dessen Hilfe er der Sache eine überraschende Wendung geben kann?

»Sag ihm, daß wir den größten Teil unseres Goldes durch Auswaschen von Flußsand gewinnen«, begann Motecuzoma. »Zum Beispiel bei Zacatula im Süden, das unseren Vasallen, den Mixteken, gehört. Eine andere Stelle liegt in der Nähe von Malinaltepec...«

»Einen Augenblick«, sagte Cortés, hob die Hand und ließ sich von seinem Kammerherrn Gänsekiel und Pergament geben. »Wir müssen diese Namen mit der genauen Ortsangabe aufschreiben, so daß wir Expeditionen dorthin schicken können. Wie viele Tagesreisen liegt Zacatula von Tenochtitlán entfernt ...?«

Als die Liste vollständig war, verließ Cortés mit seinen Hauptleuten den Raum. Mali blieb allein bei Motecuzoma zurück. Trübsinnig sah er einen der Goldsittiche in seinem silbernen Käfig an. »Jetzt weiß ich, wie diesem kleinen Vogel zumute ist«, sagte er schließlich.

Er nahm den Käfig von der Wand, trat auf die Terrasse und öffnete das Türchen. Einen Augenblick lang zögerte der Vogel, dann verließ er flügelschlagend sein Gefängnis und verschwand über den Dächern des Palastes.

Den Käfig schleuderte Motecuzoma über die Terrasse. »Die Fremden haben also wieder die Goldkrankheit?«

»Es sieht ganz so aus.«

Mit dem Rücken zu Mali ließ er den Blick über die rosafarbene und weiße Stadt schweifen. »Ich frage mich, was am Gold so wertvoll sein soll? Silber läßt sich schwerer bearbeiten, Jade und Quetzalfedern sind seltener und schöner.« Als er sich umwandte, sah sie zu ihrer Überraschung, daß er sie breit anlächelte. Von dem gebrechlichen Greis war nichts mehr zu sehen. War er je dagewesen? überlegte sie. Hatte Cortés Motecuzoma wirklich eingeschüchtert, oder spielte er ihnen etwas vor? »Warum tust du, was er von dir verlangt?« wollte er wissen. Seine Stimme klang gebieterisch.

»Und Ihr, Herr?« fragte sie.

»Mir bleibt keine Wahl.« Er sah sie aufmerksam an, als versuchte er, in die Dunkelheit hinter ihren Augen vorzudringen. »Traust du deinem Gebieter?«

Mali gab keine Antwort. Was hätte sie auch sagen sollen?

»Mir ist aufgefallen, daß sich dein Leib rundet. Hast du zu viele *tamales* gegessen, oder wächst sein Kind in dir?«

Sie legte eine Hand auf ihren Unterleib. »Der künftige Großkönig der Mexica.«

Er schüttelte den Kopf. »Er wird dich hintergehen. Nie wird dein Sohn in Tenochtitlán herrschen.«

Einen Augenblick lang stockte ihr der Atem. Die Worte hallten nach, irdene Träume, die auf dem Marmorboden zerschellten. Nein, dachte sie dann, er wird mich nicht hintergehen. Dennoch war sie starr vor Schmerz, als hätte ihr jemand einen Dolch in den Leib gestoßen.

Motecuzoma lächelte. Sie sah, daß er schlechte Zähne hatte. »Nie wird dein Sohn in Tenochtitlán herrschen«, wiederholte er.

»Der Eure auch nicht«, zischte sie ihm zu und eilte davon.

73

Sie erwachte in der letzten Wache der Nacht und merkte, daß Cortés vollständig angekleidet aus dem Fenster sah. Offenkundig erwartete er voll Ungeduld den Tagesanbruch. Seit ihrer Ankunft in Tenochtitlán hatte es viele solcher Nächte gegeben. In jüngster Zeit schien er kaum noch zu schlafen.

»Herr«, murmelte sie schläfrig.

»Ich wollte dich nicht wecken, *chiquita*«, gab er zurück.

»Kommt bitte zurück.« Er zögerte und legte sich dann, so wie er war, zu ihr unter die Decke. Sie drängte sich an ihn und bettete ihren Kopf in seine Armbeuge. »Was tut Ihr?« flüsterte sie.

»Ich denke nach.«

»Worüber?«

»Über jenen Vormittag am Treffpunkt der Kaufleute. Woher hast du damals gewußt, daß der Adlige, den sie uns geschickt hatten, nicht Motecuzoma war?«

»Ich bin nicht sicher ..., aber ich nehme an, daß ich es an der Art gemerkt habe, wie sich die anderen ihm gegenüber verhielten.«

»Das war alles?«

»Wie sonst soll man feststellen, ob jemand ein Herrscher oder ein Bauer ist, wenn nicht an der Art, wie er auftritt und die anderen um ihn herum sich geben?«

Er küßte sie auf die Stirn. »Und wie siehst du mich? Als Herrscher?«

»Mehr als das, Herr.«

»Mehr als ein Herrscher ...« Schmutziggrau kroch die Dämmerung am Horizont empor. Mali konnte die Falten und Schrunden in seinem Gesicht erkennen, doch was sie wirklich beunruhigte, war etwas in seiner Stimme. Sie hatte darin etwas gehört, was sie vorher noch nicht wahrgenommen hatte: Unsicherheit.

»Was gibt es, Herr?«

Er schüttelte den Kopf.

»Es gibt nichts, was ich nicht für Euch täte«, sagte sie. »Wirklich nichts.«

Er küßte sie, schloß sie in die Arme und drückte sie fest an sich. Am liebsten hätte sie seine Arme immer um sich gespürt.

Sie hatte sich von allem gelöst, was sie mit ihren Vorfahren und ihrem Volk verband, und hier in seinen Armen war sie zumindest sicher. Doch seit sie in Tenochtitlán waren, war er ihr fremd geworden. Was konnte sie tun? Sie war ihm hilflos ausgeliefert. Es war so, wie sie es Aguilar gesagt hatte: Sie brannte jeden Tag.

Er wird dich hintergehen. Nie wird dein Sohn in Tenochtitlán herrschen.

Sie hielt ihn fester. Er würde sie nie hintergehen. Sie trug sein Kind. Er war ihr Schicksal. Ohne ihn hatte das Leben keinen Sinn.

74

Die Edelsten der Mexica waren in einem der großen Audienzsäle versammelt: Motecuzomas Bruder Cuitlahuac, sein Neffe, der König von Texcoco, sowie alle Adligen, die ihm nahestanden, unter ihnen auch die Herren von Taluca und Tacuba. Mit gefesselten Handgelenken saßen sie auf Matten. Cortés' Krieger standen ringsum an den Wänden.

Der Ehrwürdige Sprecher saß, den Kopf auf die Brust gesenkt, neben Cortés auf einem niedrigen Podium. Mit hartem Blick wandte sich dieser nach rechts, wo Mali stand, und sagte: »Der Edle Motecuzoma weiß, was er zu sagen hat. Achtet darauf, daß er nicht vom vorgegebenen Redetext abweicht.«

Sie nickte und sah zum Großkönig der Mexica hin. Er wirkte eingefallen, als hätte man ihm Brust und Unterleib ausgehöhlt. Die Edlen sahen mürrisch und trotzig zu ihm auf. Keiner von ihnen vermied es mehr, ihren göttlichen Großkönig anzublicken.

Mit schriller Stimme begann Motecuzoma seine Ansprache – wie ein kleiner Vogel, der einem Fallensteller auf den Leim gegangen ist. »Söhne meines Landes. Ihr alle kennt die Legende der Gefiederten Schlange, die viele, viele Jahre, bevor der Gott Kolibri uns Mexica hierher führte, über dieses Reich regiert hat. Ihr alle wißt, daß er am Tag seines Fortgangs versprochen hat, zurückzukehren, die Menschenopfer zu beenden und seinen

Thron erneut zu beanspruchen. Ich glaube, daß dieser Tag gekommen ist. Ich habe zu Kolibri gebetet..., damit er mich in dieser Frage erleuchte..., und er... hat mir geraten...«

Seine Stimme versagte. Er konnte nicht weitersprechen.

Cortés hob eine Braue. »Erinnert ihn daran, daß jetzt nicht der Zeitpunkt zum Weinen ist, sondern daß wir allen Grund zum Feiern haben.«

Das tat Mali, doch bewirkte sie damit kaum etwas. Der Großkönig jammerte leise vor sich hin, wie ein Säugling in seiner Wiege.

»Sagt dem Edlen Motecuzoma, daß wir die Sache zu Ende bringen müssen«, knurrte Cortés.

Mali mahnte: »Mein Gebieter wird ungeduldig.« Motecuzoma bemühte sich um Fassung und fuhr fort: »Gefiederte Schlange möchte..., daß wir ihm den Thron abtreten..., auf den er Anspruch hat..., und ihm... alljährlich einen Tribut... in Gold zahlen.«

»Das ist nicht Gefiederte Schlange«, sagte Cuitlahuac. »Du hast einen Dieb in unser Haus gelassen, und nun will er all unser Hab und Gut an sich bringen.«

»Wir hätten losschlagen sollen, bevor er unsere Stadt erreicht hatte«, rief Motecuzomas Neffe, der König von Texcoco, »wie es bei Chalco vorgesehen war. Mit Eurer Feigheit und Unentschlossenheit habt Ihr dem Namen der Mexica Schande bereitet!«

»Ich werde dieser Forderung unter keinen Umständen zustimmen«, sagte Cuitlahuac. »Eher sterbe ich!«

»Uns bleibt keine Wahl«, sagte der Ehrwürdige Sprecher der Mexica mit tränennassem Gesicht.

Warum tut er das? überlegte Mali. Fürchtet er immer noch den Zorn der Götter – oder hat er Angst um sich selbst?

»Was sagen die Edlen?« fragte Cortés sie.

»Sie sind nicht einverstanden«, gab sie zur Antwort.

»Sie müssen ihrem Großkönig gehorchen. Alles andere wäre Hochverrat.«

»Sie sagen, lieber würden sie sterben.«

»Sofern sie ihre Zustimmung verweigern, werde ich ihnen diesen Wunsch erfüllen. Was für ein störrisches Volk, bei meinem Gewissen!« Seine Schläfen pochten erkennbar. »Nun schön. Wir sind nicht auf ihre Zustimmung angewiesen.« Er wandte sich an den königlichen Notar Godoy. »Verkündet, daß ich Motecuzoma, den Ehrwürdigen Sprecher der Mexica, gefragt habe, ob er bereit sei, Lehnsmann des Königs von Spanien zu werden und diesem respektive dessen Beauftragtem regelmäßig in noch festzulegender Höhe Tribut in Gold zu entrichten.«

Er nickte Mali zu, die sich wieder an Motecuzoma wandte. »Er möchte, daß Ihr das Lehnsverhältnis in aller Form bekräftigt«, teilte sie ihm mit, »und ihm eine jährliche Tributzahlung in Gold zusagt.«

Motecuzoma konnte nicht sprechen. Er nickte.

Mali wandte sich an Cortés. »Er erklärt sich einverstanden.«

Cortés' Mund verzog sich zu einem schmalen Lächeln. »Der königliche Notar möge festhalten, daß Motecuzoma ab heute unter dem Schutz Seiner Allerkatholischsten Majestät, des Königs von Spanien, steht.« Er sah sich im Kreis der aufsässigen Adligen der Mexica um. »Die hier bleiben unter strenger Bewachung, damit sie keinen Schaden anrichten können.« Mit einem Mal wurde seine Stimme sanft. »Doña Marina, ersucht den Esel Motecuzoma, sich zu erheben.«

Der Ehrwürdige Sprecher, der eine weitere Demütigung fürchten mochte, befolgte zögernd die Aufforderung, wobei er sich auf seine Höflinge stützte. Auch Cortés erhob sich. Dann umarmte er ihn überraschend.

»Dankt dem edlen Motecuzoma für seine Unterstützung in dieser Angelegenheit. Sagt ihm, daß er nichts mehr zu fürchten hat. Ich werde für ihn sorgen, als wäre er mein leiblicher Bruder.«

Er verließ den Raum. Wie versteinert stand Motecuzoma da und starrte verständnislos auf die Wand, bestürzt von dieser jüngsten Erniedrigung durch Cortés.

»Mein Gebieter läßt Euch seinen Dank übermitteln«, sagte Mali. »Ihr sollt keine Angst haben. Ab sofort wird er Euch wie seinen leiblichen Bruder behandeln.« Flüsternd fügte sie hinzu. »Aber das solltet Ihr ihm besser nicht glauben.«

Innerlich jubelnd verließ Cortés den Raum. Er stand kurz vor dem Ziel, auf das er von Anfang an hingearbeitet hatte: Er würde seinem König ein vollständiges neues Reich mitsamt unerhörten Schätzen an Gold sowie der schönsten Stadt übergeben, die Menschen je erbaut hatten. Er würde die Tempel von den vermaledeiten Götzenbildern befreien und die Pyramiden in Schreine zu Ehren der Jungfrau Maria verwandeln. Damit würde er soviel Ruhm und Ehre erwerben wie kein Spanier seit El Cid. Er hätte nicht nur die Aufgabe erfüllt, die er sich selbst im Dienst seines Königs gestellt hatte, sondern auch das Schicksal, für das Gott ihn ausersehen hatte. Er würde Licht in diese Finsternis bringen und Millionen verlorener Seelen für Gott retten.

Wenn das Werk vollendet war, würde er den König um die Erlaubnis bitten, Grande dieses Landes zu werden, um darin als Statthalter mit absoluten Vollmachten zu regieren. Wie könnte ihm jener einen solchen Wunsch abschlagen?

Nur ein kleiner Schritt trennte ihn noch von seinem Ziel. Nur eine einzige Gefahr war im Dienste Gottes noch zu überwinden.

75

Die Verteilung des Schatzes fand in Anwesenheit des königlichen Notars im Hof statt. Cortés stieg auf einen der Karren, mit denen sie die Geschütze transportiert hatten. Schweigen legte sich über die versammelten Krieger. Das war der Augenblick, auf den sie gewartet hatten. Endlich würden sie erfahren, welcher Anteil des unvorstellbaren Schatzes, den sie gesehen hatten, auf jeden von ihnen entfiel. Alle hatten Wunschträume, was sie mit ihrem Anteil tun würden, wenn sie nach Kuba, in die Estremadura oder nach Kastilien zurückkehrten.

Man hatte den Schatzraum erneut geöffnet und seinen Inhalt eingeschmolzen, damit er sich leichter verteilen ließ. Die goldenen Statuetten, Schwertscheiden und Masken, der Kopfschmuck sowie die mit Jade und Türkisen besetzten Halsgeschmeide, alles war zu Barren gegossen und mit dem königlichen Siegel gestempelt worden. Der Arbeitsleistung der Mexica maßen die Spanier ebensowenig Wert bei wie den aus Federn bestehenden Schmuckgegenständen. Der Gegenwert für Land, Macht und Frauen bemaß sich ausschließlich nach dem Gewicht des begehrten Metalls und nach dem Schliff der Edelsteine.

»Ich weiß, daß Ihr alle schon lange gespannt auf den Lohn für Eure Mühe wartet«, begann Cortés. »Ihr habt lange und schwer gekämpft, wart treu und ausdauernd. Das weiß ich zu schätzen.«

Eine leichte Ungeduld lief durch die Menge. Ja, sie hatten schwer gekämpft, und wenn sich die Strapazen in Diamanten umrechnen ließen, wäre jeder von ihnen ein Grande.

Cortés holte eine Pergamentrolle hervor und begann abzulesen, was darauf stand. »Wir haben den in der verborgenen Kammer gefundenen Schatz sowie die uns von Motecuzoma bisher gemachten Geschenke gewogen und schätzen den gesamten Wert auf dreihunderttausend Kronen.«

Erregt stießen die Männer die Luft aus. Dreihunderttausend Kronen! Ein Vermögen!

»Davon müssen wir den *quinto real* abziehen. Neben diesem Fünftel, das dem König zusteht, wird ein weiteres Fünftel für den Oberbefehlshaber des Heeres abgezogen. Ihr alle habt dem bei Vera Cruz zugestimmt.«

Er schanzt sich selbst also sechzigtausend Kronen zu, dachte Benítez. Beachtlich.

»Damit bleiben hundertachtzigtausend Kronen. Davon sind abzuziehen meine Aufwendungen für die Ausrüstung der Expedition auf Kuba; außerdem müssen wir einen bestimmten Betrag vorsehen, der dafür sorgen wird, daß der Gouverneur auf Kuba keinem von Euch Schwierigkeiten bereitet. Neben der Heiligen Kirche haben auch jene Hauptleute Anspruch auf einen zusätzlichen Anteil, die ihre Pferde mitgebracht haben, denn diese haben sich bei unseren Siegen gegen die Tabasca und die Tlaxcalteken als entscheidender Faktor erwiesen. Daneben müssen wir die Männer bedenken, die nach Spanien gereist sind, um unsere Sache am Hof von Toledo zu vertreten.«

Sieh an, dachte Benítez, vermutlich bekommen fast alle hohen und niederen Hauptleute beträchtliche Provisionen. Damit erkauft er sich ihre Ergebenheit.

»Nach Abzug all dieser Posten bleiben vierundsechzigtausend Kronen.«

Aus den Reihen der wartenden Krieger stieg unwilliges Murren auf.

»Davon sind zehntausend für die Angehörigen jener vorgesehen, die seit Beginn unserer Expedition in die Ewigkeit abberufen worden sind. Der Rest wird unter den hier Versammelten aufgeteilt. Allerdings muß man zu ihnen auch die im Fort von Vera Cruz befindlichen hundert Männer zählen. Außerdem steht Arkebusieren und Armbrustschützen ein doppelt so hoher Anteil zu wie den anderen.« Cortés blickte auf die Zahlen vor sich. »Das bedeutet, daß auf jeden von euch rund hundert Kronen entfallen.«

Unter lautem Gebrüll schwangen die Männer ihre Fäuste. Es dauerte mehrere Minuten, bis die Ordnung endlich wiederhergestellt war.

»Müßt ihr Euch wegen eines so geringen Betrages so aufführen?« rief Cortés. »Er ist nichts im Vergleich mit dem, was wir künftig noch bekommen werden! Dieses Land besitzt Hunderte von reichen Städten und ebenso viele Goldminen!«

»Und bei der nächsten Verteilung bekommen wir wieder nur ein paar Tropfen aus der Flut!« Das kam ausgerechnet von Norte.

»Schweigt!« fuhr ihn Cortés an. »Hütet Eure Zunge, oder ich lasse Euch bestrafen!«

»Für hundert Pesos bekomme ich nicht einmal ein neues Schwert«, rief einer.

»Die Verteilung ist gemäß den Gesetzen erfolgt!« rief Cortés. »Habgier ist eine Sünde, und Ihr solltet sie bereuen!« Er sprang vom Karren und schritt davon, während ihm die Männer Schmähungen nachriefen.

Wütend sagte Norte zu Benítez: »Haben wir für hundert Pesos so viel aufs Spiel gesetzt?«

»Ich dachte, Euch liegt nichts am Gold.«

»Ich bin natürlich nur ein dreckiger Eingeborener. Was aber ist mit den anderen? Flores hat ein Auge verloren, Guzmán bei Tlaxcala mehrere Finger einer Hand. Sind ihm die Männer für hundert Pesos in die Hölle gefolgt?«

Benítez zuckte die Schultern. »Ich will mich gern mit ihm darüber unterhalten, Norte. Aber es wird nichts nützen. Glaubt Ihr, daß ich darüber glücklich bin?«

»Ihr seid ein Hauptmann. Für Euch wird er sorgen!«

»Ich werde mich darum kümmern, daß Ihr bekommt, was Euch zusteht, und wenn ich es aus meinem eigenen Geldbeutel nehmen muß.«

»Von Euch möchte ich nichts.«

»Was dann?«

»Ich möchte... ich möchte...« Er schüttelte den Kopf. »Ich weiß nicht. Ich weiß nicht mehr, was ich möchte.«

Zusammen mit Alvarado und Pater Olmedo nahm Cortés das Frühstück in Motecuzomas Gesellschaft ein. Sie nahmen an einem Tisch Platz, auf dem sich mit Honig gefüllte Maiskuchen und verschiedene, aus Truthahn, Hund, Wildgeflügel und Wildbret zubereitete Speisen zu Bergen türmten. Am Ende der Mahlzeit wurde in buntbemalten Flaschenkürbissen gesüßter *xocoatl* aufgetragen. Dann wuschen ihnen die Frauen, die sie bedient hatten, die Hände mit Wurzeln des Seifenbaums und rieben ihre Füße mit Kopalharz ein.

Als die Diener gegangen waren, gebot Cortés Mali, vorzutreten und für ihn zu dolmetschen.

»Sagt Motecuzoma, daß ich gekommen bin, ihn zu fragen, ob er in der Frage der Neu-Weihe des Haupttempels Fortschritte gemacht hat.«

»Ich brauche noch etwas Zeit«, gab jener zur Antwort, wie jedes Mal, wenn ihn Cortés danach befragte. »Derlei Entscheidungen lassen sich nicht übers Knie brechen.«

Seit Wochen schon zögerte er die Sache hinaus, und Cortés hatte es zugelassen. Mali fragte sich, wann seine Geduld erschöpft sein oder ob er sich unendlich lange hinhalten lassen würde.

»Sagt ihm, daß mich meine Hauptleute bedrängen und ich sie nicht länger vertrösten kann. Irgend etwas muß sofort geschehen.«

Motecuzoma lächelte Mali schüchtern zu. Er hat hier durchaus noch Macht, dachte sie. Er genießt den Verdruß der Gefiederten Schlange. Ihm ist klar, daß dieser ohne seine Billigung nicht gegen die Priester vorzugehen wagt. Es wäre selbstmörderisch.

»Sag ihm, daß Geduld zu haben in seinem eigenen Interesse liegt«, antwortete Motecuzoma.

Mali gab das an Cortés weiter. Es ist ein Spiel, dachte sie. Ich glaube, meinem Gebieter Cortés geht es im Augenblick mehr um das Gold. Er läßt zu, daß Motecuzoma mit ihm spielt. Seine Habgier hat ihn in den Krallen.

Lange schwieg Cortés. Sie sah, daß sein Gesicht bleich war und seine Schläfenader blau anschwoll. Ihr war klar, was das zu bedeuten hatte. »Schon bald, nachdem ich ihn hierher in unseren Palast eingeladen habe«, sagte Cortés, »hat er mir zugesagt, die Menschenopfer einzustellen. Ich habe Geduld bewiesen. Ich denke, daß ich lange genug gewartet habe.«

Eine leichte Erregung überfiel sie. Vielleicht war das endlich der Augenblick, auf den sie schon so lange wartete. »Mein Gebieter ist sehr zornig«, sagte sie zu Motecuzoma. »Er mag nicht mehr warten.«

Dieser gönnte ihr ein hinterhältiges Lächeln. »Die Entscheidung liegt nicht bei mir. Ihr dürft unseren Tempel nicht schänden. Die Götter würden sehr zürnen und sich möglicherweise nicht damit begnügen, uns allen das Leben zu nehmen.«

Wie lange schoben sie nun schon die Verantwortung für den Tempel wie ein glühendes Stück Holzkohle aus einem Kupferbecken zwischen sich hin und her? Wann wird die Gottheit wieder in meinen Gebieter zurückkehren? fragte sich Mali. Wann wird er seine Gier nach dem Gold beiseite schieben und den Geist der Mutter und des Kindes aufs neue nach Tenochtitlán bringen?

Sie gab Motecuzomas Worte weiter.

»Er spielt mit mir, Doña Marina«, murmelte Cortés.

»Ja, Herr.«

Der alte Blick, die gelassene Wildheit, die sie von Cempoallan und Cholula kannte, waren in seinem Gesicht zu erkennen. Auch Pater Olmedo deutete die Zeichen richtig und beugte sich vor, in der Hoffnung, dem Ausbruch, der sich ankündigte, die Spitze zu nehmen. »Wir dürfen nicht überstürzt handeln«, flüsterte er. »Wir machen bei dem Edlen Motecuzoma täglich größere Fortschritte. Durch Doña Marina haben wir ihn die Grundlagen des Glaubens in seiner eigenen Sprache gelehrt, sogar das Gebet des Herrn.«

Cortés sah ihn vernichtend an.

Jetzt war Alvarado an der Reihe. »*Comandante*, Ihr wißt, wie sehr ich die teuflische Religion dieser Leute beklage«, begann er. »Aber das ist nicht der richtige Zeitpunkt, mit Gewalt eine Entscheidung in der Frage des Tempels zu suchen. Unsere Schatzkammer platzt vor Gold – das dürfen wir nicht aufs Spiel setzen! Schon bald muß Puertocarrero mit Verstärkung aus Spanien zurückkehren. Dann befinden wir uns gewiß in einer besseren Position, unsere Forderungen durchzusetzen!«

Cortés schüttelte den Kopf. »Wir können nicht länger stillhalten, wenn wir nicht unsere Ehre beflecken wollen. Für uns selbst haben wir genug getan. Jetzt müssen wir etwas für den Herrn tun.«

Er erhob sich und schritt aus dem Raum. Olmedo und Alvarado sahen ihm nach. Beide fürchteten, daß er sie an den Rand des Abgrunds führen würde.

76

Was auch immer die Geschichtsschreiber später über uns sagen mögen, dachte Benítez, heute sind wir großartig.

Er ging voraus. Ein einziges Mal blickte er sich um und sah Cortés dicht hinter sich, der immer zwei Stufen auf einmal nahm. Er war vollständig gerüstet, hatte den blanken Degen in der Hand und ein Bild der Jungfrau mit dem Kinde unter dem linken Arm. Ein Hochgefühl schien von ihm Besitz ergriffen zu haben, das seine grauen Augen in glühende Kohlen verwandelt hatte. Ihm folgten Alvarado, León, Jaramillo und Mali sowie ein Dutzend Gefolgsleute mit Piken und Schwertern. Weit hinter ihnen mühten sich Pater Olmedo und Pater Díaz, die das große Kreuz trugen. Aguilar war an ihrer Seite.

Einer der Tempelpriester kam mit einem Feuersteinmesser auf Benítez zu. Er hieb mit der stählernen Klinge nach ihm. Sie durchschnitt das schwarze Gewand, und sich den Unterleib haltend stürzte der Mann aufkreischend zu Boden. Ein weiterer Priester kam auf ihn zu, doch Benítez schob ihn mit dem Degengriff beiseite und durchtrennte den Vorhang vor dem Schrein.

Sie betraten die Hölle des Satans, den Rachen der Bestie. Obsidianaugen schimmerten in der Dunkelheit. Obwohl er diesmal auf den Gestank vorbereitet war, begann er erneut zu würgen.

Blut bedeckte als schwarze Paste die Wände so dick wie eine Schicht Putz. Etwas eingeschrumpftes Schwarzes zischte und knisterte in den großen Kupferbecken, in denen auch Kopal-Weihrauch verbrannt wurde. Bemalte Ungeheuer, steinerne Schlangen und Menschenschädel starrten sie aus dem Schatten an.

Wieder stürmte jemand aus der Dunkelheit über den mit getrocknetem Blut bedeckten Boden auf ihn zu. Inzwischen aber waren Alvarado und drei seiner Krieger herangekommen, rangen ihn nieder und hielten ihn an Armen und Beinen gepackt. Die anderen Priester stießen ebenso mißtönende Schreie aus wie Motecuzomas Bootsschwänze, und ihre große Schlangenhaut-Trommel hämmerte den Rhythmus ihrer Empörung. Der Lärm war ohrenbetäubend.

Cortés schob den Degen in die Scheide und streckte die rechte Hand aus. Aguilar gab ihm die Eisenstange, die er mit heraufgebracht hatte.

»Diesen Hieb führe ich im Namen des Herrn!«

77

Motecuzoma war an jenem Tag wie verwandelt. Was mag geschehen sein? fragte sich Cortés. Der Ehrwürdige Sprecher trug den Kopf nicht mehr gesenkt, er wirkte zuversichtlich, sogar gelassen. Auf seinem Thronsitz zurückgelehnt sah er zu, wie seine Zwerge und Buckligen für ihn Purzelbäume schlugen und herumalberten. Als die Spanier eintraten, verließen sie den Raum.

Motecuzoma forderte Cortés und Mali zum Sitzen auf und ließ Becher mit schäumendem *xocoatl* herbeibringen. Mali nahm ihren Platz neben Cortés ein und dolmetschte auf dessen Frage nach dem Wohlergehen der Töchter die einleitenden unverbindlichen Worte des Großkönigs.

Cortés antwortete umgänglich, hätte aber zu gern gewußt, was den Stimmungsumschwung des Großkönigs bewirkt haben mochte. Auf keinen Fall sollte dieser aber merken, welches Unbehagen er darüber empfand.

Endlich war Motecuzoma bereit, ihnen reinen Wein einzuschenken. »Es gibt etwas, über das er gern mit Euch sprechen möchte«, flüsterte Mali. »Er sagt, es sei schwierig für ihn, er hoffe aber, daß Ihr nie die freundschaftlichen Empfindungen vergeßt, die er jederzeit Euch gegenüber gehegt hat.«

Was mag er vorhaben? überlegte Cortés. »Sagt ihm, ich habe seine Freundschaft stets zu schätzen gewußt. Er ist für mich wie ein Bruder.«

Der Ehrwürdige Sprecher begann einen langen Monolog. Cortés sah, daß seine Worte Mali zu verblüffen schienen. Ihm fiel auch auf, daß der übliche schmeichelnde Klang aus Motecuzomas Stimme verschwunden war. Ein schlechtes Zeichen.

Schließlich begann Mali mit ihrer Übersetzung. »Er sagt, er muß Euch vor einer großen Gefahr warnen. Er selbst wünscht nicht, daß Ihr zu Schaden kommt, aber seine Götter zürnen Euch sehr. Sie haben mit angesehen, wie Ihr ihn gewaltsam aus seinem Palast geholt, mehrere seiner Feldhauptleute öffentlich verbrannt, all ihr Gold gestohlen und nun auch noch sie selbst in ihrem eigenen Tempel beleidigt habt. Nach Auskunft seiner Priester haben Kolibri und Rauchender Spiegel erklärt, nicht im Land der Mexica bleiben zu können, solange Ihr Euch mit Euren Leute darin aufhaltet. Da sein Volk keinesfalls dulden kann, von seinen Göttern verlassen zu werden, die es – wie er Euch häufig zu erklären versucht hat – sehr liebt, hat es zweifellos die Absicht, die Spanier anzugreifen und alle zu töten. Es wartet nur auf Motecuzomas Befehl. Da er aber ein solches Blutvergießen verhindern zu können hofft, will er den Spaniern die Möglichkeit geben, in Frieden abzuziehen.«

»Bei meinem Gewissen«, fluchte Cortés, »will er mir etwa Vorschriften machen?«

»Wir wollen doch sehen, ob er mit meiner Klinge im Leib immer noch so eingebildet ist«, knurrte Alvarado.

»Er hat der heiligen Kirche und dem König von Spanien den Treueeid geleistet«, sagte Aguilar. »Was er sagt, ist Hochverrat.«

Mit erhobener Hand schnitt ihnen Cortés das Wort ab. Wie oft schon hatten sie ihn vor Übereilung gewarnt – und jetzt wollten sie den Gegner Hals über Kopf angreifen, ohne seine Stärke zu kennen. »Dankt dem Großkönig für seine Besorgtheit«, forderte er Mali mit neutral klingender Stimme auf.

Alvarado stieß empört hervor: »Beim stacheligen Schwanz des Satans, warum kriechen wir vor diesem ... »

Cortés gebot ihm mit einem Blick Schweigen. Dann wandte er sich wieder an Mali. »Wir danken ihm für seine Besorgnis und bedauern sehr, daß wir ihm solche Schwierigkeiten bereiten. Sagt ihm, wir kehren heim ..., sobald wir Schiffe haben, die uns in unser Land zurückbringen können. Wenn er uns gestattet, in seinen Wäldern Bäume zu fällen, und uns Zimmerleute zur Verfügung stellt, werden wir uns unverzüglich an den Bau dieser Schiffe machen.«

Auf diese Mitteilung hin strahlte Motecuzoma förmlich. Cortés wußte, was er dachte; das Ende des Alptraums war absehbar.

»*Comandante*«, ließ sich Alvarado vernehmen. »Die lassen uns doch nie und nimmer abziehen! Im selben Augenblick, da Motecuzoma hier zur Tür hinausgeht ...«

»Das weiß ich selbst«, gab Cortés zurück. »Aber wir müssen Zeit gewinnen!« Erneut wandte er sich an Mali und forderte sie auf, Motecuzoma mitzuteilen, daß sie dieses Zugeständnis nicht aus Angst um sich selbst machten, sondern weil sie die Stadt vor der vollständigen Zerstörung bewahren wollten, die zweifellos auf einen Kampf folgen würde, und weil ihnen außerdem an der Sicherheit des Großkönigs liege; denn gewiß werde bei einer bewaffneten Auseinandersetzung auch er selbst das Leben verlieren.

Als Motecuzoma das hörte, schwand der Ausdruck freudiger Erwartung mit einem Mal von seinem Gesicht.

Cortés erhob sich, ohne darauf zu warten, daß der Großkönig die Audienz für beendet erklärte. Irgend etwas hatte das empfindliche Gleichgewicht gestört. Er mußte unbedingt in Erfahrung bringen, was das war.

78

In seinen Gemächern angekommen, legte Cortés den Degen ab und schleuderte ihn in eine Ecke des Raumes. Mit einem Tritt seines Stiefels stieß er den Schreibtisch um und schmetterte den Thron, den ihm Motecuzoma geschenkt hatte, gegen die Wand. Dabei lösten sich mehrere der Edelsteine, mit denen er verziert war, und rollten über den Boden.

Schreckensbleich sahen Cáceres und die übrigen Bedienten zu.

Cortés wandte sich an Mali. »Was geht hier vor?«

»Er hat keine Angst mehr vor Euch, Herr«, sagte sie gelassen.

»Das ist mir auch schon aufgefallen.«

»Vielleicht hat es etwas mit dem Wechsel der Jahreszeiten zu tun. Es hat aufgehört zu regnen.«

Er sah sie verständnislos an. »Habt Ihr den Verstand verloren?«

»Nach unserem Kalender hat ein neues Jahr begonnen, Herr.«

»Was für ein Aberglaube steckt nun wieder dahinter?«

»Nach dem Ende der Regenfälle beginnt der erste Monat des neuen Jahres. Das vergangene war Ein-Ried, das Jahr der Gefiederten Schlange; es verkündete Unheil für den Herrscher. Das neue, Zwei-Feuerstein, ist verheißungsvoller. Mag sein, daß Motecuzoma der Ansicht ist, Euch durch Warten unschädlich gemacht, vielleicht sogar überlistet zu haben. Indem er seinen Untergang so lange hinausgezögert hat, glaubt er jetzt womöglich, daß es nicht mehr gefährlich ist, Euch herauszufordern. Er sieht den Kalender auf seiner Seite.«

Cortés schüttelte den Kopf. »Und Ihr glaubt das ebenfalls?«

»Nein, Herr. Ich glaube an Euch.«

Sein Zorn schien zu schwinden. Er küßte sie sacht auf die Stirn und flüsterte: »*Chiquita.*«

Warum bin ich nur so gerührt und dankbar für die Brosamen seiner Zuneigung? fragte sie sich. Inzwischen kommt er nur noch zu mir, wenn er mich braucht, und ich lecke seine hingeworfenen kleinen Aufmerksamkeiten auf, als wären sie Berge von Jade. Es scheint, daß ich ihm machtlos ausgeliefert bin. Genauso machtlos wie Motecuzoma.

Er ließ sie los, als sein Kammerherr Cáceres mit Martín López hereinkam. Dieser hochgewachsene dürre Spanier hatte nur spärlichen Bartwuchs und die gewaltigsten Hände, die Mali je gesehen hatte.

»López.«

»Ihr habt nach mir schicken lassen, Herr.«

»So ist es.« Cortés schien den Trümmerhaufen nicht zu bemerken, der das Ergebnis seines Wütens war. Eilends richtete Cáceres den umgestürzten Thron wieder auf, und Cortés nahm darauf Platz. Neugierig sah López zu dem auf der Seite liegenden Tisch hin, um den herum vergossene Tinte und Pergamentblätter den Boden bedeckten. Er äußerte sich aber klugerweise nicht darüber.

»Ihr habt Euch unserem Zug als Krieger angeschlossen«, begann Cortés, »aber Alvarado sagte mir, daß Ihr auf Kuba Euren Lebensunterhalt als Schiffszimmermann und Bootsbauer verdient habt.«

»Ja, Herr. Ich hatte daheim in Spanien auf der Werft von Cádiz einige Erfahrung gesammelt.«

»Gut. Könntet Ihr eine Brigantine bauen?«

Erstaunt sah ihn López an, gewann aber rasch seine Geistesgegenwart zurück. »Ich denke schon, wenn ich die nötige Ausrüstung hätte. Auch würde ich Zimmerleute brauchen …«

»In Vera Cruz haben wir Ankerketten, Segel, Takelage und Teer von der Flotte, die wir bei San Juan de Ulúa versenken mußten. Wenn Ihr die Möglichkeit hättet, Euch aus den hiesigen Wäldern Bauholz auszusuchen und man Euch geschickte Zimmerleute der Mexica beigäbe, könntet Ihr dann den Auftrag erfüllen?«

»Ich denke schon, Herr. Wieviel Zeit habe ich dafür?«

»Ich möchte die Sache nicht überstürzen. Arbeitet nicht zu schnell, seht aber zu, daß Ihr dabei einen geschäftigen Eindruck macht, damit die Mexica glauben, daß es Euch ernst ist. Könnt Ihr das?«

»Wie Ihr befehlt.«

»Ihr fangt sofort an. Nehmt ein Dutzend unserer eigenen Schiffszimmerleute mit. Das ist alles.«

López verbeugte sich und ging, verblüfft über seine unverhoffte Beförderung.

Im Raum herrschte eine Weile Schweigen.

»Wollen wir denn von hier fort?« fragte ihn Mali.

Cortés lachte. »Nein, *chiquita*. Tenochtitlán ist jetzt meine Hauptstadt und mein Amtssitz. Aus dieser Stadt gehe ich erst fort, wenn ich ihr unumschränkter Herrscher bin. Jeden Tag kann Alonso mit Verstärkung aus Spanien zurückkehren. Dann werden wir den Mexica unsere Bedingungen diktieren.«

»Und wenn er nicht kommt?«

»Ich werde nicht fliehen, nur weil der Edle Motecuzoma die Frechheit besitzt, mir zu drohen. Sobald mir López zwei Brigantinen zur Verfügung stellt, werde ich auf der einen das Gold wegschaffen und die andere ausschicken, damit sie aus Santo Domingo weitere Pferde, Männer und Waffen herbeischafft. Auf keinen Fall werde ich das Tal von Mexico verlassen.«

Doch Mali achtete kaum auf seine Erläuterung. Schon oft hatte sie Cortés sagen hören, daß er etwas Bestimmtes tun würde, wenn sie genau wußte, daß er das Gegenteil im Sinn hatte. Wenn er nun beschloß, doch davonzugehen und ins Wolkenland zurückzukehren – was würde dann aus ihr?

Ohne ihn würde sie ihren Wert und ihre Macht einbüßen. Günstigstenfalls – vielleicht war es auch der ungünstigste Fall – würde man sie zwingen, an den Herd und zum Webgurt zurückzukehren. Doch zweifelte sie, daß die Mexica sie am Leben lassen würden. Höchstwahrscheinlich würde sie ihre Tage ausgestreckt als Opfer auf einem Altarstein beenden.

»Mach dir keine Sorgen«, sagte Cortés, trat auf sie zu und schloß sie in die Arme. »Ich würde dich nie verlassen, was auch immer geschieht, *chiquita*.«

Mit geschlossenen Augen klammerte sie sich an ihn. Wenn er ihr seine Liebe zuflüsterte, war die Welt schön und sicher. Wie konnte er sie jetzt auch verlassen, da sie ihn mit Banden des Blutes an sich gefesselt hatte? Sie trug seinen Sohn in sich. Wie es einst Schlangenrock widerfahren war, würden die künftigen Götter durch sie auf die Welt kommen.

Die Hände in die Hüften gestützt, sah der rothaarige Riese zu, wie das Geschütz zwischen den beiden Booten an Land geschafft wurde. Er brachte eintausendvierhundert Männer, achtzig Pferde, über hundert Bogenschützen und nahezu ebenso viele Arkebusiere mit. Die Ausrüstung seines großen Heeres lag am Strand verstreut. Schwitzend schleppten Männer Rüstungen, Waffen und Kisten mit Proviant die Dünen empor; die Rufe von Unterführern vermengten sich mit dem hohlen Trommeln von Pferdehufen auf dem harten nassen Sand und dem heiseren Bellen von Jagdhunden.

Dieser Cortés war zu weit gegangen. Sein Auftrag hatte gelautet, von der Küste aus einige Vorstöße ins Binnenland zu unternehmen und das Land zu erkunden. Doch vor einigen Monaten hatte ein Schiff auf dem Rückweg nach Spanien an einer der Inseln angelegt, und mehrere der Seeleute hatten das Gerücht verbreitet, Cortés habe die Unverfrorenheit besessen, seine eigene Kolonie zu gründen! Unglücklicherweise war die Nachricht nicht rechtzeitig genug nach Santiago de Cuba gelangt, als daß man das Schiff hätte aufhalten und der Sache auf den Grund gehen können. Nun, sofern es sich so verhielt, würde er, Pánfilo de Nárvaez, dem Unsinn schon bald einen Riegel vorschieben. Auch hatten die Seeleute von einer unermeßlich reichen fernen Stadt gefaselt. Er würde mit dem größten Vergnügen seine Pflicht tun und sich zugleich die Taschen mit Gold füllen.

Aber zuvor würde er sich Cortés vornehmen. Der Vorrat an Stricken im Laderaum würde dafür sicher genügen.

79

»Heute morgen wirkt er ziemlich munter«, sagte Christóbal Olid, Hauptmann der Wache in Motecuzomas Gemächern. Im Laufe der Monate hatte er die Stimmungen des Großkönigs gründlich kennengelernt, und diese Mitteilung war für Cortés gleichbedeutend mit einer schlechten Nachricht. Ihm war es weit lieber zu hören, daß der Großkönig niedergedrückt war.

Er durchschritt mit Alvarado und Mali die Gemächer und merkte, daß Motecuzoma nicht nur munter wirkte, wie es Olid gesagt hatte, sondern sogar ausgesprochen lebhaft. Als Cortés eintrat, ging er im Raum auf und ab, sprach mit seinen Vögeln, die in ihren Käfigen zwitscherten, und drängte offensichtlich darauf, die Audienz zu beginnen. Er bot den beiden Männern einen Becher *xocoatl* an, den Cortés jedoch höflich ablehnte. Dann setzte er sich auf eine Matte, und der *Comandante* und sein Stellvertreter nahmen ihre üblichen Plätze neben ihm ein.

»Er fragt, wie der Bau der Schiffe vorangeht«, sagte Mali.

»Sagt ihm, daß wir Fortschritte machen, es aber eine Weile dauern wird. Unsere großen Kriegskanus lassen sich nicht so einfach bauen wie die Pirogen, die hier auf dem See herumfahren.«

Sie teilte das Motecuzoma mit. Er aber schien gar nicht zuzuhören und klatschte in die Hände, während Mali noch sprach. Sogleich brachte ein Diener einen großen Bogen gefalteten Borkenpapiers herein, den er ehrfürchtig vor seinem Zürnenden Herrscher ausbreitete.

Motecuzoma zeigte Cortés das Schriftstück.

»Seine Boten haben das von der Küste gebracht«, dolmetschte Mali. »Weitere Eurer Gefährten sind in Kriegskanus aus dem Wolkenland gekommen. Jetzt braucht Ihr nicht länger hier in Tenochtitlán zu warten. Die Kanus, die Ihr haben wolltet, liegen bereits an der Küste.«

Eine Welle der Erleichterung stieg in Cortés auf. Endlich! Das mußte Puertocarrero mit der Verstärkung und seinem Patent vom König sein!

Er beugte sich über das Schriftstück und merkte, wie ihm das Blut aus dem Gesicht wich. Die Zeichen und Abbildungen darauf zeigten vor einer Palmenkulisse dreizehn spanische Schiffe vor Anker. Im Vordergrund waren bärtige Krieger, Schlachtrosse und am Strand liegende Geschütze zu erkennen. In der Mitte stand ein beleibter Mann mit langem rotem Bart, offensichtlich der Anführer. Das war nie und nimmer Puertocarrero, es sei denn, der Mann, der das geschrieben und gezeichnet hatte, verstand sein Handwerk sehr schlecht. Cortés wußte sogleich, um wen es sich handelte.

»Nárvaez!« murmelte er.

Schweren Schritts trat Cortés in den Hof, wo die Arkebusiere übten. »Ordaz!« rief er, »sagt allen Männern, daß an der Küste Verstärkung eingetroffen ist! Feuert in die Luft und macht so viel Lärm, wie ihr könnt!«

Er wandte sich um und ging davon. Alle Männer in Hörweite waren bereits in Jubel ausgebrochen. Mit befriedigtem Lächeln befolgte Ordaz den Befehl und rief seinen Männern zu, sie sollten ihre Hakenbüchsen mit Pulver laden.

Benítez fiel Cortés' Gesichtsausdruck auf, und er begriff, daß es keinen Anlaß zum Jubel gab. Er lief ihm nach. »*Comandante*, stimmt das? Ist Puertocarrero aus Spanien zurückgekehrt?«

»Leider nein«, blaffte Cortés ihn an. »Es ist Velázquez' Kreatur Pánfilo de Nárvaez mit den anderen goldgierigen Mistkerlen aus Kuba!«

»Nárvaez?«

»Nicht so laut! Das dürfen die Männern erst erfahren, wenn wir entschieden haben, was wir tun werden. Die Mexica sollen denken, daß uns die Nachricht freut. Der kleinste Hinweis auf Zwietracht in unseren Reihen genügt, und sie fallen über uns her!«

Die Nacht senkte sich über die Stadt. Die Spanier feierten immer noch. Die letzten Krüge kubanischen Weines wurden geleert, und der Lärm der Zecher hallte durch die Höfe. Cortés, der sich allein in seinen Gemächern mit der neuen Zwangslage auseinandersetzte, versuchte das Rufen und Singen nicht zu hören. Er ging auf und ab, während der heiße Talg der Kerze auf den Tisch lief und dort einen großen Fleck bildete.

Es war die dritte Wache der Nacht. Die Fackeln, welche die Gänge des Palastes erhellten, ließen lange Strecken im Schatten liegen. Leicht konnte sich ein Mann dort verbergen. Als Regenblüte zu Benítez' Gemächern zurückkehrte, packte er sie. Er hatte wohl stundenlang dort gewartet.

Eine Hand legte sich ihr auf den Mund, und sie wurde in ein Nebengelaß gezogen. Sie konnte den Schweiß und den Alkohol riechen. Widerwärtig. Zuerst nahm sie an, es sei einer der spanischen Krieger, der dem kubanischen Wein oder dem heimischen *pulque* zu sehr zugesprochen hatte. Sie biß und trat um sich.

»Keine Angst«, sagte eine Stimme in der Sprache der Maya.

Norte. *Norte*!

Sie wehrte sich nicht mehr. Er nahm ihr die Hand vom Mund und sagte leise: »*Cariño*«.

»Bist du verrückt?« zischte sie. »Benítez wird dir einen Strick um den Hals legen!«

»Dazu muß er uns erst einmal finden«, sagte er. Er zog sie fest an sich und griff begierig nach ihren Brüsten. Sie spürte sein heißes und hartes Glied an ihren Schenkeln. »Oder du mußt es ihm sagen. Das aber wirst du ja wohl nicht tun, oder?«

Er lockerte seinen Griff. Sie wandte sich um und legte ihm die Arme um den Hals. Sie spürte, wie seine Zunge ihren Mund erkundete und seine Hände am Saum ihres Gewandes zerrten. Mit aller Kraft biß sie ihn in die Unterlippe und erstickte seinen Aufschrei mit ihrem eigenen Mund. Erst als sie sein Blut schmeckte, ließ sie los.

Er legte die Hände vor das Gesicht und jammerte wie ein verwundetes Tier. »Verdammte Hure, Satansbraten, Miststück!« fluchte er auf kastilisch. Allerdings hätte ihn wegen seiner verletzten Lippe wohl nicht einmal ein Spanier verstanden.

»Faß mich nie wieder an«, zischte sie ihm zu. »Liebe ist ein Geschenk und kein Anspruch.«

Norte hockte sich auf den Boden. »Warum hast du das getan? Ich blute.«

Jetzt, da sie ihn gezähmt hatte, empfand sie Mitleid mit ihm und kniete sich neben ihn. »Das tut mir leid«, sagte sie.

»Was ist mit dir los?«

»Du hast mir Angst gemacht«, flüsterte sie. »Ist es schlimm?«

Sie versuchte ihn zu trösten, aber er stieß sie beiseite. »Du siehst mich überhaupt nicht mehr an«, jammerte er.

»Weil du kein wahrhafter Mensch mehr bist. Du bist als Teufel in unser Land gekommen. Dann warst du eine Weile ein wahrhafter Mensch. Jetzt bist du wieder ein Teufel.«

»Na und? Was habe ich davon, wenn ich ein wahrhafter Mensch bin? Du verbringst all deine Zeit mit Benítez.«

»Man hat mich ihm gegeben.«

»Das hat dir bei San Juan de Ulúa nie etwas ausgemacht.«

»Das war früher. Jetzt ist heute. Außerdem kann ich ihn inzwischen gut leiden.«

»Und mich?«

»Nicht mehr besonders.« Sie stand auf.

»Ich will dich«, murmelte er kläglich.

»Ich weiß, was du willst«, sagte sie. »Ihr seid alle Teufel.« Barfuß und unhörbar glitt sie über den steinernen Boden des von Fackeln erhellten Ganges davon, zu Benítez, ihrem Geliebten, ihrem behaarten Herrn, ihrem Spanier.

80

Ein Schluchzen weckte Mali. Verblüfft setzte sie sich auf. Das Geräusch kam von irgendwo ganz in der Nähe. Ihre Nackenhaare sträubten sich. Es klang nicht wie etwas von dieser Welt; vielleicht war es ein Gespenst.

Sie stand auf und warf sich etwas um die Schultern. Cortés sprach im Nachbarraum. Hörte er es nicht? Sie nahm die Kerze vom Tisch und schob den mit Glöckchen besetzten Vorhang beiseite. Es war unvernünftig für eine Hochschwangere, im Dunkeln umherzugehen. Möglicherweise würde der Dämon ihrem Kind Unglück bringen. Aber sie konnte die Sache nicht auf sich beruhen lassen.

Der Wachposten wandte sich überrascht um. »Könnt Ihr etwas hören?« fragte sie ihn.

Er schüttelte den Kopf. »Nein.«

Vielleicht hatte sie es sich nur eingebildet. Sie zog das Tuch fester um die Schultern und trat auf die Dachterrasse hinaus. Ein Windstoß löschte die Kerzenflamme, doch im Mondschein erkannte sie eine Gestalt, die in einer Ecke an der Brüstung kauerte. Sie trat näher.

Regenblüte.

»Kleine Schwester?« Sie kniete sich neben sie. »Was ist mit dir? Was tust du hier oben? Hat Benítez dich geschlagen?«

»Es ist nicht Benítez.«

Sie legte die Arme um Regenblüte. Sie fühlte sich so steif an wie ein Stück Holz. »Was ist?«

Die Jüngere gab nicht sofort Antwort. Es dauerte einige Augenblicke, bis sie sich gefaßt hatte. »Ich habe Angst«, sagte sie schließlich.

»Dafür gibt es keinen Grund. Cortés sagt, daß wir hier absolut sicher sind, solange wir Motecuzoma in unserer Gewalt haben.«

»Ich habe nicht vor den Mexica Angst, sondern vor ihm.«

Mali spürte, wie sie erstarrte. Sie wollte keine weiteren Verleumdungen gegen ihren Gebieter hören. Bisweilen hatte sie den Eindruck, als wäre die ganze Welt gegen ihn.

»Du mußt ihm Einhalt gebieten, bevor es zu spät ist«, flüsterte Regenblüte.

»Zu spät wofür? Soll er uns etwa nicht von den Mexica befreien?«

»Diese Spanier sind schlimmer als die Mexica. Sie wollen all unsere Götterbilder niederreißen, uns alles nehmen, was wir haben, alles Gold und alle Quetzalfedern. Sie sind nicht göttlicher als Präriewölfe, die sich um ein Aas balgen. Vielleicht ist nicht einmal Gefiederte Schlange vor ihnen sicher.«

»Du bist noch jung. Was weißt du von diesen Dingen?«

»Ich habe gesehen, wie mitleidlos er sein kann. Er gibt sich freundlich, aber er ist ein Ungeheuer.«

Mali schlug sie ins Gesicht. Sie hörte, wie Regenblüte aufstöhnte.

»Schluß«, sagte sie. »Ich will nichts mehr davon hören. Geh schlafen.«

»Du hast unrecht, Kleine Mutter«, gab Regenblüte zurück. Sie stand auf und lief davon.

Lange saß Mali allein auf dem Dach und sah zu, wie Mondschwester über die Schlafende Frau kletterte und mit ihrem Silberschein die Türme des Tempels übergoß, die so weiß waren wie Gebein. Sie versuchte zu denken, konnte sich aber auf nichts anderes als den Schmerz konzentrieren. Niemand erfaßte Cortés wirklich. Am allerwenigsten Regenblüte. Sie war noch ein Kind. Sie verstand nichts.

Im Licht der Kerze schrieb Cortés einen Brief an den König. Als sein Kammerherr Benítez hereinführte, legte er den Gänsekiel beiseite und bot ihm den alten Sessel an, den seine kubanischen Sklaven von der Küste hergebracht hatten. Er selbst saß inzwischen lieber auf dem vergoldeten Thron, Motecuzomas Geschenk.

»Es sind beunruhigende Zeiten, nicht wahr?«

Benítez schwieg. *Was heckst du jetzt wieder aus, alter Fuchs*?

»Wie ich Euch heute morgen gesagt habe, ist dieser Hurensohn Nárvaez mit einer großen Streitmacht an der Küste gelandet.«

»Gibt es keinen Zweifel an seinen Absichten?«

»Soeben ist ein Kurier aus Vera Cruz mit einem Brief von Sandoval eingetroffen. Fünf von Nárvaez' Leuten waren am Fort und haben die sofortige Übergabe verlangt.«

»Und was hat Sandoval getan?«

»Was jeder Kommandant tun würde, der einen Funken Selbstachtung hat. Er hat sie durchprügeln und krummgeschlossen an Stangen binden lassen. Eingeborene Träger bringen sie her. Sie müßten noch im Laufe der Nacht eintreffen.«

Benítez lächelte. Es war bezeichnend für Sandoval, eine Auseinandersetzung auf so unmißverständliche Weise zu entscheiden.

»Ich vermute, daß ich mich in dieser Krise auf Eure Ergebenheit verlassen kann«, sagte Cortés.

Du Mistkerl, dachte Benítez. Ich habe dich bewundert, als du dich gegen die Priester im Haupttempel gestellt hast, aber du ahnst nicht, wie ich dich ansonsten verabscheue. »Die jüngsten Ereignisse haben meine Ergebenheit auf eine harte Probe gestellt.«

Cortés hob die Brauen. »Wovon sprecht Ihr?«

»Von der Aufteilung unseres Schatzes.«

Cortés schenkte ihm ein breites, freundliches Lächeln, das zugleich wissend und verächtlich wirkte. Er griff in die Schublade seines Schreibtischs, holte ein mit großen Smaragden besetztes Armband heraus und schob es ihm hin. »Könnte das einen Ausgleich für das schaffen, was Ihr an Undank wahrzunehmen glaubt?«

Benítez sah auf das Armband, ohne es zu berühren. »Es geht mir nicht um meinen eigenen Anteil.«

Cortés sah ehrlich erstaunt drein. »Worum dann?«

»Ihr habt die Männer nicht gerecht behandelt, *Comandante*.«

»Die Männer?« Es klang ungläubig.

»Sie haben sich im Kampf gegen die Tabasca und die Tlaxcalteken mehr als wacker geschlagen und bei der Durchquerung der Sierra vieles ertragen. Hundert Pesos sind keine angemessene Belohnung für ihr Leiden und ihre Tapferkeit.«

Cortés beugte sich vor. »Ist das der Preis für Eure Ergebenheit, Benítez?«

»Meine Ergebenheit hat keinen Preis. Sie folgt der Gerechtigkeit ebenso natürlich, wie das Wasser bergab fließt.«

»Sehr glatte Worte«, murmelte Cortés und legte das Armband zurück in die Schublade. »Ihr seid ein sonderbarer Mann. Ich glaube nicht, daß ich Euch vollständig verstehe.«

»Möglich, daß ich ein Narr bin, aber zumindest schlafe ich gut.«

»Schlafen können wir, wenn wir tot sind. Aber schön, wenn das Euer Wunsch ist, könnt Ihr es haben, auch wenn ich nicht glaube, daß man Euch Eure Hochherzigkeit danken wird. Ich werde den Anteil der Männer heraufsetzen. Ihr habt mein Wort darauf. Ich werde es von meinem eigenen Anteil nehmen müssen, aber das ist nebensächlich. Im Gegenzug wünsche ich, daß Ihr etwas für mich tut.«

»Nämlich?«

»Wenn Nárvaez' Boten hergebracht werden, müssen wir sie mit dem hier Erreichten beeindrucken, ihnen zeigen, daß sie mehr gewinnen können, wenn sie sich uns anschließen, als wenn sie gegen uns kämpfen. Mit Honig fängt man mehr Fliegen als mit Salz.«

Benítez nickte. »Und welche Rolle habt Ihr mir dabei zugedacht?«

Mit einem Mal hörte Mali Schreie. Als sie Benítez' Räume erreichte, standen die Schildwachen fassungslos vor dem Eingang, Entsetzen und Hilflosigkeit lag auf ihren Gesichtern. Auch der Arzt Méndez war bereits dort, sah aber ebenso ängstlich drein wie die beiden Krieger.

Unmittelbar hinter dem Eingang wand sich Regenblüte mit Schaum vor dem Mund auf dem Boden. Man sah Blut auf ihrem Gesicht und in ihrem Haar.

»Was kann sie nur haben?« fragte Méndez verzweifelt.

Sie drängte sich in den Raum. Neben dem niedrigen Tisch in der Ecke lag ein umgestürzter Flaschenkürbis. Sie nahm ihn auf und roch daran. Regenblüte hatte vom Fleisch der Götter gegessen, heilige Pilze.

»Wo ist Benítez?«

»Beim *Comandante*«, sagte einer der Wachposten.

»Tenochtitlán brennt!« sagte Regenblüte mit irrem Lachen.

Méndez' Gesicht war von Entsetzen und Abscheu verzerrt. »Was sagt sie?«

»Sie spricht im Fieber«, sagte Mali. »So etwas habe ich schon früher erlebt. Ich kümmere mich um sie.«

Der Arzt schien erleichtert, daß ihm jemand die Verantwortung für das Wohlergehen der jungen Frau abgenommen hatte. »Gut. Ruft mich, wenn sie zur Ader gelassen werden muß.« Er wandte sich um und verließ den Raum. Mali schob auch die Wachposten hinaus.

Blut tropfte Regenblüte aus einem Mundwinkel. Sie hatte sich in die Zunge gebissen. »Sie haben all ihre Hunde auf uns gehetzt!« kreischte sie.

Mali kniete sich nieder und band ihr Hände und Füße mit Lederstreifen zusammen, damit sie sich nicht weitere Verletzungen zufügte. Die Haut an der Stirn war aufgeplatzt. Offensichtlich war sie mit dem Kopf auf den Boden geschlagen. Zum Glück war die Wunde nicht tief.

»Großer Gott«, sagte eine Stimme.

Benítez stand mit aschfahlem Gesicht im Eingang. »Was ist vorgefallen?« flüsterte er.

»Pilze«, sagte Mali. »Man kann nichts tun. Wenn sie zu viele gegessen hat, muß sie sterben.«

Er kniete neben Regenblüte nieder, versuchte sie in seinen Armen zu halten, doch bäumte sich ihr Körper unter dem Einfluß ihrer Trugbilder auf und zuckte hin und her. »Cortés wird uns alle töten!« kreischte sie.

Mali dachte an den Vorfall in der vergangenen Nacht. Hatte diese Vorstellung sie dazu getrieben, vom Fleisch der Götter zu essen? Es war jenen vorbehalten, denen der Blumentod auf dem Opferstein bestimmt war, sowie den Eulenmännern, wenn sie einen Blick hinter den Vorhang der Zukunft werfen wollten. Doch bisweilen kosteten diese Visionen sogar die im Umgang mit den Pilzen Erfahrenen das Leben. Was hatte Regenblüte gewollt, fragte sich Mali – einen Blick in die Zukunft oder ewiges Vergessen?

»Tenochtitlán brennt!« schrie Regenblüte erneut. »Die ganze Stadt steht in Flammen!«

Benítez kniete sich nieder und schlug das Kreuz. Da war etwas, was er nicht verstand, etwas jenseits des Schleiers.

81

Irgendwann im Laufe der Nacht hörten die Wahnvorstellungen auf, und einige Stunden lang schlief Regenblüte friedlich. Als sie schließlich kurz vor Tagesanbruch die Augen aufschlug, lag Benítez schnarchend neben ihr, den Kopf auf den Arm gelegt. Sie beugte sich zu ihm hinüber und küßte ihn sacht auf die Stirn.

Sie spürte, daß noch jemand im Raum war. Als sie sich umsah, erkannte sie im Schatten des Kerzenlichts Malis Gesicht. Sie kniete auf der Strohmatte, zwischen den Knien ein Tuch und eine Schale mit Wasser.

»Kleine Schwester«, flüsterte sie.

»Kleine Mutter.«

Mali strich ihr über das Haar. »Es ist vorüber.«

»War es sehr schlimm?«

»Wir wußten nicht, wieviel du gegessen hattest.«

»Nur eine halbe Handvoll«, sagte Regenblüte. »Dann hat mich der Mut verlassen. Warst du die ganze Nacht hier?«

Mali nickte. »Zusammen mit deinem behaarten Herrn.«

Regenblüte streckte ihr die Hand entgegen. *Meine Mali, du warst für mich zugleich Mutter und große Schwester. Außerdem meine beste Freundin. Aber ich habe dich an Cortés verloren, und bald wirst du mich für das hassen, was ich tun muß.* »Mir geht es schon wieder besser«, flüsterte sie. »Solltest du nicht zu deinem Gebieter zurückkehren?«

Mali zuckte die schmalen Schultern. »Er braucht mich in letzter Zeit nicht mehr.« Sie klopfte auf ihren gewölbten Unterleib. »Ich vermute, daß ihm meine veränderte Gestalt mißfällt.« Sie beugte sich näher zu Regenblüte. »Haben dir die Träume den Vorhang gelüftet, Kleine Schwester? Hast du die Zukunft gesehen?«

Regenblüte erinnerte sich an die brennenden Tempel, sah abermals die Spanier in ihren Rüstungen Menschen abschlachten wie damals in Cholula, und die Farbe des Blutes und der Wimpel leuchtender als je zuvor. »Ich hoffe nicht«, flüsterte sie. »Ich hoffe nicht, daß das die Zukunft war.«

Die Jaguarritter ragten bedrohlich empor und tanzten an präriewolffarbenen Wänden entlang, die Umrisse der Schildwachen zuckten im langen Schatten der Fackeln. Es war die Zeit der Morgendämmerung, die letzte Wache der Nacht, die Stunde, da sich Verwundete eilends ins Reich der Abgeschiedenen aufmachen und Kinder totgeboren zur Welt kommen. Mali eilte den Gang zu Cortés' Gemächern entlang, denn sie sehnte sich nach der Wärme seines Leibes.

Sie sah nicht, woher Jaramillo gekommen war, aber mit einem Mal war er da, schritt in der Dunkelheit neben ihr aus. Ihr entfuhr ein entsetztes Keuchen. Im Licht der Fackeln wirkte sein pockennarbiges Gesicht noch grotesker als sonst.

»Verzeiht, ich wollte Euch nicht erschrecken.«

»Was dann?« fragte sie scharf.

»Eine späte Stunde, um im Palast umherzugehen.«

Die Art, wie er sie ansah, gefiel ihr nicht. Der Geruch nach abgestandenem kubanischem Wein wehte mit seinem Atem zu ihr herüber. Sie eilte weiter.

Er hielt mit ihr Schritt. »Ein hübsches Geschöpf wie Ihr sollte um diese Tageszeit nicht frei herumlaufen. Ihr gehört ins Bett unseres Kommandanten.«

Sie ging weiter, ohne ihn zu beachten.

»Er hat wirklich Glück, daß ihm *zwei* schöne Frauen die Nächte verkürzen.«

Abrupt blieb sie stehen.

»Ihr wißt doch sicher Bescheid über Doña Ana?«

Sie sah ihn verblüfft an. Er grinste breit.

»Noch einmal Verzeihung. Ich dachte, Ihr wüßtet. Nun, gute Nacht, Doña Marina.« Mit einer Verbeugung ging er davon.

Mit hämmerndem Herzen rannte Mali die breite Treppe zu seinen Gemächern empor, an den Wachposten vorbei, durch die mit Glöckchen besetzten Vorhänge.

Der Schein einer Kerze in einem silbernen Halter. Zwei Leiber lagen auf der Schlafmatte. Sie sah den schmalen kupferfarbenen Rücken der Prinzessin, ihr langes schwarzes Haar war über seine Brust gebreitet, ein Arm lag unter seinem Oberschenkel.

Rasch schlug sie sich die Hand vor den Mund. Sie fürchtete, sich übergeben zu müssen.

Still, mahnte sie sich. Es liegt im Wesen von Herrschern, daß es sie nach vielem gelüstet und sie viele Konkubinen haben. Du kannst nichts daran ändern. Wenn du ihn jetzt aufweckst und die eifersüchtige Ehefrau spielst, trägt dir das nichts ein. Sei klug und warte, bis deine Zeit kommt.

Nur weil ich jetzt aufgequollen und häßlich bin, will er nichts mehr von mir wissen. Das wird sich ändern. Noch immer habe ich den Sohn der Mexica in mir, unser gemeinsames Kind.

Sie legte sich im Dunkeln in einem der anderen Räume auf eine Schlafmatte und sah zu, wie die Morgendämmerung still wie ein

Dieb ins Zimmer drang. Auf keinen Fall werde ich weinen, gebot sie sich. Zwar liebe ich ihn, doch habe ich immer gewußt, daß ich nicht auf die Welt gekommen bin, um mein Glück auf diese Weise zu finden. Warum Tränen für etwas vergeuden, das ohnehin nie sein kann?

Aber sie kamen dennoch, eine heiße Flut, der sie trotz aller Vernunft nicht Einhalt gebieten konnte.

82

»Dafür werdet Ihr zahlen!« rief Pater Ruiz de Guevarra. »Wenn Nárvaez erfährt, was Ihr getan habt, landet Ihr mitsamt Euren Hauptleuten wegen Aufruhrs am Galgen.«

Man hatte den Priester im Verlauf der vierten Wache der Nacht mit vier weiteren von Nárvaez' Männern herbeigebracht. Ihre einst weißen Hemden hingen als schmutzige Lumpen an ihnen herab, und ihre Bärte waren blutverklebt, denn Sandoval und seine Leute waren nicht besonders zimperlich mit ihnen umgesprungen. Sie hatten die letzten drei Nächte in Hängematten gezwängt verbracht und waren ausgesprochen schlechter Laune.

»Ihr seid ein Narr, ein Prahlhans und ein undankbarer Hund!«

Cortés lächelte, als hätte ihm Guevarra über alle Maßen geschmeichelt. Kameradschaftlich faßte er ihn bei der Schulter und führte ihn an einen niedrigen Tisch in der Ecke des Raumes, auf dem dampfende Schüsseln mit Kaninchenbraten, Wild, Bohnen und Maiskuchen standen.

»Wie kann ich mich je für alles Vorgefallene entschuldigen?« sagte er. »Die Ursache dafür liegt im Übereifer eines meiner nachgeordneten Hauptleute. Ich werde ihn äußerst streng bestrafen. Doch bitte bedient Euch. Ihr müßt hungrig sein.«

Erstaunt sahen Pater Guevarra und seine Gefährten Cortés an. Nach der Behandlung, die Sandoval ihnen hatte angedeihen lassen, war ein solcher Empfang wohl das Letzte, womit sie gerechnet hatten. Sehnsüchtig sahen sie auf die köstlichen Speisen.

»Greift zu«, forderte Cortés sie auf.

Voll Heißhunger machten sie sich über das Essen her. Sandoval hatte Anweisung gegeben, daß sie auf dem mehrtägigen Weg nichts als Wasser bekamen. Während sie gierig aßen, legte Cáceres Goldbarren um Goldbarren auf den Tisch, die man auf Cortés' Geheiß aus Schmuck und anderen Gegenständen zusammengeschmolzen hatte.

»Was ist das?« fragte Guevarra, mit vollem Mund kauend.

»Mein kläglicher Versuch, in etwa wiedergutzumachen, was man euch angetan hat. Nehmt das Gold mit meinem Segen. Es ist nur ein Bruchteil dessen, was jeder meiner Männer bereits von mir für seine Dienste empfangen hat. Hier beschlagen wir sogar unsere Pferde mit goldenen Hufeisen.«

Was wohl Norte mit seinen hundert Pesos zu dieser ungeheuerlichen Übertreibung sagen würde? überlegte Benítez.

Während Guevarra fortfuhr, sich vollzustopfen, blickte er Cortés verwirrt an.

Mit dem Ausdruck gütiger Nachsicht sah dieser den Männern beim Essen zu. »So. Mein Freund und Waffengefährte Nárvaez hat Euch also geschickt. Was führt ihn zu uns nach Neuspanien?«

Verständnislos sah Guevarra ihn an. Das Wort ›Neuspanien‹ hatte er noch nie zuvor gehört. Kein Wunder – Cortés hatte es erst kürzlich für Motecuzomas Reich geprägt.

»Der Gouverneur hat ihn geschickt«, fuhr Guevarra fort, seiner Sache nicht mehr so sicher. »Velázquez betrachtet Euch als Verräter, weil Ihr seine Befehle für diese Expedition mißachtet habt. Ihr sollt in Eisen gelegt und nach Kuba gebracht werden.«

Cortés nahm diese Nachricht ausgesprochen gleichmütig auf. »Und wie geht es Nárvaez? Behandelt er Euch gut?«

Guevarra sah zu seinen Gefährten hin. Nárvaez' Geiz war auf Kuba geradezu sprichwörtlich. »Es geht.«

»Das höre ich gern. Wie jedermann weiß, ist ein großzügiger Befehlshaber ebenso selten wie gern gesehen.« Unterdessen waren Alvarado und Benítez zu ihnen getreten. Die goldenen Medaillons, welche die beiden um den Hals trugen, zogen die Blicke der Neuankömmlinge geradezu magnetisch an. »Ist es nicht so, Pedro?« fragte Cortés.

»Gewiß«, sagte Alvarado mit breitem Lächeln.

»Leider gehört Großzügigkeit nicht zu Nárvaez' herausragenden Tugenden«, sagte Guevarra.

Es gelang Cortés, eine überraschte Miene aufzusetzen.

»Das würden unsere Männer nicht gern hören«, sagte Alvarado, »denn unter unserem *Comandante* geht es uns allen sehr gut.«

Guevarra und die anderen konnten den Blick nicht von den vor ihnen liegenden Goldbarren lösen.

»Ich hoffe nur, daß der Gouverneur weiß, was er tut«, sagte Cortés. »Sicherlich hat er nicht vergessen, daß ich rechtskundig bin, denn schließlich hat er selbst mich in Santiago de Cuba als Friedensrichter eingesetzt. Was wir hier tun, ist unanfechtbar. Wir haben unter genauer Beachtung der Gesetze eine Kolonie errichtet und schulden daher für unser Tun ausschließlich dem König Rechenschaft. Täglich kann mein Kurier mit dessen Bestätigung zurückkehren. Sollte Velázquez unbillig mit mir verfahren, werden er und seine Mittäter sich vor der Krone zu verantworten haben.«

Das wird ihrer Verdauung nicht förderlich sein, dachte Benítez.

Cortés beugte sich vor. »Sollten die Mexica erkennen, daß zwischen uns Uneinigkeit herrscht, werden wir alles einbüßen, was wir errungen haben. Gegenwärtig haben wir den Herrscher dieses bedeutenden Landes hinter Schloß und Riegel. Wir haben hier Reichtümer gefunden, die alles bisher in der Neuen Welt Entdeckte in den Schatten stellen. Sofern Velázquez und seine Kreatur Nárvaez all das aufs Spiel setzten, hätte das, wie ich fürchte, entsetzliche Folgen.«

Guevarra sah erneut auf die Goldbarren.

Cortés beugte sich zu ihm hinüber. »Meint Ihr nicht, daß hier ein großes Mißverständnis vorliegt? Vielleicht wollt Ihr uns jetzt berichten, mit wie vielen Männern Nárvaez gekommen ist und wie seine Pläne aussehen?«

Mit einer ihm unverständlichen Wildheit drängte sich Regenblüte an ihn, klammerte sich an ihm fest wie eine Ertrinkende und küßte ihn, als käme von ihm der Atem des Lebens. Danach weinte sie. Verwirrt wiegte er sie in seinen Armen.

»Was hast du nur?« flüsterte Benítez immer wieder, obwohl ihm klar war, daß sie ihn nicht verstehen konnte. »Was hast du nur?«

»Verzeih mir«, flüsterte sie in ihrer Sprache zurück. »Ich weiß nicht, was mit uns geschehen wird, und auch nicht, was du beim nächsten Sonnenuntergang von mir denkst. Ich hoffe nur, daß du mich nicht zu sehr verabscheust, wenn es getan ist.«

Doch von dem, was sie ihm sagen wollte, verstand er kein Wort, und so redete er weiter beruhigend auf sie ein und strich ihr über das Haar, zutiefst verwirrt und in höchstem Grade hilflos.

Fackeln knisterten an den Wänden des großen Saales. Schulter an Schulter drängten sich die Spanier herein. Nur eine Handvoll war draußen geblieben, um auf den Mauern zu patrouillieren. Cortés stand auf einem Tisch, der ihm als Rednertribüne diente. Vor ihm lag ein Haufen stumpf im Lichtschein glänzender Goldbarren auf dem Boden.

»Meine Herren«, begann er. Sogleich trat im Saal Stille ein.

Alle waren überzeugt gewesen, daß er Puertocarreros Rückkehr bekanntgeben wollte, und der unerwartete Anblick des Goldes brachte sie aus der Fassung.

»Viele haben sich bei mir und meinen Hauptleuten darüber beklagt, daß ihr Anteil am bisher mit unserer Expedition gemachten Gewinn zu gering sei. Obwohl die Verteilung meiner Überzeugung nach gerecht war und dem entsprach, was wir zu Beginn unseres Zuges vereinbart hatten, habe ich mich entschlossen, auf einen Teil des mir zustehenden Goldes zu verzichten und eure Belohnung zu erhöhen, denn ihr alle habt unserer Sache getreulich und mit großem Mut gedient. Daher wird Alvarado am Ende dieser Versammlung jedem von euch einen gewissen Betrag in Gold aushändigen. Ich hoffe, daß ihr damit zufrieden seid.«

Er ließ eine Pause eintreten. Norte, der ziemlich weit hinten stand, dachte: Das war der Honig. Jetzt kommen die Bienen.

»Möglicherweise bekommt ihr zum letzten Mal einen Anteil ausbezahlt, denn der Gouverneur von Kuba hat euch einen neuen Befehlshaber zugedacht.«

Schweigen.

»Vor zwei Tagen habt ihr erfahren, daß euer Gefährte Alonso Puertocarrero aus Spanien zurückgekehrt sei. Unglücklicherweise haben neuere Nachrichten gezeigt, daß sich das nicht so verhält. Die Schiffe, die man an der Küste gesichtet hat, sind im Auftrag von Diego Velázquez gekommen.«

Norte sah sich im Saal um und erkannte das Entsetzen auf den Gesichtern der anderen.

»Der Mann, den er geschickt hat, mich abzulösen, ist kein anderer als sein guter Freund Pánfilo de Nárvaez.«

Spöttische Zurufe kommentierten diese Mitteilung, und Guzmán wandte sich an Norte: »Beim Arsch des Satans! Der dicke Ziegenficker!«

»Jetzt, da wir das Reich errungen haben, scheint der Gouverneur es für angebracht zu halten, daß dieser Mann es uns nimmt. Wen von euch seine weithin bekannte Großzügigkeit verlockt, möge zu ihm gehen. Ich bin überzeugt, daß wir unsere Kolonie im Rahmen der bestehenden Gesetze gegründet haben, und beabsichtige, mich diesem Übergriff gegen unser Gebiet zu widersetzen.«

Einige der Männer begannen ihm zuzujubeln. Ihr Idioten, dachte Norte, begreift ihr denn nicht, daß er euch gekauft hat?

»Wollt ihr mir zur Seite stehen?« fragte Cortés.

Längst schrien die Männer nach Blut. Wieder einmal hatte er sie in der Hand. Er mochte ein Schwindler und Lügner sein, aber er war *ihr* Schwindler und Lügner. Mit seiner Hilfe hofften sie zumindest die nackte Haut und ein wenig von ihrem Gold zu retten. Unter Nárvaez würden sie alle arm bleiben und obendrein elend umkommen.

83

Der Schrei einer Eule ertönte. Ein Schatten schob sich an einer Mauer vorüber, einen kurzen Augenblick lang zeichnete sich vor dem Fenster eine Silhouette ab.

Es war Regenblüte. Sie hatte sich das Gesicht bemalt wie ein Mayakrieger.

Holz knarrte, ein Obsidianmesser blitzte im Mondschein auf. Ein Atemhauch löschte die Kerze.

In diesem Augenblick vergaß Mali alle Kränkungen und die lang andauernde Verwirrung. Sie reagierte aus dem Herzen, warf sich über Cortés und wartete auf den Dolchstoß, den Schmerz. Doch ihre plötzliche Bewegung weckte ihn, und er setzte sich auf. Sie hörte das Messer zu Boden fallen.

Er schob sie von sich, sah die Bewegung im Schatten, lief nackt durch den Raum, tastete nach seinem Degen, während er gebieterisch nach den Wachen rief.

Die Männer stürmten herein, einer von ihnen hielt eine brennende Pechkiefer-Fackel hoch über den Kopf.

Alle sahen den Dolch auf dem Holzboden, dessen mit Türkis- und Perlmuttintarsien verzierter Griff die Gestalt eines Adlerkriegers hatte.

Cortés blickte zu Mali hin. »Du hast mir das Leben gerettet«, sagte er leise.

Sie war so entsetzt, daß sie zu keiner Antwort imstande war.

»Hast du gesehen, wer es war?«

Bevor die Kerze erloschen war, hatte sie unter den roten und weißen Streifen Regenblütes Züge erkannt. Dennoch schüttelte sie den Kopf. »Nur einen Schatten«, brachte sie heraus.

Als Benítez am nächsten Morgen erwachte, war Regenblüte fort. Er suchte den ganzen Palast nach ihr ab, fand aber keine Spur von ihr.

84

Cempoallan

»Sieh dir nur diesen Dickwanst an«, sagte Salvatierra. »Ich bin auf Schiffen nach Spanien gesegelt, die schmaler waren als er.«

Sie sahen zu, wie acht schweißüberströmte Diener mit angespannten Muskeln El Gordo die steilen Stufen zur Pyramide hinaufzerrten.

»Es wäre leichter, eine Feldschlange auf den Turm des Doms von Sevilla zu schaffen«, sagte Nárvaez, und seine Hauptleute lachten.

Als sie den Kaziken schließlich hinaufgewuchtet hatten, wandte sich Nárvaez an einen des Náhuatl mächtigen Eingeborenen. Sie hatten ihn auf dem Gebiet der Tabasca gefangengenommen und ihm den Namen Francisco gegeben. Zwar kostete die Unterhaltung auf diese Weise viel Zeit, aber zumindest war zwischen den Spaniern und Chicomacatl, El Gordo, eine gewisse Verständigung möglich. Nárvaez wies auf das Bild der Jungfrau, das seine Männer im Inneren des Schreins zusammen mit einem Versteck voller Gegenstände aus Gold, Federarbeiten und Federumhängen gefunden hatten.

»Frag ihn, warum er all dies Gold in einer christlichen Kirche aufbewahrt«, sagte Nárvaez.

Er wartete, bis die Frage gedolmetscht war und der dicke Kazike geantwortet hatte. Schließlich erklärte Francisco: »Er sagt, das Gold gehört nicht ihm, sondern Marinas Gebieter.«

Nárvaez runzelte die Stirn. »Marinas Gebieter? Wer soll das sein?«

Man erklärte ihm, daß es sich um ein bärtiges, hellhäutiges Wesen handle, das genau wie Nárvaez in einem Kriegskanu aus dem Wolkenland gekommen sei. »Er sagt auch ..., glaube ich ..., daß das eine Art Gott ist.«

Verblüfft sah Nárvaez den massigen Häuptling an. Als ihm aufging, daß dieser Cortés meinte, warf er den Kopf in den Nacken und brach in Lachen aus.

»Er glaubt, daß Cortés übernatürliche Kräfte besitzt!« brüllte er.

Salvatierra und die übrigen Hauptleute stimmten in sein Gelächter mit ein.

Nárvaez schüttelte den Kopf. Trotz all ihrem Gold und ihren herrlichen Bauten waren diese Eingeborenen ebenso unwissend wie die Wilden auf Kuba. »Sag ihm, daß das Gold nicht Cortés gehört, sondern dem König von Spanien. Da wir in diesem Teil der Neuen Welt seine Beauftragten sind, werden wir es für ihn aufbewahren.«

Als der Kazike das hörte, brach ihm der Schweiß aus, und er begann am ganzen Leibe zu zittern.

»Was hat er?« knurrte Nárvaez.

»Er sagt immer wieder, daß Marinas Gebieter zurückkehren und ihn bestrafen wird, weil er das Gold nicht besser gehütet hat«, sagte Francisco.

»Sag ihm, daß er sich darüber keine Sorgen machen soll. Um diesen Cortesillo, das Würstchen Cortés, werde ich mich schon kümmern!«

Wenn sich die Eingeborenen schon von einem solchen Schwachkopf beeindrucken ließen, würde das ganze Land, ihm, Nárvaez, binnen einer Woche die Stiefel lecken!

Tenochtitlán

Es war das Fest Toxcatl, das Warten auf den Regen.

Auf dem Platz hatte einer von Kolibris Oberpriestern, dessen Gesicht mit Holzkohle geschwärzt war, die Anbringung einer Reihe hoher Pfähle beaufsichtigt. Später würde man Fackeln daran hängen, um den für den folgenden Abend vorgesehenen Tanz der Jungen Männer zu beleuchten.

Man hörte Gesang und heisere Rufe, die Klänge von Trommeln und Flöten. Die Füße junger Tänzerinnen, deren Arme und Schenkel mit Federn geschmückt waren, wirbelten die trockene rote Erde zu Staubwolken auf. Eine riesige Zuschauermenge hatte sich versammelt.

Inzwischen stieg die Sonne am Himmel bis zum Zenit und war eine glühende gelbe Scheibe, die keinen Schatten mehr warf. Die große Schlangenhaut-Trommel des Haupttempels begann zu dröhnen, und die hohe Prunkstatue des Gottes Tezcatlipoca, Rauchender Spiegel, tauchte am Rande des Platzes auf.

Solche Statuen wurden ausschließlich zu besonderen Anlässen aus einem Teig von Amarant-Samen und Opferblut hergestellt. Diese hier maß achtzehn Fuß in der Höhe, war mit Edelsteinen besetzt und mit einem Türkismosaik in Schlangenform verziert. Das mit Obsidian besetzte Bein des Götzenbildes blitzte in der Sonne, in seinem Antlitz leuchtete die mit Blattgold bedeckte Nase, und sein Kopfputz bestand aus bemalten Zweigen verschiedener Bäume. Schädel und Knochen von Menschen waren auf den Umhang genäht, der die entsetzliche Gestalt umhüllte.

Mit einer Mischung aus Zorn und Besorgnis sah Alvarado von der Brustwehr des ihnen zugewiesenen Palastes dem Schauspiel zu. Die Tlaxcalteken sagten, das Fest werde seinen Höhepunkt in der Opferung eines jungen Mannes finden, den man als einen ihrer teuflischen Götzen verkleidet hatte. Trotz strenger Anweisung von Cortés, solche barbarischen Zeremonien zu unterlassen, fuhren die Eingeborenen damit fort. Darin lag eine unübersehbare Herausforderung.

Aguilar, wie immer das Gebetbuch an die Brust gedrückt, als wäre es ein Kästchen mit kostbaren Edelsteinen, trat neben ihn. »Das ist Satanswerk«, brüllte er. »Wäre der *Comandante* hier, würden sie nicht wagen, ihre Götzenbilder so offen durch die Stadt zu führen.«

Bei dieser unterschwelligen Kritik zuckte Alvarado zusammen. »Er hat das Fest vor seiner Abreise erlaubt.« Cortés, der wenige Tage zuvor mit der Absicht zur Küste aufgebrochen war, Nárvaez' Heer abzufangen, hatte Alvarado lediglich achtzig Krieger zurückgelassen, mit denen er Tenochtitlán halten sollte. Außerdem standen ihm natürlich die Tlaxcalteken zur Verfügung, da sich diese geweigert hatten, gegen andere weiße Götter zu kämpfen. Cortés hatte nicht darauf bestanden, seine Verbündeten mitzunehmen. Wer weiß, vielleicht war es ganz gut, wenn er ihnen nicht beibrachte, wie man einen Spanier tötet, hatte er überlegt.

»Menschenopfer hat er ausdrücklich verboten«, sagte Aguilar.

Alvarado antwortete nichts darauf. Vergleiche zwischen seiner und Cortés' Führerschaft brachten ihn auf.

»Ich habe mit Lacht Über Frauen, einem der Anführer der Tlaxcalteken gesprochen«, fuhr Aguilar fort. »Er spricht ein wenig Chontal Maya, und so können wir einander recht gut verstehen. Er sagt, die Mexica wollen ihren Gott Kolibri in seinen angestammten Tempel zurückbringen und das Bild der Heiligen Jungfrau verbrennen, das wir dort angebracht haben. Er sagt, daß er die Seile und Hebewerkzeuge gesehen hat, die im Tempelhof bereitliegen.«

»Das würden sie nie wagen«, schnaubte Alvarado.

Der Schweiß auf Aguilars hoher Stirn glänzte in der Sonne. »Er hat mir auch gesagt, daß die Scheiterhaufen da unten für Menschenopfer vorgesehen sind. Einer der Mexica hat ihm zugerufen, sie würden uns alle auffressen, aber vorher mit Knoblauch würzen, um den entsetzlichen Gestank zu überdecken.«

Alvarados Rechte ballte sich zur Faust.

»Sie wollen sich uns vornehmen, sobald Nárvaez über Cortés gesiegt hat. Der große Scheiterhaufen ist für Tonatíu bestimmt. Ich vermute, daß damit Ihr gemeint seid.«

Alvarado wandte sich ab, vor Angst zitternd. Er versuchte nicht an das zu denken, was diese Wilden mit ihm anstellen würden, bevor sie ihn umbrachten. Die Feier, die sie jetzt veranstalteten, diente dazu, ihn zu reizen. Sollte er die Hände in den Schoß legen und ihre Kränkungen ertragen? Sollte er darauf warten, daß sie ihn und seine Männer wie Hunde abschlachteten?

Dann fiel ihm ein, was Cortés in Cholula getan hatte. Jetzt wußte er, wie ein guter Kommandant reagieren würde.

85

Nombre de Dios

Der kalte Hauch, der vom Paß Nombre de Dios herabwehte, ließ Benítez trotz seines warmen Umhangs erschauern. Die Stute drehte den Kopf in den Wind und stolperte weiter.

Er fühlte sich leer, und das überraschte ihn. Er hatte erwartet, daß er etwas empfinden würde. Aber was? Vielleicht Wut darüber, daß ihn Regenblüte hintergangen hatte? Scham, daß er mit einer Attentäterin das Lager geteilt hatte? Kummer über ihren Verlust? Sollte er sich wie ein Narr fühlen, weil er keinen Augenblick lang etwas geahnt hatte? Oder schmerzte es ihn einfach, daß ihm ihr Lächeln, ihre Liebenswürdigkeit und ihre Liebkosungen fehlten?

Er verfluchte sich, weil er vor lauter Starrsinn ihre Sprache nicht gelernt hatte. Hatte sie ihm in der letzten gemeinsam verbrachten Nacht einen Hinweis zukommen lassen wollen? Er wußte nur noch, daß er in ihren Armen eingeschlafen war und die Rufe der Wachen ihn geweckt hatten, die durch den ganzen Palast hallten.

Er hatte die Hand nach ihr ausgestreckt, aber sie war fort gewesen.

Niemand wußte etwas. Doña Marina hatte Cortés geschworen, daß der Attentäter ein Mexica-Krieger gewesen sei, und alle hatten ihr geglaubt. Da Benítez am folgenden Morgen zusammen mit Cortés Tenochtitlán verlassen hatte, war niemandem Regenblütes Abwesenheit aufgefallen. Die Zurückbleibenden mochten denken, daß sie ihn begleitet hatte, die Teilnehmer an der Expedition vermuteten wohl, daß sie in der Stadt geblieben war.

Erneut überlief ihn ein Schauer. Zweifellos war sie jetzt seine Feindin. Aber er vermißte sie sehr.

Cempoallan

León war stets beliebt gewesen, hatte immer mit Menschen umzugehen gewußt. Jetzt sah ihm Nárvaez zu, wie er inmitten der Gruppe junger Hauptleute, die ihn umgaben, laut lachend den Ton angab. Ein gefährlicher Mann. Er war auf seiner grauen Stute gekommen, im Kettenhemd, eine dreifach geschlungene Goldkette um den Hals, und die Sturmhaube auf dem Kopf, von der eine Feder schwankte. *Der Teufel soll ihn holen.*

»León!« rief Nárvaez jetzt. »Gevatter!« Er umarmte ihn. »Trotz all Eurer Abenteuer seht Ihr gut aus! Seid Ihr gekommen, um Euch auf unsere Seite zu schlagen?«

»Ich bin gekommen«, kam Leóns kurz angebundene Antwort, »weil ich eine Katastrophe zu verhindern hoffe.«

Nárvaez blickte finster drein. Das hatte er von einem Verwandten des Gouverneurs nicht zu hören erwartet. »Wovon sprecht Ihr? Man kann es doch wohl kaum eine Katastrophe nennen, wenn ein Verräter zur Rechenschaft gezogen wird?«

Jetzt lächelte León nicht mehr. »Ich sehe Cortés nicht als Verräter, sondern ganz im Gegenteil als ergebenen und tapferen Untertan des Königs. Ihr tut gut daran, in meiner Gegenwart solche Reden zu unterlassen.«

Nárvaez trat einen Schritt zurück. Die Männer um sie herum verstummten. Alles Gelächter erstarb. »Seid Ihr gekommen, mir das zu sagen?«

»Ich hatte gehofft, wir könnten über Frieden reden und damit eine für Euch schmähliche Niederlage abwenden.«

Wie kannst du unverschämter Hurensohn es wagen, so mit mir zu sprechen! dachte Nárvaez. Ich habe mindestens so viele Krieger und Pferde wie ihr und kann Cortés' winzige Streitmacht zermalmen, sobald mir danach ist.

»Überlaß ihn mir«, flüsterte ihm Salvatierra zu. »Wir wollen doch sehen, wie es um seinen Stolz steht, wenn er Ketten an Händen und Füßen trägt!«

Pater Guevarra eilte herbei. »Wir sollten nicht übereilt handeln«, sagte er eindringlich. »Als Sandoval meine Gefährten und mich gebunden nach Tenochtitlán geschickt hatte, hat Cortés sich sehr vernünftig verhalten. Gewiß hätte er uns nicht freigelassen, wenn ihm der Sinn danach stünde, gegen uns Krieg zu führen. Vielleicht sollten wir uns anhören, was Señor León zu sagen hat.«

Es widerstrebte Nárvaez in tiefster Seele, mit jemandem wie Cortés zu verhandeln, aber Guevarra war Priester, und man durfte seinen Einfluß nicht unterschätzen. Hinzu kam, daß León allgemein beliebt war. Ich stünde vor meinen Hauptleuten nicht gut da, wenn ich ihn in Ketten legen ließe, dachte er. Mag sein, daß Guevarra recht hat und man mit List mehr erreicht. Sofern es mir gelingt, León auf meine Seite zu ziehen, besitze ich im Lager des Gegners einen Freund und zugleich einen Kundschafter.

»Jetzt ist nicht die Zeit, über solche Dinge zu reden«, sagte er mit einem gezwungenen Lächeln zu León. »Sicher hat Euch der lange Ritt ermüdet. Laßt Euer Pferd versorgen, und erholt Euch im Kreise Eurer Freunde. Wir werden später in meinem Zelt darüber sprechen, nachdem wir gegessen und guten kubanischen Wein getrunken haben.«

Es kostete ihn viel Mühe, freundlich zu sein. Mit einem Lächeln, das ihm zur Grimasse geriet, wandte er sich um und ging, von einem wütenden Salvatierra begleitet, in sein Zelt.

Tenochtitlán

»Gebt ihm einen kleinen Vorgeschmack«, sagte Alvarado.

Laut brüllend wand sich der Mann auf dem Tisch. Man roch brennendes Fett. Angewidert rümpfte Alvarado die Nase, als trüge sein Opfer die Schuld an dem entsetzlichen Geruch im Raum.

Man hatte den Priester der Mexica mit ausgebreiteten Armen und Beinen auf den Tisch gebunden. Mit seinen zerfetzten Ohrläppchen und dem blutverklebten langen Haar, das über die Tischkante bis fast auf den Boden hing, wirkte er unappetitlich, wie ein lebender Dämon. Schon der Geruch, der ihm ohne Alvarados Zutun entströmte, hatte einigen der Männer in dem kleinen, lichtlosen Raum Übelkeit verursacht. Selbst Jaramillo machte einen gequälten Eindruck.

Alvarado fragte sich, wie vielen Menschen dieser Teufel das Herz im Namen seiner diabolischen Götzen bei lebendigen Leibe herausgerissen haben mochte. So war es nicht weiter verwunderlich, daß kaum einer der Anwesenden Mitleid mit dem Gefolterten empfand. Schließlich war er nur ein Eingeborener, und daß es sich um einen von deren Götzenpriestern handelte, ließ die Männer ihre Aufgabe fast als Vergnügen empfinden.

Als Pater Díaz hinausging, um sich zu übergeben, warteten die anderen. Ohne ihren amtlichen Zeugen konnten sie nicht fortfahren. Alvarado war empört. Seiner Ansicht nach hätte ein Mann der Kirche ruhig einen widerstandsfähigeren Magen haben können.

Als Pater Díaz zurückkehrte, war er bleich und schwitzte.

»Können wir weitermachen?« fragte Alvarado.

Er nickte.

»Ist Euch nicht wohl?«

»Mir sind die Gerüche zuwider.«

Alvarado hob eine Augenbraue. »Verständlich.« Er wandte sich an Aguilar, der beim Verhör als Dolmetscher diente. »Würdet Ihr jetzt diesen Jammerlappen fragen, ob die Mexica tatsächlich die Absicht haben, uns anzugreifen, und wann dieser Überfall stattfinden soll?«

Aguilar gab die Frage an Lacht Über Frauen weiter, der sie dem Mann auf dem Tisch in Náhuatl übertrug. Dieser stöhnte eine Antwort hervor.

Aguilar wandte sich an Alvarado. »Er behauptet, von keinem solchen Angriff zu wissen.«

»Er lügt«, sagte Alvarado und sah auf Jaramillo. »Wir wollen ihm helfen, auf der Suche nach der Wahrheit ein wenig tiefer zu schürfen.«

Mit einer Zange nahm Jaramillo ein glimmendes eichenes Scheit aus dem Kohlebecken und legte es dem Priester auf den Unterleib. Dieser bäumte sich auf, und die Augen traten ihm aus den Höhlen.

Auf ein Zeichen Alvarados hin nahm man schließlich das Scheit fort. Der Priester gab ein sonderbares keuchendes Geräusch von sich. Jetzt entfliehen ihm wohl die Teufel, vermutete Alvarado. Der Leib des Mannes war voller Blasen und sonderte eine strohfarbene Flüssigkeit ab.

»Bruder Aguilar, fragt den Gefangenen bitte noch einmal, ob die Mexica die Absicht haben, uns anzugreifen?«

Wieder wurde hin und her gedolmetscht.

»Er will wissen, was er sagen soll«, wandte sich Lacht Über Frauen auf Chontal Maya an Aguilar.

»Nichts als die Wahrheit.«

Lacht Über Frauen sprach erneut mit dem Priester der Mexica.

»Ich habe ihm gesagt, daß wir von ihrem geplanten Angriff Kenntnis haben«, sagte Lacht Über Frauen, »und er hat es zugegeben. Er weiß den genauen Zeitpunkt nicht, aber es soll bald sein.«

Aguilar wandte sich aufs neue an Alvarado. »Der Gefangene hat erklärt, daß die Mexica ihre Heere zusammenziehen, um uns noch vor dem Ende des Festes anzugreifen.«

»Ihr seid Zeuge seiner Antwort«, sagte Alvarado zu Pater Díaz. »Das ist unser Beweis.«

Er wandte sich ab und schritt zur Tür.

»Und was wird mit dem hier?« fragte Jaramillo, auf den stöhnenden Priester weisend.

»Macht ein Ende mit ihm«, sagte Alvarado.

Cempoallan

Chicomacatls Leibdiener trugen die Speisen auf: Truthahn, Maiskuchen, Süßkartoffeln, Chilischoten. Kubanische Träger hatten Tische und Stühle von der Küste herbeigeschafft, so daß Nárvaez in seinem Zelt ebenso erlesen speisen konnte, wie er es daheim in Santiago de Cuba gewohnt war. Sogar sein Tafelsilber hatte er mitgebracht.

Jetzt aber hielt León hof und ergötzte die jüngeren Hauptleute mit seinen Abenteuern der letzten fünfzehn Monate. Es ärgerte Nárvaez zu sehen, wie sie ihm gebannt an den Lippen hingen.

»Ich gebe zu, daß ich zu Cortés' schärfsten Kritikern gehörte, als wir in Neuspanien eintrafen.« Bei diesem Wort, das auch Pater Guevarra nach seiner Rückkehr aus Tenochtitlán benutzt hatte, zuckte Nárvaez wütend zusammen. »Mir schien eine militärische Katastrophe unausweichlich, und ich fürchtete, daß wir möglicherweise sogar die Befehle des Gouverneurs mißachtet hatten. Selbst dann noch, als ich bereits überzeugt war, daß meine Offizierskameraden mit der Gründung ihrer Kolonie völlig rechtmäßig handelten ...«

Ein lautes Husten unterbrach ihn. Fast wäre Salvatierra an seinem Wein erstickt. Er erholte sich bald wieder, brachte aber vorerst kein Wort heraus.

Nárvaez sagte nichts. León soll sich ruhig um Kopf und Kragen reden, dachte er.

»... selbst zu diesem Zeitpunkt habe ich noch die Meinung vertreten, daß wir uns in eine Situation manövrierten, die nur mit einer Katastrophe enden konnte. Wir waren so wenige und standen in einem feindlichen Land gegen so viele. Aber Cortés wankte nicht. Als wir immer mehr Siege an unsere Fahnen hefteten und unser Vermögen immer mehr zunahm, erkannte ich, daß wir es mit einem Mann zu tun haben, der uns unermeßlichen Ruhm und Reichtum erringen kann.«

Der im Glanz der Kerze schimmernde goldene Halsschmuck bekräftigte seine Worte.

»Tatsächlich haben wir für uns und unseren König bereits ein gewaltiges Vermögen an Gold und Edelsteinen angehäuft. Wir sind Herren über Tenochtitlán. Nicht nur ist es die wunderbarste Stadt, die ich je gesehen habe, man achtet Cortés dort auch als großen Herrn. Er hat alle Länder ringsum im Namen Spaniens besetzt und viele Eingeborene zum Heiligen Glauben bekehrt.«

»Er kann Spanien gern einen weiteren Dienst erweisen«, sagte Nárvaez, »indem er herkommt und sich mir freiwillig stellt, um sich zu den Anklagepunkten zu äußern, die der Gouverneur von Kuba gegen ihn erhebt.«

»Der ist hier nicht mehr zuständig«, gab León ungerührt zur Antwort, »da wir unmittelbar der Krone unterstehen. Ihr befindet Euch hier in Motecuzomas Reich. Mein Herr und er sind Freunde, und er steht unter dem Schutz unseres Königs, dem er Gefolgschaft geschworen hat. Euer Übergriff könnte zur Folge haben, daß man Euer Heer vernichtet und Ihr Euer Leben verwirkt.«

Sprachlos vor Wut und Staunen sah ihn Nárvaez an.

»Ihr wagt es, uns zu drohen?« schnaubte Salvatierra.

»Meine Herren«, legte sich Pater Guevarra rasch ins Mittel, »ich bin sicher, daß es eine Möglichkeit gibt, unsere Meinungsverschiedenheiten auf freundschaftlichem Wege aus der Welt zu schaffen, nicht wahr, Señor León?«

»Cortés sieht in Eurem Eintreffen einen günstigen Umstand und ist bereit, Euch zu gestatten, daß Ihr die Küste zwischen Vera Cruz und dem Fluß der Tabasca erkundet. Er würde das sogar als großen Dienst ansehen, wie auch Seine Majestät König Karl, denn damit wäre uns die Krone dieses Reiches um so gewisser.«

»Ich werde Euren Cortesillo in der Hölle sehen!« schrie Salvatierra unbeherrscht.

»Ich zweifle nicht daran, daß Ihr Euch eines Tages an jenem Ort wiederfinden werdet, glaube aber nicht, daß Ihr Cortés dort antreffen werdet. Da ist es schon eher möglich, daß er eines Tages von oben auf Euch herabsieht.«

Salvatierra sprang auf.

Nárvaez legte ihm eine Hand auf den Arm, um ihn vor einer Torheit zu bewahren. Käme es zu einem Zweikampf, würde ihn der als exzellenter Fechter bekannte León mühelos in Streifen schneiden, das war allen klar.

Nárvaez sah sich im Raum um. Es schien einige der Hauptleute zu belustigen, daß León seinen Machtanspruch in Frage stellte, und daher hielt er den Augenblick für gekommen, seinen Trumpf auszuspielen. »Ich denke, daß Ihr irrt, wenn Ihr sagt, daß dieser Motecuzoma lediglich der Freund Eures Herrn ist. Auch uns hat er Tribut geschickt, und einen großen Teil davon in Gold. Das scheint Euch zu überraschen. Glaubt Ihr immer noch, daß Cortesillo den Alleinanspruch auf die Freundschaft des Herrschers hat?«

Zum ersten Mal war León unsicher. Nárvaez beschloß, Salz in die offene Wunde zu streuen, und fuhr fort: »Ich beabsichtige, Cortés für seine Taten zur Rechenschaft zu ziehen. Gleichzeitig werde ich den Herrscher dieses Reiches im Tausch gegen sehr viel mehr Gold aus seiner gesetzwidrigen Haft befreien.«

León erhob sich. »In dem Fall muß ich Euch sagen, daß Cortés nicht für Eure Sicherheit bürgen kann.«

Nárvaez traute seinen Ohren nicht. Jetzt stand auch er auf. »Meine Sicherheit! Ich gebiete über eine Armee von tausendfünfhundert Männern mit dreißig Geschützen. Glaubt Ihr auch nur einen Augenblick, Eure kleine Truppe könnte mir Angst einjagen?«

»Wir haben in den vergangenen zwölf Monaten größere Heere als Eures bezwungen.«

»Eure Haltung enttäuscht mich, León. Ich hatte gehofft, Ihr würdet zu Verstand kommen. Ich wollte Euch sogar eine führende Stellung in meinem Heer anbieten.«

»Ich könnte niemals jemanden verraten, der so viel getan hat, um das Wohl seines Landes und seiner Kirche zu fördern.«

Erstaunlich, dachte Nárvaez. Wann war es diesem Cortés gelungen, ein so großes Maß an Ergebenheit und Achtung für sich zu gewinnen?

»Sagt ihm, daß ich seine Ohren braten und verspeisen werde«, sagte Salvatierra.

»Das richtige Benehmen für einen Kannibalen, aber nicht für einen Spanier.«

»Ich denke, Ihr solltet uns jetzt verlassen«, sagte Nárvaez, »bevor Ihr meine Geduld und Großmut überstrapaziert.«

Mit den Worten: »Ich würde nicht im Traum daran denken, in Gesellschaft solcher Männer auch nur einen Augenblick länger zu verweilen«, ging León hinaus.

Nárvaez spürte die Blicke seiner Hauptleute auf sich ruhen. Das war für ihn nicht gut ausgegangen.

Als er später mit Salvatierra allein war, sagte er: »Ich möchte nicht, daß León das Lager verläßt. Wartet, bis jeder schläft, dann legt ihn in Ketten.«

Eine Stunde später wurde das Lager von einem Ende zum anderen durchkämmt, doch von León war keine Spur zu sehen.

Er ritt langsam westwärts, vom Licht des Vollmonds geleitet. Gewiß brannte Cortés darauf zu hören, was er herausbekommen hatte. Bei seinen Bemühungen, die Stimmung im Lager zu erkunden, hatte er frohlockend festgestellt, daß es mit dem Kampfgeist von Nárvaez' Leuten nicht zum besten stand und seine Hauptleute einander und ihrem Befehlshaber mißtrauten. Das Angebot von zwanzigtausend *castellanos* an jeden, der bereit war, sich auf Cortés' Seite zu schlagen, war auf manche offene Börse gestoßen. Auch hatte Pater Guevarra im Lager weiterverbreitet, was er in Tenochtitlán gesehen hatte und wie die Taschen von Cortés' Kriegern vor Gold fast platzten. Auch sein Bericht hatte eine ganze Reihe von Nárvaez' Leuten davon überzeugt, daß sie mit Cortés besser führen als mit ihrem gegenwärtigen Befehlshaber.

Die Mitteilung von Motecuzomas Heimtücke hatte seinem Hochgefühl allerdings einen Dämpfer versetzt. Das würde Cortés nicht gern hören. Außerdem machte sich León Sorgen über die Lage in Tenochtitlán. Er hoffte inständig, daß Alvarado den Herrscher ebenso gut zu spielen verstand wie der *Comandante*.

86

Tenochtitlán

Je mehr sich die Sonne dem Horizont zuneigte, desto rascher schlugen die Trommeln und beschleunigten den Puls von tausend Herzen. Inzwischen hatten die Mexica das Standbild von Rauchender Spiegel bis vor die Stufen der großen Pyramide gezerrt, wo sich an die sechshundert Jünglinge zum Tanz der Jungen Männer versammelt hatten. Es war die Blüte des Adels, die vornehmsten Söhne des Landes. Tausende von Zuschauern drängten sich um den Platz.

Ta-tam, ta-tam, ta-tam…

Der Trommler stand mit gespreizten Beinen hinter dem *huehuetl*, der mit Schlangenhaut bespannten großen Trommel. Seine Hände verschwammen in ihrer eigenen Bewegung und steigerten den Rhythmus noch einmal.

Die jungen Männer umtanzten ihn in konzentrischen Kreisen. Sie waren auffällig gekleidet. Zu gewebten Umhängen, die mit Kaninchenfell und leuchtendbunten Federn besetzt waren, trugen sie Beinschienen aus Ozelotfell mit goldenen Glöckchen, die im Rhythmus des Tanzes ertönten. Ihre Gesichter und rasierten Schädel leuchteten von Farbe und Quetzalfedern. Alle trugen Nasenpflöcke und einen Unterlippenschmuck aus Jade, Kristall oder Muschelschalen.

Der Klang der Trommeln jagte das Blut immer schneller durch die Adern.

Ta-tam, ta-tam, ta-tam…

Am Adlertor, am Riedtor und am Tor der Obsidianschlange zeigten sich überraschend bewaffnete Spanier. Sie schoben sich durch die Menge und postierten sich in den schmalen Eingängen der Häuser…

Während er tanzte, nahm Herabstürzender Adler in der Menge Spanier wahr, die wie interessierte Zuschauer wirkten. Warum aber waren sie dann alle bewaffnet und trugen ihre stählerne Rüstung mitsamt dem Helm?

Mit einem Mal schoß ihm der Gedanke durch den Kopf: Tausende unserer besten Krieger sind jetzt unbewaffnet und sitzen auf diesem Platz in der Falle. Doch so verräterisch und feige konnte gewiß niemand sein, daß er angriff, wenn der Gegner keine Möglichkeit hatte, sich zu verteidigen.

Er sah, wie Tonatíu, den Mund über dem goldenen Spitzbart zu einem Lächeln verzogen, auf den Stufen der Großen Pyramide stand. Die Strahlen der untergehenden Sonne spiegelten sich in seinem Brustpanzer.

Der andere, den man Jaramillo nannte, grinste, als hätte er zuviel *pulque* getrunken.

Die Tänzer wirbelten umher.

Weitere Krieger der Spanier, manche von ihnen mit Feuerhölzern, erstiegen die Tempelstufen und knieten sich nieder, machten sich an ihren Feuerhölzern zu schaffen.

Ta-tam, ta-tam, ta-tam…

Und sie alle waren hilflos.

Alvarado zog den Degen.

Nein. *Nein.*

»*Qué mueran!*« rief Alvarado. »Tod den Mexica!«

Die Hakenbüchsen krachten, und der Pulverdampf trieb über den Platz. Laut schreiend stürzten Menschen voll Panik den Ausgängen entgegen. Einer der Spanier hatte sich bereits den Trommler vorgenommen und schlug ihm erst die Arme und dann den Kopf ab.

Stocksteif stand Herabstürzender Adler da und suchte nach einer Möglichkeit zu entkommen.

Inzwischen waren die Spanier überall; sie hieben auf Beine und Rücken. Herabstürzender Adler sah einen Mann, der über seine eigenen Eingeweide stolperte und zu Boden fiel. Bei diesem Anblick raffte sich der Edle auf und eilte auf das Riedtor zu. Ein Spanier wuchs vor ihm aus dem Boden. Er wandte sich beiseite, spürte den Luftzug des Schwertstreichs, der ihm galt, wandte sich erneut um und rannte blindlings weiter, hier sich duckend und dort im Zickzack ausweichend. Er sah, wie ein Spanier mit braunem gelocktem Bart einem blutüberströmten jungen Mann zu seinen Füßen den Schmuck von Hals und Ohren riß. An seiner Hand, die wie eine Klaue geformt war, fehlte ein Stück.

Herabstürzender Adler erreichte das Tor, doch er konnte nicht hinaus. Schulter an Schulter standen die Spanier und schlugen mit ihren Schwertern auf alles, was sich bewegte. Das Entsetzen gab ihm ungeahnte Kräfte. Er hob einen der leblosen Tänzer vom Boden auf und schleuderte ihn gegen einen der Krieger. Dieser verlor das Gleichgewicht und ging zu Boden. Er sprang über ihn hinweg und tauchte durch den schmalen Ausgang.

Cempoallan

Regen. Wie graue Vorhänge ging er hernieder, ließ die Flüsse anschwellen und den flachen Horizont im Dunst verschwinden. Mühsam bahnte sich Cortés' kleines Heer, das er mit Sandovals Leuten verstärkt hatte, den Weg über einen reißenden Fluß. Die Männer zogen durch Gelände, das ihnen inzwischen vertraut war. Da der Regen alle Geräusche dämpfte, gelang es ihnen, zwei von Nárvaez' Schildwachen zu überrumpeln…

Du Emporkömmling, dachte Carrasco. Von dir habe ich schon auf Kuba gehört. Ich kann mich noch gut an den Skandal erinnern, den es gab, als du dich geweigert hast, Catalina Suárez zu heiraten, deren Vater eng mit dem Gouverneur befreundet war. Escudero hat dich wegen Aufruhrs festnehmen lassen, und der Gouverneur hat dich gezwungen, wie ein Ehrenmann zu handeln. Ich habe gesehen, wie du in deinen schönen Kleidern mit den anderen *hidalgos* gezecht hast. Immer habt ihr zu laut geredet und gelacht, euch aufgeführt, als wäret ihr Granden, nur weil euch auf irgendeiner gottverlassenen heidnischen Insel ein Stückchen Dreck gehörte. Und jetzt glaubst du ein Herrscher zu sein, weil ein paar Eingeborene vor dir Schiß haben.

Die Fackeln knisterten und rauchten, während Regentropfen durch die Äste des großen Kapokbaums fielen. Als er sich bemühte, wieder auf die Beine zu kommen, glitt er im Schlamm aus. Der Strick, der seine Handgelenke auf dem Rücken fesselte, erschwerte es ihm, wieder auf die Füße zu kommen.

»Wie heißt Ihr?« fragte eine Stimme. Er hob den Blick. Es war Cortés.

»Carrasco«, sagte er.

Sandoval trat ihn in die Rippen, so daß er aufs neue in den Schlamm stürzte. »Carrasco, *Herr.*«

Es dauerte eine Weile, bis er wieder Luft bekam. »Carrasco, Herr«, knurrte er.

»Wißt Ihr, wer ich bin?«

»Ihr seid Hernán Cortés, Herr«, sagte Carrasco. »Ihr besitzt auf Kuba eine Goldmine und eine *encomienda.*«

Cortés beugte sich so nah über ihn, daß sein Gesicht kaum eine Handbreit von seinem entfernt war. »Nicht *der* Hernán Cortés bin ich, sondern der, der über dies ganze Reich hier herrscht. Ihr tut gut daran, das nicht zu vergessen.«

Du Narr, dachte Carrasco.

»Ich möchte wissen«, flüsterte Cortés, »wie Nárvaez seine Streitkräfte aufgestellt hat.« Er nahm eine Börse und leerte deren Inhalt in seine Handfläche. Einige Jadesteine und Türkise schimmerten im dunklen Schein der Fackel. »Das gehört Euch, wenn Ihr es mir sagt.«

Der Regen klatschte auf die Blätter über ihm.

»Ich warte«, sagte Cortés.

Zum ersten Mal empfand Carrasco Furcht. Er zögerte.

Mit einem Mal war Cortés über ihm, die Hand um seine Kehle gekrallt. Hilflos trat Carrasco um sich. Er bekam keine Luft, bekam keine Luft...

»Du Kleinbauer wirst mir nicht im Weg stehen!« Er spürte Cortés' heißen Atem auf seinem Nacken. »Verstehst du mich? Hier ist Neuspanien. Das ist mein Reich!« Cortés' Speichel troff Carrasco auf die Wange. Er nahm die Züge eines Wahnsinnigen wahr, zwei leuchtend gelbliche Augen wie die eines Wolfes. »Ich bringe dich zum Reden, verlaß dich darauf – und wenn ich dir Zehen und Ohren abschneiden muß und sie dir in den Rachen stopfe!«

Er bekam keine Luft.

»Rede schon!«

Er wollte ihm mit einem Nicken sein Einverständnis mitteilen, aber zu fest krallte sich die Hand um seine Kehle. Er merkte, daß er die Herrschaft über seine Eingeweide verloren hatte. Er sah, wie jemand mit Cortés rang und ihn beiseite zu ziehen versuchte. Schwarze Flecken tanzten ihm vor den Augen. Er verlor das Bewußtsein...

Er hätte ihn umbringen können, dachte Benítez. Ohne mein Eingreifen hätte er es wohl auch getan.

Man goß dem Posten einen Helm voll Flußwasser über den Kopf. Er erholte sich rasch und sagte alles, was sie wissen wollten. Nárvaez' Hauptquartier war der Tempel, in dem Cortés im Vorjahr Chicomacatl das Messer an die Kehle gehalten hatte. Die Geschütze hatte er davor aufgestellt und die Reiterei so geteilt, daß vierzig von ihnen auf der nach Westen führenden Straße von ihren Kameraden abgeschnitten allein Wache hielten. Patrouillen gebe es nicht, sagte Carrasco, weil Salvatierra gesagt hatte, Cortés werde keinen Nachtangriff wagen.

Das brutale Vorgehen hatte rasche Ergebnisse gezeitigt, doch Benítez konnte den Ausdruck nicht vergessen, der auf Cortés' Gesicht gelegen hatte, als er Carrasco würgte.

Ihr Anführer war verrückt. Aber vielleicht mußte man das sein, wenn man um einen so hohen Einsatz spielte: Nur ein Verrückter würde wagen, was sie sich für heute nacht vorgenommen hatten.

87

Regen troff von den Helmen in die Rüstungen, durchweichte die Waffenröcke und lief den Männern den Rücken hinab. Frierend, hungrig und zitternd warteten sie. Der Gewaltmarsch von Tenochtitlán hierher hatte sie ausgelaugt.

Cortés wandte sein Pferd zu ihnen um. Sogar in der Kälte der schwarzen Nacht wirkte er eindrucksvoll mit dem schimmernden Brustpanzer und der Sturmhaube, auf der eine Feder wippte. Sein Kammerherr Cáceres stand mit einer Pechkiefer-Fackel in der Hand neben ihm. Regentropfen ließen die Flamme aufzischen.

»Heute nacht, meine Herren«, begann Cortés, »werdet ihr Geschichte machen. Ihr könnt euch entscheiden, ob ihr hier sterben oder auch künftig euer Glück in unserem Land Neuspanien machen wollt.«

Stetig fiel der Regen auf die weiche Erde und die üppigen Blätter.

»Gewiß erinnert ihr euch, daß mir der Gouverneur höchstpersönlich den Befehl über unsere Expedition gegeben und mir aufgetragen hat, diese Küste zu erkunden und an ihr Tauschhandel zu treiben. Das zu tun habe ich mich bemüht. Ihr werdet euch aber auch erinnern, daß ihr in San Juan de Ulúa von mir verlangt habt, unsere eigene Kolonie zu gründen. Mein Wunsch war es stets gewesen, nach Kuba zurückzukehren, aber auf euer Betreiben sind wir geblieben. Die Zeit hat gezeigt, daß es sehr weise von euch war, diese Entscheidung von mir zu fordern.

Ihr habt mir die Ehre erwiesen, mich zum Oberbefehlshaber eurer Kolonie zu wählen, bis uns der Wunsch und Wille Seiner Majestät bekannt ist. Ich denke, daß wir während dieser Zeit im Namen unseres Königs Beachtliches geleistet und ihm mancherlei Schätze und Ländereien gewonnen haben. Wie oft hatten wir im vergangenen Jahr Erfolg, wenn alles gegen uns zu stehen schien, wieviel Leid und Tod haben wir erfahren, während wir Christi Banner in diese heidnischen Lande getragen haben! Wir mußten Schneestürme, Erschöpfung, Hunger und Verrat erdulden, und nie ist es uns in den Sinn gekommen umzukehren.

Nunmehr landet Nárvaez, der Lakai des Gouverneurs, an diesen Gestaden. Nicht nur erklärt er euch den Krieg, er möchte euch auch alles nehmen, was ihr so ruhmreich errungen habt. Sollen wir da unterwürfig beiseite stehen und ihn einmarschieren lassen? Das tut kein rechter Mann, das tut kein Spanier! Dieser Eindringling wird uns die Reichtümer und den Ruhm nicht rauben, die von Rechts wegen uns gehören!

Sein Heer ist größer als unseres – aber wann hätte uns das geschreckt? Wir haben gegen Tausende von Tabasca und gegen Zehntausende von Tlaxcalteken gekämpft. Wir sind von vielen Monaten des Kampfes gestählt – sie nicht. Außerdem sagt mir unser Kamerad León, daß große Unzufriedenheit in ihrem Lager herrscht. Viele leiden an den Fiebern der Küste, andere sehen ein, daß unsere Sache gerecht ist und haben keine Lust zu kämpfen.

Das Gewitter wird sie annehmen lassen, daß ihnen keine Gefahr droht. Daher führen wir einen Überraschungsangriff gegen ihre Geschütze, während Sandoval mit einem Stoßtrupp auszieht, um sich Nárvaez' zu bemächtigen. Sobald wir ihren Anführer in unserer Gewalt haben, werden die anderen die Waffen strecken, denn ohne ihn fehlt ihnen bestimmt der Mut, den Kampf fortzusetzen.

Wir wollen uns jetzt wappnen. Lieber heute hier sterben, sofern das Gottes Wille ist, als zulassen, daß uns diese Schurken nehmen, was uns rechtmäßig gehört!«

Die Krieger jubelten.

Benítez schüttelte den Kopf. Zahlenmäßig unterlegen, ausgelaugt und hungrig, wie die Männer waren, dürstete es sie dennoch nach einem Kampf. Ein bemerkenswerter Mann, unser *Comandante*, dachte er. Ebenfalls bemerkenswert, daß in all den Jahren, die er auf Kuba verbracht hat, niemand diese Eigenschaften an ihm erkannt hat. Er fragte sich, welcher Geist von Cortés Besitz ergriffen haben mochte, als er den Fuß auf den Sand von San Juan de Ulúa gesetzt hatte.

Vielleicht hatte Mali recht. Möglicherweise waren hier Kräfte am Werk, die sich ihrer aller Verständnis entzogen. Bald würde man es genauer wissen.

Alarmrufe ertönten. Männer eilten zu ihren Waffen. Der Mond war hinter pechschwarzen Wolken verborgen.

Nárvaez spähte in die Finsternis. Überall um sie herum glomm es: Das waren die Lunten von Arkebusieren. Im Regen waren die Geräusche der Herannahenden untergegangen. Offenbar griff Cortés sie an. Aber das war unmöglich. Wie hätte er eine hinreichend große Streitmacht zusammenbekommen können?

Der Artilleriehauptmann brüllte seinen Männern den Befehl zu, die Geschütze zu laden. Bald darauf rief jemand, sie seien unbrauchbar gemacht worden; die Zündlöcher waren mit Wachs verschlossen.

Hakenbüchsen krachten, Armbrustbolzen prallten auf Harnische, Männer schrien im Dunkeln vor Schmerzen auf.

Salvatierra zupfte Nárvaez am Ärmel. »Wir müssen uns zurückziehen.«

Ein einziger Kanonenschuß ertönte, dann herrschte Stille. Nárvaez hörte das Stiefelgetrappel von Kriegern, die über den Hof hinweg angriffen.

Im Laufschritt folgte er Salvatierra die Stufen hinauf zu seiner Zuflucht auf der Pyramide.

Das ist das Ende, dachte Benítez.

An der Spitze von Sandovals Pikenieren war er die Treppe emporgestürmt. Einen Augenblick lang hatte sich der Mond hinter den Wolken gezeigt und waren am Himmel einige Sterne aufgeblitzt. Ungenau sahen sie die Umrisse ihrer Gegner vor dem Turm des Schreines. Im selben Augenblick trat ein Riese auf Benítez zu, vielleicht war es Nárvaez selbst. Mit beiden Händen schwang er ein gewaltiges Schwert, einen *montante*. Stahl prallte auf Stahl, Benítez' Waffe klirrte zu Boden. Seitwärts stürzte er auf die Treppe, sah den anderen über sich, den Beidhänder ein zweites Mal hoch über den Kopf geschwungen.

Das ist das Ende.

Er war sich nicht sicher, was dann geschehen war. Vielleicht war Nárvaez auf dem regennassen Stein ausgeglitten; jedenfalls kam der tödliche Streich nicht. Verzweifelt tastete Benítez in der Dunkelheit nach einer Waffe, um sich verteidigen zu können. Er fand eine zu Boden gefallene Lanze, stieß damit nach seinem Angreifer und traf ihn mitten ins Auge. Nárvaez schrie auf. »Heilige Maria, schütze mich!«

»Cortés hat gesiegt!« schrie Sandoval. »Nárvaez ist gefangen!«

Jemand zerrte Nárvaez fort, die Stufen empor.

Benítez konnte sein knappes Entrinnen kaum fassen. Unsicher kam er auf die Füße und sah, wie Martín López, der größte Mann der Truppe, mit einem Feuerbrand in der Hand voranstürmte und das Strohdach des Tempels in Brand setzte. Der Himmel erglühte rot. Männer kamen aus dem Rauch ins Freie getaumelt und winselten um Gnade.

Wieder einmal hat Cortés Glück gehabt, dachte Benítez. Und heute hat ein bißchen davon sogar auf mich abgefärbt.

88

Die Handgelenke mit einer Kette gefesselt, lag Nárvaez auf dem Tisch des Arztes, einen blutgetränkten Lappen über dem linken Auge. Gesicht und Bart waren blutbefleckt.

Cortés, das Haar von Regen und Schweiß verklebt, schob, den blanken Degen in der rechten Faust und noch vor Anstrengung keuchend, die Leinwand des Zelteingangs beiseite. Regentropfen glitzerten auf seiner Rüstung. Einen Augenblick lang blieb er am Eingang stehen und betrachtete unverwandt seinen Feind.

Nárvaez öffnete das ihm verbliebene Auge. »Wollt Ihr mich ermorden?«

»Ihr seid mein Gefangener«, teilte ihm Cortés mit. »Ihr habt nichts zu befürchten, denn Ihr steht unter meinem Schutz.«

Nárvaez schien erleichtert.

Einen Augenblick lang tauchte León im Schatten auf. »Wir haben zwei Männer verloren, die Gegenseite fünfzehn«, flüsterte er Cortés zu. »Außerdem gibt es auf beiden Seiten an die fünfzig Verwundete.«

Cortés nickte. Er wandte sich wieder an Nárvaez. »Seht Ihr, was Ihr angerichtet habt?«

Dieser schien den Vorwurf nicht zu hören. »Mich zu schlagen war eine beachtliche Leistung.«

»Meint Ihr? Mir erscheint sie als eine der geringsten Aufgaben, die ich in Neuspanien gemeistert habe.«

Zum ersten Mal sah Nárvaez Mali. »Wer ist das? Etwa Eure Hure?«

»Setzt Euch dem Satan auf den Schwanz«, sagte Mali. »Ich bin niemandes Hure.«

»Sie spricht kastilisch wie Ihr oder ich, Nárvaez«, knurrte Cortés. »Und außerdem noch ein paar andere Sprachen. Kreuzt besser nicht die Klinge mit ihr. Für den Augenblick überlasse ich Euch ihrer Fürsorge.«

Damit trat er in die Dunkelheit hinaus.

Der Regen hatte nachgelassen. Nur noch feiner Sprühregen benetzte das Zelt. Nárvaez lag so lange wortlos da, daß Mali schon annahm, er habe das Bewußtsein verloren.

»Wißt Ihr, wer dieser Mann ist?« fragte er unvermittelt.

Mali antwortete nicht.

»Auf Kuba haben wir ihn Cortesillo genannt, den unbedeutenden Cortés. Er hatte ein wenig Land mit ein paar Stück Vieh darauf. Weil er in Salamanca eine Weile die Rechte studiert hatte, hielt er sich für einen Anwalt, und Velázquez hat ihn in Santiago de Cuba törichterweise als Richter eingesetzt. Als er dann mit Goldwaschen am Fluß Duabán zu etwas Geld gekommen ist, hat er sich aufgeführt, als wäre er der Grande von Valladolid. Später hat ihm der Gouverneur das Kommando über eine kleine Expedition entlang der Küste gegeben, und jetzt glaubt er ein bedeutender Feldherr und Forscher zu sein.«

»Er hat hier Großartiges geleistet und wahre Heldentaten vollbracht.«

»Dann müssen wir über zwei verschiedene Männer reden.«

»Könnte es nicht sein, daß auf dem Weg zwischen dem Wolkenland, von dem Ihr sprecht, und hier ein Gott von ihm Besitz ergriffen hat? Hier jedenfalls hat er sich wie ein Gott verhalten.«

Der Schmerz in seinem Auge ließ Nárvaez aufstöhnen. »Wo ist der verdammte Arzt?« Er atmete tief ein und hielt die Luft eine ganze Weile an. Dann atmete er vorsichtig aus, um den Schmerz in Grenzen zu halten. »Dieser ›Gott‹, wie Ihr ihn nennt, hat seinen eigenen Herrn auf Kuba verraten. Man hat ihn hergeschickt, um die Küste zu erkunden. Statt dessen unternimmt er mit fünfhundert Mann einen Eroberungszug und behält alles Gold für sich. So etwas hatte Velázquez natürlich schon vermutet, denn man hatte ihm Cortés' Vorbereitungen vor dem Aufbruch hinterbracht – sie waren weit umfangreicher, als für die Erledigung seines Auftrags nötig gewesen wäre. Er wollte ihm Einhalt gebieten, aber um dem zuvorzukommen, hatte Cortés seine Schiffe früher auslaufen lassen als geplant. Er ist ein Verräter, ein Prahlhans und ein Dieb.«

Er wandte sich zu ihr um. Aber sie war fort. Sie hatte das Zelt verlassen, um nach Cortés zu suchen.

Den Umhang um die Schultern geschlagen, stand er allein da und sah dem Sonnenaufgang über dem fernen Urwald zu. Im Hof lagen noch Gegenstände, die an das Gefecht erinnerten, hier und da eine Waffe, einige blutgetränkte Fetzen. Schwer hing der

Rauch über der ausgebrannten Hülle des Tempelschreins in der Luft.

»Herr«, sagte sie.

»Was hat dir Nárvaez über mich gesagt?« fragte er.

»Daß Ihr lediglich ein Mann seid.«

»Nun, damit hat er recht.«

Sie stellte sich neben ihn. Der Urwald erwachte. Vögel kreischten, Insekten summten und sirrten.

»Das glaube ich nicht«, sagte sie.

»*Chiquita*, warum willst du unbedingt mehr aus mir machen, als ich bin?« fragte er. »Mein Vater war ein armer *hidalgo*. Du weißt ja, wie eure besitzlosen Bauern leben: Sie düngen ihre Felder mit menschlichen Exkrementen, tragen nichts als ein Schamtuch, essen Maiskuchen und Amarantbrei. Trotz allem führt noch der Elendeste von ihnen ein erfüllteres Leben, als ich es hatte. Ich bin im ärmsten Teil Spaniens zur Welt gekommen. Im Sommer ist der Boden dort eine staubige Ebene, die bis zum Horizont reicht, und im Winter gefrorener Schlamm. Zwar hat meine Familie ihr eigenes Wappen, doch war es unser größter Luxus, sonntags Speck und Eier zu essen. Auf der Universität trug ich geflickte Hosen, während sich meine Kameraden nach der neuesten Mode kleideten und mich hinter meinem Rücken verlachten.

Aber in meinen Träumen war ich reich. Ich träumte mich aus der Armut heraus. Ich träumte nicht von gewöhnlichem Wohlstand, sondern von Reichtümern, wie sie ein Grande oder gar der König besitzt. Ich wußte schon immer, daß in mir mehr steckte, als man mir ansah. Dieses Wissen hat tief in meinem Herzen gesessen und mir nie Ruhe gelassen.

Stets habe ich geglaubt, daß ein Mann seine Lebensumstände ändern kann, wenn er kraftvoll und entschlossen zu Werke geht. Hier, im Reich der Mexica, habe ich mich neu erschaffen, bin mehr geworden, als ich war. Hier bin ich nicht mehr Cortesillo, der Weiberheld, der Aufschneider, der Spieler, der Kleinbauer und gescheiterte Student der Rechte. Hier bin ich Marinas Gebieter. Hier und heute habe ich stolze Männer besiegt, die mich in Salamanca oder Toledo auf der Straße keines Wortes gewürdigt hätten. Hier ... hier bin ich König.«

Sie schob sich näher an ihn und legte sich seinen Umhang um die Schultern. Ihr Leib glühte. Das meiste von dem, was er ihr gesagt hatte, wußte sie schon oder hatte es erraten. Die Götter hatten ihn in der Tat auserwählt. Arme Regenblüte. Sie hatte keine Vorstellung davon, welch unverzeihliche Sünde sie beinah begangen hätte.

Wo magst du jetzt sein, Kleine Schwester? Wärest du nicht davongelaufen, hätte ich dich weiterhin schützen können. Niemand hätte es zu erfahren brauchen. Niemand hätte vermutet, daß eine Frau unseres Stammes einer solchen Tat fähig wäre. Nicht einmal unter den schrecklichsten Foltern hätte ich deinen Namen preisgegeben. Warum hast du das getan? Hättest du doch nicht das Fleisch der Götter gegessen. Es hat dir den Verstand geraubt.

Wo magst du jetzt sein…

Cortés saß auf einer steinernen Bank. Von dem nassen orangefarbenen Umhang auf seinen Schultern stieg Dampf auf. Nárvaez' Hauptleute und Mannschaften warteten in Reih und Glied, um ihm ihre Ehrenbezeugung zu machen und für die Zukunft Treue zu geloben. Cortés hatte sich verpflichtet, ihnen anschließend Pferde und Waffen zurückzugeben. Ausgenommen von der Amnestie waren lediglich Nárvaez und Salvatierra; sie hatte er im Fort Vera Cruz in Ketten legen lassen.

Es war in der Tat ein bedeutender Sieg gewesen. Wieder einmal hatte die Jungfrau ihre schützende Hand über ihn gehalten. Nicht nur war die Annäherung seiner Männer wegen des Wolkenbruchs lange unbemerkt geblieben und hatte der Regen das Schwarzpulver für Nárvaez' Geschütze durchnäßt, dessen Männer hatten auch beim Anblick der zahlreichen Glühwürmchen in der Luft angenommen, Hunderte von Arkebusieren stünden im Begriff, ihre Lunten anzuzünden.

Sicherheitshalber hatte Cortés vor der Schlacht seinem Glück mit Goldmünzen nachgeholfen, die Léon einige Tage zuvor mit ins Lager genommen hatte. Damit hatte er sich die Ergebenheit vieler von Nárvaez' Hauptleuten erkauft, die dafür gesorgt hatten, daß die Zündlöcher der Geschütze im entscheidenden Augenblick mit Wachs verschlossen waren.

Somit bedeutete Nárvaez' Ankunft nicht das Ende für Cortés, sondern einen neuen Anfang, gebot er doch jetzt über eine zusätzliche Streitmacht von hundert Berittenen und weit über tausend Kriegern zu Fuß. Dieses Heer und seine eigenen Leute dürften genügen, um seine Zukunft in Neuspanien zu sichern.

Nachdem er die Treuegelöbnisse entgegengenommen hatte, erstieg er eine Art Plattform, um allen für ihre Unterstützung zu danken und ihnen ein triumphierendes Willkommen in der Stadt Tenochtitlán zu verheißen. »Man wird euch mit Geschenken überhäufen!« rief er in ihr begeistertes Lachen hinein. »Auf Schritt und Tritt jubelt uns die Menge zu, und das ganze Reich der Mexica verneigt sich vor mir! Ihr könnt euch nicht vorstellen, welcher Ruhm euch erwartet!«

89

Tenochtitlán

Es herrschte tödliche Stille. Nicht einmal die Xolo-Hunde kläfften. Es hatte den Anschein, als gäbe es im ganzen Tal keine lebende Seele mehr. Man sah keine Boote auf dem See, und kein einziger Bauer sah von den schwimmenden Feldern oder vom Damm aus ihrem Einzug zu.

Als sie sich der Stadt näherten, erschollen die Trompeten der spanischen Garnison von den Mauern des Palastes des Edlen Herrn Antlitz über dem Wasser. Ein einzelner Kanonenschuß hieß sie willkommen, der einzige Hinweis darauf, daß die Stadt nicht vollständig menschenleer war.

Cortés spürte, wie die Röte der Demütigung in ihm emporstieg. Unverwandt hielt er die Augen auf die Stadt gerichtet, die Muskeln seiner Kiefer waren straff gespannt.

Er hörte, wie Nárvaez' Leute spotteten: »He, Gonzalo! Wenn die Leute zu dicht an dein Pferd drängen, schieb sie mit der Lanze zurück!«

Mehrere Männer lachten.

»Wie schwer mir die Blumenkränze vom Hals hängen«, rief der Angesprochene zurück. »Noch nie im Leben habe ich solche Menschenmassen gesehen!«

Erneut erscholl Gelächter.

»Hier herrscht ein Gedränge wie in den Straßen von Sevilla.«

»Ja, mitten in der Nacht.«

Cortés spornte sein Pferd an. Er mußte fort von diesen Dummköpfen. Nur ein einziges Mal sah er sich um und fand seinen schlimmsten Verdacht bestätigt. Sie waren nicht allein. In der Ferne sah er, wie sich Mexica-Krieger hinter ihnen auf dem Damm sammelten. Es war die vollkommene Falle.

Beinahe glaubte er schon zu hören, wie die Stadttore hinter ihm zuschlugen.

»Wie konnte das geschehen?« wollte Cortés wissen.

»Sie haben sich wie in Cholula gegen uns verschworen«, teilte ihm Alvarado beflissen mit. »Einer der Priester hat in Anwesenheit von Zeugen gestanden ...«

»Man kann Tenochtitlán nicht mit Cholula vergleichen! Cholula ist nicht der Sitz der Macht! Sie hatten hier eine Feier geplant, nichts weiter. Jetzt habt Ihr die ganze Hauptstadt gegen uns aufgebracht!«

»Bisher haben sie nur ein paar Steine und Lanzen gegen uns geschleudert«, wandte Alvarado trotzig ein.

»Sie haben auf unsere Rückkehr gewartet, damit wir alle schön in der Falle sitzen!«

Alvarado zuckte die Schultern. »Motecuzoma soll mit den Leuten reden. Vielleicht könnt Ihr so tun, als wäret Ihr wütend auf mich, um ihn zu besänftigen.«

Cortés sah Alvarado verständnislos an. Offenkundig war seinem Stellvertreter nicht klar, welch unverzeihlichen Fehler er begangen hatte. Vielleicht ist es meine Schuld, dachte Cortés. Alvarado ist ein ergebener und guter Krieger, aber ich habe ihm zuviel Verantwortung anvertraut.

Mali betrat den Raum. Sie kam aus Motecuzomas Gemächern. Cristóbal Olid, Hauptmann der Wache, begleitete sie.

»Motecuzoma möchte dringend mit Euch sprechen«, sagte sie.

»Ich würde lieber mit meinem Hund reden.«

Mali nickte, von der Antwort allem Anschein nach nicht überrascht.

Olid legte sich für den Herrscher ins Mittel. »Aber *Comandante*, er weint kläglich und ist zutiefst betrübt. Vielleicht könnten wir ...«

»Bei meinem Gewissen! Wer ist hier der Befehlshaber? Ich oder Motecuzoma?« Der Rüffel brachte den Hauptmann zum Schweigen. Offensichtlich sind die Wachen schon zu lange mit ihm zusammen, dachte Benítez. Sie haben ein Verhältnis zu ihm entwickelt, als wäre er ihr Lieblingsonkel. »Unser großer Freund Motecuzoma hat mich hintergangen und in geheimem Einverständnis mit Nárvaez gestanden, während ich ihn stets wie meinen eigenen Bruder behandelt habe!«

Ich war dem Ziel so nah! dachte Cortés. Kampflos hätte ich diese herrliche Stadt gewonnen und sie Seiner Majestät unangetastet übergeben können. Aber im Augenblick der größten Krise haben mich Velázquez' Habgier und Nárvaez' Torheit von ihr entfernt. Auch Motecuzoma trifft ein Mitverschulden, weil er hinter meinem Rücken mit Nárvaez Verbindung aufgenommen hat. Mit ihrer Dummheit und ihrem Verrat haben sie alle meinen großen Plan zunichte gemacht!

Aber noch gab es Hoffnung. Zwar war Alvarado rücksichtslos vorgegangen, aber er hatte dabei auch gründliche Arbeit geleistet. Dem Massaker war eine so große Zahl der wichtigen militärischen Führer und Senatoren zum Opfer gefallen, daß ein Machtvakuum entstanden sein mußte. Jede Adelsfamilie hatte mindestens einen Angehörigen verloren. Es war denkbar, daß sich die Mexica von einem solchen Aderlaß nicht erholen würden. Noch war es nicht ausgeschlossen, daß es ihm gelang, die drohende Katastrophe abzuwenden.

90

Es war Vormittag. Von der Dachterrasse aus sah Benítez zu, wie Ordaz mit vierhundert seiner Leute den Palast verließ. Eine unheimliche Stille lag über den Straßen und Kanälen. Nur der Rauch, der von den Tempeln aufstieg, zeigte an, daß die Mexica die Stadt nicht etwa verlassen hatten.

Ordaz sollte die Absichten der Mexica erkunden.

»Wo ist sie?«

Benítez fuhr verblüfft herum. Norte.

»Wovon sprecht Ihr?«

»Wo ist Regenblüte?«

Benítez wandte seine Aufmerksamkeit erneut den Marschierenden zu. Die Männer waren nervös. Alle Schwerter waren blank gezogen, alle Hakenbüchsen geladen, und jeder Armbrustschütze trug seine Waffe gespannt und mit schußfertig aufgelegtem Bolzen. »Ich weiß nicht.«

»Hattet Ihr einen Grund, sie bei Eurem Ritt gegen Nárvaez nicht mitzunehmen?«

»Wollt Ihr mich verhören? Ihr vergeßt, wer Ihr seid.«

Norte preßte die Lippen zu einem schmalen Schlitz zusammen. So viel Wut in einem einzigen Menschen angestaut, dachte Benítez. Gegen wen richtet sie sich? Gegen mich? Gegen die Eingeborenen? Gegen alle Spanier?

»Ich mache mir Sorgen um sie.«

»Ihre Sicherheit geht Euch nichts an.«

Der Trupp hatte die Palasttore hinter sich gelassen und marschierte lang auseinandergezogen durch die Straßen und über den Platz vor dem Haupttempel.

Ich müßte ihn hassen, dachte Benítez. Er unternimmt nicht einmal den Versuch zu verbergen, wie scharf er immer noch auf sie ist. Ich hätte ihn aufhängen lassen sollen, als ich die Möglichkeit dazu hatte. Statt dessen fühle ich mich in der gemeinsamen Sorge um sie fast mit ihm verbunden. »Ich weiß nicht, wo sie steckt«, sagte er etwas umgänglicher.

»Cortés ahnt nichts?«

»Was soll er ahnen?« War das ein Schuß ins Dunkle, oder hatte sie Norte in ihr Vorhaben eingeweiht?

Die Frage blieb unbeantwortet.

Nach einem Hagel von Pfeilen und Steinen von den umliegenden Dächern stürmten die Mexica aus allen Richtungen heran. Angeführt wurde der Angriff von den Adlerrittern in ihren Schnabelhelmen und Federgewändern. Die Krieger schwangen Lanzen und Streitkolben, ihre Leiber waren bemalt, und die Federn ihres Kopfputzes wippten. Die durchdringenden Schreie, die sie ausstießen, ließen den Spaniern das Blut in den Adern gefrieren.

Viele von Ordaz' Männern gingen unter dem Anprall dieser ersten Angriffswelle zu Boden, teils verwundet, teils tot. Der Trompeter blies zum Rückzug.

Jetzt wimmelte der Platz von Mexica-Kriegern. Jaguarritter stürmten die an die Mauern gelegten Leitern fast im Laufschritt, andere versuchten, mit Fackeln die Tore in Brand zu setzen. Erst eine Breitseite der Arkebusiere und Armbrustschützen brachte den Ansturm zum Stehen. Von der Brustwehr herab riefen Cortés und Alvarado Kommandos.

Benítez zog sein Schwert. Nie wollte ich Krieger werden, dachte er. Mein ganzes Streben ging dahin, einen kleinen eigenen Bauernhof zu besitzen. Haben mich meine Habgier und mein Ehrgeiz so weit gebracht?

91

Im Mondlicht erschien Guzmáns Kopf oben auf der Mauer. Man hatte ihn an einem abgetrennten Fuß angebracht, so daß er über die Brustwehr zu gehen schien.

Mit der Äußerung »Teufelswerk!« wandte sich Pater Guevarra bleich und zitternd vom Fenster ab.

Nein, der Teufel ist das nicht, dachte Cortés, aber es ist trotzdem ein durchtriebener Kunstgriff. Die Mexica kannten viele davon, und sie verfehlten ihre Wirkung vor allem bei Nárvaez' Männern nicht, die neu im Lande und noch nicht mit den Gepflogenheiten der Einheimischen vertraut waren.

Ordaz' Unternehmen hatte ein verheerendes Ende genommen. Nur unter größten Schwierigkeiten und um den Preis von dreiundzwanzig Männern, die gefallen oder in Gefangenschaft geraten waren, hatte sich sein Trupp den Rückweg zum Palast erkämpfen können. Unter den Opfern befanden sich Guzmán und Flores. Kaum einer war ohne Verwundung zurückgekehrt, Ordaz selbst trug drei Verletzungen davon.

Die Mexica hatten nicht nur die Tore in Brand zu setzen versucht. Es war ihnen auch gelungen, eine Bresche in eine der Mauern zu schlagen, doch hatten die Spanier sich mit Armbrust- und Hakenbüchsensalven des Angriffs erwehren können. Allerdings ließ der Feind erst von seinen Bemühungen ab, als man eins der Falkonette holte und eine Kugel mitten in seine Reihen abfeuerte.

Am Ende waren weitere sechsundvierzig Spanier verwundet, und in der Nacht erlagen zwölf ihren Wunden.

Tag für Tag gingen die Angriffe weiter. Felsbrocken und siedendes Pech wurden gegen die Mauern geschleudert, während Adlerritter immer wieder die Tore berannten. Die einst friedlichen Höfe und Plätze lagen voller Pfeile, Armbrustbolzen und Steine. Stunde um Stunde mußten die Spanier die Vorstöße der Mexica zurückweisen, Sturmleitern umstoßen, Löcher in den Mauern ausbessern und Wunden versorgen. Sie aßen und schliefen in ihren Rüstungen, kämpften bis zur Erschöpfung und darüber hinaus.

Unausgesetzt dröhnte die große Trommel von der obersten Plattform des Haupttempels herab. Das war Bestandteil des Nervenkriegs, den die Mexica jetzt führten.

»Unsere Bestände an Wasser und Lebensmitteln gehen zur Neige«, sagte Alvarado. »Die Kerle brauchen uns gar nicht im Kampf zu besiegen – sie können uns aushungern, wenn ihnen der Sinn danach steht. Ich schlage vor, daß wir zur Küste ziehen. Hier ist unsere Stellung unhaltbar.«

»Und wie wollt Ihr das anstellen?« fragte ihn León. »Ihr habt doch gesehen, wie es Ordaz ergangen ist. Die machen uns nieder, bevor wir hundert Schritte zurückgelegt haben.«

»Nachts kämpfen sie nicht«, gab Benítez zur Antwort. »Im Schutz der Dunkelheit könnten wir an ihnen vorbeischlüpfen.«

»Und was ist mit den Brücken? Sie haben die Dämme an mehreren Stellen unterbrochen. Wir sitzen hier in der Falle.«

»Dann stellen wir eben transportable Brücken her.« Benítez gab nicht auf. »Hier im Palast gibt es reichlich Holz, das man dafür verwenden kann. Martín López hat bereits gesagt, daß er alles bauen kann, was wir brauchen.«

»Selbst wenn es uns gelänge zu entkommen, bleibt eine Frage offen, auf die wir die Antwort aber erst erfahren würden, wenn es vielleicht zu spät wäre«, mischte sich Sandoval ein. »Nämlich, ob uns die Tlaxcalteken eine Zuflucht gewähren, oder ob sie über uns herfallen würden, um sich bei den Mexica wieder einzuschmeicheln.«

Pater Guevarra legte den Kopf in die Hände. »Nie hätte ich Euch folgen sollen, Cortés. Seht, wohin Ihr uns geführt habt!«

Wortlos blickte der Angesprochene weiter aus dem Fenster, die Hände auf dem Rücken gefaltet. Wie riesige Glühwürmchen schwebten Fackeln über den Platz – Mexica-Frauen suchten unter den Gefallenen ihre Söhne, Brüder und Väter. Unaufhörlich schrien die Angreifer herausfordernd aus den umgebenden Gebäuden, und gelegentlich fiel ein Pfeil auf die Dachterrasse.

»Der Herr wird uns erretten«, sagte Aguilar. »Er hat uns seit Vera Cruz zur Seite gestanden und wird uns jetzt nicht verlassen.«

»Ich denke eher, daß wir seine Geduld mit unseren Abenteuern ein wenig zu sehr auf die Probe gestellt haben«, gab Pater Olmedo zur Antwort.

»Was wird aus dem Gold, wenn wir uns davonstehlen?« wollte León wissen. »Wir laufen Gefahr, alles zu verlieren, wofür wir gekämpft haben!«

Das reicht, dachte Cortés. Genug von dieser Narretei!

»Nein!« Er wandte sich vom Fenster ab und trat an den Tisch. »Mit einer Flucht aus Tenochtitlán würden wir mehr verlieren als das Gold, nämlich ein großes Reich! Das ist der Lohn, der uns winkt, und auf ihn werden wir nie und nimmer verzichten!«

Ein Kreis angstvoller Gesichter umgab ihn. Die meisten Menschen sind wie Staub, dachte er angewidert. Sie lassen sich einfach vom Winde dahintreiben.

»Was für Männer seid Ihr eigentlich?« fragte er mit kaum hörbarer Stimme. »Es läßt sich leicht tapfer sein, wenn der Feind schwach ist und der Sieg ohne Mühe errungen wird. Erst, wenn sich Widrigkeit auf Widrigkeit häuft, kann ein Mann seinen Mut wahrhaft erproben. Was haben wir nicht alles auf uns genommen, um diese Stadt in die Hände zu bekommen – wollt Ihr sie jetzt ohne weiteres preisgeben?«

Um den Tisch herum herrschte Schweigen. Keiner seiner Männer vermochte ihm in die Augen zu sehen.

»Vielleicht könnte Motecuzoma zwischen uns und seinem Volk vermitteln«, regte Pater Olmedo an.

»Von diesem falschen Hund werde ich nichts erbitten!«

»Aber Herr ...«

»Nein! Bei meinem Gewissen, von ihm will ich nichts!«

»Vielleicht gibt es noch eine andere Möglichkeit.« Alle wandten den Kopf. Ungehört war Mali hinter Cortés' Sessel, der an der Stirnseite des Saales stand, getreten.

»Gewöhnlich nehmen die Mexica die Stadt eines Feindes ein und brennen den Tempel nieder. Die Entweihung der Götter gilt bei ihnen als Symbol der Niederlage. Sofern wir das gleiche mit ihren Tempeln hier tun, könnten sie glauben, daß ihre Götter sie verlassen haben, und sie ergeben sich.«

Sie sahen einander an.

»In dem Augenblick, in dem wir den Palast verlassen«, sagte Ordaz, »werden wir niedergemacht. Meine Männer konnten sich doch kaum zurück in den Palast retten.«

»Wenn wir versuchen, den Platz zu überqueren, sind wir ihren Wurfgeschossen und Pfeilen schutzlos ausgeliefert«, sagte Benítez.

Alvarado nickte. »Könnten wir doch nur unsere Festung ebenso auf Räder stellen wie unsere Geschütze.«

Cortés sah ihn an. »Nicht dumm. Ich glaube, aus Eurem Scherz läßt sich etwas machen. Martín López soll kommen. Jetzt, da er keine Schiffe mehr zu bauen braucht, habe ich andere Arbeit für ihn.«

92

Die vier rollenden Festungen mit ihren Holzrädern und Balkendächern waren fertig. Sie ähnelten riesigen Schildkröten und besaßen Schießscharten für bis zu zwei Dutzend Armbrustschützen und Arkebusiere. Vom Fleck bewegt wurden sie durch die darin befindlichen Krieger.

Benítez hörte, wie sich die großen Palasttore knarrend öffneten und befahl seinen Männern, sich gegen die Querbalken zu stemmen. Das klobige Gefährt begann sich in Bewegung zu setzen.

Das Kriegsgeschrei und Angriffsgeheul der Mexica war unüberhörbar; die Antwort darauf erteilten ihnen die Arkebusiere mit ihren ersten Salven. Jetzt packte Benítez selbst mit an, um die Schildkröte über den Platz zu schieben. Schwere Steine prallten auf Dach und Seiten, und sie hörten das Zischen der Pfeile, bevor sie ins Holz einschlugen.

Der Tempel war weniger als hundert Schritt entfernt. Ebensogut könnten es hundert Meilen sein, dachte Benítez.

Er folgte Cortés die Tempelstufen hinauf. Hinter sich hörte er Holz splittern, als die letzte Schildkröte umstürzte. Der unaufhörliche Steinhagel von den Dächern herab hatte sie zerstört. Ihnen blieb keine Zeit für die Überlegung, wie sie über den Platz hinweg zurück in den Palast gelangen sollten. Er mußte Cortés folgen, den Tempel niederbrennen, seine Pflicht tun. Wenn es ihm vorherbestimmt war, an diesem Tag zu sterben, ließ sich daran nichts ändern.

Er hob den Blick und sah, wie ein Priester brennende Scheite die steinerne Treppe hinabschleuderte. Links und rechts stürzten von den Wurfgeschossen getroffene Männer und rollten schreiend die Stufen hinab. Er schritt weiter.

Cortés war bereits oben. Als Benítez ihn erreichte, lagen schon zwei Priester tot zu seinen Füßen. Inzwischen waren einige von Ordaz' Kriegern zu ihrem *Comandante* gestoßen, und gemeinsam machten sie sich daran, die großen steinernen Götzenbilder über den Rand der Pyramide in die Tiefe zu stoßen.

Benítez lief mit einer Fackel ins Innere des Schreins.

Wie bärtige Masken hingen die Gesichter der fünf Spanier an den Wänden, die den Mexica am Tag von Ordaz' erstem Ausbruchsversuch in die Hände gefallen waren. Fachkundig hatten sie ihre Haut gegerbt und mit großer Kunstfertigkeit bemalt, so daß es aussah, als lebten die Männer. In den Augenhöhlen schimmerten Jadestückchen.

Zwei der Köpfe erkannte Benítez. Sie gehörten Flores und Guzmán.

Ihm kam es vor, als sagten sie: »Willkommen. Wir warten schon darauf, daß ihr uns in der Hölle Gesellschaft leistet.«

Aus der Dunkelheit sah der Gehäutete zu ihnen herüber, Xipe Totec, der Gott der Ernte. Er stand neben der großen offenen Opfergrube, in der zweifellos Flores' und Guzmáns Leiber verwesten.

Von draußen drangen Rufe und Schreie herein. Stahl klirrte. Dennoch empfand Benítez eine sonderbare Ruhe.

»Hier ist alles zu Ende«, meinte er Flores flüstern zu hören. »Alle Begierde und jeder Ehrgeiz. Das ist das letzte Kapitel unseres Fleisches.«

»Du kannst von Reichtum, gutem Wein, Frauen und Schmuck träumen, so lange du willst«, schien Guzmán hinzuzufügen, »aber hier ist der Weg zu Ende.«

Er hörte jemanden hinter sich und sah sich um. Es war Norte. Er hatte Blut in den Haaren und auf dem Schwert. Keuchend sah er mit wildem Blick um sich.

»Eure Freunde«, sagte Benítez. »Wißt Ihr noch, was sie Euch angetan haben?«

Norte riß die Häute von den Pflöcken und schleuderte sie in die Grube. Sie war schwarz, tönte hohl, ohne Widerhall. Die Eingeweide der Erde. Von dort kam niemand zurück.

Cortés erschien im Eingang, riß eine brennende Fackel von der Wand und hielt sie an das trockene Stroh des Daches. »Raus hier!« rief er ihnen zu. »Wir müssen uns in den Palast zurückziehen!«

Rasch fing das Dach Feuer. Mit wütendem Brüllen fraßen sich die Flammen weiter, und schon bald füllte sich der Schrein mit schwarzem Rauch. Halb erstickt stürzten Benítez und Norte ins Freie. Nach wenigen Augenblicken schon war der ganze Tempel von Feuer umhüllt.

Vielleicht würden die Mexica jetzt aufgeben.

93

»Es nützt nichts«, sagte Motecuzoma zu Mali.

Rauchgeruch kam durch die Fenster herein. Vor ihren Augen brach unter der Hitze eine der Adobewände des Yopico-Schreins zusammen. Es sah aus, als erschauerte sie im Sterben.

Es war Abend. Unten im Hof gingen die Spanier daran, ihre Toten zu begraben, andere bemühten sich stumm, die Löcher in den Mauern zu flicken. Sie hörte das Stöhnen der Verwundeten und die durchdringende Totenklage der Tlaxcalteken.

»Mein Volk wird weiterkämpfen«, sagte Motecuzoma. »Ihr täuscht euch, wenn ihr glaubt, daß das seinen Kampfgeist bricht. Der Gehäutete wird zornig sein, doch Rauchender Spiegel und Huitzilopochtli sind im Wald in Sicherheit.«

Mali schwieg.

»Ich kann dich immer noch retten«, sagte er.

»Wie?«

Er nahm seinen Ring vom Finger, löste das Türkissiegel heraus und gab es ihr. »Das ist dein sicheres Geleit von hier bis zu den Edlen meines Volkes, die vor den Mauern warten. Du kannst mit ihnen Verhandlungen vereinbaren und Cortés vor die Tore locken. Sobald er gefangen ist, werden die Spanier wie Weiber heulen und rasch besiegt sein. Tu es für mich. Zum Lohn werde ich dein Leben retten.«

»Was für ein Leben wäre das?« fragte ihn Mali. »Soll ich weben und Maiskuchen backen?«

»Vergiß nicht, daß du nur ein Weib bist. Du erhoffst dir zuviel.«

»Alles, was ich mir erhoffe, ist, Cortés' Gattin und die Mutter des nächsten Großkönigs der Mexica zu werden. Wie Ihr sehen könnt, ist das kein eitler Wunsch, denn ich trage sein Blut in mir.«

»Die Herrscher der Mexica erwachsen aus meinem Blut. Du bist nichts, und dein Cortés ist kein Gott, sondern ein Betrüger. Solltest du dich meinem Wunsch widersetzen, wirst du hier mit ihm sterben. Mit eigener Hand werde ich dir das Herz herausreißen und es dem Rauchenden Spiegel ins Antlitz schleudern.«

»Ihr irrt, Ehrwürdiger Sprecher. Cortés trägt einen Gott in

sich, und zwar einen mächtigeren als alle es sind, die Ihr oder ich uns je erträumt haben. Er wird sein Wunder wirken.«

Sie wandte sich ab, aber er rief sie zurück.

»Sag mir eins.«

»Was, Ehrwürdiger Sprecher?«

»Warum tust du das? Wir haben die gleichen Vorfahren, dieselbe Sprache und dieselben Götter. Diese Eindringlinge bedrohen nicht nur mich, sondern uns alle.«

»Uns? Wer ist *uns*? Meine Mutter, eine von euch Mexica, hat mir das Geburtsrecht gestohlen und mich in die Sklaverei verkauft. Ihr redet von *uns*? Nein, Ehrwürdiger Sprecher. Jetzt sind die Spanier mein Volk, mein *uns*.«

Darauf wußte der Zürnende Herrscher keine Antwort. Sie ging hinaus, und er sah zu, wie der Rauch vom brennenden Tempel aufstieg und über den sich verdunkelnden Himmel zog – ein Scheiterhaufen für Huitzilopochtlis Volk.

94

»Wir werden sterben«, rief Pater Guevarra aus. Er schwitzte, die Augen traten ihm aus dem Kopf. »Wegen Euch, Cortés! Nie hätte ich auf Euer Lügengewebe hören sollen!«

»Bei meinem Gewissen«, fuhr ihn Cortés scharf an. »Schweigt, oder es wird Euch leid tun!«

Durch die Fenster drangen die Geräusche und Gerüche der Belagerung herein, der beißende Rauch, das Dröhnen von Geschützen, der Hall der Hakenbüchsen. Aber der Höllenlärm der Trommel im Haupttempel überdröhnte alles.

»Wir müssen etwas unternehmen«, sagte Alvarado.

»Ich gebe diese Stadt nicht auf.«

»*Comandante*«, sagte Sandoval ruhig. »Er hat recht. Wir können uns ihrer auf Dauer nicht erwehren. Die Mauern sind förmlich durchlöchert, und unser Wasser stinkt. Unsere Vorräte an Schießpulver und Kanonenkugeln gehen zur Neige.«

»Dann werden wir aus unserem Gold neue gießen! Ich habe Tenochtitlán meinem König und meinem Gott versprochen!«

Benítez sah zu Mali hin. Sie las die Frage in seinen Augen.

»Doña Marina«, sagte Alvarado eindringlich. »Sprecht mit ihm, bitte!«

Sogar Alvarado, dachte Benítez. Sogar Alvarado hat begriffen, daß wir sie jetzt brauchen.

Sie nickte, führte Cortés am Arm beiseite. Lange unterhielten sie sich flüsternd. Schließlich schien Cortés nachzugeben. Mit hängenden Schultern wandte er sich an den Hauptmann der Wache.

»Holt Motecuzoma«, sagte er.

Als Cristóbal Olid den Großkönig hereinführte, sah dieser müde aus, ein verhutzelter Greis. Doch während er sich im Raum umsah, die Furcht auf den Gesichtern der Spanier erkannte und Pater Olmedos leise Gebete hörte, trat der Anflug eines Lächelns auf seine Lippen. Genoß er ihre verzweifelte Lage, glaubte er gar, gerettet zu sein?

Sein Blick ging zu Mali. »Warum werde ich hergebracht?« wollte er wissen. »Seit Wochen ist dein Gebieter nicht gekommen, um mit mir zu sprechen. Jetzt mit einem Mal holt man mich zu ihm, ohne daß ich mich darauf vorbereiten konnte. Was will er mit einem Mal von mir?«

»Er braucht Eure Hilfe, Ehrwürdiger Sprecher.«

»Ich kann ihm nicht helfen.«

»Ihr müßt.«

»Warum sollte ich ihn auch nur anhören? Ihr seht doch, welches Geschick er mir bereitet hat!«

Er sah aus wie ein in die Ecke getriebenes Tier.

»Was sagt er?« fragte Cortés sie.

»Belangloses Gerede«, sagte Mali. »Nichts als Jammern und Klagen.«

»Sag ihm, daß in Tenochtitlán Aufruhr herrscht, wie er selbst sehen kann. Bisher war ich geduldig, aber wenn die Angriffe nicht aufhören, sehe ich mich gezwungen, sein Volk zu töten und die Stadt niederzubrennen. Sofern er diese Heimsuchung verhindern will, soll er hinausgehen und mit den Mexica reden.«

Leere Prahlerei, dachte Mali. Das mag früher gewirkt haben, bei den unwissenden Hunden aus Tlaxcala, aber Motecuzoma weiß es besser. So sagte sie statt dessen: »Mein Gebieter möchte, daß Ihr mit dem Volk redet und den Angriffen Einhalt gebietet!«

Ein weiteres Lächeln. »Könnte ich es doch!«

Sie trat näher zu ihm. Wie schmal er geworden ist, dachte sie, und wie grau sein Haar! Aber die bedeutendste Veränderung liegt in seinen Augen. Sie sind wie Obsidianspiegel, schwarz und stumpf. Sein ganzer Stolz ist dahin.

Endlich hat er wieder ein wenig Macht.

Motecuzoma begann zu kichern. Es machte die Spanier wütend. Cortés sah ihn mit versteinertem Gesicht an.

»Doña Marina«, meldete sich der Hauptmann der Wache, Cristóbal Olid, zu Wort. »Erinnert ihn daran, daß wir seine Freunde sind. Haben wir ihn nicht in den vergangenen Monaten äußerst zuvorkommend behandelt? Will er mit ansehen, wie man uns alle umbringt?«

Erneut wandte sie sich an Motecuzoma. »Ihr könnt am Gesicht jenes Mannes sehen, wie er um sein Leben bittet. Jetzt seht Euch Cortés an. Wem wollt Ihr lieber helfen?«

»Ich kann nichts tun.«

»Will er uns nicht beistehen?« fragte Olid. »Um unseretwillen.«

»Haltet den Mund«, sagte Cortés leise und fragte Mali: »Was sagt er?«

»Daß er machtlos ist.«

»Ich habe ja gleich gesagt, daß wir diesen verräterischen Hund um nichts bitten sollen«, knurrte Cortés ungehalten. An seinem Kiefer trat ein Muskel hervor. »Würdet Ihr ihn gütigst daran erinnern, daß er sich vor Zeugen als Gefolgsmann des Königs von Spanien verpflichtet hat? Wenn er uns jetzt nicht hilft, werde ich das als Aufruhr gegen Seine Majestät werten und ihn wegen Hochverrats hinrichten lassen. Sagt ihm das. Dann werden wir ja sehen, wie machtlos er ist.«

Mali beugte sich zu Motecuzoma. »Wenn Ihr ihm nicht helft«, flüsterte sie, »wird er dafür sorgen, daß er nicht allein untergeht. Ehe er stirbt, wird er Euch auf einem Scheiterhaufen gefesselt ganz allmählich zu Tode foltern. Erinnert Ihr Euch daran, wie Rauchender Adler gelitten hat?«

»Das würde er nicht wagen!« Motecuzomas Stimme brach vor Entsetzen.

»Mein Gebieter würde alles wagen. Das wißt Ihr. Seht Euch um. Könnt Ihr auf dem Gesicht auch nur eines der Spanier Mitleid erkennen?«

Motecuzoma ließ den Kopf sinken. Wie herrlich, dachte Mali. Könnte mein Vater das doch miterleben!

Sie sah aufs neue zu Cortés hin. Er und seine Hauptleute waren nur noch Zuschauer, versuchten ihr keine Worte mehr in den Mund zu legen. Sie trauten ihr rückhaltlos. Ihnen blieb keine Wahl.

»Ich habe von diesem Nárvaez erfahren«, sagte Motecuzoma, »daß Cortés kein Gott ist und nicht einmal die Vollmacht seines eigenen Königs besitzt. Er ist ein käuflicher Krieger und ein Verräter. Ein Nomade. Man hat Nárvaez ausgeschickt, ihn festzunehmen.«

»Und diesem käuflichen Nomaden habt Ihr Euren Thron überlassen!«

»Verhöhne mich nicht!«

»Was für ein Narr Ihr wart! Selbst die Götter verfluchen Euch!«

Speichel troff ihm von der Unterlippe.

»Was sagt der alte Trottel jetzt?« erkundigte sich Cortés scharf.

»Lauter Selbstmitleid und Gejammer. Nur gut, daß Ihr nicht Náhuatl sprecht, so daß Euch das erspart bleibt.«

»Wiederholt ihm, daß ich ihn wegen Hochverrats hängen lasse, wenn er der Rebellion nicht Einhalt gebietet.«

»Cortés sagt, er will nichts weiter, als in Frieden abziehen«, sagte Mali. »Er läßt Euch sogar all Eure Schätze. Ihr braucht lediglich Euren Leuten zu sagen, daß sie ihre Angriffe einstellen, damit er unbeschadet an Leib und Seele abziehen kann. Darauf gibt er Euch sein Wort.«

»Sein Wort! Wann hätte er je sein Wort gehalten?«

»Alles kann wieder sein, wie es war.«

Motecuzoma schüttelte den Kopf. »Ich kann mein Volk nicht hintergehen.«

»Soll ich meinen Leuten also sagen, daß sie den Scheiterhaufen für Euch errichten sollen? Euer Tod wird sich lange hinziehen, sehr viel länger als der von Rauchendem Adler. Sie werden jedes Eurer Glieder einzeln verbrennen.«

Sie sah, wie er mit sich kämpfte. Er war entschlossen, ihnen Widerstand zu leisten. Noch vor einigen Monaten hätte er dazu vielleicht auch die Kraft gehabt.

Mali begriff, daß sie das Spiel fast gewonnen hatte. »Ihr meint, die Jaguarritter würden vielleicht rechtzeitig die Tore erstürmen? Nehmen wir es einmal an. Welches Geschick erwartet aber dann ihren *uey tlatoani*? Werden sie vor dem Mann auf die Knie fallen, der es zugelassen hat, daß Verbrecher ihre Söhne dahingemordet und ihren Tempel verbrannt haben? Was Cortés Euch bietet, ist Eure einzige Gelegenheit, Eure Macht über das Reich wiederzuerlangen. Wenn Ihr dafür sorgt, daß die Krieger der Mexica Euch gehorchen, ziehen wir morgen ab, und Ihr könnt Eure Herrschaft erneut errichten. Ihr könnt den Tempel auf der Pyramide wiederaufbauen lassen, vielleicht größer als zuvor, Ihr könnt vor Euren Göttern Buße tun, Eure Seele erlösen. Doch wenn wir sterben, werdet Ihr mit uns in den Tod gehen. Dann lastet auf Euch die Schuld an allem Vorgefallenen. Man wird Euch nicht einmal Jade in den Mund legen, damit Ihr das Gelbe Untier bezahlen könnt. Für Euch wird es nur Qual und Asche geben.«

Er hob den Blick. »Sofern ich eure Forderungen erfülle…, wird dein Gebieter… mit euch allen… unsere Stadt verlassen?«

Sie nickte. »Ruft Eure Krieger zurück. Wir wollen nichts als unser Leben.«

Er wandte sich um und sah Cortés an. »Und ihn habe ich für göttlich gehalten.«

»Ich Euch auch.«

Er überlegte. Ihr war von Anfang an klargewesen, daß er zwar den Göttern gehorchen wollte, ihm aber vor allem an seinem Thron lag. Wohl war er seiner Religion verbunden, doch war er zugleich ein Sklave seiner Begierde nach dem Leben, in das hinein er geboren war. Es gab für ihn keinen anderen Ort, an dem er hätte leben können.

Er erhob sich. »Ich werde tun, was ich kann.«

Ein Trompetenstoß kündigte den Mexica das Erscheinen ihres Ehrwürdigen Sprechers auf der Dachterrasse an. Man geleitete ihn hinaus. Spanische Krieger schützten ihn mit ihren Schilden vor dem unaufhörlichen Hagel aus Steinen und Pfeilen. Herabstürzender Adler sah an der Seite des Herrschers einen der spanischen Priester, den sie Aguilar nannten.

Ein Murmeln lief wie eine Welle durch die Menge der Mexica-Krieger. Viele hatten ihren *uey tlatoani* erkannt. Allmählich legte sich Stille über den Platz.

Noch jetzt senkten einige aus Ehrfurcht vor ihrem Priesterkönig den Blick. Herabstürzender Adler gehörte nicht zu ihnen. Er sah unverwandt hin und war entsetzt. Wie krank der Ehrwürdige Sprecher aussah, wie schäbig seine Kleidung wirkte! Er trug einen behelfsmäßigen Kopfputz aus Borkenpapier und ein ärmliches Gewand aus ungefärbten Agavenfasern. Nicht nur seinen Gold- und Silberschmuck hatten ihm die Spanier genommen, sondern sogar seine Baumwollumhänge. Diese Schande mit ansehen zu müssen quälte Herabstürzenden Adler.

Motecuzoma appellierte an sein Volk. »Männer aus den Stämmen Aztlan, Adler und Kaktus! Ich gebiete euch, von diesem Krieg abzulassen. Ich habe mit dem Gebieter Marinas und seinen Untergebenen gesprochen und ihnen gesagt, daß sie in unserer Hauptstadt nicht mehr willkommen sind. Sie bedauern, soviel Zwietracht zwischen uns gesät zu haben, und sind nunmehr bereit, schnellstens abzuziehen. Sie wünschen lediglich, daß ihr eure Angriffe einstellt und es ihnen ermöglicht, in Frieden in die Länder des Ostens zurückzukehren.«

Fassungslos hörte Herabstürzender Adler diese Worte. Nach allem, was vorgefallen war, nach all den Demütigungen und aller Entehrung, die Motecuzoma über sie gebracht hatte, schien er immer noch zu glauben, daß er Macht über die Mexica habe. Sie alle hatten gesehen, wie er zu Füßen dieser Bande von Strauchdieben und Mördern gekrochen war. Glaubte er denn wirklich, daß sie ihn nach wie vor als ihren *uey tlatoani* verehrten?

Herabstürzender Adler sah sich unter den jungen Kriegern auf dem Platz um. Gewiß, der eine oder andere von ihnen mochte dem Großkönig noch gehorchen. Das waren jene aus den nichtadligen Familien, die man im Glauben aufgezogen hatte, er sei ein göttliches Wesen.

Man mußte etwas unternehmen, um den Bann zu brechen.

»Wer ist dies widerwärtige Weib eines Eindringlings?« rief Herabstürzender Adler. »Wir sind nicht bereit, auf Euch zu hören, Motecuzoma! Ihr seid nicht mehr unser Ehrwürdiger Sprecher! Ihr habt uns vor unseren Göttern Schande bereitet! Wir werden uns nicht weiterhin unehrenhaft verhalten! Unser neuer *uey tlatoani* ist Cuitlahuac, und wir werden weiterkämpfen, bis alle Fremdlinge tot sind!«

Er nahm einen Stein auf, der zu seinen Füßen lag, und schleuderte ihn in Richtung auf die Mauer. Er fiel in den Hof, weit von Motecuzoma entfernt. Nun aber riefen auch andere. Weitere Steine und sogar einige Pfeile flogen auf die Mauer zu. Einer davon verwundete Motecuzoma an der Schulter, so daß er aufstöhnend zurückwich. Herabstürzender Adler sah, daß ihn noch mehrere Steine trafen, bevor die Spanier ihre Schilde hochrissen und ihn in Sicherheit brachten.

95

»Wir müssen von hier weg«, keuchte Alvarado, während er Motecuzoma von der Dachterrasse schleppte. »Selbst wenn wir den heutigen Tag überstehen sollten, noch einen überleben wir nicht!«

»Er hat recht, *Comandante*«, überschrie Sandoval den Lärm. »Unsere Lage ist aussichtslos. Ihr müßt eine Entscheidung treffen!«

Cortés sah erst jeden seiner Hauptleute an, dann Mali. Die einzige erkennbare Regung auf seinem Gesicht war Bestürzung. Er konnte nicht glauben, daß er geschlagen war.

Da er nicht wußte, ob er seiner Stimme trauen konnte, nickte er lediglich.

Motecuzoma hatte das Bewußtsein verloren. Ein Stein hatte ihn am Kopf getroffen, und ein Pfeil stak in seiner Schulter. Der Arzt Méndez beugte sich über den mit verdrehten Augen am Boden Liegenden, um dessen Wunden zu versorgen. Als er den Pfeil herauszog, erwachte Motecuzoma aus der Ohnmacht und schrie laut auf.

»Was sollen wir mit ihm tun?« fragte Benítez.

Mit finsterem Gesicht sagte Cortés: »Mir gleich. Er nützt uns nichts mehr.«

»Dieser Ansicht bin ich nicht«, sagte Mali.

»Wie bitte?«

Sie nahm ihn beiseite. »Wenn ein *uey tlatoani* stirbt«, flüsterte sie, »wird er gemäß der Überlieferung außerhalb der Stadt an einen Ort namens Copulco gebracht und dort mit allen ihm gebührenden Ehren eingeäschert. Dabei müssen all seine persönlichen Priester, seine Hofzwerge, Buckligen und Konkubinen geopfert werden, damit sie ihm in der nächsten Welt dienen können. Die Einäscherungsfeier und die Trauer können bis zu achtzig Tage in Anspruch nehmen. Das gibt uns genug Zeit, die Stadt zu verlassen, nach Tlaxcala zurückzukehren und vielleicht sogar die Küste zu erreichen. Möglicherweise kann uns Motecuzoma aus der Geisterwelt einen größeren Dienst erweisen als je im Leben.«

»Seine Wunden sind nicht tödlich.«

»Noch nicht.«

Auf seine Züge trat ein bitteres, ein grimmiges Lächeln. Wenn schon er Tenochtitlán nicht haben würde, sollte Motecuzoma es auch nicht haben. »Alvarado soll es tun oder Jaramillo. Denen macht so etwas Spaß.«

»Besser nicht.«

»*Chiquita*?«

»Gebt mir Euren Dolch.«

Überrascht hob er eine Braue. Dann nahm er nach kurzem Zögern den Dolch vom Gürtel und legte ihn ihr in die Hand. Sie verbarg ihn unter ihrem Umhang.

Motecuzoma und Mali waren allein.

»Ehrwürdiger Sprecher«, flüsterte sie. »Ich möchte, daß Ihr mich anseht.«

Er litt große Schmerzen. Der Arzt hatte ihm die Stirn verbunden, und ein weiteres von Blut gerötetes Tuch bedeckte seine rechte Schulter, wo Méndez den Pfeil herausgezogen hatte. Langsam öffnete Motecuzoma die Augen. »Wollt ihr ... immer noch ... feilschen?«

Mali schüttelte den Kopf. »Was für ein elendes Geschöpf Ihr jetzt seid.«

»Die Weissagungen hatten ... recht. ... Ich konnte ... nichts tun.«

Sie hielt ihm einen Obsidianspiegel dicht vor das Gesicht. »Was seht Ihr?«

»Nimm ihn fort«, stöhnte er.

Sie griff ihm in die Haare, so daß er laut aufschrie. »Seht hin. Erkennt Ihr einen Mörder und Schlächter? Hört Ihr nicht das Wehklagen zahlloser Witwen und Töchter?«

»Laß mich ...«

»Erinnert Ihr Euch an meinen Vater?«

Furcht flackerte in seinen Augen auf. »Ich kannte ... deinen Vater ... nicht.«

»Nein, Ihr kanntet ihn nicht. Aber seine Hinrichtung habt Ihr angeordnet. Weil er in den Sternen und in den Winden las. Weil er sich gegen die vielen Menschenopfer aussprach, die Ihr verlangtet. Weil er das Ende der Mexica vorausgesagt hat. Es ist lange her, und gewiß habt Ihr den Befehl vergessen, den Ihr damals gegeben habt. Ich aber nicht.« Sie nahm den Dolch unter ihrem Umhang hervor.

Jetzt riß Motecuzoma die Augen weit auf.

»Ich habe ... meinen Göttern ... getreulich ... gedient ... Sie haben ... sich mir ... versagt.«

»Eure Götter verfluchen Euch, so wie ich.« Sie hielt den Dolch ins Licht. »Das ist für meinen Vater.«

Als Cortés später am Abend mit seinen Hauptleuten Motecuzomas Gemächer betrat, fanden sie den Großkönig tot. Seine letzte und tödliche Wunde stammte von einem Dolchstoß in den After. Sogar Cortés war entsetzt.

Eine Stunde später wurden die Tore geöffnet und der Leichnam auf den Platz gestellt. Voll Spannung warteten die Spanier, was die Mexica tun würden. Lange brauchten sie nicht zu warten.

Eine Stimme rief ihnen über die Dächer zu, daß sie teuer für den Tod des Großkönigs würden bezahlen müssen. Zwar habe sich Motecuzoma leider als schwach erwiesen, jetzt aber besäßen sie mit Cuitlahuac einen entschlossenen neuen Herrscher, der keine Angst vor ihnen habe und sich nicht so leicht hinters Licht führen lasse.

Am nächsten Morgen gingen die Angriffe mit größerer Erbitterung als zuvor weiter.

Cortés hatte seinen letzten Trumpf ausgespielt.

96

Ein Hof im Fackelschein. Regen peitschte die Pflastersteine, ein kalter Wind wehte. Das Wetter war auf ihrer Seite. Noch dauerte Cortés' Glück an.

Sie wollten in jener Nacht aufbrechen und versuchen, über den kürzesten der Dämme westwärts nach Tlacopan zu gelangen. Martín López hatte mit seinen Zimmerleuten eine transportable Holzbrücke gebaut, welche die Tlaxcalteken-Krieger an Ort und Stelle bringen sollten.

Überall im Palast wurden die Vorbereitungen in aller Stille getroffen, doch nirgendwo waren sie geheimer als in jenem abgelegenen Hof. Acht verwundete Pferde hatte man ausgesucht, ihre Hufe mit Lappen umwickelt und hundert Tlaxcalteken-Krieger mit ihrem Schutz beauftragt. Benítez öffnete eine der Kisten, die man den Tieren auf den Rücken geschnallt hatte, und untersuchte ihren Inhalt. Alvarado sah ihm zu, die Hände in die Hüften gestemmt. »Wenn wir aufbrechen, bekommt Ihr das Kommando über weitere hundertfünfzig Männer. Es sind Nárvaez' beste Fußtruppen. Ihr müßt den Schatz mit Eurem Leben verteidigen. Er gehört dem König.«

»Ich kümmere mich um mein Leben. Sofern der König sein Gold will, mag er kommen und selbst darüber wachen.«

»Dieser Gedanke ist Hochverrat.«

»Wenn Ihr mich für einen Hochverräter haltet, könnt ja *Ihr* das Gold bewachen.«

Benítez sah beim Umladen der schweren Barren zu. Sofern das wirklich der dem König zustehende fünfte Teil war, hatten sie mehr Gold zusammengerafft als die dreihunderttausend Kronen, auf die Cortés seinen Wert beziffert hatte. Wenn nicht die Hälfte der Kisten Steine enthielt, waren allein diese Barren hier fast doppelt soviel wert. Benítez nahm an, daß es sich bei dem, was er da sah, keineswegs um den *quinto real* handelte, sondern um das, was der *Comandante* heimlich für sich beiseite schaffen wollte. Kein Wunder, daß sich Cortés stets gegen das Ansinnen gestemmt hatte, Tenochtitlán zu verlassen.

»Das hier sind bestimmt mehr als die siebzigtausend Kronen, von denen der *Comandante* gesprochen hat«, maulte Benítez.

»Ihr tut gut daran, den Mund zu halten. Ihr braucht auf Euren Lohn nicht zu verzichten.«

»Der besteht höchstens darin, daß ich einen Mexica-Speer in den Rücken kriege, bevor die Nacht um ist.«

»Der *Comandante* vergißt seine Freunde nie.«

»Und seine Beteuerungen beginnt er stets mit ›bei meinem Gewissen‹. Dabei hat er nicht mehr Gewissen als ein Hund.«

Benítez zog seinen Umhang dichter um die Schultern. Wieder eine Nacht wie jene, in der sie Nárvaez angegriffen hatten. Damals war der Regen ihr Freund gewesen, denn sie hatten in seinem Schutz ungesehen vordringen können. Er hoffte, daß auch diesmal das Wetter auf ihrer Seite sein würde.

Unvermittelt mußte er an Regenblüte denken. Wo sie wohl sein mochte, wie es ihr wohl ging? Eine weitere seiner Schwächen, nahm er an; er hatte zugelassen, daß er eine widernatürliche Liebe zu einer eingeborenen Konkubine empfand. Nicht zum ersten Mal fragte er sich, wie er sich verhalten hätte, wäre er damals wie Norte Schiffbrüchiger in Yucatán gewesen und man hätte ihn einer Frau wie Regenblüte zum Mann gegeben. Unter diesen Umständen mochte es nur allzu einfach sein, Spanien und die christliche Welt zu vergessen.

Vielleicht unterschied er sich doch nicht so sehr von Norte.

Was Regenblüte betraf…

Er nahm an, daß sie zu den Mexica übergelaufen war. Hoffentlich hatten sie ihr nichts angetan. Er versuchte, die Vorstellung aus seinem Kopf zu verbannen, daß sie mit ausgebreiteten Armen und Beinen im Tempel von Tlatelolco auf dem Opferstein lag.

Wäre sie doch jetzt bei ihm.

Er überlegte, wie es weitergehen würde, falls er diese Nacht überlebte. Vermutlich ginge es zurück nach Kuba, als verarmter *hidalgo* mit winzigem Landbesitz, ein Mann, der nichts von dem hatte, was man am Hof brauchte: gutes Aussehen, Umgangsformen und Verbindungen. Er würde in der Sonne schwitzen und sich vor Krankheiten und einem von viel Wein begleiteten, namenlosen frühen Tod auf seinem kleinen Besitz fürchten…

Vielleicht wäre es doch besser, heute nacht zu sterben, sofern das Gottes Wille war.

»Habt Ihr meinen Herrn gesehen?«

Cáceres' Gesicht war bleich vor Anstrengung. »Er ist wohl in der Kapelle. Er betet für das Gelingen unseres Vorhabens heute nacht.«

Mali eilte den breiten Gang entlang. Cortés hatte einen der Räume neben seinen Privatgemächern in eine Kapelle umwandeln lassen, und Martín López hatte darin ein Kreuz und einen kleinen Altar errichtet. Kerzen brannten dort, Lichtkreise erhellten den Altar und die Nischen in der Mauer, in denen einst die alten Götzenbilder gestanden hatten. Niemand befand sich dort außer Aguilar, der vor der Jungfrau kniete, das Stundenbuch fest an die Brust gedrückt.

Mali lief hinaus, suchte das nächste Gemach auf.

Die Räume, die man Motecuzomas Tochter Doña Ana zur Verfügung gestellt hatte, stießen an die einstigen Gemächer des Großkönigs. Ohne auf die Wächter zu achten, stürmte sie durch den Glöckchenvorhang.

Doña Ana kniete über der Schlafmatte, und Cortés' Hände ruhten auf ihren Schultern, um sie in dieser Stellung zu halten. Da er sie von hinten genommen hatte, stand ihnen Mali von Angesicht zu Angesicht gegenüber, als sie den Raum betrat. Auf Cortés' Stirn glänzte Schweiß, seine Haare waren durchnäßt, seine Züge wild vor Anspannung. Das braune Affengesicht der jungen Frau unter ihm war vor Schmerzen verzerrt, so ungestüm drang er in sie.

Außer ihrer hohen Geburt spricht wirklich nichts für sie, dachte Mali.

Cortés sah sie zwar, ließ sich aber von ihrer Anwesenheit nicht stören. Die Hände vor ihrem gerundeten Unterleib gefaltet, wartete Mali. Sie spürte, wie ihr Söhnchen um sich trat. Vielleicht wußte er es schon.

Regungslos sah sie den beiden bis zum Ende zu, hörte Cortés' keuchenden Atem. Doña Ana hatte bei ihrem Eintreten schamhaft einen ihrer Arme vor das Gesicht gelegt.

Dann begriff Mali: Er wollte ein Kind aus der Familie des Ehrwürdigen Sprechers. Damit wäre sein Anspruch auf den Thron legitim. Er hatte noch immer nicht aufgegeben.

Er hob das Gesicht vom Rücken der anderen und sah zu ihr her.

»Doña Marina. Ihr solltet Euch ausruhen, in Eurem Zustand.«

»Macht mein Zustand mich Euch so widerwärtig?«

»Jeder Herrscher hat seine Konkubinen. Den Damen seines Haushaltes steht kein Kommentar darüber zu.«

»Eure letzten Augenblicke solltet Ihr an meiner Seite verbringen.«

»Wer weiß schon, wer die heutige Nacht überlebt? Ich muß alles tun, was in meiner Kraft steht, um dafür zu sorgen, daß mein Samen mein Anrecht auf den Thron der Mexica untermauert. Das habe ich mir verdient.«

Mali tätschelte ihren Bauch. »Hier ist der Thronfolger der Mexica.«

Cortés legte die Hand unter Doña Anas rundlichen braunen Unterleib und sagte: »Und hier.«

Mali wandte sich um und verließ den Raum. Das werden wir sehen, dachte sie. Wir werden es sehen.

97

»Was geht hier vor sich?« fragte Benítez.

»Cortés hat Befehl gegeben«, sagte Sandoval, »daß alles, was die Packpferde nicht tragen können, im Hof aufzuschichten ist und sich jeder davon nehmen darf, was er tragen kann.«

Benítez schüttelte den Kopf. Die Barren waren nach Cortés' genauen Angaben gegossen worden. Mit ihrer Breite von zwei Zoll und ihrer Dicke von einem halben Zoll paßten sie genau unter die Rüstungen der Spanier. Jetzt lag ein Stapel davon auf den Steinplatten vor den Haupttoren neben achtlos hingeworfenem Schmuck, Baumwollumhängen und Federarbeiten. Die Hinterlassenschaft eines Herrschers lag im Regen und glitzerte im trüben Licht der rauchenden Fackeln.

Unwillkürlich mußte Benítez an Schweine vor dem Trog denken, als er sah, wie Männer einander beiseite stießen, um an das Gold zu gelangen, sich Barren in den Waffenrock und unter die Rüstung schoben, die Taschen mit Silbermedaillons und Schmucksteinen füllten und sich Ringe und Perlen in den Mund stopften.

»Nun, Gonzalo, werdet auch Ihr Euch die Taschen füllen?«

Sandoval griff in seinen Beutel und ließ einige Perlen und Opale daraus auf seine Hand gleiten. »Macht es wie ich. Ein paar große Steine, genug, um sich ein wenig Behagen zu kaufen, falls wir Kuba je wiedersehen sollten. Nichts Schweres, das behindert nur beim Kampf.«

Unaufhörlich fiel der eiskalte Regen hernieder.

Benítez erkannte eine vertraute Gestalt in der Menge. Norte schlug sich mit den anderen um die besten Stücke; in seinen Augen glänzte jene Gier, die die Mexica am Strand von San Juan de Ulúa so angewidert hatte.

Mit einem Mal kam Benítez der sonderbare Gedanke, daß ihm der ›Eingeborene‹ Norte lieber gewesen war.

98

Die Nacht war finster. Man sah weder Mond noch Sterne. Immer wieder fuhren über den Gebirgspässen durch den eiskalten Regen Blitze nieder. Die Priester – Díaz, Olmedo, Guevarra – waren eifrig damit beschäftigt, den Kriegern die Beichte abzunehmen. Nachdem Pater Olmedo einen letzten Segen gesprochen hatte, wurden um Mitternacht die Tore geöffnet, und Cortés verließ die Stadt seiner Träume.

Schweigend zogen sie die breite Straße nach Tlacopan entlang. Der Regen hüllte ihren Aufbruch ein. Es gab keine Hindernisse, nirgendwo brannte ein Licht, nur das leise Platschen des Wassers am Seeufer und das Murmeln des Regens unterbrachen die Stille. Ein Heer verbundener und humpelnder Gespenster verschwand im Dunst.

López hatte aus Deckenbalken des Palastes eine Brücke gebaut. Vierhundert Krieger der Tlaxcalteken unter dem Befehl eines von Cortés' Hauptleuten, Francisco Magariño, trugen sie den Marschierenden voraus.

Hinter ihnen führte Sandoval die Vorhut an. Ihr folgten, außer dem, was von der Reiterei geblieben war, zweihundert Mann Fußtruppen, meist Cortés' eigene Leute, die alten Haudegen.

Mali und die anderen Frauen zogen ebenso mit ihnen wie die Priester. Cortés ritt in der Mitte der Kolonne. Dort befanden sich auch die mit Gold beladenen Karren und die Gefangenen, hohe Adlige der Mexica, die gebunden und geknebelt hinter den Pferden her trotteten. Einer von ihnen war Motecuzomas Neffe, der König von Texcoco.

Benítez folgte auf seinem braunen Hengst El Romo zusammen mit den acht Pferden, die das Gold des Königs trugen. Aufgabe der nicht zum Transport der Brücke kommandierten Tlaxcalteken-Krieger war es, dieses Gold zu beschützen. Alvarado und León standen mit den Geschützen und dreißig Mann von Cortés' Fußtruppen an der Spitze der Nachhut. Nárvaez' Männer bildeten den Schluß.

Benítez hatte mit einem plötzlichen Tod auf der Straße gerechnet, doch erreichten sie unbehelligt den Damm. Als sie den ersten Durchbruch ohne Schwierigkeiten überquerten, war Benítez geradezu trunken vor Erleichterung. Es würde gutgehen. Wieder einmal hatte Cortés Glück. Wie von Mali vorausgesagt, hatten die Mexica die Belagerung abgebrochen, um ihren toten Großkönig zu betrauern.

Die Flucht würde ihnen gelingen.

Eine alte Frau, die Wasser aus dem See schöpfte, stieß einen schrillen Alarmruf aus. Zwar brachte ein Armbrustschütze die Frau zum Schweigen, doch es war zu spät, zwei Wächter der Mexica irgendwo im Dunst nahmen den Ruf auf. Von der obersten Plattform des Haupttempels dröhnte klagend die große *huehuetl*-Trommel. Sie hallte über den See und über das Tal, rief Kolibris Krieger zum Angriff.

Blindes Entsetzen erfaßte sie. Cortés rief nach der Brücke. Benítez wandte sich im Sattel um. Was ging da vor sich? Wo blieb Magariño? Abermals saßen sie auf freiem Feld hilflos in der Falle. Unwillkürlich mußte er an die Schlucht denken, vor der sie das erste Gefecht gegen das Heer der Tlaxcalteken bestanden hatten. Zwar hatte es ihn sein Pferd gekostet, doch die Spanier waren siegreich geblieben.

»Wo bleibt die Brücke?« schrie Benítez.

Sie saß fest. Das Ufer des Sees war vom Regen aufgeweicht, der ihren Auszug anfangs begünstigt hatte, und die Tragpfeiler saßen im Schlamm fest. Damit wurde ihnen ihr Verbündeter zum Verhängnis. Schon sah man überall Fackeln auf dem See. Kriegskanus strebten auf sie zu.

Man hörte Pfiffe und den Klang von Hörnern. Der Regen wurde heftiger. Der lang auseinandergezogene Zug der Spanier, der sich über eine Wegstunde dehnte, war den Mexica auf Gedeih und Verderb ausgeliefert; ein im Sumpf gefangenes Heer, das zum Untergang verurteilt war. Eine hilflose Raupe, um die herum Ameisen wimmelten.

El Romo witterte die Gefahr und stieg auf die Hinterhand. Benítez' konnte das Eintauchen von Paddeln hören, sah die weißen Baumwollgewänder der Mexica-Krieger. Wohl boten sie Armbrustschützen und Arkebusieren im Dunkeln ein gutes Ziel, doch es waren zu viele.

Noch immer rief Cortés nach der Brücke, doch seine Stimme ging im Kriegsgeschrei der Mexica und den Entsetzenslauten der Krieger um ihn herum unter. Ein Hagel aus Steinen und Pfeilen ging aus pechschwarzem Himmel über sie hernieder. Benítez mußte alle Kräfte aufbieten, um seinen Hengst zu zügeln. Er konnte weder vor noch zurück.

Dann stürmte die Kolonne voran, dem zweiten Dammdurchbruch entgegen. Sie riß ihn mit, ein Kork auf einem Wellenkamm, wütend, furchtsam und trotzig. Seine letzten bewußten Gedanken galten Regenblüte.

Mali arbeitete sich im Dunkeln das schlammige Ufer hinab. Als sie ins Wasser glitt, spürte sie unter ihren Füßen etwas Hartes. Der Dammdurchbruch war mit den Kadavern von Pferden und umgestürzten Fahrzeugen fast angefüllt. Aus Kisten ergossen sich Kugeln für die Hakenbüchsen und venezianische Glasperlen in den Schlamm. Krieger, deren Rüstung und Waffenröcke schwer von Goldbarren waren, versuchten diese Hindernisse zu überwinden. Manche glitten aus und ertranken, andere behinderte ihr Raub so sehr, daß die Mexica sie einholten und als Gefangene für Kolibri davonschleppten.

Immer mehr Kanus kamen über den See.

Mali schwamm ans andere Ufer. Der Boden war von denen, die glücklich hinübergelangt waren, zertreten, schlammig und glatt. Schließlich fanden ihre Finger Halt an einem Stein, und sie zog sich hinauf. Die Hände um ihren Unterleib geklammert, sah sie sich um.

Ihren Augen bot sich ein von Feuerbränden erhelltes Bild des Chaos. Männer zeichneten sich gegen die Flammen am Himmel ab, Todesschreie gellten. Mittlerweile reihte sich im Dammdurchbruch ein Kriegskanu ans andere, so daß sie ihn nahezu vollständig versperrten.

Sie sah Doña Ana durch das Wasser waten und im glatten Schlamm des Ufers mit Händen und Füßen Halt suchen. Als sie Mali erkannte, streckte sie bittend eine Hand aus.

Ob sie wohl Cortés' Samen in sich hat? ging es ihr durch den Kopf.

Sie hielt der Rivalin die Hand hin. Die Finger der beiden Frauen griffen ineinander. Dann aber stemmte Mali der anderen einen Fuß gegen den Unterleib und stieß sie mit aller Kraft zurück. Aufkreischend stürzte Doña Ana ins Wasser. Noch einmal sah Mali ihren Kopf in der Dunkelheit auftauchen, dann war sie verschwunden.

Sie raffte sich auf und lief, so rasch sie konnte.

Bis die Nachhut den zweiten Dammdurchbruch erreicht hatte, häuften sich die Leichen an seiner Böschung. Der Regen ging unterdessen nieder wie ein Sturzbach, und man sah so gut wie nichts. Der einzige Lichtschein kam von den rauchenden Fackeln der Eingeborenen in ihren Kanus. In der Dunkelheit kletterten Männer über Leichen und zerbrochene Kisten.

Alvarado erkannte, daß es keinerlei Hoffnung auf Ordnung gab. Er trieb sein Pferd voran ins Wasser. Mit einem Mal hörte er, wie ihn jemand um Hilfe anrief. »Alvarado! Laßt um der Liebe Gottes willen nicht zu, daß sie mich mitnehmen!«

Er erkannte die Stimme. Es war Norte.

Er wandte sich um, sah, wie ein anderer Reiter, wahrscheinlich León, sein Pferd durch das seichte Wasser den Schreien entgegentrieb. In der Dunkelheit hörte man knirschend Stahl durch einen Lederschild fahren. Norte schrie nach wie vor.

Dann hörte Alvarado nur noch seine eigenen Schreie und trieb sein Pferd weiter durch das Wasser, fort von diesem Schrecken. Ein einziger Gedanke beherrschte ihn: Weg von hier! Nur weg. Ich will nicht sterben. Ich will nicht, daß sie mich gefangennehmen.

Ein Pfeil prallte ihm auf den Brustpanzer, ein weiterer traf seine Fuchsstute im Hals. Aufstöhnend stürzte sie seitwärts ins Wasser. Er sprang aus dem Sattel und landete auf Händen und Knien im Schlamm. Er kam auf die Füße und hörte hinter sich die Eingeborenen, die ihn durch das seichte Wasser verfolgten.

Ich will nicht, daß sie mich gefangennehmen.

Er arbeitete sich über das Durcheinander aus Kisten, Leichen und Pferdekadavern am Ufer empor. Noch immer hallten ihm Schreie in den Ohren. Er wußte nicht, ob es seine eigenen, Leóns oder Nortes waren.

Lieber Gott, lieber Gott, rette mich.

Er hörte, wie ihn jemand anrief. Er kannte die Stimme. Einer der anderen Hauptleute, Gamboa. Er sah auf, erkannte den Umriß von Roß und Reiter. Ein Arm zog ihn in den Sattel, dann stürmten sie durch die Reihen der Mexica voran, die vom Gewicht und Schwung des Streitrosses beiseite gefegt wurden.

Wie ein Kind klammerte sich Alvarado an Gamboa.

Hände griffen nach ihr, hielten sie fest. Man schleppte sie fort, dem See und den Kanus entgegen. Aufkreischend griff sie hilflos mit der Hand nach dem Damm. Niemand war da, ihr zu helfen. Einer der Mexica hatte sie an den Haaren gepackt.

Sie konnte nicht glauben, daß es so enden sollte.

Sie hätten mich heute nacht hundertmal töten können, dachte Benítez, aber sie wollen mich unbedingt als Gefangenen.

Auf seinem durch einen Kettenpanzer geschützten Pferd bahnte er sich einen Weg durch das Handgemenge. Der Schatz des Königs blieb irgendwo hinter ihm, im See oder im Kanal. Wenn der König seinen Anteil unbedingt haben will, dachte er, mag er kommen und ihn sich holen. Schwimmend überquerte El Romo einen weiteren Dammdurchbruch und erklomm das ge-

genüberliegende Ufer. Benítez suchte sich seinen Weg durch die Trümmer der Vorhut.

Wieder versuchten ihn Hände von seinem Pferd zu ziehen. Er hieb mit dem Degen um sich. Als einer der Mexica-Krieger sein Tier unterhalb der Brust traf, begann es zu straucheln. Er war umzingelt, aber die Streiche galten El Romo, nicht ihm. Kraftlos brach der Hengst unter ihm zusammen.

Erneut meinte er, Guzmán und Flores aus dem Inneren des schauerlichen Tempels lachen zu hören. Da siehst du, wohin dich deine Habgier gebracht hat.

Er sprang aus dem Sattel und schob sich zurück, mit dem Degen wilde Hiebe austeilend.

Dann hörte er, wie Ordaz seinen Namen rief. Der alte Kämpe trieb seinen Trupp wie einen Stoßkeil voran, wobei sich die Männer mit ihren Piken den Weg bahnten.

Benítez schlug sich zu ihnen durch und schloß sich ihrem verzweifelten Sturm durch Schlamm, Troß und Leichen an. Es gab keine wirkliche Hoffnung zu überleben. Sie kämpften aus Gewohnheit und innerem Drang. Ihr Leben bemaß sich jetzt nach Minuten, nicht nach Jahren.

Sofern es ihnen gelang, den letzten Dammdurchbruch zu überwinden, könnten Gott und Cortés noch eine Möglichkeit finden, sie zu retten.

Es waren insgesamt sieben Dammdurchbrüche. Cortés trieb seine Reiter an. Ihm war klar, daß er möglichst keins der Tiere verlieren durfte. Sofern es ihnen gelang, Tacuba zu erreichen, konnten sie sich neu formieren. Solange sie sich auf dem Damm befanden, waren sie den Mexica hilflos ausgeliefert.

»Herr!«

Mali!

Er verhielt sein Pferd, wendete und trieb es dorthin, woher die Schreie kamen. Die Mexica hatten einige der Fahrzeuge in Brand gesetzt, und lange Lichtfinger, die mit Schatten abwechselten, tanzten über den Schlamm, fielen auf die von Entsetzen gezeichneten Gesichter der Lebenden und auf die Toten. Nur einen kurzen Augenblick sah er Malis Umriß, erkannte, daß drei Eingeborene sie einem Kanu entgegenzerrten.

Er trieb sein Tier ins seichte Wasser und machte zwei von ihnen mit dem Degen nieder. Der dritte wollte ihn aus dem Sattel ziehen und schwang in seiner Begierde nach einem spanischen Gefangenen sein *maquáhuitl.* Cortés stieß ihn beiseite, daß er aufschreiend unter die Hufe stürzte.

Er hob Mali zu sich in den Sattel. Zitternd klammerte sie sich an ihm fest.

»Fast hätte ich dich verloren«, keuchte er und spornte sein Pferd erneut dem festen Land entgegen.

Benítez taumelte über den kiesbedeckten Uferstreifen und stürzte auf die Knie. Er trug nur noch Wams und Hose, denn Brustpanzer und Helm hatte er zurücklassen müssen, um die beiden letzten Dammdurchbrüche durchschwimmen zu können. Mit offenem Mund hob er das Gesicht dem schwarzen Himmel entgegen und sog gierig Luft und Regen ein. Hinter ihm lagen die übrigen Mitglieder von Ordaz' Truppe erschöpft am Boden.

Er hörte Hufschlag auf dem Sand und wandte sich dem Reiter zu.

»Wer da?«

Er erkannte Cortés' Stimme. Sandoval war bei ihm. »Benítez, Herr.«

»*Comandante*«, keuchte Ordaz. »*Comandante*, Ihr müßt uns zurückführen. Wir müssen den anderen helfen.«

»Wir können nichts tun. Ihr könnt von Glück sagen, daß Ihr noch lebt. Wir alle hatten Glück.«

Benítez wandte sich um, dem Damm zu. Der Kampflärm drang nur noch gedämpft herüber. Schon feierten die Mexica ihren Sieg. Hier am Ufer war es still, beinahe friedlich. Am liebsten hätte er geschlafen. Ach, Schlaf. Eine Flucht, ein kleiner Tod.

Sie warteten auf Versprengte. Einige Tlaxcalteken-Krieger kamen blutbedeckt, einer von ihnen erlag seinen Wunden im selben Augenblick, da er zu ihnen stieß.

Schließlich traf Alvarado ein. Er war zu Fuß. Allein.

»*Comandante*!«

»Pedro?«

Alvarados Waffenrock wies mehrere blutige Stellen auf. Die schlammbedeckten Haare klebten ihm naß am Kopf. Er sah die anderen mit tiefliegenden Augen an, stürzte auf die Knie und weinte.

Benítez und Ordaz eilten ihm zu Hilfe.

»Wo sind die anderen?« fragte Cortés scharf aus dem Sattel.

»Tot«, gab Alvarado zurück.

»Aber doch bestimmt nicht alle«, sagte Sandoval. »Wir müssen zurück.«

»Das konnte niemand überleben«, schluchzte Alvarado. »Wir müssen jetzt an uns denken. Für die anderen können wir nichts tun.«

Als letzter Nachzügler stieg Benítez' Hengst El Romo aus dem Wasser. Dunkel lief ihm das Blut über die Flanken. Er taumelte durchs flache Wasser und brach dann zusammen.

»Nun«, brummte Cortés. »Wenigstens haben wir jetzt Fleisch zum Abendessen.«

Lediglich Sandoval und die Vorhut hatten das Dorf Popotla ohne Verluste erreicht. Dem übrigen Heer hatten die Mexica auf dem Damm eine vernichtende Niederlage bereitet. Einige Glückliche hatten sich retten können. Zu wenige.

Jetzt saß Cortés mit hängenden Schultern unter einer hohen Zypresse. Er weinte. Niemand wagte sich in seine Nähe, nicht einmal Mali.

Sie saß ein wenig abseits. Noch immer zitterten ihre Glieder unbeherrschbar, konnte sie die Finger spüren, die gierig nach ihr griffen und sie dem Opferstein entgegenzerrten. Ihr Unterleib schmerzte, und sie spürte, wie etwas Nasses an ihrem Bein entlanglief. Blut. *Das Kind.*

»Warum verfolgen sie uns nicht?«

Sie hob den Blick. Es war Benítez. Haupthaar und Bart waren von Blut verklebt.

»Heute nacht werden sie nicht angreifen«, sagte sie. Überrascht hörte sie, daß ihre Stimme fest und deutlich klang.

»Wieso nicht? Wir sind ihnen auf Gedeih und Verderb ausgeliefert. Sie könnten uns den Rest geben.«

Sie sah, daß es ihn quälte – als wünschte er geradezu, daß die Mexica über sie herfielen. Offenbar dachte er, daß zumindest jeder gute spanische Befehlshaber so handeln würde. Vielleicht nahm er auch an, sie müßten ohnehin sterben und wollte, daß es schnell ging.

»Sie haben eine Menge Opfer für Kolibri. Erst müssen sich die von ihnen gefangengenommenen Krieger einem rituellen Fasten unterziehen, dann werden sie zum Opferstein geführt. Ihrem Glauben nach müssen die Mexica erst Kolibri die vorgeschriebenen Ehren erweisen. Tun sie das nicht, ist unerheblich, wie gut sie kämpfen – sie können auf keinen Fall gewinnen. Geben sie aber ihrem Gott, was er verlangt, werden sie uns besiegen, ganz gleich, was wir tun oder wie rasch wir vor ihnen davonlaufen.«

Sie sah zu Cortés hin. Obwohl er vor Kälte zitterte, kniete er im Schlamm und ließ den Rosenkranz durch die Finger gleiten. Offenkundig betete er zur Jungfrau. Er wirkte am Ende, verloren. Es war Mali unerträglich, ihren Gott so vernichtet zu sehen.

Er war einfach ein Mensch, Erde wie sie, wie alle anderen.

Sie suchte Zuflucht unter den großen Ästen eines alten Kapokbaums. Den Rücken an den Stamm gelehnt, legte sie den Kopf auf die Knie und versank in einen traumlosen Schlaf.

99

Um die Morgendämmerung erreichten sie die Pyramide, die vier Meilen von Tacuba entfernt am Tototepec lag, dem Berg der Truthenne. In ihrem Tempel, von dem aus man die ganze umliegende Ebene vollständig überblickte, suchten sie Zuflucht. Er war wie eine natürliche Festung.

Jetzt, da der Regen aufgehört hatte, dampfte die Erde unter der schwachen gelben Sonne. Einige der Männer gingen, nasse Lumpen um ihre Wunden gewickelt, wie Gespenster umher, tief gebeugt, mit dunkel geränderten Augen und leerem Blick. Andere warfen sich auf die Pflastersteine des Tempelhofs und blieben dort abgekämpft liegen. Falls die Mexica jetzt angriffen …

»Wo ist López?« fragte eine energisch klingende Stimme.

Mali hob den Blick. Cortés war mit dem Morgen wiederer-standen, die Rufe der Ozelote und das zauberkräftige Licht des

Morgensterns hatten seinen Geist zu neuem Leben erweckt. Er saß in voller Rüstung zu Pferd und schob sich langsam durch die Gruppen stöhnender und erschöpfter Männer.

»Ist López hier?«

Er hat nicht geschlafen, dachte sie. Seine Augen bildeten schwarze Punkte in seinem geisterbleichen Gesicht, das wie gemeißelt aussah. Er saß aufrecht im Sattel, und sein Bart glänzte unter der Sturmhaube, auf der eine Feder wippte.

Bleich und blutverschmiert kam Alvarado aus dem Morgendunst herbeigehumpelt. »Was wollt Ihr, *Comandante*?«

»Habt Ihr Martín López gesehen?«

»Den Zimmermann? Er ist hier. Er hat den Kampf überlebt, allerdings verwundet.«

Cortés schlug mit der Faust auf das Holzgestell seines Sattels und lachte. »Dann sind wir nicht verloren!«

»Herr?«

»Wir haben Schiffsbauer! Versteht Ihr?«

Alvarado schüttelte den Kopf.

»Ich habe während der Nacht darüber nachgedacht«, erklärte Cortés. »Ich habe ein Mittel gefunden, wie wir bei unserer Rückkehr ihre wichtigste Verteidigungsanlage gegen sie verwenden können.«

Auf Alvarados Gesicht trat Verständnislosigkeit. Vom Blutverlust geschwächt konnte er sich kaum auf den Füßen halten. »Ihr wollt dorthin zurückkehren?«

»Der See, Pedro! Wir werden Brigantinen bauen und die Mexica in ihrer eigenen Stadt umschließen! Wir lassen aus Santo Domingo weitere Geschütze kommen und belagern sie auf ihrem eigenen See!«

Alvarado sah ihn verblüfft an.

»Wegen eines vorübergehenden Rückschlags gibt man keinen Feldzug auf«, dozierte Cortés. »Wir werden zurückkehren und den Aufruhr im Namen unseres Königs niederschlagen!«

Trotz der grauen Morgenkühle spürte Mali, wie sich in ihrem ganzen Körper Wärme ausbreitete. In jenem Augenblick liebte sie ihn mehr, als sie das je für möglich gehalten hatte. Er war besiegt, doch vernichten konnte man ihn nicht. Während sich die zitternden und zagenden Kreaturen um ihn herum fröstelnd zusammenkauerten und als geschlagen ansahen, trat der Gott in ihm, in die Gestalt des Menschen gekleidet, aus der Morgendämmerung hervor. Alles, was er ihr angetan hatte, war vergeben.

Er war eben doch Gefiederte Schlange.

Er hat den Verstand verloren, dachte Benítez. *Wir werden zurückkehren und den Aufruhr im Namen unseres Königs niederschlagen!* Er hat ganz und gar den Verstand verloren.

Gestern nacht haben wir sechshundert Männer und einige unserer besten Hauptleute eingebüßt, unter ihnen León – die zweitausend Tlaxcalteken-Krieger gar nicht gerechnet. Wir haben sämtliche Geschütze verloren, verfügen über kaum noch zwei Dutzend Pferde, von denen die meisten lahmen. Fast alle aus Nárvaez' Streitmacht, die sich die Waffenröcke mit Motecuzomas Gold vollgestopft hatten, sind auf dem Damm umgekommen. Die wenigen seiner Männer, die noch leben, sind schwer verwundet. Wir sind ein paar hundert inmitten von Millionen Mexica.

Und er will nur wissen, ob López arbeiten kann.

Er muß den Verstand verloren haben.

Benítez humpelte beiseite und schlief mit offenen Augen ein, den Kopf gegen einen Schädelständer gelehnt, ohne es recht zu merken. Im Traum versuchte er vor Mexica-Kriegern davonzulaufen, aber seine Beine gehorchten ihm nicht. Als er erwachte –, Minuten oder Stunden später, er konnte es am grauen Himmel nicht erkennen –, hörte er den Schall von Muscheltrompeten. Die Priester auf der obersten Plattform des Tempels von Tlatelolco verkündeten den Sieg. Die Klänge der großen Trommel, die Stunden zuvor Alarm gegeben hatte, hallten jetzt durch das Tal und taten kund, daß es ihrem Gott Kolibri gefalle, die Gefangenen als Opfer entgegenzunehmen.

Benítez dachte an Norte. Hoffentlich war er rasch gestorben, im See ertrunken, die Taschen voller Gold, wie Pater Guevarra. Er hoffte, daß die Muscheltrompeten an diesem grauen Morgen nicht ihm galten.

Die Priester warteten oben auf der Pyramide, die Gesichter mit Ruß beschmiert. Um den Kopf trugen sie breite Lederbänder, und auf ihren schwarzen Gewändern leuchtete frisches Blut. Sie hatten an jenem Morgen reichlich zu tun gehabt.

Das Herz, das jetzt im Becken zuckte, gehörte León.

Nortes Beine trugen ihn nicht mehr. Er fiel zu Boden. Der Krieger, der ihn gefangengenommen hatte, zerrte ihn den Rest des Weges bis zur obersten Plattform hinter sich her. Wie viele Male hatte er mit angesehen, wie das einem anderen armen Opfer widerfuhr?

Einen Augenblick lang ließ sich die Sonne am bleigrauen Himmel sehen.

Norte bekam einen Kopfputz aufgesetzt, Federfächer in die Hände gesteckt. Die Priester zwangen ihn, zum Rhythmus der Trommeln zu tanzen, stießen mit Speeren und brennenden Fackeln nach seinen Beinen und Füßen. Hungrig sah Kolibri aus der Dunkelheit herüber, seine Augen glommen im Schein der Kohlebecken, sein Körper glänzte von Jade und Perlen.

Unvermittelt packten vier der Priester Norte an Armen und Beinen und drückten ihn rücklings auf den Stein. Ein fünfter legte ihm ein hölzernes Joch um die Kehle. Jetzt furchtlos, richtete er den Blick auf die Sonne und sprach ein kurzes Gebet. Irgendein Gott würde es hören.

Barmherzig rasch öffnete der Hohepriester die Brust mit seinem steinernen Messer. In wenigen Augenblicken hatte er das zuckende Herz herausgerissen. Er zeigte es dem Spanier auf dem Stein, bevor das Licht in dessen Augen erlosch. Dann opferte er den aufsteigenden warmen Rauch der Sonne, bevor er der Gottheit das Organ ins Gesicht schleuderte.

Den Körper trat er die Treppe der Pyramide hinab und ließ den nächsten Gefangenen vor sich bringen.

100

Ihre einzige Hoffnung hieß Tlaxcala. Es war äußerst unklar, ob Älterer Wespenring sie empfangen würde, gebrochen und besiegt, wie sie waren, doch wußte Cortés, daß sie einen langen

Marsch zur Küste nicht überstehen würden. Sie mußten es darauf ankommen lassen.

An jenem Tag führten die Mexica nur einzelne Angriffe gegen die Tempelfestung. Doch waren das eher Störmanöver als ein planvoller Vorstoß, denn sie setzten ihre Hauptstreitmacht nicht ein. Wie Mali vorausgesagt hatte, waren sie vermutlich damit beschäftigt, die von ihren Göttern vorgeschriebenen Opferriten durchzuführen. Das war die Atempause, auf die Cortés inständig gehofft hatte.

Bald nach Einbruch der Dunkelheit brachen die Spanier auf, ließen aber ihre Feuer im Tempelhof brennen, um dem Feind im Glauben zu lassen, sie seien noch dort.

Es war ein kläglicher Rückzug. Die meisten Pferde trugen zwei Reiter, von denen jeweils einer schwer verwundet war; andere Krieger schleppten sich mühsam dahin, hielten sich am Lederzeug oder dem Schweif eines der Tiere fest oder stützten sich auf kräftige Stöcke. Besonders schwer Verwundete hatte man Pferden über die Kruppe gelegt, die so sehr lahmten, daß sie für den Kampf nicht taugten.

Benítez hatte man einen Schecken gegeben, dessen Reiter während der Nacht seinen Wunden erlegen war. Er sollte zusammen mit den wenigen anderen, die noch imstande waren zu reiten, die Flanken des Zuges decken, die immer wieder Ziel von Steinwürfen und Pfeilen von Stoßtrupps der Mexica wurde. Deren Schreie und Pfiffe verstärkten die Qual der Geschlagenen und bestärkten sie in der Gewißheit, daß ihnen der eigentliche Angriff noch bevorstand.

Die überlebenden Tlaxcalteken-Krieger, die als Kundschafter vorauszogen, führten sie um den Texcoco-See herum nach Nordosten. In der Morgendämmerung des folgenden Tages hatten sie eine Stadt namens Tepotzotlan erreicht, die drei Wegstunden nordwärts lag. Die Bevölkerung war geflohen, hatte aber Mais- und Gemüsevorräte zurückgelassen. Sogar Truthähne fanden die Spanier noch vor.

An jenem Morgen aßen sie sich satt und schliefen einige Stunden auf dem Boden des Kaziken-Palastes.

Am Nachmittag brachen sie erneut auf, durchzogen Citlatepecon an der Nordspitze des großen Sees von Texcoco und wandten sich von dort nach Osten. Die Nacht verbrachten sie in einem Tempel der Gefiederten Schlange. Abermals waren die Bewohner der Ortschaft geflohen. Da sie aber diesmal alles Eßbare mitgenommen hatten, kam zur Erschöpfung noch der Hunger.

Die Mexica hörten nicht auf, sie zu peinigen. Auf einer Anhöhe verlor Cortés zwei bereits schwerverwundete Krieger und ein lahmendes Pferd. Da es ihnen aber gelang, dessen Kadaver vor den Mexica zu retten, konnten sie davon ihr Abendessen bestreiten.

In jenen Tagen kamen sie jeweils nur einige Wegstunden weit. Immer wieder wurde irgendein Teil ihres Zuges angegriffen, und Tag für Tag erlagen mehr Männer ihren Wunden. Inzwischen befehligte Cortés nur noch dreihundert Mann der Fußtruppe und siebenundzwanzig Berittene. Nahezu jeder von ihnen wie auch fast alle Pferde waren verwundet. Ihnen standen keine Geschütze zur Verfügung, und auch die wenigen Hakenbüchsen, die ihnen geblieben waren, waren ihnen nicht von Nutzen, da sie keine Munition mehr hatten. Die Mehrzahl der Armbrustschützen war tot. Von den verbündeten Tlaxcalteken waren ihnen weniger als tausend geblieben.

Als sie die Pässe im Hochgebirge erstiegen, mußten sie Gras essen.

Am Vormittag hatte ein Stein, der nahe der Baumgrenze gegen sie geschleudert wurde, Cortés, der seinen Helm nicht getragen hatte, über dem Auge getroffen. Jetzt klaffte eine große Wunde in seiner Stirn, und Mali ließ ihn sich ans Lagerfeuer setzen, um sie im letzten Licht des Tages zu nähen. Als Nadel diente ihr ein Agavendorn, als Faden eines ihrer langen schwarzen Haare, das sie sich ausgerissen hatte.

Cortés gab ein unterdrücktes Knurren von sich, als sie den spitzen Dorn probehalber ansetzte. Sie hatten nichts, um den Schmerz zu lindern. Er bemühte sich, an etwas anderes zu denken, und konzentrierte sich auf seine Pläne für die Belagerung von Tenochtitlán.

»Ich mache, so rasch ich kann«, versprach Mali.

Er spürte, wie der Dorn die Haut über seinem Auge durchdrang. »Jeder Schmerz ist besser als der Tod.«

»Nicht alle denken so.«

»Das sollten sie aber. Der Tod kommt noch früh genug.« Er sah sie an. So sehr konzentrierte sie sich auf ihre Aufgabe, daß ihr hübsches braunes Gesicht verkniffen wirkte. Ihr praller Unterleib war nur wenige Zoll von seinem Gesicht entfernt. *Dort schlägt das Herz meines Sohnes.* »Hast du Angst?«

»Nicht, wenn ich bei Euch bin«, flüsterte sie.

Er lächelte. *Ach, Mali, meine chiquita, mein dunkler und sinnlicher Engel. Auch wenn Pater Olmedo dich noch so feierlich mit Wasser besprengt hat, bist du keine christliche Dame. Aber du bist tapfer wie nur irgendein Spanier und so gerissen wie ein Maure. Ohne dich wäre es mir nicht einmal gelungen, vom Meeresufer ins Binnenland vorzudringen. Gut möglich, daß du eine Prinzessin bist, aber schade, daß du nicht zugleich Tochter eines spanischen Herzogs bist. Das ist dein einziger Fehler.*

»Werdet Ihr um Doña Ana weinen?« fragte sie flüsternd.

»Es war nur die Tändelei einer Nacht«, log er.

Der Dorn stach in sein Fleisch. Er biß die Zähne zusammen. »Und liebt Ihr mich, wenigstens ein bißchen?«

»Ich liebe dich so sehr, wie ich noch nie jemanden geliebt habe«, sagte er.

Auf seine Weise. Er nahm sich im stillen vor, daß er sie eines Tages angemessen für ihre Hingabe und Ergebenheit belohnen würde. Er hoffte, dazu Gelegenheit zu haben.

»Und habt Ihr Angst?«

»Nein, *chiquita.*«

Sie beendete ihre Arbeit. Er nahm ihr Gesicht in die Hände und küßte sie. Nein, Angst hatte er nicht. Wohl aber empfand er eine alles verzehrende Wut. Diese Mexica hatten ihn an den Rand einer Niederlage gebracht. Das würde er ihnen nie verzeihen. Jetzt mußte er ihnen zeigen, daß Gott auf seiner Seite war.

Fünf Tage lang zogen sie Tag und Nacht weiter, eine stolpernde Geisterkolonne. Sie erstiegen die Paßhöhe oberhalb einer Stadt namens Otumba und sahen von dort die Berge von Tlaxcala, etwas mehr als zehn Wegstunden entfernt. Unter ihnen sahen sie die fruchtbare Ebene von Apam liegen. Sie sahen aber auch, daß dort das ganze Heer der Mexica Aufstellung genommen hatte. Es erwartete sie.

101

Ein Feld aus jadegrünen und karmesinroten Federn, aus leuchtenden Bannern und verzierten Schilden, ein Heer, so groß, daß man die Zahl seiner Krieger nicht einmal annähernd schätzen konnte. An der Spitze eines jeden Trupps bemalter Krieger stand dessen Befehlshaber. Adlerritter spähten unter ihren Schnabelhelmen hervor, von den Ärmeln ihrer silbergrauen Rüstungen hingen Adlerfänge. Auch Jaguarritter in schwarzgefleckten Fellen und Helmen mit gebleckten Zahnreihen standen zu ihrem Empfang bereit.

Schon aus der Ferne konnte Cortés die Feldherren erkennen. Ihre reich verzierten Umhänge, ihre Nasenpflöcke und der Unterlippenschmuck aus Jade und Kristall zeigten ihren hohen militärischen und gesellschaftlichen Rang an. Die Standarten trugen sie auf den Rücken gebunden; sie bestanden aus Federn und Riedgras, die zu bunten Mustern verarbeitet und von Rahmen aus Weidengeflecht gehalten wurden. Um sie sammelte sich das Heer.

Trommeln, Muscheltrompeten und Flöten hallten durch das Tal. Voll Entsetzen und Verzweiflung sah Cortés' winzige Streitmacht auf das gewaltige Heer. Hier mußte alles enden. Sie hatten vergebens gelitten.

Cortés ließ sie ein dichtgedrängtes Viereck bilden. Die Reiterei postierte er außen, die Verwundeten kamen in die Mitte. Ohne Geschütze, ohne Arkebusiere und Armbrustschützen konnten sie kein schützendes Schußfeld zwischen sich und dem Feind schaffen. Sie würden sich einfach zum Kampf stellen und sich ihrer Haut wehren müssen, bis alle tot waren.

Cortés wendete sein Pferd und führte es langsam die Reihe entlang zurück, bis er sich seiner schwachen Streitmacht gegenübersah. In der Rechten hielt er das zerfetzte blaue Banner, das sie von der Küste an stets mit sich geführt hatten. *Brüder, wir wollen dem Kreuz folgen, und unser Glaube wird uns den Sieg geben*!

»Meine Herren«, sagte Cortés. »Vor euch seht ihr die Heere der Mexica.«

Fest blickte er ihnen in die Augen. Das schrille Pfeifen und das Kriegsgeschrei waren betäubend. Sie mußten sich anstrengen, um ihn zu hören.

»Sie sind in der Hoffnung gekommen, uns zu vernichten. Wieder einmal sind wir dem Feind an Zahl weit unterlegen.«

Er hob die Stimme.

»Und doch – wie oft hatten wir in den vergangenen Monaten gemeint, wir seien geschlagen und der Feind hätte die Oberhand? Haben wir nicht am Fluß der Tabasca Seite an Seite gegen ein ebenso großes Heer wie dies hier gekämpft? Blieben wir damals nicht siegreich? Und was war mit den gewaltigen Horden der Tlaxcalteken und den Geschützen und der Reiterei, die Nárvaez bei Cempoallan gegen uns aufgeboten hat?

Wir waren den anderen stets überlegen, weil wir weder gewöhnliche Männer noch gewöhnliche Krieger sind. Jeder von euch kann voll Stolz von sich sagen, daß er ein Krieger des Cortés ist. In späteren Jahren wird man eure Taten besingen, denn nicht nur eure Tapferkeit und Fertigkeit mit den Waffen zeichnet euch vor anderen Sterblichen aus. Weit mehr als das hat jeden von euch Gott selbst auserwählt, unter dem Schutz seines Banners zu marschieren.« Er hielt den zerfetzten blau-weißen Wimpel empor, der einst von der Rah seines Flaggschiffs geweht hatte. »Im Zeichen dieses Kreuzes werden wir siegen! Und vergeßt nicht: auch heute noch seid ihr im Vorteil, solange ihr Kraft in euren Armen habt. Diesen Mexica steht der Sinn nach nichts anderem, als euch für ihre verabscheuungswürdigen Riten gefangenzunehmen. Daher stehen sie euren tödlichen Stößen verwundbar gegenüber. Wie ihr wißt, kämpft ihr Heer nicht als Ganzes, sondern jeder kämpft für sich. Heute schlagt ihr keine Schlacht, sondern stellt euch einer Abfolge von Zweikämpfen. Ich bin überzeugt, daß Gott euch Kraft gibt, diese Bewährungsprobe zu bestehen. Schlagt nicht wild um euch, damit sie eure

Deckung nicht durchbrechen und Hand an euch legen oder ihre Streitkolben einsetzen können. Stoßt vielmehr gezielt mit euren Schwertern zu.«

Er ließ eine Pause eintreten, um seine Worte wirken zu lassen.

»Wenn man in späteren Jahrhunderten die Geschichte der Welt schreibt, wird man euch darin ein glänzendes Kapitel widmen! Bis ans Ende aller Tage wird man von diesem Tag reden, und eines jeden von euch wird man als eines Helden gedenken.

So wappnet euch, meine Herren und wendet euch dem Feind entgegen. Wenn ich den Befehl gebe, werden wir angreifen, und wir werden siegen!«

Mali hatte eine Hand am Zaumzeug der großen kastanienbraunen Stute. Cortés beugte sich aus dem Sattel zu ihr herab und strich ihr über das Haar. »*Chiquita.* Wie geht es dem künftigen Großkönig der Mexica?«

Sie legte die Hand auf ihren Leib. Die Blutung in der Nacht beim Rückzug über den Damm war stark gewesen, hatte sich aber nicht wiederholt. »Gut, Herr.«

Er zog den Stulpenhandschuh aus und tätschelte ihr die Wange. »Haltet Euch in der Mitte unseres Trupps. Alles wird gut.«

»Achtet darauf, daß Euch nichts geschieht.«

»Wir werden miteinander im Palast von Tenochtitlán sitzen. Das schwöre ich Euch.« Er küßte sie. »Meine Geliebte.« Mit einem Lächeln gab er seinem Pferd die Sporen. Die übrigen Berittenen folgten ihm. Schnaubend scharrten ihre Tiere mit den Hufen. Sie schienen die Furcht und Aufregung zu spüren, die um sie herum in der Luft lag.

Wir werden nie im Palast sitzen, dachte Mali. Du bist kein Gott, sondern ein Mensch, und heute stehen die Aussichten für dich zu schlecht. Du wirst auf diesem Schlachtfeld sterben, und ich mit dir. Wir haben die Götter mit unserem Stolz und unserer Überheblichkeit zu sehr herausgefordert.

Aber es wird mich nie reuen. Nie hatte ich geglaubt, daß ich im Leben einem Cortés begegnen würde, und wenn ich noch einmal auf die Welt käme, würde ich alles genauso machen. Für dich.

Benítez setzte sich im Sattel aufrecht. Jeder Muskel schmerzte ihn. In der Nacht ihres Rückzugs – Cortés hatte sich angewöhnt, von der *noche triste* zu sprechen – hatte ein Lanzenstich seinen Wangenknochen bloßgelegt, und sein Gesicht brannte wie Feuer. Zwei Tage zuvor hatte sich ein Pfeil in seine Wade gebohrt, und er konnte sein rechtes Bein kaum gebrauchen. Seit Tagen hatte er nichts gegessen, und er fürchtete, kraftlos vom Pferd zu fallen. Dennoch war er entschlossen, dem Feind nicht lebend in die Hände zu fallen. Er wollte nicht auf einem von dessen Götzensteinen enden.

»Wir greifen in Fünfergruppen an«, rief Cortés. »Haltet die Lanzen hoch, zielt auf die Augen und kehrt im Galopp zurück. Kümmert euch nicht um die einfachen Krieger, nehmt euch die Befehlshaber vor, solche mit einem Kopfputz in Gestalt von Greifvögeln oder Raubkatzen. Besser noch, tötet die mit einem Kopfputz aus Federn, Nasenschmuck und Standarten aus Flechtwerk – das sind ihre Feldherren.«

Dann sagte er seinen Hauptleuten, was er den einfachen Kriegern nicht zu sagen gewagt hatte: »Wenn wir schon sterben müssen, wollen wir stolz sterben. Gott schütze Euch alle.«

102

Über Stunden zogen sich die Zweikämpfe hin. Wie es ihre Gewohnheit war, kämpften die Mexica nicht, um zu töten, sondern um Gefangene zu machen. Die jungen Krieger schwangen ihre mit Obsidianklingen besetzten Streitkolben gegen Trupps gut geschulter spanischer Pikeniere, die als disziplinierte Einheit kämpften und nicht wie sie Mann gegen Mann. Die ausgehungerten Bulldoggen und Wolfshunde der Spanier richteten unter den Mexica ein Blutbad an. Für jeden Spanier, der fiel, starben Dutzende ihrer Krieger. Doch ihre Zahl war übermächtig, und gegen Mittag stand Cortés' Streitmacht, die schon durch ihre Wunden und vom Hunger geschwächt war, vor der völligen Erschöpfung.

Die Linien der Spanier gaben nach. Die Mexica verstärkten den Druck.

»Hier. Nehmt«, sagte Jaramillo. Er zog den Dolch aus der Scheide an seiner Hüfte und gab ihn Mali in die Hand. Während der *noche triste* war ihm eine Lanze durch den Oberschenkel gedrungen, jetzt lag er mit den anderen Verwundeten im Inneren des Verteidigungsquadrats. Nur wenige Fuß entfernt schrien und pfiffen die Mexica und warfen sich gegen die dünne Linie aus Pikenieren.

»Was wollt Ihr?«

»Nehmt! Ich möchte ihnen nicht lebend in die Hände fallen. Ich will nicht mein Blut in ihren teuflischen Tempeln vergießen.« Seine Hände zitterten, und seine Augen waren vor Entsetzen weit aufgerissen. »Ich habe gesehen, wie gut Ihr damit umgehen könnt, und bitte Euch nur, gönnt mir ein rascheres und weniger unappetitliches Ende als Motecuzoma.«

Verwirrt hielt sie den Dolch in der Hand. Ein Mann durfte den Blumentod weder auf dem Schlachtfeld noch auf dem Opferstein fürchten. Aber von den Händen einer Frau sterben?

Jaramillo schob sein Hemd hoch, ergriff das Heft des Dolches und zog ihn so zu sich herab, daß die Spitze über seinem Herzen auf der Brust saß. »Tut es«, sagte er.

Sie sah ihn unverwandt an.

»Warum zögert Ihr?«

»Nein«, sagte jemand und legte ihr eine Hand auf den Arm.

Sie sah sich um. Aguilar. »Das darfst du nicht. Sonst wird er auf alle Zeiten in der Hölle brennen!«

»Nur, wenn ich von eigener Hand sterbe!« rief Jaramillo.

»Der Urheber seid in beiden Fällen Ihr«, sagte Aguilar. Er wirkte gelassen. Irgendwo unterwegs hatte er sein kostbares Stundenbuch verloren und schien ohne dieses nun fast nackt zu sein. Jetzt ergriff er auf die gleiche Weise, wie er einst sein Gebetbuch gehalten hatte, das große goldene Kruzifix, das ihm vom Hals hing – Cortés hatte auf Pater Olmedos Wunsch hin den Goldschmieden von Tenochtitlán den Auftrag gegeben, aus dem eingeschmolzenen Gold eine Anzahl solcher Kruzifixe herzustellen –, und fiel auf die Knie. »Wir wollen zu Gott beten, daß er uns Kraft für das Ende gebe«, sagte er.

Jaramillo stieß ihn zurück. »Ich will Eure Gebete nicht!« Er wandte sich an Mali. »Tut es jetzt! Tut es jetzt, Teufelsweib!

Laßt mich rasch sterben!« schrie er mit sich überschlagender Stimme.

Aguilar versuchte, ihr den Dolch zu entreißen. »Er wird seine unsterbliche Seele verlieren!«

Keiner von denen ist Cortés' würdig, dachte sie. Wie hatte er nur mit diesem Heer von Jammerlappen so weit kommen können?

Um sie herum tobte die Schlacht. Mali ließ den Dolch herniederfahren, so daß die Klinge wenige Zoll neben Jaramillos Kopf bis zum Heft im Boden stecken blieb.

Er begann zu weinen.

»Du hast seine Seele gerettet«, sagte Aguilar.

Mali schüttelte den Kopf. »Nein«, sagte sie mit leiser Stimme. »Ich glaube einfach nicht, daß mein Herr Cortés besiegt werden kann.«

Ich bin verloren, dachte Cortés. Noch während er seine Attacke ritt, war ihm klar, daß er seine eigene Regel mißachtet und sich zu weit von den eigenen Linien entfernt hatte. Die Müdigkeit hatte ihn unaufmerksam gemacht, ein tödlicher Fehler. Die Reihe der Mexica-Krieger gab in der Mitte nach, und als er sein Pferd wendete, liefen sie zurück, um ihn zu umzingeln. Sie hätten ihn mit ihren Streitkolben und Lanzen an Ort und Stelle töten können, aber keiner von ihnen wagte sein Blut zu vergießen, denn der Gebieter Marinas gehörte dem Gott Kolibri.

Wild ließ Cortés den Degen kreisen, ihn auf die Hände derer niederfahren, die ihn festzuhalten versuchten, durchschnitt die Seilschlingen, mit denen man ihn fesseln wollte. Aber die Zahl der Feinde war zu groß, und so wurde er schließlich aus dem Sattel gerissen. Hart schlug er auf dem Boden auf, so daß ihm einen Augenblick lang der Atem stockte.

Dann spürte er eine leichte Erschütterung des Bodens und hörte den Donner von Hufen. Als er aufsah, erkannte er unter den Helmen die Gesichter von Benítez und Sandoval, die ihre Tiere durch die Reihen der Mexica trieben. Drei weitere stießen zu ihnen, Olid, Alvarado und Juan de Salamanca. Cortés sprang auf die Füße und lief zu seinem Pferd.

Ich kann nicht sterben, dachte Cortés. Gott hält mich aus einem bestimmten Grund am Leben; er hat mir offenbar ein anderes Schicksal vorherbestimmt.

Dann sah er sie, dort in den Wolken über dem Hügel. Sie lächelte mild, und ihr bleiches Gesicht schimmerte wie von innen erhellt. Sie streckte ihm die Hand entgegen, machte ihm Mut. Der Ostwind umspielte die Falten ihres purpurfarbenen Gewandes. *Nuestra Señora de los Remedios*, Unsere Liebe Frau von der immerwährenden Hilfe.

Unterhalb von ihr sah er auf dem Grashügel den königlichen Tragsessel mit dem goldenen Baldachin, und gleich daneben einen offenbar hohen Adligen mit einer kunstvoll gearbeiteten Flechtwerkstandarte auf dem Rücken. Viele bunte Federn auf diesem hoch aufragenden, mit Schmucksteinen und Gold reich verzierten Feldzeichen bildeten das Wappen der Weiblichen Schlange. Der Mann, der es emporhielt, trug einen gewaltigen Kopfputz aus Quetzalfedern, und an Ohren, Nase und Armen glänzte Goldschmuck.

Ihr oberster Feldherr, erkannte Cortés. Sein unvorsichtiger Vorstoß hatte ihn bis auf wenige hundert Schritt an ihn herangebracht, und nur eine geringe Anzahl von Mexica-Kriegern stand zwischen ihnen. Er mußte an die erste Schlacht gegen die Tlaxcalteken denken, als ihm Mali gesagt hatte, daß die Krieger beim Tod ihrer Befehlshaber schlagartig jeglicher Mut verläßt.

»Wir müssen zurück, bevor sie uns wieder umschließen!« rief Benítez.

»Nein! Wir stoßen vor!« Er wies auf den Hügel. »Die Jungfrau weist uns den Weg! Tötet ihre Feldherren, und wir bleiben Sieger!«

Er trieb sein Pferd den Hang hinauf und hieb sich seinen Weg durch die Reihen der Mexica. Das Bild der Jungfrau vor ihm drängte ihn voran.

Cortés galoppierte auf den goldenen Baldachin zu. Erst als er nicht einmal mehr hundert Schritt entfernt war, erkannten die Hauptleute und Berater von Weiblicher Schlange seine Absicht, und er sah ihre Verwirrung und ihr Entsetzen. Er geloppierte geradewegs auf Weibliche Schlange zu und ritt ihn nieder. Die kunstvolle Flechtwerkstandarte zersplitterte unter den Hufen. Cortés wendete sein Tier und sah, daß der Feldherr der Mexica wieder auf die Füße kam. Juan de Salamanca, der von hinten heranstürmte, stieß ihm die Lanze durch die Brust, so daß er zu Boden stürzte. Benítez, Olid, Sandoval und Alvarado zerstreuten seine Hauptleute und Berater.

Cortés hob die zerstörte Standarte vom Boden auf und reckte sie hoch in die Luft. Im nächsten Augenblick ertönte ein ohrenbetäubendes Trommeln und Pfeifen.

Er sah, daß die Mexica den Rückzug antraten. Sie verschwanden in der Ebene unter ihm, als hätte er den Fluten des Ozeans geboten, sich zurückzuziehen.

Schlaff hing seine Hand mit dem Degen herab.

Es war ihm gelungen: Er hatte gesiegt.

Die überlebenden Spanier kehrten Otumba den Rücken und kämpften sich durch die Ebene und die Vorberge nach Tlaxcala durch. Mali, die auf einem der lahmenden Pferde ritt, umklammerte ihren Leib und versuchte, nicht weiter auf die immer wiederkehrenden Krämpfe zu achten. Das Wunder war geschehen, wie es Cortés vorhergesagt hatte. Er ritt neben ihr und versicherte ihr, wie bald sie zurückkehren und den Palast von Tenochtitlán aufs neue in Besitz nehmen würden.

Er ist doch ein Gott, dachte sie. Er ist Kolibri, er ist Gefiederte Schlange, er ist Christi Krieger, Erlöser und Erretter. Und ich werde stets an seiner Seite sein, denn ich bin die Mutter mit dem Kind.

Heute sind wir wahrhaft Götter. Durch meine Vermittlung ist er zurückgekehrt und hat Motecuzoma besiegt. Der Morgenstern wird einen neuen Tag verkünden. Die Ozelote werden unseren Sieg in die Welt hinausschreien. Eine neue Gefiederte Schlange wird Tollán den Frieden bringen.

Ja, heute sind wir Götter.

Teil IV

Spiritus Sanctus

Wenn es im Himmel Spanier gibt, will ich nicht dorthin.

Antwort des Indiohäuptlings Hatay auf Kuba,
als man ihm die letzten Riten anbot, bevor er auf
dem Scheiterhaufen verbrannt wurde.

103

Tenochtitlán

August 1521

»Das habe ich nie gewollt«, sagte Cortés.

Man hatte auf der Dachterrasse dessen, was vom Palast des Edlen Herrn Antlitz über dem Wasser übriggeblieben war, ein Zelt mit leuchtend rotem Dach errichtet. Von dort aus schweifte der Blick über den letzten Teil der Stadt, den die Mexica noch hielten. Mali stand neben ihm und sah zu, wie Alvarados Männer Tenochtitlán den Gnadenstoß gaben. Noch hielten sich die Verteidiger, doch konnten sie Widerstand nur noch dadurch leisten, daß sie von den Dächern der ihnen verbliebenen Häuser Steine auf die Spanier schleuderten.

Die Stadt lag in Trümmern. Die Statuen waren umgestürzt, die Adobe-Mauern der Paläste eingerissen, Fackeln in Strohdächer geworfen und Tempel niedergebrannt.

All das war auf Cortés' Befehl geschehen.

Die Stadt wurde restlos zerstört, als wollte er damit sagen: Wenn ich sie schon nicht haben kann, wie sie war, werde ich sie dem Erdboden gleichmachen. Tenochtitlán, einst die herrlichste Stadt, die man je gesehen hatte, würde bald dahin sein.

»Das habe ich nie gewollt«, sagte er noch einmal mit leiser Stimme, als müsse er sich selbst davon überzeugen.

Bald würde alles vorüber sein. Es war der Morgen des 13. August, der Tag des heiligen Hippolyt, Schutzpatron der Pferde. Wieder einmal war der Monat gekommen, da die Früchte fallen.

Nur ein Genie oder ein Verrückter, hatte Benítez damals bei ihrem Eintreffen in Tlaxcala gesagt, konnte auf den Gedanken kommen, in einem Hochtal im Landesinneren eine Flotte zu bauen. Doch als Martín López erst einmal von seinen Verwundungen genesen war, hatte er gezeigt, wozu er imstande war. Aus dem Holz frisch geschlagener Bäume und aus dem Eisen und Segeltuch, das sie in San Juan de Ulúa geborgen hatten, waren zwölf vierzig Fuß lange Brigantinen mit einem Tiefgang von lediglich achtzehn Zoll entstanden. Achttausend Träger hatten diese Schiffe zerlegt und über die Sierra ans Ufer des Sees von Texcoco gebracht.

Vier Monate war es jetzt her, daß man sie zu Wasser gelassen hatte. Für jedes der Schiffe hatte López neben den zwei Masten acht Ruderbänke vorgesehen, so daß sie auch bei Windstille manövrierfähig waren, und jedes war mit einem Buggeschütz aus Bronze bestückt.

Mit dieser kleinen Flotte und einigen Verstärkungen aus Santo Domingo hatte Cortés Tenochtitlán belagert, so wie er es vorausgesagt hatte. Zehntausende Eingeborenenkrieger aus den umliegenden Provinzen waren zu seinen Fahnen geeilt, um sich an der Vernichtung der verhaßten Mexica zu beteiligen. Unterdessen wirkte im Inneren der Stadt eine weitere Waffe. Ohne es zu wissen, hatten die Spanier die Pocken aus Kuba mitgebracht. Die Krankheit hatte sich in der Hauptstadt ausgebreitet und in den Monaten seit der *noche triste* Tausende von Mexica dahingerafft.

Die Belagerung dauerte lediglich dreiundneunzig Tage.

»Ich hatte keine Wahl«, sagte Cortés. »Um die Stadt zu bewahren, mußte ich sie zerstören. Verstehst du?«

Mali schwieg. Von ihrem erhöhten Beobachtungspunkt aus konnte sie sehen, wie Alvarados Männer ins Viertel von Tlatelolco eindrangen. Die Umrisse der Krieger zeichneten sich vor der großen Pyramide des Tempels ab. Der Staub eingestürzter Adobe-Wände vermischte sich in ihrer Nase mit dem beißenden Rauch brennender Gebäude. Die Luft hallte vom Krachen der Hakenbüchsen, den Pfeifen und Trommeln der Indios und den gequälten Schreien jener wider, die unter eingestürzten Gebäuden begraben lagen. Es waren die Geräusche, die Motecuzomas sterbende Stadt von sich gab.

»Du siehst in mein Herz, Mali. Ich habe das nie gewollt«, wiederholte er.

Sie konnte ihm keine Antwort geben.

»Diese Mexica sind entschlossen zu sterben. Auf welche andere Weise könnten wir unsere Macht hier errichten? Ich wollte weder sie vernichten noch die Stadt zerstören. Mir blieb keine Wahl.«

Keine Wahl. Zwei einfache Wörter, die Ausrede von Schwindlern und Halunken. Sie konnte nicht um ihn weinen. Der Feind ihres Feindes war zwangsläufig ihr Freund. Die Voraussage ihres Vater hatte sich bewahrheitet. Sie hatte ihr Schicksal in der Zerstörung gefunden, und sie hatte am Ende der fünften Sonne das Chaos gebracht.

Sie hatte sich als groß erwiesen, aber nicht als gut.

Aber einmal waren sie Götter gewesen.

Staubbedeckt und keuchend kam ein spanischer Hauptmann auf die Dachterrasse. »Gute Nachrichten, *Comandante*«, sagte er. »Wir haben Herabstürzenden Adler gefangen.«

»Er fragt, ob er Euren Dolch haben kann«, sagte Mali.

»Was will er damit?«

»Sich umbringen. Er sagt, er hat mit allen Kräften gegen Euch gekämpft, und da ihm der Erfolg versagt geblieben ist, möchte er nur noch sterben.«

Cortés saß in seinem Sessel. Er trug einen schwarzen Samtanzug, und in seiner Kopfbedeckung staken grüne Federn in Nachahmung der Quetzalfedern, welche die Ehrwürdigen Sprecher der Mexica als Zeichen ihrer göttlichen Herrschaft trugen. Herabstürzender Adler stand vor ihm und reckte stolz den Kopf, obwohl seine Hand- und Fußgelenke in Ketten lagen. Er trug den Helm eines Adlerritters, mit Federn besetzte silbergraue Beinlinge und einen Umhang. García Holquin, der ihn gefangengenommen hatte, stand hinter ihm. Zwei Tlaxcalteken-Krieger waren als Wache postiert.

Das also ist Herabstürzender Adler, dachte Mali, der Mann, der Motecuzoma verhöhnt hat, weil er unfähig war zu sterben. Vielleicht ist ihm inzwischen aufgegangen, daß das Sterben nicht so leicht ist.

Ihr fiel die plötzliche Stille auf. Dreiundneunzig Tage lang hatten sie mit dem Lärm der Schlacht gelebt, den Schreien, den Pfiffen, dem Dröhnen der *teponaztli*-Trommeln von den Pyramiden herab, dem Donner einstürzenden Mauerwerks. All das hatte in dem Augenblick aufgehört, da Herabstürzender Adler gefangengenommen war. Jetzt legte sich ihr die Stille fast schmerzend auf die Ohren.

Cortés wandte sich an sie. »Sagt ihm, daß er sich keine Vorwürfe zu machen braucht, denn er hat überaus tapfer gekämpft.« Zwar lächelte er dabei, aber sie sah ihm ins Herz. Am liebsten hätte er ihm die Eingeweide bei lebendigem Leibe herausgerissen, weil er ihm Tenochtitlán nicht kampflos und unversehrt übergeben hatte. »Sagt ihm, daß ich sein Freund bin und ihn von Stund an behandeln werde, als wäre er mein eigener Bruder. Ich verbürge mich persönlich für seine Sicherheit und die seiner Angehörigen.«

Sie teilte das Herabstürzendem Adler mit, doch war ihr klar, daß auch er das nicht glaubte.

»Jetzt fragt ihn, was mit dem Gold geschehen ist, das wir zurückgelassen haben, als wir in der *noche triste* die Stadt über den Damm verlassen wollten.«

Herabstürzender Adler gab zur Antwort: »Zum Teil ist es im Schlamm des Sees verschwunden, und zum Teil liegt es unter den Trümmern der Häuser begraben. Immerhin hat seine Diebesbande unsere Stadt niedergebrannt. Alles, was von unserem Schatz geblieben ist, befand sich in meinem Kanu, als man mich gefangennahm.«

»Das glaubt er nie«, sagte Mali.

»Es ist mir einerlei, was er zu glauben bereit ist und was nicht. Du bist eine Hure, und er ist ein Dieb und ein Mörder. Warum sollte ich euch antworten?«

Sie dolmetschte seine Antwort, sparte aber die Beleidigungen aus. Trotz – vielleicht aber auch wegen – der unübersehbaren Geringschätzung, die er ihr entgegenbrachte, bewunderte sie ihn.

Cortés' Finger krallten sich in die Armlehnen seines Sessels. »In seinem Kanu haben wir lediglich einige Goldhelme und Armreifen gefunden. Das kann nicht alles sein.«

»Es ist alles, was uns seine Diebe gelassen haben, als sie Tenochtitlán verließen«, gab Herabstürzender Adler zur Antwort.

Mali sah Cortés' anschwellende Schläfenader; sie wußte, was das zu bedeuten hatte. Leise und mit schneidender Stimme sagte er: »Fragt ihn, wo er meinen Schatz versteckt hat.«

»Er ist sehr erzürnt«, sagte Mali, »und möchte wissen, wo Ihr sein Gold versteckt habt.«

»*Sein* Gold?« Herabstürzender Adler schüttelte den Kopf. »Ich habe es schon gesagt: *Unser* ganzer Schatz ist in der Nacht, da ihr wie die Hunde aus unserer Stadt geflohen seid, im Schlamm des Sees verschwunden.«

An Cortés gewandt sagte Mali: »Er besteht darauf, daß es in der *noche triste* verschwunden ist.«

Plötzlich lächelte Cortés. Er stand langsam auf, tat zwei Schritte auf Stürzenden Adler zu und umarmte ihn. »Sag ihm, daß wir uns über solche Dinge keine Gedanken mehr machen wollen. Was früher zwischen uns war, soll vergessen sein. Die Stunde der Finsternis ist vorüber. Ich möchte, daß er mich ab sofort als seinen Freund betrachtet.«

Es schauderte Mali bei dem Gedanken, was das für Herabstürzenden Adler zu bedeuten hatte.

104

Benítez wickelte sich ein Tuch um Mund und Nase und versuchte, so flach wie möglich zu atmen und nur einen flüchtigen Blick auf die in den Kanälen treibenden oder auf den Straßen liegenden Menschenbündel zu werfen. Manche von ihnen, die nicht den Lanzen der Spanier oder der Tlaxcalteken-Krieger, sondern Hunger oder Krankheit zum Opfer gefallen waren, lagen schon recht lange dort. Benítez konnte sich vorstellen, wie sie gelitten haben mußten. Die Bäume hatten keine Rinde mehr, und ihm fiel auf, daß die Erde in der Nähe der Stämme umgegraben war. Offenbar hatten die vor dem Verhungern stehenden Mexica versucht, dort eßbare Wurzeln zu finden.

Mexica-Krieger mit schweren, unversorgten Wunden lagen am Boden neben den Toten. Sie wußten, daß sie sterben würden, doch bat keiner von ihnen um Mitleid. Schweigend und gleichgültig erwarteten sie die tödlichen Hiebe, die ihre Qualen beendeten. Woanders, beispielsweise in Cholula, hatten sich die mit den Spaniern verbündeten Tlaxcalteken an Frauen, Kindern und Greisen gerächt, und Benítez hatte gesehen, wie man dort Lebende und Tote wahllos auf die Scheiterhaufen geworfen hatte.

Die große Stadt der Türme und Paläste war jetzt eine Wildnis aus Mauerresten. Ausschließlich im Norden, in der Handelsstadt Tlatelolco, standen noch Gebäude.

Zischend fiel Regen auf brennende Balken, ließ den Rauch der Feuer wie Wolken aufsteigen.

Eine Reihe von Menschen, die Gespenstern ähnelten, zog über den Damm. Es waren Frauen und Kinder, aber auch einige Greise, nur noch Haut und Knochen und in zerfetzte Gewänder gehüllt.

Benítez hatte ein sonderbares Gefühl in der Magengrube. Er war über sich und seine Gefährten entsetzt. Was haben wir nur getan? dachte er. Wir sind gekommen, um Gott zu dienen, statt dessen haben wir uns bereichert. Hier stand eine Stadt, prächtiger als Sevilla, prächtiger vielleicht noch als Rom oder Konstantinopel, und wir haben sie dem Erdboden gleichgemacht. Norte hatte recht. Wer waren die eigentlichen Heiden in diesem Lande?

Er sah, wie eine Gruppe von Kriegern eine Frau aus der Schar der Flüchtlinge herausholte. Im spanischen Lager lief das Gerücht um, die Mexica-Frauen hätten an ihren intimsten Stellen Gold verborgen, und so durchsuchten die Eroberer sie, wann und wo immer es sie danach gelüstete.

Es waren drei Hauptleute, und alle drei waren betrunken. Benítez kannte nur einen von ihnen, Jaramillo. Die beiden anderen waren erst vor kurzem von der Küste zu ihnen gestoßen.

»Man kann an mehr als einer Stelle Gold verbergen«, rief Jaramillo lachend und warf die Frau zu Boden. Er begann, an ihrem Gewand zu zerren. »Wir wollen doch mal sehen, was sie in ihrer Schatzhöhle verborgen hat.«

Gütiger Gott, dachte Benítez. Sie ist doch nur noch ein Haufen Knochen. Wie kann man ein solches Geschöpf begehren? Welche Lust kann man daraus gewinnen, sie weiter zu quälen? Seine Wut übermannte ihn.

»Laßt sie zufrieden!« rief er. »Laßt sie zufrieden!«

Als unmißverständliche Warnung zog er den Degen. Beunruhigt hob Jaramillo den Blick.

»Benítez?«

»Laßt sie zufrieden!«

Die anderen Hauptleute legten die Hand an ihren Degen.

»Nur kein Neid, Benítez«, sagte Jaramillo. »Ich bin sicher, daß ihre Schatzhöhle für uns alle groß genug ist.«

»Ich will nichts davon wissen. Sucht Euer Vergnügen woanders.«

Benítez senkte die Klinge, so daß sie auf Jaramillos Gesicht zeigte. Er sah, wie sein einstiger Gefährte berechnend zuerst auf ihn und dann auf seine Kameraden blickte. Es war Benítez klar, was er dachte.

»Wenn Ihr Euer Glück gegen einen einstigen Pflanzer erproben wollt, nur zu«, sagte Benítez. »Aber ich erinnere Euch daran, daß ich etwas mehr Erfahrung mit der Waffe habe als früher. Dank Cortés bin ich es gewohnt, gegen eine Übermacht zu kämpfen. Ich weiß nicht, wie gut Eure Freunde fechten, aber eins sage ich Euch: Ihr, Jaramillo, müßt daran glauben, ganz gleich, wie es danach weitergeht.«

Jaramillo schüttelte den Kopf. »Ihr seid ein Narr, Benítez. Kein Wunder, daß Ihr beim *Comandante* in Ungnade gefallen seid.« Doch wie es sich Benítez schon gedacht hatte, entschied er sich, dem Kampf auszuweichen. Er nickte seinen Gefährten zu, die ihre Hände vom Degengriff lösten. Dann stand er auf, warf Benítez einen letzten verächtlichen Blick zu und ging davon. Es gab mehr als genug Mexica-Frauen, und Benítez konnte ihnen nicht überallhin folgen.

Er steckte seinen Degen ein und fragte sich, was er erreicht hatte. Dann sah er auf den kläglichen Haufen aus Haut und Knochen zu seinen Füßen, dem ein entsetzlicher Gestank entquoll: verfilztes Haar, von Hunger und Entsetzen geweitete Augen. Ein bedauernswertes Geschöpf.

Dann durchfuhr ihn ein Ruck: Er kannte die Frau.

Ein leises Stöhnen entrang sich seinen Lippen. Die Augen waren alles, was er im Augenblick erkennen konnte. Er fragte sich, wieviel Leid sie in den letzten acht Monaten gesehen haben mochten. Allmählich schien auch sie zu merken, wer vor ihr stand, dann sah er, wie ihre Lippen lautlos zwei Worte bildeten. Es war der Name, den sie ihm gegeben hatte: behaarter Herr.

Er beugte sich über sie. Als hätte man ihm einen Dolch in die Brust gestoßen – so heftig war der Schmerz, den er empfand. »Regenblüte«, murmelte er auf *náhuatl.* Ein wenig von ihrer Sprache hatte ihn Mali in Tlaxcala gelehrt.

Mühelos hob er sie auf und trug sie über den langen Damm zurück. Er begegnete Kriegern, die ihm verständnisinnig zugrinsten. Auch eine Möglichkeit, sich eine Braut für eine Nacht zu besorgen, mochten sie denken.

Sie verstehen nicht, dachte Benítez. Ich bin nicht wie sie. Ich war nie wie sie. Deshalb trauere ich um den Tod dieser prächtigen Stadt und um das Ende unseres stolzen und unbeugsamen Feindes. Was ich in Armen halte, ist nicht eine Braut für eine Nacht, sondern eine Braut für das ganze Leben, sofern mein und ihr Gott sie am Leben läßt. Was sie hier sehen, ist kein Spanier und christlicher Edelmann wie sie selbst, sondern ein Abtrünniger.

Wie Gonzalo Norte.

105

Coyoacán

Der Ort des Wolfes

Sie hatten Herabstürzenden Adler auf die Folterbank gebunden und ihm die Füße mit Öl bestrichen. Als sie die Feuerbrände heranführten, hörte man, wie die Haut knisternd verbrannte. Der Geruch brennenden Fleisches verursachte Mali Übelkeit. Er aber gab keinen Laut von sich.

Der einzige Trost ist, dachte sie, daß Cortés zumindest das nicht angeordnet oder gebilligt hat. Zumindest hat er Wort zu halten versucht.

Gott im Himmel, dieser Geruch nach verkohltem Fleisch.

Alderete strich sich den Bart. Er hatte ein langes, schmales Gesicht, so würdevoll wie das eines Priesters. Er hatte verlangt, Mali solle für den Fall zugegen sein, daß Herabstürzender Adler weich wurde und sich bereit erklärte, das Versteck des Goldes preiszugeben. Er nickte zum Folterknecht hin, der die Füße des Opfers noch einmal mit Öl bestrich und den Feuerbrand aus dem Kohlebecken nahm.

»Fragt ihn noch einmal, ob er sich genauer daran erinnern kann, was mit dem in der *noche triste* verlorengegangenen Gold geschehen ist«, sagte Alderete.

Eine winzige blaue Flamme lief über die Fußsohlen des Gequälten, dann brannte das Öl. Schweißtropfen rannen ihm über das Gesicht, und seine Brust hob und senkte sich. Er verdrehte die Augen, und seine Muskeln spannten sich unter den Schmerzen. Tief aus seinem Inneren drang ein Laut, wie ihn Mali seit jenem Tag bei Ceutla viele Male gehört hatte. So klang es, wenn ein Mensch den Geist aufgab und Erde schluckte. Aber noch war er nicht bereit, in die Schatten einzugehen. So gütig war der Tod nicht.

Sie wiederholte Alderetes Frage, und er wandte ihr sein Gesicht zu. In seinen Augen brannten Qual und Haß. »Sag ihm … mögen seiner Frau Zähne am Ort der Wonne wachsen … und mögen alle seine Kinder in Hundekot ersticken.«

Begierig erkundigte sich Alderete, was er gesagt hatte.

Mali hielt den Blick auf den Steinboden der Zelle gerichtet. Trotz allem, was sie in den vergangenen drei Jahren gesehen hatte, war der Anblick brennenden menschlichen Fleisches mehr, als sie ertragen konnte. »Er beteuert seine Unschuld und ruft die Jungfrau an, ihm zu helfen«, sagte sie.

Der Arzt Méndez untersuchte die Wunden an den Füßen. Schwarze Haut hing in Streifen wie Rinde herab und ließ glänzende weiße Knochen erkennen. Ojeda sah zu Alderete und schüttelte den Kopf. Der Schatzmeister des Königs biß sich auf die Lippe. Ihm war es gleichgültig, ob diese Wilden gehen konnten oder nicht, aber sie standen nun einmal unter Cortés' Schutz.

Mali hob den Blick und erkannte, daß Herabstürzender Adler sie ansah. »Du hast dein eigenes Volk verraten«, sagte er leise.

Sie wich seinem Blick aus. »Ihr seid nicht mein Volk.«

»Haben sie eine Spanierin aus dir gemacht? Bist du eine von ihnen?«

»Nun, was sagt er?« fragte Alderete.

»Er hat noch einmal beteuert, daß sich im königlichen Kanu alles befand, was von unserem Schatz übrig war. Der Rest liegt seit der *noche triste* im Schlamm des Sees. Er will wissen, warum Ihr ihn weiter foltert, nachdem er alle Fragen nach bestem Gewissen beantwortet hat.«

»Ich bin nicht ohne Mitgefühl. Würden die Menschen die Wahrheit bereitwilliger sagen, wäre das hier nicht nötig.«

Mali wandte den Blick ab, damit sie nicht zusehen mußte, wie sich Alderete wieder auf die Suche nach der Wahrheit machte. Die Kiefernfackeln warfen verzerrte Schatten auf die Wände der Zelle. Wenn er es ihnen doch sagte! Was konnte ihm denn jetzt noch daran gelegen sein? Ich danke Gott, dachte sie, daß Cortés nichts damit zu tun hat. Er hat ja sogar versucht, es zu verhindern.

So hatte ich mir die Welt nicht vorgestellt, die Gefiederte Schlange mit sich bringen würde, das wundersame Reich Tollán, von dem ich als kleines Mädchen geträumt habe.

Was ist seit Otumba mit uns geschehen? fragte sie sich, während sie über den Platz eilte. Wäre jener Tag anders ausgegangen, trüge ich jetzt nicht dieses wunderbare Kleid aus schwarzer Spitze mit einer Mantilla über dem Kopf und hielte keinen Perlmuttfächer in der Hand. Zwar wäre ich nicht die Gefährtin des mächtigsten Mannes in Neuspanien, brauchte mir dafür aber auch weder die Schreie Gefolterter anzuhören, noch müßte ich mit ansehen, wie Cortés' Träume vor meinen Augen zu Staub zerfallen.

Die weißen Adobe-Mauern des Palastes von Coyoacán ragten vor ihr auf. Sie eigneten sich glänzend für Kritzeleien, und so hatte jemand mit schwarzer Farbe darauf geschrieben: *Cortés hat mehr Menschen unterjocht als die Mexica.*

So war es. Selbst die Helden von Otumba lehnten sich auf, weil der Lohn für ihre siegreiche Expedition ausblieb. Die Schuld hatten sie dem Schatzmeister Mejía gegeben, und der seinerseits hatte sie auf Cortés geschoben. Gerüchteweise hieß es, der *Comandante* habe ein zweites Fünftel für sich selbst beiseite geschafft und viele goldene Preziosen für sich behalten, von denen seine Männer angenommen hatten, er habe sie in ihrem Namen an den König geschickt.

Cortés seinerseits erklärte, die Schuld trage Herabstürzender Adler, denn dieser habe viel Gold vor ihnen versteckt. Er behauptete, stets streng nach dem Gesetz verfahren zu sein und sich jederzeit einwandfrei verhalten zu haben. Doch er lebte in einem Palast mit einer großen Dienerschaft und speiste von goldenem Geschirr. Die Männer hingegen hatten gerade so viel bekommen, daß sie sich dafür ein neues Schwert oder eine Armbrust kaufen konnten – da war es eigentlich klar, daß sich Fragen nach der Gerechtigkeit aufdrängten.

Noch während die Aasvögel über Tenochtitlán kreisten, hatte der Wiederaufbau der Stadt begonnen. Man zwang Herabstürzenden Adler, seinem Volk die Rückkehr zu befehlen, damit die Toten begraben werden konnten. Außerdem mußten sie am Bau des Gotteshauses mitarbeiten, das sich jetzt dort erhob, wo einst der Haupttempel gestanden hatte. Auf dem Gelände von Motecuzomas Park und Vogelgehege entstand ein Franziskanerkloster, und Cortés ließ sich einen neuen Palast an der Stelle von dessen einstigem Amtssitz errichten. Dazu wurden in den umliegenden Wäldern Tausende von Bäumen gefällt. Die Kanäle um die Stadt herum wurden mit Steinen aus den Ruinen aufgefüllt, damit kein Eroberer die neue Hauptstadt vom Festland her isolieren konnte, wie Cortés es getan hatte. Von Tagesanbruch bis Sonnenuntergang mußten die einheimischen Zwangsarbeiter unter den Peitschenhieben der spanischen Aufseher Steine und Erde schleppen, und viele erlagen dem Hunger und Krankheiten.

Unterdessen hatten die Priester angeordnet, alle Gesetzessammlungen der Mexica zu verbrennen und ihre Inschriftensteine zu zerschlagen. Dabei hatte sich Bruder Aguilar besonders hervorgetan.

Sofern Gefiederte Schlange eines Tages in dieses Tal zurückkehrte, würde er es nicht wiedererkennen.

Cortés saß an seinem Schreibtisch, den Gänsekiel in der Hand. An einem seiner Finger blitzte ein großer Smaragd. Er trug einen mit weißer Spitze besetzten Anzug aus schwarzer Seide; eine dicke geflochtene Kette aus Gold glänzte an seinem Hals. Er gebot über einen Sekretär, einen Kammerdiener, einen Schatzmeister, einen Zeremonienmeister und zahlreiche eingeborene Diener. Bewaffnete Krieger standen Wache an den Türen, und wo er ging und stand, schritten ihm Szepterträger voran. Auf der Straße mußten sich die Mexica vor ihm auf den Boden werfen, wie einst vor Motecuzoma. Selbst Spanier nannten ihn inzwischen *adelantado* – Statthalter.

Mali wurde hereingeführt, und Cortés entließ seine spanischen Bediensteten mit einem Nicken. Sie waren allein, nur die einheimischen Diener standen stumm im Hintergrund und warteten auf ihre Befehle.

»Da du hier bist, vermute ich, daß Alderete sein Verhör beendet hat.«

»So ist es. Gerade jetzt verbinden sie Herabstürzendem Adler die Füße.«

»Hat er die Fragen zufriedenstellend beantwortet?«

»Er hat dieselben Antworten gegeben wie bei der Befragung durch Euch.«

Cortés runzelte die Brauen. »Ich habe jenem Herrn gleich gesagt, daß es sinnlos ist. Er wollte nicht auf mich hören. Nun, wie auch immer, ich bin es leid, sie immer wieder von ihrer Habgier ablenken zu müssen. Sollen sie sich ihr doch hingeben. Gott wird entscheiden, was gerecht ist.«

»Ihr habt Herabstürzendem Adler Euer Wort gegeben und ihm Euren Schutz zugesagt.«

Er sah sie mit fragend gehobenen Brauen an. »Ja? Und?«

»Im Hinausgehen hörte ich einen der Wächter sagen, daß Ihr und nicht Alderete die Folter angeordnet habt.«

Nach längerem Schweigen fragte er sie: »Willst du mich in dieser Frage einem Verhör unterziehen?«

»Ich möchte nur, daß Ihr mir die Wahrheit sagt.«

»Das habe ich getan. Es war Alderetes Entscheidung, nicht meine. Punktum.«

»Aber Ihr habt Herabstürzendem Adler Euer Wort gegeben!«

Er legte den Gänsekiel beiseite und stand auf. Mit auf dem Rücken verschränkten Händen trat er ans Fenster. »Du wirst lästig«, sagte er.

»Ist es nicht eher so, daß ich Euch nicht länger nützlich bin?«

Er wandte sich um. Seine grauen Augen waren kalt wie der Winter. Schließlich sagte er: »Laß es mich so sagen: Glaubst du wirklich, ein Dummkopf oder Schwächling hätte das Reich der Mexica erobern können?«

»Ihr habt die Folter also doch selbst angeordnet?«

Er sah sie an, und sie erkannte den Blick. Sie mußte an das Gesicht des Jungen denken, den sie am Fuß der Tempeltreppe gefunden hatten, nachdem man ihm das Herz herausgerissen hatte. Es war derselbe Ausdruck: kalt und leer. Der Gott war fort. Hier war nur noch der Mann mit all seinem Stolz, seiner Eitelkeit und seinem Ehrgeiz.

»In der *noche triste* habt Ihr mich gerettet«, sagte sie, »als die Mexica im Begriff standen, mich zu ihren Booten zu schleppen. Habt Ihr das getan, weil Ihr mich liebtet, oder weil eine Frau im Sattel Eures Pferdes ein guter Vorwand dafür war, nicht umkehren und Euren Männern helfen zu müssen?«

Mit erstaunlicher Geschwindigkeit schlug er sie so fest ins Gesicht, daß sie zu Boden stürzte. Seine dunklen Augen blitzten vor Empörung. »Du hast, was du wolltest.«

»Inwiefern?«

»Du wolltest die Gefährtin eines Herrschers sein. Das bist du jetzt. Du wirst nie wieder Sklavin in einem armen Dorf sein müssen. Davor habe ich dich bewahrt. Wage also nicht, mich zur Belohnung für meine Mühe zu beleidigen!«

»Ich habe Euch geliebt.«

»Mich geliebt? Was versteht eine Wilde von Liebe? Du gehörst nicht einmal meinem Glauben an. Ein paar Spritzer Wasser genügen nicht, um aus dir eine christliche Dame von Stand zu machen.«

Sie wischte sich das Blut von der Lippe. »Ich habe Euch geliebt, wie ich nie im Leben jemanden geliebt habe.«

Sein Gesicht verzog sich verächtlich. »Du hast geliebt, was ich dir geben konnte.«

»Das ist nicht wahr.«

»In wenigen Monaten wird meine Gemahlin aus Kuba hier eintreffen. Ich denke, du wirst dich ihr gegenüber gesittet verhalten, so wie ich mich dir gegenüber gesittet verhalte«, sagte er. Mit diesen Worten wandte er sich um und ging hinaus.

Auf den Gesichtern der eingeborenen Dienstboten lag erkennbare Befriedigung. *Seht nur, jetzt muß die Hure leiden.*

Mali legte die Hand auf ihren Unterleib, wo sie die Tritte des Kindes spürte. Ihr Erstgeborener, das Geschenk, das sie ihm so gern gemacht hätte, war in Tlaxcala tot zur Welt gekommen. Sie fragte sich, welcher Thron für diesen neuen Sohn bereitstehen würde. »Ihr täuscht Euch«, sagte sie zu der geschlossenen Tür, als wäre er im Raum. »Ihr täuscht Euch. Ich habe Euch immer geliebt.«

Wie ein Komet am schwarzen Himmel war ihr Leben mit hellem Schein aufgeflammt und in Erfüllung der Weissagungen und Ankündigungen von Katastrophen über das Firmament gezogen – jetzt war es vorüber. Sie würde in den Jahren, die ihr noch zu leben blieben, und darüber hinaus durch die Leere des kalten und stillen Raumes fallen. Wenn er sie nicht liebte, blieb ihr nichts.

Auf Knien verfluchte sie ihn. Sie verfluchte ihn und das Kind in ihrem Leibe.

Vor allem aber fluchte sie dem Lande der Mexica.

Ausklang

Doña Marina, mit vollem Namen Ce Malinali Tenepal, war eine von vielen Frauen, die unter Cortés' Dach lebten, als seine Gemahlin Doña Catalina de Cortés im Juni 1522 in Tenochtitlán eintraf. Allerdings erging es seiner Gattin weit schlimmer als den anderen, denn vier Monate später fand man sie tot in ihrem Schlafgemach auf. Zwar erklärte der Arzt, sie sei eines natürlichen Todes gestorben, doch durfte entgegen dem Brauch niemand die Leiche sehen, und der Sargdeckel wurde noch vor der Beisetzungsfeier zugenagelt.

Als Lohn für ihre Dienste gab Cortés Doña Marina einem seiner Hauptleute, nämlich Juan Jaramillo, zur Ehefrau.

Er selbst blieb Statthalter des von ihm Neuspanien genannten Landes und wartete darauf, daß ihn der König in aller Form zum Vizekönig ernannte. Da ihm die Krone nicht nur die Nutzung von Gold- und Silberminen, sondern auch die von Baumwoll- und Zuckerpflanzungen sowie Mühlen und Weideland gestattete, wurde er äußerst wohlhabend. Er ließ sich in Cuernavaca einen Palast mit vielen Türmchen bauen und wurde in den Grafenstand erhoben. Es gefiel ihm, wenn man ihn Don Hernando nannte.

Doch im Jahre 1526 kam aus Spanien ein königlicher Kommissar, um Anschuldigungen wegen verschiedener Verfehlungen nachzugehen, die Cortés fünf Jahre zuvor bei seinem Amtsantritt begangen haben sollte. Dazu gehörte der Vorwurf des Betrugs an der Krone und des Mordes. Zwar wurde er in keinem der Anklagepunkte für schuldig befunden, doch schadete das Verfahren seinem Ruf in nicht wiedergutzumachender Weise. Nicht nur blieb ihm der so heiß ersehnte Titel verwehrt, man entzog ihm auch die Verwaltung des Landes und legte sie in die Hände von Hofbeamten aus Toledo.

Dennoch gelang es Cortés, Juana de Zúñiga zu heiraten, die eine beträchtliche Mitgift mit in die Ehe brachte und mit einem der mächtigsten Männern Spaniens verwandt war, dem Herzog von Bejar. So genoß er doch noch eine Weile das Ansehen und die Verbindungen zum Hofe, von denen er stets geträumt hatte.

Doch die Vergangenheit verfolgte ihn weiterhin. Ruhelos und gequält verbrachte er sein restliches Leben mit der Suche nach einem anderen Mexico, einem neuen Motecuzoma. So vergeudete er einen großen Teil der Mitgift seiner Gemahlin mit der Suche nach den legendären Amazonen. Seine letzten Lebensjahre brachte er in Spanien zu, wo er sich bemühte, eine Audienz beim König zu erlangen. Penetrant deckte er untergeordnete Hofbeamte mit Bittschriften ein, in denen er sich über ihm zugefügtes wirkliches oder eingebildetes Unrecht beklagte. Als er schließlich erkannte, daß er den königlichen Segen, an dem ihm so sehr lag, nie bekommen würde, beschloß er, in sein geliebtes Mexiko zurückzukehren. Wenige Tage vor der Abreise erkrankte er jedoch und starb überraschend mit zweiundsechzig Jahren, verbittert und einsam.

In einer Fußnote der Geschichte taucht sein Sohn Martín auf, den ihm Mali geboren hatte. Er war 1565 in Neuspanien in eine Verschwörung gegen die Krone verwickelt, wurde des Hochverrats angeklagt, schwer gefoltert und des Landes verwiesen. Nirgendwo im heutigen Mexiko erinnert ein Standbild oder ein sonstiges Denkmal an Cortés. Malis Fluch ist ihm und seinem Blut bis ins Grab und darüber hinaus gefolgt.

Es stimmt nicht, es stimmt nicht
daß wir auf diese Erde kommen, um zu leben.
Wir kommen nur, um zu schlafen, nur um zu träumen

Altes aztekisches Gedicht

Glossar

adobe	an der Sonne getrocknete Lehmziegel
Arkebusier	mit einer Hakenbüchse (s. dort) ausgerüsteter Krieger
calpisquí	Tributeintreiber
chacmool	steinerne Gestalt, die einen Boten zwischen Menschen und Göttern darstellt
chinampas	durch Drainage und Ablagerung pflanzlicher Abfälle gewonnene Anbauflächen in extrem flachen und temporär überfluteten Teilen der Hochtalseen Mexikos
Chontal Maya	Sprache der Maya
encomienda	ein zur Nutzung zugewiesenes Landgut
Falkonett	kleines Feldgeschütz, das Kugeln von etwa zwei Kilo verschoß
Feldschlange	altes Geschütz, das eiserne Vollkugeln von etwa zehn Kilo verschoß
Hakenbüchse	Handfeuerwaffe mit langem Lauf, Vorläufer der Muskete
hidalgo	Edelmann (niedriger Adel)
huehuetl	Trommel aus einem ausgehöhlten Stamm (oft mit Schnitzereien in Adler- oder Jaguargestalt verziert)
huipitlí	langes blusenartiges Frauengewand
Kazike	Dorfältester bei den Indios
maquáhuitl	Streitkolben, in der Alltagssprache auch Bezeichnung für das männliche Glied
maravedì	spanische Kupfermünze von geringem Wert; im Jahre 1519 entsprachen 450 maravedì einer Krone (oder einem Peso)
náhuatl	Sprache der Náhua-Sprachgruppe in Mexiko, deren größter Stamm die Azteken waren

peyotl	getrockneter oberirdischer Teil einer mexikanischen Kakteenart; man nahm ihn zur Erzeugung von Halluzinationen ein
pulque	stark berauschendes Getränk aus vergorenem Agavensaft
Quetzal	von den Mexica verehrter einheimischer Vogel mit leuchtend smaragdgrünem Gefieder
Sturmhaube	stählerner Helm mit hinter dem Kopf herabgezogenem Nackenschutz
teponaztli	eine mit Schlangenhaut bezogene Trommel